长河熠 / 著

穿宋之定风波

CHUANSONG ZHI
DING FENGBO

陕西新华出版 三秦出版社
·西安·

图书在版编目（CIP）数据

穿宋之定风波/长河熠著.—西安：三秦出版社，
2025.1. -- ISBN 978-7-5518-3288-5

I.I247.5

中国国家版本馆CIP数据核字第2024HK7021号

穿宋之定风波　　　　长河熠著

责任编辑	马玉洁
责任校对	雷梦雯　范晓博
封面设计	当代出书网

出版发行	三秦出版社
地　　址	西安市雁塔区曲江新区登高路1388号
电　　话	（029）81205236
邮政编码	710061
印　　刷	北京鑫瑞兴印刷有限公司
开　　本	880mm×1230mm　1/32
印　　张	13.5
字　　数	455千字
版　　次	2025年1月第1版
印　　次	2025年1月第1次印刷
标准书号	ISBN 978-7-5518-3288-5
定　　价	88.00元

网　　址	http://www.sqcbs.cn

公元1142年除夕,南宋临安。

在接连经历了靖康之耻、二帝被俘的重创后,此刻临安百姓的情绪尚未从丧国带来的巨大悲伤中抽离出来,一个不幸的消息便如晴天霹雳般再次向他们袭来。

风波亭外飞雪潇潇,在一名近侍的陪同下,一个年约三旬、身着翠绿色紧袖长衫、头戴交脚幞头的中年男子背着手站在亭中的石桌前,他面前的石桌上放着一个仍在向外不断氤氲着热气的药碗。

少顷,随着地上铁器叮当的声响,一个年约四旬、蓬头垢面的囚犯在十余名差役的押解下向这方走来。由于连日来的毒打,此刻衣衫早已碎成了无数块大大小小的布条,沾着血迹胡乱贴在他的身上,黑黝黝的脸上亦有数块青肿,一眼看过去便知道定是吃了不少苦楚。由于手脚均被铁镣绑缚,故此走动极为缓慢。唯有黑白分明的眸子里透出坚定的光,仍能够看出昔日战场上那份直抒胸臆和壮怀激烈。

正向前走着,突然一声清脆的爆竹声从不远处响起,随后一朵火红的烟花在空中绽放开来,甚是好看。

囚犯停住脚步,抬头向空中看去,目光中满是留恋。

"想不到岳某征战沙场杀敌无数,最终却未能马革裹尸,反倒无缘无故受此牢狱之灾。也不晓得翠娥、银瓶母女是否已经平安离开临安,岳雷、岳震等人能否逃脱成功,还有和我一道入狱的云儿和张宪,能否被人搭救?若是家人们平平安安,我便是死也可以安心了。"

想到这里,男子重重地叹了口气。而后,又脚步沉重地向前走去。

"大人,人带到了。"

亭子里,侍从对中年男子恭顺地说道,一副俯首帖耳的奴才相。

中年男子冷哼一声,并未回头,仍立身向前看着。

少顷,一行人来到风波亭前。亭中的中年男子挥手,为首差役上前取掉了囚犯身上的铁镣,接着又退回原处。

中年男子轻咳一声,缓步来到囚犯的面前。

"岳飞大将军,你抗金多年,可到头来金人非但没有少,你自己却落得这样的下场。何必呢?趁今天我家大人不在,李某斗胆说句掏心窝子的话:你还不如当初和他一样,效命当今皇上才是要紧。"

岳飞没有说话,瞥了一眼面前的中年男子,随后凛然地望向远方。

中年男子讨了个没趣,脸上瞬即现出悻悻的表情,冷笑一声道:

"岳将军,李某晓得你性情刚直,为人行事向来宁折不弯,但毕竟识时务者为俊杰。虽说你如今一心赴死,我还是想劝你一句,不如把《武穆遗书》交出来,或许李某还能想办法求皇上饶你性命。"

岳飞又看向中年男子,轻蔑一笑,说道:

"原来你也是冲《武穆遗书》来的!李立,你原本也是我岳家军的副将,如今却投靠秦桧,表面说是总管,背地里不过是一条任其随意差遣的狗,说来还当真可叹。实话告诉你,岳某写《武穆遗书》的事情不过是外界传言,实际上根本就没有那本书。"

李立闻听顿时一怔,犹疑地问道:

"没有?"

"不错,说岳某有谋逆之心,想将二帝作为傀儡,自立为帝不就是莫须有?既是如此,那这世间又怎会有《武穆遗书》?"

见李立仍有怀疑,岳飞再次傲然答道。

李立眼见自己接二连三地被奚落,对方又不肯将想要的东西交出来,便再也沉不住气,摇了摇头:

"岳将军,你若当真这般不识时务,李某也没有法子,就只好顺着我家大人的意思行事,你可千万莫怪我。"

说完,李立转身看向亭子里的侍从。侍从见状,将桌上的药碗端起,快步走出亭子,来到囚犯的面前。

岳飞看了一眼李立,伸手接过药碗,慨然大笑道:

"有心杀贼,无力回天。天理昭昭!天理昭昭!"

说完,岳飞仰起头来一口气将碗中的药喝了个精光。少顷,随着手中的药碗猝然落地,他的身子也向后仰去,倒在了地上。

李立向差役挥手,命令将岳飞掩埋。待众人离去后,一个侍从凑到身旁,提醒道:

"大人,您不会真的就这么算了吧?小人可听说这《武穆遗书》乃是帝王权谋之书,除了攻城略地的布阵之法和调兵遣将的帅才之术,还有治国理政的精密要义。无论谁拿到了这本书,当上九五之尊指日可待。"

"自然不会。"李立冷冷一笑道,"他岳鹏举想用这样的法子骗过我?还当真是痴心妄想!浩龙,你让双彩堂的人好好盯着,一有风声就赶快向我禀报,决不可节外生枝。"

"是。"

侍从双手抱拳,向李立施了一礼,身影一晃,消失在茫茫夜色中。

此刻,不知谁家的孩童吃过年饭后玩起了烟花。随着噼啪声不断作响,一朵朵五光十色的烟花出现在了夜空中。

李立抬头看向空中的烟花,过了许久,唇角忽然泛起一抹笑容,目光随之变得迷离。

早春风力已轻柔,瓦雪消残玉半沟。时光荏苒,眨眼便已到了次年初春。这几日,随着天气逐渐转暖,临安百姓也脱去了厚厚的棉衣,换上了轻薄衣衫。

康王府书房,康王赵伯琮此刻伏在宽大的紫檀木书桌上凝神地批阅着公文。作为宋高宗赵构的养子,他今年虽然只有十七岁,却已然能够替父分忧、为国操劳了。

少顷,随着外面脚步声响起,贴身侍女郑儿拿着一件刚刚做好,掺用金线缝制的玉色长衫走了进来。

"王爷,这是皇后刚刚差人从宫里送过来的,她说你虽然事办得好,却从来不会照顾自己,最是让人操心的一个。快换上,瞧瞧合不合身?"

郑儿的话倏忽打断了赵伯琮的思绪。站起身后,他来到郑儿的面前,笑着说了声:"好。"

郑儿帮赵伯琮换上衣服,边细心打量边说道:

"要我说,还是皇后娘娘对王爷好。不像皇上,就知道巧使唤人,却又迟迟不肯把太子之位给你,让人想起来就气。"

郑儿只比赵伯琮小一岁,原本就性子直爽,平时总是一副敢说敢当、天不怕地不怕的模样,再加上二人又是一道长大,故此虽说名义上是主仆,实则感情却和亲兄妹一般,平日里无论对方说什么,他一概不予计较,凡事都是睁一只眼闭一只眼。只是方才所说涉及皇上,才不得不加以阻止。

"郑儿,你这丫头,今日是怎么了?净乱说话。"

赵伯琮故意板起脸来,一本正经地说道,

"宫里的事情怎能任由你个小丫头胡说,以后不许再这样说了。"

"我胡说?"郑儿皱起眉头,据理力争道,"那你倒是说说,皇上为啥不将寿王迁到越州,还要让他留在临安王府?这明摆着就是掣肘。你呀,就和那头拼命拉磨的驴子似的,为了眼前吊着的那根胡萝卜,也不管到底能不能吃到,一个劲儿地干着活。要我说,这不是犯傻是什么?"

郑儿越说越起劲,根本没有顾忌到赵伯琮情绪上的变化。

寿王赵伯衍和赵伯琮一样,都是宋高宗赵构从王室宗族中过继的儿子。赵构当年曾是个勇敢无畏的热血男儿,十九岁那年便独自代替父亲宋徽宗出使金国,受尽欺辱。由于国力衰微,靖康之变发生后不久,本就风雨飘摇的北宋再也无力支撑,很快便在一片混乱中灭亡。赵构在一干旧朝老臣的鼎力支持下,在千里之外的临安创建了南宋朝廷,这才使得赵氏家族重登皇位。然而也正是因为经历了这样的打击与操劳,他的身体越来越差,以致没有自己的子嗣。为了让大宋江山后继有人,无奈之下,只得收养同为宋室宗亲的赵伯琮和赵伯衍。

每每想到这里,赵伯琮便觉得心痛,同时,替父分忧的责任感也变得越发强烈。

"郑儿,我晓得你是为我好,但皇储确立绝非小事,父皇确是需要三思而行。"赵伯琮并未真与她计较,于是平心静气地说道。

"作为儿子,替父分忧、为国分担本就是分内之事,况且我和伯衍亦是兄弟情深,若是再藏有心机反倒生分,你以后也不要提及此事了。"

他见郑儿还想继续说下去,便摆了摆手,随后回到桌前坐下,继续写公文。

郑儿本意是为赵伯琮出头,没想到反倒碰了一鼻子灰,心中登时不悦,噘着嘴巴走出书房。刚一出门,就看到唐王赵伯麟拿着一朵花笑着向这边走来。

赵伯麟是赵伯琮同父同母的亲兄弟,比他小了五岁。虽说大哥自小便过继给了圣上,却并未因此阻隔了亲情。只要有空,兄弟俩就会凑到一起读书骑马,品茗作诗。故此,对郑儿也极为熟悉。

赵伯麟来到郑儿的面前,笑着招呼道:

"郑儿,你当真是越来越懂得礼数了。莫不是兄长晓得我要来,特意派你来迎接?"

由于方才的事情,一向开朗的郑儿并没有像平常一样和赵伯麟说笑,只是向对方道了个万福,淡淡地打了声招呼,便低着头迅速离开了。

赵伯麟讶异地看着郑儿的背影消失,随后走进书房,径直来到书桌前,笑着说道:

"兄长,是不是你招惹府上的那位姑奶奶了?方才她看到我,笑都没

笑一下,只是道了个万福就走了。"

赵伯琮放下手中的毛笔说道:

"没有,我只是想帮她改掉口无遮拦的毛病。你也晓得,自打入宫,皇上便一直在我和寿王之间摇摆不定,一旦有个风吹草动,哪怕只是件微不足道的小事也有可能会引来没必要的麻烦,凡事必须要小心提防。"

赵伯麟心知兄长说得有理,便点了点头,伸手从桌上的荷花银盘中拿起一个橘子,边剥边继续问道:

"兄长,莫不是想要当太子?"

赵伯琮微微一笑:"并不。"

"并不?"赵伯麟皱了皱眉,"那你为何还要这么做?"

赵伯琮叹了口气,在弟弟的注视下,他起身来到窗前,伸手打开窗子,抬头看向湛蓝的天空。只见此刻天上飘着一只燕子形的纸鸢,随风上下摇曳,轻盈飞舞。

半晌,他似乎是在回答赵伯麟的问题,又像是自言自语地说道:

"我并非贪恋太子之位,只是寿王虽说表面为人谦和,实则极为狠戾阴险。若是有朝一日大宋江山当真交到他的手中,只怕会再次出现动荡,使父皇心血尽毁。若当真这样,大宋子民必将苦矣,故此我只能与他较量一番。"

赵伯琮一向都是无欲无求,即使是作为亲兄弟的赵伯麟,也从未听到过这样一番推心置腹的话。因此刚一听到,先是震惊,随后目光热切地快步来到大哥身后,激动地说道:

"兄长还是第一次吐露心声,属实让伯麟欣喜。实话说,小弟最怕的就是你对太子之位无所求。如今你将心事告知于伯麟,伯麟自是满心欢喜,放心吧,我今后唯兄长马首是瞻,纵九死亦无悔。"

赵伯麟这一番话亦是让赵伯琮极为动情,他转过身来紧紧地握住了弟弟的手,声音颤抖地说道:

"多谢二弟,相信只要你我兄弟齐心协力,假以时日,此事定能达成。"

赵伯麟郑重地点了点头。然后走到书房门口,探头警惕地向四下张望,随后将门关上。赵伯琮疑惑地注视着他。

赵伯麟贴近他低声说道:

"兄长,你可曾听过《武穆遗书》?"

"《武穆遗书》?"赵伯琮一怔,随后说道,"我先前也曾听人谈论过这

穿宋之宝吸波

本书,说此书是三年前岳将军被困狱中所写,是一本难得的帅才之书。只是从来没有人见过,故此也不晓得究竟是传闻还是真的?"

"兄长只知其一。"赵伯麟摆了摆手道,"那可不单单是一本帅才之书,更是一本帝王的权御之书。"

"权御之书?"赵伯琮皱了皱眉,"难不成当年岳将军真有谋权篡位之心?"

"这倒不然。"赵伯麟正色道,"你也晓得岳将军是天下少有的忠义人,虽说被朝廷视为弃子,却仍是对皇上忠心耿耿。他原本就是想在这本书完成后献给皇上,只可惜还没来得及,便命丧黄泉。唉,倒可惜了他的这一片赤胆忠心。"

赵伯琮无奈地点了点头,转身向书桌走去。尽管岳将军常年征战沙场,二人并无深交,但他也晓得,对方乃是大宋出了名的忠臣功臣。只可惜如今朝廷奸人当道,这样的人注定难以立足。

正如二弟所说,确是可惜了岳将军的这一片赤胆忠心。

赵伯麟见兄长拿起毛笔,连忙来到书桌前,将双手撑到桌面上,急切地说道:

"兄长,我这辈子虽说只能延续父王的闲职,但也不希望看到朝廷被某些人搞得乌烟瘴气,动摇了江山根本。如今兄长既有如此打算,那我无论如何都要帮你寻得此书。"

赵伯琮将笔放回原处,抬头看向赵伯麟道:

"你确定有那本书?"

"确定。"赵伯麟笃定地说道,"兄长有所不知,这两年江湖中一直有《武穆遗书》的传闻,据说就连皇上和秦桧也分别派人暗中寻找。"

"父皇?"赵伯琮诧异地说道,"若是这般说来,此事确是所言非虚。"

赵伯麟点了点头,来到赵伯琮的身旁,伸手拿起了桌上的一只精致小巧的茶杯,自顾自地斟满茶水,一饮而尽。随后嬉皮笑脸地说:

"若是我当真帮兄长将这书寻来,你又该如何谢我?"

赵伯琮起身拍了拍二弟的肩膀,开心地笑道:"你说如何谢?"

二弟从小便是他的小尾巴,兄弟俩总是形影不离。只要是二弟想要的,他都会想方设法地满足,从未让其失望。

赵伯麟想了想,笑着说道:"我听说兄长府中到了一批东晋字画,其中不乏'三王'的墨宝真迹,不知能否赠小弟几幅?"

"这个自然。"赵伯琮笑了笑,"即使你不说,我也是要派人送过去的。我听底下人说你近来在方福弄办了个逍遥馆,专程请先生为那里的百姓瞧病,而且还不收药费?不知是不是真的?"

"兄长的消息就是灵通,看来小弟凡事都瞒不过你。"赵伯麟笑着说道,"确有其事。兄长也晓得方福弄的百姓多数是贫苦人,前几年又赶上兵荒更是雪上加霜,如今好不容易得以安顿。我能够有机会赈灾济困也是好的。况且……"

"况且什么?"

"况且如今兄长又身陷漩涡,可谓步步维艰。小弟的逍遥馆恰好处在江湖,正好能够借此机会结交到五行八作的朋友,也可帮兄长解决后顾之忧。"赵伯麟真诚地说道。

赵伯琮心中顿时感到一阵温暖,他再次抬起手拍了拍伯麟的肩膀,刚要说话,便听从外面传来了脚步声,在二人的注视下,书房门被人推开,管家茗玉拿着一封书信匆匆走了进来。

"王爷,宫中派人送信来,说从西域那里刚刚到了数匹汗血宝马,明日皇上要在上塘河边试马,要王爷随行。"

赵伯琮点了点头,命人退下。

"皇上明明晓得兄长为人淡泊,向来不愿意参与此种事情,今日又怎会一反常态?莫不是有人在暗中使绊,兄长还应多加小心才是。"

"伯麟,你说得没错。"赵伯琮凝色答道,稍作沉吟,他又笑着说道,"放心吧,我对父皇一向忠心,相信他也不会害我。我还要为明天的事情做准备,你先回去歇息吧。"

赵伯麟犹疑地看了一眼赵伯琮,迟疑片刻,这才紧抱双拳退了出去。

待赵伯麟的脚步声远去,赵伯琮原本松弛的表情慢慢紧绷,沉默半响,室内突然传来了一声重重的叹息。

次日上午,上塘河边旌旗猎猎,数匹体型高大、毛色棕红的西域宝马一字排开。

"圣上驾到。"

须臾,随着一声吆喝,在近百名太监、侍女、侍卫的陪同下,乌发盘髻、身着明黄色便服、山羊皮黑色软靴的赵构乘坐龙辇而来。随之,冷清的场地变得热闹。

少顷,在太监总管康履的搀扶下,赵构来到了马队对面特设的龙椅上。

"吾皇万岁,万岁,万万岁!"

在为首侍卫的带领下,众人双手抱拳,神情恭顺地齐呼万岁。

赵构神情威严地环视着四周,听康履说完"礼毕"二字,这才说道:"众位爱卿,今日叫你等过来,是因为前段日子我大宋得了数匹品种优良的汗血宝马。你等也晓得,自靖康之变,我大宋便常年处于战争的混乱当中。好在我等齐心协力、同心抗敌,方才有了今日暂且安定的光景。为了庆祝,官家特意将你等邀来,一道见证这汗血宝马的勇武所在。"

"谢圣上!"

康履见赵构看向自己,便大声喊道:"牵马。"

随着喊声,从禁军中精心挑选、身着红色软皮铠甲的数名头等骑手昂首阔步从队列中走了出来,站到相对应的马前后,一道向赵构抱拳施礼,翻身上马,唯有为首的马背上仍是空无一人。

赵构见众人均已坐在马上,便又看向仍站在人群当中的赵伯琮,笑道:"伯琮,官家听闻你马骑得也是极好。正所谓,独乐乐不如众乐乐,不如你今日也跟着大伙儿一道展示一番骑术如何?"

赵伯琮原本并不想参与此事,故此方才在其他王爷跃跃欲试的时候,他始终不发一言。直到父皇点到名字才不得不从。

他向赵构抱了抱拳,快步来到马前。和别人不一样,他先用手认真地梳理了一番马鬃,随后才慢悠悠地上马。

此刻,河堤上的风变得很大,吹得旌旗呼呼作响。

赵构见众人都已准备就绪,大声说道:

"好,这才有我大宋将士的威仪。愿你等旗开得胜,试马成功。"

"谢圣上。"

骑手们紧抱双拳,齐齐道谢。看得出来,能够参加这场试马,每个人都感到无限荣光。

少顷,随着康履一声令下,数匹汗血宝马像是离弦的箭矢般直直地向河岸附近的黑森林射去。

黑森林,作为临安城郊最著名的树林,林如其名,遮天蔽日,终年不见阳光。不仅如此,因为里面多数时间无人,久而久之则成了鸟雀的天堂,误入其中的人心中极易生出恐惧。这些树树龄均在百年以上,又为黑森林平添了一份神秘。

赵伯琮独自骑着汗血宝马在树林间穿行。进来已有一个时辰,却始终未见出口。雾气渐浓,四周的气氛越发阴森恐怖。

莫非今日本王要葬身此处?

赵伯琮的心中顿时生出一丝不祥的预感。他拼命说服自己冷静下来,又屏气凝神地看起路来。

就在这时,草丛深处突然传来了一阵诡异的"唰唰"声。听到这声音,赵伯琮立刻紧皱双眉,尽管还没有见到,但他也意识到了此刻他身处险境。果不其然,很快一条十米多长、碗口粗细、不停吐着红色信子的白色蟒蛇就出现在了眼前。

赵伯琮见此情形,立刻勒住马头,随后将右手放在悬在腰间的剑鞘之上。这把剑名唤"至图",是当年他在雁山灵岩寺学艺时,师父至善道长赠送的。并且师父还说过,此剑乃是唐太宗李世民早年时一位亲随将军的兵器,为春秋战国时期铸剑夫妇干将莫邪所铸,分为雌雄两柄。其中,雄的名唤至图,雌的则为豫游,若是有朝一日双剑合璧,便可力挽天下风云。此外,至善道长还在赵伯琮学成下山时,特意叮嘱他注意查访豫游剑的下落。不过对于此事,赵伯琮却不以为意,只是当作传说罢了。

赵伯琮原以为这蛇多少会对人有所忌惮,却没想到它高昂着三角形的脑袋,细长的双眼里满是蔑视,一副挑衅的模样。

就这样,一人一蛇对视良久。白蛇率先发起进攻,只见它先将身子蜷缩一处,如同旋风般向赵伯琮直扑而来。

汗血宝马见此情形登时仰起头来,朝天空发出一声长嘶。与此同时,赵伯琮从鞘中抽出至图剑,猛地挥剑向白蛇七寸处砍去。就这样,一人一蛇战在了一处。

自古道,幽闭之处多邪物,这蛇也当真有些道行。说来奇怪,随着此番大战的激烈进行,黑森林里也出现了各种变化。忽而狂风大作,忽而大雨倾盆,让人避无可避。

经历了这一番厮杀,赵伯琮和白蛇均已负伤。白蛇被砍伤后不敌,瞅了个空子逃走了。赵伯琮原本想要追赶,不料马重重地摔到了地上,他也直接昏了过去。

梦连着梦,一个比一个光怪陆离。梦中,赵伯琮来到了一个从未去过的世界，到处都是穿着奇装异服的人，他们手里拿着一种赵伯琮从未见过的名为枪的短小兵器，威力之大让他难以置信。

不知道过了多久，随着一声绝望的呼声，赵哲从梦中惊坐而起。视线渐渐从模糊变得清晰，他讶异地发现自己正身处一只乌篷船的船舱里，身子下面垫着厚厚的棉絮，身旁站着一对头顶盘髻、身披蓑衣、古人打扮的父女。

"你们……"

赵哲顿时被眼前的情形惊呆了，他刚想发问，一阵剧烈的头痛忽地从头颅两侧袭来。与此同时，一阵从没有过、排山倒海般的呕吐感也从体内袭来。

他实在想不明白，自己被枪击中身体后为什么没有被送到医院，而是莫名其妙地出现在了这个地方，这分明是走错了片场。

"公子……"

老汉见赵哲这般难受，连忙让女儿用陶碗盛来一碗水，待他服下后又扶他重新躺回木榻上。

或许是这碗水的作用，赵哲喝完明显感到五脏六腑熨帖起来，身子顿时感到轻松了许多。

老汉见赵哲脸色好了许多，这才又笑着说道：

"公子，老汉名唤李立，这是小女思云，我们父女是这大运河上摇橹打鱼为生的船家。"

公子？船家？

难道说我真的……穿越了？！

随着这个念头电光石火般在脑海中闪过，赵哲登时被惊出一身冷汗。尽管之前曾经在影视和小说当中看到这样的情节，可他无论如何都无法将这件事和自己联系到一起。

这样不行，必须冷静下来！如果这是真的，那就要尽快找到问题症结，想办法回去！

赵哲拼命说服自己冷静下来，用微弱的声音强装镇定道：

"谢谢老伯，我想问下现在是哪年？"

父女俩对视一眼，随后一道同情地看向赵哲。看来郎中说得没错，面前这个年轻人确实得了很严重的脑病。

"公子莫非不记得了?现下是绍兴十二年。"

"绍兴十二年?!"赵哲在心中默默盘算了下,继而惊讶地说道,"1142年?"

作为历史迷的赵哲做梦也没有想到自己竟然在受伤后穿越了,而且还是最喜欢的宋朝。震惊之余,他又有些兴奋。作为记者,自己最擅长的就是采写。要是以后有机会回去,将这里的所见所闻编撰成书,想不火都难!

想到这里,赵哲一改方才内心的沮丧,眼前不禁放着光。

李立却并不晓得他此刻的内心所想,仍自顾自地说道:

"公子,你当初受那白蟒所害,身受蛇毒昏倒在黑森林。我家小女前去采山珍,施救及时,你才转危为安。只是不知公子您姓甚名谁,家又在何处?"

"这……"

赵哲眨了眨眼睛,暗自思索该如何回答。

总不能说自己是一个记者,来自2023年吧?要是真这么说,只怕十有八九会被对方当成怪物,搞不好还会直接被扔到运河里喂鱼,要是这样可就真的回不去了。可是究竟该怎么说,他一时间却又想不出个较为合理的说法,只能低着头默不作声地想答案。

"公子,你怎么了?"

李立见赵哲神情恍惚,便又关切地问道:

"是不是身子不舒服?明儿头晌,郎中还会过来瞧病,要是不舒服就告诉他,好随时更换药方。"

李立的问话顿时提醒了赵哲,为了掩饰心中真实的想法,登时双手抱头开始不断呻吟。

很显然,赵哲的表现让李立父女吓了一跳,二人顿时现出焦急的神情。

"公子,你没事吧?"

赵哲听到思云关切的问话,抬起头来勉强笑了笑,说道:

"小姐放心,我只是觉得有些累,休息一下就会好,你先和老伯休息去吧。"

李立听赵哲这般说,便也想让对方先歇息。见思云还想继续说话,他伸手拉住了女儿的胳膊,劝说道:

"既然公子这么说,咱们就听他的吧。公子好好歇息,我们先退下了。"

说完,李立拉着思云下了乌篷船。

赵哲等二人离开,神情瞬间恢复如常,坐直身子,借着微弱的烛光细细打量起了四周的环境。但见船舱中央立着一张发黄的木桌,上面放着一把陶制的茶壶和几只陶碗,此外还有一面泛黄的铜镜。他摇晃着站起来,好奇地凑上前去,只见这茶壶和陶碗已经变黑,一看便知道是用过很长时间。四周的船壁上还挂着蓑衣和斗笠,都是平时摇船打鱼的常见用品。

赵哲讶异地环视着四周,只觉得周围的一切既陌生又新奇。按理说,作为记者,他本应该是无神论者。可眼前这匪夷所思的遭遇又该怎么解释?还有他到底是怎么来到这儿的?

记得以前在小说里曾看到过相关情节,除了那种特殊的七星连珠等奇异天象,还有一种可能就是通过脑电波穿越而来。如果是这样,那说不定在现实世界中他已经死了。

死了?!

想到这里,赵哲的眉头顿时拧成了个疙瘩。他帮警队潜入贩毒团伙当了一次卧底,在收网时误打误撞被枪击中了前胸。可就这么死了,他觉得太突然。

赵哲自幼丧父,是被母亲独自抚养大的,假如自己死了,母亲一定伤心欲绝。原本还想着,只要努努力就可以在省城赚钱买房,将母亲从老家接来颐养天年,没想到这么快一切就化为泡影。想到这些,他顿时感到强烈的无力感。

赵哲拼命说服着自己冷静下来,随后坐到了桌旁的一把木凳上。由于心里难过,他一直耷拉着脑袋,直到无意中抬起头来看到铜镜中的自己。

这是一张俊俏而又憔悴的脸,皮肤白皙,鼻梁挺阔,剑眉星目,如果将披散在脑后的头发盘好,他绝对算得上是美男子。放在现代,一定是被女孩追捧的偶像。

好吧,如果真的死了,能够躲在这个陌生人的身体里体验不同的人生,倒也不亏。

想到这里,赵哲的心里稍稍感到了一丝慰藉,他向镜子里的人苦笑了下,镜中人也牵动了一下嘴角。

整整一个晚上,赵哲的情绪一直起起落落。直到次日天明,舱外再次传来脚步声,他才暂时收敛了难过的心情。

"公子,你脸色怎么这么差,莫不是一夜未睡?"

李思云端着一碗鱼汤出现在了赵哲的面前,见对方脸色这般苍白,登时被吓了一跳,继而关切地问道。

　　赵哲对李思云笑了笑,解释道:"我没事,只是之前睡得太多,所以睡不着。思云小姐,还要多谢你的帮助。"

　　赵哲边说边将手伸到李思云的面前。对方害羞得慌忙躲闪,他这才想起古人向来讲究男女授受不亲,确实不该这么大大咧咧地握手。想到这里,他的脸上浮现出一丝尴尬。立刻收回了手,结结巴巴地问道:

　　"那个……思云姑娘,这鱼汤是给我的吗?"

　　李思云正不晓得如何是好,一听这话,连忙将碗递到赵哲的面前,稍显慌张地说道:

　　"这是鲤鱼汤,对养伤极好,公子快趁热喝下。"

　　赵哲笑了笑,伸手接过鱼汤。在李思云的注视下,他用碗中的调羹喝了口汤,啧啧赞叹道:

　　"这汤味道鲜美,确实好喝。"

　　李思云听到对方的夸奖,心中顿时安定了不少,瞬间笑靥如花。

　　"公子喜欢喝就好,外面的锅里还有很多,思云再去盛来便是。"

　　"谢谢。"

　　赵哲向李思云道了声谢,引着她来到桌旁坐下,继续喝了几口鱼汤,貌似不经意地问道:

　　"思云小姐,昨晚李老伯说你是在哪里发现我的?"

　　"黑森林。"

　　"对,黑森林!"赵哲点了点头,"你能跟我说说当时是怎么回事吗?"

　　"我那天到黑森林里采玄参。最近,我爹身体不大好,整夜整夜咳嗽睡不着觉,郎中说必须用玄参和鲤鱼一道炖汤喝才能有所好转,故此那天才去的黑森林。"

　　赵哲点了点头,动容地说道:"姑娘孝心可嘉,也多亏你那天去了黑森林,我才得以获救,多谢姑娘。"

　　赵哲边说边站起身来,向李思云鞠躬致谢。

　　李思云的脸上现出一丝愕然,很快便又恢复了平静,笑着说道:

　　"公子无须多礼,我爹常说江湖人都不容易,如果遇到难处,就该相互帮上一把。我既然遇到你落难,就断不会袖手旁观。对了……"

说到这里,她犹豫了下,从袖筒中取出一管药膏,递到了赵哲的面前。

"这是郎中开的药膏,是他家的祖传秘方。前几日公子昏迷不醒,一直是我爹帮你上药。如今既已好了许多,以后就由你亲自完成吧。"

赵哲看了看李思云,随后又看向她手中那用黄纸包着的药膏。没想到这宋朝人竟然有这么好的医术?想到这里,他心中顿时生出了几分诧异。

"思云小姐,这药膏是抹的?"

"不是。"李思云笑着摇了摇头,"吃的。"

"吃的?"赵哲惊讶地说道,"那得相当贵吧,我跟你说,这要是在省城的大医院,一管药膏都要好几百。"

"省城?医院?"李思云诧异地问道,"那是何物?"

赵哲听对方发问,登时察觉自己说漏了嘴,于是眨了眨眼睛,一本正经地说道:

"这医院嘛,就是医馆,里面有好多郎中。不过这些郎中的医术都没有多高超,不能包治百病,所以只能各司其职。还有许多仪器,都是配合治疗用的。"

"哦?"李思云惊讶地点了点头,又好奇地问道,"这么说来,公子的来历定是极为不凡?"

来历?……赵哲暗暗苦笑了下,总不能说自己来自八百多年后的2023年?要真的这样说,恐怕对方就算不被吓死,也一定会把他当成疯子吧。

见李思云仍好奇地看着自己,赵哲突然用双手抱住脑袋,再次痛苦地呻吟起来。

"公子,你怎么了?"李思云顿时慌乱起来,急急起身问道。

"思云小姐,我也不知道是怎么了,只要一想起过去的事情,脑袋就非常疼,说不定是失忆了。"

"公子一定是太累了。"李思云伸手将赵哲扶起来,边走边说道,"想不起来也没关系,先把身子养好,其他事情留待以后再说。"

待赵哲躺到铺上,她又拿过被子盖在对方的身上,笑着说道:

"公子好好睡上一觉,一会儿还有客人,思云先去招呼,晚些时候再来看望。"

赵哲道了声谢,他注视着思云离开,随后又兀自看向了舱顶。或许是昨晚一夜未睡,的确有些累了,眼皮越来越沉,很快便沉沉地睡了过去。

梦境缥缈,赵哲觉得度过了一生一世,等到他再次睁开双眼,早已到了掌灯时分。

奇怪的是,船舱里此刻却是漆黑一片,李立父女并未前来。

赵哲摸索着来到桌前,仿照电视剧里的情景用火石点燃了蜡烛,借着微弱的烛光,他发现桌上不知何时已经放了一碗面,上面还有一块喷香的咸鱼。不仅如此,桌子底下竟然还放着一把带剑鞘的宝剑。赵哲弯腰拿起宝剑,细细打量了下,随后从剑鞘里拔出了宝剑。

在烛光的映照下,剑身薄如蝉翼,寒光闪闪,一看便知道是可破千敌的上乘兵器。

不知为什么,赵哲不仅对这把剑没有一丝陌生感,反而感到非常熟悉,就好像这把剑原本就属于他。不仅如此,脑海中也浮现出了一个看不清脸的古装男子,在开满白梅的林中不停舞动着手中的这把宝剑的场景,随着动作来回切换,花瓣片片飘落到了地上。

与此同时,赵哲开始舞动手中的宝剑。尽管是第一次,但他的动作如行云流水一般,随着旋转,身子变得越来越轻盈。

也不知道舞了多久,赵哲突然听到从外面隐约传来了一阵琴声,间或有人低低吟唱。他将手中的宝剑放回原处,好奇地走出了船舱。

此外,赵哲发现乌篷船已停靠在码头上,在距离船不远的亭子里,穿着一身白色衣裙的李思云正坐在石桌前低头弹奏着古琴,旁边的石凳上则坐着三位喝茶听曲的客人。

"烟笼寒水月笼沙,夜泊秦淮近酒家。商女不知亡国恨,隔江犹唱后庭花。……"

赵哲听得真真的,他知道李思云唱的这首曲子叫作《泊秦淮》,是晚唐诗人杜牧所作。这个时候听到这首曲子,情感上生出强烈的共鸣。

尽管没有亲历,赵哲也曾从书上看到过,绍兴十二年时南宋建立不久,在经历了父兄被俘、北宋灭亡等一系列打击后,宋高宗赵构犹如惊弓之鸟,但凡有风吹草动便能让他瞬间失控。也正因为这样,他才会不顾朝臣劝阻,听信奸臣秦桧的谗言,义无反顾地除掉曾立下赫赫战功、一心北伐的忠臣岳飞,就此背上了昏庸皇帝的骂名。

想到这些,赵哲在心里暗暗叹息了一声。

一曲终了，李思云双眼含泪。尽管只是普通船娘，她也有着为国分忧的想法。

"思云，你这曲唱得真是越来越好了。"坐在李思云右侧石凳上的年轻男子边说边将李思云的右手拿了起来，边打量边笑着说道，"只是弹琴的指法应再注意些，不能只是简单地弹，而是用心用情慢慢体味，只有这样才能做到人琴合一。"

赵哲见李思云没有说话，只是害羞地低着头，顿时怒火中烧，快步来到亭子里，伸手拉住了那人的衣领，将其直接从石凳上拽了起来。

"你这个混蛋，怎么能对人家女士这么不尊重？看我今天不好好教训你！"

说完，他猛地挥起拳头，重重地打在了那人的身上。

那男子还不晓得怎么回事，便挨了一拳，急急后退了好几步。这才看清楚，自己面前的是一个身着白色水衣、面容憔悴、长相清俊的年轻男子。倘若将其放在画中，也绝对当得上"画中仙"的美名。

"你是……"

赵哲还没来得及答话，李思云便快步上前，伸出双臂将那人护在了身后。

"思云小姐，这是干吗？这人明明是在欺负你，干吗还要这般护他？"

李思云连忙解释道：

"公子有所误会，这两位都是思云的好友，并非登徒子。"

赵哲一愣，紧皱双眉"哦"了一声。

李思云见赵哲面露尴尬，便又介绍道：

"这位先生叫徐文广，是临安城里最著名的琴师，思云一直随徐先生学琴。这位叫吴海潮，是很著名的画师，他的一幅《兰花图》曾让达官贵人给出三千两银子的高价。"

"这位仁兄，不知怎么称呼？"

李思云听到吴海潮的问话，眼神也变得好奇。对于这个被自己所救并照顾了数日的男子，她确是该好好问清楚底细。

赵哲眨了眨眼睛，随后目光越过了众人，落到了停在岸边、在月光的照射下显得极为朦胧的乌篷船上。

"我叫温若初。"

"原来是温兄，失敬失敬。"

徐文广方才见赵哲和吴海潮谈得这般投缘，心中也生出了几分友善。此刻听对方介绍自己，便也抱拳问好。

"温兄，不晓得你家居何处？靠何为生？"

"这……"

徐文广的问话让赵哲不知如何回答，总不能说自己是警察学院的硕士研究生，过去曾是报社的政法记者，因为受伤才莫名其妙来到这儿吧。可如果不这么回答，又该怎么说呢？

李思云见赵哲支吾了半天，仍说不出来，便在一旁笑着说道：

"二位先生有所不知，温公子先前受了很重的伤，是被我从黑森林里救回来的。如今他大病初愈，并未完全康复，尤其是脑力更是如此，郎中说还需假以时日才能痊愈，不当之处还请见谅。"

吴海潮二人交换了个眼色，对李思云的说法深信不疑。

"这样说来，此事怪不得温先生。"吴海潮笑着说道，"温兄，咱们虽说是初见，但既然都是思云姑娘的朋友，相信亦会极为投缘。要吴某说，不妨咱们今晚就一道多喝几杯，可好？"

赵哲的身体还没有完全康复，还没等他说话，李思云便又急急劝解道：

"温公子暂时不宜饮酒，还请先生见谅。"

"哎，思云，这可就是你的不是了。"徐文广笑着说道，"江湖儿女本就该无拘无束，况且酒逢知己千杯少。要徐某说，温兄这酒今夜可以少喝，但不可不喝。"

"徐兄说得没错，温兄弟，请到船上一叙。"

吴海潮边向赵哲做了个请的手势，边笑着说道。

少顷，在缥缈的古琴乐曲声中，一艘乌篷船飘飘荡荡地行驶在河面上，朦胧月光下，美似一幅山水画。

船上，赵哲尽管只和吴海潮二人说了一会儿话，却已然将对方视作能够推心置腹的知己。随着桌上的酒一杯杯下肚，他的话也变得越来越多。

"吴哥、徐哥，二位才华横溢，温某着实佩服。"

说到这里，他伸手拿起桌上的酒坛，依次在身旁二人的碗中续上酒。

"温贤弟过奖了。"吴海潮笑着点头道，随后他的表情又变得有些惆怅，"只可惜我们身为热血男儿却是报国无门。"吴海潮紧皱双眉说道，说到这里,他拿起桌上的酒碗,仰头喝光了碗中的酒,"说起来,咱们两个都曾在岳将军的帐下待过,可惜到头来却只能孑然一身漂泊四方,说起来确是可叹。"

"徐哥,这么说,你们都是岳家军的人?"赵哲微微一怔,随后拊掌大笑道,"都说偶像远在天边,今天却是偶像近在身边。来,二位哥哥,我来敬你们一杯。"

说完,赵哲拿起酒碗起身向徐文广等人说道:

"能够有你们这些朋友我可真是太高兴了,以后你们就是我的榜样。二位哥哥,来,咱们喝光这碗酒。"

吴海潮等人被赵哲说得心潮激荡,纷纷起身附和。李思云见此情形,便也站起身来,笑着说道:

"三位兄长,你们当真好热闹,要不思云也来凑个热闹可好?"

"当然好。"吴海潮豪爽大笑道,"思云妹子这个热闹确是可以凑得,快来,这好酒好肉可都给你留着呢。"

李思云虽是女子,但因为人在江湖,久而久之身上也有了男儿特有的豪爽慷慨,加之又与吴海潮等人一向交好,故此心中早已将其当作兄长,言语行动便也不受拘束。听到这话,便也快步上前拿起酒坛,在众人的注视下仰头喝了一口酒。

"思云妹子,真好酒量。"

须臾,待李思云将酒碗放到桌上,徐文广竖起大拇指笑着说道,

"这举止还真有些江湖儿女的洒脱,属实令我等须眉佩服之至。"

李思云抬起手来抹抹嘴唇,笑道:"徐先生说笑了,思云就是个在运河跑船唱曲的船娘罢了,平时我们父女还要多靠大伙儿帮衬。话说回来,我还当真希望有朝一日能够像先生们这样为国效力。"

"思云妹子放心,一定会有机会。"吴海潮说到这里,又将目光移到了徐文广的身上,"徐兄,我听说岳将军在狱中写的那本书到现在仍不知所终,思云妹子整日跑船,倒不如请她多帮忙打听下?"

"书?"

李思云虽说和徐文广二人平日交往颇深,却也从未听他们提及过这本书。此刻听吴海潮这么说,顿时心生好奇。

"那是何物?"

吴海潮见徐文广点头,便笑着说道:"思云妹子有所不知,岳将军临终

前曾在狱中写过一本书。因为他别名武穆,因此这本书也被人称作《武穆遗书》。"

"《武穆遗书》?!"

赵哲听到这里顿时惊讶地瞪大了双眼,他以前曾在金庸的小说里看到过这本书,此书同时涵盖了将帅之术、战争之法,以及帝王权谋,故此成为各大武林门派抢夺的焦点。以前总觉得这本书是作家虚构的,没想到居然是真的,倒当真令人惊讶。

"怎么?温兄弟也晓得此书?"

赵哲听到吴海潮的问话,方才知道自己表现得有些夸张,于是故作平静道:

"以前倒也听人提起过,据说这本书内容包罗万象,确是一本难得的奇书。"

"没错。"徐文广接话道,"温贤弟说得对,此书倾注了岳将军的全部心血,无论被谁拿到都会发挥不可估量的作用,所以必须抢在头里找到才行。思云妹子,你每天都会与不同的人打交道,不知可否愿意帮忙?"

"这个自然。"李思云郑重地许诺道,"三位先生放心,思云必将竭尽所能。"

"好。"吴海潮见李思云如此言说,心中顿时也激动起来,拿过酒坛分别给众人续上酒水,拿着酒碗说道,"思云妹子,感谢你的大仁大义。来,吴某斗胆,先替岳将军和天下人敬你。"

"先生言重了。"

李思云说完,又仰头将自己碗里的酒一饮而尽,向众人笑着说。

寿王府侧厅,一个身着紫色袍子、长发束冠的年轻男子正紧皱双眉,在室内来回踱步。突然,从门外的树上传来了一阵窸窸窣窣的脚步声。

"钟鸣。"

随着年轻男子轻唤,一个身着黑衣、十五六岁的男孩出现在了他的身后。

"寿王当真好耳力,居然隔着这么远都能听出是我。"被唤作钟鸣的男孩双手抱拳恭顺地说道,目光中满是钦佩。

赵伯衍微微点了点头,仍旧紧绷着脸。面前的这个少年尽管和他名

穿宋之宝阶

义上是主仆,但由于五岁时便被卖到府中,时间一长竟也变得如同兄弟般亲近。

"钟鸣,我让你打听康王的下落,可有眉目了?"

钟鸣摇了摇头,踌躇地说道:"禀告寿王,这些日子钟鸣找了所有康王可能会出现的地方,却终是一无所获。"

"哦?"赵伯衍皱了皱眉头,"没有下落?按理说不应该,即使是死也总有个尸首才对,莫非在黑森林中便已葬身蛇腹。"

"属下确实不知。"钟鸣摇了摇头,"那蛇神出鬼没,属下实难寻其踪迹。"

赵伯衍听到这里顿时动起气来,从赵伯琮在黑森林里失踪到现在,已经过去了大半个月,却始终杳无音信,这不禁让他极为心焦。

作为皇位竞争者,赵伯衍和赵伯琮尽管名义上是兄弟,实则心里早已对他极为排斥。尤其是赵伯衍心胸极为狭窄,出于对赵伯琮的嫉妒,更是早已萌生了除掉对方的想法,只是由于时机未到,才迟迟未能动手。

如今赵伯琮消失在黑森林里,倒恰好给赵伯衍提供了一个极好的机会。故此他派钟鸣前往各处打探,以便能够抢在父皇找到他之前将其除去。只可惜打听了这么久,却仍是没有一点眉目。

"如今圣上已经派人到各地张贴布告打探康王的下落,咱们若想达成所愿,就必须尽快将人找到。钟鸣,本王晓得你辛苦,不过还得再坚持坚持。若是将此事办成,等本王日后登上皇位,必定会让你荣华富贵享用不尽。"

赵伯衍这番话可谓恩威并重,既给了钟鸣压力,同时也许给其好处。他相信在这两者的作用下,对方必定会义无反顾。

果不其然,钟鸣在听完这番话后,立刻双拳紧抱,表态道:

"士为知己者死,寿王向来待钟鸣不薄。钟鸣必将赴汤蹈火,万死不辞。"

说完,钟鸣又深深地看了赵伯衍一眼,转身走出侧厅。少顷,随着他的脚步声在树上消失,外面只剩下呼呼的风声。

数日后黄昏,运河岸边,赵哲独自坐在乌篷船里,双眼直直盯视着面前被风吹皱的河水,兀自发呆。穿越到南宋这么久,也不晓得母亲现在状况怎么样,要不是身为政法记者的他帮助刑警队到贩毒集团卧底被人用

枪击中,眼下一切或许就不会发生了吧。

然而正如在一本书里看到的那样,赵哲相信所有的事情都不会平白无故地发生,背后定都会有关联,那他到宋朝来又会是为什么呢?

"登徒子……"

突然,一声清脆的呼唤在赵哲背后响起。他转过头去,只见李思云微笑着看着自己。

"怎么了?干吗一个人在这里发呆?"

这几日的相处,使他们两个人早已没有了初见时的局促,变得熟络起来。

赵哲没有说话,只是摇了摇头。

李思云见赵哲这样,也没有再继续问下去,只是在他的身旁坐下,用右手托着下颌,静静地看着河水发呆。

相对沉默了半响,李思云才又开口道:

"登徒子,一直想问你。除了名字,你当真什么都想不起来了吗?"

赵哲侧头看了一眼李思云,随后又看向河水,稍稍沉吟了下,犹疑地说道:

"是啊,除了一些模模糊糊的影子,确实什么都想不起来。即便是影子也缥缈得像是梦一样,说不清楚究竟是梦还是曾经真实发生过的事情。"

赵哲这样回答绝非信口开河,这些日子以来,除了在现代都市里经历的那些事情,也会有一些古代的影子在他的脑海中晃动。这次的奇遇着实让他震惊到无法适从。特别是在遇到了吴海潮等人,知道了《武穆遗书》之后,这样的想法就变得越加强烈。

李思云和赵哲的想法不同,听到对方这样回答,她的脸上立刻浮现出兴奋的神情,笑着说道:

"看来郎中的药还是有效果,你也不必勉强。既然能够想到一些事情,那就说明病情已经有所好转,我相信假以时日一定会康复。"

"谢谢。"赵哲侧头看向李思云,只见此刻夕阳的光线洒在她的身上,整个人显得越发灵动美丽,可惜穿的是布衣,若是像名门望族的小姐那样换上丝绸做的衣裙,再佐以云鬟妆容,一定是个一笑倾城、再笑倾国的绝代佳人。

李思云见赵哲不说话,只是呆呆地看着自己,不觉有些尴尬,用手摸了摸脸，诧异地问道：

"登徒子，你干吗一个劲儿地看着我？莫非我脸上有脏东西？"

赵哲听到问话，便也觉得自己有些失态，脸上不觉发热。他虽说此前生活在现代社会，是记者，每天都和不同的人打交道。但像方才那样专注地看一个人却是从没有过，因此心中不免有些尴尬。

李思云原本就是女子，见赵哲这样，便也忸怩起来。二人不再说话，只是又将目光投向了河水。许久才再次开口道：

"谢谢你。"

"谢我？"赵哲侧头看向李思云，讶异地问道，"谢我什么？"

李思云听到对方问话，便也抬头说道："谢谢你那夜愿意帮我，虽说是误会，却仍让我感到温暖。这些年我一直随着爹爹在运河上跑船唱曲，从没有遇到过一个像你这样待我的人。除了爹爹，真的只有你对我这么好了。"

说到这里，她的眼睛有些泛红。在外人看来，江湖儿女为人行事向来洒脱，背后的苦楚亦是不被人知，只能独自忍受。

赵哲见李思云这样，心中也不觉难过起来。沉默须臾，他耸了耸肩，故意笑着打趣道：

"想不到你这个江湖女子情感这么丰富，居然说着说着就要掉金豆子了。要不我就好人做到底，再借你一件东西。"

"借我东西？"

"嗯。"赵哲抬起左手拍了一下自己的右肩，笑着说道，"借你肩膀靠一下。"

李思云的脸上登时浮现出红晕，蓦地站起身来，眉头紧锁怒叱道："登徒子，你是不是又想占本姑娘的便宜？跟你说，我李思云的便宜可不是谁想占就能占的。"

赵哲错愕地看着李思云，不明白对方为什么会突然间发这么大的脾气，不过就是平常的一句话，至于发这么大的火吗？

李思云见对方不说话，心中的火气更大，重重地跺了一下脚，头也不回地走下了乌篷船，只剩下赵哲独自看着她的背影发呆。

是夜，赵哲和李家父女围坐在桌旁一道吃着晚饭。虽说桌上只有一盘清蒸鱼和一碗土豆丝，三人却吃得津津有味。只不过和平时不同，赵哲和李思云不再像平时那般说笑，只是闷头各自吃着碗里的饭。

李立并不晓得之前发生的事情,见他二人这样,好奇地发问:

"你们俩今儿怎么了?一句话都不说?莫不是身子不舒服?"

赵哲侧头看了一眼坐在他身边的李思云,见其仍垂着眼皮一副委屈的模样,便笑着对李立说道:

"大伯,是我不好,今天无意中冒犯了思云姑娘,还请她多包涵。"

"哦?说来听听?"

李立并没有生气,只是笑着说道。自打赵哲来到船上,除了伤重昏迷的那段时间,他一直忙东忙西不肯休息。不仅如此,由于年龄相仿,性格相近,女儿思云的脸上逐渐有了笑容,作为父亲,他也觉得生活更有奔头。

说实话,如果可以,他这个当父亲的还真愿意将女儿许配给面前的这个年轻人。

"这……不好吧……"

赵哲看着李思云,见对方正绷着脸看着自己,顿觉有些为难,

"其实也没什么,就是玩闹得有些狠了,所以不小心惹到了思云姑娘,让她发火,真是过意不去。"

李立见赵哲说得这般诚恳,便也劝说女儿道:

"思云,既然温公子都这样说了,你也就不要再生气了。年轻人说话做事原本就没有分寸,况且舌头哪有碰不到牙齿的,不必事事较真。"

李思云此时正在气头上,难免将赵哲的道歉当成故意做戏。听父亲这样说,心中的怒气更是不打一处来,只是碍于场合不便发泄罢了。

"爹,你放心,我晓得该怎么做。"

说完,她狠狠地瞪了一眼赵哲,将话说得像是从牙缝里挤出来一般。

"温公子,都是思云脾气不好,还请多包涵。"

"没事。"

赵哲见李思云这样,顿时哑然失笑,尽管如此,仍一本正经地说道:

"思云姑娘不生温某的气便是好的,其他无妨。"

"你们年轻人偶尔打闹也是好事,这样可以增进感情。好了好了,赶快吃饭吧,忙了一整天,早些歇息才是要紧。"

赵哲和李思云听李立这样说,便双双点头,继续吃起饭来。

次日,李思云整整一天都没有理会赵哲,每次只要对方近前,她都会绷着小脸,一副拒人于千里之外的模样。赵哲心知李思云的想法,便也不

予计较,只是笑笑罢了。

是夜,月光如洗,照在停靠在岸边的乌篷船上。李思云独自坐在船头,拿着一支箫,箫声呜咽,让人心里很是难过。

或许是所有心思都投入到乐曲的演奏中,就连赵哲渐渐靠近的脚步声都没有听到,直到对方站在面前,乐曲声才猝然被打断。

"想不到思云姑娘琴弹得好,箫也吹得这么好。"赵哲嬉皮笑脸地说道,"真是让人佩服之至。"

李思云没有说话,只是瞪了对方一眼,径直起身向船边走去。赵哲见状连忙伸出手来,挡住了她的去路,笑着恳求道:

"姑奶奶,你从昨天发火到现在,总该好了吧?常言道,杀人不过头点地。你大人有大量,就不要再和我计较了。"

李思云转头看着赵哲,仍旧没有说话。忽然伸出一只手,趁着对方不注意,猛地将其推入河中。

尽管靠近岸边,河水也并不深,但由于赵哲原本不会游泳,冷不防地进入水中,顿时连呛了几口水。不仅如此,他的脑海中也随之出现了很多意想不到的画面。那些画面中的人分明就是穿着古装的他和李思云,分分合合,就像是一对痴缠爱恋的情侣。

我这是怎么了?难不成要死在这里?所以才出现了幻觉?

赵哲在心中暗暗苦笑,还没等想出个所以然来,便又隐约听到"噗通"一声,一个美人鱼般的女子快速地游到了他的身边,用手拽着他的胳膊把他重新带回船上。

借着月光,赵哲看清救自己的不是旁人,正是方才将自己推入水中的李思云。

不过,由于方才已经耗尽了所有的体力,此刻浑身湿漉漉的赵哲只能疲惫地躺在船板上。李思云见他这样,便也不再说话,直接在附近躺倒。

二人就这样静静地仰望着星空,过了好一会儿,赵哲才开口问道:

"姑奶奶,你气也出了,还把我推到水里,这下总该原谅我了吧?"

李思云没有说话,只是用鼻子"哼"了一声。

赵哲听到声音,无奈地笑道:"那我就当你原谅我了。对了,我跟你说啊,我跟你们这些常年在江湖上的人不一样,打小就是旱鸭子,根本学不会游泳。要不是你刚才把我拉到船上,我真的可能被淹死了。"

说到这里,他翻身坐起,双眼直视着李思云,嬉皮笑脸地说道:

"好在没有出事,不然你还不得愧疚死?"

"愧疚?"李思云也坐起身来,用一双似繁星般闪亮的眼睛瞪着赵哲,不饶人地回应道,"我凭什么愧疚?说到底,就是你不对,一个劲儿地想占本姑娘的便宜。就你这副登徒子的轻薄模样,给你点颜色瞧瞧也是应该。"

李思云边说边举起拳头,似乎下一刻就要打到赵哲的身上。

"姑奶奶,饶命吧。"赵哲故意作出一副害怕的样子,连连向对方作揖道,"小的再也不敢了。"

"这还差不多。"李思云放下手,满意地说道,"对了,登徒子,瞧你的举止做派和我们这些江湖人不一样,也许爹说的是对的,你的确是个富家公子。"

"富家公子?"赵哲不禁哑然失笑,"要真是这样就好了,那我就可以过上整天被人伺候的日子。"

由于父亲早逝,自从有记忆、懂事的他便主动分担母亲肩上沉重的担子。但凡有时间,就会竭尽所能地做家务,确实没有体会过被人照顾的感受。

"那还不容易?"李思云笑着打趣道,"你只要娶上一个娘子,不就什么都有了吗?"

"这个嘛……"赵哲眨了眨眼睛,"我呢,虽然生来就是盛世美颜,做事却一向讲究原则,不是谁贪恋我的美貌都行的。譬如说……"

"譬如说什么?"

"譬如说……"

赵哲说着,蓦地起身来到船边,边蹲下用手撩着水向李思云泼去,边调皮地笑着。李思云猝不及防地被泼了一身水,也快步来到船边,学着对方的样子泼水。

随着水在星空下化作一道道瑰丽的虹,开心的笑声打破了夜的寂静。

是夜,唐王府卧房一片黑暗,身着水衣的赵伯麟此刻在床榻上辗转反侧,久久难以入眠。自打兄长赵伯琮失踪,家中就发生了极大的变故。父母原本就年老体衰,加之伤心过度,身体较之先前虚弱许多,整日唉声叹气,让人郁闷。为了尽快找到兄长,赵伯麟此前便已派人兵分几路到处寻访,却迟迟没有消息。

兄长啊兄长，莫非你当真不在人世了？

赵伯麟正满面愁容，惆怅地想着，外面突然传来一阵脚步声，随后便听到有人轻轻敲门。少顷，侍女碧儿将门打开，压低声音说了几句话，拿着蜡烛来到里间，小心翼翼地说道：

"王爷，赵朔回来了，说是有很重要的事情要跟您说，是否要他进来一叙？"

赵朔和碧儿一样，都是自小跟在赵伯麟身边与其一道长大的。故此，成年后尽管立府单过，仍被赵伯麟视为最可依靠的人。不仅如此，碧儿和其他府中的侍女一样，和赵伯麟亦有着特殊关系。只待日后迎娶王妃，再将她收入房中。

赵伯麟听碧儿这么说，坐起身来吩咐道："让他进来。"

碧儿说了个"喏"字，便退了出去。工夫不大，就见一身布衣的赵朔急急忙忙地走了进来。一段时间不见，赵朔憔悴了许多，可见为了找赵伯琮没少费心思。

赵伯麟见赵朔要向自己请安，连忙起身将其拉住，急急问道："赵朔，你可是有康王的消息了？"

赵朔犹豫了一下，点了点头。

赵伯麟见状，眼前顿时一亮，一直悬着的心也随之放下。

在做了个深呼吸后，赵伯麟兴奋地说道：

"赵朔，既然你找到了康王，那还不速速带本王前去？"

"王爷……"赵朔一副踌躇的模样，低着头说道，"康王如今和之前判若两人，只怕连您都不认识了。"

"哦？"赵伯麟皱了皱眉头，"此话怎讲？"

"底下的人说康王如今在大运河上跑船，和一对船家父女朝夕相处。不仅如此，据说和岳家军的人也交往甚密。"

船家？岳家军？！在赵伯麟的印象中，兄长向来行事稳重，从来不会做出这样出格的事情，莫非那人不是兄长？是底下的人认错了？

"你们可看清楚了？"

"看清楚了，那人确是康王。只是他可能在黑森林中遭遇了变故，所以才性情大变。我们也是凭着他腰间的金鱼袋认出来的。"

金鱼袋、银鱼袋乃是宋朝贵族男子随时带在身上，用以辨认身份的物件，因为形似鱼状，故此得名。

赵朔见赵伯麟狐疑地看着自己，又补充道："前几日，康王到运河附近的一家酒肆沽酒，身上没带银钱，便将金鱼袋拿出来作抵押。刚好被咱们的人瞧了个正着。"

赵伯麟听到这里顿时露出动容的神情，兄长向来为人骄傲，如今竟要用物品抵押换酒吗？看来这日子定是极不好过。

想到这里，赵伯麟又重重地叹了口气："赵朔，康王变成这样，也是本王保护不周。明上一早，你在前面带路，本王随你去运河认亲。"

"是。"

城外山道，马蹄声响、落叶纷飞，十数匹快马倏忽在山谷中闪过，所到之处尽皆回声。

运河上，赵哲此刻极为悠然。他边和李立一道摇着乌篷船，边听李思云在船舱里弹奏古琴。琴声袅袅，顺水飘远，举目四望，到处都是一派安然的景象。

"若初，看你这几日的气色不错，想必身子应该大好了。李某想若是你有些许回忆，还应早日往家里捎封书信，也可让家人宽心。"

李立提起了赵哲的伤心之事，赵哲的神情随之黯然。对方哪里知道他不是不想和家里联系，只是不知该如何跨越这近千年的距离。以前工作忙，母亲打电话嘘寒问暖，总觉得唠叨得让人心烦。可如今再想听这唠叨，却已然做不到了。

唉，现在才知道什么叫作"万里归鸿，锦书难托"！

想到这里，赵哲在心中默默地叹了口气，低下头去看着水中的倒影，只见此时水面如镜，照出了一个俊俏的儿郎。怕是如今自己的样貌，母亲也要认不出来了。

赵哲正胡思乱想，岸边突然传来一阵急促的脚步声，声音越来越近。

赵哲猛然抬起头来，一个二十岁左右、身着褐色布袍的年轻男子出现在视线中。

"老爹，你瞧，是宋丰！"

赵哲用左手指着岸上的来人，对李立说道。

宋家和李家一样，都是常年在运河上以跑船为生，住在附近渔村的船民。由于年纪相仿，这段时间除了李思云外，赵哲和宋丰接触的时间最多，二人也因此成了朋友。

"李老爹！温兄弟！快上来，有事找你们！"

穿宋之宝吸渡

宋丰在岸上看到赵哲用手指着自己，便抬起手来边招手边大声说道：

"若初，看宋丰这样子确实像有急事，咱们还是上岸吧！"

李立边说边掉转船头，用手中的竹篙撑着船缓缓向岸边划去。时间不长，乌篷船便已来到岸边，待李立三人用绳子将船系好，这才又一道看向了宋丰。

"宋丰，你这么急着找我们有什么事啊？我们正打算到深处打鱼。"赵哲笑着说道。

"是啊，宋丰，你若是遇到什么难处，但说无妨。"李思云安慰道，"只要能帮一定帮。"

宋丰连连摇头："不是我，是温兄弟。"

"若初？"李立看了一眼李思云，又和赵哲对视一眼，疑惑地问道，"他怎么了？"

"方才村子里来了十几个人，虽说表面看上去客气，实则一眼就知道是官府的听差。他们手里都拿着一幅画，挨个问有没有见过画中的人。"

说到这里，宋丰瞟了一眼身旁正听他说话的赵哲，犹豫了下，继续说道，

"虽说那画像并不是很真切，可我一眼就看出是温兄弟。"

"我？！"

赵哲的身子陡然一震，心中暗自叫苦，莫非是这具身子的主人以前是个江洋大盗，要不怎么会有官府来找？

李立见赵哲和李思云都是震惊的模样，便又连忙开口问道："宋丰，你可看清楚了？此事绝不能开玩笑！"

"看清楚了，就是温兄弟。"宋丰肯定地说道。

"爹，现在怎么办？官兵都是不好惹的，若是当真被他们捉去，只怕若初就要凶多吉少了。"

李思云伸手拉住了李立的胳膊，急急地说道。

李家父女虽说常年在河中跑船，不像那些百姓备受官府压迫。然而最近几年，朝廷为了财政收入，也给这些水上人家增加了赋税。若是不能按时缴纳，亦是要承担相应的惩罚，对此所有人都心有怨气，只是敢怒不敢言。

况且经过这段时间的相处，李思云也能够确定赵哲并非施恶之人，若

是连好人都要被官府抓,这世道当真是乱了。

相反,赵哲却表现得极为冷静。作为一个拥有现代意识的古人,他倒还真想去会一会那些传说中如狼似虎的官兵,看看到底是现代人厉害,还是古人更有手段。

李立见女儿这样说,也不禁担心起来,看向赵哲道:

"要不你还是躲躲?跟官兵难讲道理,若是被他们捉住,当真吉凶难料。"

"爹说得没错,就是这样。"李思云也从旁劝说道,"若初,虽说我们都相信你是个好人,但毕竟先前的事情你已经想不起来了,若是真的被那群官兵诬陷,恐是难以解释清楚,不如还是听爹的话先到外面躲躲。至于钱你也不用担心,我们可以给你。"

她边说着边看向宋丰,

"宋丰,先前李富不是想买我们的渔船吗?那就把最好的那条卖给他,凑些盘缠。"

宋丰答应了一声,又看了一眼赵哲,随后向来时的方向走去。还没等他走出去几步,后面突然传来了一声:"慢着。"

"若初,你这是要做什么?"李立见宋丰停下脚步,讶异地转过身来,疑惑地问道。

赵哲看了一眼李思云,对李立笑着说道:

"老爹,常言道,没做亏心事不怕鬼敲门。我温若初向来走得端行得正,又为何害怕官兵?既然他们来了,我干脆去会一会好了。"

李思云听到"会一会"三个字,心中陡然一惊,来不及多想,便伸手拉住了赵哲的胳膊:

"若初,你当真是不要命了?那些人向来不讲道理,万一将其惹恼,后果可想而知。"

"放心吧,他们不会怎么样。"

赵哲笑着拍了拍李思云的手,正所谓患难见真情,虽说对方平时嘴厉害,可一旦遇到事情还是会全心全意地为他着想。这样的温暖即使在过去,也从未体会到。若是这样说来,还当真来得值得。

由于着急,李思云此刻的眼睛变得湿漉漉的。她原想继续劝说赵哲回心转意,却见对方向自己摇头,因此也只得将话收了回去。

"宋丰,辛苦你带路,咱们这就去会会他们。"

宋丰见赵哲这般坚持，李立父女也不再多说，尽管心中不愿，也只能按照对方所说的来做。

半响，在三人的陪同下，赵哲来到了渔村。一进村子，他一眼就看到一群身着便服、腰系吊坠、平民打扮的人拿着画像挨家挨户地询问。

"若初，看这样子，这群人今日若是问不出个所以然，是不会善罢甘休的。"

李立担忧地说道，眼睛他细打量着那群官兵。

"要不还是找地方躲躲。"

"老爹放心吧，他们不会拿我怎么样。"赵哲笑着安慰道。

在众人的注视下，他快步来到离自己最近的几个官兵面前，抬起手来轻轻地拍了一下其中一人的肩膀。待几个人转身，他笑着问道：

"你们不会在找我吧？"

赵哲原本以为官兵们定会气势汹汹，却没料到他们竟当场愣在原地，待缓过神来，全都朝着同一个方向头也不回地跑了。

这是怎么了？我又不是洪水猛兽，干吗吓成这样？赵哲错愕地看着那群宋兵离去的方向，心中暗暗发笑。

不过工夫不大，他便已经有了答案。

只见在那群兵士的带领下，一个身着白色丝绸袍子、头上戴冠的清俊男子从远处快步走来。

在来到赵哲的近前后，那男子先是认认真真地打量了一番，随后双眼湿润地上前紧紧拉住了他的手，声音颤抖地说道：

"王兄，你让伯麟找得好苦。"

王兄？！赵哲听到这话心中顿时一惊，双眼瞪得老大，眼神中满是惊讶。要是这么说来，那他在南宋的身份并不是一个普通人，而是位高权重的王室公子？这简直就像在上班路上一时好奇随便买了张彩票，却阴差阳错开出了千万大奖一样，真的太令人震惊了。

很显然，感到震惊的不只是赵哲，宋丰和李立父女也同样瞪大了眼睛，微张着嘴巴，全都是一副匪夷所思的表情。

"那个……"

赵哲呆愣了半响，好不容易才缓过神来。他用舌头舔了舔有些发干的嘴唇，强装镇定地笑道：

"这位兄弟，你认错人了吧。"

"没有认错！"赵伯麟摇了摇头，笃定地说道，"王兄，咱们可是同父同母的亲兄弟，从小又在一块儿长大，再怎么样也不会认错。更何况你腰间还挂着金鱼袋。"

"金鱼袋？"赵哲低头看向自己的腰部，用手指着挂在自己腰间的一个用金丝线精心制成的鱼袋，求证道，"你说的是它？"

"对，这鱼袋顶端的玉石扣是能够打开的，里面绣着名字。无论在哪里都可以当作身份证明，王兄，你不会连这个都忘记了吧？"

赵伯麟在说这番话时，赵哲转头看着李思云，只见其此刻虽已从震惊的情绪中抽离出来，但俏脸发白，也不知道是气得还是吓得。

见此情形，赵哲不禁在心中暗暗自责。

唉，这件事都怪我，我也不知道会突然半路杀出个程咬金，还能遇到认亲这件事，要不然无论怎样，也都不会说谎。

赵伯麟的话音刚落，赵哲便从腰间解下金鱼袋，按照对方所说解开了缝在上面的玉石扣。他起初还存在着侥幸心理，万一对方认错了人，那自己就可以继续留在运河上，和李家父女一道过着逍遥的日子。然而没想到的是，随着扣子发出一声清脆的咔嗒声，用五色丝线绣在绸布上的名字便赫然出现在眼前。

"赵伯琮？！"

"对，你就是康王赵伯琮。"赵伯麟见赵哲说出了兄长的名字，开心地笑着说道，"兄长，先前是伯麟守护不力，才让你在黑森林里失踪，放心吧，这次回去，我一定会加派人手日夜保护，绝不会让你再受到伤害。"

赵哲此刻只觉得大脑一片空白，想不到这世上竟然真的有这么离谱的事情，自己不仅莫名其妙地穿越了，而且这具身子的前主人居然还是个王爷，这样也未免太搞笑了吧。可是之前明明他跟所有的人都说自己叫温若初，虽说只是为了免去尴尬的无奈之举，可随着事情陡然反转，一时间竟真的不知道该如何是好。

"王兄，你在想什么？"赵伯麟见赵哲半晌不说话，便又笑着说道，"莫非还在质疑自己的身份？"

"这位兄弟……不，王爷……"赵哲苦笑着说道，"你不会单凭这个袋子就断定我是你要找的人吧？实话说，这样的袋子在我们那里根本不值钱，要是在机器上做，一天一个人就能做几千个。要是拿到义乌去卖，这样的成色顶多卖到两三百块钱。你总不会因为这个，就断定我就是你要找的人吧？"

赵伯麟一脸茫然。

赵哲见赵伯麟不说话，便又耸了耸肩膀。

"你看，你也说不上来自己到底是不是认错了人？既然这样，那还是先回去，好好确认下再说吧。"

说完，赵哲转身来到一旁目瞪口呆的李立父女和宋丰的面前。

"老爹、思云，咱们回去吧。趁着现在阳光好，还得抓紧打鱼。"

说着，不等其他人说话，他便径直向前走去。

李思云看着赵哲的背影欲言又止，随后看向父亲，见其和宋丰一道正在讶异地看着自己，便也说道：

"爹，既然若初这么做，那就该相信他才对。走吧，咱们这就去找他。"

说着，她又转身看向仍在怔怔地看着这边的赵伯麟，微微蹲下行了个万福礼，拉着父亲和宋丰向赵哲方才离开的方向走去。

"王爷，咱们接下来该如何打算？"

少顷，待一行人走远，赵朔来到赵伯麟近前请示。

"他可是本王的亲兄长，从小到大，无论本王遇到什么事情，他都会第一个站出来支持。"赵伯麟仍一动不动，双眼盯视着前方，委屈地说道，"如今为何会像换了个人似的，居然连本王都不认识了？"

"王爷，您有没有想过，或许当真是咱们认错了人？"赵朔踌躇了下，继续说道，"那人并不是康王。"

"不是王兄，那又是谁？"赵伯麟说到这里，微微一顿，继而紧锁双眉道，"赵朔，你派人在这里盯着，务必查清楚事实真相，随时报与本王。"

赵朔答了声"喏"，随赵伯麟等人转身离去。

是夜，皎洁的月亮藏在薄薄的云层后面，月光也随之变得朦胧。

乌篷船上，赵哲独自坐在船头，看着被风吹皱、不时泛着涟漪的河水发呆。今天的经历对他来说，实在太过戏剧化。虽说知道这具身子的原主人一定会有家人，可没想到身份竟然这么显贵，居然是王府中人。

赵伯琮……赵伯琮……赵哲在心中反复默念。要是这么说来，那赵伯琮应该是宋高宗赵构的养子，他曾在书上看到过当年因为赵构出使金国意外受伤，致使无亲生儿子，后来收养了赵伯衍和赵伯琮，最后将皇位

让给赵伯琮,自己当了逍遥自在的太上皇。

等等!这么说,这具身子的主人就是历史上的宋孝宗赵伯琮?!

赵哲的身子顿时一震,险些蹦了起来。这也太惊人了吧,他这个现实生活中的小记者竟然有一天莫名其妙地当了皇帝,这简直就是电影《甲方乙方》里的好梦一日游。

好梦?!这么说眼前这一切都是假的?!

为了确定这不是梦境,赵哲用右手狠狠地在自己的左臂上拧了一下,顿时疼得龇牙咧嘴。

记得以前和朋友一道去道观玩,曾经跟风抽过一个签,虽说隔了这么久当时解签道人的话忘得都差不多了,却仍依稀记得当时说的就是自己有朝一日会当高官。那时由于只是普通记者,所以并没有把这句话当回事,如今想起,忽而觉得那个道人还是有些能耐的,尤其是最后的眼神更是意味深长。

"登徒子,你吃过晚饭就躲在这里,也不怕风大?"

赵哲转过头,只见李思云用右手抱着一件夹衣,正站在岸上笑着。见他回头,她又笑着说道:

"你想不想夜钓?"

夜钓?赵哲的脸上顿时露出兴奋的表情。他早就听说夜钓好玩,可惜来了这么久,出于安全考虑,李立父女却始终不曾有过这样的安排。

"好啊,咱们这就去。"

赵哲边说边站起身来,伸手将李思云拉到了船上。随着竹篙在河水中轻轻拨动,小船荡荡悠悠地离开了岸边。

或许由于是阴天,鱼儿也认为不会再有人来,竟然一个个全都放松了警惕,不到一会儿,他就满载而归。

赵哲原本想立刻归航,谁知却被李思云拦住。二人来到河对岸一处寂静的树林,先用火石子烧着了捡来的树叶,随后将粗树枝架到火上,开始烤鱼。

半晌,在李思云呜呜咽咽的箫声中,烤鱼散发出阵阵香气,令人食欲大增。

"思云,烤鱼做好了,快来吃吧。"

在赵哲的催促下,李思云将箫别在腰间,伸手接过对方递过来的鱼肉。出乎意料的是,她并没有马上吃,而是从袖筒中拿出了一把精致小巧、刀柄上镶着五色钻石的匕首,精心地将鱼肉分成了几块,随后将鱼肉放在了地上。

"思云,你这是在做什么?"

李思云听到赵哲的问话,微微一笑:"这鱼肉如此好吃,我又怎能独占?还是要和父兄一道享用才对。"

父兄?!李思云的话顿时引起了赵哲的好奇,按理说,李立如今就在另一条船上,他们只要带着剩下的烤鱼回去就能够让其吃饱,而且她什么时候有的兄长,为何来了这么久自己却不曾见过?

"你是不是觉得我是在说谎?"

李思云抬头看着赵哲,神情凝重地说。

赵哲摇了摇头:"没有,我只是觉得好奇。"

"好奇?"李思云戏谑地笑道,"是啊,你是该觉得好奇,按理说,咱们朝夕相处,你该早就见过他们。只可惜,今生是无缘一见了,因为他们都被奸臣害死了。"

"害死了!"

李思云难过地低下头去,半晌,在她的哽咽声中,赵哲断断续续地了解了那件不为人知的事情。

"我其实不姓李,而姓王。我王家世代习武,从开皇年间便世世代代为武将,父亲王茂当年更是岳将军帐下的副将,一生战功赫赫,多次被当今圣上提拔。母亲杜氏,亦是名门闺秀,因与岳家交好,故此便也与岳将军的夫人结为异姓姐妹。我父母一生共育有七子一女,八个孩子,而我正是最小的那一个。"

赵哲听到这里恍然大悟,难怪李思云和其他的渔娘不一样,不仅琴棋书画样样精通,而且还深谙中医药理,搞了半天人家就不是普通人。

李思云却没有捕捉到赵哲细微的表情变化,仍沉浸在自己悲伤的回忆当中。

两年前。正月初三,一大早王茂便独自在侧厅里徘徊。自打岳将军被捕一晃已过去了半年有余,多少文臣武将当廷求情,希望圣上能够看在其一心报国的功劳上网开一面,然而在秦桧等奸臣的一再破坏下,岳将军迟迟未能被放出来。

不仅如此,三天前还有人曾悄悄告诉王茂,岳将军已经被秘密带往风

波亭,以"莫须有"的罪名被毒杀。甚至,连长公子岳云和偏将张宪也未能幸免。

王茂知道,倘若这是真的,那他的死期也定然不远了。夫妻俩和岳家的关系深厚,不仅自己和夫人分别是岳将军和岳夫人的异姓家人,就连女儿思云也早在数年前与岳云订下终身,只等长大成人便择良辰吉日完婚。因此,无论如何,都必须尽快想出个万全之策才行。

然而,还没等王茂想出个所以然来,侧厅外面便传来了脚步声。由于下了一晚上的雪,此时天空还没有放晴,踩在雪上的声音吱吱嘎嘎,每一步都像是狠狠地踩在他的心上。

时间不长,侧厅的门便被人从外面打开。

"爹!"

王茂转身看向来人,正是早前被派出打探消息的三子王凌云。

或许是因为久战沙场,王茂给七个儿子取名也都极为豪气。分别为锦程、希越、凌云、辰逸、擎苍、皓轩和致远。而在这七人当中,由于年纪相仿,性格相近,思云平素与三哥、四哥、六哥和七哥的关系最好,从小到大一直无话不说。

王茂点了点头,示意王凌云将门关上,低声问道:

"凌云,你那里可有岳将军的消息?"

"有。"

王凌云说到这里,无力地低下头去,等再次抬起头,那双原本就因疲倦而布满血丝的眼睛已然泛红。

"孩儿听大理寺看押岳将军的狱卒说,他早在两天前便已身死风波亭,岳公子和张宪将军也已双双在狱中殒命。"

由于同朝为官,加之妹妹和岳云之间又是这样特殊的关系,故此王家早已将其视为自家人,私底下也不直呼其名,统一以"岳公子"代之。

王茂只觉头上晴天霹雳,身子陡然一震,心中满是悲愤。王凌云连忙将父亲扶到椅子上,随后又提起桌上的茶壶,为其倒了杯茶。

半晌无言,王茂的情绪终于渐渐平静。他伸手从桌上拿起茶杯,喝了口茶方才问道:

"此事还有何人知晓?"

"狱卒说此事只有当时在场的人晓得,至于其他人即便是有此言论,也大多是猜测,并未得到证实。"

王茂点了点头,思索片刻道:

"既是如此,那咱们也不必声张。"

"不声张?可万一思云问起,孩儿又该如何说?"王凌云犹豫地说道,"爹有所不知,自打岳公子入狱,思云天天向我们打听狱中的状况。如今木已成舟,若是再不对她据实相告,孩儿只怕……"

"不用怕。"王茂拍了下桌子,起身吩咐道,"此事就按为父说的做,至于思云那里,我自有安排,你无须担心。"

他见儿子还要继续说下去,便又态度缓和地说道:

"你这几日在外面属实辛苦,还是先回房好好歇息,其余的事情按照为父所说便是。"

王凌云见父亲心意已决,也只能不再多说,道了声"喏",转身退了出去。

谁知刚走出侧厅,王凌云便看到妹妹拿着一个银碗急匆匆地向这边走来。眼看其越走越近,附近又无处可避,他只得硬着头皮迎上前去。

"三哥,你回来了?"

王思云并不晓得刚刚的事情,仍是一如既往地活泼开朗,笑声如银铃般清脆。

"娘让我给爹送红枣银耳羹来了,爹今早也不晓得是怎么了,一大早就把自己关在侧厅,连饭都不吃。不晓得是不是岳家出事了?"

说到这里,爱父心切的她边说边嘟起小嘴。

王凌云见妹妹这样,心中不禁一阵酸楚。想不到自小便被家人视为珍宝的思云,命运竟会这般凄惶,还没等过门就死了未婚夫,真是太令人心疼了。

既然事情无法挽回,那么他就听父亲的话,让妹妹再多些快乐吧。

想到这里,王凌云故作平静地笑道:

"哎,你多虑了,岳家若是当真出事,为兄还能不晓得吗?你呀,世间本无事,庸人自扰之。"

"看来是我多心了。"

王思云说到这里,轻叹一声,随后又笑着说道:

"我就说嘛。岳家父子一心抗金,乃是大宋的福祉,圣上又怎会如此昏聩,做下此等草菅人命的事情。不过三哥,你还要继续帮思云打探消息,倘若有进展,一定要告诉我。我先去给爹送吃的了。"

说完,不等王凌云继续说话,她便身姿轻盈地向前跑去,身影倏忽消失。

王凌云转身看着侧厅,心中不由得一阵难过。妹妹生性活泼温柔,与岳云青梅竹马,两小无猜。自打岳家父子入狱,妹妹尽管表现得很坚强,实际上却也憔悴了许多。倘若有朝一日当真得知此事,不晓得是否能够挺过来?

唉,不过爹说得也没错,并非他有意隐瞒,此事确是该走一步看一步,以免贸然说出将妹子彻底逼入绝境。

想到这里,王凌云的心里安定了些许,他轻轻叹口气,转身离去。

侧厅,见门再次被人推开,王茂的脸上露出了诧异的神情。随后,就见王思云如小鸟般轻盈地跑了进来。

"云儿,你怎么来了?"

王茂定了定神,笑着迎上前去。

"爹不听话。"王思云故意嘟起小嘴撒娇地说道,"一大早就将自己关在侧厅里,连饭都不吃。娘怕爹饿着,所以特意让我送来了红枣银耳羹。爹,趁热快吃吧。"

王茂点了点头,心中很是感慨,这些年他们父子领兵打仗,很少有闲暇顾及家中事务。幸亏妻子贤淑、女儿懂事,将家中打理得井井有条,也免去了他的后顾之忧,他原以为这辈子可以一直享受天伦之乐。然而覆巢之下安有完卵,如今岳家出事,只怕王家势必会受到牵连。当真到了那一天,他又该如何自处?想到这里,王茂的心中一阵悲怆。

"爹,您怎么了?"

王思云见父亲没有接过碗,只是定定地盯视着自己,讶异地问道。

王茂定了定神,笑着说道:"没什么,爹就是觉得有些累。思云,你坐下,爹想跟你说说话。"

"不,我给爹揉揉肩膀。"王思云笑着说道,"爹,咱们还是老样子,您吃您的,我做我的。"

"好,还是老样子。"

王茂边笑着说道,边伸手接过女儿手中的碗,在桌旁坐下。

王思云站在父亲的身后,玉手搭在其肩上,轻轻按压着,目光中满是关心。

"云儿,爹想问你,你对终身大事怎么看?"

少顷,喝完羹汤,王茂将空碗放到桌上,探问道。

王思云听到父亲的问话,俏脸上顿时泛起红晕,害羞地低下头去:"爹,好好的,干吗问这个?"

王茂伸手将女儿拉到身前,认真地说道:

"云儿,常言道,男大当婚女大当嫁,你今年已经十六岁,正值花样年华,是时候考虑这件事了。"

王思云见父亲这般说,不禁更加害羞,低着头娇羞地说道:

"女儿但凭父亲做主。"

这不过就是句平常得不能再平常的话,却让王茂心中一阵刺痛,女儿如此懂事,他做父亲的本该高兴。可如今岳家突遭横祸,又该怎么办?

"云儿,你和岳云的关系究竟怎么样?"王茂说到这里,顿了顿,"假使……爹是说假使……假使你们两个人相处得不好,或者他并不是你的心上人,趁着眼下还没过门,一切还都来得及。"

"爹,您今日是怎么了?"王思云抬起头来诧异地问道,"王家和岳家多年交好,女儿和岳云哥哥又是从小一道长大,他对云儿向来体贴照顾,除了岳家,女儿当真想不出还有怎样的归宿。爹,好端端的,怎么说起这个?"

说到这里,她的神情突然变得急切,伸手拉住了父亲,急急问道:

"莫非岳家出事了?"

"没有。"王茂摇了摇头,笑着安慰道,"属下今早已给为父送信来了,岳家父子虽说如今身在狱中,但一切平安,你大可放心。我不过就是一说。"

大可放心?!真的能够放心吗?尽管王茂说得这般云淡风轻,可方才的话却仍重重地敲击着思云,让她整颗心都提了起来。不过既然父亲这样说,她即使有所疑虑,也不能表现出来。

想到这里,王思云又露出了甜美的笑容,撒娇地说道:

"爹,你都要吓死女儿了。云儿晓得爹是为我好,怕我受委屈。放心吧,岳云哥哥他待我极好。我呢,眼下就好好地陪在父母身边,尽好女儿的孝道,等有一天他娶我过门好不好?"

"好。"王茂笑着点点头,伸手在女儿的鼻梁上轻轻刮了一下,"难得我云儿这般有孝心,为父真是太高兴了。云儿,爹有些累了,想独自静一静,你先回房去吧。"

说完,王茂将身子缩了缩,轻轻靠在了椅背上,不多时便发出阵阵鼾声。

王思云见父亲睡着,悄悄从衣架上取来一件衣服,轻轻地盖在了其身上。随后拿起桌上的碗,蹑手蹑脚地推门出屋。

她不知道,就在自己出屋的一刹那,假装睡着的父亲突然睁开了眼,眼神中满是凄楚。

是日黄昏,王府后花园凉亭,王思云倚着栏杆,边看着水中游来游去、忙碌抢食的鱼儿,边不停地将手里拿着的掰成小块的馒头扔到湖里。此刻,她双眉紧蹙,一看便知有满腹心事。

"小姐,您在干吗?是喂鱼还是想把它们撑死?"

丫鬟银铃边说边拿着一碗汤走进亭子,在将汤碗放到桌上后,她转头看向小姐,见王思云一副心不在焉的模样,大吃一惊,急急从王思云手中抢过馒头。

王思云吓了一跳,待看清楚面前的人,神情迅即变得怅然若失。

"小姐,有心事?"

银铃从小跟在王思云身边,早已对其了如指掌,见此情形,关切地问道。

王思云点了点头,随后又摇了摇头。

"我晓得了,你是在为未来的姑爷发愁。"银铃想了想,恍然大悟道。随即她紧紧拉住了对方的手,柔声安慰道:"小姐放心,岳公子吉人自有天相,一定不会有事。"

王思云叹了口气,在银铃的注视下,径直坐在了石凳上。

"银铃,你哪里晓得这朝堂的险恶。常言道,知人知面不知心。你看这朝堂上站着的都是衣冠楚楚的官员。可是好些人面善心狠,心怀鬼胎。别的不说,就说秦太师,大奸似忠。一心做金人的走狗,陷害岳将军父子,使他们锒铛入狱。"

"小姐说得没错。"

银铃听到"秦太师"三个字顿时气得牙根发痒,霎时瞪大双眼,目光中似乎要淬出火来。

"这秦太师着实可恨,别说咱们,就连那坊间百姓都恨不得吃他的肉喝他的血,将这个坏蛋碎尸万段,方能消除心头之恨。不过恶人自有天收,他虽说如今权势显赫,可总有一天会被千刀万剐,永世不得

穿宋之宝鸣泣

翻身。"

"好一个永世不得翻身。"王思云激动地站起身来,"银铃,你晓得我目前最想做什么?"

银铃微微一怔,随后茫然地摇了摇头。

"我想去趟大理寺,打听岳将军父子的情况。"

"大理寺?!小姐,这可不是闹着玩的。银铃听说那地方向来戒备森严,别说是人,就连鸟都飞不进去。"

"没事,你家小姐可是身怀绝技的,谅那些宵小鼠辈也不能将我如何。"

说到这里,王思云的脸上浮现出得意的神色。

王家素以武学传家,作为征战沙场多年的武将,王茂并没有时人那种男尊女卑的思想。不仅如此,在他看来,自己这个小女儿天资聪慧,文采武功都不逊于儿子。也正因此,在王思云四岁那年,父亲便将她送到了普陀山法雨寺,跟随一清禅师修习。

王思云表面看似柔弱,实则文武双全,才华出众。倘若不是早年间便已许配给了岳家,只怕这门槛都要被城内求亲的贵族子弟踩破。

"银铃晓得小姐武艺高强,可还是应该小心才是。"

尽管王思云说得云淡风轻,银铃却仍有所担心。

"再说老爷如今为安全起见,每晚都让公子轮流带着家丁守夜,小姐想出去怕也是极难。"

"不怕。"

王思云转身看向微波荡漾的湖面,稍作思索,一个极妙的主意忽然在脑海中浮现。

"银铃,择日不如撞日,今夜我便出府。"

说完,她将头凑到了对方的耳旁,随着低声耳语,银铃的神情顿时变得兴奋。

"小姐放心,咱们就这么做。"

是夜,月光如水,照在王府院子的空地上。此时已临近子时,院中的人都已沉沉睡去。唯有高墙外面的梆子声,听起来仍是那样悠远。

嗖!

一道黑影掠过高墙,轻盈地落到了王思云的院子里。与此同时,随着一阵急促的脚步声传来,在六公子王皓轩的带领下,十几名守夜家丁急急地向这边而来。

众人刚到院门,就看到黑影一晃,随即进到了黑漆漆的屋里。

"公子快看,那人进屋了。"一名家丁用手指着房门,焦急地说道,"小姐此刻应该已经睡熟,恐是会有危险,咱们还应尽快去看看。"

王皓轩点了点头,带着一行人来到门口,抬起手重重地敲门。工夫不大,就见里面发出了烛光,随着吱呀声响,银铃披着衣服睡眼惺忪地出现在了门口。见门外阵仗,顿时吓了一跳。

"六公子,这么晚了,你们怎么来了?"

"银铃,小姐呢?"

"小姐?"

银铃讶异地转头向王思云住的里间看了一眼,隔着纱帘,依稀看到有人躺在床上,于是说道:

"小姐在睡觉呢,六公子,怎么了?"

王皓轩听银铃这么说,眉头顿时拧到了一起,他伸手将对方轻轻向里面一推,身子前倾探头看向了妹妹的卧房。果真如银铃所说,屋里那人躺在床上,应是已经睡着。

王皓轩正在疑惑,便听里面传来了妹妹的声音。

"六哥,这么晚你怎么来了?有事吗?"

"哦,没事。"王皓轩随口应道,想了想,他悉心叮嘱道,"如今世道不太平,妹子夜里还应关好门,莫要让歹人进来。"

"六哥放心,云儿警惕着呢。"

王皓轩尽管有所疑虑,听妹妹这么说,也只得暂且放下心来。又悉心检查了一番,这才带着人退了出去,随着蜡烛熄灭,屋里一片漆黑。

"六公子,咱们分明看到有人进去,怎么小姐还表现得如此淡定?就像什么都没有看见似的。"

王皓轩原就心中起疑,此刻听家丁发问,不禁疑虑更重,踌躇片刻吩咐道:

"你等不要走远,就在这附近守着。若是小姐遇到危险,也可随时加以保护。"

见家丁双手抱拳口中称喏,他又不放心地看了一眼恢复安静的屋子,这才带着两名家丁离去。

卧房。身着黑色夜行衣的王思云此刻正坐在床上,屏气凝神地听着六哥的脚步声。待确定对方走远,这才小心翼翼地低声唤着银铃。

"小姐,你还当真是料事如神,六公子当真被你骗过去了。"

银铃听到小姐的吩咐,快步走进卧房,笑着说道。

王思云点了点头,起身说道:"想来六哥今夜一定在这周围加派了人手,不过你无须担心,我去去就回,顶多明日一早便可以看到我了。"

"小姐,您要多加小心。如今城中不太平,一定要早去早回。"

银铃拉着王思云的手,关切地说道。

"你走了,万一六公子的人突然闯进来,可就露馅了。老爷知道了定会勃然大怒,责罚银铃不打紧,要是连小姐也一块儿罚可就不好了。"

说到这里,她的脸上掠过一丝担心。

王思云笑着拍了拍银铃的手背,哄劝着说道:"放心,放心。六哥向来做事稳妥,他既已晓得我在卧房,就一定不会鲁莽,至于爹就更不会晓得了。我只要在此期间神不知鬼不觉地回来,就不会招来麻烦。"

银铃尽管仍不放心,但听小姐这么说,也只得作罢。在她的注视下,王思云蹑手蹑脚地推开窗子,身影一晃消失在了夜色中。

寂静的街路上,王思云右手握剑,身着黑色夜行衣,施展轻功向前跑着。忽然,她眼前一亮,一座高大的院落出现在了眼前。借着皎洁的月色,依稀能够辨认出那悬在门楣上方的黑底匾额上写着"大理寺"三个鎏金大字。

随着唇角向上勾起,一抹笑容浮现在王思云的唇边。

"到了。"她自言自语道。

随后,身影一晃,飘然越过大理寺高高的院墙,轻盈地落到了地上。

负责刑狱案件的大理寺冷峻森严。倘若不是为了打探岳家父子的下落,王思云无论如何都不会贸然行事。不过她性子向来倔强,既然人都来了,硬着头皮也要闯一闯这机关密布的龙潭虎穴。

想到这里,王思云停下脚步,环视了一下周围的环境,再次向前跑去。

大理寺院落众多,有公堂、文案楼、牢房、官员居住的院落及衙役的居所,各种房间加在一起少说也有千余间,眼下最重要的就是赶快找到岳云的牢房,想办法救其出来,就算不行能够见上一面也好。

功夫不负有心人,经过一番寻找,王思云终于在公堂后面的一座院子里发现了一个不起眼的角门。

父亲王茂喜好结交朋友,与如今的大理寺卿苏明杰是无话不谈的知己。逢年过节,两家便有走动。和王茂一样,苏明杰亦是耿直正义之人。

每当和父亲在一起时,二人总免不了借酒消愁,对奸臣当道的乱象多有不满。只可惜尽管如此,也改变不了皇上的行为,对于岳家父子之事,皇上仍只能将错就错。

王思云看着角门,回想前尘往事,轻轻地叹息一声。她拿起手中的宝剑轻轻别开门上的锁头,从怀中掏出火石子,轻轻打了两下,待火光出现,这才小心翼翼地走进了角门。

等下了狭长的台阶,借着朦胧的月光,王思云愕然发现左右两侧全都是一间间用砖头砌成的牢房,木质的牢门在夜色中泛着微光。见此情形,她的心中不觉一阵慌乱。

由于不能确定岳家父子所在的牢房,王思云只得一间挨着一间地找过去。然而奇怪的是,每间牢房竟都是空的。直到半晌后,她才在走廊尽头的那间靠左侧的牢门前,看到里面有人。尽管看不清楚那人的眉眼,但仅凭着其蜷缩着身子靠在冰冷墙上的样子,亦晓得此人定是受着极大的痛楚。

牢房里的人也觉察到了外面有人,惶惑地抬起头来,借着月光细细打量半晌,忽然脸上露出一抹笑容,挣扎起身跟跄着来到牢门前。

"思云小姐,怎么是您?我不是在做梦吧?"

王思云的身子猛地一颤,通过这熟悉的声音,她已然能够确定对方的身份。

"岳桐,怎么是你?"王思云激动地走上前来,目光炽热地看着那人,焦急地问道:

"你家公子呢?"

岳桐是岳云的贴身侍从,今年十七岁,十五年前被卖到岳府为仆后就一直跟在岳云的身边,两人从没有分开过。也正因此,二人的关系就像亲兄弟般。

岳桐听到问话,难过地低下头去,好半天才哽咽地回道:

"小姐,我家老爷和公子,还有姑爷都被那姓秦的狗贼害死了。"

王思云只觉得头顶上猛然响了一声惊雷,劈得她魂不附体,脸色也瞬间变得惨白,一句话都再也说不出来。直直盯视着岳桐半晌,她才又半信半疑地问道:

"岳桐,你方才说什么?你家公子怎么了?"

岳桐见王思云这样,不禁有些害怕,在他的记忆中,对方虽是女子,生性却向来坚强，从没有如此慌乱过。

"小姐，您一定要挺住，我想公子若是在天有灵，也一定不愿意看到您这样。"

尽管身陷囹圄，岳桐却仍尽自己最大努力安慰着王思云。说到这里，他突然一顿，像是想起来什么似的，转身来到铺在地上的草铺前，伸手在下面摸索着。

"岳桐，你在干什么？"

"我家公子临走前有东西要岳桐转交给小姐，说是这物件对他很重要。如今小姐来了，那便取走吧。"

说着，岳桐站起身来，双手捧着将东西递到了王思云的面前。

"小姐，我家公子属实冤屈，若是日后有机会，您一定要为他讨回公道。"

王思云的双眼瞬间湿润，在接过岳桐递过来的东西后，她重重点头，声音哽咽地说道：

"岳桐，你放心，只要我王思云还在，定会为岳家讨回公道。"

岳桐苍白的脸上浮现出一丝笑容，在王思云的注视下，他猝然双膝跪地。

"岳桐，你这是做什么？"王思云讶异地说道，"还不起来？！"

"先谢过思云小姐。"

岳桐说完，在地上重重地磕了三记响头，他尽管只是一个仆从，然而自打入府便蒙受岳家诸多关照，尤其是长公子岳云更是对其爱护有加。因此，在岳桐的心里也早已将自己当作了岳家人。

王思云见岳桐这样，心中亦很是感慨。她想了想，猛地从剑鞘里抽出利剑，狠狠地向木栅栏门砍去。

岳桐被这突如其来的举动吓了一跳，站起身来不知所措地看着王思云。

"思云小姐，您这是做什么？"

"岳桐，如今岳家死的死，散的散，只剩下你一个人。无论怎样，今夜我都要把你救出去，哪怕是死！"

说着，王思云更加用力地砍着栅栏，任凭岳桐的脸色如死灰般难看，连连说着"使不得"，也不曾停下手中的动作。

须臾，随着一声轰然巨响，牢门整齐地从中间断裂开来。岳桐登时被眼前的情景惊呆了，低下头直愣愣地盯视着地上的木头，好半天都缓不过

神来。

王思云淡淡一笑，解释道："我这把剑是当初从普陀山学成归来时，师父赠予的。说是唐朝贞观年间一位高句丽郡主的兵器，若是日夜勤加练习，便能达到人剑合一的境界。可惜，我眼下功力尚浅，未能达到师父的要求。"

"小姐的剑确是好兵器，不过还是不要进来。"

岳桐脸上不见任何喜色。

王思云微微一怔，讶异地说道："这是为何？岳桐，最愚蠢的做法就是以身殉葬，你千万不要这么做，快和我走。"

她边说边向前走着，试图抓住对方的手。

可没想到刚刚走出两步，脚下便忽地一滑，随之无数暗箭从四周的黑暗处射出，一同向她射来。

与此同时，脚下的地面也忽然向左右两侧裂开，巨大的吸力像是要将她整个人都带入地下。

王思云见状顿时吃了一惊，本能地向后退了几步，却仍逃不脱这巨大的吸力。

"思云小姐，您快走！"

岳桐边说边伸出手来，用尽全身气力将王思云推了出去。他本想催促对方尽快离开，可话还没说完，人就被吸入地下。随着一阵如牛吼般剧烈的声响，四周墙壁纷纷碎裂，俨然要将她整个人掩埋。

就在王思云不知所措时，突然一道黑影从天而降，将她抱在怀中后飞出了牢房。

大理寺门前仍像此前那般黑暗寂静，仿佛刚刚发生的一切不过是一场梦。

"放我下来。"

少顷，随着一声清脆的女声从空中响起，两道黑影轻轻落在了地上。

"你……"

王思云揉着有些酸胀的胳膊，杏眼圆睁注视着那人。只见对方穿着一身黑色的夜行衣，头上戴着同样颜色的斗笠，在朦胧的月光下看不清其长相，不过见其身手，想来定是有些来头的练家子。想到他刚刚救了自己，王思云的声音顿时变得柔和，感激地道谢。

"谢谢啊。"

"你一个弱女子,不该到这么危险的地方来,还是赶快回家吧。"

那人淡淡地说,声音中不带任何情绪。

王思云顿时被激怒,音量瞬间升高,据理力争地说道:"本姑娘也是习武之人,不是你说的弱女子。你若是不信,咱们现在就比划比划。"

对方淡淡一笑,附和道:"好,你不是弱女子,不过还是应该早些回家。如今世道不太平,还是要注意防范才是。"

"谅那宵小鼠辈能奈我何?"说到这里,王思云突然有些语塞,稍稍停顿,继续说道,"方才不过是没有防备,一时失手罢了。"

那人并不和她理论,只是静静地上下打量了一番,随后脚尖点地,飘然远去。

"哎,什么人嘛?话都不说就走了。"王思云双眉紧蹙,不满地说道。

话虽是这么说,心中却仍对对方充满感激。

若当真有缘,有朝一日还能再见,一定要谢谢他。

乌篷船上,赵哲静静听着王思云的话,不觉有些入迷。想不到这世上竟真有这种潇洒来去、不图报答的侠客,想到这里,不觉很是羡慕。

王思云说到这里,抬头来看向赵哲,不知为何她总觉得面前的这个男子和那天在牢房里救自己的男子身形很像,正因为这样,当初才会不顾自身安危将对方从黑森林中救回来。

然而,赵哲却并不晓得王思云的心思,见对方不再讲下去,好奇地问道:

"当真这天下还是正义之士多,若是有朝一日你见到人家,一定要好好谢谢才行。对了,后来呢?后来又怎么样了?"

"后来……"

王思云的眼神中浮现出一丝痛苦,她无力地垂下头去,静默了好半晌才又说道:

"第二天早晨,那狗贼果真派人来到我家,不容分说就将我爹和几个兄长全部抓到狱中,并杀死了我府中所有婢女仆从,幸亏我前一天晚上出去,尚未回府,这才侥幸逃过此劫。"

"那伯母呢?她还好吗?"

"我娘?"王思云含着眼泪,用力地摇了摇头,"我娘她毕竟是官宦之女,又怎会凄惶求死?在我家人入狱后,她坚持每天都到大理寺上访,

希望苏伯父能够念多年故交之情网开一面。苏伯父原本就对那狗贼的做法颇有微词,再加上我爹和兄长无故入狱,自然在朝堂上据理力争,甚至不惜得罪当今圣上。可到头来,所有努力都无济于事,爹和兄长仍成了那狗贼刀下的冤魂。我娘得知此事,并没有当场崩溃,反而表现得异常平静。那天夜里,她跟我说了好多话,叮嘱我将来一定要找机会报仇。原以为她能挺过此劫,没想到第二天早起后看到的却只是冰冷的尸身。"

赵哲心疼地看着王思云,他自幼便失去了父亲,被母亲独自抚养成人,因此能体会到对方心中的痛苦。

此刻,他突然有了一种很强烈的冲动,想要把思云抱在怀中,为其擦掉眼泪。然而,毕竟这是在近千年前的古代,即使感觉再强烈,也只能用力克制住。

"思云姑娘,真是难为你了。"赵哲重重地叹息一声道,"时间是个好东西,能治愈很多伤痛。或许……或许不久,你的痛苦就会减轻很多。"

王思云泛起一丝苦笑,赵哲说得没错,或许的确有很多事情会随着时间的流逝而淡忘,但是那被灭门的仇恨以及为了能够保全她而无辜牺牲的人们,又怎会说忘就能忘?

王家出事半个月后的晚上。白日庄严的大理寺此刻湮没在夜色当中,四周响起时起时落的悠长虫鸣。

书房。身着一身褐色长衫的大理寺卿苏明杰坐在书桌旁的椅子上,此时他的身子倚靠在椅背上,看起来似乎极为放松。在翻了几页书后,一股巨大的倦意袭来,苏明杰沉沉地睡了过去,手中的书"啪嗒"一声落在了书桌上。

就在半梦半醒之间,苏明杰忽然察觉到后颈处一阵冰冷之意袭来,在睁开眼睛后,他用眼角的余光,看到有人正站在自己身后,用剑指着他的脖颈。

"别动,我手中的剑不长眼睛。"只听身后的那人怒叱道。

苏明杰在心中苦笑了一下,即使不回头,他也晓得那人的身份,毕竟自己是亲眼看着这个小丫头长大的,心中也一直有着深深的亲近感。

"好,不动。"苏明杰笑着说道,"不过思云,你当真能杀了苏伯父?"

"有何不可?"王思云目光中满是仇恨,咬牙切齿地说道,"你当初杀我父兄不也没有念及往日交情?我又为何不能杀了你?!"

苏明杰的心中一阵酸楚,对方说得没错,自己确实犯下永远无法挽回的错误。可是这朝堂黑暗,奸臣当道,他仅自己一人,无力回天。

想到这里,他重重地叹息了一声:"思云,你说得没错。苏某虽不是幕后主使,却也是那把被人借用的刀,确是脱不了干系。只是你如今正被朝廷捉拿,若是再杀了朝廷命官,只怕想要脱身就难了。"

王思云静默片刻,她在心中做着激烈的斗争。此时,屋子里静得可怕,唯有二人的呼吸声。

半晌,王思云将剑放回剑鞘,来到苏明杰的面前,板着脸说道:

"苏大人,我这次来并不是想杀你,而是想向你要一样东西。"

"东西?"

苏明杰刚刚说出这两个字,便听到外面突然传来一阵急促的脚步声。少顷,书房的门猛地被推开,一行护卫手拿利刃出现在了门口。

"我就说不会看错,有人擅闯府中,意图挟持大人。"为首的护卫不无得意地说道,"王思云,还不放下武器,束手就擒!"

王思云冷笑一声,随即从剑鞘中抽出宝剑,想要和护卫拼个鱼死网破。

"慢着!"苏明杰迅速站起身来,对护卫正色道,"你们还不速速退下!"

"大人……"

"退下!"

为首护卫犹豫了下,又看了一眼王思云,对身后的人说道:

"退下!"

在他的带领下,护卫离开了书房。

苏明杰舒了口气,对王思云说道:"思云放心,我不会让他们伤害你。对了,你方才说想要一件东西,是什么?"

王思云的心中生出一丝暖意,面前的这个男人可还算得上疼爱自己的长辈。苏明杰没有孩子,甚是喜爱思云,凡有好吃的好玩的都会留给思云,也正因为这样,在她的心里也一直对其有着深深的信任和依赖。

"苏伯父,我并不想杀你,只是如今连坊间百姓都晓得我父亲王茂和七个兄长是死在大理寺的冤案中,若是……"

"若是不杀我,你就觉得对不住我兄长和七个侄儿,是吗?"

苏明杰苦笑了下,随后站直身子闭起眼睛,"既然如此,你就杀吧。"

王思云再次从剑鞘中抽出宝剑,将剑尖抵在苏明杰的喉咙处。然而,

无论如何,她终究未能下得去手。

"当啷"一声,长剑从手中脱出,掉落在地上。

苏明杰疑惑地睁开双眼,看向早已泪流满面的王思云。

"思云,你……"

王思云没有说话,只是摇了摇头。好半天,待情绪渐渐平复,才又含泪说道:

"谢谢苏伯父,我终究还是难以下手。不过,既然来了,也还是要向你要些东西。"

苏明杰看到对方这样,心中更加难过,点头道:"但说无妨,只要能做到,一定做。"

"第一,我要一匹快马,趁此时连夜出城。第二,我要您对天发誓,决不能再让好人蒙冤。"

"好,我答应。"苏明杰说着,竖起三根手指,仰视天空道,"皇天在上,后土在下,我苏明杰发誓,今后要做一个与奸臣势不两立的好官,绝不会让冤案再在我手里重现。"

"若是苏大人能够做到,便是我大宋子民的福祉。"王思云稍稍停顿,弯腰拾起长剑,继续说道,"不过,倘若苏大人言而无信,我手中的长剑第一个不答应。"

"思云放心,苏某定会说到做到。"

苏明杰说到这里,突然想起什么,从腰间解下一块晶莹剔透的玉牌,细细打量片刻递到了王思云的面前。

"这块腰牌是当年苏某初任大理寺卿时,圣上赏赐的免死腰牌。如今你只身在外,一个人多有不易,此牌就送你防身吧。"

王思云听到这里,感激道:"谢谢苏伯父,只是这腰牌如此贵重,思云又怎能收下?"

"让你收就收。"苏明杰坚持道,"假使遇到不测,也可用此物防身,苏某便也安心了。"

王思云想了想,伸手接过玉牌,感激道:"既是如此,思云便听苏伯父的。"

"这就对了。"苏明杰笑着说道,"思云,你此刻便随我去后院马厩,前几日圣上赏赐了我一匹汗血宝马。这汗血宝马当真稀罕至极,脚力极快,日行八百里不在话下,我便转赠给你吧。"

在苏明杰的引领下,王思云正向前走着。听到这话,她突然停住了脚步。

"苏伯父,此事万万使不得。万一被圣上知晓,你必定会受牵连。"

苏明杰摆了摆手,苦笑道:"此事和我兄长吃的苦楚相比又算得了什么?况且如今奸臣当道,我等原本就没有活路,也无须忌惮那许多。"

王思云轻轻叹了口气,她知道苏明杰说得没错,如今朝堂上罡风猎猎,确是没有好官的活路。

须臾,在苏明杰的引领下,二人来到马厩。在王思云好奇的目光中,他径直来到一匹通体雪白的马前,抬起手来轻轻在马背上拍了拍,说道:

"思云,这便是伯父方才跟你说的那匹马,你将它牵走。追风,你要乖乖听思云小姐的话,切莫出现任何闪失。"

这马儿仿佛通人性似的,听到主人这么说,居然当真向空中发出一声低沉的嘶鸣,随后在地上刨了刨。

王思云眼中浮现出一丝惊讶,她以前就曾听说过马通人性,以为那不过是训练有素后与主人之间形成的默契。今日一见,才知道此言非虚。

苏明杰从旁边的木桩上解下缰绳,将马牵到王思云的面前,说了声:"走吧。"很快,在他的引领下,二人来到大理寺的偏门,王思云点了点头,此刻,东方的天际已泛起一丝鱼肚白。

苏明杰仰望了会儿天空,说道:

"快要天亮了,此刻赶到城门口,差不多也该开城门了。快走吧。"

王思云伸手接过苏明杰递过来的缰绳,眼睛泛红地说道:

"多谢苏伯父,方才是思云得罪了。"

"此事怪不得你。"苏明杰微微一笑,"无论换作是谁,遭遇此等变故,也都会这样做。思云,你记住伯父所说,如今朝堂险恶,江湖反倒自在逍遥,你还是应远离庙堂。"

"苏伯父说得极是,思云记住了。"王思云感激地说道,"苏伯父,我晓得您是个好人,如今这朝堂被奸臣把持,好官均自身难保,要我说,您不如急流勇退,回乡安度晚年。"

苏明杰点了点头:"思云说到苏某心里去了,不过此事谈何容易,还需要看机会。你放心,只要时机合适,苏某必会辞官还乡,若是日后有缘,你我也可再见。"

"苏伯父,保重。"

王思云双手抱拳,郑重地说道。

而后,在苏明杰的注视下,她翻身上马,用双腿夹紧马腹。

马儿猛地吃痛,带着王思云一路小跑,径直向城门处而去。

果真如苏明杰所言,这马不仅耐力足,脚力也极快,一眨眼便已到了城门口。王思云看着漆黑高大的城门,心中正在暗喜,忽然一支暗羽从前方向她飞来,径直射入她的胸膛。

马儿受惊,发出一声嘶鸣,王思云猝然从马背上掉落,她只觉得自己眼前一黑。就在这时,一道黑影从空中飘然而下,伸出双臂将她紧紧抱住。

尽管身上吃痛,但出于女儿家的本能,王思云仍在用力挣扎。

"别动。"

蒙眬中,王思云只觉得那人的声音很熟悉,仿佛在哪里听到过。

"你……你是大理寺……?"

王思云的情绪平静了下来,疑惑地问道。由于受伤,此刻她的声音微弱得如梦境中的呓语。

那人不再说话,只是抱着王思云凌空飞起。在一阵排山倒海的剧烈疼痛中,她再也难以支撑,彻底昏了过去。

这一觉极为漫长。梦中,王思云始终和父母、兄长如过去那般温情相守、共享天伦,也曾无数次地向他们表示,想永远这样下去。可令人意想不到的是,家人们在听到这个请求后却总是表示拒绝,只是说会等她日后相聚。

也不知过了多久,随着一阵钻心的疼痛,王思云茫然地睁开了双眼。待视线渐渐清晰,这才发现自己正身处一只乌篷船的船舱中,旁边桌旁的长椅上此刻坐着一个年过六旬的陌生老者,关切地注视着自己。

"小姐,你总算是醒了。"见王思云醒来,老者的脸上浮现出了惊喜的神色,用双手端着一只有些发旧的陶碗来到她的近前,"你已经睡了三天了,想必一定是饿了,快将鱼汤喝了吧。"

"三天?"王思云诧异地重复道。

说完,她撩起被子低头看向自己的胸前,只见那支羽箭早已被拔掉,胸口上不知何时被裹上了绷带。

"小姐,我本是王茂将军手下的一名副将,名唤李立,跟在将军身边已有四十多年。后来因为年老体弱,这才退出军旅,来到运河边撑船度日。"

李立见王思云有疑虑,连忙说道。

"那日小姐胸口中箭,是被一位身穿白衣、长相清俊的公子送过来的。他把王家的变故告诉了我,并叮嘱我一定要照顾好你。就连小姐身上的箭也是这位公子拔下来的,还有这药也是他换上的。"

王思云顿觉脸上发烧,她虽是习武之人,不拘小节,但也一直恪守着女节。没想到昏迷之际,身子竟被男人看了个精光。虽说情急之下的无奈之举,可说起来终归是有些难为情。

"小姐别乱想,此事也是保全性命的救人之举,老爷的在天之灵也不会怪小姐的。"

李立的宽慰,让王思云的心安定了下来。

"那……那位公子?"

王思云低着头,害羞地问。

"他走了。"

"走了?"

李立点了点头,从袖筒中摸出了一个精致的小白瓷瓶,递到了王思云的面前。

"这是他今早临走前交给我的,说小姐今日定会醒来,叫我交给您。对了,那匹马,我也送到渔村请人帮忙代养了。小姐,您也晓得,咱们这些人平日靠打鱼为生,走的都是水路,这马放在身边属实不方便。"

王思云点了点头,想来那人还真是神机妙算,竟能够算出自己几时醒来。可惜先后救了自己两次,却还不晓得人家的姓名,若是日后有缘寻见,一定要好好感谢一番。

"多谢老伯。"

王思云伸手掀开被子,下床跪倒,感激道:

"如今我家人都已不在,日后思云便跟在老伯身旁吧。"

李立闻声大喜,连忙伸出双手扶起王思云。他早年出身穷苦,年轻时从军一直在战场上厮杀,因此错过了成婚的年纪,到头来只能孤身一人住在这运河上的乌篷船里。如今忽然得了这个女儿,心中又怎会不欣喜?

就这样,王思云在运河上安定了下来。为了不引起麻烦,同时也为了对李立表达感激,她坚持改姓为李,从此世上再无将门之女王思云,运河

上则多了个终日打鱼唱曲的船娘李思云。

乌篷船上,赵哲出神地看着思云,用心聆听对方讲述。他此刻在心中暗叹,想不到面前的这个弱女子竟然如此命运多舛,内心却又是这般强大。想到这里,不觉有些自愧不如。

"思云姑娘,你接下来有何打算?"

李思云抬头看向赵哲,眼神中不知为何竟忽然浮现出一丝热切的光芒。

"也许……也许解决问题的契机在公子身上。"

"我?"赵哲顿感意外,他用手指了指自己,自嘲地笑道,"你可真会说笑话,我一个什么都记不起来的人能做什么呀?"

"今日不是王府里已经有人来认亲了吗?"李思云一把拉住赵哲的手,急切地说道,"他说你是康王,我听说太祖的后裔,也就是当今圣上的养子康王近日出宫后不见了,说不定你压根就不是什么温若初,而是康王。"

"我……"

赵哲顿时语塞,这丫头说得也不是没有道理,"温若初"这个名字是自己情急之下胡诌的,谁又能确保这身子之前的主人是谁?不过当初他之所以坚持不认亲,一方面是因为觉得这笑话闹得着实有些大,另一方面也是因为想要一直留在思云的身边。没想到李思云居然希望自己就是康王。

想到这些,赵哲心中很是感慨。他抽出手,苦笑道:

"我都不知道自己是谁,你怎么就能确定我是康王?冒认王爷我可承担不起。"

常言道,伴君如伴虎。虽说眼下不知道这脑袋是谁的,可毕竟自己在用,赵哲也不愿意就这样稀里糊涂地被砍了。

"不会的,毕竟你有金鱼袋,那的确是皇家才有的信物,单凭这一点,你定然是康王无疑。况且……"

李思云笃定地说道。然而在说到"况且"二字时,不知为何,她却又变得有些犹豫,眼神也随之迷离起来。

"况且……?"赵哲见对方不再往下说,便好奇地问道。

李思云不觉有些茫然,虽说前两次见面没能看清那人的长相,但面前的这个年轻人却有着和那人同样明亮的眼睛,就像是夜空中的繁星一样令人动情。想到这里,她不觉露出了害羞的神情。

赵哲见李思云这样,不禁好奇地问道:"思云姑娘,你没事吧?"

"没……没事。"李思云定了定神,继续说道,"当今皇上滥杀无辜,致使忠良惨死,终归有人要拨乱反正,而你在经历了这一遭后必定会更加了解民间疾苦,你若继位,必定是大宋之福。"

赵哲没有说话,正在进行激烈的心理斗争。过了好半响,他犹疑地问道:

"你确定这个合适的人选是康王?"

"是。"李思云边说边站起身来,袅袅下拜,向对方道了个万福,"康王,我替大宋的黎民百姓求您了,希望你能够为民做主,做一个英明的好君王。"

"好,既然你这么说,那我姑且一搏。"赵哲起身拍了拍袍子上的灰尘,随后笑道。

虽说到现在他还是云里雾里,像正在拍古装戏一样。但李思云已经把话说到这个份儿上,要是再不答应反倒显得小家子气。

"不过,我也有一个请求,需要你答应。"

李思云没有说话,目光中浮现出了一丝疑惑。

赵哲抬头看着天空,只见此刻天上明月皎皎,照在泛起涟漪的河水上,美得就像一幅画。

"时间不早了,咱们先各自回船睡觉,明天早晨你就知道了。"

说完,赵哲不等李思云继续说话,径直回到船舱将门锁上。李思云犹豫片刻,也下船回去歇息。

次日一早,天刚蒙蒙亮,李思云还在舱中迷迷糊糊地睡着,蒙眬中就听到有人敲响舱门。少顷,她将门打开,只见赵哲站在门外,手里拿着一口铁锅,身上背着一个白色的布袋,活脱脱一个市集上的商贩。

赵哲见李思云穿着水衣出现在他的面前,一时间不觉呆住。她原本就长得娇俏,如今这白色的衣服将她衬托得更加温柔可人。这样的古典美,他在现代都市里没有见过。

李思云见赵哲直愣愣地看着自己,脸已绯红。转身回到船舱,梳洗打扮了一番才重新来到舱门。

"登徒子,一大早你不睡觉,要做什么?"

"走，我带你去个地方。"

赵哲伸手拉住对方。二人一道下船，往渔村的方向而去。

赵哲和李思云赶到渔村时，远远就看到宋丰牵着一匹通体雪白的高头大马在村口徘徊，一脸焦急。看到二人前来，他立刻舒了口气，笑着上来招呼道：

"你俩总算是来了，我还以为出事了呢。"

"对不起，来晚了点。"赵哲边说边用绳子将铁锅背到身后，接过缰绳轻盈地跃上马背，而后将手伸到了李思云的面前，笑道：

"来，抓紧我的手。"

李思云抬头看着赵哲，不知为何，那人的身影又在她的脑海中浮现。

缘分说来确是妙不可言，一个萍水相逢的人，因为两次短暂又关键的相处，就一直烙在思云心底，再也挥之不去。就像是窗外被春风吹散到地上的种子，虽说风只是无意之举，种子却得以花团锦簇、枝繁叶茂。

"快呀，还傻站着做什么？"

李思云听到赵哲催促，便伸出右手。在宋丰的注视下，赵哲将李思云拽到了马背上，转身道：

"宋丰老弟，麻烦您和我大伯知会一声，就说我现在和思云外出有重要的事情要办，一会儿就回来。"

宋丰呆呆地看着马背上的这双璧人，他虽说是个粗人，脑海中却也浮现出曾在书上看到过的"只羡鸳鸯不羡仙"这句话，只是当时并不晓得这句话的意思，如今见此情形倒也能悟出个一二来了。

赵哲见宋丰点头，便微微一笑，用双腿夹紧了马腹。说起来奇怪，眼下这马好像认识自己，骑上后，它居然发出一声长嘶，迈开双腿一溜小跑向城中奔去。

不消一个时辰，赵哲和李思云便来到了临安城中最繁华的地段。

母亲是中学历史教师，学识渊博，赵哲自幼便喜欢看书，尤其是对各种古籍爱不释手。记得以前曾在《梦粱录》中看到过这样一段话：杭州城内外，户口浩繁，州府广阔。那时赵哲对书中记载一直半信半疑，毕竟是八百多年前，靖康之耻结束没多久，怎么这临安城就会如此繁华？

然而眼下的景况却令他信服，旁的不说，单说大街上鳞次栉比的面馆、包子铺、酒肆，再加上摩肩接踵、来来往往的人流，让人大为赞叹。

少顷，赵哲在太和楼酒肆对面寻了块空地，将铁锅和包袱从身上解下。随后，他手脚麻利地在案板上完成了和面、揉面等一系列动作，接着用刀将面块切成一条条的长方形，最后将长方形拉成细细的条状放进了烧得滚烫的油锅。

很快，一股特殊的香气就从锅中飘出，吸引了路人好奇的目光。

李思云见许多路人都往这边张望，心中不免又对赵哲多出几分佩服，好奇地问道：

"若初，你做的是什么？为何我从未见过？"

"这个……"赵哲眼睛一转，笑着说道，"这叫油炸秦桧，好吃得很。"

"油炸秦桧？"

李思云的脸上露出了一丝惊愕，想不到登徒子居然这么大胆，竟敢在大街上做此等吃食，若是被太师府的人知道，那可是掉脑袋的大罪。

"若初，这可是砍头的大罪，你不要命了？"

"怎么？你怕我死啊？"赵哲嬉皮笑脸地说道，一脸无赖相。

李思云的脸上不禁又挂上两道红霞，害羞地点点头。

"放心，不会有事。"赵哲嘴上说着，并没停下手中的动作，"狐狸再狡猾也斗不过好猎手，况且他还是一只心术不正的狐狸。"

赵哲说着，直起身子，拍掉手上沾着的面粉后大声吆喝道："各位乡亲，小人由于家中贫寒在此摆摊，还请大伙儿捧个人场，今日刚刚开张，请大家免费试吃油炸秦桧。不要客气，赶快过来啊。"

原本就在观望的路人听到这话，顿时议论纷纷。一来因为岳家父子落难，他们早就对秦桧恨之入骨；二来对免费试吃的做法确实觉得新鲜。于是纷纷凑上前来，迫不及待地拿起已经出锅的吃食往嘴里放，吃过以后大加赞叹。

赵哲边笑着表示感谢，边继续重复着手中的动作，他见李思云仍站在一旁，便催促着她帮自己打下手，以便做得更多更快。

就这样，整整一个上午，赵哲在李思云的帮助下接连做了二十几锅"油炸秦桧"，周围一直极为热闹。不仅如此，尽管他再三强调是免费试吃，淳朴的百姓却逐一交钱，没有一个人逃单。眼看着吃完最后一锅吃食的人相继散去，他不禁感慨道：

"想不到大宋的子民这般淳朴。"

一句感慨，引起了李思云的注意，她奇怪地问道：

"若初，你不也是大宋的子民么？"

赵哲听到对方问话顿感不妥，恨不得立刻将方才的话收回。只可惜话已出口，想要收回亦是不可能。于是他干脆耍起了赖皮，直接否认道：

"什么话？我没说什么啊，思云姑娘一定是听错了。好了，咱们赶快清点下钱，早点回去吧。"

说完，不等李思云说话，赵哲便低下头去。在清点好钱和东西后，他和李思云一道来到太和楼酒肆，付给掌柜看马的租金，随后来到马厩将马牵走。

渔村村口，在宋丰的陪同下，李立站在路边担忧地看着前方。半晌，他远远看到赵哲和李思云骑马回来，提着的心这才安定了下来。

是夜，运河边万籁俱寂。船舱里众人一道围在桌旁吃饭。

"思云，你还没有说白日里进城做什么了？"吃完饭后，李立放下饭碗对女儿说道。

李思云看了一眼赵哲，从袖筒中取出一锭银子，放到桌上，说道："爹，若初今日带我进城做生意去了，回来时怕钱丢失，所以就先到银号兑换了银子。"

"哦？"李立蹙起眉头，疑惑地看向了赵哲，"做买卖？"

李思云见赵哲没有说话，于是又笑着点了点头，说道："嗯，他带我卖的面食，叫'油炸秦桧'。"

"油炸秦桧？！"这下不仅李立诧异，连宋丰也露出一脸的好奇。

"对，油炸秦桧。"赵哲见此情形，忍不住炫耀道，"这种食物在我们那儿还有个名字，叫油条，做法简单得很。老爹要是想学，我以后抽空教你。"

"油条。"李立好奇地重复道，"听起来很好吃，不过若初，常言道，防人之心不可无。虽说如今因为岳将军的事情人人痛恨那狗贼，可那人毕竟位高权重，也要保全自身才对。"

赵哲尽管心中认为李立胆小怕事，却也知道对方是为自己好，担心自己招惹不必要的祸端，因此便也笑着敷衍道：

"老爹说得对，您放心，我一定会慎重。"

李立察言观色,已然猜出赵哲的心思,便点了点头不再多说。

接连几天,赵哲和李思云都会在上午到城中卖油炸秦桧,好奇的人越聚越多,生意也变得越来越红火。不仅如此,这种吃食的名字也不胫而走,就连秦桧的随从也得知了此事。

太师府花园,在一阵婉转鸟鸣中,秦桧身着一袭紫色丝绸长袍,手中拿着一捧小米,正在给笼中的画眉喂食。

"多吃点,吃饱了才能唱好歌。"

正当他沉浸在欢快的鸟鸣声中时,突然一阵急促的脚步声由远及近传来,不一会儿便到了近前。

"大人……"

秦桧直起身子,见管家秦仲引着随从秦川前来。

"秦仲、秦川,你们两个来做什么?"秦桧不满地责备道,"为何这般没有眼色?难不成是想打扰我喂鸟的雅兴?"

"大人,我等绝无此意。"秦仲见惹恼了秦桧,脸上登时露出惶恐的神色,连忙解释道,"只是事出紧急,不得不报。"

"哦?莫非是接到了金人的密信?"

"不是。"

"那是《武穆遗书》有下落了?"

秦仲和秦川一道摇了摇头。

秦桧见此情形,顿时大发雷霆:"你们两个狗奴才怎么回事?不要仗着我信任就胡乱行事。"

"大人,虽说不是这两件事,但同样严重。"

秦仲和秦川见大人生气,立刻双双低下了头。

"哦?"秦桧一愣,随后问道,"快说,到底是什么事?"

"我们听说现在有人在街市卖一种名为'油炸秦桧'的吃食,大人,这人当真胆大包天,竟然公然和您作对。"

"哦?油炸秦桧?"秦桧先是一怔,随即轻蔑地笑道,"看来这坊间的百姓还真是对本大人恨之入骨,居然想出了这样的法子。"

"大人,您不生气吗?"

秦仲和秦川原本以为秦桧闻听此事定会雷霆大怒,却没想到竟是这般平静,不禁露出错愕的表情。

"生气?为何?"秦桧笑着说道,"就因为一道吃食,本太师就要抓人,若是如此传扬出去,不免显得我太过心胸狭隘。这样吧,你二人这便陪我去街市走一趟,咱们一道会一会那人。"

秦仲和秦川对视一眼,尽管他们不晓得秦桧这葫芦里究竟卖的是什么药,可大人向来心机颇深,想必有应对之策,故此便也笑着答应。

街市上人来人往。此刻,在一群看热闹的路人的包围下,赵哲和李思云正将一根根刚刚炸好的油条从铁锅里拿出来,放到一旁的竹篮里冷却。

"大伙儿别着急,这油炸秦桧刚从锅里捞出来,现在烫得很。"

见有人忍不住伸手要到竹篮里拿油条,赵哲立刻笑着劝阻道,

"等再晾一会儿,外酥里嫩就更好吃了。"

听他这么说,大伙儿连声答应,眼里满是期待。

赵哲见此情形,心中很是高兴,没想到在现代随处可见的油条,在宋朝竟然成了如此火爆的抢手货,几乎可以和果品糕饼相提并论,可见这古人还真是没吃过什么好东西。

他正想着,便听一阵脚步声猛然从街角传来。人们讶异地转头看去,只见有八名轿夫一道抬着一顶软轿向这方走来,轿厢的四周全都围着青色的帷幔,里面的人被遮挡得严严实实。

"思云,你看那人……"

赵哲好奇地盯着那顶软轿,想要思云和自己一道看,却不见有任何回应,侧头看向其所站的位置,却只看到了空荡荡的地面。

想不到我这生意居然如此红火,竟连达官贵人也被吸引来了。只可惜这丫头走得真不是时候,不然肯定乐疯了。

少顷,随着那顶软轿停在对面街口,一名身着青色长袍的年轻男子来到赵哲的摊位前,用手指着铁锅里还在冒热气的油条问道:

"小哥,你这锅里炸的是什么?"

"这个呀。"

赵哲眨了眨眼睛,眼下这轿子里坐着的人说不定是什么来头,若是那狗贼的党羽,我不仅卖不到钱,连脖子上的脑袋都保不住。

"这叫油炸烩。"赵哲狡黠地笑道,"承蒙大人捧场,还请品尝一下。"

说着,他用自制的长竹筷从竹篮里夹出一根已经沥好的油条,递到了那人的面前。

秦川犹疑地伸手接过油条,放到嘴里慢慢品尝,突然眼前一亮,说了

声"好吃"。

"大人觉得好吃就好。"赵哲继续笑着奉承道,"既然喜欢,那就多吃点。小的旁的不会,就只会这一门手艺,还要感谢临安城的父老乡亲抬爱。"

秦川点了点头,突然一皱眉头,从腰间的刀鞘中抽出钢刀,用锋利的刀尖指着赵哲,高声斥责道:"大胆!居然敢冒犯当朝太师,难不成你当真活得不耐烦了?"

在场众人见此情形全都吓了一跳,纷纷向后退去。赵哲却仍是一副不慌不忙的样子,笑着说道:

"这位大人,要我说,您还当真是少见多怪,不过就是个普通的食物名字,干吗这么上纲上线?"

"你……大胆!"

秦川瞬即勃然大怒,挥刀直直向对方砍去。赵哲见状,迅速后退。钢刀裹挟风声,砍了个空。

秦川见状,原想继续砍下去,谁料中途被人拦住。

"秦川,还不退下。"

听到秦桧的声音,秦川脸上露出了惶惑的表情,连忙将钢刀收回刀鞘,后退到人群中。

在赵哲疑惑的目光中,一个年约五旬,身着褐色丝绸长袍的中年男子从人群中缓缓走出,在来到他面前后,双手抱拳深施一礼,笑着说道:

"下官见过康王。"

"康王?"

围观路人听到这话全都露出愕然的神情,交头接耳,议论纷纷,原本还很安静的现场登时热闹起来。

赵哲将目光定在了身着便衣的秦桧身上,笑着说道:

"这位大人,您怕是认错人了,小人只不过个普通卖吃食的,可不是什么康王。"

"哎,康王谦虚了。"秦桧笑着说道,"秦某多年为官,整日和康王一道上朝,早已是老熟人。况且您腰间系的不就是金鱼袋,此物乃是身份的象征,您不是康王又是谁?"

"这……"

赵哲听到这话顿时语塞,看来这副身子的前主人还当真尊贵得很,他

想一直不承认怕也行不通。想到这里,赵哲突然挺起身子,学着以前在电视上看到过的那些古装剧情节,故意板起脸来说道:

"既然你已经认出本王,那就应该晓得后果。本王如今微服私访,想要通过这种方式体察民意,了解民间疾苦,你又何必这般没有眼色,偏要戳穿本王的身份?"

秦桧见赵哲居然当真动气,顿时一怔,眨了眨眼睛,笑着说道:

"若是康王不说,本官还当真没有悟出您的用意。康王爱民如子,乃是这天下人的福祉。既然如此,本官就不再打扰,这就退下了。"

说完,他又向赵哲深施一礼,在随从的陪同下走出人群,乘轿而去。

待秦桧一行走远,赵哲才又将目光收了回来,他讶异地发现李思云不知几时已经悄悄回到了他的身边,正站在一旁默默地看着。

赵哲被李思云吓了一跳,张大嘴巴瞪着眼睛做出一副惊讶的表情,继而皱着眉头说道:

"疯丫头,你跑到哪儿去了?不晓得我会担心?"

李思云没有说话,只是犹豫地看着赵哲。过了半晌,直到围观路人渐渐散去,才低声说道:

"登徒子,你晓不晓得方才那两个人是谁?"

"谁?"

"当今太师秦桧和他的属下秦川。那狗贼原本就与我王家有仇,若不是当初苏伯父相助,我早就被他们捉住碎尸万段了。你说,我又怎可能会公然露面?"

说到这里,李思云的双眼泛红。为了不让自己显得狼狈,她迅速低下头去,刻意躲避着对方的目光。人有时候就是这样奇怪,平时大大咧咧地觉得似乎什么事情都已经过去,然而在无意中触碰到心中某一个最柔软的点时,却又发现原来平日里那些所谓的洒脱不过就是伪装,自己骗自己。

赵哲瞠目结舌了好半晌,想不到刚刚那看似和颜悦色的官员居然就是狗贼秦桧,记得过去那些影视剧里凡是涉及这个人物时都是一副眼珠子乱转的奸臣相,没想到此人竟这般稳重。

不过惊奇归惊奇,善恶赵哲还是知道的。尤其是看到李思云这般难过,他更是心疼得不得了。

"疯丫头,你放心,他们不是认为我是康王?倘若有朝一日我真的重返王位,这个仇定然会帮你报。"

李思云听到赵哲的安慰,心中顿感温暖。她用力吸了口气,露出甜甜的笑容。

八个轿夫抬着轿子缓步回府。轿中,刚刚市集上的情形再次浮现在脑海中。

康王作为圣上的养子,是太子的候选人,一向呼声极高。自从前段时间失踪,其便一直杳无音信,突然出现在街市卖吃食,也不晓得这中间有何隐情?

"秦仲!"

想到这里,秦桧伸手撩开轿帘,探头唤着。

走在轿夫旁边的秦仲听到大人的招呼,连忙让人将轿子落地,随后快步来到秦桧的面前。

"大人……"

"趁此刻还没走远,你和秦川马上再回一趟街市,务必摸清楚方才那人的底细,抓紧时间回禀我。"

秦仲以前也曾见过赵伯琮,对其样貌有所印象。此刻听到大人吩咐,心中登时会意,双手抱拳恭顺说道:

"大人放心。"

说完,他便叫上秦川,一道顺着来路返回街市。

是夜,太师府书房。秦桧坐在宽大的紫檀木椅上,震惊地看着立在自己面前的秦仲和秦川。待二人的话音落下,秦桧沉默片刻,确定道:

"这么说,那人确是康王?"

"确是康王无疑。"

"哦?"

秦桧皱紧眉头,在秦仲和秦川的注视下,起身在屋中踱了几步,忽然停住脚步,疑惑道:

"康王向来心怀大志,又怎会在这运河上做个不知名的渔夫,终日和渔娘厮混在一处?想来其中必有隐情。无论如何,我明日在朝堂上都会将此事告知圣上,后面的事情等康王回朝再议。"

秦仲和秦川对视一眼,齐声道:"喏。"

次日五更,朝堂上一片寂静。文武百官按照品级高低分站两列,等待着皇上上朝。

"圣上驾到!"

随着一声高叫,身着明黄色龙袍的赵构在太监康履的搀扶下走上龙椅,他目光在官员的脸上一一扫过,威严地说道:

"各位爱卿,可有本启奏?"

官员们你看看我,我看看你,仍不说一句话。

秦桧见赵构的脸色阴沉下来,猜想其心中定是不满,于是便疾步走出班列,向对方深施一礼,高声说道:

"圣上,臣有本请奏。"

赵构听到这话,眉头立刻舒展开来,脸色也随之缓和:"不知太师有何事要奏?"

"皇上,臣近日在运河边发现了康王。"

赵构听到"康王"二字,身子顿时一震,自从赵伯琮失踪,他便一直派御林军暗中寻找,却始终杳无音讯。想不到居然被秦桧碰到,果真是苍天庇护。

赵构之所以这般看重赵伯琮,不仅因为赵伯琮向来做事稳妥,还因为他有一颗爱惜万物的善心。

赵构虽是太宗赵光义的后人,但因为自身无法生育子嗣,只能从太祖赵匡胤的后人中挑选合适的接班人。当年初见康王赵伯琮时,其只有六岁,还是个天真的孩童。由于长得又瘦又小,并没有马上讨得赵构的欢喜。但是,这些年来性情内敛温和的赵伯琮不仅处处忍让着凡事好大喜功、争名夺利的赵伯衍,还将赵构交付的差事打理得井井有条,因此深得赵构和官员们的信任,被视为皇储的最佳人选。

故此,当他在黑森林中失踪的消息传出后,朝野顿时一片震荡。

如今秦太师说有康王的消息,不仅赵构心中大喜,就连满朝文武也精神一振。唯有寿王赵伯衍的脸色难看到了极点。

"运河边?太师,你确定没有认错人?"

"臣与康王同朝为官多年,断不会认错。况且康王虽穿着百姓衣衫,腰中却挂着金鱼袋。"

"哦?"赵构的眼中掠过一丝诧异,疑惑地问道,"既然这样,那他为何不回来?"

"这……"

"太师，你就别这呀那呀的了。"站在秦桧后面的武将张俊焦急地催促道。

他由于曾立下赫赫战功，向来备受赵构器重，是其股肱之臣。不仅如此，性格直爽的他和康王赵伯琮也是非常好的朋友。

"你快说到底是怎么回事，莫非要急死人？"

听到张俊的话后，其他官员亦是七嘴八舌地议论起来，纷纷催促秦桧说下去。

赵构见此情形，便也说道："太师，既然百官都急于知道，那便说吧。"

秦桧摇了摇头，重重叹息一声道："皇上，不是臣不愿说。只是如今康王好似换了个人，不仅将朝中之事忘得一干二净，就连看臣的眼神也非常陌生。"

"陌生？"赵构闻言先是一怔，思索片刻，犹疑道，"不晓得他在黑森林里遇到了什么事情，为何会变成这个样子？不过不管怎样，找到便好。张俊、伯麟，你们这就出发前往运河，务必要将康王接回来。"

"是。"

唐王赵伯麟听到皇上的吩咐，心中甚是欣喜，即使兄长不记得先前的事情，想来也断然不会抗旨，必然会随自己回来，至于其他的事情慢慢来便是。

"皇上放心，我等必不辱使命，定会接回康王。"

说完，赵伯麟便转身随张俊一道离开。然而还没走出几步，便听到身后有人叫住他。

"且慢！"

赵伯麟和张俊疑惑转身，见寿王赵伯衍从人群中走出。

"父皇，儿臣有本启奏。"

"哦？"

赵构皱了皱眉头，他晓得寿王和康王向来不和，寿王一直将康王视为眼中钉，此刻当众出列，想来也不是什么好事。

"寿王，你有何事？"

赵伯衍见赵构板起脸来，心知其是不肯让自己多言。尽管如此，为了达到目的，他还是决定继续说下去。

"儿臣晓得父皇心急，想尽快与康王团圆。不过如今那人身份不明，只是凭借一个金鱼袋便坐实身份未免太过武断，儿臣希望您能三思而后

行,多派人调查确定才是。"

"哎,寿王多虑了。"没等赵构说话,秦桧便抢先说道,"康王的容貌百官全都见过,若是同朝为官这么多年,秦某还能认错,那不就是眼拙了吗?寿王究竟是对康王身份有所疑虑,还是怀疑秦某有眼无珠?"

秦桧的话中明显带有敌意,百官听到这里纷纷噤声,一齐看向赵构。

赵构没有说话,心中亦是犹豫,他晓得寿王之所以这样,是故意拦着不让康王回朝。眼下若说确凿的证据,自己的确没有,若是一意孤行,确实显得武断。

赵伯衍见此情形,心中顿时得意。然而,就在这时,唐王赵伯麟却双手抱拳,躬身说道:

"皇上,臣有本启奏。"

"哦?快说。"

赵伯麟侧头看了一眼赵伯衍,随后又看向赵构,高声说道:

"臣不敢欺瞒皇上,伯麟此前也曾见过康王。"

"你也见过康王?"赵构一怔。

"是。"赵伯麟笃定地说道,"自打康王失踪,伯麟便一直派人寻找,前段时间确实在运河上找到了他。和太师所言相同,康王如今只是个终日在运河上跑船的船夫。他也真的将过去的事忘得一干二净。"

众人这里不约而同地露出惊愕的表情。

"这事确是蹊跷。"赵构思索须臾道,"康王行事向来稳妥,想来当初在黑森林必是遇到了事情。伯麟,官家命你与张俊速速出城,无论如何也要将其接回来。"

"是。"

赵伯麟看了一眼一旁脸色极为难看的赵伯衍,紧握双拳说道,

"多谢皇上。"

赵构点了点头,在他的注视下,赵伯麟和张俊双双快步离开宝殿。

"父皇……"

赵伯衍还想继续说下去,被赵构拦住。

"寿王,官家明白你的意思,不过康王回来也是好事,你们毕竟是兄弟,还是希望能够手足情深,共治大宋。"

"可……"

"寿王,臣有一言相劝。"

秦桧眼见着赵构的脸色变得难看，便说道：

"臣以为无论康王行事如何，你们毕竟还是兄弟。眼下大宋历经艰难，好不容易才得以稳固。你二人又同为养子，应该多将心思放在朝政治理上，而不是在此处纠结谁是谁非。倘若一直这般，倒是白白辜负了皇上的一片苦心。"

说到这里，他又看向赵构，恭顺地说道：

"皇上，不知臣说的是也不是？"

"太师所言极是。"赵构满意地向秦桧点了点头，又看向赵伯衍说道，"寿王毕竟年轻，以后凡事还需多多历练才是。好了，你且退下吧。其他爱卿可还有本启奏？倘若无事，今日便到这里。"

其他官员彼此对视一眼，都低下了头。

康履见赵构看向自己，便一挺身子，轻摆了下手中的拂尘。

"退朝。"

说完，在百官的注视下，他伸手将赵构从龙椅上扶起来，离开了宝殿。

赵构乘坐龙辇走远，百官纷纷散去，唯有赵伯衍仍铁青着脸站在原地，目光中满是愤恨。

运河边的乌篷船上。此时东边的天际泛起一层微光，赵哲从睡梦中转醒，伸了个懒腰后，站起身来，弯着腰将草席上的被褥随意一卷放在墙角，拿起搭在椅背上的擦脸布，哼着流行歌曲走出船舱。

这古人不比现代人，既没有牙膏、牙具，也没有洗面奶。不过尽管条件简陋，爱美之心却也人人皆有。为了保持光鲜亮丽，草木灰便成了大家的心头好。无论洗头、刷牙还是制作女子月事布，甚至是做面条和粽子，都能找到这种用木柴和秸秆燃烧后留下的残余物。

赵哲虽是个男人，但因为职业的缘故，对面子工程也相当重视。和一些现代白领一样，他家卫生间的盥洗台上也摆放着洗面奶、保湿水和面霜，不仅如此，平时工作哪怕再忙，他还会一周去一次美容院进行深层护理。也正是因为有了这番保养，赵哲虽然人到中年，看上去至少要比实际年龄年轻七八岁。

初来宋朝时，赵哲完全不适应这般简陋的生活。尤其是第一次用草木灰刷牙时，吐出来的都是黑水，他实在难以接受。后来，随着时间的流

逝，赵哲从最初的强烈排斥到后来的勉强习惯，心中总归有些不情不愿。

他时常会在洗漱时暗中自嘲，多亏了自己是个抗摔打的爷们，这要是平时娇养惯了的女孩，突然来到这么个陌生的环境，面对着这样简陋的生活条件不知道还会怎么样。

赵哲自顾自地想着，并没有发觉正渐渐向自己逼近的危险。他洗漱完毕站起身来，一枚暗镖突然夹带着风声从不远处射来，直接刺入他的左肩。

"哎哟！"赵哲一个踉跄，重重跌入水中。

李思云和李立此刻正在岸上洗漱，见此情形，双双吃了一惊，立刻冲到赵哲所在的乌篷船上。

"爹，我来。"

李思云见李立脱掉夹衣，欲跃入水中，连忙伸手拉住父亲的胳膊。如今虽说天气转暖，清早的河水却仍冰冷刺骨，父亲年事已高，这般贸然入水，怕是身体扛不住。思云不肯让父亲只身犯险。

李立明白女儿的心思，便也不坚持，只是细心提醒对方小心。

李思云点了点头，在父亲担忧的目光中跳入水中。她用最快的速度来到正在不断下沉的赵哲身边，伸出手用力将其向水面上拉。很快，二人的头便浮出水面。李立见状，忙拿起平日划船用的长竹篙，让李思云拉紧。在父女两人的合力下，经过一番功夫，终于将昏迷的赵哲带上了船。

"爹，若初没有呼吸了。"

李思云顾不得脱去自己身上湿漉漉的衣服，蹲在赵哲身旁，静静听了一会儿，紧张地说道。随后，她又将自己的手搭到对方的手腕上：

"脉搏也甚是微弱，倘若不抓紧抢救，怕是有生命危险。爹，我这就带赵哲到船舱，为他渡气。"

李立的脸上露出一丝犹豫，当初李思云离开临安时曾身受重伤，如今虽说身体痊愈，看似和常人无二，但这渡气毕竟涉及奇经八脉，若是运转不周，别说被渡气的那个人，就连她自己都可能会气竭身亡。

"思云，要不还是为父来吧，你毕竟受过伤，不宜做此事。"

"不，爹，我来。"

李思云的表情极为坚定。李立早年在战场上厮杀，多次身受重伤，如今年老，不该再做此事。况且，若初的长相和当初搭救她的人极像，若是

067

同一个人,那这份人情也该她还。

父女二人正说着,忽听远处传来一阵急促的马蹄声。少顷,身着便袍、一副贵公子模样的唐王赵伯麟和武将军张俊双双出现在了岸上。

"王兄!"

见赵哲昏迷不醒,身子软绵绵地靠在李思云的身上,赵伯麟和张俊大吃一惊,迅速下马来到乌篷船上。

"姑娘,我王兄这是怎么了?"

面对赵伯麟的追问,心急如焚的李思云并没有回答,只是径直扶着赵哲进入船舱,随后关上舱门。

赵伯麟先是一怔,继而快步来到舱门外,欲举手敲门,却被一旁的张俊拦住。

"张将军,您这是做什么?"

"唐王莫要着急。"张俊悉声劝道,"我想那位姑娘定会有法子救治康王,你我只需在此等待便是。"

赵伯麟顿觉自己的举止有些冒失。迟疑了一下,转身下船登岸。

船舱内,李思云将赵哲扶到草铺上后,迅速拿来剪刀,剪去了对方的袍袖。她本想着这样就可以为其拔去毒镖,敷上金疮药。奈何毒镖正中肩膀,绝非剪去袖子便能解决。无奈之下,她只得咬紧牙关,双手微颤着将其衣袍统统褪去。

李思云尽管闯荡江湖已久,却还是第一次这般近距离地看男子的身体。只见对方皮肤雪白,头发如同黑色潭水般直直披在脑后,一时间不觉有些痴了,脸上顿时生出两片红霞,娇羞地低下头去。

"水……"

少顷,随着赵哲一声呓语,李思云突然回过神来。她迅速拔出对方肩上的毒镖后,从袖筒中拿出一个精致的白色小瓷瓶,从里面倒出了一些药粉,轻轻敷在伤处,随后又从衣角处撕下一块布条,为其包扎好伤口。

"若初,我这便为你渡气。这期间可能会颠倒心脉,你一定要挺住。"

说完,李思云来到赵哲的身后,在将对方的身子扶正后,她盘起双膝,闭紧眼睛,收拢心绪,调整经脉,在聚拢精神后将双手放到了赵哲的背上,通过气息做到了彼此心脉连接。随着运功调息,不一会儿,赵哲的头上便生出了丝丝缕缕的白色烟雾,额头上也渗出了密密的汗珠。

船舱外,李立和张俊此刻正盘腿坐在船板上,一人拿着一坛酒,谈兴

正浓。他二人原本同属王茂麾下,又都立有无数战功,并承蒙王茂多加照拂,故此早就惺惺相惜,互为知己。尽管后来选择不同,对王家却都心怀感激。

"不瞒兄长,当初王府发生变故,我也曾派人到处打探思云小姐的下落,却没想到她竟然到运河当了船娘,还和兄长在一起。"

少顷,听完李立讲述了这些年的遭遇,张俊感慨地说道:

"想来你二人在此期间定是吃了不少苦。张俊虽不才,如今好歹在朝中也还有些能力。不如由我做荐人,推荐兄长做个官员。一来你我兄弟可同为我朝效力,二来你和思云小姐也可安顿下来,不知意下如何?"

"多谢贤弟美意,不过人各有志,我李立天生便是个自由散人,确实不愿在朝为官,受那束缚。"

李立说到这里,拿起酒坛喝了口酒,用手抹了抹嘴唇,继续说道,

"况且如今还有思云朝夕相伴,心中也算安然。"

"我理解兄长的选择。"张俊将目光移向舱门,"只是思云毕竟是千金之体,你当真愿意让她这般风餐露宿,就这样碌碌无为地度此一生?"

李立露出一丝惆怅,他知道张俊说得是对的,思云作为将门之女,自幼便是锦衣玉食,确实不该只在运河上做个船娘。然而在遭遇家门变故后,想来其也应该对人生重新有所认识,故此究竟该何去何从,还需她自身定夺。

"李立绝非不识抬举之人,自然知晓贤弟是为思云好。"

想到这里,李立叹了口气,抬起头来坚定地说道,

"不过思云的未来并非你我能做得了主的,还应由她自行选择才是。"

张俊见对方如此说,犹豫片刻,点头称是。

船舱里,此刻李思云已完成渡气,将面色已恢复红润的赵哲平放到草铺上后,脸色苍白、额头上冒着冷汗的她起身来到桌边,拿起桌上的茶壶。她原本想要倒水,谁知手一软,茶壶掉落到了地上。随着清脆的破裂声,茶壶化作了无数碎片。随后,她身子一软,昏倒在了地上。

李立和张俊听到声音,同时吃了一惊,随即推开舱门冲了进去。赵伯麟见此情形也快步赶来,见李思云昏倒,兄长的状态则恢复如常,顿时心中明了。不等李立和张俊言说,便迅速抱起李思云向岸边赶去,将其放上马背后打马离开。

张俊见此情形,连忙和李立一道将赵哲扶到马上,匆匆打马追赶赵伯

麟而去。

临安驿馆地处街市,这里原本是专门为接待西域客商所设,后来成了南北客商往来栖身的所在。

上房里,在赵伯麟、李立和张俊关切的目光中,一位身着洗得有些发白的灰色长衫、须发花白的老者坐在临床边的木凳上,屏气凝神地为李思云把脉。过了会儿,他叹了口气,起身来到桌前坐下。

"孙太医,你别一个劲儿地叹气,到底怎么样?"

张俊原本就性急,此刻见孙太医一副惆怅的模样,急忙问道。

孙太医为难地摇了摇头:"张将军,不是老夫要这样,只是这姑娘如今气脉全部移位,仅凭一口气吊着,怕是撑不过这两三天。"

"什么?!"

张俊听到这儿,音量顿时提高了八度。如今王府只剩下了思云一人,无论如何也要护她周全。

"孙太医,你可是太医院里最好的太医,怎么能说这种丧气的话?还不赶快医治!"

孙太医摇了摇头,为难地说道:"将军,确实不是老朽不愿医治,只是我这医术不精,只能勉强开些暂时保命的汤药,若想彻底康复,还得去那黑森林寻找一种叫'万岁'的药草才行。"

万岁,又名还魂草,传说具有起死回生之功效。由于生长之所极为隐蔽,又伴有千年灵蛇看护,故此想要得到属实不易。

"本王之前也曾听说过这种草药,据说是当年神农氏在尝百草后所植,已有上万年。"赵伯麟沉吟片刻,紧锁双眉道,"只是这黑森林绝非常人去处,况且还有灵蛇把守,想要得到绝非易事。孙太医,您医道精深,素有妙手回春之能,难道就没有别的法子?"

孙太医思索片刻,摇了摇头,为难地说道:"唐王,绝非老夫袖手旁观,只是这位姑娘如今断了心脉,确非常药可医。说实话,老夫的草药最多可以顶个三四天,若想尽快脱离危险,当真要立刻寻得'万岁'才行。"

赵伯麟和张俊对视一眼,心中开始犯难。他们晓得孙太医绝非信口开河之人,只是前往黑森林绝非易事,必须三思而行。

"唐王、张将军,思云是我的女儿。"李立察言观色,主动说道,"作为父亲,此事还应由我去。"

"兄长,这万万使不得。"张俊听到李立的提议,立刻劝说道,"你先前在战场上受过重伤,若非医治及时,如今恐连命都保不住了。这次无论如何都不能再让你只身犯险。"

作为当年与李立并肩作战的战友,张俊晓得对方曾为搭救率领十几名宋兵前往金人营帐偷袭却不幸被困的六公子王皓轩,孤身闯入金军大营,活捉敌军统帅的事情。虽说那次因为搭救及时,六公子和手下宋军侥幸生还,李立却也因此身受重伤,多亏军医抢救及时,不然早就以身殉国了。此番无论怎的,也不能再任其前去。

"贤弟放心,那件事已过去了这么多年,如今我身子已经大好。"李立笑着宽慰道,"况且此事迫在眉睫,容不得犹豫。"

尽管他这般言说,张俊却仍将头摇得像拨浪鼓,说什么也不肯答应。

三人正说着,忽听有人说了一声:"我去。"

他们诧异地循声看去,只见原本在另一间屋子里休息的赵哲不知何时已来到门口,此时正目光灼灼地看向他们。

"王兄。"

赵伯麟的脸上立刻现出惊喜的神色,快步来到赵哲的面前,伸手拉着兄长的手,兴奋地说道:

"我就说王兄吉人自有天相,绝不会有事。不过方才苏醒,身子难免虚弱,还应多多歇息才是。"

"谢谢。"赵哲客气地说道,他看向床榻上昏迷不醒的李思云,"你们方才说的话我在隔壁已经听到了,思云姑娘是因为救我才这样。滴水之恩当涌泉相报,那就该由我前往黑森林替她寻药。"

赵哲这样做绝非一时意气,虽说他的记忆仍停留在现代社会,在接连经历了受伤落水和被李思云渡气的这一系列事情后,却也误打误撞地恢复了赵伯琮先前的功力,如今算得上是重生。不仅如此,对于李思云的爱慕之情也随着这一番遭遇加深了许多,只是不宜流于表面罢了。

"可是……"

"没什么可是。"赵哲摆了摆手,"此事就这般定夺,你们在此照顾着思云姑娘,等我找到万岁就回来,咱们在这里会合。"

说完,他又详细向孙太医请教了万岁的样子和生长位置,这才离开。

"唐王,你不觉得康王好像变了吗?"

张俊见赵伯麟仍呆呆地注视着门外,来到其身旁,犹疑地说道。

穿宋之宝珠泪

"他以前对你好像没这么客气,做事也都是三思而行,绝不会如此草率决定,还真是让人捉摸不透。"

"那就无须捉摸。"赵伯麟的思绪被打断,定了定神,平静地说道,"无论怎样,王兄回来便好,其他的事情都不重要。张将军,眼下最重要的就是看护思云姑娘,咱们都需尽心才是。"

张俊说了声"喏",跟着赵伯麟一道来到床前。

由于担心李思云,赵哲在离开驿站后便径直骑马出了临安城。说来奇怪,他原本不熟悉周遭环境,此刻却是这般轻车熟路,就好像自幼便在这里生活一样。

过了半晌,出城后,赵哲继续沿着运河向前走。此时,原本清澈的河水在阳光照耀下闪闪发光,微风吹过,泛起涟漪。看着河水,他心中不免一阵感慨。

命运还真是玄妙至极,你永远猜不出下一秒的剧情。虽说记者的工作辛苦,朝九晚五保证不了,常常要"十二加七"。特别是政法记者,因为部门报道的特殊性,更是时常要像个战士一般冲在一线。

赵哲记不清从做记者开始,自己有多久没有好好休息过,只记得那一次次惊心动魄,在枪声中奔跑的场景,还有那因为不能时刻陪伴在女友身旁,而惨被分手的经历。

即使这样,他依然觉得生活很幸福,毕竟有牵挂的家人,还有最爱的事业。

说到底,人就是在为信念而活。

就像现在,赵哲的心中突然又有了深深的挂牵。那个疯丫头虽说有时做事不讲道理,但细想想总是很温暖,假如和她在一起应该也挺幸福的吧。

不过理智也时刻提醒着他,自己还是不要动情的好,毕竟说不定什么时候就会回去,若是两个真心相爱的人因此分开,那一定会比死还要痛苦,这样的结果他宁可不要。

怀着纠结的心情,赵哲按照记忆中模糊的影像,一路打马向西北奔去。忽然,马发出一阵清脆的嘶鸣,一片黑压压的树林出现在了他的面前。

勒住马头,赵哲翻身下马,牵着马小心翼翼地走进树林。

林中,原本欢叫不停的鸟雀或许是感知有人到来,纷纷噤声,除了风吹树叶声,再无其他多余的声响。

赵哲缓步向前走着，目光警觉地打量着四周，时刻做着迎敌的准备。

又往前走了会儿，从身后忽然传来一阵呼啸的风声，赵哲诧异地转过身去，但见一条头上有冠、身子如碗口般粗细、身长足有十米、脖颈处结着厚厚血痂的巨蛇正向他这方扑来。

赵哲见此情形顿时大吃一惊，慌忙躲闪到一旁，随后他弯腰拾起地上一根如宝剑大小的树枝，拿在手中准备御敌。

那蛇见赵哲躲开，顿时恼怒，扭动着身子继续向他扑去。赵哲不慌不忙，在其即将到达自己面前时，身子一侧，再次躲开。

赵哲之所以有这样的身手，一来得益于在现代都市里天天出现场练就的好身手，二来也是赵伯琮原本就有一身绝佳的武功，如今两者集于一身，倒成全了他。

那蛇三番五次扑空，不禁更加愤怒，瞪起一双铜铃大小的蛇眼，吐着鲜红的信子，甩起蛇尾向赵哲抽打过来。赵哲猝不及防，身子结结实实地挨了一击，顿时一阵剧痛。

"好身手！"

赵哲情不自禁地喝道。

那蛇开了胜局，不禁洋洋得意。欲要再次用蛇尾当武器向赵哲扫去。怎知这次对方却早有防备，立刻挥舞手中树枝相迎，正好打在了那蛇的三角脑袋上。

蛇猛然吃痛，登时发出一声如鸡啼般的嘶鸣，随后再次将身子蜷缩一处，用力地向赵哲抽去。

赵哲见状，便又挥动手中的树枝向蛇刺去，一人一蛇霎时战在一处。不知过了多久，那蛇渐渐体力不支，赵哲瞅了个空子，趁其不备，猛然用树枝击中其七寸。

那蛇使出浑身气力发出一阵嘶鸣，随后在地上滚了几下，便一动不动了。赵哲由于全神贯注地厮杀，直到此刻精神方才有所懈怠。弯腰喘了几口粗气，他突然感到喉头一股腥甜，一口血猛然喷了出去。接着一阵天旋地转，赵哲重重摔倒在地上，昏了过去。

等到他再次苏醒，已是次日早晨。清晨的阳光透过树叶的缝隙渗入进来，黑森林里的花草此刻都是那般美丽。

在用树枝撑在地上站起来后，赵哲惊讶地发现前一天倒下的巨蛇此刻踪迹全无，取而代之的是一株褐色的云朵般的草本植物。他弯下腰将

那植物摘下后,凑到鼻子前闻了闻,细细辨认一番后自言自语道:

"这不就是成色好的灵芝?这古人还真会取名字,以为吃了这药就能活一万岁呀。要是真这样,这地球怕是早爆炸了。"

话虽这么说,事情还得做。将万岁放到贴身处后,赵哲将右手的食指和中指并拢,放在嘴里打了声呼哨。随后就见马从不远处的树后绕出来,来到他的面前。

赵哲伸手轻轻理了理马背上的毛,笑着说道:

"你这家伙还真聪明,看到打起来就跑。不过这样做是对的,只有这样才能更好地保存实力。走吧,咱们这就回去。"

说完,赵哲便拉着马缰,一人一马离开了黑森林。

临安驿馆门前,赵伯麟焦急地看着从面前经过的路人,急切地寻找熟悉的身影。自打昨天王兄离开后就再也没有露面,也不晓得他一个人能不能应付得了?有没有受伤?

想到这里,赵伯麟的心中更加担忧了。

少顷,随着身后的门发出一阵响动,李立和张俊一前一后走出了门,来到赵伯麟的身旁站定。

"唐王放心,康王吉人自有天相,一定不会有事。"

张俊听到李立的劝说,也连忙接口道:"是啊,唐王,康王自幼学武,功力在众多王爷当中实属上乘,确是无须忧心。"

"两位老将军有所不知。"赵伯麟叹了口气,一脸惆怅地说道,"不是伯麟杞人忧天,只是我王兄刚刚醒来,身子难免虚弱,本王实在怕他撑不住。"

张俊和李立对视一眼,刚想继续劝说,忽听一阵马嘶声从不远处传来,不多时就见赵哲出现在了他们近前。

"王兄。"

赵伯麟登时眼前一亮,兴奋地跑到赵哲的马前,伸手拉住马缰,关切地问道:

"王兄,可还好?真要担心死伯麟了。"

赵哲心中瞬间生出一股暖流,他是独生子,从没有体会过手足情深的感觉。如今赵伯麟这般深情厚待,倒真让他感动。

"放心吧,我没事。"赵哲笑着说道。

从马上下来,赵哲快步来到李立和张俊面前,关切地问道:

"老爹、张老伯,不晓得思云姑娘伤势如何?"

"暂无大碍。"

赵哲的心里稍稍安定了,在应了声"好"后,他快步走进驿馆。赵伯麟三人见状,也连忙在身后紧紧跟随。

驿馆上房,李思云双眼紧闭、面无血色地躺在床上,孙太医端着一个汝瓷碗正在一勺接一勺地喂她吃药。忽地,门发出一声重响,将他吓了一跳。

孙太医抬头看去,只见赵哲正站在门口,关切地向里面看着。

"康王,您回来了?"孙太医边说边将药碗放到桌上,起身来到赵哲的面前,"你这一路属实凶险,可还好吗?"

赵哲点了点头,从贴身处取出万岁,递到对方的面前。

"太医,你说的可是这药?"

孙太医惊讶地伸手接过万岁,打量片刻,对赵哲说道:"想不到康王当真寻得了这万岁神药。实不相瞒,此药乃是那万年巨蛇所化,属实灵力非常,然而也非常人所能取,必须先将蛇杀死才行。想不到康王今日为了搭救思云姑娘,能够只身斩白蛇,属实让老夫佩服。"

赵哲微微一笑:"这是我应该做的,思云姑娘是为救我才变成这样,我这样做不过是还她的人情罢了。既是寻得了药,那还得辛苦太医赶快煎服,以便让她尽快好起来。"

"康王有所不知,这万岁还需其他草药作为药引,老夫这便去药铺抓药,今夜便给姑娘服下。"

孙太医边说边端起药碗回到床前,为李思云喂完药后离开了上房。

赵哲仍站在原地,直到孙太医走远,这才缓步来到床前。他先静静地注视了一会儿,随后笑着说道:

"疯丫头,以前你总是风风火火的,这下总算安静了。谢谢你啊,要不是你,我怕早就溺水而亡了。你说,我是因为受伤才来的宋朝,假如再受伤,是不是就可以回去了?不过也说不定,或许还会到唐朝、汉朝,或者是之前的哪个朝代。无论怎样,还是要谢谢你。疯丫头,你一定要赶快好起来,知道吗?因为只有这样,我才安心。以后,我可能不会经常陪在你身边了。但不管怎样,都请你相信,我的心会一直和你在一起。"

说到最后,赵哲的声音不觉有些哽咽,他原本不信命,可在经历了先前的那一系列事情后,却又总觉得冥冥之中自有天意。或许自己这次来就是为了改变某段历史,那么他就必须承担这副身子原主人的所有悲喜与责任,只有这样才不负此行。

当晚,在众人急切的目光中,昏迷中的李思云服下了以万岁作主药的中药。说来这药效当真神奇,不过片刻,她原本苍白的脸色就变得红润。

"太医果真妙手回春,这么快就有效果了。"

听到赵伯麟的赞叹,孙太医微微一笑:"唐王谬赞了,这绝非老夫的医术精湛。要说起来,思云姑娘最该谢的还是康王。"

"没错,王兄为救思云姑娘甘愿只身犯险,确实该谢。"赵伯麟看着赵哲笑道,"王兄,等她醒了,你最想要什么谢礼?"

赵哲仍关切地看着李思云:"只要她好就好,谢礼嘛,不重要。"

他说的是实话,这世上还有什么比心上人化险为夷更好的呢?若是她能醒来,那便是对他最大的感谢了。

赵伯麟微微一笑,王兄从小到大文韬武略俱佳,却从没对女子动过情。看其眼神,如今必定是对这女子动情了,等日后寻个合适的机会,他定然要将此事禀报给圣上。虽说这女子是寻常船娘,不过封个侧王妃总该还是能做到的。

想到这里,赵伯麟给李立和张俊使了个眼色,二人会意地点了点头。

"王兄,我这次来也想了解下运河百姓的生活情况,正好可以请李老爹说说,这就先出去了。"

说完,赵伯麟便带着李立等三人离开了上房,只留下赵哲独自照顾昏睡中的李思云。只有如此,赵哲才能够做到真情流露,声声呼唤着李思云尽快醒来。

也许当真心意相通,不多时,李思云就在昏沉中悠悠转醒,尽管还是虚弱,意识却和平时无异。

"登徒子,怎么是你?我不是在做梦吧?"

睁开眼睛,李思云先定定地看着赵哲。少顷,待视线清晰,这才有气无力地说道。随后,她又闭上眼睛。

"我不会是到了鬼门关吧?"

"是啊。"赵哲紧紧握住李思云的手,笑着打趣道,"既然到了鬼门关,那一会儿可要多喝一碗孟婆汤,免得忘不掉上辈子的事情。"

"好,我听你的。"李思云再次看向赵哲,"上辈子实在太痛苦了,如果有来世,一定不要再那样。"

"痛不痛苦都是活着。"赵哲宽慰道,"人有的时候就得学会主动忘记,只有这样才能不痛苦。思云,放心吧,咱们都好好活着呢,谁都没有死。"

"是吗?"

赵哲点了点头:"是啊,孙太医用万岁灵药做主药将你救活的。等好了一定要好好谢谢他。好了,你再睡会儿,我就不在这儿吵你了。"

说完,他起身细心地帮李思云盖好被子,轻手轻脚地走出了上房。

李思云注视着赵哲将房门关上,闭上了双眼。过了一会儿,一滴眼泪忽地从眼角滑落。

上房门口,院子中槐花开得正好,清风袭来,香气袭人。闻着花香,赵哲的心情大好。他快步来到槐树下,抬头看着头顶上方绿色的叶子,不禁吟道:

"临安大街,夹树杨槐。下走朱轮,上有栖鸾。"

"好一个'下走朱轮,上有栖鸾'。"

赵哲诧异地转身看去,只见赵伯麟左手抱着一个酒坛,右手拿着两只空碗向他走来。来到兄长近前,赵伯麟上下打量片刻,继而笑道:

"不瞒王兄,前段时间伯麟着实担忧得很,如今看到你风采如旧,心中着实高兴。你我兄弟好久不曾一道饮酒了,不知今日可否共饮?"

赵哲先是一怔,随后说了声"好"。看来这赵伯麟和赵伯琮关系确实很好,在这个陌生的地方能够有人照应也是极好的。

后花园水榭,赵哲和赵伯麟相对坐在石凳上。赵伯麟先在空碗中斟上酒,随后笑道:

"王兄,伯麟晓得你此前在黑森林中遇险,不知能否想起那日的情景?"

赵哲故作思索,随后摇了摇头。赵伯麟见状,不觉有些失望。

"不骗你,过去的事情我是一点儿都想不起来了,这也是我为什么不愿意和你回去的原因。"

赵伯麟听到这话,激动起身:"王兄,你若是这般想便错了。你自幼便在王府长大,早就过惯了锦衣玉食的日子,又怎能受得住运河跑船的颠沛之苦?即便如今失去记忆,王府仍是你的家,还是应该早些回去才对。"

赵哲摆了摆手:"伯麟,你不晓得,我这个人天性洒脱,最不喜欢拘束。如今失去记忆,宫中的礼数都得重新学起,倒真不如跑船舒服。"

"王兄这般说法,伯麟绝不能苟同。"

赵伯麟见劝说不住赵哲,顿时激动起来,蓦地起身道,

"虽说宫中礼数繁多,可毕竟是你家,这世上又有什么比家人更重要?况且如今朝廷里奸臣当道、忠臣被诛,倘若一直如此,我大宋必将危矣。恳请王兄能够念及旧情,拨乱反正,伯麟在这里替天下苍生谢过了。"

赵伯麟边说边双拳紧抱,向赵哲深施一礼。

赵哲被赵伯麟这一番诚意满满的话彻底打动,他以前也曾在史书上看到过,南宋名人辈出,文武豪杰更是不计其数。然而只存在了短短150年时间。若是能够亲眼见证这一段历史,那也算是阴差阳错间的一桩幸事。

"伯麟……"赵哲起身拉住赵伯麟,笑着说道,"你我兄弟不必如此生分,只是过去的事情我确实想不起来,还得从头学起才行。既是如此,那今后就要辛苦你了。"

"王兄何必如此客套。"赵伯麟见对方答应随自己回去,顿时喜笑颜开,"帮你原本就是伯麟的分内事,何谈辛苦?我这便飞鸽传书给郑儿,要她赶快将王府院落打扫干净。"

"郑儿?"

赵哲心中偷笑,难怪说这投胎是个技术活。由于没有父亲,他很小便养成了照顾母亲的习惯,后来这种习惯渐渐放大,变成了自觉照顾朋友、同学和同事,如今突然身份改变,成为被照顾的那一个,他一时间还真有些不适应。

"王兄,不会把郑儿都忘了吧?"赵伯麟皱了皱眉,打趣地说道,"她可是从小就跟在你身边,这些年来一直无微不至地照顾你。唉,果然是自古男子最薄情。不过也难怪,你如今心里有了思云姑娘,根本就容不下其他人了。"

无论是谁都能听出来最后这句是调侃,然而赵哲的脸居然真的红了一下。尽管只是瞬间,却仍旧被赵伯麟瞅了个正着。

"王兄,你不会真的……"

赵伯麟将头凑到赵哲的近前,认真地看了一会儿,戏谑地说道,"喜

欢上思云姑娘了吧？"

赵哲听到这话，脸红得更加厉害，为了掩饰尴尬，他从石桌上拿起酒碗，喝了口酒，将话题岔开。

"这酒醇香甘洌，果然是好酒。"

"那是。"赵伯麟笑着说道，"仪王向来好酒，家中藏酒无数。此酒是德甫命人送与我的，又怎会不是好酒？"

"德甫？"赵哲惊讶地说道，"你说的可是赵士程？"

"对呀。"赵伯麟诧异地点头道，"有什么问题吗？"

赵哲瞪大了双眼，陆游为唐琬而作的那首《钗头凤》世人皆知，他也正是通过这首词，知道唐琬当初在离开陆府后改嫁的第二任丈夫赵士程。那么，赵士程究竟是怎样的一个人，倒不如趁此机会一探究竟。

"没什么。"打定主意，赵哲故作平静地说道，"我只是一时间想不起他的字了，所以才直接说了名字。"

"什么我啊？"赵伯麟故意板起脸来，一本正经地纠正道，"王兄是千金贵体，乃是一人之下万人之上，随时都要称自己为本王。"

赵哲无奈地在心里偷笑了下，他以前看古装影视剧的时候，就觉得那些古代的王公贵胄一个个称自己为"本王"着实好笑，没想到自己居然有一天也进入这个行列了。

"本王……"

赵哲突然觉得有些别扭，好像过去那口若悬河的绝佳口才瞬间消失得无影无踪，他有些吃力地起身，刻意模仿着古装片里的台词道：

"伯麟，本王有些累了，咱们还是先各自回房歇息吧。"

"好，王兄刚刚身子痊愈，确实经不住先前的那一番折腾。"赵伯麟关切地说道，"那伯麟便听王兄的，你我暂且安睡，其他事情明日再说不迟。"

赵哲点了点头，二人边说边向客房走去，各自回房安睡。

次日一早，赵哲还在迷迷糊糊地睡着，突然觉得眼前似乎有人影浮动，鼻子一阵发痒。他费力地睁开双眼，看到李思云正站在床前，手里拿着一根狗尾草，正在调皮地捅他的鼻子。

见赵哲睁开了眼睛，李思云连忙将拿着狗尾草的手背到身后，笑着说道：

"登徒子，我听爹说，你为了救我，只身闯黑森林，可有此事？"

"有。"赵哲边说边兴奋起身，伸手紧紧抱住了李思云，生怕她离开自己,开心地说道,"疯丫头,真的是你吗?你没事了?"

李思云被赵哲这么抱着不禁露出了害羞的神色:"是,那药属实好用,我已经没事了。"

她正说着,忽听身后一声咳嗽。

二人讶异地循声看去,只见赵伯麟此时正站在门口,略显尴尬地看着他们。其左右两侧分别站着张俊和李立。

赵伯麟看到赵哲和李思云看向自己,便笑着说道:

"思云姑娘,本王并非要打扰你和王兄。只是方才听李老爹说你身子已经大好,故此前来探看,这便走。"

"唐王留步。"

赵伯麟三人正欲离开,听到李思云的话,便又一道停住脚步。

"思云姑娘,可还有事?"

在看了一眼赵哲后,赵伯麟疑惑地问道。李思云缓步来到他面前,袅袅下蹲道了个万福。

"感谢唐王的记挂,思云已经痊愈,今日便可和爹爹一道返回运河行船。"

"这……"赵伯麟看了赵哲一眼,为难地笑道,"也不用这么急吧?"

"唐王放心,小女子心中还是有数的,只是……"

李思云说到这里,转头看了一眼站在自己身后的赵哲,随后继续说道,"只是小女子还有一个不情之请。"

"不情之请?思云姑娘但说无妨。"

李思云犹豫了下:"我想今日请各位移步到我船上,等康王取完所用之物后便随唐王一道回宫。"

"疯丫头……"

"你不要说话。"李思云说完,又看向赵伯麟,"唐王,康王乃是人中之龙,来日必将鹏程万里,怎可久困深渊?他只有随你回去方才能够有所作为。至于思云,不过是过客而已,康王本就不必放在心上。"

赵哲听到这话,心中不觉一阵伤感。

赵伯麟看了一眼脸色发白的赵哲,笑着说道:

"思云姑娘,本王晓得你是为康王着想。不过凡事都有转机,姻缘亦不例外,姑娘也不必如此决绝。要我说,不如你就给我王兄一个机会。正如姑娘方才所说,你先随李老伯返回运河,王兄则随本王暂且回宫,待日后时机成熟,咱们再来探讨此事如何?"

李思云低头思索片刻,点了点头:"唐王说得有理,此事就这么办。"

"那就好。"赵伯麟笑着赞道,"思云姑娘当真是性情女子,我王兄属实没有看错人,此事便这般定夺。王兄……"

赵哲正为李思云的态度暗自欣喜,此刻听到赵伯麟的话,连忙应道:"思云说的就是我想的。"

"好。"赵伯麟微微颔首,笑道,"既然你也同意,那事不宜迟,咱们这便启程。"

说罢,众人一道快马加鞭向运河赶去。

运河乌篷船上,在李思云的注视下,赵哲从船舱的桌下取出至图剑,将剑鞘挂到腰带上后,微笑着看向对方。

"疯婆子,我马上就要走了,你就没什么话要说吗?"

李思云的脸瞬间红了,沉吟片刻,故作平静地说道:"登徒子,宫中不比民间,水深得很,你要多多保重。"

"哦?"赵哲眨了眨眼睛,嬉皮笑脸地问道,"我为什么要听你的?有什么好处?"

李思云的脸更加红了,就像是娇艳的花朵,令人心动。低头扭捏半响,这才又如同蚊子一般轻哼道:

"我……我会等你……"

思云还是第一次对异性表达心意。作为女子,自是害羞到了极点。

赵哲先是一怔,继而激动地伸出双手将对方揽在怀中,温柔地说道:

"思云,你可晓得,这句话对我来说比千金还珍贵。你既然以真心相托,那我也绝不会让你后悔,将来定会给个交代。"

李思云将头轻轻靠在赵哲温热的胸前,她只听到对方的心跳是那般快,目光中不禁也生出了无限炽热缠绵。

是日午后,康王府门大开,地上铺着红毡,在侍女郑儿的指挥下,几个家丁正在忙碌地向门楣处挂红灯,院子里也已打扫停当,焕然一新。

"这灯笼有些歪了,再往左边一点。"郑儿对其中一个家丁说道,"之前王爷不在,院里总是空落落的,如今他回来了,院子里终于又有了生气,你们可要打起精神来好好干活。"

"郑儿姑娘放心。"一名家丁笑道,"王爷不仅待你好,待咱们大伙儿也不错。如今他伤好回来可是咱们府中的大喜事,我们肯定会把事情做好的,大伙儿说对吗?"

听到这话,旁人纷纷附和。

"谢谢大家。"

郑儿的话音刚刚落下,就听到从街角传来了一阵急促的马蹄声。在众人的注视下,很快,赵伯麟和赵哲便一道来到他们面前。

"王爷回来了。"

郑儿边说边兴奋地跑到赵哲的马前,伸手拉住了马缰。

"王爷,你可回来了?真让郑儿惦念。"

赵哲讶异地侧头看了一眼赵伯麟,随后心中顿时会意。若是猜得不错,面前的这位姑娘应该就是康王的贴身婢女,如今虽说自己李代桃僵,但既然是用了康王的身份,他就必须替对方精彩地活着。一切礼法都要努力认真去做。

想到这里,赵哲将身子向前微微探出,笑着说道:

"郑儿,好久不见,你还好吗?本王这段时间不在府中,里里外外全靠你操持,真是辛苦啦。"

郑儿听到王爷关心自己,心中很是温暖,摇了摇头,感激地说道:

"谢谢王爷挂怀,郑儿一切都好,就是时刻惦念王爷。如今王爷平安归来,郑儿也就放心了。"

"好了,郑儿,你就不要再在这里说个不停了。"

赵伯麟见郑儿说个不停,便笑着打断道:

"你家王爷如今身子刚刚痊愈,方才又赶了许多的路,属实没有精神再听你聒噪不停。依本王看,你不如先带他去休息,好好伺候着更好。王兄,我王府中还有事,今日便失陪了。你先好好歇息,伯麟明日四更再来接你,咱们一道上朝。"

他见赵哲说了声"好",又向郑儿使了个眼色,这才告辞回府。

是夜,在和郑儿聊天的过程中,赵哲大概对赵伯琮的性格和爱好有了一定的了解。赵伯琮为人稳健,说话做事极具韬略,素有王者风范。也正因此,他备受宋高宗的器重。不过也因此,同为太子人选的寿王赵伯衍甚是嫉妒。尽管这些年来赵伯琮一直积极找机会缓和两人的关系,奈何对方始终不领情,此事只得不了了之。

"王爷,你不晓得,自打你失踪,寿王好几次派人来府中打探是否有你的消息,都被我们拦下了。常言道,事出反常必有妖,你还要多提防些为妙。"

赵哲听到郑儿这般说,微微一笑,安慰道:

"放心吧,本王吉人自有天相,若是寿王想害就随他好了。到最后不过就是搬起石头砸自己的脚罢了。"

郑儿见赵哲一副无所畏惧的样子,心里便也稍稍安定了些。二人又说了一会儿话,她便催促对方早些歇息,随后缓步退了出去。

赵哲待郑儿在外间的床榻上躺下,起身吹灭了桌上的蜡烛。室内瞬间湮没在了黑暗当中,他躺在床上翻来覆去地睡不着,连日来的情景仿佛电影画面般接连出现在脑海中,身子尽管疲乏到了极点,思想却变得越来越活跃。直到高墙外的打更人用梆子敲了两下那会儿,这才迷迷糊糊地睡了过去。

次日,赵哲仍在昏昏大睡,依稀听到郑儿在耳旁唤他起来。费力睁开眼睛,他看到赵伯麟和郑儿此刻正一道站在床前,讶异地看着他。

"伯麟,怎么是你?"赵哲说到这里,稍稍顿了下,随后又问道,"你几时来的?"

"王兄,这些年来你可都是三更就醒了,从没有睡过头的时候,莫非是身子不适?"

赵伯麟边说边来到赵哲的面前,将手放到对方的额上,目光中满是关切。

"没有。"赵哲将头侧到一旁,有些尴尬地说道,"昨晚没睡好,所以睡过头了。"

赵伯麟用理解的眼神看着赵哲,宽慰道:"王兄方才回府,暂时不适应也是在所难免,等过些时日就好了。时间不早了,还是抓紧时间穿衣洗漱吧。"

兄弟俩说话的工夫,郑儿已将水打好。侍候着赵哲洗完脸,又立刻递上了柔软的帕子,让他擦脸。

直到这时,赵哲才知道,原来宋朝的王公贵胄都是用盐水刷牙,平民才用草木灰,就连这洗脸盆也都是黄铜制成的,还有那摆放在桌子上的镜子也是同样材质。

果然富贵人家的生活和穷人就是不一样。

少顷,在坐到椅子上让郑儿梳头时,赵哲在心中暗自叹道。与此同时,他目不转睛地盯着放在面前桌上的铜镜,只见镜中的自己身穿玉色锦服,确是一个长相清俊、文质彬彬的贵公子。

"好了,王爷,我这便伺候您穿鞋。"

"伺候穿鞋?"

赵哲惊讶地说道。长这么大,想不到穿鞋还要人伺候。尽管心里这么想,当看到郑儿拿来黑色的锦靴时,赵哲还是乖乖地伸出脚,任由对方帮自己将靴子穿到脚上。

"本王就说嘛,王兄就是难得的人中龙凤。"

少顷,待赵哲起身,赵伯麟啧啧叹道:

"思云姑娘还真有眼光。"

"思云姑娘?"郑儿好奇地问道,"她是谁?"

赵伯麟看了一眼赵哲,摇头道:"本王和王兄闹着玩呢,郑儿,你这丫头向来伶俐,可千万不要把玩笑话当真。"

郑儿看了一眼赵伯麟,随后又将目光移向赵哲,见其仍是一副一本正经的模样,便也笑着说道:

"唐王多虑了,郑儿即使再笨也绝不会把玩笑话当真。车已备好,此刻就在王府门前等候,我这便去把我们王爷的'秘密武器'拿来。"

"秘密武器?那是什么?"

郑儿听到赵哲发问,并没有回答,只是看了他一眼,便笑着出屋了。

"看来王兄当真是失忆了,竟连'秘密武器'都不记得了。"赵伯麟笑着指了指门口,"咱们先去车上,等郑儿拿来,你一看便知。"

说着,赵伯麟便引着赵哲走出卧房。

王府门口,一辆载着软顶车厢的马车正停在黑暗处。少顷,听到门响,车夫立刻跳下车子,毕恭毕敬地来到赵哲和赵伯麟面前,双手抱拳施礼,口中叫了声"王爷"。

赵伯麟见赵哲一脸茫然,心知其定是不晓得该如何回答,便微微颔首道:

"阿光,辛苦你了。"

车夫忙摇了摇头,一副受宠若惊的神情:"唐王言重了,这是阿光的分内事,何谈辛苦。还请您和我家王爷移步车上,等郑儿姑娘到了,咱们便出发。"

赵伯麟说了句"好",引着赵哲上车。过了一会儿,随着一声响动,郑儿手里提着一个木质马桶出现。在将马桶放上车后,向马夫摆了摆手,马夫会意,挥起鞭子赶着马车向前走去。

"伯麟,你方才和郑儿说的'秘密武器'就是马桶?"

车厢里,赵哲好奇地问道。

"对啊。"赵伯麟笑着说道,"王兄,你应该晓得咱们上朝时是不能出恭的。为了避免尴尬,文武大臣只能带上木制马桶以备不时之需。也正是因为这样,咱们每天都要上朝后才能用饭。"

赵哲听到这里,心中又是一阵叹息。以前他只是觉得皇上在上朝时极为威风,却不知大臣们竟有这般不为人知的辛苦,看来上朝还真是个力气活。

马车一路小跑,很快到了一堵高高的宫墙前。在月光的映照下,宫墙反射着微光。赵哲撩开挡在前面的轿帘,好奇地向外张望。由于家在杭州,他深谙那段历史,并且以前也曾参观过相关的宫殿遗址。而今当他从看客变成剧中人,还真有种恍如隔世的感觉。

在一片沉默中,车子继续向前行驶,接连经过三道宫门,最终停在了一座巍峨的宫殿前面。

"王爷,咱们到了。"

车夫边说边跳下车子,来到车厢旁边,毕恭毕敬地伸出手来说道。

在赵伯麟的带领下,赵哲提着一盏刚刚点亮的红色灯笼,扶着车夫的手下车。望着宫殿,心中不禁又是一番赞叹。

"阿光,你先退下吧,等会儿退朝后咱们在后面会合。"

车夫说了声"喏",赶着马车离开。

"王兄,此刻上朝尚早,咱们先去待漏院歇着吧。"

"待漏院?"

"王兄又不记得了,这待漏院不还是你前年向圣上建议修建的?"赵伯麟笑着说道,"你说文武百官乃是封疆大吏、国之栋梁,不可太过劳累,应在上朝前有个落脚的所在。圣上觉得你的建议很好,故此便采纳了。"

赵哲点了点头,看来这赵伯琮还真并非浪得虚名,确为官员做过一些实事。想到这里,心里不禁对其有了几分敬佩。

在赵伯麟的带领下,赵哲来到了一处灯火通明的小院。只见院落雕梁画栋,很是气派。院落前站着许多做小生意的商人,叫卖声此起彼伏,极为热闹,仿若都市里的步行街。

"伯麟,你方才不是说官员上朝前是不能吃东西的吗?怎么这里还有这么多卖小吃的商人?"

赵伯麟一笑:"王兄有所不知,这些商人都是贵族子弟,平日里官员们上朝累,有些人体力扛不住,也会事前买一些以备不时之需。"

赵哲点了点头,一副新奇的样子。

赵伯麟微微一笑,捕捉到了赵哲的表情变化。

"王兄,你是不是很惊奇。我跟你说,这宫里不比外面,水深着呢。好多事情你必须自己体会才行。咱们也别在这里杵着了,还是赶快进去吧。"

说完,赵伯麟伸手推开了院门,引着赵哲来到里面。

这待漏院和别处不同,属实别有洞天。远的不说,就说这四十多进院落连在一处,各有不同,每一处大到庭堂布置,小到楹联点缀都显得高雅气派,就足以说明设计者的匠心独运。

经此一路,在赵伯麟不住嘴的介绍下,赵哲也基本掌握了朝廷的情况。

原来,和现代一样,南宋朝廷的官职划分也极为明晰。从大的方面来说,它主要由中央官制、地方官制和中央监察机构三部分组成。每一个方面下面又划分为无数具体官阶,加在一起足有六十四级。

少顷,在进入一间暖阁后,一个年过八旬、头戴乌纱、身着蓝色官服、鹤发童颜的老者快步走上前来,不由分说便上前紧紧抱住赵哲。

赵哲还未发问,老者老泪纵横地说道:

"伯琮,你可算是回来了?先生不会是在梦中吧?"

赵哲听到这里,顿时反应了过来,面前的这位老者应该就是方才赵伯麟在路上提到过的太傅徐爻。据说,这徐爻是看着赵伯琮长大的,二人尽管名义上是师徒,相处得却要比父子还要亲近许多。如今看来,此言不虚。

想到这里,赵哲也学着赵伯麟等人平时说话的方式,微笑着回应道:

"先生并非做梦,确是伯琮回来了。"

"回来好啊。"徐爻上下打量着赵伯琮,关切地说道,"伯琮,你黑了,也瘦了。看来这段时日定是吃了不少苦头,放心吧,如今回来了,很快就会把身体养好。对了……"

说到这里,徐爻拉着赵哲的手向里面走去。少顷,师徒二人一道坐到了软榻上。赵伯麟心知他们定有要紧的话说,故此便也在外间随便寻了个位置坐下。

"伯琮,常言道,读万卷书,行万里路。虽说你这段时间吃了不少苦头,但也是体察到了民间疾苦。"徐爻说到这里顿了下,继而又压低声音说道,"这些都是在为你日后做个好太子铺路。"

"先生?"赵哲微微一怔,说道,"您方才说太子之事?我听唐王说自打本王离宫,寿王那边就不太平,始终在暗地里勾结党羽。想来此次回宫,也必定会风波四起。"

徐爻的唇边泛起了一丝不屑,看得出来,他对于寿王赵伯衍之事并不担心。

"不过就是几只蝼蚁罢了,康王何必放在心上。自古道,身正不怕影斜,你只需做好该做的事情,臣等自会辅佐你。至于那些小风小浪,不过都是过眼云烟。"

赵哲点了点头,看来这二王之争由来已久,如今朝中的两派对立也是十分明显,自己以后的日子怕是不会太好过了。

"康王想来身子定是极为疲乏,还应好好将养才是。"徐爻说着,用手指了指软榻的后面,"先到里间歇歇吧。"

"里间?"

赵哲讶异地问道,这软榻后面分明是一堵白墙,怎么还会有里间?

徐爻见此情形又是一笑,轻轻拍了两下巴掌,随着轰隆声响,墙壁居然像门一样同时向左右两侧退去。

在徐爻的招呼下,赵哲起身来到里间。只见室内幽深狭窄,沿着长长的石阶来到一层后,他惊奇地看到这里面居然别有洞天,有起居室、兵器室两部分,只见青铜铸成的兵器架上悬挂着大大小小的几千把兵器,每一把都透着寒光,一看便知是上好的材质。

"王兄或许不记得了,这里间本就是徐太傅特意为你布置的。"

赵哲正在好奇地观望,赵伯麟不知几时已悄悄来到他的身旁。

"这里面宽敞,从外面又不易发现,正好适合藏兵。有朝一日,你当真和寿王交战,这里便是大本营。"

"徐太傅当真用心良苦。"赵哲说到这里,不觉有些鼻酸。

此刻,他当真有些羡慕赵伯琮,有这样和蔼可亲、能够处处为学生着想的老师。

"没错,徐太傅可是亲自看着王兄长大的,他此生没有儿子,因此也就将你视为己出。王兄,既然你有这么多的支持者,就该没有顾虑地放手一搏。"

赵哲的内心掀起重重波澜,表面却仍故作平静,他看向赵伯麟,静静注视片刻道:

"那你呢?"

"我?"赵伯麟微微一笑,"我只想今生能够跟在王兄身旁,至于其他别无所求。"

"好兄弟。"赵哲伸手重重地拍了一下赵伯麟的肩膀,感激地说道。

朝堂上,文武百官分列两侧。人群中,身着淡青色袍子的赵哲和寿王赵伯衍并排站在第一列。尽管对方一见到他便笑容满面地嘘寒问暖,但由于已知敌友,便只是与他表面寒暄。

"圣上驾到。"

随着这声高呼,宋高宗赵构在太监总管康履的搀扶下出现在众人面前。在看到赵哲后,他的脸上顿时露出了惊喜的神色。少顷,在文武百官见过礼后笑着问道:

"康王,近来可好?着实让官家挂怀。"

赵哲听到问话连忙向前走了几步,在众人注视下,双膝跪地,恭顺地说道:

"让父皇如此担心,属实不该,儿臣在此赔罪了。"

说完,他趴在地上毕恭毕敬地磕了三个响头。

赵哲并不晓得其中的礼数,是按照赵伯麟所说行事。果然,赵构见状甚是满意,大笑着连连说道:

"康王快快请起,你我父子不必如此客气。"

赵哲听到盼咐便又站起身来,后退数步,再次来到赵伯衍的身旁站定。

赵构看了一眼文武百官,又对赵哲说道:"康王,自你失踪,文武百官都很是担心,不知你去了哪里?"

赵哲侧头看了一眼赵伯衍,只见对方此刻细眼微眯,一副幸灾乐祸的模样。

"启禀父皇,儿臣当初在黑森林因被巨蟒所袭失忆,幸被运河上的一对船家父女所救。伤好后便留在运河上与其生活。"

赵哲说到这里,转头看了一眼站在自己身后的唐王赵伯麟,又继续回道,

"好在后来与唐王和秦太师相遇,这才得以平安回朝。"

"康王当真好兴致。"赵伯衍冷笑一声道,"文武百官为你心急如焚,你倒好,竟然独自躲到运河上快活,还说自己失忆?莫非这朝中之事在你眼中就如此不重要?"

"寿王,你这是信口雌黄!"

还没等赵哲说话,赵伯麟便率先开口,他先是怒气冲冲地对赵伯衍进行了指责。随后又对赵构说道,

"寿王在故意离间康王和百官的关系,恳请圣上明鉴。"

"胡扯!"赵伯衍突然脸色一变,正色道,"唐王,本王晓得你与康王兄弟情深,不过也不必这般护短。"

"寿王,你难道不是为了一己之私才这么说的?"

尽管身在朝堂,此刻怒火中烧的赵伯麟也顾不得那许多,口不择言地说道。

"想来康王失踪的这段时间,你应该是最高兴的吧?倘若他一直不回来,最大受益者便是你。寿王,扪心自问,本王说得没错吧?"

"满口胡言!"赵伯衍愤愤地一甩袖子,对赵构说道,"父皇,唐王此番言语,不过是在为康王开脱。以儿臣看,您该狠狠地治他们的罪。"

"当真是狼子野心。"赵伯麟恨恨地说道,"圣上向来开明,臣相信您绝对不会偏袒。"

赵哲眼见得赵伯麟因为自己大闹朝野,心中又惊又喜。为了不让事情闹得更大,他也连忙双手抱拳,对赵构说道:

"父皇,儿臣与寿王自幼一道长大,胜似亲兄弟。如今他对儿臣有所误解,儿臣并无怨气,只是希望此事到此为止,不要引起更大的事端。"

"王兄……"

赵哲见赵伯麟仍想继续说话,连忙瞪了他一眼。赵伯麟见此情形便也低下头去,不再吭声。

赵构和满朝文武看了这半晌,孰是孰非早已心中了然。

"康王果然仁义。"赵构笑着赞叹道,"寿王,依官家看来,正如康王所

言,你确实对他有所误会。你们毕竟是兄弟,还应该冰释前嫌,共同为大宋效力才是。"

尽管赵伯衍方才一直针锋相对,但此刻圣上这般言说,他也不好再多说什么。因此也只能假笑着向赵哲道歉,试图化解尴尬。

赵哲本就不愿与对方计较,故此便也笑着表示原谅。然而,尽管在外人看来,二人已无嫌隙。可实际上,彼此的成见却越来越深。

是夜,寿王府内厅,赵伯衍倒背双手快步在屋中踱步。少顷,他蓦地停下脚步,转身看向站在暗处的钟鸣,冷着脸低声问道:

"钟鸣,本王不是要你抢在唐王前面,将康王除去?你为何失手?"

钟鸣心知寿王定是因康王回宫不满,连忙双手抱拳,苦着脸说道:

"钟鸣不敢隐瞒,那日我奉命悄悄隐身运河边的草丛里,本想放暗箭将康王射杀。没想到他落水后却被收留他的船家女所救,这才侥幸逃生。寿王放心,小人仍会暗中寻找时机,尽快将其除去。"

"船家女?"赵伯衍的唇边泛起一丝冷笑,"看来这康王还有些魅力,居然让那民女如此相救?还当真是不知死活。不过遇到本王,也活该她倒霉。钟鸣,附耳上来……"

钟鸣见王爷向他招手,连忙凑上前来。在听到对方耳语后,连连点头,眼神中满是佩服。少顷,待赵伯衍说完,这才直起身子道:

"王爷果真足智多谋,钟鸣佩服,此事就这么办。"

"既然你觉得可以,那就快去。"

赵伯衍得意地领首,注视钟鸣离开,随后到屋子正中央的那张紫檀木八仙桌后面,边哼着小曲边提起桌上的茶壶倒了杯茶,跷着二郎腿坐到椅子上,悠然地品茶。

时间一眨眼便过去了两个多月。自从那日离开大运河,赵哲再也没有和李思云见过面,而是全身心地投入到了对周边环境的适应当中。事实证明,赵伯麟果真是个好老师,在他的教导下,赵哲很快便学得有模有样,言谈举止、性格爱好全都有所改变,越来越像康王赵伯琮了。

不仅如此,就连赵构也察觉到了赵哲的变化,这些时日将批阅官员奏折的事情交由他来完成。

尽管学习毛笔字有一定难度,但好在赵哲小时候也曾练过字帖,钢笔字写得还算不错。再加上夜以继日地刻苦练习,很快便也将毛笔字写得

行云流水,倒也当真能够蒙混过关。

这天中午,赵哲正独自坐在书房里看奏折,突然听到外面传来一阵急促的脚步声。随后,关着的门被人从外面推开。

"本王一猜,王兄就在这里。"

赵伯麟笑呵呵地从外面进来,身后还跟着另外一个同样乌发束髻、身着华服,一副贵公子打扮的俊朗青年。

"伯麟,你怎么会来?"赵哲将手中的笔挂到笔架上后,笑着起身迎上前去。随后,他又看向青年疑惑地问道,"这位是?"

"赵士程见过康王。"

那青年听到赵哲问话,连忙双手抱拳恭顺答道。

尽管都是宋太祖的子孙,但康王如今为圣上养子,日后很有可能会继承皇位。作为普通王室成员,自是要对其格外敬重。

赵士程?赵哲闻听便是一怔,想不到面前这个仪表堂堂的男子竟然就是传说中的千年头号备胎,想来那唐琬定然也是个一等一的美女。

只是想到那首尽人皆知的《钗头凤》,赵哲心中忽又一阵酸楚。他伸出双手扶起赵士程,笑着说道:

"德甫当真识得礼数,居然和本王也客套起来了。你我可是本家兄弟,这些繁文缛节日后就省了吧。"

说完,赵哲引着二人来到靠墙的梨花木侧几前坐下,边斟茶边说道:

"本王先前听唐王说圣上派德甫出使金国了?今日得闲来我府中,看来差事办完了?"

"多谢康王挂怀。"赵士程边说边伸手接过了茶杯,叹息一声道,"不瞒康王,德甫此番出使虽是波折重重,好在最终得以面见金主,并呈上了圣上挑选的礼物。"

俯首称臣到了这般地步,着实让人气愤。赵哲心里慨叹着,表面不动声色地说道:

"那就好,只是不晓得那完颜亮拿到礼物后,又是怎样的态度?"

"金主说咱们圣上懂礼数,愿意暂且和解,待日后以观后效。"赵士程笑着说道,看得出来,他对自己能够成功促使金国与大宋和解这件事很是自豪。

以观后效?看来这完颜亮真是狂妄至极。若是将来有朝一日他当了皇上,定要励精图治,让大家的腰杆子都硬起来,不再受金国的欺负。

"什么时候咱们大宋的命运要靠金人决定了?"

在赵伯麟和赵士程的注视下,赵哲突然板起脸来,正色说道:

"这完颜亮还当真自不量力。"

此刻,院子里突然传来一阵沙沙声。赵伯麟忙竖起食指,向赵哲做了个噤声的手势。而后起身来到门口,推开门左右四顾,见外面并无人影,这才放下心来。

"王兄,我晓得你是为大宋着想。可眼下这金人的实力强,咱们确是得罪不起。不过若是有朝一日王兄登上皇位,我等就是拼上这条性命也定要与那金人决一死战。"

"唐王说得没错。"赵士程也直言说道,"康王,咱们同为宋家子嗣,本就该为家族分忧。你又如此贤明,士程虽不才也愿效犬马之劳。"

"多谢伯麟和德甫对本王的信任。"赵哲一改刚刚的态度,笑着说道,"不过此事确是如伯麟所说,要寻时机才行。对了,你二人今日来找本王有何事?"

赵伯麟和赵士程对视一眼,笑着说道:"王兄近来为圣上分忧属实辛苦,今日乃是中秋佳节,市集颇为热闹。故此,我二人特意邀请你与我等同游。"

赵哲听到这里立刻兴奋起来,他也想看看宋代的中秋节是怎么样的。那就趁此机会,深入民间,来个临安半日游。

"郑儿,更衣。"

郑儿此刻正在外面晒桂花,听到主子唤她,连忙拿着装满桂花的簸箕小跑了进来。得知三人要外出时,便也笑着说道:

"王爷,郑儿听说今日外头很是热闹,不如你也带郑儿前去如何?"

赵哲看了一眼赵伯麟,见对方向自己摇头,便笑着说道:

"郑儿,这外面人多车多,万一咱们走散不好。不如你说说想要什么,本王帮你带回来如何?"

"是啊,郑儿,王兄说得没错。这外头远没有府中舒服,你倒不如留在此处享清闲。"

郑儿见赵哲不肯带自己同去,顿时噘起嘴巴。又见赵伯麟在一旁"补刀",便狠狠地瞪了他一眼,气鼓鼓地说道:

"不去就不去。"

赵哲见郑儿不高兴,心中顿觉不忍。这段时间,他的饮食起居全赖对方照顾。在他看来,郑儿这丫头性格外向,做事细致,倒还真与那疯丫头有些相像。也正因为这样,随着相处不断深入,他很自然地将对方当成了妹妹。

"既然你想去,就一起去吧。"赵哲说到这里,顿了一顿,又补充道,"外面人多,还是女扮男装吧。"

郑儿见赵哲答应让自己同去,顿时开心起来,对于对方的要求,自是满口答应。她很快换上了一套便袍,随后又对着镜子将原本的云鬟梳成了发髻。待穿戴完成,倒活脱脱一个俊美儿郎。

南宋市集,四名身着华服的青年并肩走在人流如织的街道上。所到之处,引来无数路人驻足观瞧。

"你瞧,这四个少年长得可真俊俏,尤其中间的那个最帅气。"

"是啊,也不晓得他姓甚名谁,是否已有婚配。"

赵伯麟听到这话,登时和走在自己身旁的赵士程对视一眼,双双露出兴奋的神情。倒是作为当事人的赵哲仍是一副处变不惊的模样,只是微微一笑。

少顷,众人在一家名为天香阁的茶楼门前站定,只见里里外外人流如织,很是热闹。

"这家茶楼在临安城很有名。"赵伯麟看了一眼茶楼,笑着对赵哲说道,"里面不仅茶好喝,话本子也好听。兄长若是有兴趣,咱们便一道进去逛逛。"

"好呀,公子,咱们一道去吧。"郑儿听到这话顿时来了精神,抓着赵哲的手恳求道。

赵哲自幼就喜欢听收音机里的评书,如今有了机会,自然乐得顺水推舟。

四人在茶楼里随便寻了个靠近舞台的雅座,向小二点了一壶极品龙井和几盘果品小食。不一会儿,随着一阵清脆的锣鼓声响,紧闭的大幕缓缓开启,一个穿着洗得有些发白的长袍的中年男子出现在了舞台上。掌声过后,男子清了清嗓子,说道:

"各位看官,我今日要给大家说的这段书就发生在咱们大宋。话说岳将军帐下有一名副将名叫王茂,此人对朝廷忠心耿耿,功勋显赫,乃是一名令金人闻风丧胆的虎将。"

王茂?这不是疯丫头的爹吗?

赵哲的心里忽地一动,表面却仍是不动声色,聚精会神地看着台上的男子。

果然,那男子很快便将王茂从忠心护主到身陷囹圄的过程绘声绘色地讲了一遍。台下听众尽管多是坊间百姓,但此前对当今圣上听信谗言,在风波亭以"莫须有"的罪名杀害岳飞的事情气愤不已,故此在听到这个故事时,个个愤慨到了极点。

看来大宋百姓心中都是雪亮的,赵哲心中一边这么想着,一边提起面前桌上的茶壶倒了杯茶。就在这时,他突然看到一抹熟悉的身影从后排站起,快步走出了茶楼。

赵哲的脸上瞬间露出震惊的神色,顾不上身后赵伯麟等人的轻唤,迅速追了出去。

此刻,外面街上仍是极为热闹。赵哲出来后先打量了一会儿周围来来往往的行人,而后便缓步向前走去。直到走出很远,却仍没能看到那人的身影。

就在赵哲纳闷时,肩膀忽然被人从后面轻拍了一下。

赵哲转过身去,只见女扮男装的李思云正站在身后微笑地看着自己,宽大的袍子衬得她格外娇俏。

"你……疯丫头?"

不知为何,赵哲忽然变得语无伦次。

李思云静静地注视了他一会儿,随后默不作声地向前走去。赵哲见对方越走越远,不禁着急起来,边小跑着向前边说道:

"哎,等等我。"

他原以为对方会就此停下,怎料其竟越走越快,根本没有停下的意思。

就这样,二人一前一后来到了街市附近的一条偏僻小巷。只见前面被一堵厚厚的墙挡着,李思云这才停住脚步。

"你还好意思叫我?"她转过身来,用幽怨的目光看着赵哲,噘着嘴说道,"自打那日离开运河,你就没有半点消息,如今居然还好意思站在我面前。"

赵哲伸手挠了挠头,此时他确实对李思云的话有些难以回答。虽说疯丫头不是寻常女子,但若是知道他这两个月全都用来了解宫中规矩,身负血海深仇的她会不会一气之下再也不理自己?赵哲想到这里,挠了挠头胡乱找了个理由搪塞。

然而,赵哲没想到的是,李思云对于他含混不清的态度更加生气。

"登徒子,你要是没有什么想说的,那我可就走了。"

说完,李思云便气呼呼地向前走去。还没走出多远,便被赵哲从后面紧紧抱住。她先用力挣扎了一会儿,见不起作用,这才作罢。

"疯丫头,咱们好不容易才见面,怎么可以说走就走?"

赵哲待李思云看向自己,继续说道:

"你也晓得这宫中和民间不一样,若是一不小心就会身陷漩涡。不过,疯丫头你要相信,无论何时,我的心都一直和你在一起。"

李思云的耳朵被赵哲弄得痒痒的,僵直的身子也随之松弛了下来。

她刚要说话,就听不远处忽然传来此起彼伏的喊声。

"他们来找你了。"李思云轻笑着说道,"你如今是位高权重的康王,若是丢了可不是闹着玩的。"

赵哲微微摇了摇头,将李思云的身子压在墙壁上,低声唤其不要出声。过了一会儿,待赵伯麟等人走远,他这才又笑着说道:

"放心吧,伯麟他们不傻,如果找不到,自然会自己去玩。今天下午我哪儿也不去,就一直陪着你。"

说完,赵哲紧紧拉住了李思云的手,边说边向前跑去。李思云因为对方的举动心生暖意,也跟着有说有笑起来。

宋代人对传统佳节很重视。在中秋佳节这天,百姓不仅可以赏月、吃月饼,同时街市上还有许多精彩纷呈的表演项目,如耍龙、舞狮、放烟花。在这一天,临安城中的老老少少都会走出家门,汇入汹涌的人流中。

是夜,明月如昼。赵哲和李思云穿梭在喧嚣的人群中,同样是公子打扮的二人甚是引人关注。

"是卖面具的哎。"

少顷,李思云忽然兴奋地说道。

赵哲顺着她手指的方向看过去,只见在街对面的一个摊位上摆放着许多形象各异的面具。

"喜欢吗?"

赵哲微笑着问道。他见李思云点头,便拉着她来到面具摊前。

卖面具的老板见有人过来,眼前顿时一亮,笑着说道:

"两位公子当真识货,这面具都是《山海经》中的异兽,是我自己手绘的，在其他地方根本买不到。"

说着，老板便如数家珍地向赵哲和李思云介绍了起来。渊博的知识、绘声绘色的讲述登时引起二人的无限遐想。

"老伯，您方才说这两个是比翼鸟？"

少顷，赵哲拿着两个同样绘有飞鸟的面具问道。

"对，传说这比翼鸟是上古时期的爱情神鸟。结首白发终，恩爱两不疑。二位公子，你们看，此为雄，此为雌。"

说着，卖面具的老伯拿起一青一赤两个面具，依次展示着。

赵哲侧头看了一眼身旁的李思云，见对方正专注地看着面具。便从袖筒中取出了一锭银子，递到了老伯面前。

"老伯，这两个面具我要了。一来你这面具确实好看，二来寓意好。"

说完，他再次看向李思云，目光很是意味深长。

李思云的脸上顿时露出娇羞的表情，微低着头，脸色红红的，很是好看。

"公子好眼力，也祝你们心想事成。"

卖面具的老伯看了李思云一眼，笑着对赵哲说道。行走江湖多年，尽管李思云一副公子装扮，老伯却也早已察觉出了其异样之处，不过不便明说罢了。

赵哲向老板道了声谢，将雌鸟的面具递给李思云后，拉着她走进人群。

"登徒子，你给我这个干吗？"

尽管已经知道答案，李思云却依然想要求证。

"因为好看。"赵哲两只眼睛笑得像是弯弯的月牙，随后，又郑重说道，"而且我也相信，它们确实代表着爱情。"

李思云看着赵哲，只见对方此刻的双眼像星辰一样闪亮，心中顿时泛起层层涟漪。

赵哲和李思云就这样定定地互相看着，不知过了多久，突然一群嬉戏的孩童跑到了他们的身边，随后又笑着跑远了。二人的思绪这才倏忽被打断，终于回过神来。

"那个……"赵哲抬起手来挠了挠头，稍显尴尬地说道，"前面好像很热闹，咱们快去瞧瞧。"

说着，他便伸手拉着李思云，一道向前跑去。

果然，前方有一群年轻人正围站在一棵枝繁叶茂、系满了红绸带

的槐树下,闭目许愿。而后,又笑着将各自手中的丝带系在了树枝上。

"两位公子,你们要许愿吗?"摊主笑着向赵哲和李思云招呼道,"一两银子一次。"

赵哲见李思云看向自己,心中顿时会意,便引着对方来到桌前,将毛笔蘸上墨汁后递到她的面前。

李思云向赵哲道了声谢,不假思索地在丝带上写了起来。赵哲将头向前探去,他本想看对方写的内容,奈何李思云一直用手挡着不给他看。

少顷,李思云写完字又认真地读了一遍,这才将毛笔放回了原处。

赵哲陪着李思云来到树下,对视一眼,李思云闭上眼睛,许了一会儿愿。须臾,思云将丝带挂在树上,大声笑道:

"愿我喜欢的人此生皆坦途,此行皆圆满,永远都能平安喜乐。"

赵哲先是一怔,继而激动地来到李思云的面前,紧紧将其抱在怀中,兴奋地说道:

"谢谢你,疯丫头,我们都会平安喜乐。"

咚!呲!

就在这时,一根细长的烟带从地面直冲到半空,迅速绽放开来,在众人注视下变成了一朵炫目的烟花。

一时间,二人身旁的呐喊声和鼓掌声迭起,将浪漫幸福的气氛推至高潮。

是夜,康王府。一辆马车停在府门外,车上,赵伯麟和赵士程正在安慰着已经哭成泪人的郑儿。突然,从不远处传来了一阵急促的脚步声。众人立刻从车厢里探出头,争相向外看。不一会儿,赵哲出现在了他们的面前。

"王爷……"

郑儿眼尖,随着一声叫喊,她整个人跳下马车,拦住了赵哲的去路。不等赵哲开口,便又关切地问道:

"王爷,您今儿午后去哪儿了?都要担心坏郑儿了。"

"王兄若是再不回来,只怕这丫头都要将临安城翻个遍了。"

赵伯麟此刻也和赵士程下了马车,见郑儿这般言说,便也笑着在一旁说道。

赵哲心中顿生歉意,笑着安慰道:

穿宋之宝贝涐

"郑儿,对不住,我只是一时心中烦闷,所以就想独自走走,却没想到竟害你如此担心。你放心,以后不会再这样了。"

郑儿听到王爷向自己保证,顿时由气转喜,笑着点头道:

"好了,好了,王爷没事就好,郑儿就是担心你找不到回来的路。现在回来了,也就没事了。"

说完,她冲赵伯麟扮了个鬼脸,上前拉住赵哲的胳膊,和他一道向府门走去。

赵伯麟和赵士程对视一眼,双双做出了无奈的表情。以前就听说过护主控,如今看来郑儿便是这样。

眼见得进了院子,郑儿突然转身,笑着对身后二人道:

"唐王、仪王,今夜已晚,你们还是早些各自回府歇着吧。无论什么事情,都等明日见了我家王爷再议。"

说着,她不顾赵哲的劝阻,迅速关上了府门。只听里面咣当一声,门板被门闩插上了。

"郑儿这丫头如今真是无法无天,居然不把咱们放在眼里。"

赵伯麟见此情形,顿生气恼,刚要继续数落,便被一旁的赵士程拦住。

"伯麟,要我说,咱俩也别生气了。郑儿这丫头不过是仗着王兄平日里的娇惯,恃宠而骄罢了,日后瞅个空子再跟她说清楚其中的道理。不过她说得倒也没错,如今确是天色已晚,咱们折腾了这么久,是该回府好好歇息了。"

说完,他便拉着赵伯麟上了马车,命令车夫向前驶去。

次日清晨,运河河水在朝阳映照下波光粼粼,李思云独自坐在船头,低头看着手里的面具发呆。前一晚的情景在脑海中不断地浮现,她的心情愈加烦乱。

如今登徒子回宫做了康王,位列一人之下、万人之上。就算她相信他日后会成为好皇帝,能够为岳家和王家翻案,可毕竟民女的身份在外界看来仍是极为卑微的。这样身份天壤之别的两个人,真的会有以后吗?假使他当真不顾群臣反对,孤注一掷地娶了自己,他们又真的会有幸福吗?

李思云越想心里越乱,她突然将手中的面具丢到了一旁,起身走到船尾,望着江水生闷气。

"思云,你怎么了?"

少顷,李立从岸上走上船来,见女儿一副气咻咻的样子,关切地问道。

在看到船头木头上的面具时,心中登时了然。

"你不会是在跟康王生气吧?你们见面了?他怎么惹着你了?"李立说着举起撑船用的竹篙,皱着眉头说道,"丫头,你快跟爹说。要是他真的欺负你,我不管他是何身份,都要重重地打上一顿。"

李思云见李立生气,连忙拉住了父亲的胳膊,摇了摇头,解释道:

"他没有欺负我,只是……只是……"

"只是你一想到他不能成天陪在身边,所以生气,是吗?"

李立看着女儿,笑着说道,

"丫头,爹虽说没有经历过这样的事情,可也晓得其中的道理。康王这日子并不好过。你若是真的在乎他,就要多想想如何帮他达成所愿,做一个好王爷,而不是整天被这些小情小爱困住。只有这样岳家和王家的冤仇才有一天能够化解,你也才没有辜负父亲的期望。"

说完,李立重重地叹了口气。长久以来,报仇一事都像是石头一样重重地压在他的心头,眼看着时机就要到了,无论怎样也不能放弃。

"爹,女儿知道。"李思云将李立扶到船头坐下,懂事地说道,"你放心,咱们一切从大局出发。"

李立点了点头,没有再说话,只是静静地看着女儿。尽管如此,李思云仍看出了藏在父亲目光中的万语千言。

一个月后,金国草原大帐,年轻的金主完颜亮端坐在案几后面,他刚刚收到了探子从临安城发来的谍报,此刻正双眉紧锁,兀自思索着。

完颜亮今年只有二十八岁,作为金太祖完颜阿骨打之孙,在出任金主前,曾为海陵王。他自幼聪颖好学,做事谨慎周全,极擅交际,不仅与西辽、宋名士多有来往,同时在金宗室里和民间也一直拥有着极高的呼声。

不仅如此,年轻的完颜亮还极善机谋。当初,因为他屡立战功,一直被金熙宗所忌惮,人前人后被宗室成员针锋相对,时时刻刻被掣肘,多次身陷困境。

面对种种不利的境遇,完颜亮表现得极为淡然,选择了默默蛰伏。

穿宋之宝哎哎

直到二十七岁时,各方面条件均已具备,这才派杀手秘密潜入宫中刺杀了病中的金熙宗,而后自立为王,在草原臣民的拥戴下登上王位,成为金主。

不过,和先前的两任金主一样,完颜亮也对大宋存在着觊觎之心。在他上任的这一年中,曾先后数次派出探子前往宋境,秘密探取情报。

"看来,这康王还真是个厉害的角色,和他老子一点儿都不一样。"帐中,完颜亮自言自语地说道,"此前听说他失踪,原以为赵构老儿再无心腹可用。想不到康王回来仅仅三个月便将朝政打理得井井有条。若是任由其这样一直下去,势必会对我大金构成威胁。"

完颜亮沉吟片刻,向帐外唤道:

"阿布,请完颜雍过来。"

护卫在外面应了一声,随着一阵急促的脚步声响起,很快,一名头上戴着钢盔、身上穿着狼吞铠甲的将军大步流星地走了进来。他径直来到桌案前,将右腿跪在地上,恭顺地说道:

"启禀金主,臣完颜雍见驾。"

完颜亮起身来到完颜雍的面前,伸出双手将其扶起,微笑着说道:

"二弟,此刻帐中无人,你无须这般客气。"

完颜雍是完颜亮的堂兄弟,自小一起长大,也是他在这世上最亲近的人。完颜雍自小便跟随父亲征战沙场,屡立战功,如今早已成为金国的股肱之臣。但在完颜亮的心中,弟弟仍是需要他用一辈子照顾的人。

完颜雍听大哥这么说,顿时咧开大嘴,开心地笑道:

"完颜雍知道,这世上就数王兄待我好。只是不晓得,王兄此番急着召我来,所为何事?"

完颜亮引着完颜雍来到门口的小几前坐下,郑重地说道:

"雍,此次找你前来,确实有件要紧的事情要交由你去办。"

"王兄,你也晓得雍是粗人,从不喜欢那些弯弯绕绕。无论什么事情,你尽管吩咐就是。"

完颜亮叹了口气,在完颜雍疑惑的注视下,起身在屋中来回踱了几圈,转身说道:

"雍,我想让你替我去趟临安。"

"临安?"完颜雍眼前一亮,"王兄,你不会是想攻打宋朝,所以派雍

前去踩点。你放心,雍一定会不辱使命。"

完颜亮摆了摆手:"你误会了,本王并非让你去攻打宋朝,而是去结交。"

"结交?"

完颜雍发出了"啧"的一声,看得出来,他对于王兄这般安排很是惊奇。

"这倒奇了,那宋朝说到底不过就是强撑着台面罢了。咱们想要攻打易如反掌,还有谁值得王兄如此费心?要我说,干脆打算了。"

"雍,不得造次。"完颜亮皱着眉头说道,"你要记住,所有的事情都不是像你看到的那样固定,尤其是局势,更是千变万化。大宋眼下再不好,可仍有搅动风云之人存在。"

"搅动风云之人?"完颜雍犹疑地说道,"王兄说的不会是那赵构老儿吧?依臣弟看,那人根本算不得什么。"

"那赵构算得了什么?不过是一条糊涂虫罢了。"

若说起来,赵构以前也曾是条血性汉子,当年独自出使金国,也曾舌战金国群臣,论胆识、计谋,都是数一数二的。只可惜后来登基为帝,反倒如同缩头乌龟,胆小了许多,尤其是杀岳飞一事更使他形象尽毁。

"王兄,那你为何还要让雍去结交?"

完颜亮微微一笑:"雍,看来你也糊涂。本王要你去结交,可没告诉你结交的是赵构。"

"那是?"

"康王赵伯琮。"

"康王?!"完颜雍皱了皱眉,"不瞒王兄,臣弟早年间倒当真曾在战场上与康王交过手。此人虽说文武双全,却不过是那赵构老儿的傀儡,一直对其言听计从。这样的人,又有什么好结交的?"

"言听计从?"完颜亮微微一笑,"不过表象罢了,若是本王没猜错,这康王并非池中之物,他如今不过是在等一个绝佳的时机,机会到了必定会大展宏图。故此,本王要你前去结交,一来探明如今宋朝的内部情况,二来也可借机笼络人心。"

"这……"

完颜雍先是一怔,迟疑片刻,继续说道:

"好,既然王兄如此说,那完颜雍便去走一趟。明日我便挑选精锐金军，一道随行。"

"不可。"完颜亮沉吟了一下，摇头说道，"本王最近要派巴仁作为金国使者，率军前往大宋议和。你率数名亲兵跟着商队前往临安，借机埋伏在城中，在完成本王交办的任务后，再与巴仁里应外合，随时作为接应。"

完颜雍犹豫片刻，点头答应。完颜亮又交代了几句，这才让他出帐，回驻地准备。

数日后，临安朝堂上，赵构神情威严地注视着站立在自己左右两侧的文武百官。他刚刚接到从金国传来的信息，据说金国使者巴仁不日将前来议和。他早就见识过金人的手段，自是不敢怠慢此事，故此今日特意与朝臣商议，想尽快拿出个应对之策来。

"臣以为巴仁此番前来，并非议和，而是以此为由探听我大宋的虚实，以便再次发兵攻打。"

作为如今朝中少有的主战派，张俊向来对金人充满戒心。故此，他一听此事，便立刻说道，

"依臣看来，既然和为假、战为真，不如咱们直接动手，在半路上伏击，让他们的人有来无回，岂不干脆？"

"哎，这可不行。"仪王赵士程摇了摇头说道，"老将军，本王晓得你为人刚直，宁折不弯。可如今金国实力雄厚，绝非你我所能招惹。再说两国交战，不斩来使，若是当真按照你说的这般做，只怕立刻就会惹上是非，使大宋陷入战乱，到那时想要回头可就难了。"

"这……"张俊晓得赵士程说得有理，便也不再坚持，只是无奈地摊了摊手，"那你说怎么办？"

多年同朝为官，赵士程对张俊的性情了如指掌。此刻见其生气，登时有些为难，立刻看向站在前排的康王赵伯琮，对他投去求助的目光。

赵哲稍作沉吟，向前走出两步，恭顺地说道：

"父皇，儿臣有本要奏。"

"哦？"赵构眼前顿时一亮，兴奋地说道，"康王有话但说无妨。"

曾经，在赵构看来，赵伯琮虽说文武双全，然而在帝王之术方面仍有欠缺。通过这段时间他协助批改奏折，赵构惊喜地发现，他已然成长为一个能力全面、可担重任的皇子。也正因为这样，赵构心中的天平已然倒向

康王赵伯琮,已暗中将其视为皇位继承人。

"儿臣以为,张老将军说得不无道理。金国使者巴仁此次来我大宋,确有暗查之意。"赵哲沉吟片刻道。

"哦?"赵构略略思索,问道,"康王,依你之见,此事该如何解决?"

"儿臣以为此事可以一分为二来办。"赵哲直言道,"由张老将军暗中派兵在城内外进行布防,若是那金人使团包藏祸心,便可立即回击。若无异动,接待之事由秦太师费心。太师曾多次独自出使金国,熟悉金人习俗。"

赵哲边说边转身,别有深意地看了一眼秦桧。

秦桧深知如今这位年轻的康王已是圣上心中的红人,日后搞不好就要成为皇位的继承人。自己即使位高权重,也得罪不得。若想操纵他,还需假以时日。他见赵构看向自己,便也说道:

"圣上,康王所言极是。"

"好。"赵构顿时龙颜大悦,兴奋地说道,"既然太师应允,此事便这么办。康王,金国使团到访在即,此事便由你全权负责。"

说完,他侧头看向康履,对方会意,立刻来到赵哲面前,将一块通体碧绿的玉牌递了过来。

"康王,这是圣上的腰牌。见到腰牌,就如同见到圣上。"

赵哲听到这里,连忙双膝跪地,道:

"多谢父皇,儿臣定当不辱使命,全力将这差事办好。"

赵构点了点头:"众位爱卿,你等可还有其他要事启奏?若是没有,就散了吧。"

他见文武百官一片沉默,便站起身来,在康履的搀扶下离开了大殿。

见皇上走远,朝臣这才不约而同地松了口气,三三两两地向殿外走去。赵哲和赵伯麟、赵士程三人原本就是同车而来,自然要同车回去,故此一道向外面走去。怎知刚到殿外,便被从后面追上来的寿王赵伯衍叫住。

"王弟,果然好谋略。"

赵哲感受到赵伯衍的敌意,却仍笑着说道:

"王兄谬赞了,伯琮比起王兄,可还是差得远了。日后,还得王兄多多提携。"

"哎,王弟你说这话可就言重了。你如今深得父皇信任,想来日后本王要靠你提携呢。"

赵伯衍说到这里,突然语气一转,压低声音道:

"不过,你别以为本王就这样认输。对局才刚刚开始,远远没有结束。"

赵哲还没有说话,便见一旁的赵伯麟立刻皱起眉头,气恼地说道:

"寿王这是公然挑衅吗?"

赵伯衍轻蔑一笑,看得出来,他根本就没有将赵伯麟放在眼里。他的态度瞬间便激起了对方的怒火,不顾旁人劝阻,赵伯麟立刻冲上来拉住了赵伯衍的衣领。

"寿王,你别以为本王和王兄一样好脾气。告诉你,最好别惹我,不然本王定会打得你满地找牙。"

赵伯衍被抓着衣领,脸上却仍是一副似笑非笑的表情。

赵哲和赵士程见状,立刻上前劝赵伯麟放手。就在这时,身后突然传来了浑厚的声音。

"康王,原来你在这里,倒还当真让人好找。"

众人听到这话,立刻分站两侧。张俊快步走了过来,见到寿王赵伯衍也在这里,脸上先浮现出一丝愕然,随后双手抱拳道:

"老臣给几位王爷请安。"

"既然张老将军找你有正事,那本王也就不便多打扰。"寿王赵伯衍说着,看向赵伯麟话里有话地说道:"伯麟,你哪里都好,就是这火暴脾气着实该好好改一改,不然日后吃亏的可是你。"

说完,寿王赵伯衍又向众人点点头,平静地转身离开。

"什么人?!"赵伯麟看着赵伯衍走远,仍是一副气咻咻的样子,"挑衅的是他,装好人的也是他,他还当真是好手段!看本王回头不找个机会,请圣上治他的罪。"

"伯麟。"赵哲见此情形,忙劝说道,"算了,这件事情就过去吧,论心机,你是斗不过他的。"

说完,他又向张俊双手抱拳,感激道谢。

张俊豪爽大笑,摆手说道:"康王客气了,你与寿王之争群臣有目共睹,晓得其中的万般忍辱。不过末将斗胆进言,凡事绝不可争一时意气,有时看上去吃亏,实则却是以退为进。"

"老将军说的极是。"赵哲感激道,"本王也是这样认为。"

张俊微微点了点头,随后双方告辞,分别回府。

是日黄昏,夕阳的余晖照在宫墙上,平添了几许暖色。后宫偏殿,身着明黄色便袍、盘髻、脸色苍白的赵构斜靠在床榻上,手中拿着一本书,目光涣散,看起来心事重重。

一阵脚步声传来,康履双肩紧缩,微弓着腰,手里端着一碗药走了过来。来到赵构面前后,他将药碗递了过去,笑着说道:

"圣上,该吃药了。"

赵构看了康履一眼,伸手接过药碗。他紧皱双眉,将碗里的药一饮而尽,又将碗递还了过去。

"康履,扶官家起来。"

康履听到圣上吩咐,连忙将药碗放到旁边的矮桌上,伸手将赵构扶起来。

赵构被康履搀扶着来到靠墙的梨花木桌旁坐下,将头微仰,靠在椅背上,看上去很虚弱。这段日子,他的身体一直很不好,浑身酸痛得厉害,然而太医却始终瞧不出病因在哪儿。

心病还须心药医。尽管赵构早已知晓这症结在何处,却还没有寻到合适的机会解开。

"圣上,莫非有心事?"康履察言观色,在一旁低声问道,"可否和老奴说说?"

赵构沉吟片刻,这才问道:"康履,你觉得康王和寿王哪一个更适合做太子?"

康履脸色凝重,作为圣上身边最受恩宠的近臣,这些年来,他自是晓得对方心中的纠结。只是圣上不问,他也不好开口,毕竟这不仅关系着皇家的父子亲情,还关乎着整个大宋江山的未来。

如今,既然圣上发问,他也不好再回避。

想到这里,康履双膝跪地,俯首说道:

"圣上,老奴虽一直备受恩宠,可这毕竟是皇家大事,老奴实在不敢妄加断言。"

"哎,官家让你说你便说,无须有何顾虑。"

"既然如此,那老奴便斗胆说了。"

康履从地上爬起来,低着头沉吟半晌,这才说道:

"圣上,康王和寿王从小便在您身边长大,蒙您恩宠。不过要老臣说,这寿王比起康王,无论人品、才学,可差得不是一点半点。若是做个潇洒自在的王爷,也就罢了。可若是日后做一国之君,只怕难以服众,整个大宋江山都有可能会因此危矣。"

"康履,你说中了官家的心思。不瞒你说,官家也是这么想的。"

赵构赞同地点头道:

"官家有意将越州作为寿王的封地,不再让他回到临安。只是眼下这金国使团即将到来,一时半会还抽不出精力来处理此事。"

"圣上圣明。"康履感激说道,"老奴替天下人多谢圣上。"

赵构微微一笑:"康履,你在宫里多少年了?"

"三十二年。"

"三十二年?那很长了。"赵构微眯着双眼,陷入回忆,"记得那时官家还是太子,你便已经以总管的身份服侍父皇了。康履,你对我们宋家宗亲来说,是亲人。官家希望你日后也能竭尽心力辅佐康王,就像现在辅佐官家一样。"

"圣上,您的意思是……?"

赵构看了一眼康履,见对方正讶异地看着自己,便又微微一笑。他伸手从身旁的案几上拿过茶杯倒了杯茶,边喝茶边缓缓说道:

"官家是想等到康王有朝一日能够独挑大梁,便将这大宋江山交由他打理。说实话,这些年经历了太多的事情,官家的心早已倦了,也是时候该歇歇了。"

说着,赵构将空了的茶杯放到案几上,起身看向窗外。只见外面斜阳正好,天空中不知从哪里飘来了一只纸鸢,悠悠荡荡,好不快活。

康履见赵构出神地看着窗外,心头忽地一酸,他知道这几年,为了岳家之事,圣上背负了无数骂名。但实质上,外人是不明真相的。尽管过去了这么长时间,但康履仍清楚地记得,那年除夕之夜,当岳飞被杀的消息传进宫来,圣上当场吐血的情形。那段时间,赵构连续多日不吃不喝不上朝,只是面色惨白地躺在床上,看着床顶的雕花默默流泪。

"康履,岳爱卿是忠臣,他是被冤枉的。只是官家明知秦桧是金国的细作,却不能为岳爱卿报仇,心中确实难过。不过,这件事官家会牢牢记住,有朝一日必然会有个决断。"

这些年来,圣上虽说表面重用秦桧,实则不过是为了不打草惊蛇,暗中寻找最合适的契机罢了。

"官家以为除秦桧一事还应由康王来完成。"

沉默半晌,赵构突然说道。像是自言自语,又像是在对康履说。

"康王为人聪慧,心存正义,即便官家不说,他也应该明白的。"

康履点了点头,父子连心,康王确是如圣上所说,是个外表平和、内在杀伐决断之人。

赵构伸出手去,让康履扶着重新来到床边。躺下后,才继续说道:

"康履,官家累了,想独自静静,你先下去吧,没有官家的吩咐不用进来。"

康履应了一声,退了出去。

是夜,太师府偏厅,秦桧穿着一身便袍,坐在紫檀木椅上慢悠悠地喝着茶。与他相对而坐的是同样身着便服的寿王赵伯衍。寿王此刻正紧蹙双眉,用探询的眼神看着秦桧。

眼见着秦桧再次从桌上提起茶壶,往茶杯里注水,赵伯衍快速起身按住太师的手说道:

"太师,本王陪你在这儿坐了好半天,你总该说句话了吧?"

秦桧微微一笑:"寿王,这人呐,心静最重要。平日里咱们被琐事困扰,难得喝茶,可不要错过了眼下的这份雅兴。"

"雅兴?"赵伯衍冷哼了一声,重新坐回原处,"那康王仗着有父皇撑腰,如今已经爬到了本王的头上作威作福,俨然一副跳梁小丑的嘴脸。别说他了,就连赵伯麟亦是如此。太师,这样的气,本王怎能受?"

"受气?"秦桧又是一笑,"寿王,小不忍则乱大谋,只有眼前忍让,日后才有可能除掉对手。实话说,秦某并不喜欢你,但至少你不像康王那般一意孤行,就这件事来说,咱们倒当真能够达成交易。"

"多谢太师。"赵伯衍听到秦桧愿意帮他,登时兴奋到了极点。

如今秦桧在朝中可谓一手遮天,如果他肯帮自己,那日后除掉康王必定易如反掌。

想到这里,赵伯衍立刻起身向秦桧深施一礼,道谢道:

"多谢太师出手相助,您放心,等到事成后,本王定会有所报答。"

秦桧摆了摆手:"多谢寿王,不过那些金银俗物对于秦某来说没什么要紧,你只要把秦某需要的相送也就是了。"

赵伯衍心知秦桧早就有在朝中一手遮天的想法,只是苦于时机不到,故此迟迟未能得逞。如今既然对方答应帮忙,他就必须按照对方的想法来,免得错过最佳时机。至于其他事情,都等日后得手后从长计议便是了。

"太师放心,本王绝非出尔反尔之人,此事就这般定了。"

秦桧听到赵伯衍的回答甚是满意,点头笑道:"既是如此,那咱们便商定了。寿王平日公务繁忙,如今好不容易才得闲来秦某府中,还是多喝些茶吧,这可是昨日刚刚进贡的雀舌儿,圣上赏赐来的。"

说完,秦桧再次拿起茶杯喝起茶来,俨然一副"任凭风浪起稳坐钓鱼船"的态势。赵伯衍见他这样,心中明白其定是有所谋划,便也不再多说,微微一笑,也学着对方的模样拿起了茶杯。

数日后,康王府书房。赵哲坐在书案后面,紧蹙双眉,对着桌上的奏折发呆。这段时间,赵构对道教的信仰越发强烈,为道观清修荒废了朝政,惹得文武大臣人人担忧,上书不断。然而赵构的行为非但没有收敛,反倒比过去更加放纵,直至将全部心思都用到了研制长生不老丹药上。对此,赵哲也曾想办法进行劝说,奈何对方根本不听,眼见着事情越闹越大,他竟一筹莫展。

少顷,院子门口突然传来了一阵清脆的脚步声,随着声音越来越近,不一会门口传来了说话声。放下奏折后,赵哲坐直身子看向门口。不多时,只见赵伯麟和赵士程一前一后走了进来。

"圣上不是要你们俩监工金人驿馆?今日怎么会得闲到我这儿来?"

赵伯麟和赵士程相视一眼后笑道:

"王兄,我们今日特意相邀你到郊外游玩。"

"游玩?"郑儿在外面听得真切,一听赵伯麟说要出去玩,立刻跑了进来,笑着说道,"王爷,咱们都好久没有一块儿出去玩了。你近来替圣上批阅奏折属实辛苦,不如今日就听唐王的,出去散散心吧。"

赵伯麟眼见得赵哲犹豫,连忙说道:

"王兄,咱们出行一来是去郊外散心。二来,我和士程也想带你去见一位多年未曾谋面的故人。"

故人?赵哲心里顿时一动,他此前便曾听赵伯麟和赵士程说过,他们

有一位自幼便去终南山修道的故人,若当真是见此人,那积压多日的烦心事或许可迎刃而解。

"王爷,咱们好久没有一起同游了,要不带上郑儿吧。"

赵哲眼见得郑儿再次央求,便笑着说道:

"既然郑儿这般想去,那本王便随你们走一趟。不过有一件事,你们也要答应。"

"什么?"

"咱们今日不坐轿,改骑马。"赵哲起身笑道,"既然要见故人,那就不便人多,悄悄出去便好,这样反倒没有顾虑。"

经过一番乔装打扮,很快,一行人便策马出城向郊外驰去。

郊外,道路两侧绿树掩映,五颜六色的花朵竞相开放,数不尽的蜜蜂、蝴蝶在花间起舞采蜜,让人不觉心情大好。

"公子,还是郊外好,要是让郑儿选,这辈子都不想回宫了。"

尽管平时有赵哲的照拂,郑儿却早已对宫中生活心生倦怠,只是作为侍女,她没有更多选择。况且,郑儿心中也喜欢赵哲,所以即使再留恋民间的生活,她也还是会选择待在王府。

"这有什么难的。"赵伯麟笑着说道,"等以后你做了我王兄的侧妃,让他在郊外给你安置一处宅子就是了。"

"唐王,你又乱说话。"

尽管郑儿嘴里轻斥着赵伯麟,眼角眉梢流露出的缱绻情意却早已暴露了她女儿家的心思。

赵哲此刻骑马行在最前面,听到这话,侧头看向郑儿,见其这般,心中顿时明了。然而却什么都没说,只是微微一笑。

这些日子承蒙郑儿的关照,在他看来,对方就像亲妹妹一样,原就该有个好归宿。至于他,虽是古人身,却有着现代人从一而终的思想,那就不该对郑儿有任何奢求。

众人正说着,不曾留神从前方不远处的草丛里走出一对母子。母亲二十多岁,一身布衣装扮,头上包着一块蓝色布巾,左手提着一个同样颜色的布包,边走边提醒孩子慢点跑。儿子四五岁,圆圆的像苹果般可爱的小脸,乌溜溜的眼睛,天真可爱。

"宝儿!"

随着一声惊慌的叫喊,赵哲这才注意到母子俩的存在。眼见孩子就要撞上马头,赵伯麟已然来不及躲闪。赵哲立刻将身子探出,展臂将孩子抱到怀中。而后翻身下马,将一脸惊恐的孩子递到了母亲的怀中。

"多谢公子相救。"

母亲拉着儿子跪到地上,流着眼泪向赵哲道谢。

赵哲笑着摆了摆手,心中很是诧异。他以前并不晓得自己有这般敏捷的身手,方才一时情急,发现自己竟有这样的好身手。

"快快起来!"赵哲伸手扶起这对母子,关切地探问道,"大姐,你们这是要去哪儿?"

那妇人叹了一口气,难过地说道:"公子有所不知,由于连日暴雨,黄河泛滥,我们的家乡被淹,只得外出逃难。如今确也不晓得该往何处去,只能走一步看一步。"

"孩子的父亲呢?为何只有你们娘俩?"

"我爹死了。"那男孩此刻已躲到母亲的身后,探出小脑袋怯怯地看着赵哲。一听这话,便也接口道。

妇人听到儿子的回答,脸上顿时露出悲伤的表情,迅速低下了头。过了好一会儿,才调整好心情道:

"公子想必来自富贵人家,不晓得我们底层人的难处。不瞒您说,我们都是世世代代面朝黄土背朝天的农民,平日靠种地勉强维持生计。洪水之前,便已被官府的苛捐杂税压得要命。后来发洪水,孩子他爹为了救我们,被水卷走了。眼下只剩下我们孤儿寡母相依为命,家乡再也回不去了。"

那妇人越说越伤心,说到这里,不禁哀哀痛哭了起来。那孩子见母亲哭,吓了一跳,也小嘴一瘪,跟着哭了起来。

赵哲动容地看着面前的这对母子,作为亲历者,这孤儿寡母的苦楚他自是体会颇深。也正因此,越发想帮帮这对可怜人。

赵伯麟察言观色,见此情形,便跳下马背,对赵哲提议道:

"兄长,我府中如今正缺人手。若这位大嫂愿意,倒是可以去做个厨娘。"

那妇人正在为接下来的生计犯愁,听到赵伯麟愿意收留自己,高兴得不行,连忙拉着孩子跪到地上,边重重磕头边道谢。

赵伯麟见此情形,连忙伸手扶起妇人和孩子,笑着说道:

"大嫂,不用客气,我这不过是举手之劳罢了。你若当真要谢,就谢谢

我家兄长吧。"

"谢,当然要谢。"那妇人含着眼泪,哽咽地说道。说到这里,她用衣袖擦了擦眼睛:"公子,你们是菩萨,给了我们娘俩生路,放心,我一定会好好干的。"

"不用客气,大姐,你带着孩子着实不易。"赵哲笑着说道。

"谢谢恩人体谅。"因为赵家兄弟的帮助,她现在又有了希望。

赵伯麟微微一笑,随后将自己府邸的地址告诉了那妇人。那妇人听到面前的年轻人居然就是传说中乐善好施的唐王,瞬间惊讶得瞪大了眼睛。

"小妇人没想到几位竟是王爷和郡主,真是冒犯。"

说着,她连忙又让儿子给赵哲等人叩头。

郑儿见这边说得热闹,早已按捺不住情绪,想要参与进去。一见到这情形,忙伸手拉起孩子,笑着说道:

"大嫂,我不是郡主,只是我家王爷的贴身侍女。你以后跟在唐王身边,虽只是在厨房帮佣,却也少不了要见大世面。王府虽说规矩多,唐王却也是性情中人,你不必担心。"

说完,她又从袖筒里摸出了两块糖,塞到了孩子的手里。

那孩子哪里见过什么糖果,一闻到这香甜的味道,顿时将伤心抛到脑后,立刻躲到母亲的身后剥糖吃去了。

赵伯麟又嘱咐了那妇人几句,这才让她们母子先回唐王府,而后众人再次上马继续向前行去。

大约又行了半个时辰,随着崎岖的山路在前方消失,一个用竹子修建的幽静院落出现在他们的面前。此时院落中央几只鸡正悠闲地散着步,一条黄狗卧在地上,静静地冲着来人摇尾巴。随着微风拂过,一阵悦耳的古琴声传来。

"《广陵散》?"

赵哲由于向来欣赏三国时期的文学家嵇康率性洒脱的品格,故此对这首曲子再熟悉不过。传说当年嵇康因为触怒了当权者司马氏被处以极刑,尽管文武大臣和太学生都为其求情,却仍未能改变被处死的命运。临行当日,三千名太学生齐齐走上街头送行,面对众人的泪眼,嵇康依旧是一副潇洒自若的模样,盘着腿坐在囚车上,弹奏了一路的《广陵散》。

那屋中之人既会弹奏此曲,想来也定是一位奇人。"

"王兄的耳力果真极好。"赵士程笑着说道,"此曲确是《广陵散》。"

"周必为人那般洒脱,这曲子倒是和他再相配不过。"赵伯麟笑着说道,"王兄,故人已在里面等待多时,咱们还是赶快进去吧。"

赵哲点了点头,不知为何,在听到"周必"这个名字时,他心里突然生出一种莫名熟悉的感觉。若是猜得没错,想来这个叫周必的人定是和赵伯琮之前便有着千丝万缕的关联。

在赵伯麟和赵士程的引领下,赵哲缓步走进屋子。此刻室内阳光正好,他看到一个身着蓝色道袍、用蓝色发带束发的俊俏书生正端坐在桌案后面,微笑着弹奏古琴。纤细白皙的手指在琴弦间来回游走,琴声不断变化着。

"周……"

赵伯麟才说了一个字便被赵哲拽住,见对方向自己做了个噤声的手势,他咂了咂嘴不再说话。

周必似乎并未察觉屋子里突然多出的几个人,只是自顾自地沉浸在乐曲中。过了半响,随着最后一个音符跃动,这才垂下双手起身,微笑着看向面前的众人。

"周兄这琴当真是弹得越来越好了,若是放到上古时期,只怕弹出的乐曲会招来鸾鸟相伴。"

周必眼神深邃地看着赵伯琮。周必乃相门之子,自幼跟随师父前往武当山玄岳观修习道法,如今不仅文韬武略、制药炼丹样样精通,而且会占卜打卦,当真算得上奇人。

"伯琮兄,多年不见,还和以前一样爱开玩笑。常言道,庄周梦蝶,蝶化庄周,不知何为真假?"

赵哲心中一动,他知道对方定是察觉出了异样,表面却仍不动声色地说道:

"庄周梦蝶,蝶化庄周,逍遥即可,何必分清真假?"

说完,二人相视而笑。

其他三人尽管听不出其中的玄机,却也跟着笑了起来。

周必引着赵哲在椅子上坐下,从桌上提起茶壶倒了杯茶,递到了对方的面前。

在其他人好奇的目光中,赵哲接过了茶杯,慢慢地喝了一口,继而微

微皱了皱眉。

"伯琮兄,这第一杯茶可尝出滋味了吗?"

"有些苦。"

赵哲鼻音有些重,不知道为什么,在喝了这杯茶后,他的脑海中突然多了些许赵伯琮以前生活的影像。尽管不是那么真实,却能够连贯成线。与此同时,心里也随之酸楚起来。

想不到赵伯琮自幼丧母,又早早过继给了赵构。外人看他过的是锦衣玉食的富贵日子,实则他心中却郁郁寡欢,当真可叹。

周必微微一笑,又为赵哲倒了第二杯茶。

"伯琮兄,你尝尝此茶,味道是否与方才相同?"

"此茶有些酸涩。"

赵哲如实回答。不知为何,他此刻的脑子突然变得晕晕的,就好像是喝多了56度的老白干,舌头也打起结来。与此同时,疯丫头李思云的样貌也不经意地在脑海中浮现了出来。

尽管进宫后就再也没有提及过这个丫头,实则赵哲却没有一天不在强烈地思念中度过。每每夜晚结束公务,吹灭蜡烛,世界便被黑暗笼罩。他便会在床榻上一遍遍地猜想着对方的状态与心情,在乌篷船上不知在做什么?是过得开心还是遇到了什么难过的事情?

然而这次却和以前不同,只要一想到"李思云"三个字,赵哲的心里便一阵刺痛,就好像被人拿着刀子捅到心上。随着刀子拔出,鲜血滴滴溅落。视线也越来越模糊,仿佛下一秒就要昏倒。

赵伯麟三人察觉出了异样,连忙来到赵哲的身后,伸出手试图扶住他。

赵哲晃动着身子想要站起来,挣扎了半响却只能放弃。重重地喘了会儿粗气后,他用手撑住头,目光迷离地看向周必,吃力地问道:"周必兄,你给本王喝了什么?本王看到的又是什么?"

"没什么,不过幻象罢了。"

周必的嗓音清越,听不出悲喜,而后他又提起另一个茶壶,依次给其他人倒茶,在将茶壶放到桌上后笑着解释道:

"你们放心,康王没事,不过是日有所思,夜有所梦罢了。"

"日有所思?"

郑儿听到赵伯麟的话,连忙接口道:"夜有所梦?先生,你的意思是我家王爷他……"

周必摆了摆手,语气仍很轻松:"你家王爷不打紧,一会儿就好了。"

郑儿犹疑地点点头,刚要说话,忽听"啪"的一声响,方才放在桌案上的茶杯已被赵哲摔到地上,瞬间化作碎片。

众人吓了一跳,顿时面面相觑。

"周必兄,你要干什么?"赵哲瞪着发红的眼睛,近乎怒吼地说道。

"伯琮兄,正所谓,境随心转。你虽说今日看到的是幻象,来日却说不定会成真。"

"成真?"

赵哲听到这话顿时暴怒起来,不顾别人劝阻,上前抓住了周必的衣领,咬牙切齿地说道:

"你给本王记住,本王宁愿死,也不会让如此痛苦的事情发生。"

由于赵哲用了很大的力,周必的身子只能向后仰着,脸上的表情却仍极为平静,连笑容都是那般慵懒。

很显然,他的这副模样彻底激怒了赵哲。

来不及多想,赵哲便挥起拳头向周必打去。

"王兄……"赵伯麟见势不妙,立刻伸手拉住赵哲,继而对周必急急说道,"周必兄,本王晓得你道法高深,不过还是收了你的道法,别再折磨人了。"

其他人听到这话也纷纷附和,试图劝说周必放过赵哲。

"周某原本是想让伯琮兄再体味一番,既然唐王这般言说,那从命便是了。"

说着,他又来到桌前,提起茶壶倒了第三杯茶,用双手捧着递到赵哲的面前:

"伯琮兄,这杯茶给你。"

赵哲的头正痛,此刻见到茶,也顾不上那许多,拿过来一饮而尽。说来奇怪,这杯和前两杯都不一样,喝起来很是甘甜清冽,就像是山泉一般。

说来奇怪,喝完后,赵哲只觉得身体一阵轻松,方才的不适登时无影无踪。不仅如此,他还感到一阵饥饿,恨不得能马上吃到东西。

"伯琮兄,这人生有八苦,生、老、病、死、怨憎会、爱别离、求不得、五阴炽盛。方才周某不过是通过茶水,让你更加清晰地看清内心罢了。假使你能将这繁多复杂的情绪驾驭好,便已近乎圣人,日后也定会成为我大

宋最开明的君主,周某在此处替天下黎民谢过。"

说着,周必双拳紧抱,毕恭毕敬地向赵哲施了一礼。

"周某方才的做法确实失礼,还请伯琮兄海涵。"

赵哲此时才晓得周必的这一番良苦用心,心中亦是极为感激,又见对方赔罪,连忙伸手将其扶起,笑着说道:

"周必兄这般说,倒要本王不好意思了。不瞒周兄,本王今日来有两重用意。一来是会友,二来也是诚意邀请兄长出山。"

"出山?"

赵伯麟看了一眼赵哲,笑着对周必说道:"周必兄,王兄方才已将此番来意说得再明白不过。你与他自幼相识,虽说后来进山修行,但这凡间的情感总归还是有的。如今他在朝中步步维艰,你确实该出山相助。要本王说,不如就答应了吧?"

周必看了一眼赵伯麟和赵哲,沉吟片刻,转身来到原处坐下,继续弹奏古琴。

琴声淙淙,烟雾袅袅,连带着室内每个人的思绪烦乱起来。

这些年,周必尽管在深山中修行,实则却并非不知道朝廷的状况。可谓"身在江湖,心在庙堂"。

说起来,他是个可怜人。周家以诗书传家,世代出仕。远的不说,周必的父亲周成大便曾先后做过两朝丞相。也正因为这样,童年时,周必每当和小伙伴们玩耍,总会被以赵伯琮为首的其他人唤作"小相爷"。

也正因为自幼便生活在这样的家庭中,天资聪颖的周必在父亲和几个哥哥的教导下,文武双全,后来进山修行,更是虚怀若谷,胸怀经纬。原本以为等到学成下山,便会和家人一道为朝廷效力。可没想到由于父亲平日里和岳将军关系亲近,致使满门被灭。好在他那时在深山,这才躲过一劫。

"周必兄,你说话啊?"

赵伯麟见周必半晌不吭声,只是一个劲儿地弹琴,便快步走上前去,按住了他的右手。

"你也晓得我王兄是诚意相请,这些年我曾数次陪他到武当山找你,可你每次都是闭门不见。周必兄,你有经天纬地之才,但也该显露出来,哪怕是为了这天下苍生。"

"苍生?"

周必听到这两个字心头顿时一痛,双眼瞬间湿润,苦笑道:

"唐王,既然你说到'苍生'二字,那周某倒想讨教。我周家满门是否算得上苍生?两年前满院子猩红的血,百余条无辜被杀戮的生命,那连续烧了三天三夜都不曾熄灭的火,如今可还在周必的脑子里。每当晚上,我便久久不能入眠。即使勉强睡过去,最后也会被惊醒。这大宋的江山虽是你赵家的,可这人命却是我周家的。实话说,我周必此生不为官,只想混迹江湖,做个修仙炼药、为人卜卦测字的江湖先生,你们走吧。"

说完,他坐下来继续弹奏古琴。

赵伯麟碰了一鼻子灰,心中有些不舒服。又见周必不再理会他们,更是气得牙痒痒。然而,还没来得及继续说下去,就被赵哲和赵士程一左一右拖到了院里。

"周必兄既然想清净,那咱们也不便多打扰。"

赵哲笑着对赵伯麟劝说道,随后又高声对屋中人道:

"周必兄,方才咱们说了这许多的话,想必你也累了。好好歇息,等过些时日,我们再来。"

说完,赵哲便率先上马。赵伯麟本不情愿,可在郑儿和赵士程的劝说下,爬上马背,跟在王兄身后离开了周家。

周必本也是不想纠缠,此时见众人离开,便也垂下双手,起身来到窗前,目光深邃地看着远方。少顷,他来到茶桌前坐下,兀自倒了杯茶喝了起来,过了许久,发出重重一声叹息。

山路悠长,青色掩映。赵哲等人一字排开,慢悠悠地骑马向前走着。
"周必他还真是格局小了点。"赵伯麟气恼地说道。

很显然,他的思绪仍沉浸在方才的情愫里,不曾抽离。

"他还是这样沉浸在过往的恩怨中,没有心怀天下、开辟未来的勇气。"

赵士程跟在赵伯麟的后面,刚要开口,只听赵哲在前面头也不回地说道:

"伯麟,我倒觉得周必没错。当年周家满门被灭,要不是那场瓢泼大雨从天而降,只怕那场冲天大火烧了三天三夜后还不会熄灭。如今只剩下他一人,不复仇已是好的,你又怎么能指望他放下前尘,为大宋效力?"

"康王说得没错。"赵士程赞同地说道,"伯麟兄,放心吧,这世上没有

一成不变的事情,凡事皆可转圜。"

赵伯麟被赵哲和赵士程这样劝说,心中的不满倒也当真减了几分,嘴上却仍是气咻咻地说道:

"什么转圜,什么放下前尘,依本王看,那周必就是个死脑筋。不如趁着现在回去,将他直接拖出来,狠狠打一顿,打清醒。"

"打一顿?"郑儿轻笑道,"那小相爷可是天生面子薄的,若是真被唐王打上一顿,只怕不仅事情没有转化,还会惹出更大的是非。唐王,你也莫要再发虎狼之威,要我说,此事就算了吧。"

"算了?"

赵伯麟见众人点头,便继续说道:

"既然如此,那便算了。对了,王兄,接下来你打算怎么办?"

赵哲见众人看向自己,便微微一笑道:

"你们可曾听过'三顾茅庐'?"

"这谁不晓得。"郑儿嘴快,直接将话头接了过去,"传说黄巾军起义失败后,天下大乱。川中刘备为了夺得天下,实现抱负,曾前后三次带着义弟关羽张飞前往南阳邀请书生诸葛亮出山相助。不过前两次都失败了,直到第三次方才成功。"

"郑儿说得没错。"赵哲笑着肯定道,"如今小相爷便是横卧草庐的卧龙先生,咱们就是刘关张。本王相信,只要持之以恒,总有一日他会平息心中怒火,出山相助。走吧,我还有一大堆的公文没有批阅,还是抓紧时间回去。"

三人听到赵哲的打算,无不心中佩服。随着一阵清脆的马蹄声,众人的身影消失在了山路尽头。

是夜,康王府卧房,清冷的月光照进漆黑的屋子,使周遭的一切变得朦胧。身着白色水衣的赵哲躺在床上,翻来覆去地睡不着觉。白日的情景再次在他眼前浮现,该怎样请周必出山,成了困扰他的难题。突然,灵光乍现,一个计划出现在了脑海中。

数日后,在金国使臣巴仁的率领下,使团一行百余人浩浩荡荡奔赴临安。正如先前所说,作为两国友谊的开端,他们此行带来了马匹、骆驼、羊绒、人参和珍珠等金国宝物,此种做法也足以说明想要交好的决心。

穿宋之宝啦液

对于金国使团的到来,赵构自是不敢怠慢,特意派出太师秦桧率队相迎,赵士程等人陪同。

这日清晨,临安驿馆上院,一个头发梳成双髻、富贵人家婢女打扮的年轻女子用双手端着一个盛满清水的黄铜盆,缓步来到卧房门口。将盆放到地上后,她轻轻推开房门,端起盆走了进去。

"巴仁大人,该起床了。"

婢女将铜盆放到靠门旁的架子上,用清水洗着架子上的毛巾,恭顺地说道。

巴仁已经到临安三天,一直住在驿馆。尽管巴仁外表极为彪悍,但本身性情温和,再加上早年曾在开封生活过一段时间,深谙与汉人相处之道。故此与驿馆的人相处得很好。

婢女边洗毛巾边在心里嘀咕,平日这时巴仁大人早已在院子里练完功,坐到石桌前喝茶了,为何今日一反常态,不见一点动静?

想到这里,她直起身子,抿了抿嘴唇,疑惑地来到床前。见对方仍一动不动,终于壮着胆子小心翼翼地掀开了被子。

"啊!"

随着一声惨叫,婢女吓得花容失色,当场瘫坐在了地上,巴仁瞪着眼睛直视着平棋,早已断气。

驿馆里的人听到声音,全都跑了过来。见此情形,当场大吃一惊。要知道,虽说这驿馆隶属朝廷管辖,可金国使者平白无故惨死,无论是谁都吃罪不起。眼见得金国人气势汹汹地讨要说法,驿馆老板只得命人将此事迅速上报,并悄悄派人分头给唐王赵伯麟和大理寺卿苏明杰报信,希望能够求得援助。

康王府的院子,赵哲正坐在石桌旁边喝茶边慢悠悠地看书。今日难得奏折少,不消一个时辰就已全部批完。看到天色不错,他就叫上郑儿一道来到院子里晒太阳。郑儿做手工活,自己就看起书来。

正当赵哲看得专注,忽然听郑儿一声轻唤:

"唐王、仪王,你们今日怎么得闲来了?我们王爷在看书。"

赵哲放下书,诧异地看向三人。

"看书?王兄,你这兴致还真高。"

赵伯麟疾步来到他的面前,一改往日笑容满面的做派,显得很焦躁。

赵哲见赵伯麟满脸愠色,又看到赵士程一副为难的神情,便知道定是

118

有要紧事发生,于是也站起来,急切地问道:

"伯麟,出什么事了?"

赵士程见赵伯麟气咻咻地转头看向自己,连忙说道:

"康王,金国使团出事了,巴仁死了。"

赵哲先是一怔,继而重复道:"巴仁死了?"

"是。"赵士程补充道,"今早婢女唤他洗漱,发现他死在了驿馆的床上,郑先生派人请咱们过去帮忙。"

赵哲没有说话,只是一脸震惊地看着二人。如今金人好不容易才有缓和的态势,突然发生这样的事情,势必会影响双方进一步交好。为今之计,只能尽快抓住刺杀巴仁的凶手才行。

想到这里,赵哲立刻吩咐郑儿为自己更衣。在赵伯麟和赵士程二人的陪同下,骑快马向驿馆赶去。

刚到驿馆门口,三人就发现异样,不仅大门紧闭,门外也是冷冷清清。费了好半天的劲儿敲门,守门家丁才无精打采地将门打开。见到他们,脸上顿时现出惊喜的神色。

"康王、唐王、仪王……"家丁毕恭毕敬地将每个人都叫了一遍,"你们可来了,大伙儿有救了。"

"阿祥,你可否将当时的情形详细告知我?"

家丁摇了摇头,为难地说道:"康王,不是小的不愿说,属实是小的不在场。只知道翠儿今早唤巴仁大人早起,发现他暴毙在了客房,其他事情一概不知。"

赵哲点了点头,看家丁这副样子,倒也不像说谎。虽说巴仁在金国并不是什么了不得的重要人物,可此番出访却肩负着重要的使命。按理说在金国和大宋的双重守卫下,巴仁已经很安全了,现在竟被暗杀,可见杀手绝非等闲之辈。

"阿祥,你可否把翠儿唤出来,本王有话问她。"

"这……"家丁为难地摇了摇头,压低声音道,"秦太师现在在上院问话,小的实在开罪不起。"

"哦?"

赵哲没想到秦桧竟然这么快就得到了消息,还跑到了他们的前头。

"除了秦太师,苏大人也在。"家丁叹了口气,"想必今日郑先生定是凶多吉少。"

"好,本王知晓了。"赵哲抬起手拍了拍家丁的肩膀,"阿祥,你退下吧,我们这就进去会会秦太师和苏大人。"

"多谢康王。"家丁向赵哲等人深施一礼,"小人这就带你们去前院。"

赵哲微微点了点头,在家丁的引领下,带着赵伯麟和赵士程快步走进院子。

此刻上院侧厅门窗紧闭,门口站着六七个宋兵。屋子里,身着紫色绣花绸缎便服的秦桧在婢女的服侍下慢悠悠地喝茶,身旁的木椅上,大理寺卿苏明杰则一脸紧张地盯视着他。

"郑先生,圣上这般抬举你,你本应好好地为国效力,又怎能让杀手潜入房间刺杀使者,这罪过可是要杀头的。"

将茶水喝光,秦桧将杯子放到桌子上,不动声色地说道。

郑先生原本只是一个读书人,从没有遇到过这样的事情,心中已然紧张。此时听秦桧这般言说,早已吓得魂不附体,只是一个劲儿地磕头求饶。

"秦太师,本官以为追责郑先生固然要紧,但抓住真凶更为关键。"苏明杰不动声色地说道,"此案疑点重重,还需从长计议。"

"从长计议?!"秦桧冷哼了声,"苏大人,这巴仁可是金使。此事若是被金国知晓,你我可都吃罪不起。"

苏明杰虽说平日秉公执法,素有"苏判官"的绰号。然而性子却又极为绵软,从不敢与朝廷重员抗争。金使被杀这件事情上,论杀人动机,大宋的每一位官员怕是都脱不了干系。自己决不能因为案件棘手,就直接追责。想到这里,苏明杰决定据理力争。

苏明杰站起身来,向秦桧双手抱拳深施一礼,不卑不亢地说道:

"秦太师,苏某晓得其中利害。苏某定会竭尽全力破案,您老先回太师府等消息。"

"你……"

秦桧没想到对方居然这么不开面儿,冷笑一声道:

"若是本太师没有会错意,苏大人是说倘若圣上查问下来,所有的责任都由你一人背吧,是吗?"

"不错。"

苏明杰肯定地说道,丝毫没有留下转圜余地。

秦桧脸上掠过了一丝讶异。他没想到平日里总是那般温吞,当着上

司从不大声说话的苏明杰,此刻竟有如此胆量。看来还当真是自己小觑人了。

"秦太师,本王以为此事确实应像苏大人所说,查清楚比较好。"

赵哲三人方才一直站在门外,早已将里面的事情看了个清清楚楚,见秦桧和苏明杰争执不下,便笑着进来打圆场。

秦桧和苏明杰闻言看去,见赵哲等人进来,连忙双手抱拳深施一礼。

"王爷……"

赵哲来到苏明杰面前,笑着向其点了点头,继而对秦桧说道:

"秦太师,本王方才在门口都听到了。此案确实有些棘手,但本王相信苏大人能办好。"

秦桧见赵哲这样说,只能悻悻作罢。

赵哲将目光移向仍在地上瑟瑟发抖的郑先生,笑着说道:"秦太师,郑先生定是要追责的,但目前尚未破案,追责为时尚早。不如先关押起来,待机行事。"

秦桧方才见到赵哲,便知道对方定是"来者不善",一听这话,便也顺水推舟道:

"既然康王发话,那便这样吧。"

"康王,依您之见,此事应该如何解决?"

秦桧待郑先生被押下去后,继续问道。

赵哲来到秦桧身旁坐下,从容地说道:

"本王晓得圣上派太师接待金使,此事关系到国体。如今巴仁惨死客栈,任谁都脱不了干系。不过倘若只是为了结案,追责完事,任凶手逍遥法外,反倒会引起百姓激愤,金人也不会信服。唐太宗曾说过'水能载舟亦能覆舟',若是因为此事闹得朝廷不稳,那就更是得不偿失了。"

秦桧尽管没有说话,然而从脸上表情的变化来看,也能知道他此刻心中波澜起伏。

难怪圣上将朝政全都交由康王打理,如今看来,这康王和寿王确有天壤之别。只可惜,这样的人不会为他所用,不然还当真会成为最得力的帮手。

不过秦桧也知道,康王是不会按照自己的意愿来的,自己也只能寻个时机将其铲除,免得后患无穷。

"好。"秦桧点了点头,为难地说道,"既然康王已经决定让苏大人查案,我也不好勉强。"

赵哲笑着点了点头,心中已然有了主意。

秦桧退下后,四人又商量了会儿对策,派人在外面把守好巴仁遇害的屋子,无论是谁都不让进。

至于那些原本气焰嚣张的金人,尽管心中不服,却也不敢公然和康王作对。故此也不再声张,只是静等着查案结果。

是日黄昏,赵哲在王府中休息够了,在赵伯麟和赵士程的陪同下再次来到驿馆。刚到客院,他们便看到大理寺的兵士已将驿馆家丁换下。

"康王、唐王、仪王。"

少顷,待赵哲等人来到兵士的面前,为首兵士双手抱拳,恭顺地说道:

"苏大人命我等将这里看守好,说只有三位王爷可以入内。"

"好。"赵哲笑着点了点头,"兄弟们辛苦啦,等到事情办妥,本王自会到大理寺为你等请功。"

"多谢康王,为朝廷效力原本就是我等本分,不敢妄谈辛苦。"为首兵士说着退到一旁,做了个请的手势,"三位王爷闲言少叙,还是赶快进去吧。"

赵哲的心中很是感慨,以前读史书时,他总是主观地认为一个朝代之所以会从昌盛走向灭亡,是由于人心不古。可如今看来,大宋满目尽皆忠良,等日后他登基,定然要扭转乾坤,还百姓一个清朗的太平盛世。

须臾,随着吱呀声响,赵哲三人走进屋子。举目四望,只见宋兵已将巴仁的尸体放在了牙床旁的宽木板上。

"王兄,咱们过去吧。"

赵伯麟说完就要往前走,却被赵哲一把拽住。随后,他从袖筒里摸出了三块裁好的粗布,分别递给面前二人。

"这破案最讲究保护现场,屋子里原有的东西最好都不要碰。"

说着,赵哲便用布条将鞋底缠了个严严实实。

赵伯麟和赵士程没想到王兄居然真会破案,心中既诧异又佩服,于是也学着赵哲的样子将脚上的鞋子包了起来。

三人先在屋子里仔细观察了一番,见没有什么关键线索,便又来到尸体旁边。赵伯麟和赵士程虽说文武双全,先前却并没有办过案。况且作为古人,本身就对鬼神之说存有敬畏。故此始终刻意与尸体保持距离,怔

怔地注视着蹲在地上的赵哲。

"你们若是害怕,在一旁看着便是。"

赵哲说完,从贴身处取出了一个朱红色的木匣。赵伯麟和赵士程对视一眼,而后探头看向赵哲。在他们的注视下,赵哲将木匣打开,在里面挑选了一番,取出了一把精致小巧的铁刀和一把镊子。

说起来,这匣子里面的东西也颇有来历。全都是赵哲来到宋朝后,根据记忆找工匠打造的。原本以为这是对现代身份的纪念,没想到此刻真的派上用场了。

赵哲按照记忆中的摸骨的方法,一寸接一寸,从上到下地查看了一番。出乎意料的是,巴仁的身上连一处细微的伤口都没有。

"这还真是奇怪了。"赵哲蹙起双眉,讶异地说道。

按理说,这杀手在杀人后总要留下些痕迹,现在居然连半点线索也没有,看来当真是个高手。

"王兄,你说这凶手留下的痕迹会不会在后面。"

赵士程虽说外表文弱,实则平时也喜欢涉猎稀奇古怪的东西,因此和其他人相比,脑洞也比较大。

"对哟,王兄,我觉得德甫说得在理。"

赵伯麟听到这话眼前一亮,立刻兴奋了起来。

"要不咱们把他翻过来看看?"

赵哲点头答应。

三人合力将尸体翻过来后,赵哲继续用摸骨的方法检查尸体。果不其然,不消片刻,他便在死者的颅顶发现了一个肉眼几乎看不见的细微针孔。

"绝魂针!"

还没等赵哲发问,一旁的赵伯麟便惊讶地说道。

赵哲听到这个名字,身子登时颤抖了一下。按照赵伯琮先前的记忆,他曾在一本记载江湖失传功夫的书里看到过这种暗器。这种暗器传说只有一根普通的绣花针大小,伤口隐蔽,故此不易发现。不仅如此,相传会使用这种兵器的人也全是女子。要是这么说,巴仁临死的前一晚还可能有一段风流艳事发生。

"没想到这金人竟还是个风流鬼。"赵伯麟冷笑道,"春宵一刻值千金。他无论如何也想不到,自己到头来会死在床上吧。"

赵士程咧嘴一笑,赵哲仍旧板着脸,正色说道:"士程,你去帮我把那天早晨发现巴仁尸体的婢女唤到侧厅来。"

赵士程应了一声,看了一眼赵伯麟,转身走出屋子。

赵哲在赵伯麟的帮助下,将巴仁的尸体重新翻了过来,随后二人一道走出了屋子,向侧厅的方向走去。

"王兄,你莫非怀疑那婢女是杀手?"

路上,赵伯麟见赵哲默不作声,便探问道。

赵哲微微一笑:"我晌午前已见过那婢女,一看便是个胆小怕事的绵软性子,又怎会是杀人凶手?"

"既是如此,你为何还要找她?"

赵哲高深莫测地看着赵士程:"你方才不是说杀手是女子?这世上唯有女子最懂得女子,找她问话总是没错。你一会儿莫要多言,只需静观便是。"

赵伯麟听到答话不禁瞪大眼睛,想不到王兄居然如此懂得人心,看来人的确具有多重性。

侧厅,赵哲和赵伯麟并肩坐在宽大的紫檀木椅上,边慢悠悠地品茶,边用余光瞟着此刻正低着头站在他们面前,一副惴惴不安模样的婢女翠儿。

待一杯茶喝完,赵哲放下茶杯,笑着问道:

"翠儿,郑先生说你聪明伶俐,做事极擅进退。如今此案事关国运,你又是关键证人,务必要据实回答。本王问你,昨夜巴仁那屋可有异常?"

翠儿张了张嘴,似乎想说什么,最后却没有说出来。

"翠儿,康王在问你,你没有听到吗?"

翠儿看到唐王一脸怒容地瞪着自己,顿时打了个哆嗦,惶惑地小声说道:

"听……听到了。"

"听到了为何不答?"

赵哲见翠儿要哭,立刻拉住赵伯麟,继续和颜悦色地说道:

"翠儿,莫怕。无论发生了什么,你但说无妨。"

"昨夜巴仁大人喝醉了酒,临近子时才回来。"

或许当真是赵哲的话给了翠儿勇气,她终于带着哭腔说道。

"喝醉了?"赵伯麟冷笑道,"这巴仁平时看起来为人稳重,想不到也是个放荡不羁的货色。"

"哎,金人尚酒也属正常。"赵哲说完,又看向翠儿,"除此之外,可还有其他发现?"

"其他……"翠儿犹豫半晌,"他还带回来了个陌生的女子。"

"女子?!"

赵哲侧头看了一眼赵伯麟,果不其然,这里面还真存有玄机。

"翠儿,你先前是否见过这个女子?"

翠儿想了想,极为确定地说道:"从来没有。"

"好,既然如此,翠儿,你是否还记得那女子的样貌?"

赵哲起身来到桌案前,拿起笔架上的毛笔。

"你慢慢说,待本王将她的样貌画下来。"

"画下来?"

赵伯麟顿生好奇之心,快步来到赵哲的身旁,探头看向画纸。

他知王兄文韬武略精通,可这会画像之事此前却是从未听过,究竟功底如何,还要拭目以待。

赵哲察言观色,看出了赵伯麟的心思,微微一笑。对方哪里晓得,他早在读中学的时候就曾拿过省级美术比赛的第一名,毕业参加工作后更是多次配合刑警队为犯罪嫌疑人画像,早就练就了描摹画像的好身手。

很快,在翠儿的讲述下,赵哲完成了画作。然而随着画像完成,他的眉头却拧成了个疙瘩。如果说容貌酷似也罢了,就连右手腕上的玉镯子也是一模一样,不得不让人起疑。

"这……王兄,这不是思云姑娘吗?"

待赵哲画完最后一笔,赵伯麟看着画纸上的人惊讶地说道。

赵哲听到弟弟这样说,心情愈加复杂。尽管如此,却仍抱着一丝希望。

"翠儿,你看清楚了,可是此人?"

翠儿听到王爷唤自己,快步来到桌前,端详了半晌,最后点了点头,笃定地说道:

"是。"

赵哲的心里顿时一阵剧痛,好似刀割一般。为了不让在场的人看出端倪，他勉强打起精神，摆了摆手道：

"本王晓得了，你先下去吧。"

翠儿应了一声，又看了一眼一旁的赵伯麟，这才转身走出了侧厅。

赵哲只觉得浑身的气力被抽走，身子晃了晃，颓然地坐到了椅子上。

"王兄，我觉得此人并非思云姑娘，这里面定是有所误会，我……"

赵伯麟的话还没有说完，就见赵哲急急站起，疾步向外面走去。

赵伯麟先是一怔，待反应过来后，也立刻追了上去。

尽管驿站距离城门有五十多里，但由于心中着急，赵哲和赵伯麟不消半个时辰，就已经双双打马出城。

"王兄，你要答应我，待会儿见了思云姑娘，可千万别摆个臭脸把人家吓跑。"眼见得马上要到运河，赵哲的脸色却仍十分难看，赵伯麟担心地说道：

"要我说，其中定有隐情。"

赵哲叹了口气，说服自己放松下来。尽管那画像上的人确是李思云，但从本心来说，他无论如何也不会相信对方能够做出这样的事情。

若是真的被仇恨蒙蔽双眼，那才是天底下最大的傻蛋。疯婆子一定不是那样的人。

"我只在乎真相。如果此事不是她做的，不会被冤枉。"

运河边，赵哲一眼便看到思云独自坐在船头，低头看着河水中的倒影吹埙。乐声呜咽，河水滔滔，似在诉说烦乱的心绪。

"疯婆子。"

一曲终了，思云听到有人在岸上喊自己，恍惚抬头看去。只见日光照在马背上的人身上，朦胧而又帅气。

"登徒子。"

思云兴奋地唤了一声，张开双臂向赵哲跑去。赵哲翻身下马，微笑着伸出双臂，待思云来到自己面前，伸出双手将其紧紧拥入怀中。

赵伯麟在不远处静静地看着，只觉得这是一幅极美的画卷。李思云一脸幸福地靠在赵哲的怀里，好半天才恋恋不舍地分开。

"你和唐王今日怎会到这儿来？"

思云笑着向赵伯麟道了个万福，也将二人引到船上坐下，边煮茶边好奇地问道：

"莫非朝中无事？"

赵哲看了一眼赵伯麟，犹豫片刻道：

"疯婆子，我们今日来找你，是为了一件重要的事情。"

"哦？"

"想必你也听说了金国派使团到临安的事情。"

思云点了点头，对赵哲的问话不置可否。

赵哲见对方不答话，便直接说道：

"今早有人发现金使巴仁死在了驿馆，我和唐王、仪王一道前去勘验，在死者颅顶发现了绝魂针的针眼。"

"绝魂针？"

"对，我记得你曾跟我说过，这绝魂针乃是你师父的独门绝学，只有你会使这门暗器？"

"所以，你怀疑这件事是我干的。"

思云不动声色地说道。

赵哲听后先是一怔，很快眼里闪过一丝狐疑，难不成这件事当真是疯婆子干的？

思云见赵哲不信任自己，情绪登时激动，倏然起身，大声说道：

"登徒子，你既然这般不信任我，干脆将本姑娘抓去好了，还在这里说什么？"

"思云姑娘，我王兄绝无此意，你千万不要误会。"

赵伯麟见赵哲错愕地看着李思云，连忙解释道。

"误会？！"思云仍是不肯罢休，"他指向那么明显，怎么会是我误会。看来解铃还须系铃人，我这就去和父亲说，随你们一道调查此事。"

"也好，我也好久没见老伯了，便和你一道去。"

说着，赵哲也起身来到船尾，和思云一道撑开划船用的竹竿。二人合力，乌篷船很快顺流而下，向着河水深处驶去。

李立此时正在撒网捕鱼，随着渔网接连进入水中，十数斤河鱼被放上船板。眼见着今日收获不错，他开心地哼起了小曲。

"爹！"

忽然，女儿的声音从身后传来。李立转头看去，只见思云和赵哲正驾着小船向他驶来，同样身着便服的赵伯麟则稳坐在船中央。

"康王、唐王！"

少顷，待乌篷船靠近，李立双手抱拳笑着招呼道。

"老伯，您千万别向我行礼。"赵哲连忙摆手道，"无论何时，我都是您救下的温若初。"

李立心中很是欣慰，向赵哲笑着点了点头。随后，见女儿在一旁噘着嘴，一副不高兴的样子，便又疑问道：

"思云，你可是有好久没见到康王了，天天惦念着人家，如今好不容易见到面，不趁此机会多说说悄悄话，反倒这般不开心？"

思云见爹说破了自己的心思，不禁又羞又臊。于是便狠狠地瞪了赵哲一眼，愤愤道：

"还不是他欺负你姑娘？又怎能叫我高兴得起来？"

李立听到这话，心中顿时疑惑。作为过来人，他早已将思云和赵哲的心思看得清清楚楚。虽说二人如今尚未挑明关系，但这也不过是迟早的事情。按理说，小别胜新婚，好不容易见了面，应该有好些话要说，眼下又是怎么了呢？

"老伯，此处不是说话的地方，咱们还是到岸上说。"

赵伯麟见三人不说话，便微笑着打圆场道。

"唐王所言在理。"李立边说边从腰间拿起了一串用粗草绳串着的鱼，"这鱼的味道鲜美，等到了岸上，我给你们做烤鱼。咱们就着酒慢慢说。"

岸上，四人围坐在火堆旁，用捡来的树枝串起鱼肉，架在火上烤着。听完赵哲的讲述，李立脸上现出一丝讶异，不过转瞬即逝。沉默半响，方才说道：

"刺杀金使一事确非思云所为，自打过节那日进城后，她便一直在河上。况且此事关系重大，想来应是有人了解到你二人的关系，故此通过除掉思云陷你于万劫不复之境。"

"王兄，我觉得李老伯说得对。若是这般推测，寿王的可能性便是最大。"

李立见赵哲低头看着火堆发呆，又接过话头："唐王确实聪明，康王，你如今人在朝廷，不比往常，还应该步步小心才是。"

"老伯放心，我会小心的。"赵哲感激地笑道，"对了，我听说当年岳将军曾在牢中写过一本名为《武穆遗书》的奇书，得此书者便可得天下。后来随着将军被杀，这本书便流落到了江湖。尽管各大门派都在派人暗中寻找，却始终没有找到，您可晓得此书的下落？"

李立迅速和女儿交换了个眼色，探问道：

"康王，你可晓得这《武穆遗书》是用什么写的吗？"

还能用什么写？赵哲脑子迅速转动着，自打蔡伦发明了造纸术，眼下大到文武百官给圣上的奏书，小到私塾学馆里的作业，哪一样不是用纸写的？可李立既然这样问，就一定不是寻常之物，难不成是木简、龟甲，还是其他的什么？

思来想去，赵哲仍理不出头绪，最后也只能为难地摇摇头。

李立并没有回答，而是对赵伯麟说道：

"唐王，木头快要用完了，还得劳烦您陪我再去拾些来。"

赵伯麟以为李立是想让王兄和思云姑娘多说说话，便也笑着说了声"好"，起身跟着对方一道走进附近的林子。

赵哲茫然地看着二人消失，随后又将目光移向思云，纳闷地问道：

"老伯这是什么意思啊？话没说完就走了。"

李思云没有说话，只是微微一笑，起身向平日休息的乌篷船走去。赵哲见状先是一怔，也急急起身追了上去。

乌篷船舱内，在赵哲疑惑的目光中，思云缓步来到最里面的墙角，在朱红色木箱里翻找，最终从里面拿出了一个有些泛红的油纸包。

李思云低头看着油纸包，眼神中满是痛苦。过了好一会儿，才低声说道：

"一直没有告诉过你，秦桧派人灭我王氏满门的原因。"

"你说这里面的是《武穆遗书》？"

思云没有回答，神情仍极为黯然。

赵哲很是感慨，谁能想到江湖人找破了头的宝贝竟然会藏在这样一个不起眼的箱子里？还当真是有种明珠暗投的意味。

"当初岳将军自觉时日无多，便派人悄悄将书从牢狱里拿出来交给我爹。后来，我外出学艺，爹又将这东西悄悄放到了包袱里。他在书信中告诉我说，此物乃是两极之物，要好好收着，千万不要被那些居心叵测的人拿去，以免大宋江山不稳。所以这几年，我对此三缄其口，宁愿将它封存在箱子里。如今我把它给了你，也算是寻得个好去处，爹和兄长们的在天之灵也定会极为欣慰。"

"疯婆子，我替天下人谢谢你。"

赵哲真诚地道了声谢后，小心翼翼地将油纸包放到了贴身处。

"放心吧，我一定会用实际行动证明，你没有看错人。"

"这是自然。"思云莞尔一笑，"对了，登徒子，我问你，刺杀金使之事打算怎么办？"

"还能怎么办？"赵哲有些郁闷地摇了摇头，"事到如今，也只能走一步看一步了。"

"我倒是有个计策。"思云歪着头想了想，"我随你们去城内，先去驿馆栖身。"

"驿馆？"

赵哲讶异地说道，不过很快他便明白了对方的用意。没错，有时越危险的地方越安全。相信那些金兵无论如何也想不到，看上去最有作案嫌疑的人居然会和他们身处在同一个院子里。

"好，我答应。切记凡事小心。"

思云一脸温柔，开心地点头答应。若说之前她对赵哲的胡乱猜疑还有些气愤，经过这一阵子的化解，她先前的不快便已烟消云散。

当赵哲和李思云再次回到树林，赵伯麟和李立已将鱼肉烤好。一见二人回来，李立便热情地招呼赵哲到自己的身边坐。

"爹，我准备明早就和他们进城。"刚坐下，思云便说出自己的打算，"如今康王在朝中人单势孤，想要化解此事谈何容易？不如就让我去为他做个内应。"

"也好。"李立点了点头，"丫头，记住凡事都应从大局出发，只有这样你们才能更好地联手。"

"爹放心，我会的。"

少顷，吃完饭，几人分头歇息，等到次日天明，这才一道向李立告别，动身向城内赶去。由于担心守城兵士检查，思云再次女扮男装，打扮成一副俏郎君的模样。不仅如此，他们还约定在这段时间以兄弟相称，以免引起麻烦。

经过一番赶路，三人来到城门外，已是天光大亮。虽说时间尚早，可也已经有许多人在排队，等待接受守城兵士的检查。

"王兄，你和云哥在这里稍候，伯麟这便去喊刘俊。"

刘俊是御林军副将之一，为人向来爽直。由于做事尽心，故此被朝廷调去把守城门，做了守城将军。赵伯麟是御林军统帅，与刘俊一直相处极好。

130

"好,我们在这儿等你。"

赵伯麟点了点头,随后向城门走去。赵哲和思云远远地看着他和守门兵士小声说了什么,在对方的引领下走进城门。

"咱们先在这里等。"

赵哲对思云说道。就在这时,他无意中瞥见了一个身着一袭青衣,头上戴着一顶同色布帽,怀里抱着一柄宝剑的少年。尽管只是一瞥,赵哲的目光却瞬间定在了那人身上。

说起来,这少年的长相也没什么稀奇,只是无论个头还是长相都与李思云相似。如果说是同父同母的亲兄妹,也该有人相信。

"登徒子,怎么了?"

很显然,李思云也察觉出了赵哲的异样,讶异地问道。

"疯婆子,你看那人像不像你?"

赵哲说完又抬头向那少年看去,怎知那人早已悄悄离开,再也寻不到踪迹。

莫非那人才是杀死巴仁的真凶?想到这里,赵哲立刻跃上马背,向附近有可能藏身的地方寻去。思云尽管不晓得发生了什么,但看到他这样,心中也顿时生出不祥的预感,来不及向赵伯麟打招呼便上马追赶赵哲而去。

这时赵伯麟正和刘俊一道向这边走来。见此情形,二人目瞪口呆,高声问询赵哲、李思云的去处。

然而,赵哲和李思云却并没有回答,仍是头也不回地跑掉了。

"唐王,康王这是怎么了?"刘俊疑惑地说道,"康王向来做事稳妥,这次一定是碰到了异事。"

"谁晓得他去哪儿?"赵伯麟没有好声气地说道,"兄弟,你这里可有马?还需借本王一用。"

"这是自然,刘某这就陪唐王一道去找康王与那位兄弟。"

刘俊边说边让手下兵士牵来两匹通体雪白、马鬃如发的高头骏马。

"这匹马名为追风。"说完,刘俊又指着另外一匹马说道,"这匹马唤作闪电,都是进贡来的汗血宝马。圣上念及守城将士辛苦,故此特意赏赐。不过,我们平日里是舍不得骑的,如今事急也顾不上那许多了。"

"多谢兄弟!"

赵伯麟说完跃上马背,在刘俊的陪同下向赵哲和李思云方才离去的方向而去。

郊野山道崎岖,由于马的速度极快,赵哲只觉得眼前的景物迅速后退。与此同时,凛冽的风声也一刻不停地在耳畔响着。然而,尽管跑了许久,前面的山道却一直幽深空旷,始终没有看到那少年的身影。

想不到这厮的身手竟然如此敏捷,转眼就不见了。

见不到敌手,赵哲心里愈发紧张,他暗暗提醒自己,万一一会儿交手,一定要小心防备,无论如何也要保护好疯婆子。

赵哲想到这里,猛地勒住马头。马儿吃了一惊,两条后腿直直地立起,仰头发出一声清脆的长鸣。

"登徒子,怎么不追了?"

李思云打马来到赵哲面前。见他不再追赶,好奇地问道。

"疯婆子,如今看来那少年的身手了得,以防万一,我还是独自追赶为好。"

"独自追赶?"

"对,你在这里等我便是。"

李思云犹豫片刻,看得出来,她对赵哲的提议并不赞同,只是对方一番好意,她也没有办法当场反驳。即便如此,她还是很快便有了答案:

"登徒子,我和你一道去。无论是生是死,咱们都不要分开。"

赵哲心中倏然一暖,用力地点头:"好,不分开。"

说着,他继续打马向前,和李思云一道向前奔去。

行了一会儿,李思云忽然伸出手向半山腰指着,讶异地说道:

"登徒子,你看那里。"

赵哲顺着她手指的方向看去,只见在一块长满青苔的巨大岩石下面,有一个左右对开的青铜门,门前站着的正是此前看到的青衣少年。

"想不到这小子这么快,居然跑到这儿来了。"

赵哲笑了一下,正要打马过去,就被李思云一把拉住。

"登徒子,看那人神情如此淡然,还应多加提防才好。"

"放心,他方才应该猜出我的身份来了,想必也不敢乱来。"

说完,赵哲便和李思云一道向半山腰奔去。

半山腰,青衣少年远远看到赵哲和李思云骑着马向自己奔来,脸上登时现出一丝得意。眼看二人距离越来越近,那少年不慌不忙,转身走进山洞。

"吁。"

少顷,随着赵哲勒住马头上的缰绳,马儿发出一声清脆的嘶鸣。

"登徒子,那少年不声不响就进山洞了,当心有诈。"

在赵哲疑惑地打量着山洞时,李思云悉心提醒道。

赵哲点了点头,李思云的话并非没有道理。这个少年似乎从一开始就是有备而来,一点点将他们带入局中。如果是这样,那么其与刺杀金使一事定然脱不了干系。

"疯婆子,我觉得此事存有蹊跷,还应进去一探究竟。"

李思云抿了抿嘴唇:"好,我陪你。"

说完,她不等赵哲表态,便率先下马走进山洞。

山洞里怪石嶙峋,流水叮咚,有些悬在头顶上的石头过于锋利,赵哲和李思云为防止受伤不得不低下头,地面的石头亦是锋利如剑,为此他们还要时常抬起脚来,以免踩到石头顶部。不仅如此,有些地方潮湿荫蔽,终年不见阳光,石头上长满了厚厚的苔藓,若是一不小心便会滑倒摔伤。

赵哲拿着火折子,小心翼翼地向前摸索着。就在这时,走在前面的李思云突然发出"啊"的一声惊叫。

"疯婆子,怎么了?"

李思云正一脸惶惧地向前看着,听到赵哲的问话,便用右手捂住嘴,左手向前一指。借着微弱的火光,赵哲看到前面是一堵墙,靠墙的地方是一个矮矮的土台,上面盘腿坐着一个金人打扮、脸色黝黑、全身干瘪、形似木乃伊的老者。

"想不到距离临安这么近的地方,竟然有金人的秘密据点。"

赵哲边说边拿着火折子凑到老者的面前,只见老者的脸上有着点点瘀斑,应该已经死去多时。

"我记得以前爹曾经说过,临安城外的半山上有金人藏宝的地方,难不成就是这里?"

李思云犹豫着说道。看得出来,她对眼前出现的一幕深感意外。

赵哲拿着火折子转到老者的身后,忽然指着土台兴奋地说道:

"疯婆子,快看,这里有字。"

李思云登时身子一震,快步来到赵哲的身旁。果不其然,这台子上刻满了宛若虫子般弯弯曲曲的金文。

"疯婆子,你可晓得这上面写的是什么?"

穿宋之宝吸液

李思云瞥了赵哲一眼，小声念道："这人的名字叫布库，是专门给金国皇帝占卜、算命、推测吉凶的法师，当年也曾参与过靖康之变的密谋。他之所以死后会被人以这样的形式放在这里，是因为这座山是临安的龙脉所在，他想通过这样的方式切断大宋的福祉，以便使金主能够早日称霸天下。"

作为武将之女，为了能够更好地协助父亲给金人下战书，李思云对于金文了如指掌。

"切断福祉？称霸天下？"赵哲轻蔑地一笑，"还真亏他想得出来，等咱们这次出去就禀告圣上派人将洞口封上，让这个痴心妄想的家伙一辈子只能待在这里。"

李思云赞同地点了点头："登徒子，你说得对，就这么办。"

就在这时，二人耳畔突然传来一阵奇怪的声响。细细长长，像风吹，似蛇嘶鸣，让人闻之顿感头痛。经过一番辨认，赵哲终于确定这声音是从隔壁石室传过来的。

眼见李思云难受得很，他说道：

"疯婆子，你先在这里等一下，我去那边看看。"

"不。"由于疼痛，李思云此刻脸色通红，却仍固执地摇头道，"我跟你一道去。"

赵哲犹豫片刻道："好，既然你想去那便去吧。只是凡事不要逞强，需进退有度才是。"

"好。"李思云会心一笑，"我答应。"

少顷，二人一前一后走进那石室。环顾四周，这里可谓别有洞天。不仅宽敞平坦，而且四周的墙壁上还画满了画像，展现的是从金国建国、金军崛起到靖康之耻的整个过程。

李思云一直盯着脚下的一个人面、龙身、鱼尾的怪物图像。

"登徒子，你有没有发现这地面有何不同？"

"不同？"

"是，这地面是以黑、红、青、白、黄五色构成，代表着五行，中间的这一圈绘有虎、鹤、鹿、鹳、犬、羊、鱼、龟八种动物，每一种动物的方位朝向不同，便应该是八门，至于这条似龙非龙的怪物，我若是没有猜错，应该就是《山海经》中所记载的鼓。"

"鼓？"

"不错。这鼓是人面龙身,传说极其勇武。"李思云沉吟片刻,抬起头来笑着说道:

"师姐,你莫要藏了,我晓得是你。"

随着声音落下,忽然从前面的石柱背后传来一阵哈哈大笑。在赵哲诧异的目光中,青衣少年赫然出现在了他们的面前。

"你……"赵哲讶异地说道,"你是个女子?"

青衣少年睨了他一眼,冷哼着说道:

"师妹向来冰雪聪明,怎么会瞧上这样一个愣头青,真是一朵鲜花插在了牛粪上,可惜了……可惜。"

李思云微微一笑:"师姐说笑了,自从六年前崖州一别,便再没有你的音讯,这些年可还好?"

青衣少年的脸上浮现出一丝柔情:"多谢师妹挂怀,我如今在金国朝廷当差,也算得上是安稳度日。"

金国朝廷当差?赵哲听到这里,顿时错愕不已。既然是在金国朝廷当差,那为何还要刺杀金使?这里面的逻辑确实说不通。

"既是这样,那思云便要恭喜师姐了。"李思云微微一笑,"方才看到九军阵,就晓得师姐在这儿,果然猜得没错。"

"师妹当真还是这般冰雪聪明。"那青衣少年笑道,"确是让竹君佩服。"

"师姐过奖了。"李思云向青衣少年笑着拱了拱手,"虽说如今你我分立不同阵营,思云却还想劝师姐一句,早点回头,免得一错再错。"

青衣少年仰面大笑:"师妹说笑了,我裴竹君虽说和你同为宋朝的官宦之后,却并不同命。想当初我父亲裴行知带着全家陪同先帝前往金国,风餐露宿,吃尽苦头。那狗皇帝即位后,却为了一己之私,斩杀岳将军,害得我有家难回、有国难投,只能做金国的奴仆。师妹心胸宽大能够包容,我裴竹君可是容不得的。"

赵哲听到这里,顿时恍然大悟。他以前并不知道那些漂泊在金国的宋人对岳飞的情感,也或许真的是被逼入绝境之中,才会有这样复杂的感受。

"裴姑娘,本王听说裴尚书为人正直,向来以诗书传家。本王想若是此刻他在,一定不会任由你胡闹。"

"本王?"

"师姐,你还不晓得,他便是康王赵伯琮。"

"原来是这样。"裴竹君的唇边泛起一丝冷笑,"怪不得师妹和他走得这么近,原来是攀上高枝,倒当真让师姐羡慕。实话说,我来的这段日子也曾听说过康王的贤名。只可惜,你是狗皇帝的儿子,咱们终究是水火不容。"

说到这里,她的脸上浮现出一丝惋惜的神情。

"裴小姐,本王还有一事想要问你,还请你能实言相告。那巴仁可是被你杀死在驿馆里的?"

裴竹君闻言又是一阵大笑,只是这笑声并非开怀,反倒带着强烈的心酸。

"没错,明人不做暗事,那巴仁确是死在本姑娘的绝魂针下。"

"这么说,你也是故意装扮成思云的?"

裴竹君冷哼一声,在赵哲讶异的目光中,她从袖筒中取出了一张人皮,背过身将皮子贴到了自己的脸上。随后,又摘下头上的帽子。经过一番打理,当她再次转过身时,赵哲惊讶地看到她竟然与李思云相差无二。倘若不是李思云此刻就在他身旁,任谁都会相信裴竹君就是李思云。

"康王有所不知,我师父此生有三绝。一为绝魂针,二是金镶铃,这三绝便是易装术。"

李思云看到赵哲目瞪口呆地看着裴竹君,便从旁解释道。

"易装术?"赵哲定了定神,"这么说,你也会?"

"不错。"裴竹君不等思云说话,便抢先回答道,"金镶铃我和师妹一人一只,至于这绝魂针和易装术,也是我们师姐妹全都会的。师父当初的用意是希望我与思云能够姐妹同心,没想到人算不如天算,终究还是分立两个阵营。"

赵哲点了点头,继而疑惑地说道:"裴小姐,我有一事不解,既然如今你一家都身在北国,蒙金主多方照拂,又为何要杀巴仁?"

"因为我是宋人。"裴竹君苦笑着说道。

"宋人?"

"不错。身为宋人,斩杀金人原本就是本姑娘该做的,况且还是在赵构老儿的地盘上行事,无论是谁,都不会怪到我家人身上才是。不过……"

说到这里,她的表情变得冷峻起来,目光也仿佛刀子般锐利。

"不过你们既然已经晓得了这个秘密,就别怪我手下无情。"

裴竹君边说边从腰间拔出软剑,向前一步,向思云猛然刺去。

赵哲见思云来不及躲闪，连忙挡在她的前面。由于速度太快，剑尖直接刺入胸膛，殷红的血流了下来。

"登徒子……"

随着思云凄楚的叫声，裴竹君将剑尖从赵哲的体内抽出。

赵哲身子晃了晃，险些摔倒，幸好被思云在一旁扶住。

"疯婆子，你哭什么？"赵哲看到李思云哭得梨花带雨，便笑着安慰道，"你家相公还没死，用不着哭哭啼啼的。"

说完，他又看向裴竹君，直起身子，脱下身上的外袍，露出了一个用青铜打制的背心。

看到他身上的穿戴，裴竹君和李思云都有些发蒙。

"登徒子，你这是……？"

"本王早就晓得可能会遭遇不测。"赵哲笑着说道，"所以特制了这件青铜甲，上面涂了千种解药，为的就是以防万一，想不到今天还当真派上了用场。"

赵哲说的是实话，对于一个莫名其妙穿越到八百年前的人来说，没有什么比保命更重要的了。因此，为了更好地打怪升级，从来到康王府那天起，他便发扬了李时珍尝百草的精神，翻看了许多医书，经过不断琢磨，终于研制出了这件甲胄。

"那你方才为何还和中毒了一般？"裴竹君用手指着赵哲，犹疑地问道。

"如果不像中毒，又怎么能够骗得过你？"

赵哲说到这里，又看向一旁怔怔地看着自己的思云。

"再说，又怎么能够试探得出疯婆子的真心？说起来，还要多谢你的这一剑。至于方才的血，不过是藏红花的液体。"

思云听到这里顿时破涕为笑，想不到登徒子居然这般油嘴滑舌。

"混账！竟然敢骗本姑娘！"裴竹君气恼地说道，"既然这样，那也就别怪本姑娘手下无情。"

说着，她将手中的剑向空中抛出，随着一声巨响，九军阵急速运转。赵哲和李思云只觉得一阵天旋地转，就在他们用尽全力拉住对方的手时，地面突然翻转过来，一股巨大的吸力将他们吸引，二人旋转着向下掉落。

生死关头，赵哲伸手将李思云紧紧抱在了怀里，用身体将她护在上

面。李思云吃了一惊,惶惑地看着赵哲:

"登徒子,别这样,万一有个三长两短,那该怎么办?"

"疯婆子,无论什么时候,我都会保护你。只要有我在,就绝不让你受伤害。"

不知过了多久,当赵哲再次从昏迷中醒来,只觉得全身一阵剧烈的疼痛。他费力地撑起身子打量四周,发现自己此刻正身处一个陌生的石室当中。而在离他不远的地方,李思云仍在昏迷着。

尽管身上的每一块肉都像是刀割般疼痛,赵哲仍咬紧牙关爬到了李思云的身旁,靠着墙坐起身来,将其抱在了怀中。看着对方苍白的小脸,心中一阵难过,就在这里,一件往事忽然浮现在他的脑海里。

记得高中时,班里有一个女生会用塔罗牌占卜。记得那个女生曾神秘兮兮地说过,他是个天生的贵人。以后虽说要经历许多不可思议的事情,甚至有些在当时看起来非常凶险,过后却仍能够起死回生,化险为夷。

赵哲当时并不相信那女生所说的,可事到如今真有几分灵验。既是如此,那他就该好好利用自己这难得的贵人体质,发心而行。

想到这里,赵哲心里顿时生出一丝慰藉。他将昏迷的李思云扶起,让其盘腿靠在自己的胸前,双眼紧闭,将体内的真气传导给对方。过了一会儿,运功完毕,才又将李思云平放下,紧紧抱在自己的怀中。

"疯婆子……"

在赵哲声声呼唤下,李思云终于发出了一声梦呓般的叹息,缓缓地睁开了眼睛。

"登徒子……"

李思云定定地盯视着赵哲,过了许久,他确定并非梦境后,才终于松了口气。随之,泪水忽然从眼眶里涌出。

在赵哲讶异的目光中,李思云吃力地抬起一只手,边轻轻抚摸着对方的脸,恍惚地说道:

"登徒子,咱们还活着吗?莫不是在阴间相见?"

"活着?"赵哲微微一笑,"那当然了,疯婆子的战斗力那么强,怎么可能说死就死呢?放心吧,用不了多久,咱们就能脱离险境了。"

李思云听赵哲这样说,心中终于安定了下来。眼神忽又变得黯淡。

赵哲察觉到李思云的异样,便又说道:

"疯婆子,现在先不要想别的,只需好好养伤便是,其他事情等到出去以后再说。"

说完,他便将李思云放到附近一块光滑的石板上,独自起身寻找出去的通道。奈何四周石头缝严严实实,根本无法通过。

见此情形,赵哲的心里登时一阵慌乱。原以为天无绝人之路,没想到今日他二人却要被困死在这里。

正当赵哲的情绪沮丧到了极点时,突然听到不远处传来一阵水声。声音虽不大,却也让他精神一振。

"疯婆子,咱们这下有救了。"

赵哲兴奋地说道。

他顺着水声向前走了一会儿,眼前一亮,面前忽然出现了一个用竹子围成的院落。院子当中是一个简陋的竹屋,前面则放着一张石桌和四张石凳。

"想不到竟然有人在这里住过。"赵哲边打量着周围的环境,边讶异地说道,"只是不晓得现在是什么情况,好不好打扰。"

说完,他伸手轻轻推开院门,缓步走进屋里。

屋子别有洞天,大到桌椅牙床,小到日常用品,应有尽有。虽说已经很久没有人住,家具上落了一层厚厚的灰,但仍能够看出生活过的痕迹。不仅如此,靠墙的书桌上和地上的青瓷缸里还摆满了书画。

来到桌前,赵哲信手打开了其中的一幅。只见上面画着的是一个穿着唐代贵族华服、坐在秋千上的绝色佳人。虽然身边花团锦簇,洋溢着浓浓春意,这女子却是愁眉不展,一脸的哀伤。

"李贺?"

在看清旁边红色印章中的字后,赵哲登时露出愕然的神情。

凡是读过中国古代文学史的人都应该晓得唐朝诗人李贺,出身世家的他本该过着养尊处优的贵公子生活,然而家道中落,他终日骑着驴游荡,寻找灵感,书写诗文,呕心沥血。

也正是因为夜以继日地创作,李贺最终重病缠身,年仅二十七岁便英年早逝。原本以为他是在自己府中去世的,却没想到这竹屋竟见证了"诗鬼"生命中最后的时光。

在看完全部诗画作品后,赵哲对李贺的一生有了更加清晰的认知。

想不到那画上的女子居然是诗人的表妹,因为八字不合,这对纯情爱侣被活活拆散了。

在将最后一幅画放到桌上后,赵哲发出了一声重重的叹息。

命运无常,才子佳人难成眷属,多少意难平。

此刻,他突然想到赵士程。若是有朝一日其当真做了唐琬的备胎,这个纯真帅气的少年公子还会存在吗?他想要阻止悲剧的发生,不让其受到伤害。

赵哲正在恍惚之际,突然听到从外面传来潺潺的水声。

他惊讶地起身打开房门来到院子里,只见迎面是一片连绵起伏的青山,山脚下是一条清澈的小溪。阳光下,无数鱼儿在水里游来游去,不时浮出水面调皮地吐着泡泡。

"此处当真是世外桃源,我这就去将疯婆子接来。"

赵哲边说边沿着原路,重新回到了山洞里。他看到李思云已经站起身来,正在吃力地向前走着。

"疯婆子,你要做什么?"

赵哲连忙来到李思云身旁,伸手扶住了她。

李思云看到赵哲前来,瞬间露出了委屈的神情。

"登徒子,本姑娘还以为……"

"你以为什么?"赵哲的脸上露出调侃的表情,"你以为我将你独自留在此处,对不对?"

李思云点了点头。

赵哲登时哑然失笑,想不到他们一起经历了这么多,疯婆子还是这般没有安全感。

"疯婆子,本王岂是始乱终弃之人?你也未免太小觑我了。"说完,他抬起手来,重重地在对方头上弹了一下,"属实该罚。"

李思云忽然挨了这一下,吓了一跳。边用手揉着痛处,边狠狠地瞪着赵哲。原本心中有气,但看到对方只是朝着自己笑,火气瞬间消失了。

"疯婆子,来,我带你去个好地方。"

"好地方?"

赵哲拉着李思云迅速向洞外折返而去。工夫不大,二人便已走出了山洞。

李思云原本以为这山洞幽深,只怕是一辈子都走不出去。没想到竟会这般顺利,顿时兴奋到了极点。由于心情大好,身上的伤痛也不知不觉

好了大半。

"疯婆子,你把眼睛闭上。"

李思云虽然不晓得赵哲的用意,不过既然对方说了,她倒也乐意配合。于是也就闭上双眼,任赵哲拉着自己的手缓缓前行。

不知过了多久,就在半梦半醒之际,忽然听到对方在耳畔轻声说道:"好了,可以睁眼了。"

李思云睁开双眼,先疑惑地看了一眼微笑着的赵哲,随后便顺着对方手指的方向向前看去,只见面前矗立着一座干净整洁的竹院。

"登徒子,这里怎么会有人住?"

赵哲耸了耸肩,拉着李思云一道转过身去,看向了身后的巍峨青山和潺潺流淌的溪水。

"说来你可能不信,这里早在前朝就有人住过了。"

"前朝?"

"你是官宦子弟,应该晓得唐朝诗人李贺吧?"

赵哲说到这里,脸上掠过一丝黯然。

"此处见证了他人生最后的阶段。若是没猜错,这座青山应该就是他的埋骨之处。"

李思云看着赵哲,似乎从对方的眼眸中体会到了一种复杂的情感。想到这里,她的心蓦地一动,却没有说话。

赵哲沉默片刻,向李思云笑了笑,目光温柔地说道:

"疯婆子,我方才在这竹屋内已将这诗画一口气读完了。原来李贺洒脱不羁的外表只是表象,实际上他的内心一直很痛苦。"

"痛苦?为何?"

"因为他心里始终住着一个女子,从孩提时代起就再也没有改变。"

说到这里,赵哲紧紧地握住了李思云的双手,郑重地说道:

"疯婆子,虽说一入朝廷深似海,每一个身处漩涡的人都注定要面对许多无可奈何。但对于我来说,没有什么比和你在一起更重要。所以,今后无论遇到什么事情,我都希望你能够相信,我对你的心不会改变。"

李思云抬头看着赵哲,此刻夕阳的光线洒在他的脸上,她只感到一阵强烈晕眩。

这幸福来得猝不及防,尽管她很早之前便已经爱上了对方,然而在李

穿宋之宝贝龙

思云心中,一向喜欢说笑的赵哲并没有将心事所托,因此即便他也早就用满是爱意的目光看向她,并说了那些缱绻的话语,可在女子的心中却仍存着种种疑惑,直到此刻,她才能够真正确定,原来对方的心和自己一样,对对方的爱坚如磐石。

赵哲见李思云看着自己,从衣袖中掏出了一个做工精致的翡翠发簪。

"这是我亲手打制的发簪。我一直是单身,这些年没有谈过恋爱。所以,这也是我第一次给喜欢的女孩送礼物,不知道你喜欢不喜欢?"

说到这里,他见李思云仍没接话,只是看着自己,心中不觉得有些忐忑,原本伸出去的手收了回来。不料,就在这时突然被对方抓住。

"登徒子,你好小气,送人家的礼物怎么能这样不声不响地就收回去?还不快点帮我戴上。"

赵哲的唇边登时泛起笑容,他小心翼翼地将发簪戴到了李思云的头上。随后,推开院门,将其引入房中。

李思云在桌前的铜镜前照着,不断打量着头上的发簪,惊喜地说道:"这簪子当真好美,只可惜本姑娘今日又打架又受伤,这头发早就乱得不成样子了,真是配不上这簪子。"

赵哲微微一笑,伸出双手从后面抱住了李思云。

"疯婆子,你本来就很美,无论什么样子都很美。好了,折腾了这么久,你也累了,先上床休息。我出去找些吃的,等晚些时候再来叫你。"

李思云笑着点了点头。在她的注视下,赵哲转身出屋。

看着赵哲从外面将门关上,李思云的心中忽然生出了莫名的感觉。就像被微风吹皱的湖水,生出无数大大小小的涟漪。

来到床前坐下,她先让自己的心情平静下来,随后便躺下,昏昏沉沉地睡了过去。

这一觉睡了很久,恍惚中,李思云只觉得似乎有人从外面推开门,蹑手蹑脚地走了进来,继而又听到那人轻唤"疯婆子",于是便又努力地睁开了眼睛。

"疯婆子,你已经睡了两个时辰了。想必肚子也饿了,快来,一起吃点东西去。"

李思云羞涩地向赵哲笑了笑,随后紧紧握住赵哲的手,随他一道来到屋门口。放眼四望,只见此刻月色如水,群山如墨,四周一片静谧。只有

无数萤火虫围在火堆旁上下飞舞,仿若梦境一般。

"登徒子,好美啊。"

李思云环顾四周,来到火堆旁坐下,兴奋地对赵哲说道。

眼下的环境那般熟悉,不知不觉间仿佛回到了十二岁那年,跟随父兄前往燕州草原与金军交战。尽管战场杀气腾腾,然而每次作战前的夜晚也都是这般安静,每当仰望星空,人的心不知不觉间变得宁静起来。

如果没有那场风云变故,或许现在的她应该也是一名威风凛凛的女将军,和父兄一道过着沙场秋点兵的日子。

想到这里,李思云的神情不禁变得黯然。

赵哲坐在李思云的对面,此刻正用手来回翻着放在木架上用来烤鱼的树枝。见对方的表情有所异样,便也猜出了其内心所想,不动声色地说道:

"疯婆子,平日凡事那般小心谨慎,已然够累了,如今好不容易才得此机会,还应放松身心才是。放心吧,日后在我的功勋簿上,你肯定是要立头功的。"

李思云听到赵哲的安慰,心情顿时好了许多,调皮地笑道:

"好呀,那你打算怎么赏我?"

"赏你做我的太子妃。"赵哲认真地说道,"日后本王登基,你便是这大宋的皇后。"

"太子妃?皇后?"李思云沉吟片刻,笑着说道,"登徒子,我为人率性,你就不怕我做不了六宫之主?还是说,你当真决定此生只娶我一人?"

"当然只娶你一人。"赵哲不假思索地说道,"当年隋文帝杨坚不也只娶了独孤伽罗一人,为何到了本王这里,就不能这样做?"

"你就不怕被他人非议。"李思云笑着问道。

赵哲摇了摇头,作为现代人,他原本就已习惯一夫一妻的家庭模式。若是真的像古代人那样,一个男子娶上好多个妻子,对于他来说,从内到外无疑都是一种折磨。

"有何非议?婚姻大事本就应自己做主,与他人有何干系?"

赵哲说完,转身从身后拿来了两坛酒。又将其中一坛递给李思云,笑着说道:

"诗鬼李贺果然不是浪得虚名,今日我在后院无意间发现了他藏酒的酒窖,里面竟有近百坛好酒。闻这味道,应该是放了多年的女儿红。咱们先喝着,剩下的等我拿到府里去,倘若日后生了女儿,就等她出嫁那天宴请宾朋用。"

"宴请宾朋?"李思云微微一笑,调侃道,"康王果真是大手笔,嫁女儿居然用上了唐朝的好酒。"

赵哲晓得对方在故意打趣自己,也不搭话,微微一笑,仰着头大口喝起酒来。不一会儿,原本白皙的皮肤就在酒精的作用下变红。连带着,大脑也不再听使唤,早已将平日里刻意使用的礼节和语言抛到了爪哇国,彻底放飞了自我。

"疯婆子,我跟你说,你那个师姐说不定就藏在咱们熟悉的地方。"

李思云紧皱双眉:"此话怎讲?"

"我以前当记者的时候,曾经遇到过这样一件事。当时有个人到辖区派出所报案,说他积攒了几个月、放在枕头底下的一万多块钱不见了。派出所副所长就问他,当时有谁在场?那人就说丢钱的时候自己上班了,但是三个室友都在。于是副所长就将那三个室友叫到了派出所。"

李思云听得目瞪口呆,记者、派出所、副所长、室友这样的词,她前所未闻。

赵哲见李思云不说话,只是呆呆地看着自己。便继续说道:

"那副所长在将三人叫到派出所后,问他们知不知道钱是怎么丢的?三人为了自保,都说不知道,案子也因此陷入僵局。后来,副所长通过查看出租屋附近的监控,发现第三个人在说谎,钱是被他拿走的。就在这个时候,警察也从那人之前消费过的娱乐场所得到了进一步的证据,这案子就破了。所以我才说,有些事情看起来难办,实则不过就是一层窗户纸,一戳就破。"

李思云仍怔怔地看着赵哲,过了好半晌才回过神来。为了不让对方看出自己内心的懊恼,她迅速将目光移向别处,思索片刻道:

"你说得没错,我已经想到师姐最有可能栖身的地方了。"

"好,那咱们一道写下来,看想的是不是同一个地方?"

说着,赵哲从一旁的柴火中拿出了两根较短的树枝,将其中一根稍微粗的递给李思云,两个人背对着对方分别在地上写下了地点。

随后,便同时停下笔,转身看向对方方才所写的字,异口同声地说道:

"寿?!"

"疯婆子,看来你和我想的一样。裴竹君最有可能藏在寿王府。"

赵哲遗憾地摇了摇头,"只可惜,如今咱们身在此处,不然我便命人前去调查。时间不早了,赶快吃,吃完好歇着。"

说完,赵哲将一条已经烤好、散发着阵阵香味的鱼递给李思云,自己又拿起了另一条鱼。

李思云看着赵哲,通过方才的聊天,她觉得对方的来历绝不是王爷这般简单,背后一定藏着一个更大的谜团。

二人吃饱喝好,很快,另一个难题又摆在了他们的面前。由于只有一个房间,只能睡一个人,这也就意味着另一个人要面对无屋可住的尴尬局面。

赵哲是男儿,自然要把屋子让给李思云,他独自抱着薄被来到屋檐下的竹椅上坐下。此时外面非常安静,除了偶尔从附近草丛里传来几声虫鸣,大多数时间,只剩下心跳声,昏昏沉沉中,赵哲不知不觉睡了过去。然而,刚到半夜,突然传来一阵淅淅沥沥的雨声。

随着声响,赵哲疑惑地睁开眼睛,果然,不知从什么时候起,竟然下起雨来。由于屋檐狭窄,此刻盖在脚上的被子已然被雨水淋湿。

屋内的李思云由于担心赵哲,也没有睡熟,听到雨声立刻披衣起床,将门打开,焦急地说道:

"登徒子,快进屋来。"

见赵哲仍犹豫地看着自己,她干脆伸出手将对方拉进屋子。随后来到盆架处,将自己早些时候搭在上面的帕子递给对方,略带责备地说道:

"这么大雨,你干吗不进屋?"

赵哲道了声谢,边用帕子擦脸边笑道:

"我是个男子,皮糙肉厚,这么点雨不碍事。倒是你,要好好休息。"

说着,他放下帕子,又将自己右手搭在对方的手腕上,屏气凝神地为其诊脉。

"你的脉搏虽然比平时弱了些,心脉却很平稳,说明没有大事。再为你运功几次,应该就会好的。"

李思云点了点头,来到床前,她将自己方才盖过的被子向里面推了推。又拿起放在桌上的另一床干净的被子,放到了床上。

赵哲看着李思云,目光中满是疑惑。

"登徒子,时间不早了……"

在做完一切事情后,李思云背对着赵哲,害羞地说道:

"还是早些睡吧。"

赵哲心中一动,一抹笑容在他的唇边浮现,不过很快便又消失了。再来到李思云身旁,他拿起被子,平展地铺到了地上。

"你……"

赵哲见对方讶异地看着自己,微微一笑,径直躺到了地上,边将方才被雨水淋湿的被子盖到身上,边说道:

"常言道,男女授受不亲。我晓得你关心我,可毕竟咱们还没行大婚之事,此刻确是不应共眠。今夜情况属实特殊,不如就这样吧。"

李思云心中一暖,想不到平日里喜欢开玩笑、捉弄自己的登徒子居然是这样一个心智成熟的男子。处事这般周到,属实令人感动。看来,自己确实遇到了意中人。想到这里,李思云的脸红了。

随着烛光熄灭,屋子瞬间被黑暗笼罩。与此同时,屋外淅淅沥沥的雨声则陡然大了许多。

或许是雨声扰人心绪,赵哲在地上不断辗转,迟迟未能入眠。

"疯婆子,我跟你说。其实,我在你之前也曾有过心爱的人。只可惜,就在我为了幸福打拼时,她却不声不响地成了别人的妻子,还生下了孩子。"

说到这里,他沉默片刻,苦笑着说道:

"说来真是可笑,一个你以为眼里心里都是自己的女人,最后却跟别人在一起了,只有经历过的人才知道其中的滋味有多难过。"

作为那段爱情故事的男主角,赵哲曾以为只要努力给对方一个温暖的家,就会拥有永恒不变的幸福,然而,最终却连再见都没换来一句。

得知宋思宁结婚的那个晚上,从不饮酒的赵哲破天荒地喝得酩酊大醉,从此之后,他只忙事业,绝口不再提爱情。穿越后遇到与前任长相酷似的李思云,好不容易隐藏起来的情感才再次萌生。

"疯婆子,你知道吗?如果不是遇见你,我根本不会相信这世上居然有长相几乎一模一样的两个人。"

赵哲看到李思云紧闭双眼,似乎已经睡熟,胆子便也随之大了许多。他来到床前坐下,凝视片刻,伸手温柔地摩挲着对方的头发说道:

"当我第一次在渔船上看到你,确实吃了一惊,想不到隔了这么久,

兜兜转转竟然会以这样的方式见面。后来,我知道了,你们是两个不同的人。你侠义心肠,又纯真可爱,我深深地爱上了你……"

说到这里,赵哲只觉得内心一阵酸楚。低下头在李思云额上轻轻一吻,叹了口气,缓缓起身推门离去。

李思云此时正处在半梦半醒中,恍惚间,她只觉得有人在耳畔发出一声轻叹,随后那人走出了屋子。

次日一早,当李思云从睡梦中转醒时,雨已经停了。竹屋空荡荡的,不见赵哲人影。

"登徒子……"

李思云见此情形立刻起床,将门打开后,她发现院子里的石桌上摆满了香喷喷的饭菜。

"醒了?"赵哲端着一盘刚炒好的菜过来,看到李思云站在门前看着自己,便笑着说道,"吃饭。"

李思云应了声好,好奇地来到桌旁坐下,用手指着上面的饭菜说道:"登徒子,这些都是你做的?"

"是啊。"赵哲微微一笑,"这屋子不隔音,我一整晚睡不着,就起床做了些吃的。好了,快吃吧。"

李思云用筷子夹了些鱼肉,放在嘴里慢慢嚼着,忽然眼前一亮,兴奋地说道:

"登徒子,想不到你这个锦衣玉食的富贵王爷,做起饭来居然这么好吃。"

赵哲将菜放到桌上,在李思云的身旁坐下,笑着说道:

"你别小瞧做菜,这可是一门学问,不仅讲究煎炒烹炸,而且火候大小也很有讲究。实话说,我在做记者之前,最想做的就是开饭店,只可惜后来却没有机会实现。"

"记者?开饭店?"李思云越听越茫然。

"没错。"赵哲点了点头,而后又调皮地笑道,"疯婆子,我要说自己是从八百年后来的,你信不信?"

"八百年后?"李思云一脸愕然,笑着摇了摇头,"登徒子,你别再说这些莫名其妙的话。"

"真的,我没开玩笑。"赵哲认真地说道,"我们那个时代和现在不一样,家家都有汽车,人人都有手机。我们那个时代每个人都是平等的。"

李思云沉默半晌,又笑着摇了摇头,看得出来,她很难相信。

赵哲也不再解释,给思云夹菜,一起吃饭。

就这样,赵哲和李思云在竹屋安顿了下来。这是很难得的相守时光,二人分外珍惜。那段时间,赵哲除了为李思云疗伤,其余时间都用来研究《武穆遗书》和寻找山洞出口,无论治国谋略还是兵法布阵方面的技能都增长了很多。而李思云则用竹条编制了好多手工艺品,每一件都很精致。不仅如此,她还用屋子里的那台织布机纺纱织布,为二人各自做了一件新袍子。

"疯婆子,想不到你手艺居然这么好。"

得知李思云为自己做了新衣袍,赵哲高兴得像孩子。试衣服时高高抬起双手,异常配合。

"我看看合不合身?"

李思云边说边向后退了几步,仔细打量一番后,笑着说道:

"合身,太合身了。"

"我就说嘛,疯婆子别看外表大大咧咧,好像只有功夫了得。实际上却是心细如发,内外兼修。能娶到你这样的媳妇,当真是本王此生修来的福气。"

说着,赵哲伸手将李思云拥入怀中,在她耳边轻声说道:

"疯婆子,放心吧,我这辈子都会对你好的。"

李思云没有说话,只是微笑着,目光中满是幸福。

是日黄昏,李思云坐在石凳上低头缝补衣服,忽听从山洞的另一侧传来一阵急促有力的脚步声。听着这声音越来越近,她不禁露出诧异的神色。随手将衣服放到石桌上,起身来到洞口向外张望。

工夫不大,随着脚步渐渐临近,唐王赵伯麟带着十几个宋兵出现在李思云的面前。

"思云姑娘。"赵伯麟一见到李思云,顿时露出激动的神色,"你们可当真是让本王好找,好在有惊无险,终于找到了。对了,我王兄呢?"

他的话音刚落,就听到竹屋门"吱呀"声响,在一行人注视下,赵哲从屋子里走了出来。

"伯麟,你找到我了!"

赵哲的脸上浮现出惊喜的神色,快步来到对方面前,上下打量一番,抬手用力地拍了拍其肩膀。

"你小子又黑又瘦,看起来好憔悴。"

赵伯麟苦笑道:"自打你再次失踪的消息传到朝廷,文武大臣便一

阵哗然。特别是圣上,更是将我和几个得力的御林军守将一齐派出,命令我们必须尽快找到你。王兄,你也晓得,人海茫茫,想要找到人谈何容易。为了找你,我们真是踏破铁鞋,好在皇天不负,这才得偿所愿。"

"辛苦啦。"赵哲动容地说道,随后又看向赵伯麟身后的宋兵,大声说道:"兄弟们辛苦啦,这样吧,今晚大伙儿就在此处住下,等到明天早晨你们再回去。"

"我们再回去?"赵伯麟听到这话登时着急起来,伸手拉住赵哲的衣袖,"王兄,你不与我们一道回去?"

赵哲看了一眼李思云,对赵伯麟为难地笑道:

"此事随后再议,兄弟们这般辛苦,我还是先下厨烹制饭菜。"

说着,赵哲便在众人的注视下走进厨房,准备饭菜去了。

对于宋兵来说,王爷下厨做饭确是一件闻所未闻的新鲜事,不过既然他要执意如此,那也只能由他去了。人群中,唯有李思云的神情仍是极为笃定。因为她早已品尝过赵哲的手艺。

大约半个时辰后,菜终于上齐了,众人经过一番推杯换盏、觥筹交错,很快便将桌上的饭菜吃了个精光。

是夜,赵哲安排士兵在洞口处住下,又让李思云独自回屋休息。他则继续在院子里和赵伯麟边饮酒边聊天。

"王兄,想不到你这段日子居然和李姑娘同屋而眠。"

听赵哲讲完这些时日的经历后,赵伯麟诧异地说道。

"非也。"赵哲此刻已是醉眼惺忪,用力摇了摇头道,"准确地说,我们已经同榻而眠。"

"同榻?"赵伯麟惊讶地说道,而后压低声音道,"王兄,想不到你出手居然这般利落,这么快就和李姑娘有了夫妻之实。不过,你也知道,你的亲事要由圣上指派。万一——"

"万一父皇不将思云指给我,怎么办?"

赵哲见弟弟点头,便拿起酒杯喝了口酒,笑着说道:

"弱水三千只取一瓢,如今本王既与思云有了夫妻之实,那眼里心里自然再也容不下别的女子。父皇若是当真不将思云许我,实在不成,本王便也只能再次失踪了。"

"再次失踪?"赵伯麟连连摆手,"王兄,此话不可乱说,若是被那些别有用心的人听了去,可是砍头的大罪。我晓得你与思云姑娘情比金坚,也相信圣上乃是开明之主,不会计较思云姑娘民女身份。若是逼不得已,我与父亲也可为你说情。自从你再次失踪,父亲每天都是愁眉不展,说到底,没有其他事情比咱们一家人团圆更重要的了。"

赵哲点了点头,弟弟说得没错,这世上确实没有什么事情比一家人团圆更重要的。

赵伯麟见王兄没有说话,便又笑着说道:"放心,思云姑娘这般漂亮能干,无论是谁都会喜欢。伯麟此生能有这样的王嫂,也是幸运。"

"伯麟,你能这样想,我真的太高兴了。"赵哲点了点头,"本王答应你,明日便启程回府。"

赵伯麟见王兄终于答应随自己回去,不安的心情立马轻松了下来,兴奋地说道:

"这可太好了。"

赵哲对赵伯麟说道:"伯麟,本王如今已经晓得那刺杀巴仁的杀手底细,还应尽快派人捉拿才是。"

赵伯麟一挑眉头,显然,他没想到王兄这么快就能将那桩复杂的谋杀案弄得水落石出。

赵哲叹了口气:"不过这件事处理起来颇为棘手,还需请周必出山方可解决。"

"周必兄?"赵伯麟一怔,继而说道,"我听说他在东市开了个卦摊,每次摇卦解卦无论难易,都是一两银子。"

"一两银子?"赵哲摇了摇头,笑着说道,"果然是他的行事风格,此事确是需要他帮忙。好了,天色已晚,咱们还是早些歇息。"

赵伯麟看了一眼屋门,笑着打趣道:"王兄说得对,春宵一刻值千金。况且是思云姑娘这样的美娇娘,确是该早点歇着。"

"你呀……"赵哲无奈地笑着摇了摇头,"你日后便懂了。"

"我嘛……"赵伯麟耸了耸肩,满不在乎地说道,"本王可不会像王兄这般情有独钟,这女子对我来说不过就是可有可无的装点。我更钟情于贤王的名声。"

"贤王?"赵哲点了点头,笑着许诺,"如此甚好,若是有朝一日本王登上皇位,那便由唐王做贤王。"

"多谢王兄提点。"赵伯麟朝赵哲扮了个鬼脸,催促道,"快去吧,王嫂可是等着你呢。"

赵哲点了点头,又细心嘱咐对方早些休息,这才缓步走进院中。关上院门,推门进屋。

屋中,李思云此刻正坐在桌前,凝视着不断跳动的烛火发呆。听到门响,笑着迎上前去。

"你还没睡?"

"没有。"李思云边说边将赵哲拉到桌旁,指着桌上的一杯茶水说道,"你们兄弟那么久没见,必定有好多话要说。我便在这等你。酒气伤身,还是赶快喝杯醒酒茶吧。"

赵哲感动地道了声谢,拉着李思云坐到了自己身旁。

"疯婆子,我有话要跟你说。"

李思云见赵哲神情郑重,知晓定有要事,便也身子前倾,认真地听着。

赵哲思虑片刻道:"我方才已经答应伯麟,明日早起便随他回宫。疯婆子,你也晓得,如今江山局势未稳,外有金兵虎视眈眈,内有奸臣当道。我即使想全身而退,随你去运河过消停日子,也是不能够的。如今,你我既已晓得当日刺杀巴仁的凶手是谁,那就应该早日公布真相才是。"

李思云点了点头,坚定地说道:"登徒子,既然你已决定,那我便随你一道回去。放心,无论何时,我都会站在你这边。"

说着,她将右手搭在了赵哲的手上。赵哲看到对方微笑着看着自己,原本忐忑的心情登时平静了下来,也露出了欣慰的笑容。

康王府门外,郑儿带着近百名家丁侍女站在台阶上焦急地向前看着。她早起时便已收到了赵伯麟的飞鸽传书,晓得他已找到自家王爷,即刻便要回府。

须臾,随着马蹄声响,从北面街角处闪出三匹快马,马背上端坐着的四个人,正是唐王赵伯麟、仪王赵士程、康王赵伯琮和女扮男装的李思云。

看着马儿越来越近,郑儿笑着快跑迎上前去,伸手拉住了康王的马缰绳,抬头看着马背上的人道:

"王爷,求求你,别再失踪了吧?不然,我们迟早会被吓死的。"

"对不住。"赵哲带着歉意笑道,"你们在府中还好吧?"

"不好。"郑儿苦笑着说道,"圣上这段时间三天两头便派人过来,每次都搞得人心惶惶。王爷,下次你有别的想法可不可以直接跟圣上说,不要动不动就失踪?"

"好。"赵哲笑着说道,"本王也不想失踪,只是其中有不便言说的隐情。对了,郑儿,我还没有介绍,这是本王近日新收的近侍思云,你二人日后可要好好相处。"

郑儿直到这时才看到赵哲背后的李思云,立刻笑着说道:

"这位小哥当真长得俊美,一看便知是富贵人家出身,难怪会被我们王爷看中。"

赵哲听到这话不免有些尴尬,立刻向身旁的赵伯麟、赵士程二人递了个眼色,赵伯麟会意,开口问道:

"郑儿,我们早起就在赶路,此刻已然疲惫,你可准备了吃的?"

郑儿瞪了赵伯麟一眼,调侃地笑道:"王爷,你以为自己是猪啊?"

"猪?怎么说?"

"天天就知道吃。"

众人听到这话,登时哄堂大笑。

赵伯麟的脸色涨得通红:"王兄,你可真得好好管管郑儿这丫头,在你府中逞威风倒也罢了,日后只怕会让夫君头痛不已。"

赵哲微微一笑,刚要说话,便见郑儿环抱双臂,气势汹汹地说道:

"谁说我要嫁?我这辈子就服侍王爷,哪儿都不去。"

"那也要看王兄要不要你一直伺候。"赵伯麟瞟了一眼李思云,见她正偷偷笑着,心中一动,打趣道,"若是日后王兄娶妻,你又该如何?"

"那又怎样,大不了,我一个人伺候两个人喽。"郑儿瞪了一眼赵伯麟,不服气地回敬道。

"好了,好了,你们就不要斗嘴了。"

赵哲见赵伯麟想要继续说下去,连忙劝说道。随后,他又对郑儿说道:

"唐王说得没错,赶了这半天的路,确实有些饿了。郑儿,走吧,咱们进去吃饭。"

"好。"

郑儿笑着应了声,闪身退到路旁。等到赵哲等人走进府门后,这才又笑嘻嘻地来到走在最后的赵伯麟面前,轻声说道:

"唐王,不要那么小家子气好不好?你也晓得我向来说话有口无心,原谅我这次吧。"

赵伯麟原本就晓得郑儿的性子,故此并未往心里去。只是碍于面子,才一直绷着脸不肯搭理对方。此刻见郑儿赔礼,他便想给其些教训,于是

仍旧黑着脸,一副不肯善罢甘休的模样。

郑儿见此情形,便又连连作揖,口中不停地说着"对不起",直到赵伯麟笑出声来。

"唐王,你笑了?是不是代表原谅我了?"

郑儿见状,立刻说道。

赵伯麟听到这话,当即绷起脸来,却听对方又说道:

"我不管哦,你方才既然笑了,那就证明已经原谅我了。"

"好,本王这次便原谅你了。"赵伯麟无奈地摇了摇头,说道,"不过郑儿,你这丫头虽说鬼马精灵,可这信口开河的毛病确实得改改。如今王兄在朝廷上已经举步维艰,你可千万不能再为他树敌。知道吗?"

郑儿用力地点着头,她晓得唐王这样说是对的。自从王爷上次回来后便一直愁眉不展,一副心事重重的样子。如今这金国使者被杀,圣上又限期令其火速破案,只怕这处境更难。

"谢谢唐王的提醒,我会的。对了,刚刚那个近侍是康王从何处寻来的?居然长得如此标致?"

"近侍?"赵伯麟微微一笑,"王兄这位近侍的来历可不一般,人家可是运河上的绝色船娘。"

"船娘?你是说她是女子?"

"她便是王兄的救命恩人李思云。"赵伯麟笑着说道,"你别看思云姑娘只是船娘,那也是文武双全,今后定是要助王兄做一番大事的。你这丫头可要好好侍候着,千万不要欺负人家。"

"欺负?怎么会?"郑儿笑着说道,"唐王放心,我家王爷的救命恩人便是郑儿的救命恩人,即使王爷不说我也会好好侍候的。好了,咱们赶快进去吧,免得他们起疑。"

说着,郑儿便拉着赵伯麟走进院子,转身关上院门。

是日黄昏,临安东市,身着青色衣袍的周必坐在卦摊前帮人占卜。卦摊旁边那面写有"一两一算"的旗子在微风吹拂下不断飘动着,夕阳笼罩下,原本清俊的他平添了几分神秘感。

"如今大宋正在用人之时,特别是康王,更是礼贤下士的明主。"

周必凝视着桌上的龟甲,对坐在自己面前的年轻书生说道:

"你若是今年秋闱得中,便可投奔于他,也好为朝廷效力。"

"先生说得极是。"那读书人苦着脸说道,"只是那康王久居王府、位高权重,我只是个普通的读书人,又怎会有机会见到他?"

"不怕。"周必摆了摆手,胸有成竹地笑道,"你的命数可都在这龟甲上刻着呢,日后定有机会见到他。"

"若是当真能借先生之言见到康王,那我赵雄撰定当唯其马首是瞻,绝无二心。"

周必点了点头,他目送着读书人离开,又将目光投到了后面的人身上。刚让其坐下,便见斜刺里走过来一群公人,疾步来到周必的面前,为首公人从袖筒中取出了一封书信,双手递到了他的面前。

周必看了一眼那公人,伸手接过信件。匆匆看了一眼,双眉瞬间紧锁,愕然问道:

"你们是太师府的人?"

"是。"为首公人笑着说道,"周先生,太师请您现在跟我们一道去府中,有要事商议。"

原本在卦摊前面叽叽喳喳排队等着算卦的人顿时噤声,一个个瞪大了眼睛看着周必。尽管没有见过秦桧本人,他们却晓得秦桧的手段,旁的不说,岳飞之死就是明证。

"太师找我?"周必微微一笑,"周某不过就是个江湖术士,又怎会让太师如此抬爱?当真折煞我也。请几位大哥回府转达,替周某向太师道谢,我就不去了。"

为首公人听到这话先是一愣,犹疑片刻,又笑着说道:

"先生当真会说笑,若是放在旁人的身上,能够接到太师的邀约,只怕要欢喜得不行。先生,如今天色已晚,依我等看,你还是早点收摊,莫要耽误了正经事。"

这话虽然听上去客套,语气却极为强硬。不仅如此,身后的公人听到这里,也一道亮出明晃晃的兵器,原本平静的气氛陡然变得紧张。

周围的看客见此情形,纷纷转身欲走,不想被兵士拦了下来。

"先生。"

为首兵士见周必仍不为所动,便顺手抓过来一位刚巧路过、手里抱着一堆绣活的妇人,将手中的钢刀抵在了她的颈下,冷笑着说道,

"先生可是出了名的正人君子,此番莫非是想见死不救?此事可是因你而起,莫要连累无辜百姓啊。"

"先生，我家乡去年发大水，房倒屋塌，官人为了救我们娘俩也被水冲走了。"那女子被吓得流着眼泪说道，"如今只剩下了我和三岁的娃儿艰难度日，好在有远方亲戚收留，这才有了安身之所，现在靠给人刺绣过活。求求您，一定要救救我。"

路人见此情形全都气得浑身哆嗦，太师秦桧在朝中只手遮天，做下许多龌龊的勾当。没想到这手下人竟然也这般气焰嚣张，当真欺人太甚。

那公人见此情形，心中很是得意，睨视着周必，冷笑着说道：

"周先生，您是聪明人，莫要打错主意。"

在众人的注视下，周必突然放声大笑，公人见状，顿时面面相觑。

"周先生，你……"

"你当真以为我周必是个乡野莽夫，没见过大世面，所以才用这个法子来要挟我？"

周必忽然收起笑容，目光凛然地扫视着面前的人，义正辞严地说道，

"那你还真是小觑我了。实话告诉你们，就算今日被杀，周某也绝不会去太师府，你们就死了这条心吧。"

说着，他用轻功闪到那名公人的面前，那公人吃了一惊，右手骤然哆嗦了一下，眼见刀尖就要刺到女子的咽喉上。

四周惊叫声起，公人只觉得胳膊一阵发麻，钢刀直直落在地上，发出一声清脆的响声。周必将女子横抱出人群，从袖筒中取出一锭银子递给她，随后又柔声安抚数句，这才闪回到原地。

此时，那公人仍是一副惊魂未定的样子，龇牙咧嘴地揉了好一阵酸痛的臂膀，表情才渐渐恢复了正常。

"姓周的，想不到你还当真有些手段，看来方才是我小瞧你了。常言道，好虎难敌群狼，既然我独战不行，那就只能兄弟们一道上了。"

说完，他猛地一挥手，身后公人一拥而上，将周必围在了中间。

"本王瞧瞧哪个是好虎？谁又是群狼啊？"

双方剑拔弩张之际，谁都没有注意到一顶由四名轿夫抬着的青色软轿停在了街对面。直到这句话传来，众人方才如梦方醒。

少顷，女扮男装的郑儿伸手挑开轿帘，随后，一直跟在轿子后面穿着紫色和玉色公子服的唐王赵伯麟和仪王赵士程也一道下马，快步走到轿前，俯身施礼，异口同声地唤了声王兄。

轿子里那人应了一声，随后走出了轿子。只见其面容清俊，风姿卓

朗,确是万里挑一的人物。

"康……康王。"

公人看到来人,脸色顿时惨白,结结巴巴地说道。

要晓得如今康王赵伯琮在朝中的地位早就超过了寿王赵伯衍,尽管圣上没有言明,但在众人的心里,其早已成为名正言顺的皇位继承人。

见此一幕,公人早已被吓得魂飞魄散。

赵哲环视四周,随即来到为首公人面前,笑着说道:

"这位小哥,你可是为首的公人?"

那公人呆呆地看了半响,随着嗓子咕噜一声响,咽了口唾沫,艰难地点了点头。

赵哲微微一笑,抬起手来拍了拍那公人的肩膀:

"周先生是本王的莫逆之交,不晓得秦太师可否为本王行个方便?"

那公人摇了摇头,随后又点了点头。他明白,康王高高在上,依照其在朝中的身份,就连一向在朝中只手遮天的太师都不敢轻易招惹,何况身如草芥的自己。既然对方开了口,那为今之计也只有答应,先脱身再说。

"康王当真是说笑了,小的今日绝非想要为难周先生,不过是听差办事罢了。既然您这般说,那小的听命便是。"

说完,他又双手抱拳向赵哲施了个礼,灰溜溜地带着人离开了。

周必感激地看着赵哲,他原以为经历了前次的事情,对方定然对自己心怀芥蒂,没想到到头来却是他心胸窄了。见赵哲缓步来到自己面前,周必双拳紧抱深施一礼道:

"周某多谢康王解围。"

赵哲伸手拉住周必,笑着说道:"周必兄言重了,你我本就是兄弟,此事算不得什么。不过本王此番前来,也并非只为叙旧,此地非讲话之所,还请借一步说话。"

周必见赵哲神色凝重,心中倒也猜出了几分,于是提议道:

"既然如此,不如到周某的草庐一叙?"

赵哲转身看了一眼身后的其他三人,笑着答应了。

草庐里,香烟袅袅,五人盘腿坐在地炕的蒲团上。在赵哲等人的注视下,坐在正中位置的周必不疾不徐地点茶。

宋人尚茶,不仅喜欢饮茶,还创造出了许多花样名目。关于这一点,吴自牧就曾在其所著的《梦粱录》中有过记载。

"烧香点茶,挂画插花,四般闲事,不宜累家。"

其中,点茶、焚香、插花、挂画是宋代的"文人四艺",其中,以点茶为首。点茶看似简单,步骤却颇为复杂,有炙茶、碾茶、罗茶、候汤、烫盏、注汤、击拂等工序。故此不仅会给人留下唇齿间的茶香,更是一番视觉上的享受。

须臾,周必将刚刚点好的茶水倒到杯子里,递到赵哲的面前。

"周必兄,这水没有问题吧?"

看着杯中的茶水,赵哲忽而想到前次的遭遇,想来还当真让人有些心有余悸。

"若是康王不想喝,那便无须勉强。"

周必说着便要抢赵哲手中的茶杯,赌气道。

"兄弟之间如果互相猜忌,当真是无趣得很。"

赵哲见状忙拉住周必的手,带着歉意笑道:

"周必兄,瞧你好好的,怎么说翻脸就翻脸?咱们是兄弟,本王方才不过是与你说笑罢了。"

周必听赵哲这般说,脸色便又缓和了下来。

赵哲见状,微微一笑道:"周必兄,本王此番前来,是想继续请你出山。"

"哦?"周必的唇角泛起一丝笑容,调侃地说道,"康王不会是在效仿那三国时的刘皇叔,也想来个三顾茅庐吧?若是如此,那可还差一次呢。"

"三顾茅庐也好,借东风也罢,总而言之,周必兄此番必须答应出山,不然……"

"不然怎样?"

赵哲左右看看,伸手指着一旁的床榻,笑着说道:"那张床榻看起来很松软,想来躺上去定会极为舒服,若是周必兄不答应,那本王就不走了。"

"你……"周必说到这里,无奈地摇了摇头,"无赖。"

他原以为赵哲听到这两个字定会不高兴,没想到对方却径直接口道,"本王无赖也不是一两天了,周必兄竟然现在才知道,不过也不算晚。"

常言道,不怕恶人,就怕无赖。何况赵哲还是个具有现代思想的无赖,在周必眼中,确是极难对付。

"康王,你究竟想要怎样?"

"本王已经说过了,想要周必兄出山相助。"赵哲目光灼灼地说道:

"本王晓得周必兄并非不愿意为朝廷做事，只是担心相助者非明君罢了。兄台放心，本王此番前来就是请你助我夺得太子之位的。"

周必一怔，在他的记忆中，康王性子淡泊，似乎对皇位从未有所觊觎，如今是怎么了？

想到这里，他的目光中不禁现出一丝疑惑。

赵哲看出了周必的心思，叹息一声道："周必兄，不瞒你说，本王此番亦是无奈之举。你也晓得我与寿王争端由来已久，此前因为担心圣上夹在中间左右为难，故此一直低调隐忍，希望以此减少矛盾。可谁知，如今他不仅为了一己私欲视朝中大局为儿戏，还将刺杀金朝使臣的凶手藏匿在府中。你也晓得，我大宋如今国势衰微，若是金人发火追查此事，定会引起战乱纷争。为大宋也好，为百姓也罢，本王都必须力挽狂澜，绝不能让寿王铸下大错。"

周必的脸上现出一丝动容的表情，看来赵哲确实视天下为己任，日后朝中能有这样的君主，大宋乃是幸事一桩。

"康王睿智，乃是大宋之福。"

他起身向赵哲深施一礼，"周必定当竭尽全力辅佐康王。"

"兄长高义，本王替大宋百姓多谢周必兄。"赵哲感激地起身，伸手拉住周必。

说完，他便拉着周必坐下，和其他人一道商议起其进宫后的事情。

皇宫大殿，赵构颓然地坐在龙椅上，一脸疲惫。这几日，他多年沉积的喉炎犯了，天天都咳得地动山摇，尽管太医局开了很多方子，他的病情却始终不见起色。震耳欲聋的咳嗽加之睡眠极差，使他天天都心情烦闷。

"诸卿可还有事启奏？若是没有，今日便到这里吧。"

说完，赵构侧头看向康履，对方会意地高声说了句"退朝"后，引着他走出大殿。

少顷，乘坐龙辇回到寝殿，赵构在太监、宫女的侍候下换上了明黄色的便服，随后便躺到了软榻上。半梦半醒之际，他忽然觉得有人进来，于是睁开了眼睛。康履正毕恭毕敬地站在他的面前，一脸的恭顺。

"圣上，您醒了？"

见赵构睁开双眼，康履忙说道：

"康王来了。"

"康王?他来做什么?"

赵构坐起身来,紧锁双眉,一脸的不耐烦。近日,宫中有人疯传,说康王和寿王各怀心事,表面上都在捉拿刺杀金使的贼人,实则却在暗中较劲,意图谋逆。

对于此种言论,他原本不信,奈何说的人多了,渐渐便也反感了起来。加上咳嗽久久不好,心情变得越发阴郁。

"康王说他近日从江湖术士那里得来了个偏方,用七十七种草药混合而成,对治病续命有奇效,便想着为圣上试试,若有效果则最好。圣上,难得康王有这份心意,依奴才看还是见见吧。"

赵构点了点头,有气无力地说了声"宣"。

康履听到这话,连忙双手作揖,弓着身子退了出去。

寝殿门口,身穿淡绿色长衫,系着白色狐狸皮披风的赵哲在身着青衫、一副书生打扮的周必陪同下,焦急地等待着消息。少顷,见康履出来,他快步迎上前去,伸手拉住其袍袖,迫不及待地问道:

"康公公,父皇怎么说?"

康履戏谑一笑,打趣地说道:"怎么?不过就这一会儿,康王就等不及了?这可不像你平日里的行事作风。"

作为长辈,他是亲眼看着康王赵伯琮和寿王赵伯衍长大的。平心而论,若是在这二人中确定未来储君,自己的这票定然会投给康王。他也坚信,这样对大宋来说是最明智的选择。

赵哲心知自己方才的表现确实有些急躁,于是便将手缩了回去,笑着说道:

"公公说笑了,本王不过是担忧父皇的病情罢了。"

"圣上无碍。"康履微微一笑,"他让您进去。康王,不是老奴事多托大,不过还是想多句嘴,如今朝廷看似平静,实则风浪却也不小。常言道,父子连心,有什么话你还应对圣上直言,莫要隐瞒。"

"多谢公公。"赵哲感激地说道。

康履点了点头,引着赵哲缓步走进寝殿,随后停住脚步,微低着头道:

"圣上,康王来了。"

赵构哼了一声,眼睛看向赵哲,对康履吩咐道:

"你先下去,朕要单独与康王说话。"

康履侧头看了一眼赵哲，答了声"喏"，转身退出了寝殿。

赵构待康履走远，缓步来到赵哲的面前，用探询的目光盯视了对方半晌，这才冷笑一声，先声夺人地说道：

"康王，朕听说你近来很忙啊。"

赵哲不明白赵构的意思，目光里现出一丝疑惑。

"儿臣不明白父皇的意思，这段时日除了上朝和处理公文，其他时间我都在太傅那里求学，别无他事。"

"哦？是吗？"赵构似笑非笑地说道，"可为何朕听说你近来在结党营私，以捉拿刺杀金使凶手为由，和寿王暗中较劲，并且你二人都有谋逆之心？"

赵哲的心中登时一阵难过，原本他就听说赵构疑心病重，如今看来果然如此。想到这里，他的唇边顿时泛起一丝轻笑。

"你笑什么？"

"我原以为只要自己拼尽全力，父皇就会懂得，没想到如今反倒被您猜忌。既然如此，我又何必处处将大宋江山放在首位，不如当个自在的闲散王爷反倒快活。"

"你……"

赵构见赵哲如此坦诚，一时间竟不知该说什么。

"父皇向来贤明，儿臣相信即使不说，您也一定会懂得儿臣的用心。想不到方才居然这般问话，着实令儿臣伤心。"

说到这里，赵哲脸上现出黯然神伤的表情。

"朕……"赵构没想到对方竟有这么大的反应，竟也有些不知所措。深深叹了口气，他抬起手来拍了拍赵哲的肩膀。

"朕并非有意猜忌你，只是看到你与寿王兄弟不睦，心中也很是着急。伯琮，你虽与伯衍是同宗，可都为王储，你二人竞争也是必然。只是应该如何处置，朕还没有想好。"

赵构身为九五之尊，何曾用这般态度待过旁人？赵哲见状，连忙笑着说道：

"父皇，儿臣并非故意为难。今天来也绝非为朝中之事，而是特意来送药的。"

说着，他将手伸到袖筒里，摸出了一个精致小巧的白玉瓶。

"父皇，这是儿臣特意为您请来的姜莲散，里面有雪莲、桑黄、徐长

卿等七十多种稀有药材,是一位在武当山修行多年的道长炼制的秘药。父皇这些年来为国事操劳,日夜难安,那位道长说此药定会对父皇颇有助益。"

"哦?"

赵构狐疑地看了一眼赵哲,伸手接过了瓷瓶。在打开盖在上面的红绒瓶塞后,一股从未闻过的奇香瞬间扑面而来。

"果真是好药。"赵构精神顿时为之一振,兴奋地说道,"莫说吃,就是闻一闻这香味,也是极好。"

赵哲听到父皇的赞许,登时心花怒放,继续说道:

"父皇,儿臣还有件事向您禀告。"

"哦?"

"这吃药,讲究循序渐进,稳扎稳打。父皇这些年来日夜忧思,积劳成疾,要想调整还应从根本入手。所以儿臣擅作主张,将那位道长从武当山请来,希望他能够陪在父皇身边,随时为您看病。父皇若是怪罪,儿臣甘愿受罚。"

说着,赵哲撩起袍摆,双膝跪倒在赵构的面前。赵构见此情形,连忙伸手将他拉起,上下打量片刻,笑着说道:

"伯琮,你让朕怪你,可怪你什么呢?怪你的拳拳孝心,还是怪你的善解人意?若你这般为朕,朕还要责罚,那朕岂不昏聩到让天下人耻笑?伯衍为人工于算计,处处与你针锋相对,无论是能力还是人品,都不及你一半。今后大宋江山还应由你多担待些才是。"

赵构这番话可谓重如泰山,表面看是父子交心,实则是对继权者的交托。赵哲自然晓得对方的用意,不禁激动万分,双眼瞬间湿润。

"父皇……"

赵构迅速抬起右手阻止赵哲将话说下去,笑着说道:

"伯琮,你我父子间就不必说那些见外的话了。你不是说,已经将那位神仙道人请来了吗?他此刻人在何处?"

"他现在就在殿外,父皇要见一见吗?"

"哦?就在殿外?"赵构笑着说道,"那自然要见,康履……"

康履方才在殿外已将父子俩的对话听得清清楚楚,此刻听到圣上唤自己,连忙快步进来听命。

"你去将那位道人请进来,朕要见一见他。"

康履道了声"喏",款步来到周必面前,笑着说道:

"先生,圣上要见您。您是神仙,定是知道礼数,不过还是要提醒您,什么话当讲什么话不当讲,心中还是有个数的好。"

"多谢公公提醒。"

周必说完,快步走进殿中。微风吹起,衣袍飘逸,仙风道骨。

殿内,赵哲待周必在自己身旁站定,遂笑着对赵构说道:

"父皇,这位便是儿臣方才说的神仙道长。"

宋人素来信奉道教,尤其对擅长炼制丹药的道人更是青睐。因此赵构方才听到赵哲所说,便已对未曾谋面的周必有了几分好感。只是没想到其看起来竟这般年轻,倒是有些意外。

"想不到道长如此年轻。"赵构讶异地上下打量着周必说道,"不知道长如何称呼?仙籍何处?"

周必侧头看了一眼赵哲,见对方正一脸平静地看着自己,便信口答道:

"在下姓孙,福地人士,道号山义。"

这身份是前一晚和赵哲商量的结果。

赵构并未怀疑,点头道:

"原来是山义道人。方才康王说你在武当山修炼,擅长为人瞧病?"

"山义多谢康王抬爱。"周必说到这里,向赵哲深施一礼,又对赵构说道,"贫道虽才疏学浅,却也并非只会炼丹瞧病。"

"哦?那你倒是说说,还有何过人之处?"赵构听周必这般言说,顿时来了几分兴致。

"贫道本来愚钝,承蒙仙师不弃,也曾修习过诸子百家、理学术数、棋艺音律,对观星占卜、请咒画符、驱除邪祟等尤其擅长。"

"如此说来,先生还当真是活神仙。"赵构饶有兴致地说着,随后又对赵哲说道,"想不到康王能够请来如此高人,确是大功一件。"

"多谢父皇的肯定。"赵哲看了一眼周必,笑着说道,"父皇有所不知,道长的十二道金雷掌才是真正的仙家绝学,除了他,无人精通。"

"十二道金雷掌?"赵构惊讶地说道。

宫中从不缺武功高手,远的不说,单是御林军里就已是卧虎藏龙,可这十二道金雷掌赵构却是从未听过。

"对,此掌掌风绵软,却深藏杀机。若是打在人的身上,不仅当即殒命,就连魂灵也会被击碎,再无转世可能。不仅如此,此掌还可通达天地,

莫说是用,即使运功也会有异象发生。"

赵哲见赵构瞪大了眼睛,一副不可置信的模样,便笑着对周必说道:
"道长,看来圣上对你的本事存有疑虑,不知能否露一手啊?"

周必看了一眼赵构,对赵哲微微一笑,说了声"好"。

"道长既要作法,不知是否需要提前准备香案纸马?"

赵哲和周必说话这当儿,赵构已从震惊的情绪中抽离了出来。听到周必答应,便也好奇地发问。

"无须大费周章。"周必对赵构双手抱拳,胸有成竹地说道,"只需一把古琴便好。"

"古琴?"

赵构听到这话,登时惊讶得张大了嘴巴。宋人擅音律,尤其是那些气质斯文的贵族子弟都弹得一手好琴,然而这也不过是兴趣所致,至于其他功用却是闻所未闻。

走到寝殿外面的院子里,周必坐到蒲团上。在赵构好奇的目光中,他用修长的十指轻轻地拨动琴弦。很快,一曲悲怆有力的《广陵散》便传了过来。

赵构向来不喜欢这首曲子,他总觉得曲子里面有着太多的戾气。因此当他听到周必弹的竟是《广陵散》时,本想大怒,只是碍于对方的神威,这才一直忍着。耳听曲子已经过了大半,一切如常,便忍不住开口说道:

"康王方才说道长有些本事,如今看来不过如此,朕有些乏了,不如今日就到这儿吧。"

赵哲听到这话并未气馁,仍笑着说道:"父皇,这好戏眼看着就要开场,怎么可以半途而废?"

赵构见赵哲仍在强词夺理,便又要开口。就在这时,随着琴弦发出一声清脆的声响,原本响晴的天空忽然传来了一声闷雷,如絮的雪花从天而降,在风中打着旋落到了地上。院子里顿时响起一片惊呼声。

"圣上,下雪了。"康履用右手接到了一片雪花,兴奋地说道,"瑞雪兆丰年,这是苍天在保佑我大宋。"

听到这里,其他宫女太监连忙跪到地上,齐齐说道:

"天佑大宋,江山万年!"

赵构见此情形,登时开怀大笑,笑声无比快活。

穿宋之宝贝康

"儿臣恭喜父皇江山稳固,大宋国泰民安!"

赵哲双手抱拳,恭顺地说道。

赵构伸手拉住赵哲,开心地说道:"康王,朕要谢谢你,为大宋引来了这位活神仙,此乃百姓福祉。道长……"

周必听到圣上叫自己,便将古琴放到了蒲团上,起身来到赵构面前,鞠躬施礼道:

"圣上。"

赵构再次打量了一番周必,笑着说道:

"朕晓得道长是修仙之人,不喜欢红尘俗世。不过既然康王将你请来,那朕也就不愿错过此次机会。朕有意请你做国师,保护我大宋风调雨顺、国泰民安,不知道长可否愿意?"

赵构这番话正合了周必的心思,尽管如此,周必却做出一副纠结的模样,双眉紧锁,默不作声。

"道长,圣上乃是一代明君,既然有心相邀,依本王看,不如就答应了吧。"赵哲心中会意,便不动声色地劝说道,"这样本王也可时常与你相见,继续学习炼丹治病之术。"

周必犹豫须臾,这才说道:"既然圣上和康王有意相留,山义若是不应,反倒不近人情。既是如此,那便答应了。"

赵构听到这话,脸上顿时露出愉悦的表情,连声吩咐康履准备国师就任大典,尽快当着满朝文武的面晋封国师。

是夜,康王府水榭。夜风吹拂着洒满皎洁月光的湖面,好似梦境般朦胧。

此时,赵哲和赵伯麟、赵士程、周必四人正围坐在石桌前把酒言欢,酒过三巡,四人面色都已微红。兴之所至,笑声不断。

"你们是没看见,父皇看到下雪时彻底惊呆了。"赵哲喝了口酒,侧头看向周必,"我与周兄相交多年,却不晓得你竟有如此神通。"

周必笑着摆了摆手:"康王谬赞了,周某哪有此等神威?"

"哦?可我当时明明就在现场,又怎会有假?"

赵伯麟和赵士程听到赵哲发问,也双双伸长了脖子,好奇地看向周必。虽说他俩并没有看到这场雪景,但想来王兄定然不会骗人。

周必没有回答赵哲的问题,而是将视线转移到了赵伯麟二人的身上。

"你们看到雪了吗？"

赵伯麟和赵士程对视一眼，双双疑惑地摇了摇头。

"这就对了。"周必笑着说道，"那根本就不是雪。"

"不是雪？那是什么？"

周必见赵哲愕然地看着自己，笑着说道："康王有所不知，周某今日进宫前曾将一个装有木棉花的布袋藏到了袖筒里。弹奏古琴时，我趁你们不注意悄悄将袋子撕开，通过运功使花絮随风飘散，这才有了伏天飘雪的假象。"

"伏天飘雪？木棉花絮？"

赵哲喃喃地重复着。须臾，他蓦地用手重重地拍了一下桌案，开怀大笑道，

"妙啊！周兄不过一个小小的手段，就让父皇深信不疑，本王佩服至极。"

说着，他站起身来，双手抱拳向周必施了个礼。

"我就说嘛，周兄是王兄命定的贵人，今后定然会成为左膀右臂。"

赵伯麟说到这里，端着酒碗站起身来，

"来，我和士程同敬你们二人一碗。"

"伯麟说得没错，这酒确实要喝。"赵士程也在一旁笑着附和道，"士程和唐王一样祝愿兄长早日登基执掌天下。"

赵哲被赵伯麟和赵士程说得心花怒放。进宫以来，在潜移默化的影响下，他内心早已改变，他是真的想去做那个千古明君。

"多谢诸位兄弟。"赵哲感谢道，"自古道，'兄弟同心，其利断金'。本王相信，有了你等的扶持，终有一日会成就大业。"

四人将碗中的酒一饮而尽，会心大笑。

"说什么呢？这么高兴？"

就在这时，身后突然传来了女子的声音。这声音清脆悦耳，宛若银铃。

四人转身看去，只见一身小厮装扮的李思云不知何时已端着一盘鱼来到他们的身后，在她身后不远处，郑儿正拿着一坛酒笑呵呵地看着他们。

"李公子，这你就有所不知了吧？他们四人每次只要聚在一处，就是这般情形。"

周必疑惑地看了一眼李思云，随后又看向了赵哲。赵哲会意，忙将李

思云和郑儿唤到身边,待她们将手里的东西放到桌上后,便指着李思云,笑着说道:

"周必兄,我来介绍下,这位是……"

"你就是周神仙?"

还没等赵哲将话说完,李思云便猝然打断了他的话头,径直说道。

"周神仙?"

周必上下打量了李思云须臾,面前这个小娘子刻意装扮成了男子的模样,但难掩倾城姿色,再看这说话做事的风格,是个心直口快的侠女。这样的女子和康王在一起,也当真算得上是绝配。

"我早就听康王说起过你。"

"哦?他说什么?"

李思云看了一眼赵哲,见对方没有阻拦,便又继续说道:

"他说你道法高深,是个解厄扶困、济世度人的活神仙。"

周必哈哈大笑,对赵哲说道:"想不到康王居然这般看重周某。如此看来,周某也只能竭尽所能,不然又怎能对得起这'活神仙'之名?"

"你自然当得上。"赵哲笑着应道,"既然思云已将本王的话告知给周兄,那今后我等就称呼你为'周神仙'好了。思云,你不晓得,周兄今日可是在父皇面前大显身手,已经被钦命为国师了,还不快敬他一碗酒?"

"哦?"

李思云的脸上现出敬佩的神情,伸手拿起了郑儿刚刚倒满的酒碗,笑着说道:

"看来这神仙之说确是不虚,周神仙,这碗酒思云先干为敬。"

说完,她便如长涧过隙般将碗里的酒喝了个精光。

"思云姑娘,好酒量。"

周必忍不住叫好,也跟着将酒一饮而尽。

李思云听到"姑娘"二字,心中登时一惊,疑惑地问道:

"周先生,你怎会知晓我是女子?"

"思云姑娘这般花容月貌,男子衣衫也难掩国色。若是我周必连这个都看不出,哪还当得上'活神仙'?"

周必说到这里,又看向赵哲,"康王,你可知庄周梦蝶,蝶化庄周,孰真孰假?"

赵哲心知周必此话是在点拨他和李思云,奈何人在局里,看不明白。

于是他双眉紧锁,直言道:

"周神仙,你就不要在这里和本王绕圈子了,有话直说无妨。"

"说不得,不可说。"周必摆了摆手,一本正经地说道,"虽说周某被你等称作活神仙,然而正所谓天机不可泄露,其中玄机还需你等日后自行领悟。"

赵伯麟见赵哲一副刨根问底的架势,周必则是一副高深莫测的模样,于是笑着说道:

"你们俩你一言我一语说了好半天了,难道就不累?王兄,我觉得周兄说得在理,有些事情确实不该过早说破,不然就像做饭一样夹生。依我看,不如喝酒来得快活。"

说着,他拿起酒坛,在众人的碗中续上酒。其他几人也不再多说,仍旧喝酒。

数日后,皇宫大殿。赵构稳坐在龙椅上,神情威严地看着文武大臣。

"众位爱卿,今日早朝,朕有一件事要讲。"

话音落下,下面发出一阵窸窸窣窣的议论。眼见赵构的脸上现出不满的神情,声音这才止住。

"康履,传召。"

"是。"身着朝服的康履双手拿着圣旨,高声读道,"制曰:天佑大宋,江山稳固,民富国强。为山河绵延稳定,子孙世代为福,朕特晋山义道人为国师,上承天命,下保民安,钦此!"

读完圣旨后,康履快步来到身着道服、垂手立于第一排右侧的周必面前,笑着说道:

"山义道长,接旨吧。"

在满朝官员的注视下,周必双膝跪地,将双手高举过顶,牢牢将圣旨接住。

"吾皇万岁万岁万万岁!山义今后定当全心全意辅佐圣上,安定江山,护佑苍生,绝无二心。"

人群中,寿王赵伯衍冷冷地盯视着周必,眼神中满是寒意。这一举动并未逃过赵哲和赵伯麟的眼睛,二人对视一眼,不免有些担心。

是夜,黑暗笼罩,大地一片沉寂。寿王府书房,赵伯衍背着手一脸焦躁地在屋中来回踱步。蓦地,他收回脚步,迅速来到书桌前。烛光照在他的脸上,表情冷峻可怖,仿若鬼魅。

"别以为你找了帮手,就能斗得过本王,鹿死谁手还不一定。"

赵伯衍用双手撑着桌面,看着烛芯恨恨地说道。话音落下,他唇角向上翘起,露出了一丝冷笑。

或许当真是境随心转,上苍也仿若听到了赵伯衍的心声,外面的风声突然大了起来,风卷起尘土,打在门上啪啪作响。

此时,门前树枝忽然传来了一阵窸窸窣窣的声响。这声音倘若在白日里是不会引人注意的,然而由于正值夜里,听来格外清晰。

赵伯衍定了定神,快步来到门口将门打开,抬头对院子里的树影问道:"裴姑娘,是你吗?"

只听见呼呼的风声,并没有人回答。

就当他落寞地将门关上,转过身时,却惊愕地看到裴竹君此时正站在屋中间,幽幽地看着他。

赵伯衍被吓了一跳,随后,眉眼中露出了喜悦之色,他疾步来到裴竹君面前,伸手紧紧握住了对方的手,关切地说道:

"竹君姑娘,怎么是你?这些日子可还好?"

裴竹君本是官宦之后,自小便恪守女德。尽管后来家中遭受变数,却也一直以此为纲严格要求自己的言行举止。此时她的手被赵伯衍这样一握,脸上不禁露出了害羞的表情。她没有说话,只是抿着嘴点了点头。

赵伯衍登时觉察到自己的冒失,不免有些尴尬,连忙松开了手,转身拿起桌上的茶壶,倒了杯茶,将杯子递给裴竹君。

裴竹君伸手接过杯子:"我留下书信不告而别,这些日子一直在城中暗暗查找刺杀巴仁的刺客下落。那日在山洞遇见师妹,我被她认定为凶手,我因气愤难平未辩解。可事实就是事实,总有一天会水落石出,到那时她自会明了。"

"你为此这般煞费苦心,值得吗?"

裴竹君听到这话后先是一怔,看得出来,她此前并没有认真地思索过这个问题。思索须臾,才继续说道:

"值得?当然。我师门向来对徒弟要求严苛,莫说做错了事情,即使说错一句话,也要到供着历代先祖灵牌的山洞里罚跪三晚。我初入师门时性子绵软,遇到难事时常会想不开,那些年几乎每晚都要以泪洗面,直

到天明。想来当年若不是有师妹陪伴安慰，我怕是早就坚持不住，此等深情厚谊，又怎能用值不值得来论断。"

赵伯衍听到这里，心头一动。想当初他们兄弟又何尝不是兄友弟恭，整日相伴？如今却要因为利益互为仇敌，想来也属实令人伤感。

裴竹君见对方不说话，只是一杯接一杯地喝茶，心中不觉有些愕然，便继续说道：

"竹君晓得寿王向来重情，倘若不是因为皇位，你与康王定会成为最好的兄弟。依我看……"

裴竹君的话还没说完，便被赵伯衍打断。

"竹君，你此前身负重伤，如今又独自在外辛苦了这么久，想来定是极为疲惫。依本王看，这段时间不如先在府中调养，等休息好了再做打算，如何？"

裴竹君知道赵伯琮是赵伯衍的心病，奈何前者和师妹的关系，也就想着能够从中调和。因此，尽管赵伯衍已经明确表态，她继续说道：

"依我看，不如你们兄弟握手言和，莫因身外之物影响感情。"

"够了！"赵伯衍见裴竹君这般不识时务，登时板起脸来，大声说道："此事与你毫无干系，就不要再操心了吧。好了，本王这便唤秋翎过来，带你回屋歇息。"

秋翎原本是赵伯衍的贴身侍女，为人聪明伶俐，行事很是周到，自从赵伯衍将受伤昏迷的裴竹君带到府中养伤，便将她调拨过来照顾裴竹君。

裴竹君见赵伯衍这般心烦意乱，确实无法接受相劝之语，也只好叹了口气，不再多言。

很快，得到消息的秋翎赶到书房，将裴竹君带到卧室。裴竹君和赵伯衍知道，这件事情已在他们心中形成点点涟漪，绝非那般轻易过去。

次日天蒙蒙亮，独自在书房里喝了一夜闷酒的赵伯衍来到裴竹君住的院子，抬起手来重重地拍打起房门。

此刻，秋翎和裴竹君还没有起床。听到声响，在外间守夜的秋翎立刻穿上衣服，来到门前，透过贴在门上的薄纸，她看到来人竟是自家的主子。

"裴姑娘，是王爷。"

秋翎对屏风里面的裴竹君说道。随后，她又看向门外那人，隔着窗子说道：

"王爷，裴姑娘昨夜睡得迟，一会儿再来吧。"

秋翎原以为赵伯衍能够就此离去，不想他却越发来劲，干脆化掌为拳，将门敲得嘭嘭作响。

裴竹君见此情形心知赵伯衍无论怎样都不会离开，又不想秋翎为难，于是便拿起放在床榻旁边衣架上的袍子，边穿边说道：

"秋翎，算了，想必王爷是有急事，我这便出去会一会他。"

说完，她又拉了拉袖筒，快步来到门口，用双手打开了门。只见门口的赵伯衍发髻蓬松，脸色通红，眼神迷离到了极点。

"寿王，你……"

赵伯衍怔怔地盯着裴竹君，突然将门"嘭"的一声关上。与此同时，门闩应声落在了地上，将秋翎吓了一跳。

"寿王，你这是怎么了？"

赵伯衍没有回答，只是伸手握住了裴竹君的手腕，快步拉着她向后花园水榭走去。尽管是清晨，大多数人尚未起床。但这一路上赵伯衍反常的行为仍引得那些早起的下人纷纷退让侧目，让裴竹君苦不堪言。然而，对方却始终不肯放手。

好不容易来到水榭，赵伯衍这才将手松开。随后他把手搭在对方的肩上，带着酒气急切地说道：

"本王晓得你昨天故意忤我，不过是希望我能与康王化解嫌隙，兄弟相和。本王此刻就告诉你，一掌乾坤乃是头等大事，无论是谁都不能挡路。倘若一味螳臂当车，到头来只能杀无赦。"

裴竹君抬头看着赵伯衍，此时对方在她眼里是那样陌生。他们此前尽管聚少离多，但也有过花前月下，你侬我侬。这么说，先前对方温润如玉的模样都只是假象？想到这里，她不觉一阵心寒。

赵伯衍见裴竹君不说话，只是瞪着自己，不禁更加急躁。

"竹君，你不是爱本王吗？那就应该是这世上最懂本王的人，对不对？"

"你说错了，事实上，我一点儿都不了解你。"

裴竹君的脸上现出一丝落寞，轻轻叹了口气道，

"我原以为你会和我想的那样，为人宽仁，不会因为欲望伤了兄弟情谊，可如今看来，是我想错了。既是如此，咱们也无须继续纠缠，以后还是各走各路。"

说完，她漠然地看了一眼赵伯衍，脚步沉重地离去。等到赵伯衍缓过

神,早已没有了踪影。

赵伯衍看着空荡荡的院子,心中不禁一阵心酸。

"竹君,本王原以为你我心意相通,到头来却是本王会错了意。既是如此,那本王就证明给你看。"

说着,赵伯衍的唇边泛起一丝苦笑。

是夜,皇宫大殿一片寂静。从回廊中传来窸窸窣窣的脚步声。在康履的引领下,身着青色长衫的周必脚步匆匆地向前走着。眼看着即将到达赵构的寝殿,一路上始终沉默的他终于开口发问:

"康公公,你可晓得这么晚了圣上急召山义所为何事?"

"哟,这老奴可不敢问。"康履轻笑一声,话里有话地说道,"山义大人,你如今既已在朝为官,那就得有点当官的样子,不该问的别问,不该说的别说。"

这番话瞬间便起了作用,周必也不再多言,只是继续跟在康履身后向寝殿走去。

由于心中有事,两人的速度比平时要快上许多。工夫不大,便来到了寝殿门口。

此刻,身着明黄内衣的赵构正斜靠在龙床上看书,听到康履禀报,让周必前往内殿等候。

内殿和其他地方不同,虽同属宫中,却清幽雅致了许多,四周墙上贴满了历代名家字画,地中央摆放着一张宽大的黄梨木书桌,上面放着还没有完成的画作,靠墙的地方摆放着一个高脚青瓷画缸,另一侧放着一排同样用黄梨木制成的单人茶台和茶椅。

周必正欣赏着墙上的画作,突然身后传来一阵脚步声,他转身,只见一身黄色常服的赵构已来到自己的面前。

"圣上万岁,万岁,万万岁!"

见此情形,周必连忙跪倒在地,口呼万岁。

"山义大人,当真好兴致。"赵构边用手扶住周必,边笑着说道,"难得你也对书画如此精通。"

"回禀圣上,山义家祖上世代都是读书人,只是到了我这里才出家修道。"周必仍是一副云淡风轻的样子。

"哦?听你这样说,朕倒是有些兴致。"

赵构拉着周必来到靠墙的茶椅前坐下,继续说道,

"你方才说你家祖上是读书人,那为何独你出家修道?其中可有何机缘?"

周必沉默片刻,叹息一声,一副往事不堪回首的模样。随后,才缓言道:

"不瞒圣上,臣出生之时正值太乙真人修道飞升之日。不仅如此,臣右脚的脚心处还有六颗宛如豆粒的红痣,正巧排列成莲花的图案。"

"哦?这倒是奇了。"

"是,更奇的还在后头。"周必继续说道,"或许是命运使然,臣两岁时还不能独立行走,三岁时还未能开口说话。"

"这莫不是应了'贵人语迟'?"

周必的唇角上扬,露出了一抹苦笑:"是不是贵人话语迟,尚且不知。不过当时长辈们却因此焦虑不已,为了给臣瞧病,不惜花费重金遍请名医,直到五岁时武当山的志云道长云游到凌州,这才有了转机。"

赵构先是一怔,随后愕然说道:"志云道长?朕二十年前也曾与其见过。当时先皇派朕独自前往金国为使,其间困难重重,险些丧生。多亏其及时相帮。想不到竟是你的师父?当真缘分不浅。不知如今可好?"

周必的脸上现出一丝哀伤,垂下头盯视着地面好一会儿,这才又低声说道:

"家师已经登仙。"

"哦?"赵构蓦地起身,惊愕地问道,"这是几时的事情?"

"六年前。"周必说到这里,看向赵构,"圣上,你晓得好的修道者都有推算吉凶、占卜阴阳的本事。此前,家师已经在鸿蒙八方游历,曾帮助无数人渡过苦厄。只可惜,到头来,却还是没能救得了自己……"

赵构见周必如此难过,伸手拍了拍其的肩膀,安慰道:

"山义无须这般难过,这世间虽是红尘万千,到头来不过幻梦一场。朕晓得你师徒二人情谊深厚,还应尽快平复才是。放心吧,如今你既已入朝为官,朕自会照拂。"

周必见赵构如此说,连忙站起身来,双手抱拳感激道:

"微臣多谢圣上。"

赵构摆了摆手,话头一转道:"山义不必言谢,朕招你今夜前来是为商量皇储之事。"

周必先是一怔,继而撩起袍底,跪在地上。

"微臣但凭圣上差遣。"

赵构叹息一声,在唤周必起来后,才继续说道:

"山义,你可晓得朕此生并未生育,膝下只有两名养子。原想着他们可以兄弟齐心,共保大宋,不想途中生变,此二人现下因夺位而暗中争斗,互为仇人?"

周必点了点头,表示自己先前便已知晓此事。

"你也晓得,从朕的父皇开始,大宋便屡遭风波。当年若不是岳飞等一干忠臣协助朕力挽狂澜,又怎会有眼下的局面?朕是迁都后的第一位皇帝,能够做的便是为打牢根基。下一位皇位继承者至关重要,能否平外忧、除内患,开创盛世全系于他一身。不瞒你说,为此事朕近来一直寝食难安,夜不能寐。"

"不知臣能为圣上做些什么?"

赵构的眼神中露出一丝希望:"山义方才不是说你们修道人可以推算吉凶、占卜未知吗?朕是想让你推测下,此二人到底谁才是大宋日后的明主。"

"这……"

周必心中暗笑,表面却显得极为犹豫。

"圣上,明主可是龙体,这样做怕是有失礼数,臣断不敢造次。"

"唉!"赵构见周必面露难色,便劝说道,"山义无须多想,此事是朕让你做的,若是日后有何闪失,那也由朕独自承担便是,与旁人无干。"

周必见赵构如此决绝,心中登时暗喜,想不到这么快就让自己得了机会,可以理所当然地帮助康王上位,这绝对算得上是千载难逢的契机。不过尽管心中这般想,他脸上却没有一丝流露,仍旧纠结了半晌才说道:

"既然圣上执意如此,臣听命便是。只是,龙体有鬼神相护,若用寻常法子怕是不起作用,需用甲骨占卜佐以观星之术方可。圣上若当真想要占卜,先要准备七七四十九盏吉凶灯、万年的龟甲、一群红蚁以及一块青色的围布,另外观星台负责观星的官员也要在殿外候着,以便随时差遣。"

周必说的这些物件虽都不难找见,但若要准备也需花上一番心思。赵构在心中一一记下后,确认道:

"爱卿方才所言朕已经记下了,这便差人准备。只是不知近来何时为黄道吉日,可用来占卜?"

"事情宜早不宜迟。微臣方才已经推算过,三日后便是吉日,到时便可占卜此事。"

"好。"赵构抚掌大笑道,"爱卿此举是为大宋江山稳固,事后朕定当有所重谢。"

周必双拳紧抱,向赵构感激道谢,随后与对方一道离开内殿回住处歇息。

次日丑时,康王府内。身着一身白色水衣的赵哲独自坐在书房靠墙的茶桌前喝茶。近来朝中暗流涌动,寿王联合数位官员一再向他发难,表面上虽冠冕堂皇地说是为了朝廷社稷,实则不过是为了实现其一统天下的野心。赵哲明白,若是父皇有朝一日当真信了寿王的话,那么接下来遭难的便是自己,到那时好不容易才建立的大宋江山只怕也将再次遭受一番腥风血雨。与此同时,远在数千里之外的金国也以金使遇刺为由,再次乘势作乱,届时大宋百姓又将经历一场杀戮。

因此无论从哪个角度来说,自己都不能输。

想到这里,赵哲抬起头来,将杯中的茶水一饮而尽。

咕咕咕……

忽然从寂静的院子里传来了一阵鸽叫声。

赵哲疑惑地起身来到门口,将门打开,他看到一只通体雪白、双眼如同红豆的鸽子正站在对面的墙上,歪着头看着自己。

这是谁家的鸽子,这么晚了,怎么会到本王的府中来?

赵哲边想边缓步来到墙旁。说来奇怪,这鸽子好似通了人性,看见他来,并没有飞走,仍旧一副不慌不忙的模样。

赵哲暗暗惊叹,伸手将鸽子抱回屋里,借着案上的烛火,他这才看到鸽子的尾羽不像其他那样如云般蓬松地连在一处,而是长长的六根。

"这不是周兄的鸽子吗?莫非是他有要紧事找本王?"

想到这里,赵哲先按照事前约定将早已准备好的小米喂给鸽子,随后便迫不及待地打开了刚刚从鸽翅上解下来的那个做工精致的竹哨,从里面取出了一张叠得方正的字条。只见上面用毛笔写着六个字:

"占星观 风云变。"

"占星观 风云变?"

赵哲知道周必定是遇到了大事,不然也不会这么晚了还用飞鸽传书的方式给自己送信,只是这六个字究竟指的是什么,他一时半会儿还琢磨不透。

"不管怎样,就静看风云变化吧。"

思忖半晌,赵哲心中有了主意。在用烛火将纸条燃尽后,他抱着鸽子来到院子里,将其放飞。

在赵哲的注视下,鸽子扑棱着翅膀飞上天空,不消片刻消失在了漆黑的天际。

三日后,按照事前的约定,赵构已将所需物品和人全部准备妥当。

是夜,身着黄色便服的赵构在康履的陪同下坐在内殿的一侧墙角处。此刻,他的面前挡着一块青色的围布。透过布料,他模糊地看到身着暗黄色八卦仙衣、头戴黑色道帽的周必紧闭双眼盘膝坐在七十七盏吉凶灯中间,随着其双唇不停开合,原本平静的室内忽然起了阵阵忽急忽缓的风,吹得火烛不住地抖动。

"想不到道长竟有此等道行,确是神通广大。"

"这个自然。"

康履正神情紧张地看着周必,一听赵构这么说,立刻笑着恭维道,

"圣上看重的人,自然不会错。"

赵构虽然知晓康履是故意逢迎,心中亦是极为受用,笑着看了一眼康履,而后又专心致志地看向了周必。

康履会意,连忙问道:

"道长,这都过了好一会儿了,可有占卜的结果?"

周必仍紧闭双眼,不理会。过了须臾,随着一声脆响,八片青中带黑的龟甲全部掉落到了地上,而后只听"噗"的一声,七十七盏灯瞬间熄灭。

赵构和康履一脸愕然。周必缓缓睁开眼睛,低头看了一眼散落在地上的龟甲,起身来到围布前,躬身施礼。还未开口说话,便听到观星官在殿外高声喊道:

"圣上,微臣有本启奏。"

赵构侧头讶异地看了一眼康履,说了一声"宣"。

少顷,随着康履来到门口,观星官脚步踉跄地走了进来。

"启禀圣上,方才属下来报,正东方先前黯淡的紫微星忽然明亮,西南原本明亮的天府星则反之,恐有大事发生。"

"哦?"赵构应了一声,狐疑地看向周必,"爱卿,莫非这两颗星辰应

穿宋之宝吖波

了今晚之事?"

周必没有说话,只是看着观星官。康履见赵构看向自己,便让观星官先行回观星台继续观星。随后,他也退出殿外,关上了殿门。

"山义,此刻殿内只有你我二人,有话但说无妨。"

周必听到赵构问话,深施一礼:"回禀圣上,臣不敢隐瞒,这紫微星和天府星确是分别应在了康王和寿王的身上。"

"哦?"赵构思忖半晌道,"这么说康王是紫微星?"

周必没有说话,只是点了点头。

"原来如此。"赵构将身子靠在了椅背上,闭眼思索良久,才继续说道,"这般说来,朕心中便就有了定数。只是寿王为人向来善于钻营,如今在朝中也有一干党羽,若是贸然将其调至他处,只恐会引起轩然大波。"

"圣上无须为此事劳神。"周必见赵构满脸颓然,连忙劝慰道,"正所谓,祸兮福所倚,福兮祸所伏,凡事都有转机,此事亦不例外。"

"哦?爱卿可否说说?"

"这……"周必微微一笑道,"天机不可泄露,圣上只管耐心往下看就是。"

赵构听周必这样说,便也只能暂时按捺住心情,静待接下来的发展。

由于有了那夜的飞鸽传书,赵哲总想找机会向周必问个清楚。然而每次见到他不是一副高深莫测的模样,便是故意将话题绕到别处,不给他问话的机会。尽管心中疑惑,奈何赵哲也只得作罢。然而,他并不晓得,正如周必和赵构先前所说,过不了多久,此事便又有了新的转机。

数日后,一个消息如惊雷般震惊了临安。一个金人打扮的中年男子吊死在了城门上,此人正是巴仁的副使文蒂。与此同时,宋兵从其在驿馆的住处找出了记录当初刺杀巴仁,意图夺权上位的信件与刀具。就此,一直困扰着整个大宋朝廷的谜团烟消云散。

郊外,身着绸缎公子装的唐王赵伯麟和仪王赵士程并驾而行。此刻二人身后跟着数十名宋朝兵士,由于连日兼程赶路,不曾歇息,每个人都是风尘仆仆,一副倦容。

一个月前,从开封府传来消息,黄河河水泛滥,不仅淹没了大量农田村庄,还冲垮了不少沿岸百姓的房屋院落,致使民不聊生,哀鸿遍野。

收到奏折后,朝野上下一片哗然。为查看情况并代表朝廷赈济灾民,赵构特命赵伯麟和赵士程带着银子和赈灾物资前往开封府。

赵伯麟和赵士程原本就是为国操劳的耿直性子,接到任务后自是不敢怠慢,当天便带着兵士匆匆前往开封府。经过和当地百姓二十余日并肩抗洪,终于堵住缺口取得胜利。那段时日洪峰退去后,即便面对狂风暴雨,二王毅然带领属下守在岸边,一遍遍地用装满砂石的袋子堵缺口。累了就和士兵、百姓们一道在江堤上歇息,饿了就一起啃当地府衙送来的干粮,丝毫不曾因为身份尊贵而享受特权。

他们在民众中获得了极高的口碑。赵伯麟和赵士程又命开封府衙将银子和赈灾物资分发给受灾百姓,帮助其重建家园,待一切完成,这才回京复命。

"唐王,想不到咱们到开封府竟然是这样一场硬仗,如今回想起来还当真如梦境一场。"

回想这些天的经历,赵士程心中很是感慨。

赵伯麟侧头看了对方一眼,赞同地笑道:

"是啊,正所谓人生有八苦,所有的事情都是历练。依我说,你也别再感慨了,大伙儿累了这么久,肯定都想好好歇息。此处离临安不远,不如再加把劲,争取今晚能够进城,回去睡个好觉才是要紧。"

赵士程见赵伯麟这般言说,便也笑着说道:"唐王兄说得没错,你当真是爱兵如子。"

说完,二人一阵会心大笑。

"好了,闲言少叙,康王兄可是派人捎信,说今晚在他王府为咱们设宴接风,为了那几坛好酒也得加紧点速度,赶快进城。"

说完,赵伯麟伸手勒住马缰,转身看向紧跟在他身后的兵士。

"兄弟们,大家加把劲,争取早点进城。到时候,咱们就能好好歇息了。"

手下兵士听到这话登时来了精神,全都兴奋地附和着。

赵伯麟与士兵说话时,赵士程一直微笑着在一旁看着,见此情形,便立刻督促道:

"唐王兄,既然如此,那咱们莫再耽搁了,赶路要紧。"

说着,他猛地用双腿夹紧马腹,马儿受了惊吓,一路小跑向前,很快便将众人甩在了身后。

"士程,慢点。"

赵伯麟望着赵士程的背影,无奈地摇了摇头,笑着说道。

"士程平日里看上去那般沉稳,想不到竟也有这般欢脱的一面。不过这也难怪,毕竟他还只是个十七岁的少年啊。"

说完,赵伯麟又望着赵士程的背影微微一笑,带着兵士向前行去。

众人又向前行了一会,眼见得天色渐晚,心中不免着急。就在这时,一个衣着单薄、昏迷不醒的年轻女子忽然出现在了他们的面前。见此情形,二王立刻停止队伍前进,下马来到女子的面前,蹲下身去将其扶起。女子虽紧闭双眼,却仍遮掩不住俊俏的容颜。

"此处一直很少有人过往,为何这女子会晕倒在路边?"

赵士程好奇地问道,眼睛仍紧盯着女子。

赵伯麟转身看着交头接耳、小声议论的兵士,看得出来,他们一样茫然。

"本王也不晓得该女子为何人,不过此刻天色已晚,为了安全起见,咱们还是将她一道带入城中吧。"

说着,赵伯麟伸手将女子抱起,将其放到了随行的一乘青色软轿中。这软轿乃是为体力疲乏者所备,以应对不时之需。由于大伙儿身体尚好,故此并不曾使用,此番也算是物尽其用。少顷,赵伯麟上马后,又大声了声"走",这才和赵士程一道继续带着宋兵向前走去。

大约又行了两个时辰,高大的临安城出现在了众人的面前。

"兄弟们,进城!"

微笑看了一眼身旁的赵士程,赵伯麟猛地抬起马鞭,一指前面的城门,兴奋地说道。

赵士程眼尖,伸手拉了一下赵伯麟,惊讶地说道:"唐王兄,你看那不是康王兄吗?当初出发时,他和李姑娘亲自将咱们送出城,想不到回来时他们又来迎接,真是让人感动。"

赵伯麟顺着赵士程的视线看去,果不其然,城门外站着几个人。站在最前面穿着玉色华服、头上戴冠的年轻人确是赵哲。

"王兄自幼便是如此,处处为他人着想。"赵伯麟感慨地说道,"士程,你有所不知,康王兄天资聪颖,五岁便已开蒙。由于皇族子弟中只有他和寿王开蒙早,因此圣上便命他二人前往御书房跟着太傅读书。"

"圣上这样做,肯定是希望康王和寿王能够博采百家之长,日后能够

有大作为。"

"是。"赵伯麟点了点头,"圣上的心思是好的,却偏偏给错了人。王兄尽管年幼,却为人谦虚好学。寿王却不是那样,不仅自己常常逃课,还多次在遭到圣上问话时将错误推给王兄,按理说王兄本该想法子推脱,然后再以其人之道还治其人之身。谁知他反倒为寿王担心,总是与其一道受过。"

赵士程长叹一声,敬佩地说道:"想不到康王兄小小年纪竟有如此义举。"

"义举?"赵伯麟无奈地笑了笑,"是,你说得没错,不过要我说来,寿王之所以如今敢这般对他,与此事倒也不无干系。"

"那又如何?"赵士程一挑剑眉,"常言道,得道者多助。纵使寿王手段再高明,有咱们全力相助,康王兄最终也会实现抱负。"

说着,他用双腿一磕马腹,马儿小跑着向前行去。或许是马通人性,此时就连马儿都一改方才的疲态,跑得格外欢快。

赵伯麟望着赵士程的背影,也转身叫上兵士继续前进。不多时,众人便到达了目的地。

此时,赵士程正在绘声绘色地向赵哲和李思云讲述着在开封府的所见所闻。随着他音调的高低起伏变化,后者也融入情境中,听得津津有味。尤其是李思云,更是拉着赵士程,一个劲儿地好奇地问着,目光满是关切。

见众人到来,赵哲和李思云立刻来到了赵伯麟的面前。

"唐王,一路辛苦了。"

赵伯麟见赵哲伸手拉住马缰,连忙翻身下马,笑着答道:

"王兄言重了,这都是伯麟分内之事。能够为朝廷分忧,纵使辛苦亦是应当,又怎敢违论其他。"

赵哲欣慰地点了点头,正所谓读万卷书行万里路,看来此番前往开封府抗灾,对于二弟来说确是一次难得的历练。

在将宋兵送回兵营歇息后,赵伯麟便按照事前约定与赵士程一道来到康王府。

康王府水榭,众人团团围坐在石桌前。此次除了赵家三兄弟、李思云与郑儿,化名山义的周必也特意前来与大家相聚。

"看来你们此番的确吃了不少苦。"

在听赵士程将开封府的经历讲述完后,赵哲起身依次在众人面前的酒碗里倒上酒。

"不过人生本就该波澜壮阔,只有这样才算精彩。想来你们有了这次经历,日后为人处世必然也会有一番蜕变。"

"那是自然。"赵士程笑着说道,"康王兄放心,士程与唐王兄一定是你的左膀右臂。"

"王兄方才说到'蜕变'二字,要本王说,此番变化最大的当属仪王。经历了抗灾之事,就连性子都发生了转变。"

赵伯麟话音刚落,在座众人全都开怀大笑。

"你二人有所不知,若论变化大,除了仪王,还有周兄。"

赵哲边说边看向周必,"如今山义先生可是圣上面前的红人,不仅决定未来的朝中大事要占卜问卦,就连重要国事也要参考周兄的意见。如今朝中上下对周兄都极为客气,就连一向只手遮天的秦太师的地位也大不如前。"

赵伯麟和赵士程迅速对视一眼,开心地笑道:

"哎呀,周兄,若依王兄之言,此事倒当真令人欢喜。"

周必轻轻摇了摇头,从容地说道:"唐王,你莫听康王乱说,周某不是神仙,何来那样的本事,不过是圣上抬爱罢了。"

"你怎么不是神仙?"郑儿见周必这般说,便也忍不住插嘴道,"先生可别忘了,我家王爷和李姑娘一直都喊你活神仙,既是如此,那你不就是神仙吗?"这话又引来一阵笑声。

赵伯麟见周必又要接话,便从桌上拿起酒坛,起身将坛口对准周必的酒碗,边倒酒边说道:

"世人都道神仙好,周兄,这'活神仙'三字你须当得。依本王看,你也莫要再推脱,欣然接受便是。"

周必点了点头,随即转移话头道:"唐王,周某有一句话想要问你。如今人多,不知可否问询?"

"周兄何必这般顾虑,此处没有外人,你直说便是。"

周必点了点头,在众人疑惑的目光中,他闭上双眼,依次点着右手指,在心中盘算了会儿,才睁开双眼,问道:

"唐王,若是周某算得没错,你们此番回程可是在路上遇到了一个陌生女子?不知那女子是何人?如今又身在何处?"

赵哲和李思云一听"女子"二字,心中立刻好奇起来,一旁的郑儿则

和他们相反,原本红润的俏脸瞬即阴沉了下来。

赵伯麟一见郑儿动怒,连忙解释道:"周兄当真神机妙算,我们确是遇到了一个女子。因其昏迷,故此一路用软轿抬着,如今已经送到驿馆去了。至于这身份嘛,本王确实不知。"

赵伯麟之所以这般紧张,全是因为他和郑儿之间的关系。原本,郑儿身为王兄赵伯琮的贴身侍女,是王兄的人。然而由于赵哲对李思云情有独钟,故此便也暗中和郑儿将话说开,许其另觅良婿。郑儿尽管心中不愿,却也晓得男女之事不能强求,故此便答应了。

而赵伯麟由于自幼便与郑儿两小无猜,早已对其动了心思。如今见事情有所转机,自然欢喜到了极点,越发对对方温柔体贴,由此郑儿便也渐渐将感情转移到了他身上。只等日后时机成熟,禀明圣上和父母,择良辰吉日拜堂成亲。

"唐王,人家周先生又没说什么,你干吗这般心虚?"

这边,不等周必说话,郑儿便气呼呼地质问道。

赵伯麟听到"心虚"二字,先是一怔,随即感到一阵心寒,忍不住反唇相讥道:"心虚?笑话,本王心虚什么?事情原本就是这样,你若是不信,那本王也没法子。"

郑儿身在局中,对赵伯麟的一言一行很是在意。在她看来,对方之所以会对周必那样说,不过是在避重就轻。此刻又见赵伯麟这般理直气壮地回怼自己,自然气到不行,冷着脸起身说道:

"唐王,你位高权重,说什么便是什么。既是这样,小女子也就不再奉陪了。"

说完,不顾赵哲和李思云的挽留,气呼呼地走了。

赵哲和李思云叫着郑儿,见其始终不肯回头,便又一道看向赵伯麟。

"伯麟,你还不快去追?有什么话当面说开不就好了。"

赵哲自从知晓赵伯麟心仪郑儿,便一直极力促成。此刻见弟弟仍稳如磐石地坐在那里,心中很是着急。

"是啊,唐王,郑儿姑娘这么在乎你,还是早点解开误会才对。"

李思云见赵哲双眉紧锁,随时有可能动怒,便也从旁劝说道。

赵士程此前没有经历过感情之事,自然也不晓得该如何处理。然而眼见得二人争吵,心中亦不由得着急起来。

孰料赵伯麟此刻已然打定主意,面对众人的劝说,仍是一副满不在乎的模样。

"王兄、李姑娘,你们放心,郑儿不过就是孩子心性。周兄,既然你已算出那女子的存在,本王问你,你可晓得其底细?"

周必身为方外之人,早已抛开儿女之事,故此对郑儿方才的表现反倒有些诧异。听赵伯麟发问,便又收回心神,稍作沉吟后道:

"此女来历并不普通。她不仅与寿王关系极深,而且还是李姑娘的故人。"

"故人?"李思云听到这两个字,脸上登时现出愕然的表情。

周必微微颔首:"不错,李姑娘,正如你想的那样,此女是你的师姐妹?"

"师姐妹?"

李思云看了一眼赵哲,随后答道,"不瞒先生,思云是有一师姐,名为裴竹君。不过此人是否与寿王有关,就不得而知了,不知先生说的可是她?"

周必微微一笑:"解铃还须系铃人。李姑娘有所不知,此人正是解决康王和寿王之争的关键。你既然想要帮助康王实现宏图远志,就一定要利用好这层关系。"

"周兄此话差矣。本王与思云真心相交,又岂会利用分毫?"

周必饮了口酒,放下酒碗道:"周某晓得康王是至诚君子,不愿牵连李姑娘。不过若是能够因此成事,我相信李姑娘一定也会从旁相助。"

李思云点了点头,她见赵哲仍有顾虑,便伸手拉过他的手,温柔地说道:

"周先生说得没错,康王是思云生命中重要的人,我绝不会袖手旁观。唐王,如今既已晓得师姐独自流落在外,那思云明日便随你一道前往驿站去看她。"

"思云姑娘放心,本王已提前请太医前往驿馆为裴姑娘医治,想来明日状况定会好一些。"

李思云向赵伯麟道了声谢,而后众人又聊了些其他的话题,这才各自尽兴散去。

此刻,寿王府则是另一番景象。自从那日裴竹君生气离开,赵伯衍就如同失去魂魄的行尸走肉,整日除了饮酒再无其他。近日,随着刺杀金使巴仁的凶手浮出水面,他不仅没有半点高兴,心中反倒愈发沉重,就好像时时刻刻有一块巨石压在心头,无法喘息。

"想不到本王半生好强,最后竟然落得个孤家寡人的下场。也罢,既然如此,赵伯琮,那就让咱们看看谁才是最后的赢家。"

说完,早已烂醉如泥的赵伯衍再也撑不住,趴在桌上睡了过去。

由于心中惦念裴竹君,次日清晨李思云不等赵哲回府,便要独自一人前往驿站看望。郑儿见她这般急切,担心有所闪失,便主动请缨陪同前往。

大约过了半个时辰,李思云和郑儿乘坐的马车终于停在了驿馆门口。此刻,驿馆馆主因事先便已得到消息,早已带着手下一干人等在那里,一见二人下车,立刻笑着迎上前去。

"思云姑娘,郑儿姑娘,你们来了?"

"馆主,辛苦了。"李思云微笑着说道。

"思云姑娘客气了,当初要不是康王明察秋毫,还小人以公道,只怕小人如今早已身陷囹圄,这驿馆也关门了。故此,无论何事,只要思云姑娘吩咐,我们定当效犬马之劳。"

李思云见馆主说得这般恳切,心中亦是极为动容,便又笑着道了声谢,跟着馆主一道向上房走去。

上房内,裴竹君闭着双眼安静地躺在床上。经过太医诊治,较之前一日,她的伤情已大有好转,方才吃完药后又迷迷糊糊地睡了过去。随着呼吸的起起伏伏,梦中她再次来到寿王府,和赵伯衍一道重新上演着那些或甜蜜或心痛的分分合合。

不知过了多久,裴竹君迷迷糊糊地听到一阵脚步声。她睁开双眼,看到李思云和郑儿已坐在床榻旁的凳子上,正关切地看着自己。

"思云,我不是在做梦吧?"

思云自幼随着师姐一道长大,如今看到对方如此虚弱,心中顿时痛到极点。只是为了不想让她难过,这才强作笑容,撒娇道:

"当然是我了,师姐只是身子受伤,又不是失忆,怎会连思云都不认得?"

裴竹君知道师妹是在故意哄自己开心,心中愈加酸楚,却仍笑着说道:

"你都这么大的人了,性子怎么还和小时候一样。咱们从小就相依为命,我即便失忆了也会认得你。"

"这就对了嘛。"李思云边说边伸出手来亲昵地抱住了裴竹君,"师姐,咱们可是这世上最好的姐妹。如今刺杀金使的凶手已然伏法,过去的事情就不提了,以后咱们还要好好相处才是。"

李思云由于用力过猛,不小心碰到了裴竹君的伤口,引得对方一阵痛楚。不过,在听到"刺杀金使"四个字时,依然立刻回应道:

"思云,你可晓得那凶手是被何人吊到城门上的?"

李思云疑惑地摇了摇头,随后犹疑地问道:"师姐,不会是你吧?"

"不错,正是。"

李思云见裴竹君这般肯定,顿时有些错愕:"可是,你这么做又是为了什么呢?"

裴竹君的唇边泛起一抹苦笑:"为了什么?为了金国不再来犯,大宋子民不用再受战乱之苦,也为了康王和寿王之间不再起争端,今后能够兄友弟恭,和睦相处。师妹,这天下已经乱了太久,好不容易才得以平静,真的不能再有任何风波。"

李思云听裴竹君这般说,心中很是感慨。师姐说得没错,从当年金军大举进犯,掳走徽、钦二帝,这天下就再没有平静过。如今好不容易稳定,百姓有了国泰民安的好日子,的确经不起更多的折腾。

"可是师姐,你又是怎么知道那人就是刺杀金使的凶手?"

裴竹君听到问话先是一怔,随后说道:

"师妹有所不知,当年师父虽表面看似退出江湖,潜心修行。然而实际上他早年间还曾创立了一个名为'玄武门'的武林组织,该宗派共有七十二门,为七十二位长老所把守,底下的影者更是不计其数。"

"影者?"

"所谓影者,是指那些武功高强却又不能以真实面目行走江湖的人。他们或是曾经的罪臣之后,或是家中有过大的变故,总而言之,都是一群本该在这世上消失的人。"

裴竹君说话的工夫,李思云一直瞪着眼睛看着她,仿若听天书一般。心中似乎了然,却又有些迷糊,这样的感受确是很难形容。而一旁的郑儿由于从小到大一直在王府生活,更是一脸好奇,就像是在茶馆听传奇话本一般。

"师姐,那影者的作用是什么?"

"我已经说过了,他们都是一群身怀绝技的武功高手。"

裴竹君由于身体虚弱,加之说了半天的话,此时气力明显不足。但见师妹一副意犹未尽的模样,便也不好扫其兴,于是咳嗽了一声,继续说道,

"影者的作用主要是传递绝密信息,给人做保镖或是暗中杀人。由于他们的身法和剑法极快,即使是武学功底深厚的人也往往只能看到一道白光,连哼都来不及哼一声,就已殒命。"

李思云点了点头,刚要说话,便听郑儿在一旁插嘴道:

"竹君姑娘,我虽不是武林中人,可听你说了这半天,也忍不住想问一问,是否刺杀凶手的人另有其人,并非你,而是你所说的这群影者?"

李思云见郑儿已将问题问出,便又看着师姐,期待对方的答案。她见裴竹君讶异地打量着郑儿,便介绍道:

"师姐,这是郑儿姑娘,是康王的义妹,未来的唐王妃。"

郑儿听到"唐王妃"三字,登时又羞又臊,脸上瞬间飞起两朵红霞。

裴竹君知道郑儿是自己人,便又放下心来,笑着夸赞道:

"郑儿姑娘果然聪慧,刺杀凶手之事确是我与那影者一道做的。只可惜那凶手也并非等闲之辈,而是一等一的刀客,我这才负了伤,多亏唐王半路相助,才躲过此劫。说到此处,竹君还要多谢你们。"

李思云和郑儿听到这里恍然大悟,她们见裴竹君欲挣扎起身,连忙伸手将其扶住。

"师姐莫要客气,你我之间本就无须道谢。郑儿虽说和你是初见,但她也是家人,无须如此多礼。只是思云还有一件事想问师姐……"

说到此处,李思云突然停住话头,脸上随之露出犹疑之色。

裴竹君看得清楚,见师妹这样,便直言说道:

"师妹有话但说无妨。"

"好,既然师姐教我说,那思云也就不再兜圈子了。"

李思云将身子前倾,认真地探问道:

"师姐,不知你接下来如何打算?"

裴竹君听到问话,表情登时变得凝重,深深地叹了口气,才又说道:

"师妹有所不知,我与寿王私底下订过婚约,也曾收过他的信物。"

裴竹君边说边卷起袖筒,李思云和郑儿看到,在她纤细的手腕上,一个罕见的红色镯子分外耀眼。

"这镯子是用西域特产的红灵石精心雕琢而成。红灵石虽说名字普通了些,却是千年灵石,传说是当年隋文帝杨坚在五十岁时给皇后独孤伽罗庆生的寿礼。后来兵荒马乱流落到了民间,是当今圣上派人前往民间寻宝时所得。后来寿王从金国带兵回来,圣上见他立功便想赏赐,这才将镯子给了他。"

裴竹君说话间隙,李思云一直盯着镯子,见对方说完,便又叹息道:
"若是这般说来,寿王当真对师姐不错。"
"是,寿王此前没有娶妻,如今又这般真心待我,我……"
"所以师姐心动了?"

裴竹君没有再说话,只是红着脸点了点头。

"师姐,这寿王虽说真心待你,却又极具野心。如今他与康王的争斗在所难免。如若失败,师姐又该如何?当真到了那个地步,师姐也会被牵连进来。"

裴竹君先是一怔,随即露出纠结之色,看得出来,她的内心和李思云说的一样痛苦却又无计可施。沉默良久,这才低声说道:

"思云,你说得没错。我也曾劝过寿王顾念兄弟之情,莫要争权夺利,可他根本听不进去。依我看,康王向来做事宅心仁厚,却又不失杀伐决断,日后确是能够做个万民敬仰的好皇帝。寿王到最后不仅会败,而且会败得很惨,只可惜还要一意孤行,非要斗个你死我活。"

李思云摆了摆手:"师姐别气,倘若寿王一意孤行,这许事也只能任由其发展下去,你趁早抽身便是。"说到这里,裴竹君叹了口气,无奈地摇了摇头。

"抽身?"裴竹君苦笑道,"怎么抽身?我如今已经有了寿王的子嗣,还能怎么办?"

李思云和郑儿不约而同地瞪大了眼睛。
"师姐,这是几时的事情?"
"已经一个月了。"

李思云目瞪口呆地看着裴竹君,此刻只觉得心里好像装着一个巨大的火球,烧得她很是难受。与此同时,她又不由得替这个方才来到世间的孩子难过。都说皇家人富贵,锦衣玉食享用不尽。可谁又能想到,其还没有出生,就要面对人生中这场不可避免的巨大劫难。

"思云,我晓得你是怎么想的。"

裴竹君见李思云半晌没有说话,只是定定地看着自己,便又苦笑了一下道,

"即使你不说,我也晓得寿王今后的命运如何。只不过他毕竟是这个还未出世的孩子的父亲,我作为母亲可不可以请求你,等到了最后向康

求情不要杀他,我愿意陪他一道离开临安,永生永世不再回来。"

李思云看到裴竹君此刻的眼睛里充满了恳求和希望。在她的记忆中,师姐从小到大一直都是骄傲的,何曾这般低三下四地求过人?想不到如今居然为了个男人就放下了这些年一直坚守的东西,这样做对她来说到底是幸还是不幸?

在心里纠结了好一会儿,理智最终还是被情感打败。

"师姐,我答应你,倘若真的到了那一日,我一定会求康王赦免寿王,让你二人过平静幸福的日子。只是你也要答应我,一定要真真正正地获得幸福,绝不可以失掉自己,好吗?"

裴竹君见李思云答应帮助自己,原本悬着的心瞬间安定了下来,情不自禁地呼出一口气,笑着说道:

"谢谢你,思云。你说得没错,咱们以前经历了太多的事情,以后人生都应该过得顺遂一些。你和康王是天造地设的一对,一定要好好相处。郑儿姑娘也是一样,唐王是个经天纬地的好男儿,你们要好好相处,千万不要走散了。"

这番话可谓推心置腹,使李思云激动了起来。一旁的郑儿亦是如此,回想起前一天晚上与赵伯麟之间的种种不快,不禁暗暗骂自己太小家子气。

李思云转头瞥了一眼郑儿,见对方正低头红着脸想心事,便笑着打趣道:

"怎么,莫非妹子是在想昨晚酒桌上的那盘鸡为何没做熟吗?"

郑儿原本性子就憨直,此刻听李思云打趣自己,便要反唇相讥。然而刚张嘴,便听裴竹君在一旁好奇地说道:

"鸡没做熟也能端上桌吗?"

"师姐有所不知。"李思云轻笑地看着郑儿,"有时候,为求鸡肉鲜嫩,出锅早了些。"

"肉太嫩可不行。"郑儿见她还要再说,立刻嘟起小嘴道,"没熟会吃坏肚子的。"

李思云听到这话登时哈哈大笑,裴竹君虽不晓得前因,但见她这样,也顿时心领神会,笑着说道:

"郑儿姑娘,放心吧,就算是昨天的鸡肉没熟,今天的肉味道也一定极其鲜美。"

郑儿何等冰雪聪明,听裴竹君这般说,心知其是为自己解围,于是便又瞪了李思云一眼,撒娇似的对裴竹君笑道:

"还是姐姐对我好,那就多谢姐姐吉言了。"

"这丫头还真机灵。"裴竹君笑道,"思云,看来你确实遇到对手了。"

李思云笑着起身来到郑儿的身边,亲昵地拉着对方的手,调皮地向裴竹君笑道:

"师姐,这话说得可就不对了。郑儿并非我的对手,而是赵家三兄弟遇到咱们三姐妹,才是当真遇到对手了。"

说完,三人又是会心一笑。

是日晌午,太师府水榭。身着紫色丝绸便服的秦桧在数名侍女的侍奉下,坐在亭子里的软椅上,微闭双眼,神情惬意地用右手在腿上打着拍子。水榭对面的戏台上上演着名为《眼药酸》的杂剧,演员们个个身着艳丽戏服,脸上勾着粉黛,在锣鼓点的欢快伴奏下或舞或唱,忙得不亦乐乎。

"大人好像睡着了。"

秦桧身边的侍女见他半晌没有动静,便起身轻声地对身后的人说道。

身后侍女会意,连忙拿来早已准备好的薄被,轻轻盖在秦桧的身上。谁知,这一动,竟将其惊醒。

见此情形,侍女们慌忙跪在地上,请求责罚。

"我罚你们做什么?"秦桧微笑着起身,"你们也是好意,只是朝中最近发生的事情属实令人心烦,本相已经很久没有睡过安稳觉了。好了,好了,都快起来吧。"

侍女们这才站起身来,却仍低着头,一副惴惴不安的模样。

秦桧见状又苦笑了下,向对面已停下来的戏班说了声"继续唱"。登时锣鼓再起,乐曲又响,一出好戏又开场。

秦桧再次闭上眼睛。原本以为这次可以安安静静地将整出戏听完,谁知还没唱一会儿,管家秦仲就从身后走了上来,俯身在他的耳畔低声说道:

"大人,寿王来了。"

秦桧听到"寿王"二字心中一惊,这段时日,朝中的争斗愈发激烈,寿王和康王就好像两只决斗的老虎,非要分出个胜负,文武大臣站队也变得

越发泾渭分明,大战一触即发。

"他说什么了没有?"

秦仲犹疑地摇了摇头:"没有,寿王只说有要事和大人商议,其他什么都没说。我怕引来非议,已经让人将他带到侧厅去了。"

秦桧深深地呼出一口气,点了点头,欣慰地说道:"秦仲,你做得对。"

说到这里,他又叹了口气,这才跟跄起身摆手道,"算了,不说了,咱们这就过去吧。"

秦仲原本想要说什么,却又一句话也说不出来。这段时间,大人肉眼可见地衰老,也变得有些佝偻。他虽然不晓得到底发生了什么,但也晓得定是朝事令其烦忧。常言道,伴君如伴虎,这当官的日子看来的确不好过。

想到这里,秦仲不禁叹了口气,转身对台上仍在表演的戏班说了声"散了吧",这才紧紧追赶上已走了一段路的秦桧,与他一道离开了后花园。

侧厅,寿王赵伯衍此刻正心情烦乱地走来走去。这段时间以来,他明显感到了局势对自己越来越不利,先是原本站在自己这边的大臣一个个出了问题,要不就是以年老体衰为由告老还乡,要不就是以生病为由闭门不出,要不就是莫名其妙地被牵入某个案件中,眼睁睁地看着平日在朝堂上行走的人都成了康王一党。不仅如此,更有甚者,就连父皇也数次探他口风,问是否喜欢越地,还说越地民风淳朴,管理起来会省力。

赵伯衍明白,这话虽说看似是在为他着想,实则却是结束语,摆明了他此生与皇位无关的事实,这种状况绝非自己想看到的。

没错,即使是死也要来个鱼死网破,他赵伯衍绝不能就这样轻而易举地将皇位拱手让人。

也正是在这个想法的驱使下,赵伯衍才在下朝后急急来到太师府,希望能够与秦桧联手。

很显然,对方并没有让他等太久。不一会儿,赵伯衍便听到外面传来一阵脚步声,随后秦桧便在秦仲的陪同下出现在了门口。

赵伯衍见状大喜,笑着迎上前去。

"寿王大驾,今儿是什么风把你吹到秦某府里来了?"

经过一阵短暂寒暄,双方分宾主落座后,秦桧明知故问。

"太师有所不知，本王今日前来是为搬救兵。"

"搬救兵？"秦桧先是一怔，继而疑问道，"此话怎讲？"

赵伯衍叹息一声："太师睿智，又怎能看不出如今朝中的情势？无论父皇还是大臣，全都站在了康王一边。本王仿佛笼中之羊，只有静待宰杀的份儿。"

秦桧眨了眨眼睛，尽管没有说话，但仅凭他那满是玩味的表情，也能够看出他此刻心中所想。

赵伯衍却仍沉浸在悲愤中，自顾自地说道：

"本王自是不愿，太师你想，本王与康王同为太祖一脉，虽非父皇亲生，这二十余载却也承欢膝下，从未有过半点懈怠。如今连句话都没有就要将一切抹杀，本王自是不愿。"

"唉，"秦桧边说边拿起身旁小几上的茶杯，喝了口茶，继而叹息道，"立储之事本就变化莫测，即使不愿又能如何？"

"如何？"

赵伯衍重重地拍了下桌子，震得杯盘发出刺耳脆响。在秦桧的注视下，他蓦地起身，愤然说道：

"那自然是要争要抢，总不能别人骑到自己的头上还要无动于衷！"

"说得好。"秦桧边说边放下茶杯，"寿王当真是有血性的，不过此时不仅要有血性，更要有脑子，只有这样才能取胜。"

说到这里，他又叹了口气，"不过话说回来，你与康王之争如今胜负显而易见，想要转圜绝非易事。"

赵伯衍听得认真，听到对方说这话，登时露出颓然的神色。

"依太师之见，本王当真一点胜算都没有？"

"胜算？"秦桧沉吟片刻，轻笑一声道，"还是有的，只是不晓得寿王是否有这般胆识了。"

"哦？"赵伯衍将身子向前探去，疑惑地说道，"愿闻其详。"

"寿王，这二王之争由来已久，如今也确是到了该分胜负的时候了。秦某听说庆元府的珠山乃是龙脉之地，你为何不从此处入手？"

"珠山？"赵伯衍的眼前顿时一亮，"太师所言不错，本王以前也曾听说过这珠山之事，据说山顶有座太古庙，里面供奉的既不是神也不是仙，而是一种名唤帽妖的精怪。传说此精怪性情极为暴虐，甚爱为非作歹，故此当年被陈抟镇压到了此处。太师，不知本王说得对不对？"

"不错,秦某对此也有耳闻。至于这到底是传说还是真事,确实从未有所考证。"

秦桧的话无疑给赵伯衍带来了希望,在对方的注视下,他迅速站起身来,拱手说道:

"多谢太师点拨,本王此番当真受教。府中还有事,本王便先行告辞了。"

秦桧听到这话便也起身相送,来到门口后又吩咐秦仲将赵伯衍送出大门。少顷,待赵伯衍走远,他的唇边突然现出一丝冷笑。

数月后,原本路不拾遗、夜不闭户的临安城突然变得风声鹤唳,人人自危。与此同时,帽妖之事也不胫而走,男女老少谈妖色变。

据坊间传说,有人曾在临安城外的乡道上看到一顶帽子在路中央,想要走近看清楚时,帽子却忽然变成一头恶狼,张开血盆大口将人瞬间吞入腹中,而今已有十余人命丧狼口。

帽妖之事本就离奇,再加上众人添油加醋地编排,很快便成了一件玄之又玄的离奇事。经过口口相传,就连宫中也得知了此事。

赵构如今虽已将多数政事交与康王赵伯琮打理,自己乐得清闲,然而此事非同小可,稍有不慎会动摇江山社稷,他也不得不过问。

这日朝堂上,文武百官在听到圣上要他们想办法制服帽妖后,瞬间噤若寒蝉,个个低着头,连大气都不敢出一声。

"你们平时不是一个个都很有主意,如今怎么都成了哑巴?"

赵构的目光在群臣脸上一一扫过,眼见没人说话,登时龙颜大怒。

"圣上,不是我们不说。"站在第一排的振武将军张俊率先打破沉默,"我等本就是行伍中人,早已将生死置之度外,即使战死沙场又能如何?可这敌手着实特殊,我等并无取胜的把握。"

众人听张俊这般言语也都七嘴八舌附和着,一个个苦着脸,全都一副无奈的表情。

"没有主意?"赵构见此情形更加生气,用手猛地一拍面前桌案,起身说道,"常言道,养兵千日用兵一时,朕养你们这些酒囊饭袋究竟有何用?"

群臣见此情形心中全都一惊,不敢再出声。

赵伯衍方才一直没有说话,只是冷冷地看着,此刻见赵构恼怒,便拱手说道:

"父皇,儿臣有本要奏。"

赵构等了这半响,好不容易才有人愿意作为,便也暂时压抑住了怒气,说了声"说"。

"父皇,儿臣方才听了半响,看来这帽妖的确是个难缠的对手。即便如此,儿臣仍然认为,其定然有所软肋,咱们只要攻破其脉门也就是了。"

赵构听到这话,脸色稍作缓和,随后看向了人群中不发一言的太师秦桧。

秦桧见圣上看向自己,心中登时会意,连忙说道:"圣上,微臣认为寿王说得在理,此事寿王应有妙计。"

赵构说到这里,又征求赵伯衍的意见道,

"寿王,此事关乎大宋社稷,你觉得应该交由何人来办?"

赵伯衍心中一阵暗喜,想不到父皇这么快中计了。虽是如此,表面上却仍装得很是为难。纠结半响,方才说道:

"父皇,儿臣以为,此事交由国师来办最为妥当。国师向来法力高深,相信其定会斩妖除魔,保临安百姓平安。"

赵构沉吟片刻道:"寿王说得甚有道理,国师……"

听到圣上唤自己,身着金黄色八卦仙衣的周必立刻从人群中走了出来,双手抱拳,施礼道:

"圣上……"

"国师,寿王既然保举你来做此事,那就不要推脱。"赵构郑重道,"如今帽妖为祸临安,人人自危,想来也只有国师能够将其降服。"

周必稍稍踌躇了下,"既然圣上信任,微臣定当尽力。"

"好,此事便这般定夺。"赵构见周必答应,登时大喜,笑着说道,"各位爱卿可还有本要奏,若是无事,今日便到这里了。"

文武大臣经过这一番问话已然心有余悸,谁也不肯再多耽搁,因此个个都不吱声。就这样,赵构便让康履宣布散朝。

是日响午,康王府书房。赵哲正坐在桌案前聚精会神地批改奏折,忽然从外面传来一阵急促的脚步声,不多时,唐王赵伯麟和仪王赵士程便从外面走了进来。

"王兄,你怎的这般沉得住气?"赵伯麟一见赵哲便大声说道。

"沉得住气?"赵哲停住手中的笔,抬起头似笑非笑地看着赵伯麟道,"此话怎讲?"

赵伯麟见对方没有明白自己的意思，气得一屁股坐到门口的凳子上，抬头看向棚顶不再说话。赵士程见此情形，也只得硬着头皮接话道：

"兄长有所不知，今日散朝后我俩回到府中，伯麟便始终气恼，一直嚷嚷着寿王欲加害于你。"

"加害本王？"赵哲一怔，随后犹疑说道，"你是说帽妖之事？"

"不错。"赵伯麟再也忍不住心中急切，蓦地站起身来，大声说道，"就是此事。"

"怎么会？他不是让周必兄帮忙除妖去了吗？"

"除妖？"赵伯麟一副恨铁不成钢的模样，愤愤地说道，"周兄不过是一介凡人，能除什么妖？这不过就是加害你的说辞罢了。这寿王果真是狼子野心，阴狠至极。"

赵哲感激地看着赵伯麟，常言道，骨肉连心。赵伯麟之所以会这般着急，不正是应了这句话？不过小不忍则乱大谋，当务之急还应先控制住局面才行。

"伯麟，我晓得你为王兄担忧。放心，周兄他道法高深，一定会顺利斩妖。"

"王兄……"

"好了。"

赵哲摆了摆手，露出一脸倦容。他将身子后仰，紧紧靠在椅背上说道，"我昨晚没有休息好，现在身子不大舒服。你们先回去，有什么事情明日再说不迟。"

赵伯麟还想继续说下去，却被一旁的赵士程拦住。

"伯麟兄，王兄既然这般说，那咱们便回去吧。他这些日子一直为国事操劳，休息一下也好。"

赵伯麟迟疑片刻，最后还是站起身来，对赵哲说道：

"既是如此，那我们便不再打扰兄长，先告退了。"

赵哲点了点头，目送着赵伯麟二人向门口走去。就在其准备出门的刹那，突然说道：

"伯麟，你记住，人间正道是沧桑。只要本王走得正，就不怕那些蝇营狗苟的是非小人。"

赵伯麟转身看了一眼赵哲，见王兄此刻正用真诚的目光看着自己，便点了点头和赵士程走出了屋子。

穿宋之宝吸波

刚一出门,二人便看到梳着美人髻、穿着白色丝裙的李思云站在门外,她的左手拿着一个装满水果的银盘,看上去就像是一朵出淤泥而不染的莲花。

赵伯麟和赵士程连忙向李思云打了声招呼,李思云微微一笑,眉眼间却萦绕着挥之不去的愁云。目送二人离开,她缓步走进屋子。在将手中的盘子放到赵哲面前的桌上后,不声不响地转身向门口走去。

"思云……"

李思云听到赵哲叫自己,便又停住脚步,故作平静地转身看向对方。

赵哲犹豫片刻,起身来到李思云的面前,紧紧握住她的手探问道:

"方才我们在屋里说的话,你都听到了?"

李思云无声地点了点头。

"那你为什么不问?"

"我只不过是个妇人家,又有什么好问的。"李思云苦笑了声道,"再说,即使不问,你不也要说了吗?"

赵哲一愣,随后慌忙解释道:"我之所以不说,只是不想让你担心。思云,你也晓得我的心意,等到朝中局势稳定,我自会向父皇禀明,娶你进门。咱们夫唱妇随,做一对人人羡慕的红尘伉俪。"

李思云的心略略安定了些,笑容也随之变得温柔:

"思云自然晓得王爷的心思,我也晓得,如今已到了关键时刻,王爷绝不可以出现任何差池。不过,有件事……"

"哦?"

赵哲见李思云说到此处欲言又止,便道:

"你有什么话但说无妨,不必有任何顾虑。"

李思云见赵哲发问,便也鼓起勇气,沉吟片刻后,继续说道:

"思云有件事一直瞒着王爷。"

"瞒着本王?"

"是,王爷许还不晓得,我师姐裴竹君与寿王也是一对爱侣。不仅如此,他们还有了孩子。"

赵哲听到这里不禁眉头紧锁,难怪上次在山洞时,一身青衣打扮的裴竹君那般气势汹汹地想要他的性命,原来是这样。

"常言道,两虎相争必有一伤。思云晓得,王爷与寿王之间的关系根本无法用简单的是非曲直来评价。只是希望日后得势,你可以看在我的情面

上,放寿王一条生路,让他与师姐一道离开皇宫,过普通人的日子,可好?"

赵哲来到书桌前坐下,沉默半晌,才又说道:

"思云,方才的这番话,可是裴姑娘让你说的?她莫非是晓得咱们的关系,故此用你来胁迫本王?"

"并非如此。"李思云摇了摇头,"方才的这番话绝非师姐的意思,而是我个人的心意。"

赵哲静静地看着李思云,过了好半天,终于表态道:

"本王绝非不讲道理之人,你既然这样说,此事便这般定夺。好了,本王还有公事要办,你先歇息去吧。"

说着,他便从笔架上拿来毛笔,继续低头批改公文。

李思云呆立半晌,见赵哲不再理会自己,便也只得转身退了出去。她不晓得,就在自己出门的瞬间,对方突然抬起头来,深深地叹了口气。

次日,太虚宫正殿,身着蓝衣、一副读书人打扮的周必在道童的引导下,向铜质的太上老君坐像虔诚上香。在将香插入香炉后,对道童说道:

"师弟,不知法连师叔可否有空见我一面?"

道童调皮一笑:"这是自然,师父早就算出师兄今日前来,特派妙云在此等候,陪同师兄上香。师兄,请随我来。"

说完,道童便引着周必走出正殿,径直向后面走去。

太虚宫作为临安最大也是最正规的道观,自中唐起便香火不断,为无数善男信女所供奉。此观掌事法连道人系出武当山,是周必恩师志云道人的师弟。由于志云道人仙逝得早,再加上周必向来喜欢自由来去,故此尽管同在临安,来往却并不多。只是由于此番事急,必须有人从旁协助,周必这才硬着头皮前来太虚宫。

不一会儿,在道童的引领下,周必穿过几重院落,在一处偏僻寂静的院落前停住脚步。放眼望去,只见翠竹环绕,确是一个极好的修道之所。

道童先和周必打了声招呼,而后便快步走进屋子禀报,不多时只见他推门出来,在院子中央笑着说道:

"师兄快进来,师父已经准备好茶点等你了。"

周必应了声谢,快步走进院子,在道童的注视下,他伸手推开用翠竹制成的屋门,来到屋中。

穿宋之宝贝淑妃

此刻屋中阳光正好，一个五十多岁的道人正端坐在屋子正中茶桌后面的蒲团上，低着头用细长的手指摆弄着茶具。

"师叔……"

道人抬头看了一眼周必，用手指了指他对面的蒲团，待周必坐下后，又拿起茶壶倒了杯茶，放在了其面前。

周必感激地看了一眼师叔，拿起茶杯，喝了一口茶水。这水起初淡得没有味道，不一会儿就变得异常甘冽。

"师叔，这水……"

法连道人微微一笑："你觉得这水如何？"

"这水甚是玄妙，初尝虽毫无味道，但很快便有所变化，当真神奇。"

法连道人摇了摇头，耐心点拨道："这就好比一个人的人生，呱呱坠地时都是稚嫩的婴儿，人生犹如一张白纸，成年后随着各自的机缘却又有着不同造化。师侄，贫道听说你如今贵为大宋朝的国师，不过还是希望你能够一如既往地心静如水，勿要为虚妄所累。"

周必听着师叔的教诲，心中满是感激，待对方说完，立刻回应道：

"师叔放心，周必定会将您的教诲放在心中。不过……"

法连道人见周必话锋一转，便笑着说道："师侄有话直说无妨，不必有所顾虑。"

"好。"周必抿了抿嘴唇，随后说道："不瞒师叔，周必此次前来是想请您相助一人。"

"你是说这大宋未来之主？"

"未来之主？！"周必微微一怔，继而激动地说道，"师叔，您的意思是……"

"不错，你来之前贫道已经用龟甲推算过此人的命数。虽说其眼下命运多舛，日后却有号令天下之威能，并能做个千古明君。故此，贫道愿意助师侄一臂之力。"

周必在见师叔之前心情一直极为忐忑，此刻见对方答应相助，登时激动起来，连忙起身深施一礼，感谢道：

"多谢师叔鼎力相助！师侄替康王拜谢了。"

法连道人摆了摆手，仍旧平静地说道："贫道虽答应相助，然而毕竟是方外之人，不应纠缠在红尘俗事之中。这样吧，我就将武当秘学凌云术传授给你。"

那段日子,除了早朝,周必一直住在太虚宫中,随法连道人潜心修行。这凌云术绝非一般功法,乃是集武学、法术、轻功、心法等于一体,广纳天地灵气的绝世武功。

周必虽在功法方面悟性极高,武学功底也较为深厚,但最初接触凌云术仍不免手忙脚乱,甚至几次都在盘膝打坐时走神,险些乱了六脉。好在有师叔从旁协助,这才化险为夷,功力也随之一天天精进起来。

这一日夜里,周必又如往常一样随法连道人盘膝打坐,调理气息。随着思绪集中,他只觉得一股暖流由内而外直冲天灵盖,身上热乎乎的,仿佛被一条银龙紧紧盘绕。与此同时,面前凭空出现了一座气势巍峨的大殿,里面摆放着一本硕大厚重的天书。

"凌云术?!"

周必惊讶地叫了一声,而后身子轻盈地向前一扑,来到了大殿上。他弯下腰伸手翻看起来,说来奇怪,这字仿佛有了生命,呼啸着迎面而来,不停地钻入他的脑子,并且定力十足,瞬间便能够记得清清楚楚,根本不会忘记。

正当周必翻看到最后一页,突然一个身着羽衣道袍的仙子从天而降,挥动手中光剑向他砍来。周必一见慌忙躲藏,谁知脚下一滑,身子竟直直向前冲了出去,险些跌倒。眼见得剑尖从头上劈下,情急之中,突然一双大手从身后伸出,将他推了出去。

与此同时,周必惊恐地睁开双眼,但见自己此刻仍盘膝坐在蒲团之上,四周仍是卧房之景,而法连道人也如先前那般平静地看着他,这才深深地呼出一口气,心也随之安定了下来。

"师侄,你都看到了吧?"

还未等周必开口,法连道人便先发制人地说道。

"师叔,你……"

"不错,你方才魂穿九天,只身前往凌云殿翻看了凌云术。由于身上凡人气息尚存,故此惊动了九天玄女,幸亏贫道算出有此一劫,去得及时,你这才侥幸逃生。"

"这么说,那双推我出法境的手是师叔的?"

法连道人点了点头:"师侄,如今你已掌握了除妖之法,也该回去了。须谨记,修道之人无论何时都要将心放平,永远不可有一己之私,不然这反噬之术可非常人所能承受。"

穿宋之宝啊波

"师叔放心,师侄记住了。"周必感激道,"明日我便出城会那妖,若是赢了便继续帮助康王平定风波。万一输了……"

说到这里,他的眼神忽然黯淡了下来。

"师侄无须担忧,那帽妖不过是障眼法。"

"多谢师叔点拨。"

法连道人深深叹了口气:"师侄,这世上可怕的精怪野兽,不过是人心所化。定能生慧,看清即破。"

周必的眼睛有些湿润,此刻师叔说话的语气和表情像极了他的师父志云道人。想当年,自己还是个道童时,师父每天不也是这般细致入微地教导,同时扮演着严师和慈父的角色?

"你师父倘若如今在世,看到你这样,也一定会骄傲的吧?"

法连道人察言观色看出了周必的心思,从旁说道。

周必抬头看向师叔,唇边泛起一丝笑容。

不久,临安城坊间又流传了一个新的消息,据说曾经为祸乡里、害死多人的帽妖被一位仙人封印到了径山之下。传说那位仙人看起来不过弱冠之年,很是儒雅清俊,身着青色道袍,对附近百姓也极为客气,只是姓甚名谁却无人知晓。

与此同时,这件事也给寿王赵伯衍带来了沉重的打击。眼见局势有变,他干脆撕掉了兄弟间的亲情面纱,决意通过鱼死网破的方式向赵伯琮发起进攻。

这日黄昏,康王府水榭。流水潺潺,琴声悠悠。在李思云的古琴声中,赵哲站在湖畔的草地上舞剑。此刻,夕阳的光线温柔地照在他的身上,随着手中的宝剑上下翻飞,身影越发飘逸。

说来奇怪,作为现代人,随着对古代生活的深入,过去的一切如今反倒成了遥远的曾经,宫中的生活成了最真实的存在。在此过程中,他更是与康王赵伯琮合二为一,正如周必先前所说,赵哲早已说不清自己到底是庄周梦蝶还是蝶化庄周了。

一曲终了,赵哲收起宝剑,刚要开口说话,突然从身后传来一阵掌声。他转身看去,只见赵伯麟和赵士程、周必、徐爻四人不知几时来的,此刻全都笑着看着他。

"先生,您怎么来了?"

赵哲兴奋地来到徐爻面前,惊喜地说道。虽说进宫以来,二人便是亦

师亦父的关系,然而因为徐爻向来稳重,以前一旦有事便会叫他到自己府去,这还是第一次登门造访。尽管这样,在赵哲的心中,他仍是足以依赖的人,地位远在赵构之上。

"为师今日是特来向你道贺的。"

徐爻仍是一如既往地平静,微笑地说道。

"道贺?"

"没错,今日早朝后,圣上将我和士程叫到了内殿,问你和寿王之间的事情。我们自是不敢怠慢,原原本本地说了一遍。不仅如此,周兄那里也还有个好消息。"

赵哲皱了皱眉,他和赵伯衍之间的矛盾由来已久,父皇虽说以前很少过问,但想必也是一清二楚。今日忽然将先生他们叫去,又是所为何事?

周必察言观色,心知赵哲所想,见赵伯麟看自己,便也笑着说道:

"昨夜,秦太师来见圣上,二人在书房里谈了很久。后来,圣上让崔公公来找我,说是要为大宋未来的江山社稷占卜。"

"哦?"

"是。圣上选用的是龟骨占卜,你也晓得这龟骨原本就比龟甲稀缺,再加上又有火龙烧,自然灵验无比。试了三次,这大宋社稷都要由你掌管。圣上对此结果也甚是满意,说是要尽快与寿王谈,让他前往越州封地。"

赵哲听到这一番讲述,不仅没有丝毫兴奋,反倒更加忧心忡忡。他晓得,赵构虽说属意自己,那赵伯衍却也是刚勇之人,断不会相让分毫,看眼下的情势,这矛盾非但没有减少,反倒越发激化。

"康王无须发愁,常言道,祸兮福所倚,福兮祸所伏。依徐某看,此事未必是坏事。"

赵哲听先生这么说,不觉有些惊讶,连忙求教道:

"先生,此话怎讲?"

徐爻微微一笑:"倘若圣上将此决议说出,那寿王必定会沉不住气,等到那时,我自会联合其他大臣共同上书,保荐你来平息此事,若是处置得当,圣上定会极为赏识你的气度与才能,如此一来,不正是好事一桩?"

赵哲深深叹息一声道:"果然人强不过命,可叹寿王一生为人刚强,最终却落得这般凄凉的下场。"

赵伯麟眼见得王兄这般言说，担心其又要退让，登时着急，一瞪眼睛道：

"王兄不必如此伤春悲秋，要本王说，这一个人是什么命，上苍早就决定了，你也无须这般担忧。况且寿王无德，确实做不了明主。眼下，不如就按太傅所言，做一番大事。"

赵哲唇边泛起一丝苦笑，点头道："还是唐王洒脱，本王确是不如。不过你说得对，有些事情确是上苍安排，绝非你我可以改变。为今之计，本王与寿王也只能尽人事，听天命。"

"康王说得好。"

赵哲话音刚落，便听李思云在身后说道。众人循声看去，只见她正站在水榭中央，风吹过，裙摆微动，当真应了《诗经》里的那句"所谓伊人，在水一方"。

见众人看向自己，李思云微微一笑，缓步来到赵哲身旁，向众人道了一个万福。

"思云替康王多谢大家。能够有你们的鼎力相助，不仅是康王之福，也是思云之幸，我想康王在你们的帮助下定会成一番大事。"

徐爻早听赵伯麟和赵士程说过康王府有一个名唤李思云的女子，虽是船娘出身，却是康王的心上人。由于康王是皇室子弟，故此他先前对此一直半信半疑，如今一见甚有好感，观其样貌，听其言语，果真与康王是天造地设的一对璧人。

"徐某先前便听说过思云姑娘，如今看来，果真名不虚传。康王能够有你这般知己，确是幸事一桩。"

"徐先生过奖了。"李思云微微一笑，"思云不过就是个船娘。"

徐爻摆了摆手："李姑娘何必如此自谦？想当初司马相如未得势时，那卓文君贵为一代才女不也曾在酒垆里帮过忙？想来有朝一日，你也定会成为康王的好帮手。"

李思云再次向徐爻行了个万福，微笑道："先生过奖了，思云还须努力才是。"

"思云，先生和周兄难得来府中，你和郑儿速速去准备些酒菜，咱们今夜不醉不归。"

李思云应了一声，在众人注视下转身离开。待其身影消失，赵伯麟向赵士程使了个眼色，随后嬉皮笑脸地说道：

"王兄,你和思云姑娘这些日子有没有更进一步?我们几时能讨到喜酒吃?"

赵哲看了一眼徐爻和周必,微微一笑道:"这喜酒嘛,自然是不会少了你们的。不过依眼下的情势看,只怕还要再等上一段时日。等到大功告成,你们就算是把本王喝趴下也行。"

"好,这可是你说的。"赵伯麟立刻来了精神,笑着说道,"此事就这么定了。王兄,我晓得你脸皮薄。不过既然说了,还是要做的。"

"君子一言,驷马难追,师父和周兄都是本王的见证人。"

赵哲笑着拍了拍赵伯麟的肩膀,目光中满是宠溺。他本是独生子,如今能够拥有这样可爱的弟弟,实属有幸,因此格外珍惜。

这日黄昏,皇宫内殿,身着明黄色水衣的赵构倚靠在龙榻上,落日的余晖透过雕花木窗的窗纸洒在他的脸上,整个人看起来很憔悴。

这几日,赵构先是收到了金国的挑战书,扬言如果纳贡不增加就要派大军压境以报金使被杀之仇,寿王赵伯衍也因为被派往越州与自己产生矛盾,属实内外交困。

少顷,一阵脚步声传来,赵构登时被扰了思绪,烦躁地闭上了眼睛。不一会儿,康履的声音在他的耳边响起。

"圣上……圣上……"

赵构不耐烦地睁开眼睛,翻身坐起。

"康履,你有何事?朕不是让你在外面守着,你进来做甚?"

康履听到赵构的责怪,连忙解释道:"圣上,寿王来了,此刻正在殿外等候,说有要紧事见您。"

"要紧事?"

赵构皱了皱眉,暗自苦笑一声,这小子能有什么要紧事,不过是不想去越州,故意跑来为难自己罢了。

康履摇了摇头:"这寿王倒没有和奴才说,不过看他的脸色,应该还是为了越地之事。圣上,奴才有一事,不知该不该多嘴。"

他见赵构向自己点头,便继续说道:

"寿王向来心胸狭窄,也没有康王那般睿智果敢。这样的人往往会为一己之私而不择手段,奴才以为,圣上不妨先将其稳住,待到金国之事化解后再来决断,如何?"

"他是朕的儿子,难不成还怕他?"赵构闻听此言,登时龙颜大怒,怒气冲冲地来到桌前坐下,吩咐道,"你去把他叫进来。"

"圣上……"

"快去!"

康履尽管不情愿,但见赵构心意已决,也不好再多说什么,只能无奈地叹了口气,缓步退出殿外。不多时,便见寿王赵伯衍疾步入殿,径直来到赵构面前站定。

"父皇,你向来公正,如今为何不能一碗水端平,非要将儿臣发配越州?"

赵构原本心中便已烦躁,见寿王责问自己,不禁更加恼火,大声说道:

"你本就没有执掌社稷之能,又怎能怪朕偏心?说实话,朕这样做也是为了保全你,免得你们兄弟心生嫌隙,再起争端。"

"嫌隙?争端?"赵伯衍的唇边泛起一丝嘲讽的笑,"父皇,您虽说位居高位,儿臣却仍一直以为您对我有真实的父爱,如今看来,是我想错了。既然您不顾父子情分,我又何必顾虑那么多?"

说完,赵伯衍转身快步向殿外走去,夕阳的光洒在他的身上,看起来是那般落寞。

赵构怔怔地看着赵伯衍的背影,待对方即将踏出殿外,才缓过神来。

"你要去哪里?"

"我去哪里不重要,只是不会坐以待毙,眼睁睁地看着旁人得势,再稀里糊涂地被人清除掉。"

赵伯衍背对着赵构说道。这番话尽管听起来平静,实则却是决战书,从这一刻起,父子旧日情分不复存在,只为不同政见而活。

赵构惊惧地注视着赵伯衍离开。这个孩子虽说从小到大处处争强,像这样满是戾气的表现却还是第一次。这是不是说明父子俩从此成为仇敌?想到这里,赵构内心生出强烈的不安。

事实证明,赵构的担心并不多余。那日在回到府中后,赵伯衍便派人给城外的金国主帅秘密送去书信,约定第三日其率军攻入临安,而他则于清晨派心腹杀死守城士兵,大开城门给金军放行。

皇宫中火光冲天,喊杀声不断,处处都能看到两国士兵的尸体,景象极为惨烈。

寝殿门前,身着便衣的赵构在康履的保护下胆战心惊地逃出宫门,结

果被杀气腾腾的赵伯衍拦住了去路。看着对方手中锋利的宝剑,赵构冷不丁打了个寒战。康履此时显得极为镇定,他将圣上护到自己的身后,气势汹汹地问道:

"寿王这是何意?难不成是想谋逆?"

"谋逆?"赵伯衍冷哼了一声,提起手中宝剑,用剑尖直指着康履身后的赵构道,"这可就要问你主子了。"

赵构听其这般言说,连忙摇了摇头:"寿王应无此意。"

"那你又是何意?"赵伯衍又冷哼了一声,眼神相较先前变得更加冷酷,"螳螂捕蝉黄雀在后,父皇,你之所以要挑起我和康王之间的争端,不就是想要借此机会将大宋江山牢牢握在自己的手中?既是如此,本王今日便替康王做个了断。"

说着,赵伯衍挺剑向赵构刺去,赵构见状惊得一声大叫。就在千钧一发之际,一个身影挡在了康履的面前,用手中兵器截下了赵伯衍的剑。

"你……康王?"赵伯衍先是一怔,随后讶异地问道,"你怎么会来?"

"本王怎么会来并不重要。倒是你,寿王,身为皇子,怎敢如此大逆不道?"赵哲双眼瞪着赵伯衍,高声质问道。

"大逆不道?"赵伯衍苦笑一下,"康王,本王倒要问你,从小到大,本王哪里不如你?为何偏偏要遭到父皇与文武大臣的非议?"

赵哲的心猛地痛了一下,毕竟是手足连心,看到赵伯衍此刻这般丧心病狂,他不禁难过起来。

"王兄,并非父皇与众文武大臣处处为难你,只是你心胸不宽,确是难当社稷之任。依本王看,你不如听父皇的安排前往越州,反倒落个逍遥快活,不好吗?"

赵伯衍的唇边泛起一丝冷笑:"好?要本王将江山拱手让你,你自然是好,本王偏不能这样做。不过本王也绝非无情之人,今日便放你一条生路,你出宫后远远离开临安,今生都不要再回来。"

赵哲见赵伯衍根本没有听进去自己的规劝,便也收起歉疚之意,高声说道:

"莫非在王兄眼里,我赵伯琮是贪生怕死之人?"

"你不怕死?赵伯琮,既然你不愿意离开,那就休怪本王无情,看剑!"

说罢,赵伯衍挺剑向前方刺去,赵哲见状,连忙挺剑相迎。兵刃相撞,兄弟二人瞬间战在一处。

"圣上,趁着康王护驾,咱们赶快走吧。"康履焦急地说道,"要是不走,只怕来不及了。"

赵构此刻仍是一副惊魂未定的模样,不过他也晓得,康履说得对,如今唯有趁乱逃走方能使自己得以保全。于是惶惶向前逃去。

不料刚绕到前院,就被金兵拦住了去路。赵构本就心神未定,如今见此情形,顿觉大局已失,瞬间脸色惨白,连反击的力气都没有了。

"兄弟们,这就是宋朝的皇帝。"金国将领用手指着瑟缩在康履背后不断打着哆嗦的赵构,"你们看他像不像惊弓之鸟?"

说完,那人仰首一阵狂笑。他身后的金国士兵听到主将发问,连忙一起附和,气焰甚是嚣张。

少顷,金国将领突然收起笑容,猛地一挥手,金国士兵霎时将二人团团围住。

和惊惧的赵构不同,康履看着面前锋利的刀枪,内心很是坦然。他的唇边泛起一丝笑容,平静地说道:

"圣上,国不可一日无君,奴才出身寒微,自幼入宫,承蒙先皇与您不弃,这才有了如今的光景。今日康履无论怎样都要护您周全。"

说罢,康履猛地向前冲去,顺势夺过了面前金兵手中的银枪,边舞动兵器边大声对赵构说道:

"圣上,快走!"

赵构眼见康履舍命护主,心中很是感动。在对方的掩护下,他向宫门处奔去。就在千钧一发之际,只见角门处突然杀进一支宋军,为首的人正是唐王赵伯麟和武将军张俊。

"唐王、张俊,快来救驾。"

赵伯麟和张俊听到康履的喊声,双双现出兴奋之色。在金军惊愕的目光中,率队来到赵构面前。

"圣上,臣护驾来迟,还望恕罪。"张俊说完,高声对士兵吩咐道,"护驾!"

宋军士兵听到主帅吩咐,纷纷抽出腰间佩刀,和金军战在一处。宋人虽不如金人尚武,然而由于此事关系到国本命运,仍个个使出浑身解数,故此很快便击退了金军。与此同时,皇宫其他地方也在太师秦桧、太傅徐爻、国师周必和仪王赵士程的共同努力下,先后控制住了局面。最后,赵哲又派士兵、太监、宫女清扫各处,灭掉残火,对宫殿进行复原。

次日清晨,皇宫大殿,身着龙袍的赵构端坐在宝座上,神色威严地看

着下面的文武官员。

"众位爱卿,你等都晓得昨日皇宫兵变之事。朕向来对寿王不薄,想不到他竟然联合金军造反,多亏康王等人来得及时,不然依照昨日的情势,朕定是要惨死在他的剑下。"

"圣上洪福齐天。"秦桧在人群中说道,"上苍定会护佑大宋。"

其他文武官员听到这里也都纷纷附和,七嘴八舌地说着赞美之言。赵哲环视四周,心中不觉好笑。他以前只知道现代人混迹职场时喜欢拍领导马屁,却没想到自古有之。

不过,赵构对此却并不领情,只见他冷哼一声道:

"洪福齐天?若不是秦太师等人护驾有功,朕怕是早就做鬼了。你等莫要只耍嘴皮子功夫,关键时刻就消失得无影无踪,让朕连个可倚靠之人都没有。"

众文武听到圣上的训斥,个个面红耳赤,全都低着头不再说话。

赵构重重地咳嗽了一声,侧头看向康履。康履会意,拿着早已拟好的圣旨,高声念道:

"皇恩浩荡,乾坤朗朗。今康王赵伯琮、太师秦桧、太傅徐爻、唐王赵伯麟、仪王赵士程、国师山义道人与武将军张俊危难之时护驾有功,为表朕恩,欲依功行赏,钦此。"

念罢,康履收起圣旨,笑着说道:

"多谢圣上!"

"朕昨日折腾了一天,昨夜也没睡好,如今身子早乏了。若是没有旁的事情,今日朝会就散了吧。"

说完,赵构不等众人说话,便起身向殿外走去。赵哲看着他的背影,只见比往日竟又佝偻了许多,心中不觉生出一丝伤感。

是日下午,康履便将嘉奖令送到了康王府。康王赵伯琮从普通亲王摇身一变成了执掌大宋朝政的皇太子。

尽管心愿达成,赵哲却并没有丝毫开心,反而越加惴惴不安,总觉得似乎有事情发生。人生原本就如一枚硬币,一方面得到了,一方面必然失去,也只有这样才能保持亘古不变的平衡。

夜沉寂,书房里仍旧烛光闪闪。赵哲独坐在书案后面,手里虽然拿着一本翻开的书,目光却时不时地瞟向门口,很是心神不宁。

李思云用银盘端着一杯茶款款走了进来。在赵哲的注视下,将银盘放到桌上。

"我不是跟你说过吗?这些粗活让丫头们做就行了。"赵哲站起身来,关切地问道,"这么晚了,怎么还没睡?"

李思云摇了摇头,尽管赵哲刻意隐瞒,但昨日皇宫兵变的事情今晨还是传到了府中,尤其是下午康公公的到来,更使她明白了发生了什么。如今李思云的心中甚是煎熬,一方面为赵哲的安危,一方面也为对师姐裴竹君的承诺。

赵哲见李思云不说话,登时明白了她的心思。他缓步来到对方的面前,伸出双臂将其揽入怀中,柔声安慰道:

"放心吧,一切都会好起来的。如今父皇正在气头上,只怕我们说什么他都听不进去,等到过段日子气消了,我自然会帮寿王说话,请他准许其前往越地赴任。"

李思云听赵哲这么说,也不好再说什么。

"既是如此,思云就替师姐谢谢王爷的帮助。对了,还有一事……"

"你说,只要本王能够做到,全都答应。"

"不瞒王爷,思云今日和郑儿又去驿馆了。师姐想请王爷帮忙安排,去牢中看望寿王。"

赵哲的脸上现出一丝惊愕,按照大宋律例,重刑犯在没正式宣判之前不能与其他人见面,否则朝廷一旦追查下来后果不堪设想。不过裴竹君是思云的师姐,自己与寿王又有手足之情,倘若回绝亦是不妥,这倒当真让他为难。

"王爷若是为难,思云就回绝师姐。王爷早点歇息,思云先走了。"

李思云见赵哲为难,立刻说道。说完,她便径直向门口走去。还没走出几步,忽然被赵哲拉住。

"你明日便去驿馆告诉裴姑娘,叫她养好身子,探监的事情本王自会安排。"

李思云瞪大了眼睛,她没想到康王竟真的答应了。圣上本就疑心病重,再加上寿王谋逆一事,只怕如今谁都不相信,一旦将其触怒,不要说裴竹君和寿王,连带着康王也要受罪。

"王爷在朝中如履薄冰,不必为了师姐之事冒险。"

赵哲摆了摆手:"难度肯定是有的,不过我也听说昨日寿王被羁押后便一直以死抗争。倘若裴姑娘当真能将他劝醒,说不定还是好事一桩。"

"可寿王先前处处针对你,你又为何要这样做?"

赵哲微微一笑:"自古道,冤家宜解不宜结,本王虽想成就一番大事,却也不愿牺牲自家兄弟的性命。况且我与寿王之间原本就不睦,一旦传扬出去,搞不好旁人会说本王是不择手段的势利小人,这又何必?"

李思云心中顿时满是佩服,暗叹道,果然自己没有看错,康王才是那个心胸宽广、足智多谋之人,当初自己在黑森林里搭救他时怎么一点儿都没看出来?难不成还真的应了那句话,人不可貌相,海水不可斗量?

赵哲见李思云怔怔地看着自己,笑道:

"你放心,本王既然说了就一定会做。时间不早了,回屋歇息去吧。"

李思云说了声"好",又叮嘱了赵哲早睡,这才离开了书房。待她走远,赵哲忽然收起笑容,眉宇间现出一丝忧色。

三日后晚上,如水的月光从牢房木窗的窗缝渗了进来,照在正坐在草铺上的寿王赵伯衍身上。此刻穿着白色囚服的他头发散乱地披在脑后,早已没有了往日高高在上的华丽模样,取而代之的则是一副寂寥的惨状。

从被抓入狱到现在,往事就像过电影一般一幕幕在脑海里浮现。也正因此,赵伯衍的心中充满煎熬,他实在想不明白平日里父皇明明更宠爱自己,为什么偏偏在皇位继承人上舍弃了自己?难道这些年的父子情都只是假象?

赵伯衍的心中越来越烦乱,忍不住重重地叹了口气。就在这时,他突然听到从外面传来一阵细碎的脚步声。这声音在暗夜中的牢房里听起来格外清晰。

听到这声音离自己越来越近,赵伯衍起身来到牢房门前,向黑暗处看去。随着一抹昏黄的烛光移动,一个身上披着斗篷、脸被帽子遮挡住的人出现在了他的面前。

皇家自有皇家的威仪,因为每一个细节都有可能会动摇朝廷根基。也正因此,为了封锁赵伯衍入狱的消息,苏明杰将他关押在了暗牢当中,除了参与审讯的人,任何人都不得接近。

这么晚了,又有谁会来?

"这位侠士,你不会是父皇派来取本王性命的吧?"赵伯衍苦笑道,"既是如此,本王给你便是。"

说着,他紧紧闭上眼睛,静静地等待着受死。然而,耳畔传来的却是熟悉的声音。

"寿王,是我。"

赵伯衍愕然地睁开双眼,借着微弱的烛光上下打量着来人。只见那人伸手将头上的帽子掀开,出现在他眼前的正是那张曾经在梦中出现过无数次的脸。

"竹君?!怎么会是你?"

赵伯衍边说边上前紧紧拥住了裴竹君,生怕她再次从眼前消失。

"这些日子你到底去了哪里?本王真的担心死了。"

眼看着昔日高高在上的爱人落到了这副田地,裴竹君心头顿时一酸,眼泪扑簌簌地落了下来。

"王爷不必担心竹君,倒是你……"

"本王没事。"赵伯衍边用手轻轻地拍着裴竹君的后背,边柔声在她耳畔说道,"你别难过。好不容易才来,咱们好好说说话。本王问你,是何人帮你进来的?"

"康王。"裴竹君迟疑了一下,"不,现在应该说是皇太子了。"

"皇太子?!"

裴竹君低头纠结片刻,才又说道:"不错,圣上前几日已经正式封康王为皇太子。"

赵伯衍先是一怔,而后发出一阵狂笑,笑得前仰后合,像是听到了天大的笑话。裴竹君错愕地看着他,脸上满是担心。

少顷,赵伯衍忽然收起笑容,揶揄道:"父皇这招还是真阴毒,他担心本王碍事,故此先行除去,如今倒遂了他的意。"

"王爷,竹君来时,康王有句话要我捎给你。"

"哦?"赵伯衍似笑非笑地说道,"他如今既已胜了,还有什么话要说?"

"康王说,希望王爷能够多为大宋江山社稷着想,还应尽快前往越州。"

"越州?"赵伯衍惆怅地说道,"如果没有经历此次波折,或许本王还有机会前往越州,可如今……"

"王爷不必犯愁,康王自会从中权衡。"

"康王?!本王先前那般针对他,他又怎会如此宽容?"

裴竹君背对着赵伯衍向前走了几步,待平复心情,方才说道:"康王心胸宽广,乃是不可多得的君子,竹君相信他定会言而有信。王爷,你当真

不晓得他待你的情谊?"

"情谊?"

"不错。"裴竹君转身看向赵伯衍,点头道,"你不晓得,为了能够让我顺利见到王爷,昨日康王在圣上寝宫门前冒雨整整跪了一夜,直到今晨早朝前圣上答应方才起来。要竹君说,他根本就是不是王爷的仇人,而是贵人,王爷又怎能那般狠心待他?"

赵伯衍错愕地看着裴竹君,从小到大,他处处针对赵伯琮,无论什么事情都要压对方一头,没想到最终他陷入低谷,反倒这个一直被打压、处处忍让的人默默保护着自己,想到这里,赵伯衍的内心满是不安。

"我晓得你此刻心中一定很是震撼。没错,二王之争由来已久。可是王爷,就像康王说的那样,你可否为大宋子民着想,退一步?"

赵伯衍突然醒悟,和赵伯琮相比,自己确实心胸狭窄,这些年凡事都从个人角度出发,并没有为旁人着想过。赵伯琮则不同,无论是向父皇进言献策,还是处理危机时所表现出来的责任和担当,时时刻刻都表现出了一位仁君该有的风范与气度,倘若由这样的人来掌管大宋社稷,当真是子民之福。

"竹君,你说得对,本王确实该退一步。"赵伯衍笑着说道,"若是真能出去,咱们就尽快启程前往越州,以后若非情况特殊,再也不到临安来了。"

裴竹君目瞪口呆地看着赵伯衍,她没想到对方态度转变竟会这么快,一时间竟还有些无所适从。

"怎么?你难道不信任本王?"赵伯衍边笑着边温柔地拉起对方的手打趣道,"竹君,先前让你受了那么多的苦,属实是本王不好,本王保证今后再也不会了。"

裴竹君的心头一柔,泪水又扑簌簌地滑落了下来。只是和以前的泪水相比,这次的泪水是甜的。

次日午后,康王府水榭凉亭。赵哲、李思云和裴竹君三人围坐在石桌旁边。听裴竹君讲完前一日在牢中的情况,赵哲和李思云心中亦是感慨。

"王爷,你倒是说话啊。"

过了一会儿,见赵哲不说话,只是闷声喝茶,李思云在一旁焦急地说道。还没等她说完,就被裴竹君拉住了衣袖。

赵哲微微一笑，续完茶后，这才说道："寿王能够这般想，本王真的很高兴。父皇如今不过是在气头上，这才将他关了起来。等到气消了，本王自会为寿王说情，请求父皇赦免他。只不过辛苦寿王，还要在牢中待上一待了。"

裴竹君见赵哲答应帮忙，登时喜出望外，连忙起身向对方道谢。

"竹君替王爷多谢康王。"

"师姐多礼了。"赵哲起身将裴竹君扶住，笑着说道，"思云早就将你们的事情告诉本王，你们自幼一道长大，情同姐妹，本王与寿王又是兄弟，此事无论如何本王都不会坐视不管。无须客气，咱们还是坐下来慢慢聊。"

裴竹君看了一眼李思云，见其正微笑地看着自己，便也笑着说了声"好"，再次坐了下来。

正如赵哲所预想的那样，赵构虽说痛恨赵伯衍，可毕竟骨肉连心，时间长了，又不由自主地想起对方昔日的种种好处，只是苦于无人求情，始终没有原谅的机会罢了。这日，趁着陪同赵构在御书房观赏名家书画，赵哲终于寻了个机会。

书房，赵构端坐在桌案后面的椅子上，和站在他身旁的赵哲一道看着宫女手里拿着的画。

"韩公之才确是不可多得。"看着画纸上韩滉所画的《五牛图》，赵哲忍不住啧啧夸赞道，"这画中母牛看牛犊的眼神都如此深情。"

赵哲虽未明说，赵构却也听出了弦外之音，便道："你有话直说无妨。"

赵哲听父皇这样说，跪倒在地，恳切地劝说道：

"父皇，儿臣确是有话要说。舐犊情深，不只是牛，人亦如此。又怎是一次冲突能够抹去的？"

"你是说朕和寿王吧？"

赵哲见父皇猜中了自己的心思，便也不再拐弯抹角，实言相告道：

"正是。父皇，寿王确是有错在先，但还请看在他这么多年承欢膝下的情面下给他个改错的机会。儿臣想寿王经过此劫，定会有所转变。"

赵构惊讶地看着赵哲，他实在想不到二人相争多年，康王居然会在王入狱后一而再地保全对方，这份兄弟情属实可贵。

"寿王之前公然谋逆，想要杀朕。康王，你此刻为其求情，莫非也有反

叛之意？"赵构猛然一拍桌案，怒道。

"儿臣不敢。"赵哲重重地磕了一记头，说道："儿臣只不过是在赌。"

"赌？！"

"不错，赌。儿臣在赌父皇的宽广胸怀，也在赌父子之情。不过既然是赌，那就要有赌的样子。倘若儿臣输了，愿意听凭父皇一切处置。即使乱刃加身，也在所不惜。"

赵构一言不发地看着赵哲，尽管对方有胆识有谋略，但平日为人极为谨慎，像今日这样直接说出想法的时候属实不多，因此倒真的让他意外。

赵哲见赵构不说话，便也抬头看向了对方，目光决绝。

过了许久，赵构才长叹一声道：

"好吧，你赌赢了，朕确实不想杀寿王。不过，朕也不会将他留在临安。等到寿王出狱，应马上前往越州，没有朕的旨意不准再回临安。"

"儿臣多谢父皇。"赵哲叩了个头，"这记响头不仅是代替寿王磕的，也是代表大宋所有子民磕的。"

赵构摆了摆手："好了，好了，你快起来吧。朕累了，想独自待会儿，你先下去吧。"

赵哲站起身来，犹疑地看了眼赵构，转身退出书房。等他走后，赵构又发出了一声叹息，心情也随之变得复杂。

是日下午，监牢。赵伯衍靠墙坐在草垫上，双眼定定地看着牢门，兀自陷入沉思。

自那夜竹君探监，一晃又过去了好几日。也不晓得她这些天是怎么过的？有没有遇到危险？还是说一切平安。还有康王……

想到康王，他的心头忽地一紧。从小到大，对方处处忍让自己，想方设法保全自己，可他却从未对这个弟弟有过一丁点的关照。只是一味地想要将其除去。如今想来，作为兄长自己确实太不应该。

赵伯衍正胡乱想着，突然一阵脚步声远远传来。他先是一怔，继而踉跄起身，双手扶着栅栏，探头向外看去。不多时，一身贵公子装扮的赵哲出现在了赵伯衍的面前，旁边跟着的正是大理寺卿苏明杰和牢头。

"太子，你……"

赵伯衍见到赵哲登时喜出望外，刚要说话，忽而被对方打断。

"苏大人,是不是也该放人了?"

苏明杰点了点头,对牢头说了声:"放人。"随着"哗啦"一声响,这么多天绑在门上的那条铁链猝然掉到了地上。牢头弯下身子拾铁链,苏明杰则对赵哲说道:

"太子,如今寿王已释,想来你们兄弟必定有很多话说,此时不便打扰,苏某先行退下了。"

"有劳。"

赵哲目送苏明杰和牢头走远,这才缓步走进牢房。兄弟俩对视一眼,竟都有着恍若隔世之感。过了好一会儿,赵伯衍才勉强平复了心头激动的情绪,双手抱拳向赵哲深施一礼道:

"多谢太子的救命之恩,竹君说得没错,本王确实远不及你。"

"哦?竹君姑娘是这么说的?"

赵哲的唇边泛起一丝微笑,从小到大,兄长还是第一次这般平和地说话,听起来当真受用。

"不错。"赵伯衍苦笑了下,"太子,不,伯琮,我们虽然名义上是亲兄弟,同属太祖一脉,然像今天这般推心置腹地说话还是头一次。兄长要对你说句对不起,过去是我太急功近利,以致做错了许多事。"

说到这里,赵伯衍叹了口气,遗憾地说道:

"当年若不是烛影斧声,赵光义强行抢走了原本属于咱们的皇位,又怎么会有后来那么多事情?如今他们也该将这皇位还回来了。可惜,我终究太自私,忘记咱们本就是同根,无论咱们谁继位,都是很好的结果,真的抱歉。"

说着,赵伯衍向赵哲抱拳深施一礼,赵哲见状连忙伸手拉住对方。

"王兄莫要这般说,咱们从小一道长大,你也曾给我诸多助益。伯琮点点滴滴记在心里,从未忘记过,如今你能重获自由,伯琮亦是极为高兴,先前的事情也就不必再说了。"

赵伯衍上下打量着赵哲,心中满是赞叹。对方海纳百川的格局度量是自己无法企及的,只可惜先前被争储迷了眼,错过了无数兄弟推心置腹的机会,想到这里他不觉又有些惋惜。

"王兄无须难过,咱们来日方长,尚有余生相处。"

赵哲察言观色猜出了赵伯衍的心思,便笑着安慰道,

"如今你能平安出狱就好。"

"是,平安就好。"赵伯衍赞同地说道,"伯琮,如今你已是太子,还是要多加小心,莫要走错一步。"

"我会的。"赵哲感激地看着赵伯衍,随后做了个"请"的手势,引着赵伯衍走出牢门,二人的脚步声很快便消失在了甬道的尽头。

临安街市,热闹非凡。随着清脆的马嘶声,两匹快马在人群中疾驰而过,马上之人正是寿王赵伯衍和太子赵伯琮。大约行了一个时辰,二人在一座高大的院落门前停下,赵哲轻盈地从马上跃下,仔细辨认了下后,肯定地说道:

"就是这了。"

说着,他缓步来到门前,在门板上轻轻敲了几下。过了一会儿,从里面传来一阵急促的脚步声,院门缓缓开启,李思云和裴竹君出现在了他们的面前。

"竹君?"

裴竹君听到赵伯衍的呼唤,登时泪眼模糊。这么长时间的担心、焦虑和数不尽的委屈统统随着泪水涌出。

"师姐,寿王归来,你应该高兴才对,怎么反倒哭了呢?"

李思云见裴竹君流泪,讶异地看了一眼赵哲,不解地问道。

"我高兴。"裴竹君边用手擦眼泪边说道,"寿王能够回来,我一家人终于团聚,对于竹君来说就是最大的幸事。"

"王兄有所不知,父皇先前一怒之下收了你的寿王府,将房子和全府的仆人丫鬟一道充了公。竹君姑娘是伯麟在路旁发现的,当时身上受了伤,后来伤好后便离开驿馆。我和思云考虑她的安危,曾试图劝说其暂时离开临安,可竹君姑娘说什么也不愿意,一定要留下等你。"

赵哲边说边缓步来到李思云的身边,站定后继续说道:

"我和思云见竹君姑娘心意已决,也就不再多说什么,替她租了这套宅子。"

赵伯衍此刻早已下马,他起初见到裴竹君心中很是激动,现在听赵哲这般说更觉得愧疚,连忙双手抱拳深深作揖。

"太子这般费心,伯衍自是感激涕零,以后我唯太子马首是瞻,万死不辞。"

"王兄说哪里话?"赵哲边说边将赵伯衍扶起,紧紧握着对方的手,真诚地说道,"你我同为皇族子嗣,原本就该同心同德。越州本是富庶的鱼米之乡,只可惜近年来频发战乱,以致百姓流离失所。伯琮只希望,等王兄到了越州,能够好好管理此地,恩泽百姓,做个受人敬爱的好亲王。到那时,就算是金人来犯,只要你我兄弟强强联手,一定能将其打得落花流水。"

赵伯衍尽管被赵哲说得心旌摇荡,心中却仍有顾虑。

"伯琮,你就不怕我会突然谋反?先前像对待父皇那样对你?"

赵哲哈哈大笑:"自然不怕,我相信王兄为人光明磊落,定不会那般做。"

赵伯衍的顾虑瞬间被打消,神情也随之变得安然。

"多谢太子信任。放心吧,等我到了越地,定当修政爱民,助你一臂之力。"

"好。"

赵哲边说边将右手竖起,伸到了赵伯衍的面前。赵伯衍见此情形顿时心领神会,也学着对方的样子竖起右手,只听"啪"的一声,两只手紧紧握在了一起。

李思云和裴竹君见赵家兄弟和好,心中亦是极为高兴,对视一眼,露出笑容。

是夜,太子府花园,琴音袅袅,树影婆娑。桂树下,在李思云古琴的伴奏声中,一身白色公子服的赵哲满面醉红,此刻他正挥舞着手中宝剑,在旖旎月光的照耀下翩翩起舞。

一曲终了,赵哲弯腰从地上拿起酒坛,在李思云的注视下,仰起头喝了一大口,笑着说道:

"好酒,当真畅快。"

"你是说酒,还是说人?"

赵哲听到问话转身看向李思云,微微一笑道:"都有。疯婆子,不瞒你说,我自打来到这里从没有这样开心过,原本以为乌云遮日,却没想到有一天也会守得云开见月明。"

"手足之间就是这般。"李思云边说边站起身来,缓步来到赵哲身旁,继续说道,"你与寿王虽说斗了这么多年,但终归是亲兄弟,恩怨终会消弭。"

赵哲放声大笑,笑声很是爽朗,在将李思云紧紧拥入怀中后,他耳语道:

"疯婆子,你知道。无数人想要登上高位,掌控旁人的命运,我却无意于此。如果可以,我宁愿过与世无争、无拘无束的日子。官场不过就是个

巨大的漩涡,可惜人人都想卷入。虽有万般无奈,但幸运的是你一直陪在我身边。"

李思云的脸上掠过一丝担忧。先前裴竹君和赵伯衍分分合合的关系,她已然瞧在眼里。倘若有朝一日,自己和赵哲也要经历这般苦楚,那又该如何自处?想到这里,李思云的心中无来由得难过起来。

赵哲却并没有察觉到思云的心思,仍旧自顾自地说道:

"疯婆子,你放心,无论以后遇到怎样的状况,我都会将你留在身边,绝不会让你受到一点儿委屈。"

李思云的心略略安定了些,将身子紧紧靠在赵哲的怀中,笑道:

"我当然信你了,只是……"

赵哲没等她将话说完,忽然抬起右手,做了个噤声的手势。随后,他借着酒劲将对方推到树干上,先用手轻轻摩挲了一番她乌黑的头发,继而低下头在她的嘴唇上印上了深深的一吻。

这一吻当真来得突然,李思云只觉得眼前一黑,呼吸急促起来,连带着心跳声也变得那般强烈。扑通扑通,心都快跳出嗓子眼。

一阵风吹来,树叶哗哗作响,无数花瓣旋转着飘落下来,地上铺了一层花毯。

在临安城休息了几日,赵伯衍和裴竹君便打算动身前往越州。在经历了这一遭风波后,赵伯衍对临安再无往日的眷恋。他想要换个地方,以便尽快有个新的开始。

这日黄昏,朝阳门附近,一辆马车疾驰着向城门驶去,马上端坐那人正是一身商人装扮的寿王赵伯衍。

"王妃,外面风大,莫要着凉。"

车上,丫鬟秋翎边说边将白色的狐皮斗篷披到裴竹君的身上:"您现在有了身孕,凡事还应多加注意才是。"

她先前也和府中其他人一样,随着宅子被充公,也被发配了出去,后来还是在太子赵伯琮的出面协调下才重获自由,故此心中对其很是感激,对寿王赵伯衍和裴竹君的服侍也越加细致。

"秋翎,你晓得吗?在北国的那些年里,我们全家最希望的就是有朝一日能够重返临安,成为大宋的子民。"

裴竹君收回看向窗外的视线,对秋翎幽幽地说道。此刻她的眼里满是不舍,让人很是心痛。

"如今人倒是回来了,终究还是不能在临安常住,还是要去别的地方。"

"王妃,你怪寿王吗?"

裴竹君微微一怔,摇了摇头,轻轻叹了口气道:

"秋翎,人生原本就有许多无可奈何。这既是我的命,又如何怪得了旁人?况且那个人还是我的夫君、孩子的爹。"

说到这里,裴竹君低下头去,用两只手轻轻在肚子上摩挲着。

秋翎心疼地看着裴竹君,她原本就瘦弱,这些天来或许是由于多思多想的缘故,显得越发憔悴。看来真的如古人所言,情深难寿,慧极必伤。

又向前行了一阵儿,眼看着城门就要到了。忽然,四匹马从侧面冲了出来,秋翎眼尖,立刻兴奋地指着外面,笑着说道:

"王妃快看,那不是太子和思云姑娘吗?"

裴竹君顺着她手指的方向看去,但见李思云和赵哲一人一匹马在前面跑着,后面跟着的那两匹马上坐着三个人,分别是唐王赵伯麟、郑儿和仪王赵士程。

此时,寿王赵伯衍也已看到了赵哲等人,立刻勒住马头,停了下来。

"王兄要走,为何不与我等打个招呼。若不是方才我们去宅子寻你,恰好看到留在书房的书信,还不晓得此事。"

"是啊,莫非说我等不配送兄长?"

"绝非如此。"赵伯衍听赵伯麟这般说,连忙解释道,"本王只是不想再给兄弟们添麻烦罢了。"

"怎会添麻烦?"赵士程说到这里,看了一眼赵哲,"寿王有所不知,太子看到信立刻就慌了,带着我们二话不说就赶了来。走得实在匆忙,连那原本要送与你品尝的好酒都忘记拿了。唉,真是可惜……"

说到这时,赵士程看了赵哲一眼,目光中满是惋惜。

"多谢太子。"赵伯衍向赵哲双手抱拳,感激地说道。

赵哲摆了摆手:"王兄,你莫听士程胡说,这些都是本王该做的。虽说越州距离临安不远,可你这一走,咱们兄弟想要见面也要难上许多。日后还望王兄多多写信,让伯琮放心。"

赵伯衍心中倏然一暖,自打遭遇变故,这世上唯有赵伯琮对他最好。也正因此,每当想起前尘往事,心中便会生出强烈的愧疚感。

"太子放心,我会的。只是……"赵伯衍说到这时,脸上露出一丝

犹豫,匆匆环视四周道,"伯衍有些话想单独和太子说,不知能否行个方便?"

赵哲看了一眼身旁的李思云,见对方微微点头,便笑着说道,"王兄说哪里话,有何不可?"

说着,他翻身下马,又叮嘱李思云等人在原地等待,这才和赵伯衍一道走进附近的树林。

"思云,寿王和王兄先前不睦,不晓得这次见面会不会有危险?"

李思云转头看向身后的赵伯麟等人,见众人都在担忧地注视着树林,便微微一笑道:

"大家不必担心,寿王与太子原本就是兄弟,他即将离开临安,想必也有许多心里话要跟太子说,咱们在此处安静等待便是。"

赵伯麟等人虽心中仍有顾虑,但见李思云这样说,也不便再多说下去,只是在原地等待。

树林里,赵伯衍和赵哲脚步匆匆地向前走着。须臾,来到一处空地后,赵伯衍突然趁赵哲不备,从腰间抽出平日防身用的宝剑,转身向对方刺去。赵哲登时吓了一跳,身子一晃躲了过去,与此同时,也从腰间拿起宝剑抵挡。二人就这样辗转腾挪、你来我往地比试起来。由于不断地跃上树枝,连带着树叶哗哗地响个不停。

过了一会儿,在分别跃到两棵树上后,赵伯衍突然放声大笑,随后在赵哲讶异的目光中,将宝剑重新收回了鞘中。

"王兄,你这是……?"

"太子,咱们好久都不曾比过了。"飘然落地后,赵伯衍笑着说道,"方才这一比试,太子果然武功精进了许多,看来平日没少下功夫。"

赵哲听对方这般解释,心中也顿时了然,双脚脚尖点地,飘落到了地上,笑着说道。

"兄长有所不知,你方才这般动作,属实吓伯琮一跳。本王记得,前次比武还是十二岁那年,当时兄长的剑术便已是京城一绝,伯琮没少吃败仗。"

"哦?"赵伯衍挑了挑眉头,"你还记得?"

"是。"赵哲肯定地说道,"兄长十三岁起便随军出征金国,在此期间也曾立下大大小小许多战功,故此被父皇封为冠绝侯。"

"冠绝侯?"赵伯衍自嘲地笑道,"若不是父皇将本王捧得那样高,又怎会有后来的那些事情？千错万错，都是本王沉沦于奉承，以致失去本心。常言道，以人为镜可以明得失。太子，希望你能以本王为鉴，莫再步我后尘。"

"王兄的话可谓振聋发聩，伯琮一定记在心里。"

赵哲边说边向赵伯衍深鞠一躬。

赵伯衍点了点头："伯琮，如今朝中看似安稳，实则党派林立，官员相互勾结，尤其是秦桧、黄潜善二人，更应时刻提防，切勿有丝毫放松。"

"王兄说得极是，秦桧、黄潜善二人确是难除，想当初杀害岳帅的人尽管表面是秦桧，实则黄潜善也起了不可小觑的作用。不过想要将二人除去，还需假以时日。"

赵伯衍拍了拍赵哲的肩膀："铲奸臣、驱金兵、理朝政，使大宋百姓休养生息。伯琮，你还有相当长一段的路要走。这一路上或许荆棘密布，或许会遭遇众叛亲离，但兄长仍希望你能够坚守初心，真真正正做个千古明君，为百姓谋福祉。本王如今虽说去了越州，还是会时刻盯着你。你若是做错了事情，兄长可第一个不答应。如果金人南下，对临安不利，我也会第一个冲上去，绝不会贪生怕死。"

"伯琮能有王兄这样的好帮手，实是幸事一桩。"

赵哲笑着回答，目光中满是感激，边说边向赵伯衍深施一礼，"伯琮多谢王兄。王兄此行前路茫茫，还望多多保重，凡事当心。"

赵伯衍深深地看了赵哲一眼，目光中饱含着千言万语，最终却什么都没说。他又拍了拍对方的肩膀，径直走出了树林。

赵哲呆呆地注视着赵伯衍的背影，过了好久，方才回过神来。

回府路上，面对着赵伯麟等人的各种疑问和猜测，赵哲始终笑而不答。只是后来问得急了，才用苏轼的那首《定风波·莫听穿林打叶声》作为回答。

莫听穿林打叶声，何妨吟啸且徐行。竹杖芒鞋轻胜马，谁怕？一蓑烟雨任平生。

这不仅是赵哲对于赵伯衍的希冀，也是对自己最大的希望与自策。尽管身在皇家有诸多无奈，他却仍希望能够在今后的日子里每天都有如此豁达的心境。

然而，那时的赵哲并不晓得，随着自己身份的变化，想要保持简单豁达的心境竟比登天还难。

一日,早朝结束,赵构将徐爻、周必二人叫到御书房,说是有很重要的事要找他们商量。与此同时,还让康履将赵哲叫来。

"徐爻,你身为太傅,除了教导太子,平日里还要对他多加关心。如今伯琮早已过了弱冠之年,也是时候娶妻生子了。对于这件终身大事,你有何想法?"

待三人坐定,赵构开门见山地说道。

徐爻和周必迅速对视了一眼,随后一道看向了旁边的赵哲。

"父皇,儿臣还年轻,又是刚刚当了太子,还是想将心思全放到朝政上,这件事情等日后时机成熟再说吧。"

"唉,此言差矣。常言道,好男儿先成家再立业,况且你如今已身为太子,日后便是皇位的继任者,也确是该考虑开枝散叶了。"

赵构面不改色地开导着赵哲,表面看似宽容,实则极为坚决。他之所以会这样,是因为这些日子听了不少闲话,知道赵哲与府中的一名女子关系极为密切。大宋向来律法严苛,尤其赵哲身为皇家储君,一举一动稍有差池就会引来风波,故此趁着还没闹出大麻烦,他必须快刀斩乱麻,了结这段孽缘。周必见赵构这般态度,心知赵哲今日定是躲不过去,于是便说道:

"圣上一心为太子考虑,微臣着实感动。只是婚姻大事非同小可,仍需顺应天意。臣倒是有一想法,不知当讲不当讲?"

"国师有话直说便是,不必有所顾虑。"

"按理说,太子的婚事乃是圣上的家事,微臣不该插手。只是太子毕竟是储君,若圣上同意,臣倒可以通过观星之法来推测王妃此刻所在方位。"

赵哲心中顿时一喜,随后又是一紧,他晓得周必是在故意帮自己搪塞,只是这样的方式父皇当真能相信吗?还有如今疯婆子就在自己府中,想来大宋朝的太子娶妻首先就要清白。若是如此说来,他又该将其如何安置?

赵构点了点头,瞟了一眼赵哲,对周必说道:

"国师说得有理,此事就这般定夺。太子……"

赵哲此时正在心烦意乱,故此并没有听到赵构的问话,仍在自顾自地想着心事。赵构见此情形登时有些不满,语气也转而变得急躁。

"太子……"

赵哲的思绪忽地被打断,定了定神,略带歉意道:

"父皇,儿臣昨夜没有睡好,方才有些走神,还望父皇原谅。"

赵哲冷哼一声,随后说道:"方才国师说要为你的婚事观星占卜,你怎么看?"

"儿臣自然愿意。"赵哲说到这时,感激地看了一眼周必,"劳烦国师。"

"无碍。"周必摆了摆手,"太子乃是天命之人,此事确实应该慎重才好。"

"太傅,"赵构边说边看向徐爻,"你们师徒向来感情极好,在太子心里,你一直是他的亚父。不知对于此事,你怎么看?"

徐爻看了一眼赵哲,起身向赵构鞠了一躬。

"兹事体大,但也需缘分,微臣以为此事还应交与太子权衡才是。"

"唉,他能权衡什么?"赵构笑着说道,"想当初朕十四岁时,先皇便为朕娶了妻,即如今的皇后。如今太子已经过了弱冠之年,此事早已迫在眉睫。你也算得上是他的长辈,可不能由着他的性子胡来。"

徐爻见赵构心意已决,心知无论自己说什么,事情也不可能再有转机,于是深深地叹了口气,不再出声。

赵构见众人沉默,便也随之缄默。思索片刻,忽然又笑着说道:

"太傅,朕突然想起一件事,你家的三小姐芊涵今年十六岁了吧?"

"圣上好记性。"徐爻点了点头,"芊涵前几日才过了十六岁的生日。"

"哦。那也不小了,不知是否与他人已有婚约?"

徐爻听了"婚约"二字,登时吃了一惊。入朝为官多年,他自是晓得朝廷风云莫测,或许早晨还是万人敬仰,晚上就成了阶下囚。作为父亲,他自然不愿意让女儿蹚浑水。何况伯琮亦是自己看着长大的,这些年来,也曾无数次地前往自己府中,与芊涵也算得上是青梅竹马。尽管如此,二人却一直如同兄妹一般,似乎并无男女之情。

不过徐爻也晓得欺君是大罪,尽管心中忐忑,却也只能实话实说。

"启禀圣上,微臣之女芊涵如今尚未有婚约在身。"

"不曾许配他人?"赵构笑着说道,"看来国师方才所说的天意应该就在此处了。太傅,你本就与太子亲近,不如咱们就来个亲上加亲,让太子娶了芊涵,这样他就成了你的女婿,想来必定也是一段千古佳话。"

"圣上,此事万万使不得。"徐爻连忙摆手道,"太子与芊涵只有兄妹之情,这样安排属实欠妥。"

"欠妥？"赵构见徐爻不同意自己的想法,立刻紧皱双眉,"太傅这般推三阻四,难道就不怕朕治你的罪？"

徐爻没想到赵构会突然翻脸,登时目瞪口呆,不知道该如何回话。赵哲眼见先生受到牵连,便也顾不得那许多,紧抱双拳向赵构深鞠一躬,直言相告道：

"父皇,不是儿臣有意忤逆,只因已有心上人,确是再难容下旁人。"

"太子你果然还是说实话了。"赵构冷哼一声,"你所说的心上人,可是府中那个渔家女？"

"父皇怎会晓得此事？"

"太子,你当朕是什么？这大宋有哪件事能瞒得了朕？"

赵构的嘴角上翘,露出一丝讥讽的笑,"虽说那渔家女有几分姿色,为人也还算聪明,可毕竟你与她身份相差悬殊,野鸡怎能飞上枝头当凤凰？依朕看,你还是趁早将她打发走,然后迎娶芊涵,此事也可不再追究。"

赵哲没想到父皇会将这件事了解得那么透彻,心中自是极为惊愕。过了好一会儿才从震惊的情绪中走出来,继续说道：

"父皇,儿臣并不认为这样。虽说儿臣是皇家人,那姑娘只是平民,可情感能够逾越身份的鸿沟,我觉得只要心灵契合,思想合拍,其他不重要。"

自打进宫,赵哲一直用古人的行为和思维方式严格要求自己,从未有半点出格。此刻因为被逼急了,一时间乱了分寸。

赵构在听了赵哲的现代人的心声后,瞬间愣住了。狐疑地打量了一番赵哲后,才又冷冷地说道：

"太子的想法当真与众不同,倒让朕眼界大开。"

"父皇,您的意思是……"

"朕什么都没有说。"

赵构的一句话瞬间熄灭了赵哲心中刚刚燃起的热望,赵哲的目光也随之黯淡下来。

果然,时代的主流价值观不可能轻易转变。想到将要发生的状况,赵哲心中倏然一紧。然而,想要反驳却又自觉不妥,只能低下头不再言语。

赵构见众人不再说话,便叫一旁的康履拿来一杯茶,喝了口水道:
"朕有些乏了,你等先退下吧。"
"太子、太傅、国师,请吧。"

康履边说边做了个请的手势,徐爻和周必对视一眼,双双向赵构施礼,一齐向门口走去,只有赵哲仍站在原地一动不动。
"太子,还有事?"
"父皇……"

赵哲刚要说话,便被徐爻打断。
"太子,圣上年纪大了,乏了,有事改日再说吧。"
赵哲见先生的眼神坚决,顿时了然对方用意,便也说道:
"先生提醒得极是,父皇您保重龙体,儿臣改日再来请安。"
说着,他也向赵构行了个礼,跟在徐爻和周必身后一道走出门去。

角门,徐爻坐上了早已等在那里的软轿,周必和赵哲则一人一骑,跟在轿后离开了皇宫。

太傅府书房,徐爻和周必、赵哲二人相对而坐,侍女奉茶后便关紧房门退下了。
"太子,我问你,你今日和圣上说的心灵契合、思想合拍这八个字是何意?"
徐爻开门见山地问道。
周必没有说话,只是侧头看向赵哲。

赵哲微微一怔,笑着解释道:"先生饱读诗书,应该晓得凤求凰的典故,卓文君之所以放弃锦衣玉食毅然决然嫁给司马相如,就是应了这八个字。"

周必听后也笑道:"太子虽说要一统大宋江山,然而也想要效仿唐太宗与长孙皇后,成为一对令人羡慕的天成佳偶。这世上只有思云姑娘入得了他的眼,定得了心,又怎能说变就变?"

赵哲向周必投去感激的目光,果然知己连心,周必方才说的每一句话都说到了他的心上。

"国师说得没错,老夫自从那日在太子府中看到思云姑娘,便晓得了太子与其关系非同一般,只是如今圣上这般坚决,又该如何是好?"

"这倒不难。"周必微微一笑道,"只是不晓得太子愿不愿意放人?"

"放人?!"

"不错,太子的名声关系着大宋江山,圣上绝不会让你在没成婚前就与其他女子不清不楚,你若当真想与思云姑娘长相厮守,那就暂且先让她回运河。"

"回运河?"

赵哲的心倏然一紧,脸上也随之露出犹豫的神色。他晓得周必说得对,若想有所转机就需以退为进。然而,他又怎会舍得让思云离开自己?离开我,她的安全怎么保障?

周必察言观色,心知赵哲心中的纠结,便不动声色地从面前的案几上拿起茶杯,刚喝了口茶,杯子从手中滑落,径直砸到了地上。随着一声脆响,杯体眨眼化为碎片。

徐爻和赵哲双双一惊,同时看向周必。

"对不起,一时手滑,没能拿住杯子。"周必仍是一副云淡风轻的模样,"不知太子能否从中悟出些许道理?"

赵哲皱了皱眉头,仍是一副茫然的表情。

"太子如今的处境就如此杯,稍有不慎就会自身难保。"

周必的话振聋发聩,一时间莫说赵哲,就连徐爻也愣在了原地。

"康王能够成为太子,这一路离不开众人的扶持。若是你走错半步,不仅自身,就连朝中文武大臣也必将受到牵连。您不以退为进,怕思云姑娘成为众矢之的。"

周必直切要害,赵哲猛然惊醒,出了一身冷汗。

"周兄你说得对,确是我一时情急疏忽了。"赵哲抱歉道。

周必叹了口气:"太子与周某向来交情甚笃,你对思云姑娘的真心我又怎能看不到?只是眼下的情势,容不得半点疏忽。太傅,周某说的可对?"

"国师果真高义。"徐爻赞叹道,"这一番话莫说太子,就连徐某亦是醍醐灌顶。依国师之见,接下去该怎么办?"

"太傅放心,周某定会帮助太子。"

周必眼见得赵哲低着头面露沮丧之色,心中很是不忍。

"看今日的天气,今夜定当星云汇聚。明日早朝,我定当回禀皇上观星结果。"

说到这里,周必的眼神变得柔和。

穿宋之赵眶决

"周某还有一事要提醒太子,圣上今日突然发话,想来并非空穴来风,知晓思云姑娘之人身在暗处。太子还应多多加派人手暗中保护思云姑娘,莫要途中再生差池。"

"周兄提醒得极是,等我回府后定会对思云有所安排。"

赵哲说到这里,脸上不禁浮现出一丝忧虑。

是夜,太子府后花园水榭。赵哲和李思云相对坐在石桌旁,二人边吃边聊,兴奋地说着相遇以来的点点滴滴,此时不知不觉都呈现出了些许醉态。

"登徒子,你还记得咱们一道去集市做油炸秦桧吗?"

李思云在喝了口酒后兴奋地说道:

"秦桧老贼在朝中做了许多坏事,以为自己一手遮天,没人敢招惹。可没想到你却是天字第一号不怕事的,竟然想出了做饭的法儿将其戏弄了一番,叫人好生快活。"

赵哲嘲讽一笑:"眼下留着他暂且有用,总有一日本太子会还天下人一个公道。"

李思云深深地看了赵哲一眼,眼神中满是钦佩:

"登徒子,我信你。"

"信我就好。"

赵哲边说边将李思云搂入怀中,温柔地耳语道:

"疯婆子,无论这天下人怎样说,只要你一人信我就够了。"

尽管从理智上看,周必说得是对的。可就在这一瞬间,赵哲却仍决定将李思云继续留在自己身边。若是父皇当真为此龙颜大怒,一切后果就由他独自承受。只是这好不容易才有的感情,绝不能就此错过。

是的,只要有你在我身边就好。想到这里,赵哲的目光决然。

次日早朝刚一结束,赵构就命康履将三人再次招至御书房。

"国师,昨夜观星结果如何?"

待三人在屋中站定,赵构迫不及待地问道。

"回禀圣上。"周必深施一礼道,"昨夜观天象,山义已有答案。"

"哦?"赵构的唇边泛起一丝笑容,"说来听听?"

周必看了身旁的赵哲一眼,随后说道:

"圣上,据星象所示,这位太子妃现下应是在临安城外,可以派人向东

寻找。"

"临安城外？向东？"赵构沉吟片刻，"国师，这东面可是运河，莫非此人正是那船家女？"

"圣上明鉴，此女虽是船家女，来历却也非同小可。她精通文韬武略，日后定将成为太子的得力助手。"

赵构听到"船家女"三字登时气不打一处来，这样的身份嫁入宫中成为太子妃，必将会遭到他人非议，成为皇家难以洗净的污点，无论如何也要阻止。

"国师，你当真看准了？"

"是。微臣不敢欺瞒圣上，依照星宿所示确是如此。"

赵构见周必说得这般振振有辞，更加气恼。重重拍了一下桌案，高声训斥道：

"国师，朕晓得你与太子向来交好，心中有所偏袒亦是应当。只是此事，关系着朝廷命运，你该有个轻重。"

周必刚要说话，忽见赵哲伸手撩起袍子，双膝跪倒在地。屋中人见此情形，全都一愣。

"父皇莫要怪罪国师，是儿臣要他这样说的。"

"太子？！"

"国师对伯琮情谊深厚，点点滴滴我都记在心里。只是此事乃是家事，本就该我独自承担，国师就不必多说了。"

赵哲说到这里，又看向赵构，"父皇，儿臣晓得你生气，可还是想按照自己的想法过活。旁人都觉得皇家高高在上，日子让人羡慕，可又有谁知晓其中的无奈？要儿臣说，皇家生活哪里都好，就偏偏少了个'情'字。父与子、夫与妻、君与臣，不能只是掌控与被掌控的关系，更应该以'情'来维系。父皇一生励精图治，历经重重磨难，方才换来如今的大宋江山的稳固，可这宫中却依旧冷清。儿臣只是个普通人，心中只想与所爱之人共度一生，还望父皇体恤，让伯琮达成所愿。"

说完，赵哲身子前倾，双手撑地，重重地磕了三记响头。

"圣上……"

徐炙和周必见此情形，也双双跪倒在了地上。赵构见此情形，脸上登时现出一丝愕然。

"太傅、国师，你们这是作甚？"

"常言道,教不学师之惰。如今太子犯错,我这个做先生的亦脱不了干系。如若圣上要罚,那便一道惩罚吧。"

徐爻侧头看着赵哲,心疼地说道。

"太傅说得没错,山义同样领受。"周必也在一旁附和道。

赵哲看着徐爻和周必一道为自己求情,心中不禁悲喜交加,苦苦劝说道:

"先生、国师,你们不必如此。此事因伯琮而起,理应由我受罚,你们快快起来。"

"太子莫要这样说,我与徐先生既已参与到此事当中,那就不能置身事外。"周必说到这里,再次看向赵构,"圣上是明君,山义相信此事定会有个公平的裁断。"

"公平的裁断?"赵构冷哼了一声,"国师,太子曾和朕打过一次赌,赌注是宽容之心,莫非如今你也想再赌一局?"

"是,臣也想赌一局。"周必起身施礼道,"臣想赌圣上的慈爱之心。山义晓得,这些天来,圣上遭遇了很大的变故,太子和寿王是圣上最珍视的儿子,你肯定是希望能够好好保护他们。不过正如太子所说,每个人的想法不同,即使同样的做法结果也未必一致。所以微臣斗胆希望圣上能够多为太子考虑,莫要做出遗憾之事。"

周必原以为自己这番晓之以理动之以情的劝说定能让赵构有所醒悟,谁知对方不仅没有消气,反而更加急躁。

"国师,你这是在逼朕吗?"赵构蓦地站起身来,大声说道,"皇家有皇家的礼制,无论是谁都不可触动半分。来人,将太子押到文德宫,没有朕的命令不准放他出来。"

徐爻和周必没想到赵构会这么做,一时间不禁愣在原地,待反应过来后连忙再次为赵哲求情。令人意外的是,赵哲表现得异常冷静。

在听到父皇的命令后,他缓缓起身,深施一礼道:

"身在皇家本就有许多无奈,儿臣身为太子,一边是天下,一边是情感,这两者我无从选择。父皇如今惩戒伯琮,儿臣亦不怪您。只是希望父皇不要为此事嗔怪他人,所有的惩罚都由伯琮独自承受便是。"

说完,赵哲向赵构深施一礼,跟在康履身后走出了书房。

太子府侧厅,李思云听周必和徐爻二人说完宫中情形,顿时露出惊愕的表情。

"思云姑娘,我王兄今日落得这步田地可都是因为你,依伯麟看,你还应早些拿出主意才好。"唐王赵伯麟见李思云定定地看着徐爻和周必不发一言,焦急地催促道。

"唐王莫要着急,思云姑娘自有主张。"

周必看了赵伯麟一眼,示意其安静,随后对李思云道:

"思云姑娘,唐王虽说着急,话却在理。如今圣上震怒,将太子禁足在文德宫,确是唯有你方能救他。"

李思云低头沉默半晌,才犹豫地说道:

"周先生,思云有一个不情之请。"

"姑娘,请讲。"

"圣上之所以迁怒太子,不过是因为不喜思云罢了。倘若思云离开,此结自然可解。"

郑儿原本只是安静地听着众人的谈话,这段时间在赵哲的努力促成下,王爷已答应将她许配给赵伯麟,并且还为二人定下了婚期。因此,她的言行举止也一改往日风风火火,更加贤淑恬静。如今对于郑儿来说,没有什么比夫唱妇随来得重要。尽管如此,此时一听李思云这般说,仍立刻着急起来,当即跑到其身旁,用力握着李思云的手,急急地说道:

"思云姐姐,此事还需从长计议。你也晓得自己在太子心中有多重要,若是他回来寻不见你,又该如何是好?你先别急,咱们一起再想想办法,一定可以解决。"

李思云心中一暖,笑着劝慰郑儿道:

"郑儿妹妹,我晓得你是为我好,也晓得太子的心。只是如今大宋好不容易才有了眼下这幅光景,实在不能有任何波折。我晓得到时太子起初定会极为难过,但有亲朋陪伴,想来也一定会很快平复的。我本就是渔家女,在运河上自由自在惯了,自然不愿受皇家礼仪约束。这样一来,伯琮能实现心中抱负,而我能过上自在的生活,岂不更好?"

"可是……"

李思云向郑儿摇了摇头,示意其不要再说下去,而后又对屋中众人行了个万福,继续说道:

"思云晓得诸位不愿让我离去,可为今之计,这的确是搭救太子最好的法子了。思云此生无所求,只愿太子日后成为一代明君,为大宋百姓带来盛世福祉,那我此时的退出,便有意义。"

"思云姑娘高义。"周必起身说道,在深深鞠了一躬后,感激地说道,"周某替大宋百姓谢姑娘恩情。"

赵伯麟等人见状也一道向李思云抱拳施礼,感激道谢。

李思云看着众人,心中很是感慨。她原本极为珍视这段感情,而今却只能无奈地放弃。可这又能怪谁呢?身在朝堂原本就有太多的不如人意,只希望所爱之人经此一事,内心变得更加强大,真正达成所愿。

想到这里,李思云含泪而笑。

次日黄昏,文德宫寝殿。周必在押解官员的陪同下走了进来。和平日上朝时身着八卦仙衣不同,此时他穿着一件青色的衣袍,看上去更加文雅,就像是个私塾先生。

"国师此番前来,莫非是来替父皇传旨,废我太子之位的?"

"太子此话怎讲?"

赵哲苦笑道:"如今圣上因感情之事将我押到文德宫,想你此次前来,定是受其指派。定是以太子之位相要挟,逼我放弃思云罢了。"

"那你又会怎么办?"周必不动声色地问道。

"我?!"赵哲苦笑一声道,"国师与本太子相交多时,也晓得我这个人向来固执得很,一旦打定主意就不会改变,此事亦是如此。"

"若我说是来放太子的,又该如何?"

"放我?!"

赵哲的脸上现出讶异的神情,从被抓到被放只有短短一天,依照父皇的性子绝不是这样的,其中定是另有缘由。

"是,放你。"周必掷地有声地说道:"圣上特意叮嘱要我转告太子,明日早朝继续,过往之事永远不提。"

说完,周必转身向殿外走去。

赵哲呆呆地看着周必的背影,待缓过神来,上前拉住了对方的胳膊,探问道:

"可这是为什么?"

"什么为什么?还你自由还不好?"周必笑了笑,"难不成太子在这里当真住上瘾了,还要继续住下去不成?"

"周兄晓得我不是这个意思。只是父皇向来疑心病重,遇到不顺心的

事情亦不是这般宽容。今日事有蹊跷,你又怎能让我不怀疑?"

周必略有迟疑,随后笑道:"太子方才说圣上疑心病重,自己何尝不是?依周某看,此事究竟有没有蹊跷,不如等到你回府后再说。"

说罢,周必头也不回,快步走出寝殿。

太子府门前,红毡铺地,刚刚打扫干净的大门台阶两侧摆放着五颜六色的鲜花。此刻,唐王赵伯麟、准王妃郑儿和仪王赵士程正带着全府上下数百人站在大门外焦急地等待着。

"唐王,等会儿太子若是没有看到思云姐姐,一定问。到那时,咱们该怎么说?"

想到即将发生的事情,郑儿一阵紧张。

"不怕。"

唐王赵伯麟一改平日里嘻嘻哈哈的模样,郑重地说道。

"若是那样,本王自会和王兄说明。"

"唐王兄说得对,太子向来胸怀天下,想必不会计较眼下的分离。"

赵士程听赵伯麟这么说,也在一旁附和。

郑儿叹了口气,低下头,目光落在了台阶上一盆开得正好的白茉莉上。李思云曾跟她说过,太子最喜欢的就是白茉莉,也正因此。在其到府不久,李思云便在后院种满了这种花。每当微风拂来,花香阵阵,沁人心脾。

"你们哪里知道,思云姐姐在太子心中的位置?若是看不见她,只怕连王位都会舍弃,更别提什么朝野天下了。"

赵伯麟和赵士程对视一眼,不约而同一阵烦闷。刚想说话,便听管家兴奋地说道:

"唐王、仪王,太子回来了!"

赵伯麟和赵士程循着人声看去,但见从街角闪出两匹马,前面那匹马上坐着的正是太子赵伯琮,紧随其后的则是周必。

"没错,是王兄,他可算是回来了。"

赵伯麟三人见此情形,刚刚的郁闷顿时一扫而光,脸上同时露出惊喜的表情。

少顷,待两匹马来到众人面前,赵哲勒住马头,身子前倾,笑着说道:

"你们都在呀?"

郑儿看了一眼赵伯麟,笑盈盈地回答道:

穿宋之宝哎液

"太子有所不知,我们晌午饭都没吃就等在这里了。好在你回来得快,不然我们肯定饥肠辘辘了。"

"好啊,那过会儿就多给你个鸡腿。"赵哲开玩笑道。话音落下,他又看了一眼面前众人,讶异地问道:"思云为何不在?"

众人听到问话全都低下头不再作声,原本热闹的场面瞬间安静。

赵哲见众人神色有变,登时察觉出异样,心中不禁一阵惶惑,飞快翻身下马向院中李思云住处跑去。

赵伯麟见此情形登时吃了一惊,正欲上前追赶,衣袖忽地被周必拽住。

"周兄,你……"

"唐王,解铃还须系铃人。周某晓得你关心太子,然今日之事谁都不便插手,唯有他自救。"

"依周兄之意,难不成咱们就在此处干耗着?"

周必看了一眼赵哲方才离去的方向,轻叹一声道:"只能如此。"

赵伯麟此时内心满是纠结,周必说得对,眼下赵哲正在心烦,想来无论谁的话都听不进去。可平日里王兄与思云姑娘那般亲近,若是发现她不在了,不晓得王兄心中会有多痛苦。想到王兄定会因此事而受到伤害,他不禁一阵难过。

"伯麟兄,我觉得周兄说得在理。"赵士程见赵伯麟阴沉着脸不说话,便也在一旁说道,"为今之计,确是只有静待。"

赵伯麟看了一眼郑儿,见对方向自己点头,便也勉强说了声"好"。随后吩咐府中下人各自散去,院中很快只剩下了他们四人。

太子府李思云卧房,须臾,随着一声门响,赵哲兴冲冲地走了进来。

"疯婆子,你在哪儿?我回来了,还不赶快出来?"

他边说边向里面寻去,然而,屋里此刻已是空空荡荡,根本不见人影。

赵哲找了一圈,最后来到靠窗放置的书桌前站定,原想拿起李思云平日里读的书,视线却恰好落在了一封信上。只见信封上端端正正地写着他的名字。

"这个疯婆子,怎么会玩这样的小孩把戏?"

赵哲笑着伸手拿起信,只匆匆看了一眼便觉无趣,气得立在原地。他将书信放回原处,急急出门而去。一阵风吹来,将刚刚放在桌上的信纸

吹落到了地上。但见那信上内容很短,字迹极为潦草,纸上还有两处早前被洇湿的地方,一眼便可知写信人心中的痛楚。

"伯琮:

"见字如面!当你看到这封信时,我已离开太子府,继续到运河做一个潇洒来去的船娘了。承蒙你的不离不弃,这段时日对我的温柔体恤与关照,让我真正感受到了一个女人的快乐与幸福,就好像是黑暗中的微光,尽管只是一瞬,却足以温暖一生。有这样的记忆为伴,思云此生足矣。"

"尽管如此,思云也晓得你我之间的云泥之别。这是宿命,就怪不得旁人。也正因此,每每午夜梦回,思云心中就会有强烈的不安。伯琮,你可知被幸福和难过同时折磨的滋味?就好像是被刀子反反复复地割着一样,痛苦无法自持。"

"伯琮,如今咱们该做个了断了。纵使心中万般不舍,可这也是最好的结果了。小舟从此逝,沧海度余生,又何尝不是一种解脱和祝福?"

"伯琮,我走了,只望你莫要忘记心中抱负,成为一名千古明君,终不负思云的这番苦心。余生我将继续爱你,祝福你,追随你,只是不再朝朝暮暮陪伴左右。纵使如此,相信你日后也定会再遇良人,获得幸福。到那时,于我来说便已是最大的慰藉。"

太子府马厩,赵哲飞快地解开马缰,牵着马向院门走去。此刻,他的脸色冷若冰霜,浑身上下散发着冰冷的气息。刚到正门,便看到周必四人站在那里,目光中满是关切。

"王兄,你要去何处?"

见赵哲迎面走来,赵伯麟立刻伸手拉住了马缰。

"松开!"赵哲命令道,他瞪了一眼周必,继续说道,"莫要耽误我去运河。"

"王兄若是这么做,岂不是辜负了思云姑娘的一片心?"

赵士程起先没有说话,此刻见赵伯麟劝不住赵哲,便也忍不住说道。

"思云姑娘此番离开,并非你二人情感之事,而是不想让你因身份之别,被圣上责罚。正如她所说,大宋社稷刚刚安稳,确是禁不住任何风浪。一个女儿家尚且为了成就大业如此隐忍,你怎能还不如她?"

赵士程这番推心置腹的话字字句句敲击着赵哲的心,令其惭愧不已。然而,此刻他却来不及更多思考,只想马上赶到爱人的身边。

打定主意,赵哲也不说话,只是牵着马从众人身边径直经过。

"王兄……"

赵伯麟刚说了句话,便又被周必拉住。

"唐王,解铃还须系铃人,如今太子这心结唯有思云姑娘方能解开,还是让他去吧。"

周必边目送着赵哲出门边说道:

"伯琮,想来若是不能和心上人好好道别,你心里会一直存有遗憾。既是如此,那我就为你做这只解铃的手,为你了却这桩心事。"

由于心中着急,赵哲一路上不断地打马前行。尽管如此,因为皇宫距离城门甚远,等他出城赶到河边已是冷月当空。然而和先前不同,那两艘最熟悉的船并没有停靠在岸边。等他急匆匆赶到渔村见到宋丰才知道,原来就在当天晌午,李家父女就驾着小舟顺水而下。去了何处,并无人知晓。

渔村,宋丰见赵哲呆怔地看着自己,便劝说道:

"兄弟,常言道,夫妻床头吵架床尾和,你无须将此事放在心上,等过几天思云散心回来,再软语温存一番,自然就会好。"

软语温存一番,自然就会好的?如果这世间的事情当真如此简单,倒也好了,可惜往往事与愿违。

想到这里,赵哲的唇边泛起一丝自嘲的笑,抬起手来拍了拍宋丰的肩膀,感激道:

"多谢兄弟,若你看到她,劳烦将这个交给她。"

说完,赵哲从袖筒中拿出了一串用白菩提根雕成的佛头手串递给宋丰。这手串原本是上次去城南安国寺烧香时李思云一眼看中的,只是由于价格不菲,故此未买。赵哲从郑儿那里得知此事后便悄悄派人到庙里请了来,原想生日那天给心上人一个惊喜,不料中间却出了这件事,想来也只能转托他人代赠了。

"兄弟放心,宋丰一定带到。"宋丰说完伸手接过手串,细细打量半响道,"这手串雕工如此精致,想来应是价格不菲。思云妹子能得温兄弟如此爱护,确是一桩幸事。"

赵哲摇了摇头,随之苦笑,似有话说,最后却又勉强收了回去。抱拳向宋丰道谢后,便告辞离去。

由于心中惦念上朝,回来的路上赵哲一直催赶着马儿。匆匆行了一

路,到达城门时,仍是皎月当空,城门紧紧关闭。

赵哲环视四周,见周围一片寂静,便下了马,信步来到靠右侧的城墙处坐下,刚想把身子倚在石壁上歇息,就听城门传来了沉重的吱呀声。

赵哲讶异地转过头去,月光下,只见一身青衣的周必站在刚刚开启的城门前看着他,夜风吹来,对方原本就很清俊的模样带着几分仙风道骨,活脱脱一个俊俏神仙。

"周某特意在此处等太子。"

沉默须臾,周必开口道。

"哦?"赵哲的脸上现出一丝玩味的表情,似笑非笑道,"国师在此处等待做甚?是故意来看本太子笑话的?还是要我断情绝爱的?"

当说到"断情绝爱"四字时,赵哲的心一阵剧痛,就像是被谁揪着般难过。

"非也。"周必摆了摆手,"周某只是惦记太子,故此等待。"

"哦?那可当真是误会国师了。"赵哲仍是一副不屑的模样,"既是如此,不知国师有何指教。"

"太子,周某晓得你因为思云姑娘不告而别迁怒于我,然为今之计只能出此下策。你也晓得圣上向来猜忌心强,如今断了你的念想,反倒使他有所放松。如此一来,你大可借此时机韬光养晦,笼络各方势力,为日后登基作准备。何苦非要以卵击石,使自己陷入万劫不复的境地?"

赵哲的脸上现出震惊的表情,周必说得没错,人不能只看眼前,更应该多为以后着想。只是一想到他和李思云今后要分开,心中不免又是一阵难过。

"国师说得没错,可人非草木。孰能无情?伯琮虽身为太子,亦是不能免俗。"

周必摆了摆手,笑着安慰道:"太子,可是以为你与思云姑娘这一别就是永远,今后再无相见之日?正所谓,乌云遮日终有时,静待云开见月明。你和思云姑娘乃是三生三世的缘分,眼下虽有波折,终有一日还是会重聚。太子,不必为此忧心。如今朝中风波不断,还应安心处之才是。"

周必的话很快让赵哲内心安定了下来。两情若是久长时,又岂在朝朝暮暮。思云临走前也在书信中要自己以大局为重,莫要忘记心中抱负。

穿宋之宝哂凌

一个女子能够为江山社稷做出如此牺牲,他身为男儿又怎能只是一味沉湎于情爱,弃大局于不顾。

想到这里,赵哲长叹一声,双手抱拳向周必深施一礼,感激道:

"国师之语当真振聋发聩,令伯琮醍醐灌顶。只是……"

"只是圣上一旦催太子娶妻,又该如何是好?周兄,你也晓得我对思云之情这般真挚,已经容不下旁人。若是因为父皇之命勉强娶妻,却不能给其幸福,实乃害人害己,伯琮实在不愿担此罪过。"

"这……"周必掐指算了算,眼睛突然瞪大,一副震惊的表情。

"周兄,怎么了?"

周必定了定神,向赵哲摆手道:"无碍,太子,如今天色不早,咱们还要赶回宫中上朝。闲言少叙,还是抓紧赶路吧。"

周必边说边来到他的那匹矮脚马前,此马身形虽说和正常马儿相似,但腿部极短,撑着巨大的身子看起来极为滑稽。尽管如此,它仍备受主人喜爱,不仅平时食料是最好的,就连走路多了,中途歇上一歇也没关系。

赵哲注视着周必上马,而后来到自己马前,翻身上马后猛地勒紧缰绳。随着一阵急促的蹄声响起,两匹马同时穿过城门,消失在了重重暗夜中。

早朝一切正常,除了几个文武大臣的奏报,赵构并没有过问其他。只是在散朝后,才以赏花为名让康履将赵哲传至后花园。

赵哲心知赏花是假,父皇探问自己心思是真,故此在与赵构见面后始终提防,言行举止也极其谨慎。

"太子,朕听说那女子在你府中的院子里种满了茉莉,不知可有此事?"在后花园转了一圈后,赵构将赵哲带到了水榭。父子俩先后在石桌两侧坐定,赵构不动声色地问道。

"是。"赵哲坦言道,"儿臣不敢欺瞒父皇,确有此事。"

赵构叹了口气:"看来这女子对你倒是一片真心,只可惜你二人身份悬殊,倘若你今后即位,此事传至坊间,必定会成为他人茶余饭后的笑柄。不如快刀斩乱麻,娶个贤良淑德的太子妃,她可母仪天下,成就一番佳话。"

赵哲见父皇旧话重提,便决定实话实说。在赵构探寻的目光中,他忽然起身撩开袍底,重重地跪倒在了地上。

"太子,你这是做什么?"

"父皇,那女子虽出身寒微,却是儿臣心爱之人。除了她,儿臣心中再也容不下旁人。"赵哲恳切地看着赵构,苦苦哀求道,"如今她既然走了,儿臣只想把心思全都放到理政上,还请父皇收回成命,不要让儿臣再娶其他女子。"

"胡闹!"

赵构向来金口玉言,自从登基后就再没人这般肆意地顶撞过他,故此见太子违逆自己,登时气不打一处来,猛地起身上前就是一脚,赵哲猝不及防,瞬间被踢翻在地。

"赵伯琮,朕早就跟你说过,你如今身为太子,每一个决定都关乎大宋的将来,就连娶妻生子亦是如此,怎可这般肆意妄为?倘若你执意胡闹下去,不仅辜负了朕的期待,更对不起这满朝文武和全体百姓,朕又怎能放心将这江山交付于你,何去何从,你自己好好想想吧。"

说完,他不等赵哲解释,便一拂衣袖转身气咻咻地离开了。

赵哲愣怔地看着赵构的背影,好半天才缓过神来,唇角也随之泛起一丝自嘲的笑。专一是现代男性的好品质,可如今呢,自己却因为不想多娶妻妾而被责罚,其中的变化还当真值得玩味。

想到这里,赵哲忍不住放声大笑。这笑声听起来也格外凄楚。就在这时,一阵脚步声突然传来,很快便在他身后不远处停下。赵哲转过头去,但见周必站在身后,一脸关切地看着自己。

"你……"

赵哲刚说了个"你"字,忽然像是想起什么,又将话收了回去。在周必的注视下,他径直向前走去,很快便与对方擦肩而过,消失在了花园小径的尽头。

是日黄昏,桐庐酒家。这里虽是临安城内最著名的酒肆,但由于位置偏远,故此此刻店内除了掌柜和一个坐在门口板凳上靠着墙打盹的跑堂,只有一名酒客,就是赵哲。

赵哲坐在靠墙的位置独自喝着闷酒,随着酒水一杯接一杯地入腹,他的视线也变得迷离。然而,心痛的感觉却丝毫没有减轻,反而越来越强烈。

自从来到南宋,赵哲就像是打开了任意门的机器猫,时时刻刻都有着不同以往的新鲜体验。但整日围绕在自己身边的除了徐爻、周必、赵伯麟、赵士程和郑儿,最重要的就是李思云。在陌生的时空里,这些熟悉的人也像是一道道光,温暖了他的人生。也正因此,如今李思云走了,心中才会这般痛楚。上一次如此心痛,是亲眼见证心爱的女人穿着婚纱走进婚姻殿堂,新郎却不是自己的时候。

唉,疯婆子,天上地下何其广阔,可却没有属于我们的一隅?难道这就是所谓的宿命?

就在赵哲拿着酒杯冥思苦想却得不到结果时,一个身影突然出现了他的面前。

赵哲抬起头来,但见来人正是周必,脸上的表情由期待转为失望。

"你?……周神仙,你一次次地跟着我,烦不烦啊?"

尽管对方用了不屑的语气,周必却没有因此恼怒,微微一笑,坐到赵哲对面的木凳上说道:

"唐王和仪王已经找了你好久,周某是听郑儿说你喜欢独自来桐庐酒家喝酒,这才来此碰碰运气,想不到还真是不虚此行。"

赵哲心中倏然一暖,表面却仍发出一声冷哼,继而拿起酒杯,继续喝起酒来。

"周某晓得你心中难受,如今说什么都听不进去,可即使如此,伯琮兄仍是周某的知己,有些话该说还是要说。"

周必起先拦着赵哲不让其喝酒,后来见实在拦不住,便也只得放弃,自顾自地说着。

赵哲透过杯口的缝隙看了周必一眼,却并不答话。

"伯琮兄不是向来爱听野史杂谈,那我便来说个故事吧。"

"哦?"赵哲放下杯子,一脸好奇地说道,"说来听听。"

周必见对方着了自己的道,心中登时一阵暗喜,表面却不动声色。

"你晓得徐爻先生出身的徐家是世代忠良,尤其是唐初的徐世勣更是青史留名,被世代所敬仰。"

赵哲皱了皱眉头,他只晓得先生出身名门,却不晓得竟是这般来历。

周必见赵哲如此表现,心中登时暗喜,表面却仍不动声色地说道:"咱们不说旁的,就说徐先生。想当年他没满二十岁就陪先皇一道前往北国受辱,以白衣之身屡次保护两位先皇免受责难,更是有了'雪落会宁'的传说。"

"雪落会宁"的传说,赵哲刚来宋朝就曾听李思云说起过,据说徽、钦二宗在流落北国后屡次遭受金主完颜宗翰的欺辱,有一次甚至当众要将人皮剥下做鼓。情急之下,多亏一名来自宋朝的白衣秀士使出十步一杀的剑术绝技,这才吓退了金人,保了二帝的周全。如今虽说二帝仍身在北国,金人对其却也只是供养,再无残害。想不到那位因超绝剑术而名震北国的书生居然就是自己的老师,想到这里,赵哲心中自是震惊不已。

"伯琮,徐先生不满二十岁就奉命前往北国,这是因为其心中怀有家国情怀。你作为他的学生,如今却被情所困,几欲耽误大事,想来即使太傅不说,心中也定会极为失望。"

周必眼见时机成熟,忽然加重语气说道:

"可能你会说这没什么,就算这样,你能对大宋子民的安危置之不顾吗?就像圣上所说,你若一意孤行,日后定会坏了大事。伯琮兄,伤心难过终有尽时,该醒了。"

赵哲一阵赧颜,可仍继续求证道:

"周兄,你为何这般坚定地认为我就是那个天选之人?"

"因为你有一颗仁善之心,日后也定会是一位仁主明君。伯琮,此刻周某可以任由你继续沉浸在情绪当中,不过等从此处出去,你就必须调整心情,成就一番大业,这才不辜负大宋子民的期待。"周必郑重道。

在听到周必的这番说辞后,赵哲的身子一震。作为学生,自愧不能与先生当年的壮举相比;作为当权者,将百姓利益放在一旁,只是一味沉浸在个人情绪当中的做法更加令他汗颜。周必说得没错,作为当朝太子,自己必须成熟起来,尽快肩负起该肩负的责任与使命。而不是在这里自怨自艾,对其他事情置若罔闻。

"周兄,你说得对,是伯琮思虑不周。"赵哲拿起酒坛,在二人面前的碗中倒上酒,心悦诚服地说道,"就以此酒向你赔罪。"

"伯琮兄言重了,周某也不过是说真心话。常言道,守江山易,得感情难。思云姑娘是聪明人,心中自然有所定夺,你们的感情不会那么轻易说散就散。"

"但愿。"赵哲苦笑了下,"方才听周兄一席话,我才明白咱们之间的差距。等回宫自会向父皇请罪。"

"难为伯琮兄了。"周必诚恳地说道。

赵哲没有说话，只是在两碗相撞后，仰起头将酒喝了个精光。

是夜，赵构寝殿。赵构此刻正身着黄色水衣，坐在龙榻对面的书桌前习字，随着手腕有规律地运动，一行行大气飘逸的毛笔字跃然纸上。

正当他写得兴起，此前一直在门口守夜的康履忽然走了进来。

"启禀圣上，太子来了，此刻就在门外。"

"哦？"赵构皱了皱眉头，"他说什么了没有？"

"没有。"康履摇了摇头，"奴才跟太子说，圣上身子不舒服已经睡下了，可他就是执意不肯回去，还有就是……"

康履说到这里，话戛然而止。

"还有什么？说下去！"

"还有太子好像喝了酒，有些醉态。"

"喝酒？"

赵构听到这里不禁有些诧异，太子从小到大言行举止一直合乎礼数，怎么今日好端端地竟然独自跑去喝酒？难不成真的是自己逼得太紧？

想到这里，赵构侧头看向窗外。只见外面大风忽起，刮着树枝不断拍打着窗户，沙沙作响。

看到这一景象，他忍不住叹了口气，吩咐道：

"你把太子叫进来……对了，再去趟御膳房，做一碗醒酒汤来。"

康履应了一声，急急走了出去。不多时，赵哲神情沮丧地低着头走进室内。没等赵构说话，赵哲便跪倒在地上。

赵构吓了一跳，快步来到赵哲面前，欲伸手将其扶起，不料却被对方拒绝。见此情形，也只得作罢。

"太子，你这是做什么？"

"父皇，儿臣是特来向您请罪的。"

赵哲垂头丧气地说道，因刚喝过酒，声音显得有些沙哑。

"哦？请罪？"赵构似笑非笑，来到桌前坐下，继续问道，"太子不妨说说，所犯何罪？"

"儿臣不听从父皇安排，一意孤行，此一错也；忘却太子本分，一走了之，弃朝廷与百姓于不顾，此二错也；因心情烦闷借酒消愁，险些误了大事，此三错也。儿臣身为太子，却同时犯下三错，上愧对父皇的期望，下辜负了大宋百姓，自觉罪不可赦，还请父皇责罚。"

说到此处，赵哲纳头便拜，在地上重重地磕了三记响头。

"哦,这还当真是该罚,看来还是平日朕对你过于仁慈。"

赵构毕竟身为人父,此刻见儿子这般举动,心头登时一软,气也早已消了。不过,外表却还装作严厉,用双眼瞪视着赵哲。

"儿臣自知有错,此番回来就是接受责罚的。"

赵哲低着头,不敢与父亲对视。

赵构咳嗽了一声,询问道:"不过有件事朕还当真奇怪,太子缘何今日能够到朕这里请罪?"

"是先生和国师点拨,儿臣这才明白过来。"

赵哲见父亲不再生气,便也就挺直身子,如实答道。

"哦,太傅和国师还当真有心。"

说着,赵构又叹了口气,起身来到龙榻前坐下。

"太子,起来吧。说起来,咱们父子俩确实有很长时间没有心平气和地说过话了,不如趁着今夜来个秉烛夜谈。"

"儿臣不敢。"

"有何不敢?这里只有你我父子二人。无须尽君臣之礼,只要做一对最平凡的父子就好了。"

赵构说到这里,用手拍了拍身旁的空位,示意儿子过来坐下。

赵哲见状也只得听从父亲吩咐,在其身旁坐下。

赵构静静地打量了儿子一会儿,缓言道:

"伯琮,你是否还记得当初和朕初次见面时的情形?那年你只有五岁,由于天生身子弱,我担心旁人服侍不好你,便让乳母随你一道进宫。谁知,你刚一进宫就劝阻寿王踢猫,还说不该伤害生灵,应该休戚与共。那一瞬间朕当真被你感动了,觉得你就是上苍派来的福祉。果然,你没有让朕失望,文韬武略样样精通,的确是个不可多得的帝王之才。你的仁善之心更是难能可贵,而也正是因为这样,朕才最终下定决心,让你成为太子。"

赵构推心置腹的言语让赵哲更加懊悔,在对方的注视下,他低下头说道:

"儿臣辜负了父皇的厚望,属实该罚。"

"不,让朕把话说完。"赵构摆了摆手道,"实话说,你今日在御花园顶撞朕,朕起先确实有些生气。不过后来转念一想,还当真有几分朕当年的风采。二十五年前,金国要大宋派人前去议和。表面说是解决问题,实则不过是扣在那里做人质。朕知晓此事后立刻进宫面见先皇,自告奋勇前去议和。先皇担心朕的安危,起先并不应允,后来见朕决意如此,这才改换了主意。想来那时朕也和你如今一般年纪,就连这认准一件事死不回头的性子也是和你一模一样。"

赵哲讶异地看着赵构,他以前只觉赵构是由于胆小方才忌惮金人,却没想到其居然也有这般英雄传奇。

"你也晓得那金人的性子向来残暴,哪是说惹就能惹的?况且我又身为大宋的质子,其中艰难自不必说,几次都是死里逃生,好在坚持下来了,这才有了如今的光景。"

赵构说到这里,起身向前走了数步,看得出来,他在努力压抑着心中的激动。沉默须臾,继续说道:

"朕晓得你们觉得我性情绵软,不敢与金人为敌,甚至有人在背后叫朕不抵抗皇帝。可你们哪里晓得朕心中的苦楚,如今大宋历经波折方才停止战争,经历了那么长时间的战乱,百姓是时候好好休整一下。朕身为一国之君,无论用怎样的手段都必须尽可能地将这时间延长,哪怕骂名重重,也该如此行事,因为这是朕的责任。伯琮,你身为太子亦是如此。这不仅是责任,更是宿命。"

赵哲见赵构满是期待地看着自己,心中自是又难过又惭愧,一时间竟无法用言语表达。昏暗之中,他看到对方头上的白发比先前刚见面时多了许多,也在不知不觉中变得佝偻,心头更是一阵酸楚。

"伯琮,父皇如今已经年迈,不想再操心国政。你经历了先前的重重历练,如今也该独当一面。朕想等你成婚,便宣布退位,将大宋江山完全交付于你。朕相信,你不会让人失望,对吧?"

赵哲愕然地看着赵构,他没想到父皇原来是这样的安排。无论身为人臣还是儿子,自己此刻都该领命。可这样做无疑要对不住心上人了。

"太子,你可还有顾虑?"

赵构等了半晌,见赵哲仍不说话,便又说道。

赵哲下定决心后,起身跪倒在赵构面前,双手抱拳,感激道:

"承蒙父皇不弃,儿臣感激不尽。父皇放心,伯琮定当为大宋江山殚精竭虑,万死不辞。"

"好。"赵构满意地点了点头,伸手将儿子从地上拉起,"伯琮,你自幼便拜在徐爻门下,他又时刻照拂于你,名义上虽为师生,实则却也情同父

子。那芊涵少时也曾来宫中玩过,不仅容貌清秀,人亦十分聪慧,日后必定会对你有所助益。要朕说,此事不若就这般定夺。明日早朝后朕自会将此决定告与国师,选个良辰吉日让你二人结为连理,这样朕也就却了一件心头大事。"

赵哲知道如今赵构心意已决,自己无论怎么做都再无更改的可能,只能应下来作缓兵之计,因此便也勉强敷衍道:

"父皇劳心安排就是,儿臣定当全力配合。"

"好。"赵构满意地应了一声,"伯琮,天色不早了,你还是早些回府休息吧,明日还要早朝。"

赵哲双手抱拳称是,在赵构满意的目光中,后退出门。

夜已深,大雨骤起。一人一骑疾驰而过,穿过重重雨幕,向太傅府的方向驰去。

太傅府外,赵哲从马上跃下,来到门口,他抬起手来重重地拍打着木门。不多时,木门被打开,守门人见太子湿漉漉地站在外面,立刻瞪大双眼,赶紧引其到侧厅等候,并找人为其更衣。工夫不大,随着一阵窸窣的脚步声,太傅徐爻披衣出现在了门外。

正在焦急等待的赵哲见此情形,顿时心头一热,急急迎上前去。二人见礼后,徐爻便拉着他来到屋中坐下,边让丫鬟奉茶,边关切地问道:

"太子深夜到微臣府中,不知所为何事?"

赵哲并不隐瞒,一五一十地将宫中的事讲了一遍。

徐爻听完,沉吟片刻道:"不知太子如何看待此事?"

"不瞒先生,如今伯琮骑虎难下,倒也当真不知该何去何从了。"赵哲苦着脸说道,"按理,身为儿子和臣子,我确实应该听从父皇的安排,挑起这副担子。可……"

"可自古英雄难过美人关。"徐爻笑了笑,"你还是觉得若是这样做对不起思云姑娘。"

赵哲没有说话,只是点了点头。

"太子大可不必这般,为今之计,你只能挑起这江山重任,暂且放下儿女情长。思云姑娘聪慧过人,她自会明白。"

"可是先生,那芊涵……"

徐爻摆了摆手:"圣上这样做自有他的道理,他晓得你我关系,便想着通过结亲的手段拉拢我们徐氏一族继续为朝廷效力,巩固你的地位。我又是文官，不至于做大到难以控制。这般煞费苦心，太子缘何不懂？"

"想不到这里还有这般精巧的布局。"赵哲轻叹道，"先生，我是不懂，可你既已看破，为何还要这么做？"

"顺势而为乃是大道。"徐爻意味深长地笑道，"太子文韬武略，定会是一国明君。芊涵嫁给你，日后还将成为一朝国母，对我徐家而言是莫大的荣幸啊！"

徐爻这番话说得赵哲心中一热，他起身向先生深施一礼，感激道：

"先生苦心，日月可鉴，伯琮亦极为感动。学生无以为报，只能竭尽全力报效大宋。至于芊涵那边，先生放心，我与她定会效仿唐太宗与长孙皇后，定不负先生所望。"

徐爻心中亦是极为感慨。赵伯琮是他看着长大的，这孩子不仅聪慧，更有一颗仁善之心，这样的人若是一掌江山，确是百姓福祉。其与芊涵虽说没有伉俪之情，倒也有兄妹之谊，如今让二人成婚，也还是个不错的提议。只是有一利必有一弊，圣上一向厌恶外戚专权，若是自己插手太深，日后必定会祸及徐家。只能等到伯琮独当一面，他便抽身做个洒脱淡泊的闲散老人，如此甚好。

数日后，在国师山义的推算下，太子赵伯琮和太傅之女徐芊涵的大婚定在三个月后的冬月初十。

大婚当日，赵哲一大早便神情木然地在一众太监宫女的服侍下换上衣黑色、下裳红色的九章冕服，头上戴着前后各垂着九道玉珠的冕旒。他原本就长得清俊，再加上通身的华服，更是万里挑一的好男儿。

看着铜镜里的自己，赵哲心里不由得一阵难过。以前和李思云在一起时，他曾无数次暗中想象过自己穿上这身衣服，迎娶李思云的模样。到头来，衣服还是他的，新娘子却变了模样。

想到这里，赵哲唇角不禁泛起一丝苦笑。

忽然，随着一阵脚步声响，门被人从外面撞开，赵伯麟、郑儿和赵士程出现在门口。见赵哲正看着铜镜发呆，几个人都有些不知所措。直到对方看向他们，他们才又有说有笑。

"王兄今日大喜，为何反倒将自己关到房中发呆？莫非是觉得新娘子不好看？"赵伯麟打趣道。

赵哲强作笑颜，起身答道："伯麟这张嘴如此厉害，郑儿，你可要时刻

给他些颜色看看,免得管不住,以后有你好受的。"

众人登时哄堂大笑。

赵哲笑着说道,"好了,迎亲的时辰快到了,唐王、仪王你们先去看看下人的准备情况吧。"

赵伯麟和赵士程应了一声,转身走出卧房。郑儿本想随赵伯麟一道离开,却被赵哲叫住。

"郑儿……"赵哲犹豫片刻,问道,"我此前要你帮忙查的事情可有眉目?"

郑儿犹豫了下,摇头道:"太子,江湖渺渺,思云姑娘武功又那么高,她若想藏起来,单凭你我之力又怎是轻易就能寻得见的?"

赵哲应了一声,表情随之落寞。

郑儿见状心中顿时不忍,便继续劝说道:"虽是如此,可凭着王爷与她的这份情谊,思云姑娘也定然不会走远。郑儿斗胆猜想,如今她不过是寻了个地方暂时躲了起来,说不定王爷的一举一动她全都知晓。"

"倘若如此,倒也还好。"赵哲苦笑道,"只怕她当真一走了之,从此天涯海角再难相见。"

"太子何必如此悲观?事情未到终局便可能有转机。"

郑儿见赵哲心情不好,迅速转移了话题,"今日可是太子大喜的日子,应该开开心心的。徐家世代官宦,芊涵小姐更是名动京城,不仅人长得美,知书达理,日后也一定会成为大宋最好的皇后。咱们从小一道长大,虽是主仆,可在郑儿的心中,一直将太子当成最亲近的人。太子如今能找到这样的如花美眷,郑儿当真为你开心。"

赵哲微微一笑,感激道:"谢谢你,郑儿。你在我府中原本就不是下人,而是和妹妹一样的。日后等你嫁给唐王,咱们就真的成了一家人。好了,时辰差不多了,咱们一道迎亲去吧。"

郑儿应了一声,随赵哲离开了卧房。

迎亲路上,红毡铺地,锣鼓声声。每到一处,路边都站满了从四面八方赶来、争前恐后看热闹的百姓。大宋太子娶亲可是难得的盛事,京中百姓,谁不想一睹这风采?

然而,和其他人欢天喜地的样子不同,身为主角的赵哲始终有些恍惚。事实上,从离开太子府的那一刻起,他就变得心不在焉起来,双眼不住地向四周看,似乎是在找寻着什么。

穿宋之宝昀汝

正在赶路,人群中一道白色的身影忽然吸引了赵哲的注意。他来不及多想,便勒住马头,想要看个清楚。然而,令他失望的是,方才那人站着的位置此刻却是空荡荡的,仿佛刚才是眼花产生的错觉。

走在赵哲前面的唐王赵伯麟和仪王赵士程也发觉异样,连忙打马过来,关切地问道:

"太子,怎么了?"

"伯麟、士程,我方才好像看到思云了。"

赵伯麟和赵士程对视一眼,双双露出讶异的神色。

"你们晓得,我的眼力向来很好,绝对不会看错,那人一定是思云,对不对?"

赵哲急切地求证道。此刻,他仿佛是个刚刚考完试急于知道答案的孩子,等待着老师肯定的回答。

赵伯麟又向赵士程使了个眼色,随后笑着说道:

"王兄,你近来太累了,就算看错也没什么。太子妃此刻怕是早已等急了,咱们还是赶快去吧,免得她担心。"

赵哲深深地呼了口气,他只觉得此刻自己像是泄了气的皮球,全部气力都被抽离了。

有气无力地说了声"好",一行人继续向前赶路。

是日晌午,皇宫大殿,在赵构和一干文武大臣的见证下,太子赵伯琮迎娶了太子妃徐芊涵,消息一出,百姓同喜。数日后,另一件事也随之惊动大宋上下,赵构昭告天下宣布退位,由太子赵伯琮继承皇位,改年号为"隆兴"。

当了皇上的赵哲,生活非但不曾奢靡,反倒越发简朴起来。身为皇后的徐芊涵也和丈夫一样,除了重大的节庆日,平时不着丝绸,只是穿着寻常的粗布衣衫。不仅如此,她还学会了养蚕织布,每天只要有空就带着宫女到永春宫织布,然后再让负责宫外跑腿的太监拿出去送给那些家境贫寒的百姓。

唐王府后花园水榭,赵哲坐在石桌旁。此刻,正在与周必、赵士程二人聊天。一阵风吹来,湖水泛起涟漪,让人很是欢愉。

"自从朕登基以来,日日为国事操劳,很少像现在这样与你等把酒聊天、开怀畅饮,回想起来,属实是憾事一桩。"

赵哲看着湖面,惋惜地说道。

以前在现代社会,每当有宫廷戏播出,母亲总会准时观看。那时他总会对此一笑置之。想不到如今自己竟成了肩负重任的一国之君,倒还真应了那句"人生如戏"。

"圣上如今刚刚登基,正是一展宏图之际,岂能有所放松。"周必说道,"不过话说回来,整日操心政务属实辛苦,偶尔放松也是应当。圣上,咱们三人先喝些热茶,等会儿唐王回府自会携王妃来见您。"

自前次赵哲大婚不久,在他的主持下,唐王赵伯麟便迎娶了王妃郑儿,原本二人便是欢喜冤家,如今更是如胶似漆。赵哲看在眼中,既心头欢喜,也落寞非常。

然而,还没等赵哲说话,一旁的赵士程就主动将话头接了过来。

"唉,周兄的话倒当真说到了士程的痛处。"

赵哲和周必对视一眼,一道好奇地看向赵士程。

"仪王,此话怎讲?"

赵士程拿起茶杯犹豫片刻,如是说道:

"皇兄,你如今和伯麟双双抱得美人归,却独独留我一人在情感漩涡中打转,每天饱尝折磨,属实让人难过。"

"哦?这么说,仪王是遇到了心爱之人了?"

赵哲好奇地探问道。

"不错。"

"快说说,那是怎样的女子?"赵哲饶有兴致地追问道,"若是那女子对你也有这份情谊,朕便下令你二人大婚。"

"那倒不必。"赵士程说起此事,不禁有些腼腆,"数年前,我曾去普陀寺求观音菩萨保佑母亲康健。那女子当时也是独自来庙中求愿,据说她表哥参加秋试,想请菩萨保佑其能够一举高中。那次一见,再难忘怀。"

"哦?"赵哲听到这里不禁皱起了眉头,这情节听起来当真熟悉得很,要是没有猜错的话,应该就是合了那个传说,"你可知那女子的表哥是谁?"

"这……"赵士程摇了摇头,"这确实不知,只晓得那女子姓唐,与表哥一道长大。"

赵哲登时在心中叫苦不迭,赵士程为人纯真开朗,若不是因为邂逅唐琬,又怎会有后来那般凄苦的境遇?既然对方叫自己兄长,就算更改历

史,也一定要护其周全。想到这里,他笑着说道:

"原来是萍水相逢,既是如此,又何来深厚情谊?仪王,朕劝你不如将此事忘记,日后有合适之人,朕定会为你选个心仪的王妃。如何?"

"可是……"

"仪王,周某认为圣上说得没错。"

周必察言观色,心知赵哲不同意这门亲事,便按照其想法继续劝说。

"如今圣上基业未稳,还需各路亲王多加助益。你与唐王向来是圣上的得力帮手,千万不能在此时放松,还需事事上心才是。"

赵士程为人向来单纯,遇事也多从他人角度出发,故此听到周必这般言说,连忙说道:

"周兄放心,我也不过是略发感慨罢了,王兄的事情必须摆在最重要的位置。"

三人正说着,忽听一阵脚步声响,不多时唐王赵伯麟和王妃郑儿便出现在了他们的面前。

"皇兄今日要来,为何不提前和伯麟打招呼?我与郑儿午前去给贫民筹粮,刚刚回到府中就听说你来了。有失远迎,着实不该,还请皇兄见谅。"

说着,赵伯麟双手抱拳,深作一揖。赵哲见状,连忙伸手将其扶起。

"二弟,你这说的是哪里话?咱们是亲兄弟,本就不该有那些繁文缛节。你近来为国操劳属实辛苦,朕感激还来不及,又怎会怪你?来,快说说,你这些时日出去可有收获?"

说着,几人坐在了石桌旁。

赵伯麟没有说话,先叹了口气:"皇兄,你看如今这大宋百姓的日子过得可好?"

"应该还好。"由于没有底气,赵哲的心中难免发虚,眼神也变得飘忽不定,"如今距前次战乱已有三十年,父皇为百姓能够休养生息颁布了不少法令,每一条对百姓都甚是有利。不仅如此,每到春秋两季,朝廷还拨款给各地官府,要官员分发到农户手中买种子、耕牛及一应农具。既然待遇这般优厚,这百姓的日子又怎么不好?"

"政策是没错,可会不会有人故意隐瞒朝廷,暗中动手脚?"

此话一出,在座的众人同时倒吸了口凉气,赵哲的脸色更是阴沉到了极点。

"唐王，此话不可乱说，除非有确凿的证据。要知道，若是随意指责下层官员，却又查不出证据，到头来受苦的可是你。"

"周兄，本王要是没有证据，又怎会在此处信口雌黄？"

赵伯麟说完又看向赵哲，"王兄，我晓得你一时很难接受。可事实就是事实，谁都无法回避。"

说着，他从袖筒中取出了一叠厚厚的信纸，用双手拿着递到赵哲的面前。

"皇兄，这是我让人前往民间秘密查访的证据，这上面白纸黑字写得清楚。这些日子我与郑儿已在京中暗中调查，确定情况属实。你若不信，可随时复验。"

赵哲看了赵伯麟一眼，伸手接过信纸，低头翻看起来。不知为何，他只觉得这信纸上的字非常熟悉，好像在哪里见过。

半响，赵哲在看完纸上的内容后，说道：

"证据确凿，看来此人确是下了很大的功夫。若有机会，朕倒是要亲自去民间看一看，了解百姓的疾苦。"

赵伯麟和郑儿对视一眼，同时面露喜色。

"周兄，你看，明日朕以偶得寒疾为由，带你等去民间探看一番可好？"

"出宫？好主意！这下那些贪官污吏就没法子再抵赖了。"

赵士程和赵伯麟对视一眼，兴奋地说道。

和其他人不同，周必却紧皱双眉，显得忧心忡忡。

"周兄，你有何顾虑直说便是。"

赵哲察言观色，瞬间便洞悉了其心思。

"圣上出宫虽是为体察百姓疾苦，可是处理不好，只恐被那些别有用心之人利用，圣上安全也难以保证。依周某看来，还应有个万全之策才好。"

"这……"赵伯麟皱了皱眉，"皇兄没有分身法，这万全之策怕是没那么容易。"

此话一出，众人尽皆沉默。

赵哲环视四周，见每个人都是一副无精打采的模样，便笑着说道：

"你们无须这般无精打采，法子都是人想出来的。虽说咱们暂时只能在京城附近暗访，却也可以找江湖侠士帮忙。朕早已听闻这江湖有一门派名叫玄武门，属下名唤影者，个个都是一等一的高手。只是该门派向来隐秘，难以打探更多的消息。"

"影者？"赵伯麟皱了皱眉头，"皇兄，朝廷向来与江湖井水不犯河水，你又贵为九五之尊，怎能与其沆瀣一气？着实不妥。"

出乎意料的是，原本总会和赵伯麟一队的赵士程，这次却站在了赵哲这边。

"伯麟兄，我倒觉得这是个好主意。你想，如今你我同在朝野，信息本就闭塞，即便想帮皇兄了解民间也分身乏术。可那些江湖人不同，他们整日踪影不定，结交甚广，五行八作无人不识。因此，若是能够结交成功，必定会对皇兄获得真实民间信息有所助益。只是……"

"只是什么？"

"只是传说中的江湖人个个自命不凡、出手狠辣，若是当真要和他们打交道，还应小心些才是。"

赵哲点了点头："士程提醒得极是，江湖水深，确实还应多多提防。"

郑儿听众人说得这样热闹，也忍不住插嘴道：

"你们方才说，这江湖门派向来隐秘，想要请其帮忙，须先与掌管实权的人成为朋友才行。要是这样说，接下来该如何行事？"

"这……"赵哲的唇边泛起一丝苦笑，"这恐怕就要看命数了。"

"命数？！"

"不错，命数。"

赵哲边说边起身来到栏杆近前，湖面此刻仍旧被风吹动着，泛起层层涟漪。

自打来到大宋，从落魄公子到富贵王爷，再到如今的九五之尊，每一步都似冥冥中安排好了的。而他只能被背后那双无形的手推着，不断地向前走去，却没有停歇的机会。

即便如此，赵哲这次也下定了决心，无论前路怎样艰难，他都要做个明察秋毫、利于万民的好皇帝，平息大宋近百年的风波，让百姓真正过上好日子。

想到这里，赵哲的脸上浮现出一丝自信的神采。

风雨潇潇，密密雨帘中，一人一骑径直向越州驰去。

越州离临安有百余里。尽管紧赶慢赶，仍用了整整三日才到。

越州城，身着一袭白衣、高束发髻，一副男儿装扮的李思云牵着马缓步走在人群当中。看着面前热闹喧嚣的街市和擦肩而过、熙熙攘攘的人

群,心中很是感慨。

越州向来是江南的富庶之地,然而由于战乱,数十年来变得混乱萧条。想不到寿王赵伯衍方才赴任半年,便将此地打理得井井有条,看来当初赵哲那一番心血确是没有白白付出。

想到赵哲,李思云的心忽然抽痛了起来。自从前次离开太子府,回到大运河,她便悄悄将父亲安置到了临安的一处偏僻的宅院里。随后又在唐王赵伯麟和郑儿的邀请下,化名刘樱瞳进入其府中,以便暗中帮助赵哲。

也正因此,这段时日以来,赵哲的一举一动都被躲在暗处的李思云看在眼中。不仅如此,为了帮助对方一展宏图,她还在唐王夫妇的支持下秘密前往各地察访,这才有了先前赵伯麟在水榭给赵哲看的那封厚厚的书信。

按照先前入城时守门兵士所说的位置,行了大概一个时辰,李思云在位于正街的寿王府门口停下。不多时,在守门家丁的通报下,身着丝绸罗裙、脸上略施粉黛、一副贵妇人打扮的裴竹君匆匆赶来,身后还跟着抱着婴孩的乳娘。

"师妹,你来之前为何不捎个书信?我好有所准备。"

侧厅分宾主落座后,裴竹君边关切地打量着李思云边说道:

"一段时日未见,你怎会瘦了这许多,整个人都显得憔悴。"

"师姐跟着寿王躲在越州,如今又有了儿子,这日子过得甚是和美,难怪不关心京中之事。"

裴竹君听到这话先是一怔,随后说道:

"师妹莫非说的是圣上立后的事情?此事我早就想问你,只是一直没寻到机会。你们二人情深似海,他又怎会立旁人为后?其中究竟有何隐情?"

李思云的唇边泛起一丝笑容,故作轻松地说道:"他是太子,自然很多事情做不得主。况且感情和政治是两码事,换作是谁都会这般取舍,又有什么稀奇?"

"可却苦了你呀,他那般爱你又怎会舍得?"

李思云摇了摇头:"师姐,我不这样想,爱和现实若是有所冲突,执着也是枉然。再说,我李思云从始至终就只属于江湖,他人不过是过客罢了。"

"说得好。"

门外突然传来一阵清脆的掌声,寿王赵伯衍缓步走了进来。

"本王并非有意偷听,只是方才听下人说你们姐妹在此处说话,便想着和思云姑娘打个招呼。思云姑娘,竹君早就与本王说过,你是个敢爱敢恨、义薄云天的女侠,如今看来果然没错。"

裴竹君看了一眼李思云,笑着起身来到赵伯衍面前,用手揽住夫君的手臂,娇嗔地说道:

"王爷,竹君从王府离开时,也曾以为今生和王爷再无交集。可天意早定,兜兜转转,最终还不是走到了一起?师妹和圣上二人虽说眼前看似分离,可只要心中彼此认定,终有一日还是会达成所愿。"

说完,裴竹君给赵伯衍使了个眼色。赵伯衍看了李思云一眼,见其正低垂着头,双手不停地在袍子两侧揉搓,便笑着说道:

"王妃说得有理。我们兄弟自幼一道长大,本王还是深知圣上性子的。虽说眼下他勉强大婚,心里却肯定还是放不下思云姑娘。思云姑娘,也希望你能够给圣上些时间,等到他将眼下这纷纷扰扰的事情全都梳理清楚了,自会有个好结果。"

在寿王夫妇你一言我一语的劝说下,李思云原本沮丧的心情登时好了许多。抬起头来笑着说道:

"多谢寿王和师姐的安慰,你们放心,我原本就是洒脱随性的江湖女子,对情感之事也不会优柔寡断。我这次来,是有件事请师姐帮忙。"

裴竹君和赵伯衍对视一眼,爽快地说道:

"师妹,你尽管说,只要师姐有的,你尽管拿去。"

"那倒不必。"李思云笑着摆了摆手,"师姐,你之前在驿馆时曾跟我说过,玄武门是师父当年所创,师父走后便由你一直掌管?"

裴竹君没有说话,只是不置可否地点头。

李思云看了一眼赵伯衍,径直说道:

"思云想如今师姐与寿王这般恩爱,并已有了孩儿做牵挂,怕是统领玄武门分身乏术。师姐若是愿意,可否让思云代劳?"

李思云在说这番话时,裴竹君一直听得极为认真。见对方说完,她吐了口气,笑着说道:

"我还当是什么大事?原来是这样。师妹说得没错,依照我目前的身份,确实不适合再继续在江湖行走,故此之前也曾想过将门派交予你,只

是不晓得你是否愿意,现在反倒省了一番纠结。师妹,随我来吧。"

李思云没想到师姐竟答应得如此爽快,便起身跟着走了。

姐妹俩边说边走,很快便来到了位于王府后院东侧的一座偏僻小院。推开院门后,但见这院子的四周种着翠绿色的竹子,台阶的两侧摆着各色鲜花,确是个极为幽静雅致的所在。

正当李思云心中感叹,裴竹君已走到房门前,转身笑着催促道:"师妹,你别在那里傻站着了,快进来吧。"

李思云应了声,快步来到师姐身旁,跟在其身后一道进门。

这房间和别处堆积着奢侈的家具摆设不同,尽管陈设极少,却也能够看出主人的用心。迎门的墙上挂着一幅画,画上那人身着一袭白衫,背影清俊,长发飘逸,手中拿着一把闪着银色光泽的宝剑,透出一股杀气,一看便知是武林中一等一的绝世高手。

画的前面摆着一张紫檀木的供桌,正中间用木头刻的牌位上用朱砂写着"师父白炳耀牌位"。牌位的左右两侧摆放着香炉、供果、糕饼、茶点等。

"师父!"

在裴竹君的注视下,李思云身子前倾,跪倒在了地上。对她们师姐妹来说,白云剑客白炳耀与自己不仅有师徒之情,更如同父女般亲近。

白炳耀当年在武林当中绝对可以称得上神一般的存在。三十六年前,他十四岁的时候就一举击败当时江湖上最厉害的刀客独孤胜,一举成名。后来战乱中他又联合江湖上颇有声望的四大剑客数次悄然深入金军大营,神不知鬼不觉地杀死金军统帅。后来,他成功创建了玄武门,并培养了一批武功高强的影者。

虽取得了如此大的成就,白炳耀本人却如闲云野鹤般洒脱。在李思云的记忆中,小时候,除了教她们师姐妹习武,师父的大部分时间都用在了种花种菜、喂养猫狗上了。即使偶尔摆弄武器,也是像铁匠般锻造刀剑,全然没有成名剑客的架子。

而说起师父的消失则更加传奇,那时裴竹君和李思云已双双出师,各自返回家中。也因此错过了和其见最后一面的机会。只是后来有人寄给她们书信,大致还原了当时的情形。

信中说那天清晨江边起了大雾,白炳耀没有和其他人打招呼便独自乘小舟顺流而下。随着四周的雾气渐渐遮盖了他的身影,江湖上从此再无他的音讯。

"实际上那时师父已经身中剧毒,虽也曾想过解毒的方法,却毫无效果,直到最终毒发身亡。"

裴竹君站在李思云的身后,双眼凝视着牌位,幽幽地说道。

李思云全身一震,愕然转头看向裴竹君。

裴竹君却好像并没有察觉到李思云的异样,仍自顾自地说道:

"按理说江湖和朝廷是两个不同的存在,本该河水不犯井水。可师父这一生却注定要在这漩涡中打转,越陷越深,直到倾其所有。"

李思云见裴竹君似乎要道出一个天大的秘密,便也从地上爬起来,不解地问道:

"师姐,你这话是什么意思?什么漩涡?师父到底怎么了?"

裴竹君叹了口气,对李思云说道:"师父还有另一重身份。他是宋室的皇子。"

"当年师父随师祖修习武功时便声名在外,故此被人忌惮,回宫后屡次遭人排挤,这才修书一封重新流落江湖,有了后来的故事。"

"故事?"

"不错,师妹,快起来。"裴竹君边说边把李思云从地上扶了起来,

"师父此生没有娶妻,最疼的就是你我二人。如今既然决定将掌门之位传给你,有些事情也就不能再瞒下去了。"

"师姐,你原本就不该瞒我。"

李思云看了一眼白炳耀的画像,而后又看向裴竹君,迫不及待地催促道:

"师姐,快说吧。"

裴竹君点了点头,仍是一脸凝重的模样。很快,她断断续续地讲述着,多年前的往事清晰地浮现在了二人的眼前。

正如裴竹君先前所说,师父作为宋室的皇子,本来也是未来储君的人选。

师父从小就表现出了超乎常人的才华。两岁开蒙,三岁便可以吟诗作赋,五岁便拜在当时武林第一剑圣夏侯杰的门下,随其修习轻功、内力与剑法。

江湖自有江湖的规矩,即便是对待太子也不能网开一面。在夏侯杰的严格要求下,师父武功超绝,在年纪轻轻时,一举击败刀客独孤胜,成为名副其实的武林第一人。

尽管如此，师父并未飘飘然，为人行事更加低调内敛，无论是对待圣上还是兄弟都是一副温良谦恭的模样。即便这样，仍逃不过厄运的降临。某天深夜，师父住的寝殿毫无预兆地燃起了大火。那晚正值偏北风，风助火势瞬间就把整个寝殿重重包围。火光中，惨叫声不绝于耳。尽管尽力扑救，可这场大火还是整整燃了半个时辰后才熄灭。

在打扫残垣断壁的废墟时，到处都是被烧焦了的尸体，唯有师父不知所终。

"不知所终？"李思云不解地问道，"难道说师父有通达鬼神之能，早就知道会起这场大火？"

裴竹君凄楚地笑了笑："这倒也不是，只不过师父当时身中剧毒，故此提前被师祖所救。"

"剧毒？！"

"师妹，你可曾听过鹤红衣？"

李思云一怔，鹤红衣这种奇毒她以前就曾在书上看到过，知道这是一种杀伤力极强又没有解药的剧毒。不要太多，只要小拇指甲大小的一块就会置人于死地。

"师姐，你说师父中了鹤红衣？"

裴竹君点了点头，一脸的悲痛。

"当年师祖虽尽全力为他解毒，师父全身的经脉却仍因毒受损。即使是师父那样一等一的剑客，也只剩下了不足一成的功力。让人难以接受的是，就连师父的性命，也只剩下了短短的十五年。"

李思云听到这里，心头一紧。难怪师父每天都要睡到中午才醒，只要得闲就会坐在院子里边晒太阳边养护花花草草。

那时她不知其中原委，只觉得师父闲云野鹤的性格使然，如今知道了心中只剩强烈的酸楚。想到师父那些年所遭受的磨难，李思云登时心痛到了极点。

"师祖一直想要帮师父解毒，可是法子想了一堆，却始终无解。好在师父建立了玄武门，并且有了咱们这两个徒弟，足以让他欣慰。"

"安慰？"李思云苦笑道，"只可惜咱们谁都不能代替他受苦，不然我宁可牺牲了自己的性命也要护他周全。"

裴竹君笑着摆了摆手："你也晓得师父这个人，宁愿自己吃苦，也不愿意累及旁人。哪怕那个人是给他下毒、放火烧屋的仇家，他也不肯报复。"

李思云听到这话,立刻求证道:

"师姐,这么说,你晓得是谁害了师父?快说是谁,我一定要替他报仇。"

裴竹君见李思云一脸急切地看着自己,反倒犹豫了起来。低头沉吟了半晌,才又说道:

"算了,这件事情已经过去了这么久,还是当什么都没有发生过吧。再说,师父他老人家的在天之灵也一定不愿意被人打扰。"

说着,她从腰间取下了一块小巧的铜制腰牌,用双手拿着递到了李思云的面前。李思云伸手拿过了腰牌,只见这块牌子的底部刻着云形花纹,中间用楷书写着"玄武门"三个字。

"这是玄武门的门主令牌。师父曾经说过,无论是谁,即使武功再强的影者,只要看到这块牌子也一定会乖乖听命。自从师父离开,影者就一直分散各处。我虽说当门主多年,可也不是每个人都见过。师妹,如今这块牌子交付给你,就是将大伙儿的性命交付到你的手中。希望你能不辱使命,成为匡扶武林正道的第一人,带着大家走出一条光明之路。"

"师姐,放心,思云就是死,也不会让你失望的。"

李思云边说边仿效裴竹君的样子,将腰牌系在了腰带上。

"师姐,你还没有将害死师父的人告诉我。"

裴竹君犹豫再三,继续说道:"师妹,并非师姐不愿意告诉你真相。实话说,自打知道那人是谁,我日日夜夜都想报仇。只不过依照你如今的身份,报仇并不合适,不如就将这件事留给师姐来做。"裴竹君原本以为只要自己这样说就能打消对方的疑虑,然而却适得其反,加深了李思云的疑惑。

"这是为何?我做有何不妥?师姐,你今日一定要将话说清楚。"

李思云边说边紧紧拉住了裴竹君的衣袖,目光满是恳求。

"师姐曾说过师父对于你我像父亲一般,身为女儿,替父报仇有何不可?"

裴竹君见李思云这样,内心不禁更加纠结,好一会儿才又说道:

"你若当真要报仇,我就说出那人的名字,不过你也要答应我,千万不能贸然行事。"

"好,我答应。"

李思云郑重地说道。

"当年害死师父的人就是……"

裴竹君刚要说出那人的名字,门忽然被人从外面推开。在姐妹俩惊愕的目光中,寿王赵伯衍抱着襁褓中哭声不止的婴儿出现在了门口。见二人看着自己,他脸上露出了一丝尴尬的笑容。

"我绝非有意打扰,只是楚儿一个劲儿地哭,想必是饿了,实在没法子,这才来的。"

裴竹君抱歉地看了一眼李思云,缓步来到赵伯衍身边,伸手从对方怀里接过婴儿。

"师妹,你难得来越州,不如这两天就住在王府,我得闲也好陪你出去走走,领略一番这里的风土人情,如何?"

"这……"

李思云原想拒绝,可见师姐这般恳切,便也只好答应了,笑着说道:

"既然师姐这般诚意相邀,那思云听从安排便是。"

裴竹君笑了笑,抱着孩子与赵伯衍一道离开。李思云转身凝视师父的画像半响,缓步来到供桌前,在将三根点燃的香插入香炉后,她双手合十,在心中默默祝祷,希望师父能够指引自己早日找到凶手。

后来的两天里,裴竹君一直刻意地躲避着李思云关于杀人凶手的问话。即使问得急了,也只是笑而不语。直到第三天白天,这才趁着赵伯衍出府办事,叫上李思云,姐妹俩一道乘坐小轿前往闹市。

市集两侧商号林立,热闹非凡。裴竹君和李思云先在下人的陪同下到丝绸店买了几匹绸缎,随后来到绮云阁二楼最里面的包厢里坐下。

"师姐,这几天你一直不肯将当初害死师父的凶手告诉我,想来定是有所顾虑。此刻这里只有你我二人,总该说了吧?"

裴竹君正低着头为二人倒茶,听到师妹的问话,手微微颤抖了下。放下茶壶后,她犹豫片刻道:

"师妹,并非师姐刻意隐瞒,一来王府中耳目众多,虽表面看似听命于寿王,实则保不准就是谁的眼线,故此有些话不能在府中说。二来你和圣上虽看似分开,实则内心却仍对彼此有所牵挂,这件事毕竟关系到皇室秘密,你还是不知道的好。"

李思云见师姐不肯说,便站起身来,将宝剑抵在了裴竹君的脖子上。

"师姐,休要怪师妹无礼,你若执意不肯说出真相,那我也只能用强的了。"

裴竹君伸手在剑身上轻轻弹了一下,叹口气无奈地说道:

"师妹,你若当真不听劝,我也没有法子。你坐下,听我说。"

李思云见师姐终于肯说了,便也将剑身归入鞘中,坐下来安静地听着对方说话。

"当年师父做皇子时因温良恭俭受到臣子爱戴,同时却被另一些人嫉妒排挤。其中赵桓和赵构二人最为明显。这二人虽非同母所生,但因从小一道长大,故此感情比亲兄弟更好。也正因此,后来赵构才会为帮助赵桓夺嫡,对师父屡次暗下毒手。"

李思云猛然吃了一惊,急急问道:

"这么说,那鹤红衣和大火都是赵构派人暗中做的?"

裴竹君看了她一眼没有说话,只是从桌上拿起茶杯喝了口茶,放下茶杯才继续说道:

"如今你既已晓得事情的真相,又当如何权衡?"

李思云愤慨地拍了下桌子:"还能如何?自然是为师父报仇,让赵构老儿血债血偿。不,不仅是师父,还有岳家的账也该一并清算。"

说完,她便站起身来,脚步匆匆地向门外走去。然而,就在脚即将踏出门的瞬间,又听裴竹君在身后说道:

"师妹不该如此莽撞。"

李思云停住脚步,不解地转身看向裴竹君。在她的注视下,对方缓步走了过来。

"师妹说得没错,赵构老贼属实可恨,是该将其锄之。可你有没有想过,如今圣上登基不久,根基还没立稳,你若此刻动手必将引起新的祸端。若是到时秦桧老贼趁乱夺权,朝野纷争事小,只怕会连累大宋百姓。那样,师妹可就成了全天下的罪人,切不可因小失大,乱了分寸。"

裴竹君的话瞬间让李思云冷静了下来,师姐说得没错,杀一个赵构容易,可倘若因为杀他导致天下大乱,那她即使万死也难辞其咎。可若是不杀,任凭杀师父的仇人逍遥法外,自己心头的恶气又属实难平。何去何从,倒真的让人纠结不已。

"师妹心中自有天地,不必为眼前之事所扰。"

裴竹君见李思云这般纠结,便又说道:

"依我看,如今圣上立业未稳,你还需多多策应。等到日后大局已定,再作决断不迟。"

"师姐说得对。"李思云沉默半响,点头说道,"方才是思云冲动了。

不过这笔账我会牢牢记着,等到日后时机成熟,自会寻那个人讨回来。如今既已知晓真相,我明日一早便赶回临安。师姐,咱们日后再聚。"

裴竹君微笑着看着李思云,目光中满是赞叹。时间过得真快,当年那个紧紧跟在她身后的小姑娘,不知不觉中早已成为驰骋江湖的女侠。她坚信,对方一定会不辱师命,重新将玄武门发扬光大。

是夜,寝殿,微弱的烛光中,赵哲躺在床上辗转反侧。不知为何,这几日,那封在唐王府看过的书信总是一遍遍地出现在脑海里,那上面的字迹总会让他想起那个被尘封在心底的人,当真应了那句:"不思量,自难忘。"

不知过了多久,赵哲昏昏沉沉地睡了过去,梦里,他面前是一片大海。

海边,李思云穿着一件白袍远远地背对着他站在礁石上,任凭巨浪一次次拍打礁石,一动不动。

"疯婆子……"

由于距离远,赵哲先认真地辨认了半晌,待确定对方的身份后,笑着跑了过去。怎料刚到李思云身边,便被对方用冰冷的剑身逼住了。

"疯婆子,你这是做什么?"

"康王,不,圣上,当初你父皇强行拆散咱们,如今你又来找我做什么?"

李思云冷冷地说道,丝毫没有往日的温柔。

"疯婆子……?"赵哲微微一怔,苦笑道,"你既已晓得当初的情形,就该明白朕对你的心意。朕此次来寻你不为旁的,只为接你回宫。"

说着,他伸出手试图拿过对方手中的剑。

"回宫?"李思云冷笑道,"思云身为江湖女子,本就喜欢自由自在。宫中即便有锦衣玉食,说到底也不过是富贵牢笼。圣上,恕我不能与你同行,请回吧。"

"思云……"

李思云将剑身收回鞘中后,又冷冷说道:"江湖与朝廷本就势不两立,如今你我再也无法回头。我只希望你能够做个爱民如子的好皇帝,莫要错杀忠良,让百姓受苦。"

说完,李思云又看向海面,不一会儿,弥漫的雾气将她团团围住。雾气散去,礁石上空无一人。

"疯婆子……"

随着一声惊叫,赵哲翻身坐起。低着头重重喘息半晌,他才意识到方才不过是一场梦。赵哲抬手擦去额上的汗水,披衣走出殿外。

月光下,赵哲讶异地看到皇后徐芊涵独自坐在院子里的石凳上,看着合欢树上紫色的花瓣发呆。微风吹过,花瓣纷纷飘落,恍如梦境一般。

自大婚以来,他们夫妇一直分居两室,从未同床共枕,感受过片刻温存。相反,为了不让对方存有非分之想,赵哲对徐芊涵越发客气。

隐约中,赵哲听到徐芊涵叹了口气,心中不觉生出一丝内疚。

"皇后好兴致,半夜不睡觉,独自在这里赏起月亮来了?"

徐芊涵正想着心事,忽听身后有人说话,如梦方醒地转过身来,见是赵哲,连忙道了个万福,强作欢颜道:

"臣妾不晓得圣上来了,没有接驾,还请圣上恕罪。"

"无碍。"赵哲笑着摆了摆手,"朕方才睡了一会儿,此刻已无睡意,不如咱们坐下说会儿话吧。"

徐芊涵犹豫了下,见赵哲在石桌旁坐下,这才重新坐到了他的身边。沉默半晌,方才试探道:

"圣上睡不着觉,是因为那个人吗?"

赵哲一怔,讶异地问道:"你知道那个人?"

"我原本只是奇怪,为什么你我青梅竹马,从小一道长大,为何大婚后居然如此疏离。后来还是再三追问父亲,才晓得那个人的存在。圣上,芊涵晓得那人能承蒙你如此珍爱,定有过人之处。不如就将其接进宫来,这样也可免去思念之苦,不好吗?至于芊涵,圣上放心,我本就不是爱使小性子的人,必定会和那位姐姐好好相处。"

赵哲感激地看着徐芊涵,对她的大度与包容表示感谢。然而,心中却仍被苦涩的感觉包围。

"谢谢你,芊涵。你不晓得,那人和寻常女子不同,她自小就在运河上长大,向来洒脱随性,皇宫对她来说不过就是个豪华的牢房,朕又怎能忍心将其囚禁于此?"

徐芊涵的脸上露出讶异的表情,作为出身官宦世家的女子,她自小便饱读诗书,熟读女德。至于那些江湖女侠的故事,只曾听说书人在讲话本时说过,心中亦是向往。实在想不到圣上心仪的女子居然是这样的一个人,这一瞬间她对其很是羡慕,要是自己也能有那样肆意绽放的人生该

多好。"

"思云像风,率直任性,任凭朕怎样努力伸手去抓都抓不住。"赵哲此刻的眼中满是落寞,"而你像花,温柔娇嫩,朕却不是好的护花人,你说这是不是命?"

徐芊涵心里一颤,眼神瞬间黯淡了下来。作为一个女人,即便内心再强大,也终归希望被自己的男人疼爱。一阵风起了,她忽然觉得自己很冷,于是便用双臂紧紧环抱住了自己。

赵哲见状脱下随身大氅,覆在了徐芊涵的身上,关切地说道:"夜风冷,还是早点回屋歇息吧。"

说着,他起身将对方拉了起来,随后将其送到卧房歇息。

次日早朝后,赵伯麟夫妇和赵士程一道随赵哲来到御书房,关上门后,赵伯麟迫不及待地问道:

"王兄,出宫之事可有眉目?我们可都等着呢。"

赵哲微微一笑,起身来到书架旁的那幅山水挂画前,随着他的手在墙上拍了三下,墙壁发出一声脆响,随后向左右两侧退去。很快,一条地道出现在众人的面前。

"此处怎会有地道?"

"这地道乃是父皇当年命人所修,以备金人来犯时的不时之需,朕也是无意中发现的。"

说着,他便带着大家走进地道。这条地道里面幽深狭窄,两侧怪石嶙峋,行走途中不时要弯下身子,以免碰头。

不知走了多久,忽然眼前出现一道亮光。在赵哲的带领下,众人加快脚步,很快来到出口。只见一座山突然出现在他们的面前,青石林立,溪水潺潺,当真是一处世外桃源。

"难怪太上皇会在此处修建地道,确实风景宜人。"

赵哲微微一笑道:"父皇日夜为国事操劳,便想着偶尔得空能够从这里悄悄溜出去,骑马外出游览一番。只不过这处地道以前没有这么长,后来我又命人秘密加修,这才有了现下你们看到的景象。"

"皇兄命人加长了地道?"

郑儿见赵哲脸色有些异样,心知赵伯麟定是说错了话,忙给其使了个眼色。赵伯麟用手挠了挠头,尴尬地笑了笑。

"闲话少叙。"赵哲见此情形,心中登时释然,笑着说道,"我是这样想,你们都是朝中重臣,目标太过明显,不如先在京城各处暗中走访一番。"

三人互视一眼,对赵哲的安排很是佩服,齐声称是。

赵哲微微一笑,继续说道:"还有,出宫以后,彼此之间的称呼也要改一改了,不要总是王爷、圣上之类的,而是以兄弟相称。我是大哥,伯麟二哥,士程三哥,郑儿则是四弟。"

郑儿拍了拍手,开心地笑道:"太好了,果然这世上最懂郑儿的还是圣上,那我就扮男子好了。"

其余三人见她这般开心,也十分高兴,不禁笑出声来。

就这样,次日早朝后,赵哲四人全部换上贵公子的衣服,骑着快马离开宫殿,向城郊的方向而去。

吴越大地自古江山锦绣,人杰地灵。百年前,吴越钱镠在此地缔造了吴越国,筑钱塘、疏西湖、扩杭城,成就了"人间天堂"杭州,"纳土归宋"又使其避免了战火,成为北宋"东南第一州",直到南宋在此地建都,杭州更显富庶繁华。

城外,赵哲四人边饱览沿途风光,边畅快聊天。

临安多茶,这城里茶楼茶馆鳞次栉比,那些风雅之士点茶斗茶,村路两旁每隔十里也都设有茶棚。

四人在一间茶馆前停下来,将马交给门口的小二,信步走进棚内,随便寻了个靠窗的位置坐下,看着窗外蒙蒙细雨中绿油油的茶园闲聊。

茶博士刚好拿着茶杯和茶碗走过来,听到赵士程的感慨,摇头道:"几位客人哪里晓得,虽说这茶水好喝,茶农的日子可并不好过。"

赵哲看了一眼同样茫然的三人,随口问道:

"哦?此话怎讲?"

此时正值黄昏,茶馆里的客人并不多,茶博士听到问话索性拉了一条长椅过来,自来熟地说道:

"还不是赋税闹的。"

赵伯麟见赵哲看向自己,便也好奇地问道:"自北宋起,无论住税还是过税,都是由茶商缴纳,缘何说茶农的赋税重?"

"各位客官有所不知,为了让自己免受损失,茶商在进茶时就已经将茶价压得低得不能再低,即便是上等的龙井,也是一两银子十斤,再加上茶税、利息,彻底将茶农压得喘不过气来,好多人因此交出土地,转做

其他。"

赵哲等人听到这里,全都皱起眉头,难怪这茶价一年比一年上涨,即使朝廷出面控制,也压制不住价格,这根源原来是在此处。想到刚刚结束战乱之苦的百姓竟然过着这般沉重的日子,他们心中不禁难过起来。

"茶博士,茶商将税收的费用加在茶农身上勉强还能说得过去,可这土地税和乡党费又是什么?朝廷可从来没有设立过这样的名目。"

茶博士听到郑儿的问话苦笑了下:"小公子这通身的气派一看就是富贵人家出身,又哪里晓得这世态炎凉?虽说朝廷确有一些农赋律制,奈何底下的官员并不执行,亦是无用。"

赵士程看了赵哲一眼,见皇兄脸色阴沉,便又问道:

"既是如此,那为何不想法子让圣上知晓?"

"知晓?圣上久居深宫,如何了解民生疾苦,还不是那些文武大臣说什么是什么?"

由于此刻茶棚又添新客,茶博士起身,向众人拱了拱手便去忙了。赵哲看着其忙碌的身影,心中不禁五味杂陈。起身告诉郑儿付茶钱后,他快步走出茶棚。

郑儿见此情形,心知赵哲心情不好,便从腰带中取出一锭银子放到桌上,与赵伯麟、赵士程兄弟一道匆匆出门去了。

回程和去时截然相反,谁都没有说话,只是一片沉默。尤其是赵哲,更是一直冷着脸,一副心事重重的模样。

御书房里,四人悄悄从地道里走出来,见无人发现他们的行踪,这才放下心来。

"坐下说会儿话吧。"

赵伯麟夫妇和赵士程听到赵哲的吩咐,坐在了靠墙并排放置的小几旁。郑儿等赵哲坐到书桌后,开口劝说道:

"圣上无须为茶博士的话烦忧,常言道,逢山开路,遇水搭桥,再难办的事情终归也是有解的。"

赵哲看了一眼郑儿,随后又拿起一本书翻看起来。郑儿见此情形顿时悻悻,她低下头不再说话,却听对方忽然说道:

"郑儿,你一向精灵古怪,不妨说说法子?"

郑儿的眼前一亮,脸上随即浮现出兴奋的神情。

"圣上,此事不能怪你,要怪只能怪下面的官员贪欲太盛,才会出现这样的事情。"

"你说得对。"赵哲放下书,叹了口气,"如今朝中官员一手遮天,下属官员又贪欲太盛,看来想要百姓安定还有很长的一段路要走。"

赵士程看了一眼赵伯麟,随即说道:

"皇兄,士程倒有一个法子,不知道当讲不当讲?"

"讲。"

"皇兄何不效仿神宗开展变法,让那些敢于变革的有识之士得到重用,这样一方面可以肃清朝纲,另一方面也可以使那些妄图一手遮天的阴谋者得到应有的惩罚,岂不是好?"

赵哲并没有马上表态。在三人的注视下,他站起身来,背着双手在书房里踱了数步,才叹了口气道:

"伯麟、士程,你们晓得朕登基不久,尽管心中不愿,却只能顺着太上皇的心思来,可今外出却着实让朕出乎意料。如此看来,我也只能另作主张。士程说得对,若想开创盛世,唯有变法,这首先要除掉一个朝廷重臣方可。"

"朝廷重臣?除去?王兄,你不会是说那个人吧?"

赵伯麟惊讶地说道。

"不错。"

赵哲看到赵伯麟已猜出了自己的心思,便也不再隐瞒。

"皇兄,那人可是树大根深,太上皇又对其格外信任,你若是处理不好,只怕会反被其累,务必要慎重才行。"

"你等放心,此事朕已有所权衡,定会处理得极好。"赵哲向其他三人笑了笑,"今日出宫想必都乏了,还是早些回去歇息吧。"

赵伯麟三人对视一眼,同时起身向赵哲深施一礼,继而离开了御书房。

赵哲站在原地,听到三人的脚步声走远后,原本轻松的表情变得凝重。

是夜,国师府,周必独自坐在院中石桌旁赏月,桌上此刻摆着两只盛着茶水的汝窑茶碗和几样精致的糕饼,看样子似乎是在等待着什么人的到来。

少顷,屋脊上传来了一阵窸窸窣窣的声响,这声音由远及近,在院子里停了下来。

"下来吧。"

周必一动未动,背对着来人说道。

那人在暗夜中微微一笑,双脚一点,飘落在了地上。一抹皎洁的月光照在他的脸上,正是赵哲。

周必起身躬身施礼,笑着调侃道:"想必大宋子民怎么也想不到他们的圣上居然做了梁上君子。"

赵哲哈哈大笑:"人生如戏,不过是各种角色扮演罢了。朕此次深夜造访是为了……"

周必摆了摆手,用手指着桌上的东西说道:"圣上既然来了,那咱们不妨坐下说吧。"

说着,他先坐下来,拿起桌上的茶碗,慢条斯理地喝起茶来。赵哲看了周必一眼,在其对面坐了下来,伸手将一块糕饼放到嘴里。

吃了一会儿,周必不动声色地问道:

"圣上今日出宫,可有收获?"

赵哲的脸上露出一丝讶异,惊讶地说道:"周兄,朕还未与你提及此事,你怎会就晓得了?"

周必微微一笑:"李姑娘既然叫我活神仙,就绝非浪得虚名。周某斗胆再问圣上,你深夜到访可是为了除太师之事?"

"当真什么事情都瞒不住你。"赵哲惊讶之余心中又不免佩服,"周兄说得没错,朕确是为此事而来。"

周必看了一眼赵哲,随后又低下头去摆弄着手中的杯盖,声声脆响似乎都敲在了赵哲的心上。

"如今秦太师一手遮天,朝中党羽众多,圣上若真想将其扳倒,只怕要费上一番周折。"

赵哲叹了口气:"周兄说得极是,如今那人执掌大权多年,树大根深,想要立刻铲除确实不易。"

"不过也并非没有转机。"周必眼见赵哲紧蹙双眉,忽然转变话头。

"哦?"赵哲顿时喜出望外,"此话怎讲?"

"说到底,此事还是取决于圣上的想法。"周必放下茶杯,耐心点拨道,"太上皇当年碍于种种情势,选择对金人退避三舍,重用秦桧。如今局势越来越安稳,圣上不如内抚百姓,外抗金军,将那些曾经备受打压、主张抗金的将领重新召集回京,使其成为后盾。同时在朝中和民间搜集秦桧及其党羽的罪证,等到证据确凿,再一举将其奸灭,岂不更好?"

赵哲听到此处,眼前顿时一亮,抚掌叫好道:"当真妙极!难怪思云叫你活神仙,若说这朝政如棋,周兄便是那执子的手。"

周必笑着摆了摆手:"思云姑娘当初不过是和周某说笑,圣上又何必当真?方才说的不过是个粗浅想法,若想实现,怕是还有很长的一段路要走。"

"周兄说得对。"赵哲肯定地说道,"你若让朕将当年跟随岳元帅抗金的将领召回临安倒也不难,在朝中搜集罪证想想法子亦能实现,只是这民间……"

周必拿起茶壶分别在二人面前的杯子里续上茶水,拿着杯子抿了口茶水后又探问道:

"圣上可曾听说过玄武门?"

玄武门?!赵哲想起李思云之前曾对他提起过,江湖上最大也是最隐秘的武林门派就是这个玄武门,门人武功高绝,无人可敌。然而由于其行踪不定,实难联络。

"圣上……"

就在赵哲发呆的时候,周必忽然打断了他的思绪。赵哲定了定神道:

"我以前也曾听人说起过这个门派,只是无缘一见,不知周兄为何会突然问起?"

"周某与江湖中人素有来往,虽说这玄武门的人飘忽无踪,但为人豪爽仗义。"周必说到这里,唇边泛起一丝不易察觉的笑,"若是圣上同意,周某倒是想将搜集罪证的事情交付给其完成。"

赵哲的脸上露出惊讶的神色:"想不到周兄竟有如此本事,既是如此,此事就这般定夺,还请周兄多多费心。"

"无碍。"周必笑了笑,"圣上大可放心,周必定当竭尽全力。"

"好。"赵哲点了点头,将茶水一饮而尽,起身告辞道,"国师,此番朕来你府中确是有所收获,此刻夜已深了,不便过多打扰,这就先告辞了。"

"恭送圣上。"

周必双手抱拳深施一礼,当他再次抬头时,赵哲早已失去踪影。

周必等了一会儿,确定对方走远,这才说道:

"出来吧。"

暗影中一阵脚步声传来，李思云出现在了他的身后。

"多谢周兄，没有将思云的行踪告诉圣上。"

"无碍。"周必摆了摆手，笑着说道，"江湖人本就应该讲信用，况且姑娘与圣上如今确是不宜见面，周某也不过是见机行事。只是思云姑娘，这搜集罪证之事还需多多劳心才是。"

"先生放心，思云定当尽全力。如今大宋江山看似安稳，实则外忧内患，圣上若想平定四海之乱，只怕此间波折重重。能助其一臂之力，亦是思云的心愿，只是我还有件事想求先生帮忙。"

"思云姑娘请讲。"

"蒙唐王夫妇不弃，思云如今暂居其府中。为了不让圣上发现我的行踪，思云若有事则飞鸽传书告知先生，暗中帮助圣上。"

李思云一脸诚恳，感激地说道。

周必内心极为感慨，想来对方也算得上是可怜人，本来痴情一片，却又不得不将真心隐藏起来，属实委屈得很。

"思云姑娘放心，辅佐圣上本就是周某的分内之事。"周必爽快地答应，"倒是姑娘如今身在唐王府中，耳目众多，凡事还应当心。"

李思云没有再说话，只是对着周必翩翩下拜，在对方的注视下，她缓步走进了暗影当中。

从国师府回来后，赵哲非但没有困意，反倒越发兴奋。在龙床上翻来覆去好一阵儿，却仍无心睡眠。他干脆让侍寝宫女点燃蜡烛，挑灯夜读了起来。

来到宋朝前，赵哲喜欢在夜里赶稿子写文章，早已习惯一杯茶、一根烟独自度过漫漫长夜。自从来到宋朝，为了尽快适应环境，他更是将这个习惯发挥到了极致，甚至有时兴起一读便是整夜。只是今夜和往日不同，虽然刻意地想集中精神，却终难做到。最后，也只能无奈地任凭思绪翩跹。

不知过了多久，随着一阵风起，外面忽然下起雨来，雨水拍打着房门，一个劲儿地沙沙作响。

赵哲放下书，从桌上拿起一杯茶水。随着茶水入腹，登基那日的情形忽然出现在了他的脑海里。

那日，大庆殿门前的九百九十九级台阶上红毡铺地，两侧排满了争奇斗艳的鲜花。文武大臣分列阶下，安静地等待着新君登基。

"圣上驾到！"

少顷，随着康履的一声吆喝，身着心形曲领龙袍、头戴通天冠的赵构和平常一样稳稳地坐在了龙椅上。左侧台阶下站着的是同样身着华服的皇太子赵伯琮。

"众位爱卿，朕自登基以来始终励精图治，从不敢有所懈怠。如今天下一统，四海清平，百姓安居，天佑大宋。太子伯琮业已成年，正是实现宏图伟业之时，故此朕欲传位于太子。希望你等今后能够事新君如事朕，齐心协力共保大宋长治久安。"

"请圣上放心，臣等必将殚精竭虑，万死不辞。"

赵构话音刚落，便见站在第一排右侧的徐爻说道。

赵构满意地点了点头，侧头对康履吩咐道："开始吧。"

康履甩了下手中拂尘，挺直身子道："新君即位大典开始，请新君走上台阶，交接传国玉玺。"

随着鼓乐声奏起，在文武大臣的注视下，身着龙袍的赵哲沿着红毯一级一级地走了上来。尽管此前他也曾多次在电视剧里看到过类似的画面，然而当这一切摆在眼前的时候，他仍难以压抑住内心的激动。

少顷，当赵哲来到赵构面前时，用双手撩开袍底，双膝跪倒在对方面前，恭顺地说道：

"圣上万岁，万岁，万万岁！"

"太子，今日是你的登基大典，朕希望你继位后能够不负众望，引领臣民开创盛世江山，将我大宋基业发扬光大。"

赵哲双手抱拳，郑重说道："请父皇放心，儿臣定当披荆斩棘，做开创盛世伟业之明君。"

"好。"

赵构欣慰地点了点头，随后看了康履一眼。康履会意，连忙用双手捧着装着玉玺的红色锦缎盒子来到赵哲面前，笑着说道：

"太子，接玉玺吧。"

"多谢公公。"

赵哲感激地向康履道了声谢，伸手接过盒子。随着盒盖开启，一块晶莹剔透的白玉玉玺登时出现在了他的面前。但见玉玺通体刻着九条龙，每一条龙都姿态昂扬、栩栩如生。

"太子，还愣着做什么？赶快给圣上磕头啊。"

赵哲听到康履的催促，顿时如梦方醒，俯下身去重重地给赵构磕了三记响头。说来奇怪，就在这时，本清朗的天空竟忽然阴沉了下来，淅淅沥沥地下起了雨来。

赵哲磕完头转身看向台阶下的文武大臣，随着他举起手臂，玉玺赫然呈现在众人的眼前。

宋人性高洁，原就爱玉，尤其是这传国玉玺象征着至高无上的权力，因此当看到玉玺就在自己面前，文武大臣们立刻全部跪倒在地，异口同声地喊着：

"圣上万岁，万岁，万万岁！"

随着这震天的喊声，风雨也陡然大了许多。赵哲挺身而立，像一座高高矗立的丰碑。

是夜，赵构寝殿。烛光中，赵构父子相对而坐，促膝谈心。

"伯琮，今日是朕这些年来最开心的日子。以前朕一直将治国理政的大事背在身上，压得整个人都好累。以后有你分担，朕只要尽享清闲的日子也就是了。有子如此，夫复何求？"

赵构说到这里，脸上掩不住的欣慰。

"多谢父皇的信任。"赵哲说着向前欠了欠身，不无担忧地说道，"父皇，儿臣还有一事，想向父皇讨个主意。"

"哦？什么事？"

"金主完颜亮一直对大宋虎视眈眈，如今更以金使驿馆被刺之事为由将矛头直指我朝，想来金军大举南下已是不远。若是战争起来，儿子该如何行事？"

赵构蹙了蹙眉头，这些年来，他一直是朝臣眼中的主和派。然而，又有谁能够真正了解他的内心？沉默半晌，这才说道：

"伯琮，如今你已继位，凡事还应依心而行，勿要有所负累。无论做出怎样的决定，朕都会支持。"

赵哲听到这话眼前顿时一亮，原本黯淡的脸上也瞬间现出光泽，兴奋地说道：

"多谢父皇，既是如此，那儿臣可就真的要放手一搏了。"

"无须束缚，放手一搏便是。"

赵构笑着鼓励道，表情却异常凝重。

"伯琮，朕虽开创南宋基业，却也碍于局势用错了一些人，做错了些许事,如今已然来不及纠正,只能留待你日后慢慢努力。伯琮,你向来足智多谋,朕坚信你不会让人失望。"

烛光摇曳,赵哲不知何时已趴在桌上沉沉睡去。外面的风雨声仍未消失,仿佛将他带到了另一个时空。

不知过了多久,外面的风雨声似乎比先前小了许多。外面的门发出清脆的"吱呀"声,赵哲从梦中醒了过来。透过桌子的缝隙,他诧异地看到一个穿着白色纱裙的身影正渐渐向自己走来,看这身形和步伐定是女子无疑。

少顷,待那女子来到赵哲面前,他惊奇地发现对方竟是自己朝思暮想的爱人。

"思云……"赵哲兴奋地站起身来,拉着李思云的手问道,"你这些日子去了哪里?有没有受伤?我真的很担心你。"

李思云显得很平静,在从对方的手中抽出手后,正言道:

"圣上,民女此番冒险入宫,只为进谏。"

赵哲的脸上现出一丝疑惑,不明白此话从何而来。

李思云微微一笑:"圣上既已继位,便该处处以国事为先。如今大宋看似繁华,实则暗流湍急,外有金军所扰,内有奸臣当道,接下来的路属实难走。"

赵哲见对方道破自己的心思,便也叹了口气道:"你说得没错,朕确是在为此事烦忧。思云,你晓得朕登基不久,如今正是孤掌难鸣,必须尽快培养一批亲信才好。先前周兄曾建议朕,将当初随岳将军抗金的老臣召回京中,加以重用。依你看来,该从何人开始?"

"张浚。"

"张浚?"

"不错,此人一向主张抗金,在川陕宣抚处置使任上时,还曾亲自部署过沿江、两淮驻军防御,坚持带兵北伐。只是太上皇继位后,受秦桧及其党羽迫害,这才谪居了十余年。虽是如此,可他抗金的初心始终未变,圣上能够将其召入京中,想来张浚必定会心存感恩,从而成为最大的支持者。到那时,圣上自然可以在朝中立威。"

赵哲听着李思云这番入情入理的分析,心中很是佩服。然而,一想到对方又要再次离开自己,心情不禁又变得黯然。

"圣上以为如何?"

"思云说得有理,此事就这般定夺。"说到这里,赵哲变得有些犹疑,"朕还有件事要与你商议,思云……"

"圣上无须多说,思云明白。"李思云苦笑道,"思云身为江湖女子,承蒙圣上如此厚爱,自然感激不尽。可我终归过惯了自由自在的闲散日子,皇宫虽好,我却难以忍受禁锢。圣上若是真心爱慕思云,还请放我离开,让我过我想过的日子。"

赵哲心中虽不情愿,却也明白思云的话是对的。所谓相爱,就是要让爱人感到幸福,若是成为其的负累,那是最大的悲剧。因此,在纠结良久后,方才痛心地说道:

"若这当真是你想要的,朕绝不阻拦。不过你也要答应,今后时常见面,可好?"

"这有何难?"李思云得意地笑道,"这宫墙看似高大坚固,可想要阻我去路恐怕还难了些。思云想见圣上,自然会再来。圣上,你也要答应民女一个请求。"

"你说。"

"思云希望圣上能够开创盛世基业,成为四海归朝、八方来贺的明君,莫要错杀忠良,重用奸党,与天下人为敌。倘若那样,思云手中的剑第一个不答应。"

赵哲凄然一笑:"思云放心,你既在大宋,那朕即便万死也会护你周全。"

李思云留恋地看了赵哲一眼,随后转身离开,随着她的身影消失,外面的风雨彻底停歇。

"皇兄,醒醒。"

正当赵哲准备上前阻止李思云离开时,忽然耳畔响起了唐王赵伯麟的声音。他愕然地睁开双眼,但见赵伯麟和赵士程不知几时进屋了,此刻正关切地看着自己。

"皇兄怎么坐在这里睡着了?这样容易着凉。"

赵士程见赵哲看向自己,连忙说道。

"是啊,我和士程来了有一会儿,见你正趴在桌上睡得香,就将大氅披到了你身上。要不是该早朝了,都不忍心叫醒你。"

赵哲听到二人的话,心中很是感动,笑着说道:"昨夜睡不着,就想着看会儿书,谁知道竟迷迷糊糊地睡过去了。士程,你字写得好,帮朕草拟个诏书如何?"

赵哲边说边站起身来,缓步向前走去。

赵士程和赵伯麟对视一眼,来到书桌前站定。在将宣纸摊开后,又抬头看向赵哲。

赵哲停住脚步,仍背对着赵伯麟和赵士程二人,一字一顿地说道:

"奉天承运,皇帝诏曰:今金军大举南下,犯我大宋,致使山河涂炭,百姓危矣。朕虽为新君,然有感天下危局,不能坐视不理。武穆其魂,感天动地,每每想来,尤不能自已。为感念岳公之魂,壮我宋军志气,朕决意诏复岳飞原棺,以礼改葬;访求其后,特予录用。并特命张浚速速回京,予其都督之职,带兵十万进行北伐,钦此!"

少顷,赵士程将最后一个字写完,放下毛笔。又认真看了一遍宣纸上的字,确定无误,这才抬起头来笑着说道:

"皇兄决意北伐,当真是天下之幸,想来大宋子民定然都会支持。"

"士程说得没错,王兄此番为岳公平反,召张浚回京,可见北伐之心至诚,身为大宋子民确实都会支持,只不过有些人也一定不会善罢甘休,必会出手阻挠。"

"伯麟兄说得没错,不过说到底还是要看皇兄的决心。"赵士程说到这里,又看向赵哲,"若是坚如磐石,那些魑魅魍魉也算不得什么。"

赵哲微微一笑:"士程说得不错,如今北伐乃是头等大事,朕坚信我军定能击退金军,扬我国威。伯麟、士程,你们等朕换好衣服,咱们这就上朝去。"

说完,他便唤宫女打来洗脸水,洗漱更衣,随后在赵伯麟、赵士程等人的陪同下乘坐龙辇一路向大庆殿而去。

早朝,文武大臣在听完太监总管宣读诏书后颇感意外,他们交头接耳,原本安静的殿内一片嘈杂。

"圣上,微臣有本启奏。"

人群中,万俟卨见秦桧看向自己,立刻高声说道。

赵哲看了万俟卨一眼,心中不禁暗暗发笑。他先前就知道"东窗事发"这一典故的由来,也晓得其曾与秦桧相互勾结构陷岳飞,只不过一直装糊涂罢了。如今眼看着万俟卨按捺不住主动跳了出来,想必离被做成铜像,跪在岳公坟前被后人所唾的日子确是已经不远了。

尽管如此,赵哲表面却声色未改。

"哦,万俟大人此前可是很少有奏本的,今日难得发声,赶快说说高见吧。"

话里嘲讽的意味已经再明显不过,可急于想说服圣上的万俟卨却并没有听出来。

"虽说金军大举来犯,然而圣上此时起兵北伐却绝非良机。"

"哦?此话怎讲?"

"大宋先前数十载与金刀兵相见,满目疮痍,民不聊生。后来在先皇的治理下,方才恢复了生机。如今圣上一意孤行,与金人决一死战,想来定会再次国无宁日,将大宋重新拖入深渊。若是此刻不阻止圣上的念头,那便是对我朝不诚,对圣上不忠,是大宋的罪人。万俟卨虽只是个掌管司法的官员,却也不得不将心中顾虑说出来,还请圣上慎行。"

说完,万俟卨双手抱拳,向赵哲深施一礼。

这一番"诚恳"的说辞瞬间起到了效果。在听完万俟卨的话后,官员们登时纷纷附议,试图劝说赵哲打消北伐的念头。人群中,唯有太傅徐爻、将军张俊、唐王赵伯麟和仪王赵士程等十余个官员仍一动不动,只是默不作声地看着赵哲。

赵哲看着文武百官,顿觉左右为难。常言道,水能载舟,亦能覆舟。眼下绝大多数朝臣与他的政见相左,万一逼紧了,他也担心会有其他的事情发生。

"圣上,臣有本要奏。"

眼见赵哲的脸色越来越难看,徐爻忽然不动声色地说道。

赵哲深呼了口气,脸色也随之恢复。

"太傅有话但讲无妨。"

徐爻看了一眼不远处的秦桧,沉吟片刻,缓缓道:

"万俟大人所言有理,然而臣却不敢苟同。"

此话一出登时像是捅了马蜂窝,刚刚好不容易才安静下来的朝堂瞬间又变得喧哗。

尽管如此,徐爻却并不为所动,仍继续说道:

"止戈停战未尝不可,然而一味退让必定会带来更大的灾祸。如今金军大举南下,气势如虹,誓要将我大宋一举攻破。宋军若是因胆怯而不予抵抗,定将招致灭顶之灾。依微臣看,不若效仿岳公当年之勇武,出兵抗

271

金。以战止战才是上策。"

"太傅所言极是,臣请战。"

徐爻的话音刚落,张俊立刻附和道。

赵伯麟和赵士程对视一眼,也异口同声地请求出战。在四人的带动下,原本没有出声的官员也纷纷表示主战。与此同时,那些原本碍于秦桧和万俟卨等违心表态的官员也加入其中,很快,与金军作战的声音便响彻整个朝堂。

赵哲眼见火候到了,心中自然很是高兴。在满朝文武的注视下,站起身来,高声说道:

"既然如此,那此事便这般定夺。不过,既是要召张老将军回京,为加以区别,朕还是得给张俊将军赐名。张俊……"

"微臣在。"

"朕赐你单名崇,如何?"

张俊原就性格耿直,此刻见圣上要为自己改名,自是欣然接受,大笑道:

"这有何不可?圣上赐名自然是最好的,旁人怕是想要这样的福气还没有呢。"

赵哲见张俊这般做法,心中很是高兴:"爱卿豪爽,人所共知。朕命你为主帅,赵伯麟、赵士程为副将,率领一万宋军即刻北上伐金。明日辰时开拔,不得有误。同时,传召老将军张浚,速速回京复命。国师……"

周必先前一直没有参与,只是在一旁安静地听着,此刻听到圣上叫自己,便也向赵哲欠了欠身。

赵哲微微一笑:"国师向来道法高深,保我大宋亦是有功。眼下择吉日为岳公礼葬之事,还得多多费心才是。"

"圣上无须多言,此事本就是山义分内之事,贫道自会全力而为。"

周必平静地说道,仍是一副置身事外的模样。

赵哲点了点头,又看向秦桧和万俟卨,只见那二人此刻脸色铁青,正冷冷地看着自己。见此情形,他的心登时一沉。

太师府书房房门紧闭,在万俟卨和王立的注视下,秦桧倒背着手在屋中来回踱步。

"今日圣上的表现已经再明显不过,就是要与太师背道而驰。下官担心,倘若一直这样,他会坏了咱们的好事。不如此刻趁其羽翼尚未丰满,

将其除去。"

"万俟大人所言极是。"王立接口道,"若是一味任由圣上胡来,只怕咱们此前做的那些事情迟早会浮出水面,到那时可就真的万劫不复了。太师,下官死不足惜,可我家老小断不可因此事受到牵连。"

秦桧蓦地停住脚步,轻蔑一笑:"你二人你一句我一句,倒当真聒噪得很。放心,本太师自有主张。他看似人在高位,说到底不过是个乳臭未干的毛头小子罢了,秦某有朝一日定当让其为今日的所作所为付出代价。"

万俟卨和王立对视一眼,不约而同有些心悸。如今虽说新皇刚刚上位,年纪尚轻,然而经过北伐一事势必会迅速拉拢朝中众臣,到那时……想到这里,二人全都有些脊背发凉。

风萧萧,马长嘶。次日辰时,一万宋军身着铠甲,手持长矛,在大庆殿门前整齐列队,等待出征。气势如虹,无人能挡。

谁都没有注意到,队列当中有一名身材娇小的兵士,相貌虽如女子般清秀,举手投足却尽显英雄气概。

"圣上驾到!"

随着喊声,身着云龙纹饰红色纱袍,头戴红色通天冠的赵哲乘坐龙辇出现在了他们的面前,此刻他身旁还坐着一位穿着青色袆衣,头戴凤冠的倾国倾城的美人,正是皇后徐芊涵。

虽说心中另存所爱,自成婚后赵哲与徐芊涵就从未越雷池半步,然而作为一国之君,他也自知国法礼制是不能轻易逾越的,尤其眼下这激励军队出征士气的大事上更是如此。因此,昨日下朝后,他便匆匆来到皇后住处,向其说明一切,并求得对方的支持。

徐芊涵原本就冰雪聪明,自然明白丈夫的用意,况且经过这段时间的相处,她对赵哲的感情亦在潜移默化中渐渐加深。只不过作为知书达理的大家闺秀,徐芊涵性子不那般外露,只能处处体贴,时时刻刻温暖丈夫的心,期望事情能够有所转化。故此见赵哲向自己伸出橄榄枝,就爽快地答应了。

正如先前赵哲想的那样,士兵们见圣上、皇后一道出现在他们的面前,登时激动起来,个个伸长脖子,努力想要看得更清楚。唯有那个身材娇小的士兵,唇边泛起了一抹自嘲的笑。

少顷，待赵哲、徐芊涵在兵士面前停下脚步，站在最前列，身着虎贲铠甲、头戴铜盔的张崇双手抱拳，向他们深施一礼。在其身旁站着的正是同样身着军衣的唐王赵伯麟、仪王赵士程，但见二人与平日不同，更显英气逼人。

"一万宋军已集结，请圣上训示！"

赵哲微微点了点头，扫视一圈，侧头看了一眼身旁的太监总管王继恩。王继恩心中会意，忙从跟在他身后的一个小太监手中拿过酒坛和酒碗，分发给赵哲、张崇和赵伯麟、赵士程四人。与此同时，酒水也分发到了全体兵士手中。

"大宋的将士们，你们今日便要出征了。常言道，酒壮英雄胆，杀敌自当先，朕在这里便以手中的酒答谢大家，希望你们上阵杀敌多立战功，早传捷报。到那时朕自会论功行赏，在大庆殿为你们庆功。"

说完，赵哲抬起头来，长溪过涧般将碗中的酒一饮而尽。

"谢圣上！"

兵士见赵哲这般厚待自己，心中很是感动，也争先恐后地将酒喝了个精光。

赵哲见此情形心中很是感慨，此前他一直担心由于秦桧等人的阻挠，此番发兵会极不顺利，如今看来反倒是自己想多了。他正浮想联翩，忽见张崇高声说了句"出发"，随着话音落下，大军浩浩荡荡向北方奔去。

人群中，那娇小的兵士看了一眼赵哲，似有千言万语，最后却也只是抿了抿嘴，跟着其他人快步离开了。

待大军消失，徐芊涵缓步来到赵哲的身旁，温柔道：

"圣上，芊涵晓得你定是担心唐王和仪王。放心吧，张将军定会好好照顾他们的。况且他二人向来机警，断不会有事。"

赵哲叹了口气："皇后只知其一不知其二，这天下难道只有朕才有兄弟，其他兵士就没有自己的家人？一想到战场上生死莫测，朕心里就好痛。"

说完，他又重重地叹了口气。

"圣上勿要自责，要芊涵说这也是好事。"见赵哲看向自己，徐芊涵又继续说道，"以前金人总觉得宋人胆小怕死不敢与其一战，故此才这般猖獗。经此一战，无论结局是赢是输，宋人都会重整士气，今后也必将听从圣上的号令。若是这样说来，臣妾还要恭喜圣上才是。"

赵哲见徐芊涵道出自己的心思,便微微一笑,"普天之下,莫非王土。说起来,大宋早该有此一战。"

"太上皇未竟之业圣上却做到了。"徐芊涵笑着向赵哲道了个万福,"芊涵替大宋全体子民感谢圣上。"

赵哲先是一怔,随后笑着伸手扶起徐芊涵,啧啧赞道:"能有你这样的国母,乃是大宋子民之福。"

徐芊涵微微一笑,故意试探道:"那么圣上呢?"

"我……"赵哲登时有些语塞,"自然也是朕的福气。皇后,朕有些乏了,咱们还是回宫去吧。"

说完,赵哲不等徐芊涵答话,便头也不回地向龙辇走去。徐芊涵见此情形,心知对方不想和自己纠缠,便也不再多说,仍旧和来时一样陪圣上回宫。

烽火连三月,家书抵万金。自宋军开拔,赵哲每日看似平静、一切如常地处理国事,实则无时无刻不在等待着赵伯麟和赵士程的战报。每当书信传来,看到宋军捷报,他的心里便会狂喜不已。

奇怪的是,赵伯麟和赵士程每次来信,结尾都会写着一个叫李念的普通兵士所立的战绩。然而,当赵哲问及其身份时,二人却又好像商量过了般,全都支支吾吾,拐弯抹角就是不愿回答,这样的做法不禁让他心中很是疑惑。

这日早朝后,赵构派王继恩将赵哲叫到昭华宫,说是辽人新进贡了一件宝物,要其前去鉴别赏玩。

辽人与金人同为草原民族,原本对大宋亦是虎视眈眈。不仅如此,在北宋灭亡这件事上,也曾起到过一定的作用。只是后来随着南宋建立,金国不断扩张,辽国为了生存这才不得不改变策略,转而与大宋交好。

虽然先前曾有过种种不快,然而由于辽人生性豪爽,常常向宋朝赠送礼物,故此赵构父子便对过去的事情只字不提,继续与辽交好。

昭华宫,赵哲刚一进去就看到赵构边悠然地喝茶边赏玩着一个酒盅。

"儿臣参见父皇。"

赵构笑着招了招手:"伯琮,你过来,父皇有个好物件要赏你。"

赵哲走了过去,这时才看清楚那酒盅不仅通体晶莹剔透,还散发着一股奇异的幽香。

"香晶魄?"

"哦?你认得?"赵构笑着说道,"不错,此物正是香晶魄。前来进贡的辽使说这杯子来自燕山山脉,是将千年的深山积雪融化,一点点嵌入古玉中制成的,有治百病、解奇毒的神奇功效。"

赵哲惊奇地看着赵构手中的酒盅,记得来宋朝前有一次去德寿宫游览时曾在展厅的玻璃台中看到过香晶魄,知道此杯是宋孝宗的心爱之物,却不知道竟是这样的来历。

初闻不知曲中意,再听已是曲中人。想到这里,赵哲心中不禁一阵感慨。

"朕听芊涵说你最近身体不适,一到夜里就咳嗽,先前太医开的方子效果甚微。这样吧,朕就将此杯赠予你。"

赵构边说边将手中的酒盅递给赵哲。

赵哲连忙伸出双手,毕恭毕敬地将酒盅接了过来,笑着答道:"父皇放心,儿臣定会好好珍藏此杯,让身子尽快康复,好为大宋多多效力。"

赵构满意地点了点头,随后话头一转:"我听说最近宋军作战骁勇,打得金军连连败退,看来你的决策是对的。"

赵哲听到父皇的肯定心中很是高兴,连忙说道:"谢谢父皇,不过此事并非儿臣一人功劳,全赖太傅、国师与张将军三人相助,这才有了眼下的战果。如今军队在原有人数上又增加了八千人,就连辛幼安那样的文人都去投军做了军需官。"

赵构点了点头:"朕此前也对辛幼安有所耳闻,据说此人早前曾是剑客,有过十步杀百人的战绩,并且还曾在夜里独自盗走金军的数十匹战马,确实是个不可多得的人物。伯琮,这领兵打仗就像棋局,需要清楚每一颗棋子,才有取胜的把握。既然你已悟出其中的道理,那朕便再向你推荐一人。"

"哦?"赵哲愕然问道,"父皇说的是……?"

"虞彬父,你可有印象?"

赵哲低着头认真地想了一会儿,突然,一个人影出现在了他的脑海中。不同以往的是,此人的身影较为模糊,确实没有那么深刻的印象。

"父皇说的可是枢密使虞允文?"

"不错。"赵构探问道,"你觉得此人如何?"

"不瞒父皇,儿臣对其确实没有多少印象。只知道此人做事向来认真,

性子内敛,不喜张扬,其他的……"

说到这里,赵哲停住话头,想了一会儿,却只是摇了摇头,自嘲地笑道:

"其他的确不晓得了。"

赵构意味深长地看着赵哲,过了好半晌,忽然抬起手来拍了拍其肩膀,叹了口气道:

"伯琮,你哪里晓得,此人可是父皇特意为你留下的谋臣。"

虞允文?! 怎么可能,此人虽说如今拿着七品官员的俸禄,实则不过是个毫无官品的小吏,这样的一个人又怎么可能是父皇所说的有谋臣之才?

赵构见赵哲一脸茫然地看着自己,便继续说道:"说起来,此人身世也很是坎坷。他原是官宦人家出身,祖上是赫赫有名的唐朝名臣虞世南,曾官拜凌烟阁二十四功臣,祖父和父辈也都出任过地方官员。不仅如此,此人天资极高,七岁便能提笔作文,后来更是进士及第,当真是文武双全。"

赵哲越听越迷糊,如果父皇所言为实,此人当真万里挑一,那为何不被重用,只是做了个不入流的小吏?

"父皇,儿臣不明白,这样一个人为何不被重用?"

赵构苦笑道:"你哪里晓得,这不过是父皇的权宜之计罢了。"

赵哲皱了皱眉头,很显然,他对"权宜之计"四个字越发不解。

"你也晓得秦太师如今在朝中一手遮天,此前主张抗金的官员全都受其迫害不得重用,严重者更是流放他处永不入京。唯有做个不入流的官员,方才能够保全。"

"若是这般说来,父皇是为了保护虞卿,才出如此下策?可是……"

"可是为何朕这个反战派要这样做,对不对?"

赵哲见赵构道出了自己的心思,便也不再隐瞒,肯定地点了点头。

"因为朕也想抗金。"

赵哲听到"抗金"二字,登时目瞪口呆。

赵构起身在屋子里踱了数步,而后停下脚步看向赵哲。

"朕绝非胆小怕死,只是当时岳飞口口声声喊着要北上迎回二帝。伯琮,你也晓得二帝向来昏聩,视朝政如无物,即使将其迎回也只能误国,朕又怎能眼睁睁地看着事态如此变化?"

"所以父皇只能先下手为强,将岳飞这个眼中钉除去?"

赵构微微一怔,叹息道:"此事怪不得旁人,只能怪岳鹏举性子倔强,不识时务。"

"即便如此,也总该给岳飞和其他将领留一条生路,不该将其斩草除根,父皇不觉得这样做实在太残忍了吗?"

"残忍?"赵构的脸色登时变得冰冷,"如果觉得朕的做法残忍,那你告诉朕,他们和大宋子民相比,谁的命更重?"

赵哲见赵构这样说,一时也动起气来。他明白杀死岳飞,是为了父亲的权力,而非子民。

"恕儿臣资历尚浅,无法回答父皇的问题。"赵哲向对方深施一礼,"儿臣还有公文未看,先行告退。"

说完,他不等赵构说话便要转身离开。

"等等!"

赵哲虽不情愿,但见父皇叫他,他也不得不停下。

"父皇……"

"朕听随军的人禀报,说军中有一名唤李念的兵士很是骁勇,自与金人交战以来便立下许多战功。按理说该重赏此人,可奇怪的是翻遍军籍册也未能找到此人的记录。圣上可晓得此事?"

赵哲听到这话心中登时一紧,之前赵伯麟和赵士程每当提及此人总是讳莫如深,如今看来其中确有蹊跷。

"父皇所说之事,儿臣此前确实不知,这便派人去查看究竟。"

赵构点了点头,又悉心提醒道:"朕晓得你不容秦桧,不过眼下时机尚不成熟,还需耐心等待才是。"

赵哲应声称是,在赵构注视下,后退出了殿门。刚到殿外,便被一直候在那里的康履拦住了。

"圣上,太上皇方才和您说的,老奴全都听得清清楚楚。除奸臣之事虽说看似棘手,但终归有解,毕竟大宋子民等这场春雷已经太久了。"

"多谢公公。"赵哲笑着说道,边说边从袖筒中摸出一锭银子,递到对方的面前,"朕这段时间国事繁忙,父皇这边多亏有你照应,我才能腾出手来做正经事,这银子就赏给你沽酒喝吧。"

"这是老奴的本分,圣上无须挂心,眼下风急,还应以大局为重。"

康履说完,欠身向赵哲施了一礼。人都是有感情的,经过这段时日的

相处,他逐渐对这位新圣上有了越来越深入的了解,同时也对赵哲的所作所为更加佩服。

"多谢公公提醒。"赵哲感激道。

随后他又转头看了一眼父亲的寝殿,欲言又止。沉吟片刻,缓步离开。

康履待赵哲走远后,快步走进昭华宫,只见赵构正靠在软榻上喝茶,脸上丝毫没有愠色。

"太上皇,圣上已经走了。"

赵构抬头看了康履一眼,仍是一副悠然自得的模样:"他跟你说了什么没有?"

康履摇了摇头:"圣上没有说什么,只是让奴才好好照顾太上皇。对了……"

说到这里,他从袖筒中摸出了方才赵哲给的那锭银子,用双手举着递到赵构的面前。

"圣上还给了这锭银子,让奴才沽酒喝。"

"沽酒?"赵构哈哈大笑道,"看来圣上还是没有改变那纯善的性子。既然是他赏给你的,那就留着沽酒喝吧。"

康履听赵构让自己将银子收起来,登时开心得不得了。在将银子重新放回袖筒后,他快步来到对方身旁,拿起茶壶为其续了杯茶。

"太上皇,方才您和圣上的谈话,老奴在外面听得真真的。他年轻气盛,您千万不要与其计较,免得气坏了身子。"

赵构微微一笑:"康履,你当朕是什么人?就这般没有心胸?不过朕一直觉得愧对岳家和枉死官员。"

说到这里,他重重地叹了口气,一脸沮丧:"只可惜人死不能复生,朕这个歉也只能来世再道了。"

"这也不见得。"康履见对方心情低落,便从旁劝说道,"太上皇,圣上如今不是想要扳倒秦太师吗?依老奴看,您不妨做那只暗中推动局势发展的手,这样不就把事情弥补了吗?"

赵构皱眉思索半响,说:"康履,你说得对,若要圣上独自来办此事,只怕难上加难,朕就在后面推他一把吧。你速速给太师府的探子报信,叫其务必留意秦桧的动静。"

"奴才这就去办。"

康履应了一声,倒退出了昭华宫,唯有赵构仍在独自怡然品茶。

唐王府花园甬路,身着丝绸裙子、头插簪花,一副贵妇人装扮的唐王妃郑儿在侍女的陪同下脚步匆匆地向正厅走去。刚到门口,便一眼看到赵哲坐在正中宽大的紫檀木桌旁喝茶。见此情形,郑儿的唇边登时泛起笑容。

"郑儿给圣上请安。"

"做了王妃还是这般顽皮。"赵哲边说边走到郑儿面前,伸出双手将其扶起,"郑儿,朕先前一直操心国事,自打伯麟出征后就没有来过,如今倏忽已有数月,这段时日你可还好?"

"好。"郑儿边说边用双手摩挲着小腹,"多谢皇兄挂怀。"

直到此刻,赵哲才看清楚,郑儿的小腹微微隆起,似乎是怀孕了。

"郑儿,看这情形,你可是有喜了?"赵哲惊喜地指着郑儿的小腹,开怀大笑道,"你立了大功,是我赵家的功臣。"

说着,他让侍女拿来软垫,将桌子另一旁的木椅垫得厚厚的,方才让郑儿坐下。

"圣上理政向来操劳,今日怎会得闲到我府中来?"

赵哲见郑儿发问,便也不再隐瞒,直言说道:"郑儿,朕今日前来是为战场之事。"

"战场?"郑儿眨了眨眼睛,讶异地说道,"唐王和仪王不是一直都有军报过来?自打伯麟走后我便没有出去过,圣上为何问我?"

"因为只有你能告诉朕真相。"赵哲看着郑儿的眼睛,探问道,"朕问你,李念是谁?"

赵哲和大多数学文科的记者不同,大学和研究生都是在警官学院度过的,在刑侦和审讯方面能力尤为突出,只是毕业后不想太累才选择到报社做了政法记者。也因为这样,公安局当初才会要他做线人,打入犯罪集团内部。

果不其然,郑儿在听到"李念"这个名字后,脸上的肌肉瞬间抽搐了两下,随后低下头去,像是逃避什么。与此同时,两只手也不自觉地在裙子两侧揉搓着。

这动作虽然看似不经意,却仍没有逃过赵哲的眼睛。也正因此,赵哲坚信,李念定然和自己有着千丝万缕的关联。想到这里,他猛地拍了

一下桌子,郑儿毫无防备,登时吓得一哆嗦。

"郑儿,你虽说如今有了我赵家的血脉,可毕竟欺君是大罪,朕一旦生起气来,仍可将你关起来。你向来聪颖,何去何从,自己选择吧。"

郑儿尽管从小跟在赵伯琮的身旁,承蒙对方诸多照拂,可眼见得其发怒,心中亦是理亏。可终究先前就与夫君有所约定,不可将李念的真实身份说出,故此她仍十分犹豫。

赵哲见郑儿不肯说,便抬起手向门口挥了一下,只听树上传来一阵窸窸窣窣的声响,似有人在树尖上掠过。

赵哲见郑儿讶异地看着自己,便笑着说道:

"你也晓得当皇上很麻烦,身边总会有十个八个暗卫随行。"

这一招恐吓当真奏效,郑儿的心理防线瞬间崩溃。

"皇兄,郑儿可以跟你说李念是何人,不过你也要答应我一件事。"

赵哲微微一笑,戏谑地说道:"郑儿,你欺君已是不对。怎么?莫非还要跟朕谈条件?"

郑儿眨了眨眼睛,看得出来,她此刻心情异常紧张。不过尽管如此,她仍执拗地说道:

"皇兄,你得答应郑儿的请求,不然我不会说的。"

"好,你说。"赵哲点了点头,"朕向来守诺,既然答应你,就不会不办。"

郑儿的心稍稍安定了些,笑着说道:"郑儿就晓得皇兄最好了。皇兄,我们虽然骗了你,却也是为你好,况且事前还曾与那人有过约定。所以,一旦你晓得了,也不准迁怒于我们,你能做到吧?"

赵哲没有说话,只是点了点头。

郑儿犹豫了下,最终说道:"李念不是旁人,正是思云姐姐。"

赵哲的心头一颤,他怎样也想不到,自己朝思暮想的意中人竟然胆子这么大,居然随军奔赴战场,与金人对战去了。想到战场上危险重重,他的脸色登时阴沉了下来。

郑儿察言观色,心知赵哲所想,便继续说道:"我们之前也曾劝过思云姐姐莫要以身犯险,可她却执意不肯,说抗金一直是你的心愿,唯有替你出征,方才能够表明真心。见思云姐姐这般执拗,我们也只能随她去了。至于取假名、隐瞒真相也是思云姐姐的主意,考虑到眼下你与她的关系,我们也就只能配合了。"

赵哲深呼了口气，心情随之平静，笑着安慰道："郑儿放心，朕绝非那种不分好坏之人，自然晓得你们的用心良苦。当然，也要谢谢你帮我解开谜团，不至于疑惑到底。"

"皇兄，你怪我们吗？"

"怎么会？"赵哲笑着说道，"郑儿，你既然有求于朕，那朕便也提个要求吧，这样也算公平。"

郑儿瞬间露出好奇的神色，在她的印象里，赵伯琮向来聪颖，总能轻而易举地摆平所有事情，如今他居然有求于自己，属实稀奇得很。

"你不要跟其他人说朕已知晓此事，即使在唐王和仪王面前也不要透露。"

郑儿怔了下，随后像是悟到了什么，点头答应了。

是夜，国师府，周必和赵哲相对坐在水榭石桌前，推杯换盏，吟诗作赋，好不快活。不知不觉间，二人都有了微微醉意。

"圣上，不知提拔虞允文之事如何决断？"

赵哲摇了摇头，有些郁闷地说道："不瞒周兄，朕对这虞允文确实印象不深，若说立刻提拔，属实有些为难。"

周必喝了口酒，提议道："那圣上为何不试探一下其能力？若行，便提拔。若不行，那就继续让他留任。"

赵哲眼前一亮："这倒是个好法子，只是不知如何试探？"

"据微臣所知，如今金宋两军在采石矶一带交战正酣，圣上何不命虞允文为特派官员，前往此处犒师，同时也可秘密前往在暗处观察其言行？"

"周兄的意思是朕也随行？"

"那里有圣上心心念念之人。"周必笑着说道，"即使周某阻拦，你也一定会执意前往，既是如此，我又何必做恶人？"

"周兄，看这情形，你已经晓得思云在军中了？莫非你们早已通气，只是瞒着朕不成？"

周必见赵哲疑心自己，摆了摆手道："圣上无须怀疑。周某不敢欺瞒圣上，此前确与思云姑娘见过面。不过从军一事，确实不知。"

"不知？"赵哲惊讶道，"那你为何说得这般准？难不成特意掐算了一番？"

周必哈哈大笑:"此事无须掐算,全都写在圣上的脸上了。话说回来,你与她相见也是好事,正所谓,解铃还须系铃人,有些话的确该说开了。"

赵哲没有说话,只是拿起酒坛给二人碗中续上酒。随后,在周必的注视下,他将碗中的酒一饮而尽。

采石矶,悬崖叠嶂,江水滔滔。此处位于翠螺山麓,与城陵矶、燕子矶合称"长江三矶"。同时,又因其山势险峻、风光绮丽、古迹众多而被誉为"长江第一矶"。此时,宋、金两军分别驻扎在相对的山头上,大有两虎相争的态势。尽管如此,由于不知虚实,故此双方都不肯率先强攻,只是静静地对峙,暗中观察战事的发展。

这日黄昏,林间溪畔,李思云独自一人来到溪水旁。前日巡逻,她不慎中了金人的暗箭,虽经军医紧急处理包扎,如今皮肉尚未完全愈合。由于不想让其他人发现自己的女儿身,因此每天都会悄悄到溪边换药,然后再神不知鬼不觉地返回营中。

溪畔,李思云对着溪水动作娴熟地包扎着伤口。无意中瞟了一眼水面,只见水面倒映出的人影又黑又瘦,乍看像是个十四五岁的男孩子,哪里还有过去一点白皙的样子。

唉,只怕就连那个人也认不出自己了吧。

想到赵哲,李思云的心头倏然一酸。她刚想起身,忽然从草丛里传来一阵窸窸窣窣的脚步声。

李思云一听到这声音,脑子立刻变得清醒,伸手拿起放在草地上的宝剑,起身喝道:

"谁?!"

她屏气凝神地注视着,草丛里走出一名宋兵,双手抱拳道:

"李都头,朝廷派的押运督军已经到了,唐王要你前去一见。"

南宋军队有着严明的等级制度,其中掌管100名步兵的为都头。李思云因此前屡立战功,虽未入军籍,却仍被唐王赵伯麟破格提拔为都头,以示嘉奖。

李思云听宋兵这么说,心中顿时生出一丝好奇。按理说她作为都头和押运督军并无直接关联,为何唐王还要自己前去见面?无论怎样,对方的情面是绝不能拂的。想到这里,她向那宋兵点了点头,笑着说道:

穿宋之宝四凌

"多谢小哥,还烦请你在前面带路,咱们这就过去。"

半个时辰后,李思云跟着宋兵来到营帐门前,一眼便看到正坐在唐王营帐中和唐王、仪王一道饮茶的赵哲。尽管此刻他一副贵公子装扮,清俊模样如同初见,可还是让她瞬间就停下脚步,匆匆转身打算离开。

"既然来了,就别想那么快走。"

赵哲忽然在帐内说道。

李思云愕然地停下脚步,转身看去,但见赵哲仍像方才一样,连瞧都没瞧自己一眼。

见此一幕,李思云顿时有些气恼。就算你是高高在上的皇帝,我只是个江湖女子,可也没有必要大老远地跑到这里戏弄人吧。

赵伯麟察言观色,见面前这两个人一个非要在里面坐着,一个偏要在外面站着,互不相让,便给身旁的赵士程使了个眼色,起身道:

"皇兄,我与士程军中还有事,你近来日夜赶路,着实辛苦,不如我们就先送你去营中休息,其他事情明日再说,如何?"

赵哲稍稍沉吟了下,微微点头道:"也罢,常言道,客随主便。王弟既然如此安排,朕遂了你的意便是。不过,休息归休息,朕还有些事要向李都头请教,烦请她随朕一道前去营帐叙话。"

"这是自然。"赵伯麟笑着说道,抬头看向李思云,"李都头,圣上有事问你,你还应随行才是。"

看登徒子那副小人得志的模样,想来定是没好事。

李思云愤愤地看着赵哲,暗自嘀咕着。不过她性子向来直爽,自然不愿连累旁人,故此没有说话,只是向赵伯麟和赵士程点了点头。

军中人数众多,营帐一个连着一个。考虑到让圣上休息好,赵伯麟和赵士程特意将赵哲所住的营帐安排到了偏南一隅,旁边大大小小的数十个营帐则是虞允文及属下近百名随从所住。

少顷,在将赵哲送到营帐后,赵伯麟和赵士程便退了出去。唯有李思云独自站在门外,仍是一副执拗的模样。

"思云姑娘,我们晓得你不愿意见圣上。"

赵士程看了赵伯麟一眼,缓步来到李思云近前,缓声说道,

"可逃避终究不是法子,你与皇兄之间的事情只能你们自己化解,我与唐王即使想帮忙也是爱莫能助。"

"是啊。思云姑娘,本王晓得皇兄娶妻一事你心头有气,可当时的情

势确是逼不得已。"赵伯麟见李思云脸色略有缓和,便也从旁接口道,"况且,皇兄虽然娶了王嫂,可实际上他们却从没有同房过。也正因此,在我们心里,你虽表面看似无名无分,实则却是真正的皇嫂。常言道,小两口床头吵架床尾和,你就再给皇兄一次机会吧。"

他正说得起劲,忽然营帐中传出了一声咳嗽。

赵士程伸手拉了拉赵伯麟的衣袖,一道向李思云点了点头,随后快步离开。

李思云注视着二人的背影消失,悄悄抬起脚准备离开,可还没走出两步,身后就传来了赵哲的问话:

"怎么?想溜?"

李思云愕然地转身看去,只见赵哲不知何时出现在了自己的身后。见此情形,她立刻停了下来,脸色也变得尴尬。

赵哲快步走上前来,一把抓住了李思云的胳膊,直接将她带入营帐。

营帐内,李思云冷冷地注视着赵哲,在椅子上坐下,用手揉搓了下被挤压到酸痛的胳膊,她再次一言不发地向营帐外走去。

"好吧,你走吧。疯婆子,朕告诉你,即便你逃到天边,朕也一定会想法子将你抓回来。"

李思云倏然停住脚步,一脸委屈地转身看向赵哲。赵哲迅速起身来到对方面前,伸手拽着其胳膊向前走去。由于牵拉到了伤口,李思云不禁吸了口冷气。

赵哲听到这声音,立刻松开了手,不知所措地问道:

"疯婆子,你怎么了?"

李思云迅速转过身去,不想让赵哲看到自己的伤口。赵哲见对方这般紧张,虽心中不忍,却也不得不狠下心来。他迅速走到李思云的面前,冷不防地拉过对方的胳膊,用力一撕,袖筒瞬间碎成两片,伤口赫然出现在了他的面前。

"你这个人怎么这么不讲道理?"

不知为何,在外人面前向来坚强的李思云此刻竟变得脆弱起来,瞬间泪流满面,边用拳头打着赵哲,边嗔怪地说道:

"人家不想让你看,为什么还要看?你是不是故意赶来,就是为了看我的笑话?"

赵哲摇了摇头,将李思云拉到椅子上坐下,他从袖筒中摸出了个白瓷

小瓶,心疼地说道:

"疯婆子,我不晓得你受伤。这是最好的金疮药,对治疗伤口有奇效。你忍着点疼,我这就给你上药。"

赵哲边说边轻轻将药粉涂在李思云的伤口上,目光中满是温柔。

李思云见此情形心中顿时一柔,委屈也随之荡然无存,由泪转笑道:

"登徒子,你这手法如此娴熟,莫非在宫中也是这般照顾你家娘子的?"

赵哲抬头狠狠地瞪了李思云一眼,又低下头继续抹药,过了好半天,才用随身带来的纱布包扎好伤口,又说道:

"你要说是也是,不过不是在宫里,而是在军营。"

这句话的意思再明显不过,李思云瞬时面色通红。

赵哲见状心中登时暗喜,看来疯婆子的心意仍和自己一样,从未改变。

在与李思云相对而坐后,赵哲拿起桌上的茶壶分别给二人倒上茶,随后拿起茶杯抿了一口,才又问道:

"疯婆子,朕有一件事要问你,你可要如实回答,不得骗朕。"

李思云没有说话,只是眨了眨眼睛。

"朕问你,当初你为何不告而别?莫非不晓得朕找不见你会有多伤心?还是说压根就不相信朕对你的感情?"

李思云紧紧握住双拳,随后又松开,反反复复了好几次,直到手心里满是汗水,才说道:

"思云当然晓得圣上对我的心意,可依照当时的情势只能如此,以思云的退出换来圣上的平安,于我而言,便是值得的。"

赵哲心中登时一热,原以为再见面对方会待他极其冷漠,没想到是自己想多了。

"疯婆子,如今朕已登基,完全可以掌握命运。此番回宫,你便随我一道回去,再也不会有人将咱们分开。"

李思云轻叹一声,摇了摇头,倏然起身,双膝跪地:"请圣上收回成命,民女无法随你一道回宫。"

赵哲讶异地看着李思云,不明白为何对方的态度会这般忽冷忽热,如此让人捉摸不定。

"思云,你莫非担心朕不会好好待你?"

李思云没有说话,脸上却在不经意间露出一丝惘然。她与赵哲一起

经历了那么多的风风雨雨,无论发生怎样的事情,她相信两个人都会坚定地走下去。她又怎会怀疑对方的真心?可如果真的随伯琮回宫,那她无疑就是背叛师门,这样的做法又和欺师灭祖有何区别?不,绝不能因为贪图一时的快乐而做出此等不忠不义之事。

想到这里,她坚定地说道:

"此事与圣上无关,思云不过是江湖女子,又怎配得上那深宫高墙?再说,我性子顽劣,不喜与旁人相处。即使皇后贤德,我亦不愿认小服低,还请圣上见谅,莫要逼迫我才好。"

说完,李思云便站起身来,径直走出营帐。

赵晢怔怔地看着她的背影消失,只觉得一块巨石横在心头,压得他喘不过气来。原以为妾心如君心,想不到到头来却只是笑话一场。

疯婆子啊疯婆子,你倒是让朕如何待你才好。

即便如此,赵晢还是很快便将这种种不快压在了心底,言谈举止一切如常,就连赵伯麟与赵士程也未能看出异样。原以为此次押运粮草很快便会结束,没想到一场风波却席卷而来。

这日黄昏,赵晢正在帐中与赵伯麟、赵士程、虞允文三人商议接下来的军事部署,一名兵士匆匆来报,称金主完颜亮亲率三十万金军渡过淮河强行攻入宋境,由于作战勇猛,两淮前线宋军均已溃散,眼看就要到达采石矶。

赵晢得知军报,眼前登时一黑,险些晕了过去,多亏赵士程眼疾手快,在一旁扶住了他。

"皇兄,你没事吧?"

赵晢故作平静地摆了摆手,解释道:"没事,朕只是近来休息不好,一时眼前发黑罢了,你等无须担心。士程,你扶朕到椅子上坐会儿就好了。"

赵士程看了虞允文和赵伯麟一眼,将赵晢扶到椅子前坐下,提起茶壶为其倒了杯茶。

赵晢接过茶杯,喝了一口水,心情渐渐平静了下来。他先前曾在史书上看到过此事的记载,晓得此战宋军败得极其惨烈,极大地动摇了国本。这样一场战争,若是想要在最短的时间内转败为胜,他就必须要改历史才行。可眼下,又有谁是能够担此重任的奇谋将才?

"若是圣上不弃,微臣愿意一试。"

就在赵哲苦思冥想之时,虞允文忽然双手抱拳主动请战。

赵伯麟和赵士程对视一眼,同时露出讶异的神色。

"虞大人,这领兵打仗可不像写公文那般简单,不仅要武艺高强,还得懂得排兵布阵才行。你……"

赵伯麟的话还没有说完,就见赵哲突然抬头说道:

"此事可行,朕准了。"

"准了?皇兄,虞大人即便有房杜之才,可毕竟是个文官,况且他从没有过领兵作战的经验,你不可一时冲动就乱了分寸。"

赵哲摆了摆手,笑着对赵伯麟道:"唐王,朕晓得你是为社稷着想,不过正所谓用人不疑,疑人不用,朕既然要起用虞爱卿,就是相信他能出奇制胜。依虞爱卿看,朕该给你多少兵马?"

"圣上,若是能信得过微臣,给我八千兵马如何?"

"八千兵马?!"赵伯麟听到这话登时按捺不住,"这八千兵马一旦折了,宋军元气定会大伤,虞大人,你当真有取胜的把握?千万不要让大伙儿稀里糊涂地丧命。"

"你若说完全的把握,本官确实没有。要说八成,倒是可以竭力一试。"

赵伯麟刚要驳斥,忽见赵哲瞪了他一眼,也就低下头不再说话。

"虞爱卿,不妨说说你的想法。"

"如今冬季北风正烈,金军是游牧民族,常年生活在草原上,虽能骑善射,却缺乏水战经验。而宋军自小就生活在江南鱼米之乡,本官想,不如咱们就利用这一优势将其骗入船上,来个火烧连营如何?"

"甚妙!"赵哲抚掌大笑道,"虞爱卿,看来你以前没少读三国,这火烧战船之策竟运用得如此精妙,不错!"

"谢谢圣上,只是如何消灭这岸上的金军,微臣确实还没有主张。"

"这不难。"赵哲微微一笑,"金军虽一向御马有术,但也有个弱点。"

"哦?此话怎讲?"

"金军因为担心战马作战时有畏怯之心,会在战前用布将其眼睛蒙住。若是我军士兵可以利用这个弱点,就能占据有利战机。"

"皇兄的想法虽好,可做起来却极难。"赵士程为难道,"王兄有所不知,这金人的马和它们的主人一样贼着呢,绝不是那样好对付的。"

赵哲神秘一笑:"这不难,此事就交给朕吧。后日一早,朕定会将破解之法告于你等。"

赵伯麟三人对视一眼，全都是一脸疑惑，可既然赵哲这般说，他们也不好多问，只能暂且按下好奇心，等待三日后再看结果。

果不其然，赵哲并没有让他们失望，第二日晚上用过晚饭，他便将赵家兄弟和虞允文叫到自己的营帐，说是有一件重要的宝贝要给三人看。

"皇兄，到底是什么好宝贝，你别这么神神秘秘的了，快拿出来吧。"

一进营帐，赵伯麟就迫不及待地问道。

"别着急。"赵哲笑着说道。

随后，在三人讶异的目光中，他从桌上拿来一个青铜制成的圆形长筒，最前面镶嵌着一块熠熠发光的硕大宝石。

"皇兄，这是何物？"

赵士程好奇地指着赵哲手中的青铜长筒说道。

"这是瞄准镜。"赵哲边说边将手中的物品递到赵士程面前，"你试试。"

赵士程在赵哲的介绍下好奇地将青铜长筒凑到眼前，果然面前的物品通过光线折射变得格外清晰，就连屋外距离远的地方也能够看得清清楚楚。

"这可真是个好物件。"赵士程兴奋地拿着瞄准镜看了好半天，随后才依依不舍地递给了赵伯麟。

"你们觉得朕若将此物用在战场上，如何？"

"好是好。"赵伯麟放下手臂，略显犹豫地说道，"只是金军人数众多，一时半会想要凑齐宝石，倒也是件难事。"

"唐王多虑了，此事倒也不难。"赵哲笑着说道，"距离此处二十里地的深山中有一处矿藏，里面都是宝石，你今日便可派一组兵士前去，想来定会收获颇丰。"

赵伯麟看了一眼赵士程，佩服地说道："想不到兄刚来，就把这里了解得这般详尽，我等当真惭愧至极。"

"哎，不知者不为怪，况且朕还有得力帮手。"赵哲笑着说道，"唐王，另外你再叫一组人过来，朕将这青铜筒制造之术传授给他们，也好尽快锻造兵器。"

赵伯麟三人抱拳称是，急急退了出去。

正如赵哲所说，之后的一段时间，宋军都在没日没夜地打造兵器。金军每天都能看到一团团黑气萦绕在对面的山坳，虽心中起疑却也无计可施。毕竟对于自小就在马背上生活的他们来说,这世上再没有比他们更加骁勇善战的了。

与此同时,在张崇和赵家兄弟的训练下,宋军的战斗力也一日高过一日,原本松散的队伍也越来越精干,赵哲看在眼中,喜在心上。若不是李思云那段时日一直躲避着他,他的军旅生活真的可以用"完美"两个字来形容。

这日,和往常不同,赵哲一直躲在营帐中,不仅白天没有到训练场巡视,甚至到了黄昏也没有现身。李思云见此情形,心中不禁暗暗担心,于是便来到赵哲所住营帐附近观察动静,正巧看到底下军士用木盘端着饭菜从远处走来。思云灵机一动,快步走到来人面前道:

"小哥,这饭菜可是送给圣上的?"

"回李都头,今日圣上一整天都没用膳,唐王心中着急,便差小的将这饭菜送去。"

李思云点了点头,伸手接过木盘:"我恰巧有事向圣上禀报,便替你将这饭菜送去吧。"

兵士听到这话,不觉有些犹豫。

"放心吧,此事只有你我晓得,唐王不会责罚。"

兵士见李都头这般说,便也不好再勉强,于是笑着说道:

"既是如此,那就劳烦李都头了。"

李思云点了点头,注视着兵士转身离开,这才端着木盘走进营帐。

此刻,赵哲正坐在桌案后面,凝眉看着手中的信纸发呆。听到有人进来,立刻不耐烦地说道:

"朕不是说不要人进来?为何还要打扰?"

"圣上即使心烦,也无须与饭菜怄气。"李思云将饭菜放到桌案上,平静地看着赵哲道,"除了让自己身体不好,令周围的人着急,根本无济于事。"

赵哲见是李思云,先是一怔,随后笑着握住了对方的手:

"疯婆子,朕就晓得,这世上还是你最关心朕。"

"不敢。"李思云佯作冷淡地说道,"民女不过就是个江湖女子罢了,又怎么有资格关心你这个九五之尊?"

说着,她便甩开赵哲的手,转身欲向外面走去。赵哲见状连忙从背后抱住了她。

"圣上,请自重。"

李思云用力地扭着身子,怎奈赵哲非但不放手,反倒越抱越紧,仿佛绳子般紧紧地绑着她。李思云的俏脸顿时涨得通红。

"疯婆子,朕说过,这辈子都不会放手。"

赵哲将嘴伏在李思云的耳边,耳语道。此刻,他的眼神中满是决绝与倔强。

"朕不晓得这段时间你为何要躲着朕。是的,或许朕在你眼里算不得好人,可至少朕会护你一辈子。这辈子、下辈子,你永永远远都是朕的人。"

说着,赵哲伸手扳着李思云的肩膀。李思云不得不转过身来。在她的注视下,赵哲从袖筒中摸出了一个蝴蝶状的琉璃簪子。蝴蝶双翼张开,仿佛在花间翩翩起舞。

"这簪子是离宫前太上皇赏赐给朕的,说是当年母后大婚时的陪嫁。朕当时就觉得你戴上这簪子一定很美,于是便一直随身藏着,今日终于寻着机会给你。"

赵哲边说边将簪子插到李思云的发髻上,目光中满是温柔。

"不错,确是很美,看来朕的眼光没有问题。"

李思云见此情形,心中登时一软。与此同时,莫大的酸楚从心底涌起。可惜命运弄人,倘若她当真只是运河上的船娘多好,这样就可以生死追随对方。只可惜,如今他们隔着重重仇恨,又怎会有以后?

"思云,朕收到临安城急信,秦桧党羽密谋在朕离宫这段时间颠覆朝纲,明日天亮朕便要先行秘密回京,你可愿意随我一道前往?"

"圣上,思云说过,自己只是江湖女子,不愿被宫墙所困,还请莫要强人所难。思云会永远祝福圣上江山永固,幸福绵长。"

说完,李思云深深地看了一眼赵哲,转身快步走出营帐,只剩下赵哲呆怔在原地,许久都缓不过神来。

时间倏忽而过,很快就来到了这年的腊月。随着气候骤冷,天气突变,接连几日北风,整个战场都像是凝固住了。金主完颜亮见此情形心中大喜,这日清晨便命军需官速速传令各处,准备强渡过江。然而,下属却纷纷谏言,金人不习水性,过江还需慎重。完颜亮绞尽脑汁,却仍想不出破解之法。

金主营帐,完颜亮正在冥思苦想,忽见守门兵士前来禀报,说谋士肃浩前来进谏。

穿宋之宝吼诙

肃浩原本是北宋的官宦之后，靖康之变后，他随家人一道沦落北国，先前也曾受过金人的许多打骂侮辱，后因聪慧机警，擅长谋略，在数次金宋之战中都发挥了重要作用，这才逐渐被完颜亮信任。

完颜亮一听是肃浩来了，立刻兴奋地让守门兵士将其召入帐中。

"肃浩见过金主。"肃浩一见完颜亮，立刻抱紧双拳，恭顺地行礼。

完颜亮起身来到肃浩面前，伸出双手将其扶起，笑着说道：

"肃卿，本王正要派人请你过来，想不到被你抢了先。来得好，本王正好有事要与你商议。"

"金主可是在为渡江之事烦忧？"

"肃卿，你果然料事如神。"完颜亮惊奇地说道，"本王还没说你便猜到了。你自幼生活在汉地，对宋人习性甚是了解，依你之见，此事该当如何？"

"启禀金主，肃浩今日正是为此事求见。臣有一计，不知金主可否采纳？"

"哦？快说。"

"如今北风迅猛，再加上宋兵擅水战，情况确是极为不利。金军向来不识水性，倘若此时贸然出兵，必输无疑。臣以为，若是将全部的船用链条连接，提前埋伏在芦苇荡中，等到天黑宋军休息之际，杀其个措手不及，岂不更好？"

完颜亮紧皱双眉，低头思索着，半晌不语。

肃浩见此情形，心知对方有所顾虑，便双拳紧抱道：

"金主若是不信肃浩，那就当微臣今日从未来过。"

说完，他便转身出帐。没走几步，却又被完颜亮叫住。

"等等！"完颜亮见肃浩转身看向自己，便快步来到其面前，笑着说道，"肃卿与本王并肩作战数年，这性子却丝毫没有改变，仍是这般直爽。肃卿，你方才说的链条打造并非小事，其中的细节更是讲究颇多，还需要你劳神与军需官交接才是，另外金军对水战多不精通，也请你多多指点，尽快操练才是。"

"金主无须客气，这是微臣的本分。"肃浩表情缓和了下来，抱拳说道，"若金主没有旁的事情，微臣这便下去部署了。"

"有劳肃卿。"完颜亮笑着说道。

在完颜亮的注视下，肃浩快步走出营帐。待其脚步声远去，完颜亮忽然收起笑容，露出一副踌躇的模样。

肃浩离开完颜亮的营帐后,便立刻着手部署接下来的战争。经过近十日紧锣密鼓的准备,终于赶在腊月二十四之前全部准备就绪。

腊月二十四是旧例小年,对于宋人来说,过小年亦是极为隆重的事情。为了让好管闲事的灶王爷到天庭后多为自己美言,这一日家家户户一大早便会将甜甜的年糖、花汤、米饵摆在画像前面的供桌上,而晚上除了燃放能够驱邪的鞭炮外,还会做豆沙甘松粉饵团和猪头烂热双鱼鲜等美食,与家人一道分享。

然而,和大多数人不同,此刻赵哲内心却十分煎熬。也正因此,当晚他与皇后一道陪赵构用过晚膳后,便推说身体抱恙,独自躲到了书房。徐芊涵一向贤淑,见丈夫食欲不振,担心其生病,便在回寝宫后命宫女准备了几样赵哲平日爱吃的开胃小菜,连同饭和青梅酒一道送到了书房。

此刻书房门窗紧闭,赵哲正对着挂在墙上的行军图发呆。昨日收到赵伯麟奏报,得知金军那方已中了铁索连环的计谋,虞允文等人也已率军驻扎前沿,只等着双方交战,一举将金军歼灭。

山雨欲来风满楼。尽管事前已做了周密的部署,然而一想到一触即发的战事,赵哲心里仍无来由地紧张和兴奋。

须臾,皇后徐芊涵与守门士兵的声音打断了赵哲的思绪。由于此前曾对士兵下过不准任何人进来的命令,因此见其执意不肯让皇后进来,他便主动将门打开。

此刻,徐芊涵因随身宫女与士兵僵持不下,心中不禁落寞。忽见门开,瞬即露出笑容,缓步来到赵哲面前,向其道了个万福。

"臣妾见圣上晚饭吃得少,不免有些担心,便命人做了些菜品,给圣上当宵夜。"

赵哲心中一柔,笑着说道:"皇后辛苦了,外面风大,进来说吧。"

徐芊涵应了一声,从宫女手中接过托盘,跟着赵哲走进书房。在将盘子放到桌上后,她看了一眼墙上的行军图,会意道:

"圣上莫非是在为宋金之战忧心?"

赵哲看了一眼地图,对徐芊涵问道:"不错,不知皇后对此有何高见?"

"圣上,臣妾虽不曾前往战场,却也对金军武力有所耳闻。据说其不仅能骑善射,身上铠甲更是刀枪不入。故此即使水战取胜,陆战也恐困难重重。臣妾以为,圣上不妨请禁军副教头徐盛前去助阵。"

"徐盛?"

"不错,徐盛的祖上徐宁曾任禁军金枪班教师,钩镰枪使得出神入化。徐家后人深得其真传,若是徐盛出战,咱们定有胜算。"

赵哲呆呆地看着徐芊涵。《水浒传》里面有个很厉害的角色叫徐宁,本来好好当京官,后来被表弟汤隆骗上梁山,大破敌人的铁甲连环马。最终在征战方腊时被毒箭射死在秀州,被追封为忠武郎。

赵哲原以为这不过就是小说中的人物,却没想到竟是真的。

赵哲强压心中悸动,高声吩咐道,"周兴……"

守门兵士听到圣上唤自己,忙走进屋子,双手抱拳,等候吩咐。

"你把王继恩叫来,就说朕有很重要的事情要交代他。"

守门士兵说了声"是",疾步退出了书房。工夫不大,随着一阵急促的脚步声,太监主管王继恩急急走了进来。赵哲见其头发蓬松,心中不免生出几分歉意。

"王总管,抱歉啊,这大过年的还把你叫来。"

"圣上深夜叫奴才前来,定是有要紧的事,奴才不敢有所怠慢。"王继恩身子前倾,恭顺地说道。

"王总管,朕要劳烦你跑趟腿,秘密将徐盛叫到宫里来。"赵哲说到这里,看了一眼身旁的徐芊涵,压低声音说道,"记住,宫中耳目众多,保不准就有金人的探子。此事一定要严加保密,莫要让其他人知晓。"

"圣上放心,奴才办事向来稳妥。"

王继恩说完,转身退了出去。

在徐芊涵的注视下,赵哲再次起身来到行军图前,凝眉思索。一阵风忽然从外面吹了进来,他冷不防打了个哆嗦,身后却一暖,低头一看,皇后已将放在旁边架子上的裘皮大氅披在了他的身上。

赵哲转头看去,只见身后那人正笑靥如花地看着他,心头不禁一软。

"多谢皇后。夜深了,你应早些回屋歇息。"

"圣上不睡,芊涵也不睡。"徐芊涵执拗地说道,"除非你用了这饭菜,臣妾才答应。"

"好,朕答应你。"赵哲说着伸手握住徐芊涵的手,将她拉到了桌旁,"咱们一道吃。"

徐芊涵看着赵哲,心中很是激动,脸上也随之泛出红晕。自从他们成亲,对方待她始终彬彬有礼,却从没有过这般亲近。如今的这个举动,是

不是代表着他们的关系有所转变？

想到这里，徐芊涵的心莫名地紧张起来。她不晓得，自己的一举一动并未逃过丈夫的眼睛。见此情形，赵哲心中不禁感到愧疚。

作为丈夫，他原该好好善待妻子，却碍于心有所属未能做到认真呵护。如今只不过一个小小的举动，竟让对方受宠若惊，回想起来，着实应当自责。

然而此刻大战在即，赵哲也没有心思考虑其他的事情，只是叫皇后坐到他的身旁，边吃边聊。少顷，等到吃完了饭，才让徐芊涵和宫女一道回去休息。

王继恩做事属实给力，不过半个时辰，禁军副都头徐盛已来到御书房。由于他官职不高，即便每日上朝，也很少有机会当众谏言，这样单独被圣上召见更是从未有过。因此一见赵哲，不免有些紧张。

赵哲见此情形，不禁心中暗笑，原以为《水浒传》只是部小说，却没想到竟真有此人。

"徐盛，朕让你深夜前来是为宋金之战一事。"

赵哲边说边起身缓步踱到徐盛面前。由于烛光微弱，先前他并未能好好打量对方的身高相貌。此刻距离近了，才终于看了个清楚。但见这徐盛身高七尺，面堂发黑，猿臂蛇腰，一看便是武人。

"你虽说久居京中，也应该知晓前方战况。"赵哲继续说道，"如今宋金之战迫在眉睫，爱卿勇武过人，还希望多多为朝廷效力，为国尽忠。等日后立了战功，朕自会有所封赏。"

徐盛惊讶地看着赵哲，由于祖上曾在水泊梁山为寇，虽说后来被朝廷招安，却也一直被提防。即使做官，也只能勉强做个小官，从未被重用。此刻一听圣上这般说，竟不免有些恍惚。

徐盛忽而像是悟到了什么，兴奋地说道：

"圣上莫非是想让徐盛到前方用钩镰枪抗敌？"

"确是如此。"赵哲肯定地说道。

"愿意，自然愿意。"徐盛开心地说道，"圣上不晓得，徐家的钩镰枪太久没有上阵杀敌了。"

"既是如此，那还要劳烦徐将军今夜前往采石矶。"赵哲动容道，"按理说今日是小年，正是一家老小团聚时刻，若不是战事吃紧，朕也不会出此下策。"

穿宋之宝吼波

"圣上多虑了,行军打仗何来年节。"徐盛目光灼灼,坚毅地答道。

赵哲见徐盛这般,心中更加高兴,开怀大笑道:"爱卿受累,大宋有你这样的贤臣良将,日后必定会鼎盛繁荣。"

两日后,采石矶。这里荒草萋萋,雾气弥漫。黄昏时分,趁着浓浓的雾气,金主完颜亮率先发起进攻。近万名金军乘坐着用链条连接船头船尾的木舟,以芦苇为掩护,秘密向对岸发起进攻。

令人难以捉摸的是,江对岸的宋军大营却安静得出奇,好像根本没有人似的。

"肃卿,这是怎么回事?"完颜亮本就多疑,见此情形,心中顿生顾虑,"宋军不会是在唱空城计吧?"

"金主多虑了。"肃浩表情如常,安慰道,"宋军压根没料到咱们会偷袭,事前没有防备。若是我军从天而降,定会杀其个措手不及。"

完颜亮尽管心中仍有怀疑,可听到肃浩这么说,便也只能说道:

"肃卿说得有理,既是如此,那咱们就继续吧。"

就这样,木船又向前划出了数十里,眼看前面再有三四里便是宋军大营,忽听树林里传来一声高喊:

"剿灭金军,活捉完颜亮!"

随着这声音传来,四面八方的宋军从草丛中站起,一起拉弓射箭,将绑着棉花、蘸着白酒的箭头齐刷刷地向木船射去。登时箭如雨下,火光冲天,到处都是金军哭喊的声音。

完颜亮见此情形登时大惊失色,可等他转身看时,身后却已然没有了肃浩的身影。

直到这时他方才知道自己是被肃浩骗了,然而想要逃走,却也绝非易事。好在前一夜,他秘密派出了三千名金军骑兵潜伏在宋营附近,如今出现变故,还可有个照应。

因此,完颜亮一边大喊着让船上的金兵灭火,一边让护卫燃放信号弹。不过数秒,便从树林里冲出数千名身着兵服的金人骑兵,挥舞长刀,连人带马径直向宋军冲来。

"列阵!"

随着张崇一声令下,宋军迅速排成长阵。第一排弯着腰继续向江心射箭,第二排则在长阵中央拿着瞄准镜的将领指挥下向马阵射箭。与此

同时，数百名宋军骑兵也从阵营中杀出，直接掠过旁侧冲入金人马队，横冲直撞奋力砍杀，尤其是最前面的那名将领更是将手中的银质长枪舞得虎虎生风。但见其枪头锐利，下部有一侧倒钩，金军战马但凡挨上此枪，马腿瞬间被锯断，重重倒地，痛苦地长嘶。

眼看着宋军势如破竹，完颜亮登时失了分寸。等到他狼狈地逃回江对岸，金兵已不足百人。

宋军大捷，个个喜气洋洋。张崇求胜心强，正欲乘胜追击，却被虞允文拦住。

"张将军，切莫轻举妄动，当心金人有诈。"

"虞大人说得没错，小心驶得万年船，暂时还摸不清金军的状况，确实该多加防备才是。"见张崇犹疑地看向自己，一旁的唐王赵伯麟也连忙说道。

张崇低下头沉思片刻，点了点头，赞同道："你们说得有理，是本将军草率了。传令官，鸣金收兵。"

近两万名宋军随着张崇浩浩荡荡返回军营。

宋军大捷的消息很快传到了临安，这几日宫里宫外一片喜气洋洋，处处张灯结彩，人人笑脸盈盈。是的，这场仗对于一直处于战败阴影下的宋人来说实在太重要了，仿若春雨般滋润着人们干涸的心灵，处处充满生机与活力。

这日深夜，临安太师府书房，阴风阵阵，烛光摇曳。秦桧独坐在书桌后面，翻看着探子从军中发来的情报。信上说，自采石矶大捷之后，宋军便如有天助，一路向北势如破竹，眼看着便要打到庐州了。

庐州？！秦桧看到这两个字登时吃了一惊。与此同时，往昔关于庐州的回忆就像开闸的洪水般一股脑地涌了出来。

庐州自古便是兵家必争之地。长江、淮河两条水系在此交汇入海，是必经的交通要道，商旅络绎不绝。也正因此，城郭比其他城市更加富庶。此外，古往今来文人墨客亦频频到访于此，从李白的"暂别庐江守"，到欧阳修的"此是巢南招隐地"，直至王安石的《汤坑泉》……无数诗坛大家留下脍炙人口的诗篇。

虽是这样，庐州对于秦桧来说，却无疑是一块心病，这一切都源于他的老对头岳飞。

穿宋之宝鸭波

正如大众所知道的那样,岳飞生在河南,死在临安。一生征战,威名远扬。可真正让金军闻风丧胆之处却并非此二地,而是庐州周边。

想当初,建炎三年,赵构刚在南京应天府登基不久,属地便被金军攻占。眼见敌军浩浩荡荡进城,宋军守城主帅投降,赵构无奈只得南下临安。

山河破碎风飘絮,生灵涂炭凄绝哀。悲愤交加的岳飞决定力挽狂澜。他率领八百岳家军兵士南下广德,向金军发起攻击。由此,走上独立抗金的道路。从钟村开始,他率军在牌坊村、箭穿村、马鞍山、回龙岗、苦岭关连连取胜。六战六捷,一路开挂,成为千古战神。

公元1134年,金朝和傀儡政权合兵侵入庐州一带,岳飞得到消息后立刻从湖北赶赴池州。随后从池州发兵,派副将牛皋率轻骑两千火速驰援庐州,以少胜多,迎战五千金军,敌军不战而溃。牛皋率军乘胜追击30余里,杀死敌军过半,史称"庐州大捷"。得胜后的岳家军在岳飞率领下整队入城,庐州百姓涌上街头,箪食壶浆以迎。

公元1140年,金军统帅金兀术单方面撕毁和约,派十万金军围困顺昌。此时,南宋大将刘锜率兵两万驻守顺昌,血战十万金兵,最终以少胜多,取得了著名的"顺昌大捷"。

顺昌大捷发生后,赵构惊慌异常,生怕顺昌失守,金军长驱直入,故此频促岳飞"多差精锐人马,火速前去救援",岳飞遂率领岳家军挺进中原。此前,岳家军在湖北鄂州苦练三年,枕戈待旦,尤其是军中精锐骑兵更是全部佩戴长刀短枪、弓箭盔甲。个个英姿飒爽,勇武绝伦。

来到蒙城西的驼涧一带,岳家军很快便与金军撞了个正着。骑兵战术多变,机动灵活,单兵作战刀起头落,配合作战箭弩发威,直杀得金军晕头转向,丢盔弃甲,尸横遍野,流淌的鲜血将溪涧里的水都染得通红。

驼涧一战,令金军闻风丧胆,让其发出"撼山易,撼岳家军难"的哀叹,同时也让原本在暗中与金军有所勾结的秦桧心生畏惧,不得不暂停里通外合的动作。

唉……

秦桧看着书信上的字,顿时心烦意乱。

如今虽说岳飞早已身殒,可每当秦桧想起这些陈年旧事时,后背却仍冒出丝丝寒气。就好像有一只无形的手用力地按着他的脖子,让他喘不过气来。

为了让自己平静下来,秦桧迅速起身来到门口,让守夜侍卫为他泡了一杯浓茶。直到将水全都喝光,心绪才算勉强平静了下来。

自从赵哲登基,便一心想着抗金军,肃朝纲,成就一番盛世伟业。秦桧能够体谅与支持他。可眼看着其竟然重用了一批早前被自己排挤出京的抗金派,还要为岳鹏举及其部下平反,这就是要置自己于死地了。

基于"置之死地而后生"的想法,秦桧很快便做了彻底改变命运的决定。一方面他命人连夜给探子和完颜亮各送去一封书信。在给探子的信里,他要其继续盯着张崇等人,一有变化立刻报告。在给完颜亮的信中,秦桧则对金军兵败之事表示慰问,还表明了他想要继续和对方合作的态度。此外,向来处事圆融、手段多端的秦桧还决定走迂回路线,希望能够借助赵构彻底灭了新圣上的威风。

这日黄昏,一场冬雨润泽了临安。和其他地方一样,烟火颇盛的灵隐寺亦笼罩在重重雾霭之中。相比平时,更显庄重。

此寺始建于东晋咸和元年,开山祖师为西印度僧人慧理。当年,他由中原云游来到临安,见此处有一座小山颇似天竺国灵鹫山小岭,遂在峰前建寺,名唤灵隐。

庙宇建成之后,无数善男信女前来听经问法,即使后来战乱,上香之人仍旧络绎不绝,香火比平日更加鼎盛。

观音殿,一身贵族装扮的赵构虔诚跪拜在佛像前,嘴唇翕动,一刻不停地小声念诵着佛号。前段时间宋军捷报频传,屡次重创金军,如今眼看就要打到庐州。随着战事的推进,先前压在他心里的愤懑之气也一扫而光,剩下的便是向佛祖祷告大军继续得胜,早日挫败金军。

大约半个时辰后,赵构终于结束祷告来到殿外,一直守在殿门外的康履见状立刻迎上前,满脸堆笑,恭顺地说道:

"太上皇,秦太师来了。"

"哦?他来做什么?"

昨日离宫时,赵构并不曾和其他人打招呼,秦桧又缘何晓得他的行踪?莫非自己身边也有其暗藏的探子?

"这……"康履犹疑地摇头道,"秦太师倒是没说,他此刻正在客房等候,太上皇是否召见?"

赵构看了一眼康履,一言不发地向前走着。康履见状,连忙跟在后面。穿过九重院落后,二人在院门前停下脚步。

"太上皇,就是这里。"

康履看着开着的木门,说道。

赵构微微颔首,走进院里。果不其然,早已等候着的秦桧见二人进来,立刻笑着迎上前去,双手抱拳道:

"微臣拜见太上皇。"

赵构瞟了一眼秦桧,而后来到院子中央的石桌旁坐下。秦桧看了一眼康履,但见其表情如常,便只得硬着头皮走上前来,在赵构面前低头站定。

赵构直视着康履,在心中暗自猜测了半晌对方的来意,这才问道:"秦太师不知所为何来?"

"太上皇,如今圣上不顾满朝文武劝阻,一意孤行派军北伐,眼看着就要打到庐州了。臣担心,倘若因此得罪金,只怕再无回旋余地。圣上年轻气盛情有可原,还请太上皇劝说圣上收回成命,免得以卵击石,万劫不复。"

赵构冷笑:"秦太师,你在威胁朕?"

"太上皇息怒,微臣不敢。"

秦桧晓得赵构向来疑心极重,情绪表达亦与常人相反。倘若一直阴沉着脸便可平安无事,一旦笑了,反倒会招致一番祸事,故此连忙解释道:

"微臣确是担心触怒金主,战争频发。倘若那样,便是大宋子民的灾祸了。"

赵构摆了摆手,缓步来到秦桧的面前。他抬起手来,在其肩上轻拍了几下。

"秦爱卿,朕晓得你为国操劳,属实辛苦,不过此事确是多虑了。"

"多虑?"

"不错。如今我大宋兵强马壮,国泰民安,想来那完颜亮也不敢贸然造次。况且朕听说金军这段时间屡屡战败,相信我宋军定会士气大振。正所谓,一而战,再而衰,三而竭。依朕看来,不如就一鼓作气将其彻底打败,总好过胆战心惊。"

秦桧讶异地看着赵构,心中满是狐疑。这真的是当初那个面对金人的不平等要求,连大气都不敢出一声的懦弱皇帝? 为何只是短短数月,就变得如此强硬? 当真让他错愕不已。

"说起来,大宋子民等这场战争已经太久了。"

赵构仰头看着飘荡在半空中的纸鸢,说道。

"倘若这场战争当真能够使百姓从战败的阴影中摆脱出来,使我大宋扬眉吐气,那一切便是值得的。说起来,伯琮倒当真比朕有血性。"

秦桧看着赵构的身影,心中很是落寞。同时,对赵伯琮生出了更加强烈的厌烦。果然父子连心,原以为赵构能够左右赵伯琮的行为,不料赵构反倒被其影响。既是如此,那他也只能暂且迂回,等到日后时机成熟再说。

打定主意,秦桧双手抱拳,恭顺地说道:"太上皇所言不错,的确是微臣多虑了。太上皇放心,秦桧定将全心全力辅佐圣上,断不会有所差池。"

"那就有劳太师了。"赵构欣慰地说道,"今日天色已晚,你暂且留在寺中歇息,等到明日天明再回。"

"微臣听命。"

"好了,折腾了这一阵子,朕的身子也有些乏了。"

赵构打了个呵欠,对康履说道:

"康履,你和朕一道回去。"

康履看了一眼秦桧,跟着赵构离开了院子。

秦桧站在原地一动不动,连大气都不敢出。直到确定二人走远,这才抬起手来擦去额上的汗水,发出一声重重的叹息。

半个月后,宋军进入庐州后便与金军交锋。经过一番厮杀,原本以武力名扬天下的金军再难抵挡如有神助的宋军,眼看着死伤无数,败局已定,完颜亮只得下令弃城逃跑,向着北方惶惶逃窜。

张崇立功心切,原本想要乘胜追击,一鼓作气将完颜亮彻底击败。奈何赵伯麟和赵士程从旁相劝,他这才悻悻作罢,班师回朝。

这日清晨,临安城下起了纷纷扬扬的大雪。眼看着雪越下越大,许多百姓都留在家中。因此,原本热闹喧嚣的街路登时变得冷清,不仅行人少了许多,就连茶楼酒肆也纷纷闭门关张,不再营业。

皇宫甬路,身披玉色狐毛大氅的赵哲在侍从的陪同下脚步匆匆地向前走着。看着面前不断闪过的亭台楼阁,心中很是惊喜。想来这还是他成为皇帝后过的第一个冬天,以前那些只能在古画上看到的情景,如今就这样真实地呈现在眼前,这种感觉属实惊喜。

少顷,来到御书房后,赵哲看到书案放着一封书信,对守门兵士问道:"方才何人来过?"

"启禀圣上,方才国师来过。"

"哦?"赵哲皱了皱眉,"国师有没有留下什么话?"

"没有。"兵士想了想摇头道,"国师只是待了一会儿,留下信就走了。"

赵哲无奈一笑:"看来朕当真太纵容国师了,国师如今的胆子越来越大。也罢,朕这便去看看信上写的是什么。"

说着,他走进屋里,从桌上拿起书信。只是漫不经心地扫了一眼,便像孩子般开心地大笑起来。

守门兵士见状,心中顿生讶异。就在这时,忽听不远处又传来一阵脚步声。皇后徐芊涵匆匆前来,见赵哲满面喜色,忍不住好奇地问道:

"圣上为何这般高兴,遇到了什么喜事?"

赵哲听到徐芊涵的问话,迅速转过身去,伸手握住对方的手,大笑着说道:

"皇后,仪王传书,庐州大捷。"

说着,他在徐芊涵的注视下,小跑着出门,随后出其不意地捏起一团雪向对方掷去。

徐芊涵见夫君这般开心,心中也极为欢喜。二人虽从小一起长大,然而由于对方长久以来一直操劳国事,像此刻这般放松却是少之又少,故此见雪团飞来非但没恼,她也迅速冲了出去,弯下腰将雪团成球,径直向赵哲抛了过去。

二人就这样你来我往地玩闹了好一阵子。忽然,赵哲脚下一滑,重重地摔倒在了地上。徐芊涵见状顿时吃了一惊,刚想过去将他扶起,却见赵哲仰面朝天地笑道:

"瑞雪兆丰年,这场仗当真打得漂亮,打出了我大宋的士气。好,好,好!"

赵哲由于心中激动,在说到第三个"好"字时,很是用力。树上的雪受到震动,片片轻盈地落到地上,随后被风卷起,瞬间飞舞起来。

徐芊涵看着赵哲,目光不知不觉湿润了。丈夫说得没错,以前无论金军还是辽兵,都将大宋看成是一块肥腻美味的肉,恨不得能够多吃上几口。也因此,给大宋臣民招致了无数灾祸。这一仗无疑昭告天下,大宋绝不是他们想象中的那般软弱可欺,今后百姓的生活也必将恢复

安宁。

想到这里,徐芊涵的眼睛被泪水蒙住。她缓步来到赵哲面前,伸手将其扶起。

"臣妾恭喜圣上。"徐芊涵笑中含泪地说道,"经由此战,如今乾坤已定,想来也到了圣上施展抱负的时候了。"

赵哲微微颔首,赞许道:"皇后说得没错,等张崇他们回来,朕必须重重有赏。对了,接下来的事情,不知你有何见解?"

徐芊涵沉吟半晌道:"神宗年间,王安石曾与司马光就财政拮据变法,说因天下之力以生天下之财,取天下之财以供天下之费。依臣妾看,圣上何不效仿先人,广开言路,增加钱财收益,同时养兵练兵,以增强大宋国力?"

赵哲眼睛顿时一亮,再次伸手拉住徐芊涵,佩服地说道:"他们都说娶妻应娶长孙氏,皇后如此圣明,与长孙氏相差无几,此乃大宋之福。朕这便依皇后所言,内修朝纲,外养精兵,开创一个清平盛世。"

"如此,芊涵当真要替这天下百姓谢谢圣上了。"

徐芊涵边笑着,边翩翩下拜道了个万福。

赵哲看着徐芊涵,心中忽然一动,某种不可名状的感觉忽地从心底涌起。沉默片刻,他快步来到士兵面前,吩咐道:

"你去趟国师府,就说朕有要事请国师来宫中相商。"

兵士双手抱拳应声答"是",匆匆离去。

"皇后,今日风雪大,小心风寒。"

赵哲转身看着徐芊涵,脱下身上的大氅,披到她的身上,

"还是赶快回去歇着吧。"

徐芊涵温柔地看着赵哲,心中有着无限的爱意。见赵哲想要缩回手,便又提议道:

"绿蚁新醅酒,红泥小火炉。圣上今日可有兴致喝酒?"

"喝酒?"

"是,圣上若是愿意,臣妾便去准备酒水和吃食,等圣上前来。"

徐芊涵说到这里微微停顿,又话里有话地说道,

"圣上可不能不来。"

赵哲自然明白徐芊涵的意思,心中对皇后更是有无限歉意。夫妻一

场,他确实不该如此冷淡,况且对方始终对自己尽心尽力,实在挑不出过错,也的确该给个交代。

"皇后既有如此雅兴,朕自然配合。"赵哲笑着说道,"劳烦皇后暂且回宫等待,待朕与国师商议完国事便去找你。"

徐芊涵笑了一声,在赵哲的注视下匆匆离去。

大约半个时辰,兵士引着周必行色匆匆地来到御书房。一见周必,赵哲立刻起身相迎,笑着将书信递到对方的面前。

"周兄,大喜,庐州大捷了。"

尽管书信是周必放到桌上的,可信中的内容他却没有看到,因此说道:"周某方才在路上已听兵士说了此事。"

周必边说边伸手接过书信,在匆匆看过后,满脸喜色地说道:

"圣上洪福齐天,如今大宋终于可以扬眉吐气了。"

赵哲微微颔首,分宾主落座后,他又吩咐守门兵士为周必拿来茶水,这才继续说道:

"朕此次请国师前来,是想就我军班师回朝一事进行商议。依你之见,该如何处置?"

"圣上自然要按功封赏,方可抚慰人心。至于那岳鹏举之事,圣上明日可让文武百官联名上书,共同为其平反,这样一来,秦太师即使心中不愿,也不敢贸然出面阻拦,此事定然达成。"

赵哲点了点头,赞叹道:"国师所说不错。明日朕便拟旨,为岳元帅昭雪。"

"如此甚好。"周必欣慰道,"圣上仁善,此举定会令天下人更加敬佩。"

"周兄过奖,今后你我还应继续同心协力,共保大宋。"赵哲笑着向周必作了一揖,"三国时刘备三顾茅庐方得丞相诸葛孔明出山相助,如今周兄便是朕的卧龙先生,大宋能得你倾力相助才是真正的福气。"

"圣上谬赞。"周必连忙起身回道,"周必不过就是个肩不能挑、手不能担的书生,至于这出谋划策原本就是微臣的本分,圣上无须放在心上。"

赵哲点了点头,对周必的为人更加欣赏。

是夜,寝宫。在皇后徐芊涵一杯接一杯的酒水中,不胜酒力的赵哲不知不觉便已喝得满脸泛红,随着头阵阵发晕,眼前的景物也变得模糊。

"圣上,芊涵晓得您为得不到心爱之人而懊恼,可臣妾的心你又何尝体谅过半分?"

借着酒劲,徐芊涵比照平日,不知不觉大胆了许多。赵哲先是一怔,随后笑道:

"依皇后之见,朕该如何补偿?"

徐芊涵听到问话,脸上登时飞起两道红霞,迅速低下头去,羞答答地说道:

"圣上,芊涵想……想让您今夜能陪陪我。"

赵哲一怔,随后笑道:

"陪你?"

"是。"徐芊涵抬起头来,真挚地说道,"圣上,咱们成亲已有半年,却始终没有圆房。这段时日,康公公隔三差五便会奉太上皇的旨意前来打探我是否怀了龙胎。臣妾担心,倘若一直这样,只怕终有一日此事会被戳穿。若是到了那日,芊涵倒没什么,大不了就是一死。只是那些太监宫女终是无辜,不该受此株连。"

她的目光起先满是热望,说到这里,不知不觉黯淡了下来。

赵哲看着徐芊涵,内心的愧疚感更加强烈。常言道,不孝有三,无后为大,况且此事关系着大宋未来。若是自己一再不肯,只怕会连累身边所有的人。轻则遭受棍棒毒打驱逐出宫,重则甚至可能身陷囹圄被判处死刑。无论怎样,这终究不是他想看到的。因此,即使他内心并不愿意与不相爱的女子有肌肤之亲,形势所迫却也不得不这样做。

想到这里,赵哲长叹一声道:

"芊涵,说实话,朕并不愿意害你,可命运使然,终究还是逃不过去。也罢,既然这样,那便如此吧。"

说完,赵哲在徐芊涵的注视下站起身来,弯腰将对方抱起,缓步来到凤床前。他将徐芊涵轻轻放到床上,低头吹灭了床头的烛火。

此刻,窗外月光如洗,万物似披了一层薄薄的寒霜。

纱帘里,赵哲动作轻柔地为徐芊涵褪去衣服,随后将自己身上的衣袍解下放到一旁。

也不知道过了多久,赵哲躺倒在徐芊涵的身旁,周遭的世界变得安静。

"芊涵,朕原本无心,最终却还是害了你。"

沉默良久,赵哲忽然低哑着声音说道。

此刻,他平躺在床上,双眼紧盯着黑暗中的棚顶,仿佛通过那里可以看透自己的命运。

是啊，如今的一切对于他来说实在太过荒谬。原本想着不过是大宋千古游，过不了几天就会回到现代，却没想到这一来竟是波折重重，直至今日，不仅心爱的人萧郎路远，连带着将善良无辜的人也卷了进来，当真是罪孽深重。

"臣妾不怪圣上。"徐芊涵声音略微颤抖，就像是受了委屈的孩童，明明伤心到了极点，却又无处诉说，只能故作坚强，"这是芊涵的命，芊涵……认命。"

她的声音越来越低，黑暗中响起了隐隐的啜泣声。

赵哲听到这声音登时心烦意乱，此时他无比想念那个天不怕地不怕的奇女子，若是疯婆子在，她一定不会认命的吧？可是徐芊涵是暖室中的兰花，又怎能和那经受风吹雨打却依然开得娇艳的凌霄花相比？只是如今既已被卷进来，无论怎样，他也得扮演好这护花人的角色才是。

"芊涵，你如今既已是一国之母，朕便会以夫妻之礼待你，日后为大宋开枝散叶之事还要劳烦你。时辰不早了，还是早些歇息吧。"

赵哲边说边穿上衣服，在徐芊涵的注视下推门离去。他不晓得，自己走后，贵为皇后的徐芊涵默默流了一夜的眼泪，直到次日天明。

经过一个半月的漫长等待，宋军终于在张崇和赵家兄弟的率领下浩浩荡荡地凯旋，进城那天，赵哲按照祖制率领文武百官出城迎接大军，并在皇宫大摆宴席为其接风，在这次典礼上，另一个好消息也接踵而至，皇后徐芊涵经过御医诊脉，确定怀上龙种。无疑这两个消息对大宋子民来说都是天大的喜事。

然而，和其他人纷纷道喜的表现不同，初为人父的赵哲心中非但没有半点兴奋，反倒越发沉重。之所以这样，是因为他早前在论功行赏的名册中写下了李思云的名字，然而李思云却并没有出现在庆功宴上。不仅如此，就连去向都无人知晓。尽管赵哲没有当场表现出来愠色，可心中终究不舒服，宴会一直闷闷不乐。这一幕被一旁的皇后徐芊涵看得清清楚楚，她心中不禁对李思云更加嫉妒。

次日黄昏，唐王府花园水榭，清风吹着湖水泛起层层涟漪，赵哲在赵伯麟夫妇和赵士程的注视下，紧皱双眉注视着水面发呆。

"王兄,如今王嫂有身孕是好事,你又为何发愁?"

半晌,待赵哲坐下,赵伯麟边笑着倒酒边说道。

赵哲没有说话,只是伸手拿起碗,将酒水一饮而尽。郑儿见此情形,连忙伸手拉了拉丈夫的衣袖,示意其莫要再说下去。

"士程,你如今与那个女子怎样了?可有后续?"

赵伯麟夫妇听赵哲这般言说,也双双露出好奇之色,一道看向赵士程。

赵士程叹了口气,也学着赵哲的样子拿起酒碗,将酒水喝了个精光。

"不是……你们两个到底怎么回事啊?"

赵伯麟见赵士程也不愿回答,不禁着急起来,起身说道:

"谁都不愿说话,只是一个劲儿地喝酒,是不是觉得我府中酒多?"

郑儿见丈夫发牢骚,立刻出言劝说,然而还没等把话说完,就被赵哲打断。

"伯麟,失意人面前莫谈得意事,你们夫妻如今情感平顺,又怎会晓得朕与士程的心里有多烦?"

这一句话果真有效,赵伯麟当场怔住,在郑儿的拉扯下坐到原位,不再吭声。

"是,你们都以为贵为九五之尊,被万千臣民拥戴,皇后即将诞下龙儿,本该普天同庆。可又有谁知晓朕由于无法与心上人相见,每夜都是辗转反侧,内心煎熬。又怎知我因在庆功宴上没有与其相见,心中如何低落?"

赵伯麟等人听到这话,全露出动容的神色。是啊,人生苦短,即便是高高在上的君王,若是不能与心爱之人朝夕相伴,想来这日子亦是极为冷清。

赵哲唏嘘半晌,见周围的人不说话,便又拿起酒坛在碗中续上酒,再次喝了个精光。这才对赵士程说道:

"士程,你还没有回答朕的问题,你与那女子如今怎样了?"

赵士程听到问话,神色登时黯淡了下来,叹了口气,郁闷地说道:

"王兄有所不知,那女子如今已与他人成亲,士程只怕今生再也没有机会了。"

"与他人成亲?"郑儿忍不住插嘴道,"这倒是奇了,什么人能比你的地位更加尊贵?"

赵哲见赵士程低下头,满脸尴尬,便向郑儿摆了摆手道:

"这感情之事绝非地位尊贵便可得到。话说回来,士程,朕对此很是好奇。按理说,你为人阳光温柔,确是不可多得的良人,这女子当真没有理由拒绝你。"

赵士程喝了口酒,苦笑一声道:

"她自幼在姑母家长大,与表哥青梅竹马,感情甚好,早已芳心暗许。如今二人均已成年,自然要嫁给他为妻。要说怪,只能怪士程认识她太晚,这才错过了这段好姻缘。"

赵哲心中一阵叹息,佛经上说人有八苦:生、老、病、死、求不得、怨憎会、爱别离、五蕴炽盛。先前本以为这些不过是吓唬人的疯话,想不到有朝一日他们兄弟竟会一道经历苦痛,虽说各有各的不可说,终究却也逃不过这场煎熬。

赵哲刚想安慰赵士程,却见赵伯麟抬手拍了拍赵士程的肩膀,抢先说道:

"兄弟,天涯何处无芳草,无须单恋一枝花。旁的咱不说,单说这临安城里就有多少富家千金,你要地位有地位,要才能有才能,但凡说句话,就会有无数人把你的仪王府门槛踩破,无须一条道走到黑。"

赵士程虽心情低落,可听赵伯麟这般说,便也剑眉一挑,佯作不在乎地说道:

"唐王兄多虑了,本王绝非贪恋女色的登徒子,眼下最重要的还是辅佐皇兄肃清朝纲,拨云见日。皇兄,如今虽说宋军大捷,但给岳元帅平反仍绝非易事,依士程之见,不如由太学生和部分主战的文武大臣上书,你再给予批示。这样既顺了民意,又不至于让秦桧党羽太过嚣张,岂不更好?"

赵哲没有立刻表态,在赵伯麟等人的注视下,他起身来到护栏旁,看着湖水陷入思索。过了好一阵子,才转身赞同道:

"士程的话倒是与周兄的建议吻合,既是如此,此事便这般定夺。士程,你为人周到,做事稳妥,此事便交由你来做。记住,宜早不宜迟,还应尽快完成才是。"

"是。"赵士程起身抱拳,"请王兄放心,士程定当不辱使命。"

"好。"赵哲笑着说道,随后再次来到桌旁,伸手拿起酒碗,欣慰地说道,"常言道,兄弟齐心其利断金。如今朕有了你们两个,不信大宋不一改

乾坤。"

"皇兄,我与士程定当时刻追随于你,上天入地绝无二话。"

"伯麟说得没错,士程亦是这般想的。"

赵哲看着面前三人,心中原本的郁闷之气忽然消失无踪,取而代之的则是扭转乾坤、书写天地的豪气与志气。

"有两位贤弟在侧,朕又有何惧怕?这碗酒,先干为敬。"

"干!"

说完,四人一道将酒喝了个精光。

从唐王府回宫后,赵哲下定决心要将宋朝江山彻底变个样。也正因此,当天夜里便命人将徐爻与周必叫到御书房问计。

御书房,烛光闪闪,赵哲坐在桌前,盯着一个打开许久的册子发呆。这奏折是今日户部秘密请人呈上来的,上面写着近年来朝廷贪腐官员的名录与钱数。正所谓流水不腐,户枢不蠹,若是再不严加管理,只怕这帮蠹虫迟早要将国库掏空。可若是管,这一时半会却又不知该从何处入手。

就在赵哲思绪烦乱之时,门外突然传来一阵急促的脚步声。不多时,徐爻和周必双双出现在了他的面前。

"微臣参见圣上。"

赵哲见徐爻和周必行礼,连忙起身拦住了二人,笑着说道:

"先生、周兄,此处现在只有咱们三人,无须行此烦琐大礼。不瞒你们说,今夜之所以劳烦你们来,确实有件棘手的事情。"

徐爻和周必对视一眼,同时露出疑惑的神色。

赵哲转身拿起那本册子,将其递到徐爻和周必的面前。

"这是今日户部派人送来的册子,里面记载的是近年来朝廷贪腐的官员和数目。虽说送册子的人未署名,朕却也相信此事属实,按理说应该立刻着手查办,但毕竟如今局势复杂,故此该何去何从,朕一时半会拿不出个主张。因此,将你二人请来,想听听你们的想法。"

徐爻看了一眼周必,伸手拿过册子,而后走到桌子对面的案几前坐下,细细翻看了一会儿,肯定地说道:

"圣上,看这册子上的字迹与语句,此人心思极为缜密,此事应该属实。只是如今秦太师党羽盘根错节,稍有不慎便会打草惊蛇,因此还应暗查才是。"

"太傅所言不错。"周必沉吟道,"当务之急,首先就是找到这个送册子的人,或许到时所有问题都会迎刃而解。"

"不错,正是如此。"

赵哲听完徐爻和周必这番推测,心中亦是极为赞同。

"既然先生和周兄如此言说,那朕明日便命人着手查办此事。若是有需要,还望你二人随时出手相助。"

"这是自然。对了……"周必边说边伸手从袖筒里摸出了一个宣纸卷,递到赵哲的面前,"这是大理寺卿苏明杰为岳元帅写的平反信,他托我务必交给圣上,当年的是非曲直,您一看便知。"

平反信?!如今秦桧党羽纵横,这苏大人能够在此刻为岳飞平反确是位难得的正直的好官,好在此信没有所托非人,倘若落入奸人之手,即便他这个当皇帝想要出面相护也很难。

赵哲边伸手接过信,边说道:

"多谢周兄,此信不可外传,还应保密才是。"

"圣上放心,微臣知晓。"

赵哲点了点头,一阵夜风吹了进来,徐爻因身上衣衫单薄,冷不防打了个哆嗦。见此情况,他连忙脱下大氅,缓步来到徐爻面前,将衣服披在了老师的身上。

"如今虽说天气一日比一日暖和,但这夜风终归还是冷了些,先生还应多多保重才是。"

徐爻心中倏然一暖,忙抱拳感激道:"多谢圣上挂怀。"

赵哲微微颔首,又吩咐守门兵士安排快马送周必、徐爻二人回府。随后才独自来到桌前坐下,借着蜡烛微弱的光线看起信来。

苏明杰这封信写得极为详尽,不仅写了其所知晓的秦桧陷害岳飞的原因与内幕,还提到了包括王茂在内受此事牵连家破人亡的三十余名副将及其家人的去向。回想以前李思云跟他说过的身世,赵哲的内心受到很大的触动。

赵哲反反复复地翻看着信件,过了半个时辰,才缓缓合上信纸,轻叹一声,自言自语地说道:

"想不到这秦桧的手段竟如此卑劣,为了和金人勾结,居然陷害忠良,犯下滔天罪行,害得八百余人白白丧命。既是如此,朕便还你们个公道吧。"

说完，赵哲又拿起信纸看了一遍，而后用烛火将它烧成灰烬。

数日后早朝，身着龙袍、头戴冕旒的赵哲神情威严地坐在龙椅上，目光在面前的朝臣脸上扫过。

"众位爱卿，今日可有事启奏？"

人群中，赵伯麟看了一眼赵士程，见对方也看着自己，便双手抱拳高声说道：

"圣上，微臣有本请奏。"

"哦？"赵哲见赵伯麟主动奏请，心中很是高兴，"唐王平日很少奏本，今日竟主动请奏，朕倒当真好奇得很，那就快说说吧。"

"微臣不敢隐瞒，此次从庐州班师回朝，曾路遇一村庄。村民被金军所杀，只有一人死里逃生。此人听闻宋军路过此地，便举着血书跪倒喊冤，请我等为其报仇，臣见他着实可怜，便将其一并带回，不知圣上是否宣召？"

赵哲听赵伯麟这般言说，不禁一怔，他先前并不晓得此事，即便是在唐王府中，对方也不曾言说，因此便半信半疑地看向张崇，求证道：

"张将军，唐王所言是否属实？"

张崇见圣上问自己，忙紧抱双拳答道："回禀圣上，此事属实，那人此刻就在殿外等候。"

"既然如此，那就宣召吧。"

一旁的太监总管王继恩听到圣上的命令，忙高声说道：

"宣殿外之人觐见。"

少顷，在文武百官好奇的目光中，守门兵士引着一个穿着粗布衣衫的年轻男子走了进来。待来到赵哲面前后，二人停住脚步。

在文武百官的注视下，男子跪在了地上。

"草民黄洽见过圣上，圣上万岁万岁万万岁。"

"黄洽，抬起头来。"

黄洽听到赵哲的吩咐，忙抬起头来。只见他虽衣着粗陋，长相却也很是清俊，一看就知是个读书人。

也不晓得此人德行如何，若是位有德有才之人，经此一劫，倒也可以起用。

想到这里，赵哲起身来到黄洽的面前，细细打量片刻道：

"黄洽，起来回话。"

黄洽站起身来，却仍低着头，不敢与圣上对视。

"黄洽，朕问你，可曾读过书？"

"草民不敢欺瞒圣上，草民是举子出身，曾参加过殿试，名列三甲。"

"哦？既是名列三甲，为何不出仕报效朝廷？"

黄洽苦笑一声，双手抱拳道："圣上有所不知，并非草民不愿报效朝廷，只是出身贫寒，又怎会在官场有立足之地？之前曾在庐州府做过刀笔吏，后来由于官场黑暗，实在不愿惹气，这才辞去公务回村做了私塾先生。"

赵哲点了点头："你说得对，官官相护乃是官场的陋疾，接下来朕会肃清朝纲，开门纳士，自是不会再让这样的事情发生。黄洽，你既是教书先生，想来也精于表达，可否将金人屠村之事给朕讲一遍？"

"草民遵命。"

黄洽说到这里，脸上的表情瞬间变得愤慨起来，在他的讲述下，数月前一个深夜的惨事浮现在了人们的眼前。

黄洽所在的村子为唐中宗时所建，虽然闭塞，却也是民风淳厚、乡邻和睦。按当时的惯例，每个学生一年的学费是三两银子。考虑到乡亲们的日子不富裕，他便将银子换成肉和蔬菜，等到收齐了，再全部拿到附近镇上的集市去卖，折算成银两，分发给村里的老人和其他需要帮助的人。这样的日子看似清贫，却因帮助他人而快乐。

屠村那日，黄洽和往常一样到镇里卖菜，由于中间还要走数十里的山路，故此直到夜里方才摸索到村子附近。然而，还没下山，就看到冲天火光。等到次日天明下山查看，发现除了自己，其他村民均已死于火灾，房屋也均化作废墟。

"若不是草民那日到集镇躲过一劫，怕也和其他人一样早已沦为金人的火中之鬼了，圣上一定要为乡亲们报仇啊。"

黄洽说到这里，已然泣不成声，在赵哲和满朝文武的注视下，他猝然跪倒在地，重重地磕着头。

赵哲见此情形，登时气得浑身发抖，猛然伸手从一旁守门兵士腰间的刀鞘中拔出钢刀，高声说道：

"金人当真目中无人，全然没有将我大宋放在眼里。"

满朝文武见圣上暴怒，全都吓了一跳，纷纷跪倒在地，口喊"吾皇息怒"。

赵哲深深地叹了口气，重新将刀放回刀鞘，缓缓来到宝座前坐下，沉

默半晌，方才沉痛地说道：

"你们都起来吧！"

文武百官见圣上的气已消了大半，这才战战兢兢地站起身来。全都低着头，大气都不敢出。

赵哲环视一周，语重心长地说道：

"众位爱卿，你们平日不是总劝朕要以国事为大，莫要和金人斗气，以此伤了国本？如今你们也看到了，若是再继续畏缩，不敢迎战，他日必会继续犯我大宋。想来，这也一定不是你等想要的结果。"

群臣中，秦桧和王浚对视一眼，已然猜出了赵哲的用意。

"朕记得，唐朝的杜子美曾经写过一首名为《春望》的诗。"说到这里，赵哲的表情变得凝重，"'国破山河在，城春草木深。感时花溅泪，恨别鸟惊心。烽火连三月，家书抵万金。白头搔更短，浑欲不胜簪。'要朕说，这首诗写得好，好一番国破家亡、乱世浮沉的景象。众位爱卿，这靖康之变方才过去数十年，百姓好不容易才有安稳日子，面对金人一再来犯，你等当真心安？"

文武百官个个低垂着脑袋，虽然没人说话，但通过他们的表情也能够看出，此时他们内心全都极为震动。尽管朝堂一片寂静。

赵士程左右看看，随后从袖筒中取出一沓宣纸。他双手举过头顶，恭敬地说道：

"圣上，微臣这里也有一物件要呈给您过目。"

王继恩见圣上看向自己，连忙快步来到赵士程面前，用双手接过宣纸，送到赵哲面前。

"这是全体太学生的请战书，他们希望圣上能够派兵痛击金军，扬大宋国威。同时，也希望圣上能够为岳元帅及其麾下诸将平反，以慰军心。"

赵哲边听赵士程往下说，边翻看着手中的宣纸，只见每张纸上的字迹都极为苍劲有力，语言流畅，读来发人深省。

"难得，我大宋人才辈出，后生可畏！"过了好一会儿，赵哲才有些不舍地放下宣纸，"想来日后入仕，也定然都是难得的清官好官。众位爱卿，如今连太学生都主张请战，不知诸位有何感想？"

"圣上，臣请战！"

赵哲话音刚落，将军张崇双手抱拳，高声说道。

在他的带领下,满朝文武纷纷表示愿与金人交战,附和声不绝于耳。

"好,众位爱卿,你等都是我大宋的忠臣良将。"

见此情形,赵哲登时龙颜大悦,重重地拍了下面前的桌案,起身说道:

"既是如此,那咱们便与那金人战到底。王继恩,传朕的口谕。"

王继恩听到圣上吩咐,连忙说道:

"圣上。"

"即日起,但凡金人来犯我大宋疆土,一经发现,张崇将军与唐王、仪王立刻率军出征,不得延误。待班师回京后,全体将士不分尊卑一律按功行赏。"

"是,奴才记下了。"

赵哲沉吟一下,继续说道:"岳鹏举与其麾下部将三十余人久经沙场,事上以忠。如今虽已身死,其功绩仍被大宋臣民所感念。诏复其原棺,入太庙,以礼改葬。访求其后,特予录用。你去将朕的口谕写下来,分发各府衙进行张贴,并命各地知州、知府、县令寻访忠臣之后,一经查实,按律行赏。"

"是,奴才这就差人去办。"

赵哲点了点头,又坐了下来:"众位爱卿,你等可还有其他要事?"

文武百官你看看我,我看看你,谁都不敢多言。

赵哲环视一周,见无人启奏,便故意做出了颓态,以手扶额道:

"既是如此,朕累了,你等也早些回去歇着吧。"

说完,他便在王继恩的搀扶下缓步出殿,乘龙辇前往御书房。

群臣待赵哲走后纷纷散去,唯有王浚与秦桧还站在原地。

"太师,看今日的情形,咱们的圣上是王八吃秤砣——铁了心了。依你之见,接下来该当如何?"

秦桧摇了摇头,有些沮丧地说道:"若圣上主战也还好,可现在连太上皇也站在了他这边,接下来咱们的日子想必不会太好过。要想让圣上收回成命,怕是还需要动一番心思才行。不过此事也不可操之过急,还是得边走边看。"

王浚点了点头,对秦桧的说法表示赞同。

是日午后,御书房。赵哲坐在椅子上聚精会神地翻阅着桌上的奏折,守门兵士匆匆来报,言说国师来了,正在门口等候。赵哲闻言,立刻要其

进来。

不多时,周必缓步走进屋子,依旧一身青衫的俊朗模样。

"微臣参见圣上。"

"什么参见不参见的。"赵哲见周必双手抱拳,向自己问礼,连忙起身拉住对方,"周兄,咱们虽是君臣,却也是兄弟,此刻这里没有外人,无须那些烦琐礼数。朕今日找你来,是有要事相商。"

"圣上可是想问周某,是否查出户部的册子为何人所写?"

"正是。"赵哲并不隐瞒,直言说道,"周兄查了数日,是否已有结果?"

"周某查到写这册子的人乃是户部参军郎经。"

"郎经?"赵哲沉吟片刻道,"朕以前也对此人有所耳闻,此人虽不在高位,却很有能力,为人行事精明,如今看来确实如此。"

"是啊,这大宋的忠臣良将极多,只是好多位居人下,平日圣上看不到罢了。微臣希望圣上可以打破界限,不拘一格起用人才。"说到这里,周必顿了顿,"那个黄治亦是如此,圣上是否愿意起用?"

赵哲见周必说到自己心坎里,哈哈一笑道:"果然知朕者周兄也,这黄治朕确是要起用。不过今日朕还有另一件事要与你商议,还请周兄不吝赐教。"

周必微微一笑:"圣上开玩笑了,周某愿闻其详。"

赵哲让周必坐下,拿起茶壶为其倒了杯茶,双手捧着送到对方面前。

"周兄,常言道千金易得,一相难求。你虽是修道之人,但入仕以来便殚精竭虑,从未有过半点懈怠。若不是有你帮忙,朕如今的位置也未必坐得这般安稳。朕想擢你为相,不知意下如何?"

周必听到这话微微一怔,随即笑道:

"圣上莫不是说笑?周某乃是道家弟子,若说国师的身份倒也算名实相副,这相爷嘛……"

"这相爷为何不能当?"赵哲见周必似乎想要拒绝,连忙说道,"自打朕登基以来,那相爷的位置便一直为周兄留着。若是你不答应,那就继续空缺吧。"

周必见赵哲这般言辞恳切,心中很是感动。他虽出身相府,却生性淡泊,若不是投缘的人,根本不愿理会,因此身边朋友极少,只有赵哲始终将自己引为知己,即便赔上性命也在所不惜。只是自己的国师是太上皇给的,若是做宰相,一旦太上皇问责下来,只怕又是一场暴风疾雨。自己不过贱命一条，死不足惜，可假使因此连累了圣上，那便是罪过了。

想到这里，周必连忙说道："多谢圣上的厚意，周某自是感激不尽。只是这国师的身份是太上皇给的，此时变换身份，怕是会引来风波。况且所谓官职不过是身份罢了，微臣只要尽心竭力为圣上做事便是。"

"这……"赵哲听到周必这番动情入理的话心中顿生感慨，"难得周兄这般高义，旁人都在拼命地想要加官晋爵，兄长却在真心为朕着想。也罢，此事便依了你。不过这位置还是会继续空缺，等待日后时机成熟再请兄长上任。"

周必起身双手抱拳向赵哲躬身一拜："微臣听闻三国时的刘玄德是位明君，如今看来圣上亦是如此，此乃我大宋之福。言归正传，圣上如今得了郎经的册子，接下来不知如何打算？"

赵哲没有正面回答，而是反问道："依周兄之意，该当如何？"

周必微微一笑，胸有成竹地说道："圣上可曾听说过'请君入瓮'？"

"请君入瓮？"

赵哲微皱眉头，他当然知道这请君入瓮的意思，可若是秦桧及其党羽没有确凿的证据掌握在自己手里，即使想要做也是不可能的。

周必见赵哲这般为难，便又说道："不瞒圣上，微臣今日在进宫前曾见过郎经。据他说，这几年，秦桧一直秘密派人到吏部、户部、兵部卖官鬻爵，莫说是侍郎、郎将这种职位较高的官员，就是无名小吏，也要三千金才可。"

"三千金？！"

如同晴天霹雳，赵哲的脑子登时一声轰鸣。这三千金绝非小数目，若是放在民间，只怕够十口人吃上五十年还有剩余。况且这拨人才关系着朝廷命运，若只是为了个人贪欲而将人才拒之门外，想来这大宋终有一日会毁在这些人手中。

"好一个'三千金'！"赵哲冷笑着说道，"朕原以为秦太师身为朝廷命官，即使一手遮天，做事也终该有所收敛，没想到竟然这般不把朝廷律法放在眼里，属实可恨。他将大宋视作什么？又将这天下百姓看作什么？"

周必见赵哲龙颜大怒，连忙说道："圣上莫要生气，如今您羽翼未丰，暂时还不足以与秦桧抗衡，不过要让他心生忌惮，倒也是可以的。"

"哦？此话怎讲？"

周必看了一眼,门外没有人往这边看,便将嘴巴凑到了赵哲的耳边。随着他嘴唇翕动,对方的脸色渐渐缓和了下来。少顷,待周必站直身子,赵哲思索片刻,点头道:

"周兄说得有理,此事就这么办。"

周必双手抱拳,恭顺地说道:"既然圣上认可,微臣这便去准备。"

在赵哲的注视下,周必走出御书房。

次日,在周必的安排下,临安城内大街小巷全都张贴上了为岳飞和其副将平反的告示,百姓们纷纷围观,无不称赞赵哲是位难得的贤明君主。唯有李思云安静地看着告示上的字,逐字逐句地认真读着。当她看到"访求其后,特予录用"八个字时,不禁会心一笑,转身走出了人群。

半个月后,抗金元帅岳飞及其副将的灵牌终于在周必的安排下进入太庙。这天,从皇上到平民,一律身穿白色孝衣,头戴孝帽,神情悲痛地为英灵送行。

李思云站在人群中间,一脸凝重。往昔,一家人热热闹闹、团团圆圆的旧景不经意地浮现在了她的眼前。自打家人出事,她逃难到运河,这景象几乎每夜都会出现在梦境当中。只是和往日痛苦的感受不同,今日回想起来,心中虽酸楚却也觉得甜蜜。

父亲、母亲、兄长,你们可是看到了,今日圣上为你们平反,你们在天之灵终于可以安息了。若是你等还在,想来定是要为思云的婚事忧心。女儿绝非对他无情,只是师父待我恩重如山,如今隔着这血海深仇,又怎能安心相守?

想到这里,李思云深深地叹了口气,脸上现出一丝惆怅。

不多时,在李思云的注视下,赵哲乘坐着十六人抬的龙辇从她面前经过。数日不见,他又憔悴了许多。

想不到他竟瘦了这许多,看来当真是国事操劳。别人都道他是高高在上的一国之君,独我晓得这是个死心眼、脾气倔强的登徒子。不过无论如何,你还是得照顾好自己才好。

想到这里,李思云无奈地摇了摇头,转身悄然走出人群。

对于李思云的想法,赵哲全然不知。他将身子靠在椅背上,迷迷糊糊地想着心事,就连心上人从自己面前经过都没发现。

大约又行了半个时辰,一行人终于到达太庙门前。宋朝的太庙原本建在汴京,是帝王祭祀祖先的宗庙。靖康之变后,赵构在临安建都,便将太庙依祖制迁移到了此地。据相关典籍记载,该庙宇有七个正殿,每一室祭祀一个已故皇帝的神位,两侧则分别摆放着配享功臣的灵位。皇帝宗室要在重大节日前往太庙行朝享礼。每三年,则要举行一次盛大的祭祀礼,以求神灵保佑国泰民安。

"圣上驾到!"

少顷,随着王继恩的一声高喊,早已等候多时的文武百官一道跪倒在地,齐声高呼万岁。

赵哲神情威严地环视四周,在王继恩的引领下一言不发地走进太庙。随后,百官纷纷起身,按照品级大小依次进入太庙。

"王继恩,传朕口谕,将我大宋忠良的灵牌摆放好。"

"是。"王继恩说完,直起身子,高喊,"圣上有旨,将岳将军等人的灵牌摆上桌案,焚香祭拜。"

一语终了,数十名小太监从行列中走出,按照先前指定的位置恭恭敬敬地将怀中的灵牌摆放在桌案上,又在每一个灵牌前面摆上瓜果祭品和焚香用的香炉。

赵哲看着桌上的灵牌,心中五味杂陈。在来到宋朝前,他家住在杭州西湖边上,离岳王坟很近,每天吃过晚饭就会陪着母亲到那里散步。虽心中对岳飞等人敬仰,感受却并没有多么深。如今自己成了局中人,才明白岳飞对于大宋来说究竟意味着什么。

半晌,待小太监们安置好后,王继恩恭顺地对赵哲说道:

"圣上,请焚香。"

赵哲微微颔首,缓步来到供奉着岳飞灵牌的供桌前,从小太监手中接过三炷燃香,在用火折子点燃后,闭上眼睛,虔诚祝祷了一会儿,随后将香插入香炉里。

在他身后,文武百官依次效仿圣上的做法,也在其他灵牌前面的香炉里插上香。

结束后,赵哲在百官的注视下走出太庙,乘坐龙辇先行回宫。继而官员们三三两两地退出太庙。人群中,唯有王浚被周必叫住。

"王侍郎,请留步。"

王浚转身看向周必,目光中满是疑惑。

"王侍郎,圣上事先曾有过吩咐。"周必在王浚面前站定后,双手抱拳

说道,"岳将军及其副将乃是国之功臣,应以皇家之礼待之。从入驻太庙起,七七四十九天都需有人在此值夜。这第一夜嘛,还要劳烦王大人多费心了。"

"本官?"王浚狐疑地用手指了指自己,又转身看了一眼身后供桌上的灵牌,求证道,"在此处为岳鹏举等人守夜?"

"不错。"周必点了点头,肯定地说道,"圣上是这样说的。"

王浚登时像是泄了气的皮球,身子瘫软,险些坐到了地上。作为秦桧一党,他与岳飞向来不睦,屡有争端。即便这样,他也不敢公然抗旨,当众忤逆圣上。

周必察言观色,早已将王浚的心思尽收眼底,微微一笑道:

"王大人,这可是圣上对你的信任,切莫辜负。放心,明早便会有旁人来接替你。"

说着,他伸手拍了拍对方的肩膀,快步走出了太庙。

王浚怔怔地看着周必的背影消失,而后又转头看向供桌上岳飞的灵牌。此刻,他突然有种欲哭无泪的感觉。还真是苍天有眼,以前都是他算计别人,想不到今日竟被圣上捉弄了。也罢,既是如此,也就只能如了对方的意,至少表面做个忠臣。

想到这里,王浚转身来到供奉着岳飞灵牌的桌前,揶揄地说道:

"岳老鬼,咱们斗了一辈子,想不到今天本官还得陪着你在这儿住上一宿。也罢,今夜就陪你在这儿做个伴,你到了阎王殿也别乱讲话,之前的事情咱们便一笔勾销。"

当晚,御花园水榭,在王继恩的注视下,身着明黄色便服的赵哲站在亭子里,慢悠悠地将手中的馒头掰成渣,丢到湖中喂鱼。此刻,他一改往日不苟言笑的模样,眼睛里满是笑意,一看便知心情不错。

"圣上今日是怎么了?自打太庙回来就一直这么开心,莫非是遇到高兴的事情?能否与奴才说说?"

赵哲微微一笑,故意卖了个关子。

"王继恩,这话还当真让你说对了,不过朕此刻还不能与你说,你日后自会晓得。"

"哦?"王继恩用手拍了一下自己的脑门,"奴才愚钝,这一时半会儿还真不明白圣上的意思。"

"你会明白的。"

穿宋之宝贝浚

赵哲将手中最后一块馒头渣扔进湖中,拍了拍手,转身坐到了石桌旁,吩咐道:

"你去将这壶中的茶水温一温,朕一会儿有贵客到。"

"贵客?"

王继恩走到桌旁提起茶壶放到了温筒上,心中正在暗自揣测,就见周必兴冲冲地迎面走了过来。

"说曹操曹操到。"赵哲笑着说道,"你看,这贵客不是来了?"

说话间,周必已走进亭子,双手抱拳,躬身一揖。赵哲见状,连忙起身将他拉住,直言问道:

"周兄,快说说,那边安排得怎么样了?"

周必见赵哲这般急切,便也不再绕弯子,笑着答道:"圣上放心,微臣已全部安排妥当。"

"好啊。"赵哲兴奋地拍手道,"周兄当真是大宋第一功臣,朕属实应该设宴为你庆功。"

"不忙。"周必摆了摆手道,"正事要紧。这酒可以留到日后喝,至于这茶嘛,微臣此刻便享用了。"

说着,他伸手接过王继恩递来的茶杯,真诚地说道:

"圣上,周必不过一介布衣,幸得您的器重,自当殚精竭虑,为圣上除去一切障碍。这杯茶,微臣敬您。"

赵哲心中一暖,也拿过茶杯,笑着说道:"想当初,刘玄德得诸葛孔明才得三分天下,如今朕有周兄相助定然能够坐稳这江山,此茶回敬周兄。"

说完,二人同时将茶水一饮而尽,会心一笑。

是夜,太庙王浚在榻上辗转反侧,终难入眠。虽说早已过了睡觉的时间,可不知是因为害怕还是什么,此刻他却比白天还要清醒。即使勉强闭上眼睛,脑海里也全是往日里他与秦桧勾结编排陷害岳飞的画面,恐惧感也随之变得愈加强烈。

不知过了多久,突然一道惊雷将半梦半醒的王浚劈醒,他迷迷糊糊地坐起身,惊诧地发现,从外面飘进来浓重的白色烟雾,其间还夹杂着人的脚步声。

太庙地处偏僻,若不是重大的祭祀活动,平日很少有人来。况且此刻又是子夜时分,更不可能有其他人。如果这样说来,外面的难道是……

想到这里，王浚冷不防打了个哆嗦，与此同时，一层冷汗瞬间渗了出来。

外面的脚步声越来越近，他只得壮起胆子站起身来，右手拿着烛台，慢慢地向门口移去。

少顷，来到门边，王浚停住脚步，伸长脖子心惊胆战地向外看着。正如他所料想的那样，外面一片漆黑，一个人影也没有。

这……这怎么可能?!

王浚见此情形登时瞪大了双眼，他只觉得呼吸越来越急促，头也随之晕眩，似乎马上就要晕倒。就在这时，随着一道炫目的闪电划破夜空，一场倾盆大雨从天而降。

王浚的脑海中登时闪过无数个念头。他以前曾听讲话本的人说过，若是人冤死又不及时超度，灵魂就会留在人间，势必要找那个害死自己的人索命。若是这样说来，今夜此地就是他的葬身之所。

想到这里，王浚冷汗津津，只恨不能化身一只鸟，好尽快离开险地。

就在这时，脚步声又响了起来，这次和先前不同，声音直到他面前才停下，却仍旧不见人影。

"谁？你到底是谁？"

"王侍郎好健忘。"那脚步的主人轻笑道，"竟连老朋友都不记得了。"

"岳……"王浚的心猛地一紧，呼吸也愈发不顺畅了。在艰难地咽了一口唾沫后，继续说道，"鹏举……你……你不是死……死了吗？"

"不错，岳某是死了，不过并不妨碍与王侍郎说话。"说到这里，语气忽然一转，责问道，"岳某想请问王侍郎，当初我率军进入朱仙镇，已然形成孤军深入之势，一旦有失，金军必将长驱直入临安。为何圣上会突然十二道金牌将岳某召回，回京后不曾见面，就将我与长子岳云、副将张宪投入狱中。随后又以'莫须有'的罪名将我等处死，其中究竟是何缘故？岳某今日便要寻你问个明白。"

王浚的心又是一紧，果然，该来的还是来了。想来那岳飞身为抗金名将，生前立下赫赫战功，对大宋可谓赤胆忠心，忽然就这般冤死，内心确实不会安稳。即便如此，这问题属实让他犯难，总不能说当初是秦桧将他和万俟卨叫到自己府中，连同夫人王氏在书房定下计策，为的就是要勾结金人，消除障碍。算了，反正这里也没有别人，还是暂且将这件事推到太上皇身上，只要能够成功脱身就行。

打定主意，王浚苦笑道："岳将军战功赫赫，莫说王某，这天下又有谁不晓得您是大宋的功臣？不过你也晓得咱们太上皇的性子，他当年出使北国被金人折腾怕了，又怎会轻易得罪那些人？况且金兀术的手段那般高明，即使岳将军兵法凌绝，武功高强，输赢亦是难料。就凭这，太上皇也不敢轻易作赌。"

"哦？"那声音冷笑一声，"听王侍郎的意思，是想把过错推给太上皇？"

"这……"王浚不禁语塞，缓了口气，才又说道，"岳将军莫要介怀，王某也不过是实话实说。"

"实话实说？"那声音再次冷笑了下，"想当初，是谁在府中书房东窗底下定下毒计将岳某除去，为的就是联合金兀术，以便实现其在朝中一手遮天的态势？又是何人借着太上皇生病之机偷偷盗取玉玺，在提前准备好的十二道伪造兵符上盖上金印，派属下秘密前往朱仙镇以圣旨为名将岳某骗回京城？王侍郎，事实就是事实，不是想推诿就能推诿得了的。"

王浚听到这里再也支撑不住，双腿瘫软跪倒在地，垂头看着地面，苦苦哀求道：

"岳将军说的确是实情，只是王某地位卑微，只能听命于人。还不是上官说什么便是什么？将军明察秋毫，放过王某吧。"

黑暗中，那声音不再说话。王浚只觉得自己的心跳骤然停止，整个人仿若死去了一般。就这样一分一秒地过去，也不晓得过了多久，才听到那声音叹了口气道：

"也罢，岳某如今既已死去，所有恩怨也该随风而逝。况且你说的也有一定的道理，不过，我还有一事问你。"

王浚动都不敢动一下，只是低着头胆战心惊地说道：

"岳将军请讲。"

"岳某听闻秦太师向来将大宋律法视为儿戏，虽说在太上皇、圣上面前貌似忠臣，实则背地里贪赃枉法、卖官鬻爵、欺男霸女，干了无数坏事，不晓得是不是真的？"

"这……"

王浚身上的衣衫早已被冷汗湿透，此时的他真是叫天天不应，叫地地不灵。为今之计，也只能自我保全。

"岳将军所言不虚，此事确实如此。"

说完这句话，王浚眼前一黑，身子直直地栽倒在地，晕了过去。

黑暗中,一身黑衣的赵哲站在太庙门前的树下,焦急地探看着里面的动静。少顷,待看到有人从太庙中出来,这才身影一晃消失在暗夜之中。

次日,当王浚从昏迷中苏醒,早已破晓,风雨停歇。回想前夜种种,他顿觉恍若隔世,竟说不清楚是真实发生的,还是仅仅是一场梦。

少顷,正当王浚低头回想时,太庙的门忽然被人从外面推开。在他讶异的目光中,太监总管王继恩引着赵构、赵哲父子缓步走进了屋子,身后不远处还跟着身着朝服的周必、秦桧二人。这风尘仆仆的样子,一看便知是刚下朝就赶过来了。

王浚连忙起身相迎,双膝跪地道:"微臣见过太上皇、圣上,吾皇万岁,万岁,万万岁。"

赵哲看了一眼身旁的赵构,将身子向前探出,笑着说道:"王大人昨夜独守太庙着实辛苦,今日一早朕便带着太上皇来探望你了。"

王浚低着头连大气都不敢出一下:"微臣不敢……微臣只是尽责罢了。"

"尽责?!"赵哲点了点头,"王大人果然忠心耿耿,那朕问你,你昨夜与岳将军的那番对话莫非也是尽责?"

王浚猛地吃了一惊,眼睛立刻瞪大,目光中满是不可思议。他实在想不到圣上久居深宫,为何会知道前一夜的事情。出于本能,王浚很快矢口否认:

"微臣愚钝,不明白圣上的意思。"

"不明白?"赵哲伸手拍了拍王浚的肩膀,揶揄地说道,"王大人向来精明得很,朕的话你居然不明白?"

王浚心中暗叫不好,这欺君之罪可是重罪,搞不好今天小命都要丢在这里。可眼下秦太师也在,若是就这么承认,同样会被他用阴毒的手法整治。想到这里,王浚顿时骑虎难下,后背阵阵发凉。纠结片刻,却也只能硬着头皮道:

"圣上的话微臣确实不明白。"

"好一个不明白。"赵哲冷笑道,"王浚,看来你当真是不见棺材不落泪。你莫非以为朕是昏君,手中没有任何证据就诬陷你不成?山义道长……"

周必听到赵哲唤他,连忙走上前来,双拳紧抱道:

"圣上。"

赵哲瞥了一眼跪在地上冷汗涔涔的王浚,说道:"道长一向法术高深,不知能否还原昨夜景象,帮王大人好好回忆一番?"

穿宋之宝叭波

"这……"周必看了一眼王浚，故作为难地说道，"圣上，微臣并无确实的把握，只能尽力一试。"

"有劳道长。"

周必点了点头，在众人的注视下，缓步来到与供桌相对的空墙前。他先打量片刻，随后从腰间拔下那把平日一直随身携带，传说具有除恶鬼打恶煞之威能的青木剑，对着墙壁念念有词。

说来奇怪，须臾之间，原本空荡荡的墙上竟像播放录像带一样浮现出了前一夜的画面，就连对话也听得清清楚楚。

王浚目瞪口呆地看着墙上的画面，由于极度恐惧，他此时脸上早已没有血色，只剩一片惨白。少顷，等到画面结束，周必再次念动咒语，墙壁上开始新一轮的播放。

赵哲一直暗中观察着赵构和秦桧的表情，见其二人全都瞪着眼睛一脸惊讶，心中不觉好笑。

说起来，这种现象并非毫无科学依据。早在将岳飞等人的灵牌移到太庙前，他便悄悄来此地探看过，知道这面墙壁中含有四氧化三铁。要是放到现在，这绝对是制造录像带上好的材料，但前提是要有雷电作为导体才可实现。因此，他特意让周必观看天象，在确定天气后才让王继恩通知内侍阁确定移灵的日子，而这件事恰好与周必此前的计策不谋而合，方才有了眼下这一幕。

一个人永远做不了认知以外的事情，如今看来，这句话是有道理的。

赵哲尽管心里这样想着，脸上却毫无变化。如今的他由于久居宫中，早已不是原本那个阳光单纯的大男孩，而是逐渐变成了步步为营、深不可测的政客。

"王大人，该看的你也都看了，不知有何感受？"

此刻王浚再也说不出一句话，只是如同鸡啄米般一遍遍重重地在地上磕着头。

秦桧方才听到影像中，王浚将自己的事情全都供了出来，登时气得七窍生烟。若说起来，平日里他一直对其高看一眼，将他视为自己的心腹。想不到如今反遭王浚所害，必须将其丢入牢狱，好好地让他吃顿苦头才行。

"圣上，王浚身为刑部侍郎，本该凡事谨小慎微，谨言慎行。可他昨夜却信口雌黄，以不实之事胡乱编排太上皇与本官，此罪着实该诛。而念在

其对大宋也算是忠心耿耿,殚精竭虑,故此本官斗胆为其求情,还望圣上暂且饶过他这一回,将投入牢中反思。"

赵哲心中冷笑一声,转身回到父皇面前,恭顺地问道:

"依父皇之见,此事儿子该如何定夺?"

赵构看了一眼秦桧,思索片刻道:"按理说,王浚欺君罔上,中伤朕与朝廷官员,无论哪条都是重罪。可念在他向来对大宋忠心,也曾立功,昨夜情况又实属特殊,此事便依秦太师所言。圣上,你觉得呢?"

"既然父皇与秦太师都在为王侍郎求情,朕又有什么好说的?"赵哲说到这里,向门口唤道,"来人!"

早已守在门口的兵士听到圣上的吩咐,连忙快步走近,双手抱拳,等待吩咐。

"刑部侍郎王浚欺君罔上,恶意陷害朝廷命官,本该予以重刑。然顾念他以往对大宋忠心,此番暂不与其计较,先将王浚投入狱中,等候发落,带下去。"

守门兵士齐声抱拳称是,将王浚从地上拽起来,推搡着王浚走出门去。

待一行人走远后,赵哲再次看向秦桧,话里有话地说道:

"秦太师,人在河边走哪有不湿鞋。今日之事虽已过去,但朕仍希望你能把持自我,莫要辜负太上皇与朕的期待。"

秦桧的心登时提到了嗓子眼,自打前次赵构在灵隐寺里表明态度坚决支持赵哲,他便晓得自己先前那一人之下万人之上的地位已然风雨飘摇,搞不好哪天就会土崩瓦解。只是如今他既已身在绝境,便再无后退的可能,只能继续向前了。

想到这里,秦桧紧抱双拳道:

"圣上放心,微臣定当为大宋殚精竭虑,绝无二心。"

赵哲不放心地看了一眼秦桧,张了张嘴,欲言又止,只是对王继恩说了一声回宫,一行人离开太庙,向着宫城而去。

是夜,太师府卧房。此刻,窗外的树枝被风吹得沙沙作响,给原本黑暗的环境平添了一份神秘的色彩。床上,秦桧将身子蜷缩在被子里,正呼呼大睡。

梦境缥缈,他再次回到了曾经的生活,触碰着心灵最深处的伤痕。

秦桧出生在江宁,他的父亲秦敏学曾做过玉山县令和静江府古县县

穿宋之宝贝法

令,虽说官职不高,一家人却也其乐融融。

原以为平凡人自有平凡人的快乐,然而命运却总会在不经意间峰回路转。就在秦桧十六岁那年,有一天父亲命管家秦魁将他唤到了宗祠,说是有很重要的事情要讲。

秦府是典型的徽派院落,十重院落,白墙黑瓦,飞檐斗拱,气派又婉约。而这宗祠就坐落在最里面的那重院落当中。

秦家诗书传家,对祭祀祖先之事尤为重视。秦桧是长房长子,所以格外受重视,尽管年纪轻轻,却已成为父母倚重之人。

少顷,秦桧随着秦魁来到祠堂,见父亲正一脸凝重地盯视着放在正中央的八世祖秦德远的灵牌。他连忙快步走了过来,轻声说道:

"父亲命魁叔叫儿子过来,不知所为何事?"

"会之,你可晓得这灵牌是何人的?"

秦桧顺着父亲手指的方向看了一眼灵牌,讶异地说道:"父亲这是怎么了?这是八世祖秦德远的灵牌,您不是经常跟儿子说,当年八世祖来江宁开盐行,经过世代繁衍,这才有了如今的秦家吗?儿子都记得呢。"

秦德远点了点头,沉吟片刻道:"八世祖的经历并非那般简单,而是另有隐情。"

"另有隐情?"秦桧不解地眨了眨眼睛,"父亲是说……"

"当年八世祖来江宁开盐行确实不假,只是他并不姓秦,而是姓赵。"

"赵?!"

秦敏学看到儿子面露讶异,脸色越发凝重,长叹一声,转身走出宗祠。秦桧见状连忙跟在父亲身后,一同到院子正中的石桌前坐下。

秦敏学爱花也护花,在他的精心养护下,院子里一年四季的植物虽各有不同,却都枝叶繁茂,生机勃勃。此时正值隆冬时节,墙角那株白梅凌风傲雪开得正盛,微风拂过,花香四溢。

"父亲,您方才说咱们姓赵?"须臾,待侍女将两杯刚刚沏好的白梅茶放在桌上后,秦桧再也按捺不住心中的好奇,急急问道,"如今大宋皇室也姓赵,莫非咱们与当今万岁爷是本家?"

秦敏学点了点头,随后又摇了摇头,看得出来,他此刻有一肚子的话,也有着极深的顾虑。

"父亲,这里就你我二人,此事关系着咱们秦家的身世,你就告诉儿子吧。"

秦敏学听到儿子说这话，心中更加为难。为了掩饰心中所想，他低头看向石桌前的杯子，犹豫半响方才说道：

"也罢，父亲今日就把其中的来龙去脉告知你。会之，你可晓得大宋为何人所创？"

秦桧先是一怔，随后微微一笑，胸有成竹地说道："儿子自幼便与父亲读经论史，自然晓得大宋为太祖赵匡胤所建。当年他发动陈桥兵变夺了后周的权，黄袍加身建立大宋，谈笑之间杯酒释兵权更显其潇洒与智慧。不瞒父亲，一直以来，儿子都对太祖崇拜至极，若是有朝一日能够像父亲一样为朝廷效力，儿子定然也要做出一番成就。"

秦敏学欣慰地看着儿子："会之，你说得没错，身为人臣就该食君之禄，忠君之事。我秦家世代以'忠义'二字传家，这根本确实不能丢。"

"儿子谨记父亲教诲。"秦桧郑重地说道。

秦敏学满意地点了点头，随后脸上又浮现出一丝惆怅："不过话说回来，如今的圣上并非太祖一脉，每每想来倒也当真让人难过。"

"并非太祖一脉？"秦桧皱了皱眉，不可思议地说道。

十六岁的少年内心极为单纯，并没有那些你争我夺、是非功利的概念。秦桧虽是官宦子弟，但由于秦敏学生性谨慎，故秦桧对宫中的那些秘事也是闻所未闻。

"会之，你可曾听说过金匮之盟与烛影斧声？"

秦桧眨了眨眼睛，他隐约想起，以前先生曾跟自己说起过一件关于太祖赵匡胤与其弟赵光义之间的秘事。

据说，赵匡胤虽是一位精于谋略的政治家，但天生不擅饮酒。然而，就在他去世的前一晚，由于天降瑞雪，一时兴起便将弟弟赵光义召进宫来饮酒议事，由于谈话隐秘，故此将周围的宫人和内侍全都支了出去。

至于后来发生了什么，先生并未提及。即便他数次追问，也都避而不答。

想到这里，秦桧定了定神，对父亲求教道：

"父亲，先生以前曾跟儿子说过，太祖临死前的那夜曾与太宗一起喝酒聊天，至于后来发生了什么，就不得而知了。"

秦敏学揶揄一笑："先生生性谨慎，不提倒也当真符合了他的性子。事实上，那晚并非只是简单的饮酒叙情，而是充满了杀戮与血腥。"

秦桧的眼睛骤然瞪大，脸上现出不可思议的表情。按理说这皇宫守卫重重，本应该固若金汤，更何况在眼皮子底下发生那么大的事情。

穿宋之玄波

秦敏学叹了口气:"那天晚上,太祖将太宗召进宫来,确是只为叙旧。可无论如何也想不到,当喝醉了酒,太宗会突然跪在地上强行要求被立为皇储继承人。不仅如此,他还将母亲杜太后一道搬了出来,一起对太祖大加指责,说太祖忘恩负义,毫不在乎手足之情。"

手足之情?!秦桧唇角泛起一丝嘲讽的笑容,若说手足之情只为苦苦相逼,让对方为难的话,这样的情感不要也罢。他之前曾听说赵匡胤父亲英年早逝,兄弟几人是被母亲独自抚养长大。念及母亲的恩德,几人均是孝子。尤其是身为长子的赵匡胤,更是对母亲关爱有加,细心备至。

因此,当秦桧听到父亲说就连杜太后都与赵光义一道逼迫赵匡胤立储时,心中登时震惊不已。

秦敏学又是一声轻叹,摇了摇头,随后拿起茶杯,喝了一口茶。

秦桧见父亲不肯再说下去,便从桌上拿起茶壶,边在茶杯里续上茶,边探问道:

"父亲,后来呢?"

"后来……"秦敏学苦笑一声,"太祖自然不肯,便推说自己喝多了酒,身子不舒服,要回寝宫休息。谁知刚刚走了两步,就被赵光义用玉斧击中了后脑。太祖躲闪不及,惊呼一声霍然倒地。由于当时下雪,把守在外面的兵士并没有听到这喊声。等到太医闻讯赶来,太祖早已断气。"

秦桧听到这里,冷不防地打了个寒战,自古文人墨客就喜欢在雪夜里三三两两地聚在一处,边喝酒边吟诗作赋,盛赞雪的美丽与安宁。可谁又能想到,这原本洁白无瑕的雪竟成了掩盖真相的工具。想到这里,他心中顿生一丝伤感,同时更多的是强烈的好奇。

"父亲,那后来呢?"

秦敏学摇了摇头:"后来,在赵太后的帮助下,赵光义成功地将赵匡胤原本藏在大殿上方匾额后面的金盒中关于皇储继承人的圣旨调包,并改成了自己继位的圣旨。从那时开始,皇位被赵光义一脉所继承,直到如今亦是如此。"

秦桧点了点头,心底起疑:按理说,这些事情应是极为隐秘,父亲又怎会知道得这般清楚?

秦敏学察言观色,见儿子不说话只是低头喝茶,便已经猜出了个

大概。于是,从袖筒中拿出一本蓝色封皮的薄册子递到秦桧面前。

"这是咱们秦家的族谱,当年你祖父去世时将它交给了我,再三叮嘱不要让外人看到。你是秦家的长孙,如今也已成年,有些事情总归是要知道的。不过,你要答应我,这些事情永远不要让其他人知晓。"

秦桧边伸出双手准备接册子,边急急承诺道:"父亲放心,儿子答应便是。"

秦敏学犹豫纠结了好半天,才将册子交给了儿子,起身说道:"为父还有公务要处理,便先到书房去了。这本册子关系着咱们秦家的安危,你一定要收好。"

秦桧站起身来,将册子收到袖筒中,调皮地笑道:"父亲放心,儿子定会以命相护。"

秦敏学看了秦桧一眼,缓步走出院门。

秦桧等了一会儿,约莫着父亲已经走远,便也快步冲出院门。由于心中迫切,回卧房的这一路上他始终以跑代走,引得下人纷纷驻足观瞧,不明白平日里行事一向沉稳的大公子为何会突然改了性子。

少顷,秦桧终于回到卧房。在迫不及待地将门窗关好后,他这才发现自己的心跳极快,怦怦怦,仿佛下一秒就要跳出嗓子眼。

为了赶快平静下来,秦桧先喝了杯茶,随后来到书桌前坐下,从袖筒中取出册子,将其打开。匆匆掠过几行,忽地瞪大了眼睛,不可置信地自言自语道:

"什么?我竟是赵匡胤的后人?这也太不可思议了吧!"

随后,他重新看了一遍方才已经看过的文字,只见上面清清楚楚地写着,八世祖秦德远原名赵德远,是太宗赵匡胤长子。赵德远因为人贤明、聪慧过人,还曾被父皇赵匡胤秘密确立为太子。只是由于后来叔父赵光义突然发难,他遭遇宫廷变故,这才在一群忠心耿耿的臣子保护下死里逃生,到江宁隐姓埋名做了一名不为人知的盐商。

毫无疑问,当秦桧戳破了这个天大的秘密时,他的内心是怎样的震惊。在用冷水接连洗了好几次脸后,才终于平静下来。与此同时,另一个念头却在脑海中浮现。

若是这般说来,这天下原本就该是自家的。既然如此,那就必须从仇人手中夺回来,为祖上报仇雪恨才是。

那时,秦桧并没有发现这个念头是怎样的可怕,而也正是在这个念头的支撑下,他一路发奋读书,直到进士及第,官拜太学学正。

和某些人冲天一怒手刃仇家的做法不同,秦桧的性子向来深沉。为了取得当权者的信任,他先是以绝对忠臣的面目出现,不仅屡次上书给宋徽宗出谋划策,还在金军南下的情况下力排众议坚决主张北伐。他甚至数次在朝堂上当众顶撞那些主和派臣子,将话说得掷地有声、慷慨激烈。也正因为这种种表现才取得了徽、钦二帝的信任,秦桧准备实施接下来的复仇计划。

就在此时,一场平地风雷忽然而至。公元1125年,金军突然大举南下,分为东西两路进攻宋朝。宋徽宗眼见事态危急,为求自保,将皇位禅让给太子赵桓,是为宋钦宗。公元1126年正月,金军将领完颜宗翰率军到达汴京城下,逼宋议和后撤军。据史料记载,金人要求宋钦宗赔款500万两黄金及5000万两白银,并割让中山、河间、太原三镇。同年八月,金军又两路攻宋,闰十一月,金军两路会师攻克汴京,徽、钦二帝被俘,史称"靖康之耻"。

身为江南人的秦桧初到北国时,完全无法适应。和温热潮湿的南国相比,北方干燥寒冷,冬天时气候特点尤为明显。也正因此,那段时间他几乎天天生病,头痛,打喷嚏,特别是咳嗽不止,睡不了整觉。

想不到我秦桧一世精明,最终却落得这般凄凉的下场,真是苍天无眼。

就在秦桧自怨自艾时,他的命运却突然出现了新的转折。

这日黄昏,完颜宗翰命手下亲兵将被关押在牛棚里的秦桧叫到了自己的营帐里。作为国相的长子,此人无论才学、家世还是武力,在大金都首屈一指。

牛棚里,当秦桧听说完颜宗翰要见自己,心中登时忐忑不已。经过这段时日的接触,他自然晓得对方的手段何等狠毒,确实不宜招惹。

可既然已被传唤,秦桧也只得硬着头皮前来。谁料,就在他磨磨蹭蹭地来到完颜宗翰的营帐,却并无先前所想的那般刀光剑影、剑拔弩张。只见地中间的桌子上摆放着刚刚煮熟还氤氲着热气的牛羊肉,地上还高高地摞着十余个酒坛。看样子,对方非但没想为难他,反倒盛情款待。

见此情形,秦桧的脸上露出一丝讶异。定了定神后,他双手抱拳,对坐在榻上桌前此刻正瞧着自己的完颜宗翰作了个揖。

"不知完颜将军召秦某前来所为何事?"

完颜宗翰摆了摆手,大笑着说道:"秦大人无须多礼,我们金人生性豪爽,最喜欢交朋友。今日本将军请你前来不为旁的,只为吃酒。"

说着,他指了指自己桌子对面的坐榻:"秦大人,请坐。"

秦桧见此情形,心中不仅没有半点轻松,反倒更加恐惧。按理说,这完颜宗翰是他的敌人,二人原该泾渭分明,除了敌对再无半点关系。可为何今日他却偏偏放下架子,邀请自己吃酒?难不成这是鸿门宴?秦桧啊秦桧,你还真得多提防些。

想到这里,秦桧向完颜宗翰点了点头,缓步来到榻前坐下。

完颜宗翰看了一眼秦桧,只见此刻对方的眼神中满是防备,便又大笑道:

"秦大人无须这般多疑,本将军方才已经说了,今日你我只是吃酒,再无其他。"

他边说边从地上拿起一个酒坛,起身拔掉坛口的红布塞,分别将酒倒入二人的碗里。

"你们宋人喜欢以茶待客,但凡有贵客,就会搞些点茶的花头。我们金人自幼生活在苦寒之地,不及你等那般婉约,就喜欢大碗喝酒大口吃肉,尤其这羊腿上的肉最鲜嫩。"

说着,完颜宗翰将一块刚刚用刀子切下来的羊腿用手抓着,放到了秦桧面前的银盘中。

"这银子可以试毒,本将军究竟有没有诈一试便知,秦大人无须顾虑。"

秦桧低头看了一眼银盘,当真如完颜宗翰所言,盘中的颜色丝毫没有变化。这才放下心来,向对方道了声谢,用手抓起羊肉放进嘴里。咀嚼半晌,忽然眼前一亮道:

"完颜将军,此肉确实鲜美无比。"

"这羊肉对于我们金人来说没什么稀罕,秦大人喜欢吃就多吃一些。"完颜宗翰边说边在二人碗里续上了酒水,拿起酒碗继续说道,"这酒名唤烧刀子,是我们这里的烈酒之王,度数极高。今日有些冷,喝入腹中能够驱寒。"

说完,他便将酒一饮而尽。秦桧见此情形,连忙用双手捧起酒碗,效仿对方的样子将酒喝光。

果不其然，这酒刚入腹就觉得烧得慌，仿佛五脏六腑被火点着了般，连带着汗腺也变得异常发达，不消片刻便已大汗淋漓，先前的寒意也随之消失无踪，只觉得暖和无比。

就这样，二人边吃边喝，不多时秦桧便已头晕眼花，只能勉强用手支撑着头，以免趴在桌上睡着。趁着仅剩的一丝清醒，直言问道：

"完颜将军，秦某有一事不解。你我是敌人，为何今日却要让我到帐中喝酒？"

完颜宗翰闻言放声大笑，笑声犹如山崩，瞬间便让对面酒醉之人清醒了过来，坐直了身子。

"秦大人何来此言？事实上，本将军非但不是你的敌人，还是朋友。"

"朋友？"秦桧皱了皱眉，讶异地重复道。

"不错。"完颜宗翰点了点头，笑着说道，"秦大人，宗翰晓得你在汴京时是主战派，向来与我金国势不两立。不过，凡事也并非没有转圜，你之所以那样做不过是为了取得宋人皇帝的信任，以便能够达到自己的目的。"

秦桧的身子一颤，这完颜宗翰果真厉害，居然连这么秘密的事情都晓得了。虽然心中这么想，但出于本能，他却马上矢口否认了。

"完颜将军的话秦某听不懂。秦某身为大宋的臣子，本就该为朝廷尽忠，对皇上尽责，什么叫作取得信任，达到什么目的？真是信口雌黄！还请将军以后不要这样说了。"

完颜宗翰见秦桧表现得这般义正词严，活像个正人君子，唇边登时现出一丝嘲讽的笑，仿佛眼前这一幕不过是一出精彩的戏码罢了。

秦桧瞪了一眼完颜宗翰，侧过头去不再说话。

完颜宗翰察言观色，明白秦桧是故意虚张声势，便笑道：

"秦大人莫要误会，本将军并非故意与你为难。只是前不久听闻坊间有一传闻，想与大人分享。"

完颜宗翰见秦桧不搭茬儿，心中更觉好笑。于是便将身子向前倾去，压低了声音道：

"本将军听说秦大人出身极高，乃是宋太祖赵匡胤的后人，这样的你又怎么可能甘心屈居人下，为人将相？"

"这……"秦桧被完颜宗翰戳中了心事，不禁面红耳赤，"你……信口雌黄！秦某对圣上向来忠诚，何曾有过二心？"

完颜宗翰见对方发怒,便又微微一笑:"秦将军无须发怒,容本将军先把话说完。你为人聪颖、天赋极高,确有帝王之资,不该久为人下。依宗翰看来,不如你我做一笔交易如何?"

秦桧听到这里,不由得一怔,犹疑地说道:"交易?!"

"不错,秦大人数次与本将军过招,也应该晓得宗翰的手段。如今南宋虽已建立,但赵构那厮根基尚浅,一旦外界风雨飘摇,必将地位不保,不如就由本将军送秦大人登上帝位如何?"

秦桧没想到完颜宗翰能有这样的提议,登时目瞪口呆。不过他毕竟为人奸猾,也知道这世上没有免费的午餐,想来对方背后定然藏着一个惊天阴谋。但若当真能够达成目的,倒也极好,等到日后再想办法将对方除去便是。

"既然将军这样说,也好。只是不知你接下来要如何行事?"

完颜宗翰高深莫测地笑了笑,低声对秦桧说了几句话。此刻,外面的风骤然变大,一个劲儿地拍打营门,沙沙作响。树上先前落着的鸟雀被风声所扰,发出一声惊叫,拍打着翅膀飞上天空,转眼间无影无踪。

两个月后,临安大运河飘来一艘渔船,随着船桨在水中缓缓划过,孑身立在船头的秦桧心中很是感慨。这一来一去虽不过三四年,却恍若隔世,久到让人以为真的能忘却前尘,全心全意地做个良臣。

只是如今箭在弦上,又怎能不发?若是机关算尽尚不能成功,那一切便只能是天意了。

不知过了多久,随着一阵撕心裂肺的咳嗽,秦桧从梦中醒来。待缓缓睁开双眼,他惊讶地发现此刻早已天光大亮。回临安的数年间,尽管也曾遍请名医诊治,试过无数方子,却仍是咳咳停停不见好转,看来除非华佗现世、仲景转生,方才有治好的希望。

想到这里,秦桧不禁长叹一声。随后起床洗漱,穿好朝服,乘坐轿子进宫去了。

大殿。在将岳飞等人的灵牌迁入太庙后,赵哲显得格外神清气爽,就连上朝时思维也分外敏捷,说话做事比平时越发干脆。

"众位爱卿,你等均为朝廷栋梁,为国分忧、为朕解难,朕心中都有数。不过话说回来,没有竞争就没有压力。为了能够更好地调动你等的积极性,朕决定从现在开始施行KPI(关键绩效指标)考核。"

文武百官听到这话全都一头雾水,交头接耳议论纷纷,谁都不明白这"KPI"指的是什么。

赵哲见此情形咳嗽一声,用手指点着朝臣道:"你们一个个都说自己学富五车、满腹经纶,如今看来不过是自夸,连KPI都不知道。要朕说,不过就是一群井底之蛙。告诉你们,KPI这个词是从西方传过来的,指的是加官晋爵、赏赐饷银的考核方法。"

满朝文武虽都是进士及第,但先前对KPI却是闻所未闻,因此听赵哲这么说,全都瞪着眼睛伸着脖子,仿若鸭子听雷。

"如今咱们大宋朝从上到下分为九品,每一品阶分设正、从两个层级,各官职均与品阶相对应,共设284个官职。"赵哲说到这里,清了清嗓子,"先前太上皇在位时秉持着官本位的思想,将你们与个人固定在特定的位置上,久而久之不免松懈。从现在起,朕要换个思路,变成能者上庸者下,将每个官职的考核结果分为三级,如果考核成绩优异,便加官晋爵,增加饷银。若是德不配位,对不起,轻者减掉饷银,重者免官回家,空出的位置由能者顶上。"

文武百官听到这话,议论声更大,其中胆大者更是以不符合祖制为由,当庭要求赵哲收回成命。

"祖制?"赵哲冷笑一声,"这祖制是给人定的,若是不合理就得改变。王继恩……"

一旁的王继恩听到圣上叫自己,忙快步来到赵哲面前,双手抱拳道:"臣在。"

赵哲看了一眼阶下的文武百官,侧头对王继恩高声吩咐道:"传朕的谕旨,今后若有贪污腐败、中饱私囊者,一经查处,无论轻重均被凌迟,其家人连坐。"

此言一出,便听阶下传来"噗通"一声,似有重物倒下。赵哲循声看去,只见一位年约七旬、头发花白的老臣面色青紫地躺在地上,已经背过气去了,众官员见此情形登时一阵大乱。

张崇来到那老臣面前,蹲下身来仔细瞧了瞧,抬头对赵哲道:"启禀圣上,陈尚书厥过去了。"

赵哲起身沿阶而下,来到老臣的身旁,但见其牙关紧咬,眼皮发紫,应是心脏病突发。

"陈尚书今日早朝时便说自己身体不适,原想坚持,没想到还是昏过去了。"旁边的一名年轻武官用袍袖遮挡着脸,满脸悲戚地说道。

赵哲心中冷笑一声,还真是兔死狐悲,他不过就说了个开头,居然就有人吓得昏过去了,可见这朝廷的贪腐程度。

不过,若是这陈尚书以为这样便可以置身事外,怕也是大错特错。他想死,朕偏不让他死。

想到这里,赵哲蹲下身子,将陈尚书头部后仰,用嘴对准陈尚书的嘴,将气息通过吹送的方式输入对方的体内,同时双掌叠放胸外按压。

群臣见此情形,又不约而同大吃一惊。年轻武官紧抱双拳急急说道:

"圣上,陈尚书是三朝元老,深得太上皇信任。若是将他压死,太上皇一旦问起来,只怕是交代不过去。"

其他官员听到这话,也连忙为陈尚书求情。

赵哲见此情形登时心烦,抬起头来没有好声气地说道:

"你们莫要聒噪,倘若朕将他压死,大不了赔上这条命也就是了。"

文武百官听到这话登时吓得脸色煞白,齐刷刷地跪了一地。唯有周必仍站在原地,一副见怪不怪的模样。

"圣上乃是真龙天子,切莫拿性命当儿戏。"秦桧大声说道,"还应收回成命才是。"

"臣等请圣上收回成命!"

赵哲一脸不耐烦地看了群臣一眼,随后又继续重复方才的动作。说来奇怪,过了一会儿,陈尚书喉咙发出咕噜一声,竟真的再次睁开眼睛,翻身坐了起来。扫视了一眼四周后,见同僚都是满脸惊奇,对赵哲茫然地问道:

"圣上,臣方才怎么了?为何都这般看我?"

赵哲微微一笑,起身拍了拍手:"没什么,陈大人最近操劳国事属实辛苦,方才忍不住睡了一觉。"

"睡觉?"陈尚书讶异地问道,"可为何微臣觉得身子这般酸痛,好似害了一场病?"

"站着睡觉自然不舒服。"赵哲平静地解释道,随后看向群臣,"陈尚书既已无恙,今日早朝便散了吧。"

"恭送圣上。"

穿宋之宝哥哥

在秦桧的带领下,群臣恭顺地目送赵哲退朝。

是日黄昏,御书房。此刻,门窗紧闭,赵哲坐在书桌后面心烦意乱地看着奏折。经过早朝这一番折腾,他终于明白了一件事。若想从根源上解决问题,不让这些臣子再用所谓祖制逼迫自己改变想法,那就必须彻彻底底地和太上皇先前的做法分割开来,即使年号亦是如此。

想到这里,他立即让守在门外的王继恩去请周必和赵家兄弟前来。

王继恩等了一整天都不曾见圣上出来,心中不免着急,此刻一听圣上吩咐,登时喜出望外,只恨爷娘没能给自己再生出两条腿,好能跑得更快一些。

尽管如此,等到他挨个将人叫到宫中,也已经过去了一个多时辰。

此刻的御书房与先前已然不同,门窗大开,一看便知主人的心情很好。也正因此,当周必和赵家兄弟担心地赶来时,见此一幕,心中登时生出重重疑问。

"皇兄,我等方才听王总管说你一日未出御书房,连饭都不肯吃,心中着实担心得很。"

赵伯麟虽久经历练,却仍是个直性子,一见赵哲便直言劝说道,

"国不可一日无君。皇兄如今的身子不仅是自己的,更是大宋的,好歹还是吃点东西才是。"

赵哲左右看看,见周必和赵士程的目光中亦饱含关切,便微微一笑,起身说道:

"伯麟不说朕还不觉得,这一说倒还真饿了。也罢,你等这便随朕出宫,找个好吃的馆子去。"

说完,他便招呼众人先到宫门口稍候,自己则独自回寝宫换衣服去了。

是夜,河坊街灯火通明,人声鼎沸。作为临安城七十二条名街之一,这里自北宋起便是商贾云集的繁华之地,集聚了大量盐商、绸缎商以及手工艺和食品的制造商。也因此,白天极为安静的街道,每天晚上就会变得热闹。买卖声、唱戏声、说话声、欢笑声交织在一起,形成了大宋烟火日常的画卷。

人流中,身着公子服的赵哲四人缓步向前走着,边走边兴致勃勃地谈论着街景。作为记者,原本在现代社会,赵哲便喜欢每天接触不同的人,

与其详细攀谈,以便更好地观察对方工作和生活状态。

用他的话来说,好文章绝不是坐在办公室里就能写出来的,而是要深入基层,触摸到生活本质,这样的文字才能打动人心。

来到大宋后,虽公务繁忙,但只要有空,赵哲仍会将自己置于人海之中。因为只有这样,他才能够更深刻地体会到民生疾苦,也更清楚地明白应该变革的方向。

少顷,赵哲等人来到位于河坊街正中的一家名唤"天香阁"的酒肆。此刻,三楼窗户大开着,清脆的锣鼓声传出来,两名戏子正站在那里咿咿呀呀地唱着越剧,上演着各种爱恨情仇。与此同时,楼下的那株枝繁叶茂的杨树下,十余人正仰着头向上看。随着戏曲演员表演渐入佳境,台下顿时掌声雷动,叫好声四起。

在店小二的带领下,赵哲等人信步来到二楼,在最里面的包间坐下。

"不知几位客官想吃点什么?"店小二用铜质茶壶在几人面前的杯子里加茶水,"咱们店的招牌是宋嫂鱼羹,选用的都是大运河和西湖里的新鲜鲤鱼,味道鲜美得很。另外,鱼鳔二色烩、红丝水晶烩和鲜虾蹄子烩做得也很好,客官们不妨尝尝看。"

赵哲听到"大运河"三字时心中登时一动,脸上的表情也随之变得怅然。周必见状心知其定是挂念李思云,便对小二说道:

"小二,我等在此处还有要事谈,你现在便安排厨下准备,方才说的招牌菜通通上来便是。"

说着,他从袖筒中取出一锭银子,递到了对方的面前,"至于这饭就上片川儿好了,这是预支的饭菜费,你先拿去。若是还有剩余,就留着沽酒喝。"

小二得了银钱登时乐得合不拢嘴,对着周必千恩万谢。边说着"客官稍等"边迅速退出门去。

"圣上,臣这段时间曾多次派人秘密寻访思云姑娘的下落,却始终没有消息,只怕还需要静下心再等上一阵子。"周必劝道,"常言道,天定良缘。你与思云姑娘既然彼此有情,就不会说散就散。"

赵哲轻叹一声,起身来到窗前。凭窗远眺,只见此刻虽然天越来越黑,街道却仍极为热闹。沉默半响,他才背对着大家幽幽地说道:

"朕原以为只要做好该做的事情,便能够与心爱之人长相厮守,岁月静好。谁知如今获得了所有,却偏偏失去了她。上次在兵营见面时,她眼里的幽怨便让朕很是心惊。如今想来，若是当时朕再坚决一些，或许结果就会不同。"

周必摇了摇头："思云姑娘那般霁月清风，又怎会是说逼就能逼得了的？如今既已如此，圣上又何必自苦？依周某看，不妨也学得洒脱一些，凡事随心，结局自会不同。"

"会吗？"

赵哲明白周必是在宽慰自己，心中也舒缓许多，方才黯淡的眸子此刻又再次亮了起来，转身对众人笑道：

"周兄说得在理，此事就到此为止。朕今日邀你三人前来，还有另一件事要商议。"

周必和赵家兄弟互看一眼，随后又一道看向赵哲。赵哲微微一笑，来到桌前坐下后，先拿起桌上的杯子喝了口茶，而后说道：

"朕如今登基快两年了，也是时候该有个独立的年号。今日想听听三位的想法。"

赵伯麟和赵士程听到这话，登时喜出望外，尤其是赵伯麟更是抢先说道：

"哎呀，本王就说嘛，皇兄自打登基后内改朝政，外抗金军，这大宋朝被治理得井井有条，与太上皇在位时早就不能同日而语。若是还继续沿用现在的年号肯定不行，怎么样？还当真照这话来了。"

赵士程看了一眼赵伯麟，探问道："不知皇兄对年号有何想法？"

赵哲略略思索片刻道："朕在风雨飘摇时登基，幸得祖宗庇佑，这两年里外抗金军，内理朝政。那秦桧虽说有些手段，却也并未与朕抗衡，另外还喜获张浚、虞允文、黄洽、肃浩等一批主战派官员将领，如今就连大宋市集也变得越加繁华。"

说到这里，他的唇边浮现出一丝开心的笑容，目光也随之变得越发明亮。

"自打朕登基以来别无他想，只愿我大宋乾坤盛世，道不掇遗。"

"乾道。"

周必忽然说道，此刻他的手里拿着茶杯，不停地把玩着。

"依周某看，不如年号定为'乾道'如何？"

"乾道？"赵哲沉吟片刻，忽然表情变得灵动，"周兄此名当真极妙，好，就唤乾道。"

众人正笑着,小二忽然推门进来,只见他手中拿着一个木盘,上面放着一盘蒸鱼和四碟鲜美开胃的小菜。见屋中四人看向自己,便笑着说道:

"我家厨房管事让小的先将这蒸鱼和小菜拿给客官,说是老板曾经有过吩咐,权作赠礼。"

小二边说边将菜依次放到桌上,赵哲双眼紧紧盯着菜盘,脸上的表情也随之变得异样。

"兄长,你怎么……"

赵士程察言观色,看出对方内心的变化。然而,还未等他将"了"字说出来,赵哲便猛地起身,用手抓住小二的衣袖,急急地问道:

"小二,你家老板姓什么?何方人氏?"

小二猛然吃了一惊,瞠目结舌了好半天,才结结巴巴地说道:

"客……客官,我家老板姓李,临安人士,以前曾是大运河上的船娘。"

"姓李?船娘?!"

赵哲闻言先是一怔,继而激动起来。果真是天可怜他的这份痴心,先前派人四处查访心上人的下落都毫无结果,没想到今日却歪打正着地在这里遇到了。然而,不知是因为近乡情怯还是什么原因,此刻他竟然说不出一句话来,只是呆呆地盯着小二。

赵伯麟见此情形,不禁叹了口气,为了不让小二生疑,便也起身在一旁帮腔道:

"小二,你不晓得你们老板是咱们这位爷一位许久不曾谋面的故人,不知此刻可否请她出来一见?"

"这……"小二为难地说道,"这怕是不行。客官有所不知,我们老板平日里都在越州总店,咱们这家店只是分店。"

越州?!疯婆子,怪不得翻遍了临安城也找不到你的下落,原来你竟躲到越州去了。也罢,既是如此,明日朕便前往越州,这次说什么也要把你抓进宫来,无论怎样都不会再放手。

想到这里,赵哲瞬间平静了下来,对小二抱歉地笑道:

"对不住,小二,方才是我太激动了,你先下去吧。"

小二狐疑地看了他一眼,转身退了出去。待房间的门关上,赵士程立刻关切地问道:

"皇兄,如今你既已知晓李姑娘的下落,接下来有何打算?"

周必和赵伯麟也对视一眼,全都摆出一副等待吃瓜的模样,似乎马上就会有一场好戏看。

"还能怎样?"赵哲耸了耸肩,一脸无奈地说道,"当然是要去越州了。"

"越州?!"

其他三人异口同声地重复道。

"没错,说起来,自打伯衍前往越州,虽隔三差五就有奏折和家信,却从未见过面,也是时候该去拜望下这位王兄了。况且王嫂又是疯婆子的师姐,二人向来相处得比亲姐妹还要好,想来这段时间她一定暂居在越王府中。既是如此,那朕顺便也可将疯婆子带回宫来。"

"顺便?!"周必三人听到这两个字,全都觉得极为好笑。好一个"顺便",想来这应该才是正题。不过毕竟君臣有别,圣上要这样说,他们也只得装糊涂。

"圣上打算几时动身?"周必关切地问道。

赵哲稍稍思索,肯定地答复道:"后日吧,明日朕再处理一日国事,后日一早便让王继恩传旨,就说朕偶患风寒,需要静养几日,这段时间暂且不便被人打扰。"

赵家兄弟互看一眼,齐声称是。

"也好。"周必仍是一副云淡风轻的模样,"不过圣上,您也晓得思云姑娘的性子,若她不肯就范,只怕强求不得。"

赵哲无奈地笑了笑,拿起茶杯将水一饮而尽:"还能怎样?为今之计,只能走一步看一步。"

周必暗自轻叹一声,作为修道之人,他此生虽不用涉及红尘之事,却也见不得身边的人受这情爱之苦。可这毕竟是每个人都要经历的劫数,即便不忍,也无法相帮,只能静待事情的转变。

越州寿王府,李思云的卧房。李思云独自坐在书桌后面,此时她正低着头用毛笔一遍遍地在宣纸上勾勒着心上人的模样。然而,和那些待字闺中等待着与心爱之人长相厮守的女子不同,每画一笔,她的心便会痛一分,直到斧劈刀锯般彻底喘不过气来。

正如赵哲猜测的那样,自打迁灵大典那日,她便离开临安,并在师姐裴竹君的帮助下,在越州最繁华的地段开起了天香阁饭庄。之所以开这个饭

庄,就是为了能够打探到更多的消息,以便在赵哲最需要的时候,暗中出手相帮。而后在强烈的思念下,她又在临安城开了第二家饭庄,可是由于复杂心理的驱使,除了开张那日,再没有去过分店。

一阵风吹来,窗子突然发出了一声脆响。李思云吃了一惊,起身来到窗口,刚想关窗子,忽见黑暗中一道人影闪过,身法极快,犹如闪电。担心其中有隐情,她来不及多想便也翻窗越出,悄悄跟在那人身后向黑暗深处而去。

一路上,李思云跟着那人穿房跃脊,直到来到一片黑黝黝的树林中央,随后藏身在附近的一棵高树下面,以树干为掩体向外张望。只见那人在一簇火堆旁停住脚步,对着一个戴着面具的高大人影抱拳道:

"尊主。"

身影冷哼一声,说道:"赵副舵主,多日不见,你这脾气倒是大了不少,居然连本尊主都不放在眼里,拖拖拉拉了这半天才来?!"

那位姓赵的副舵主听到这话连忙躬身倒地,急急解释道:"属下绝非有意怠慢尊主,只是路上出了点意外,故此延长了些时间,还请尊主责罚。"

"免了。"那位尊主摆了摆手道,"本尊主今日找你来,是有一事吩咐。"

赵副舵主听到这话,连忙表达忠心:

"属下但凭尊主吩咐,赴汤蹈火,在所不辞。"

尊主点了点头道:"我今日收到上官的快信,说那人如今越来越难控制,为防夜长梦多,叫咱们暗中做好部署,以便随时行动。"

"是,请尊主放心,属下这便去准备。"

说完,赵副舵主转身快步走出树林,身影倏忽消失在夜色中。确定他已走远,李思云又看了仍站在火堆旁的尊主一眼,随后悄无声息地离开树林,神不知鬼不觉地回到卧房。

在吹灭蜡烛后,她躺到了床上。然而脑海中却一刻不停地浮现着方才在树林中看到的情景。

上官、那人、部署……

不知为何,李思云冷不防地打了个哆嗦,与此同时,一股凉气从她的后背慢慢升起,瞬间席卷了全身。她猛地翻身坐起,再次点燃蜡烛。随后推门出屋,快步向裴竹君和赵伯衍住的上院而去。

穿宋之室晚波

此刻,赵伯衍还在书房里办公,上院的屋子里只有裴竹君和孩子两人。在听到有人轻叩屋门后,先前一直拿着拨浪鼓逗孩子的裴竹君立刻吩咐侍女将门打开。

"王妃,是思云姑娘。"

裴竹君听到侍女禀报,将手中的拨浪鼓放到榻上,起身来到门口,讶异地问道:

"思云,这么晚了,你怎么还没睡?"

"师姐,我有事找你商量,还请移步说话。"

裴竹君见李思云一脸着急,心知其定是遇到了什么了不得的事情。于是便吩咐侍女看好小王爷,随后二人一道前往后花园水榭。

少顷,相对在石凳上坐好后,裴竹君率先问道:

"思云,这么晚找我定是有极为重要的事情,怎么了?"

李思云见师姐发问,便也不再隐瞒,一五一十地将方才林中看到的景象告诉对方。说完后,又忧心忡忡地补充了一句:

"师姐,我虽不晓得那些人的底细,可也担心他们会对圣上不利。"

裴竹君沉吟片刻,觉得师妹说得对,要是将"上官""那人"和"部署"三个词连在一起,确实有可能指的是圣上。不过若是贸然将此事告知宫中,搞不好会打草惊蛇,故此还应先行打探一番虚实才行。

"思云,我觉得当务之急还是应该提醒圣上小心提防,不过也不能自乱阵脚,还应冷静谨慎才是。"

李思云犹豫了一下,随后点了点头。

"这样吧,这封信就由寿王来写。"裴竹君提议道,"他们兄弟俩常有书信往来,作为兄长,本就应该关心手足,旁人看到信自然不会生疑。"

"那此事就有劳姐夫了。"李思云感激地说道,"宫中暗潮汹涌,圣上身处漩涡中央,还是希望他平安无事才好。"

裴竹君见李思云一脸凝思,心知其此刻所想,伸出一只手来紧紧握住对方的手,安慰道:

"思云,常言道,两情若在久长时,又何必朝朝暮暮。师姐晓得你对圣上的那份心思,也晓得他对你的好。我看不如就让寿王做个媒人,为你二人牵红线如何?"

李思云摇了摇头,苦笑道:"师姐说笑了,此事怎会那般容易?先别说宫中规矩多,我的性子根本应付不了,就算师父他老人家也不会答应的。于情于理,我与他都再无可能。"

裴竹君长叹一声。此刻,她彻底陷入了两难的境地。从师父的角度说,她确实希望李思云能够远离皇宫。可作为师姐,她也希望对方能够获得永远的幸福。也许正如苏轼的那首词所写的一样,人有悲欢离合,月有阴晴圆缺,此事古难全。

从天香阁出来,赵哲没有立刻回宫,而是与周必一道来到国师府。准备趁着夜深人静、无人打扰,向对方问计。

国师府水榭凉亭,周必低头在茶海上清洗着用龙泉青瓷制成的茶壶和茶盏。在确定里里外外干净后,他又用热水温热了茶盏,随后从茶桶中取出两勺绿茶粉放到盏中,精心地用调羹将茶粉调成膏状,并在茶汤上画了一幅月下翠竹图。在此过程中,二人不曾交谈,心中却都充满虔诚。

直到周必将茶盏放到赵哲的面前,才开口说道:

"圣上,请用茶。"

赵哲看了一眼周必,而后拿起茶盏,边喝茶边细细品味着此中的味道。

常言道,上有天堂,下有苏杭。杭州不仅湖光潋滟,气候润泽,就连茶叶也是远近闻名,尤其是西湖边龙井村盛产的龙井茶更是天下闻名。自打赵哲记事起,几乎每天都与茶水相伴,春秋两季的绿茶,冬季的红茶都是他极为喜爱的,对绵软回甘的白茶也甚是喜爱。然而,周必泡的茶却和平日里喝的大不相同,虽是绿茶,却浓郁绵软,令人饮用后不禁拍案叫绝。

"此茶当真味道一绝,堪称集大成者。"

"集大成者?"周必微微一笑,"圣上谬赞了,不过茶的味道相同,品茶人的心境不同了。只是不知圣上通过此茶可否品出其他的味道?"

"味道?"赵哲想了想,随后茫然摇头道,"不曾。"

周必见赵哲茶盏空了,便又续上第二杯:"这茶刚喝起来平淡无奇,而后慢慢回甘。少顷再次转苦,之后回甘。直到经过几次变化,茶味才算品尽。"

赵哲听后,心中忽然一动,若有所思地说道:"周兄莫非说的是朝政?"

"不错。"周必点了点头,说话却仍是慢条斯理,"圣上如今的年号叫乾道,周某也明白您的心思,可这金军毕竟武力强大,又怎是一朝一夕就能制服的?况且秦桧等人虽说如今表面看似不敢造次,可余威尚在,就连太上皇也要忌惮其几分。一旦此间风波再起,只怕圣上会陷入孤立无援的境地。依周某看,如今还应表面按兵不动,暗中伺机而动才好,像这般硬碰硬的做法只恐对圣上不利。"

"朕晓得周兄的好意,不过开弓没有回头箭,眼下的情势只能如此。"赵哲一挑眉道,"强中自有强中手。苍天悠悠,输赢难料,周兄又怎能预判朕最终的结果?"

周必叹了口气,他晓得经过隆兴北伐的胜利,赵哲再也不是之前那个虽有政治抱负,但因被形势所碍行事不免瞻前顾后的小王爷,而是一个雄心勃勃、睥睨天下的君王。好比一朵带刺的玫瑰,时间久了,总有一天会露出全部的锋芒。

赵哲见周必又要劝说自己,便摆了摆手:"周兄,朕今夜来一为喝茶,二来也是向你问计。朕欲继续派张崇带兵前往灵璧进行北伐,你看如何?"

"这……"周必虽心知赵哲会心生不满,却也不得不劝说道,"如今距离前次庐州之战不过短短数月,我朝兵士早已疲乏,况且打造兵器、购置战马都需用钱,只怕一时半会凑不出那么多。还请圣上收回成命,待到日后时机成熟再说。"

赵哲沉吟片刻道:"周兄所言极是,不过自靖康之变,我朝许多疆土都被金人占领。若是不加以抵抗,咱们又该如何立足?话说回来,你说打造兵器、购置战马有所花费确是真的,朕这段时间自会想办法缩减国库开销,等到兵强马壮再与金人交锋。"

周必心稍稍安定一些,笑着说道:"圣上有这般想法,臣便可以安心了。只是缩减国库开销也该有个限度,千万不要削减百官们的饷银,免得他们又到太上皇面前告状。"

"告状又能如何?"赵哲不屑地说道,"朝廷这潭死水早该搅活。对了,周兄可曾听说过狗鱼?"

"狗鱼?!"

"不错。"

赵哲心中偷笑,这古人即使再聪慧,也毕竟视野有限,好多现代人习以为常的东西到其眼中就成了亘古奇闻。不过,他虽然心中这般想着,脸

上的表情却仍极为平静。

"相传北海出产鳗鱼,周围的渔民多以捕鱼为生。但鳗鱼一旦离开海水,就会缺氧而死,渔民总是遭受惨重的损失。"

大宋虽地处江南,但毕竟距离北海还有些距离。故此,周必以前也只是在古书上看到过"北冥有鱼,其名为鲲"的记载,至于北海却是从未去过,此刻听赵哲这般言说,倒当真生出几分神往。

赵哲见对方一脸专注地看着自己,心中不禁偷笑了一下,继续说道:

"说来奇怪,其中有一位老渔夫每天打的鳗鱼不仅多,而且还很新鲜,即使到了岸边也还是活蹦乱跳的,这在其他人眼中绝对算得上是奇迹。也正因为这样,大家纷纷向他取经。可每一次老渔夫都是笑而不答,表现得很神秘。直到临终前,他才将这个秘诀告诉了儿子。"

说到这里,赵哲伸手拿起茶盏,自顾自悠闲地喝起茶来。周必正听得出神,眼见对方故意卖关子,便急急地问道:

"这里面究竟是怎样的诀窍?莫非就是圣上方才所言的狗鱼?"

"正是。"赵哲笑着打趣道,"若说聪慧,这世上怕是没有几人能赶得上周兄。老渔夫说,他每次出海都会事先用桶带一些狗鱼过去,这些鱼特别爱动,进入鱼舱后便会四处游动,到处挑起摩擦。而鳗鱼发现异己分子就会紧张逃窜,水面也会随之不断波动,从而氧气充足,鳗鱼自然不会死了。"

"当真神奇。"周必叹服地说道,"不瞒圣上,周某以前也曾听说过北海,却不知竟有如此典故,微臣自叹不如。"

"唉,不可这般言说。"赵哲笑着摆了摆手,"朕也不过是一知半解,让周兄见笑了。"

"非也,非也。"周必连忙笑道,"圣上过谦了。只是周必还有一事想请教。"

"周兄请讲。"

周必提起茶壶在二人的杯子里续上茶,边将茶盏递给赵哲边说道:"圣上莫非是想将主战派当成狗鱼,以便让中立派拿出态度?"

"是。"赵哲点了点头,随后又摇了摇头,"也不是。"

"哦?"周必疑惑道,"此话怎讲?"

赵哲将茶一饮而尽,背着双手缓步来到廊前,默然站立了好一会儿,才缓缓说道:

"如今朝中文武百官主战派、主和派、中立派泾渭分明,任何一方都无法打破心底的芥蒂。若是一直这样下去,必会对朝政不利。不过,朕也晓得,和那些天天喊着与金人和解的人不同,中立派都是一些内心纯良的官员,只是为了自保,才不敢与主和派对抗。因此,正如周兄所言,朕确实是想通过改变律制的法子改变现状,使中立派成为主战派。"

周必赞许笑道:"这倒也合了圣上先前在朝堂上所说的那个KPI。"

赵哲转身看了一眼周必:"庸者下能者上本就符合自然规律,此事确是没什么不妥。"

周必点了点头:"确实,不过圣上方才说的'不是'又是什么?"

"朕说不是,是因为这只是朕单方面的想法。"

赵哲边说边回到原位坐下,此刻,他的唇边泛起一丝得意的笑,就像是正在筹谋着某个恶作剧的孩子。

"如今朝廷突然改变做法,想来那些主和派定然沉不住气,肯定会写信到金人那里去求和。若是那金人采取行动,咱们便正好可以顺势而为,一鼓作气将其彻底剿杀,那不也正了心思?"

"圣上这般说,倒也在理。"

周必想了想,从袖筒中摸出了一个用针线缝制的锦囊,用双手拿着递到了赵哲的面前,"这个锦囊是当年师父给我的,说是日后遇到贵人,便化其转送。一旦遇到难解之事便可打开。如今圣上既是周某的贵人,那这锦囊自然该送给圣上。"

赵哲低头看着锦囊,他以前就曾听父皇说过,周必的师父志云道人道行极其了得,是个半人半仙的存在,不仅能够观星占卜,就连数千年后的事情也能预测得清清楚楚,堪比大唐的袁天罡、李淳风。以前他觉得这话不过是少见多怪的无稽之谈,如今看来所言不虚。既然话已经说到这里,那不如就趁此机会问个清楚。

"周兄,志云道人除了这个锦囊,还有没有留下其他什么?譬如……"

赵哲说到这里突然迟疑了下,有些语塞,看了一眼被夜风吹着泛起涟漪的湖面后,继续说道:

"说这大宋未来会怎样?大宋江山的统治者?……"

"圣上是想问我师父是如何谈论您的吧?"

周必的这句话直中赵哲心事,赵哲错愕半晌,才又点头道:"正是。"

周必微微一笑道:"不瞒圣上,师父在多年前便已算出周某有朝一日

会将家仇放在一旁,出山相助。他说圣上您应从来处来,去处去,凡事都应发心而行。"

"来处来？去处去？发心而行？"赵哲暗暗揣摩着其中的意思。

少顷,他内心忽然一动,暗自叹道,这志云道人当真神人也,虽与自己素昧平生,却已然将自己的来历看得这般清楚。

周必见赵哲呆呆地看着自己,便又一笑道:"不过,师父他老人家当初也只说对了一半。周某之所以愿意出山,不仅因为圣上是我的贵人,同时也是我的朋友。"

"朋友？！"

赵哲心中登时一暖。在现代,由于性格爽直,他本来有很多朋友,各个年龄、各个阶层的都有。可自从来了大宋,尤其是登上皇位,却不得不将心事深藏,除了平日信任的那几个人以外,再难被人轻易打开心扉。故此,此刻乍听到这两个字,难免心潮荡漾。

"不错,是无话不谈、性命相托的朋友。"周必笑着说道,"圣上,此刻夜风正寒,还应早些回宫歇息,后日一早咱们前往越州。"

"好。"

不知是茶水让人欢欣,还是友谊让人沉醉。总之,赵哲原本心中的郁闷已消失得无影无踪,取而代之的则是满心的欢悦。与周必又交谈了数句,他便在对方的相送下出府,趁着夜色独自骑马返回宫中。

陌上行歌日正长,吴蚕捉绩麦登场。兰亭酒美逢人醉,花坞茶新满市香。

数日后,越州天香阁。这日黄昏,李思云正独自坐在二楼楼梯旁的雅间里品茶,小二匆匆来报,说是一楼的暖阁里来了四位年轻公子,个个衣着华丽,气宇不凡。其中一位刚一落座便点了一出《楼台会》,不仅如此,还直言要让老板亲自下厨用运河鲤鱼做一道鱼皮冻。

"念姐,若说其他菜,厨下倒是会做。只是这道鱼皮冻却是闻所未闻。"

说完,小二又苦着脸补充道。

李思云听到这里脸色忽然一变,她俯身向下看去,果然在一楼舞台对面的暖阁里坐着四个人,由于门前用珠帘遮挡,她无法看清楚那些人的长相,但单凭身高与气质,她也能够确定来人的身份。此刻坐在首席的不是旁人,正是自己日思夜想之人。见此情形,李思云的心登时有些慌乱。

犹豫片刻，李思云对小二吩咐道："李兴，你莫慌，这四位公子是我的故交，只是眼下有事不能与其相见。这样吧，我把这道菜的做法告知你，你转告厨下做了便是。"

说完，李思云便将菜的配料与烹饪方法一字不漏地说给小二听。小二很是聪慧，用心记了片刻，点头道：

"念姐放心，我记下了，这便跟厨下说，叫他们赶快做出这道菜来。"

说着，他便转身快步走出雅间，独留李思云一人。

李思云轻叹一声，再次看向一楼。此刻，舞台上《楼台会》正演得起劲，随着"梁兄贤弟"的唤声，戏曲已达到了高潮。

若是我和登徒子能够像梁山伯与祝英台这般化蝶倒也好了，可惜只能进退两难，相望却不能相爱，相守却不能相亲，倒更让人遗憾。

想到这里，她不禁又叹了口气，随后坐回到原位，心情低落地喝起茶来。

正如李思云先前看到的那样，坐在一楼暖阁中的确是赵哲四人。此刻他们正饶有兴致地看着舞台上的越剧表演，边随心所欲地品茶聊天。

"皇兄，按理说这《楼台会》也唱了，鱼皮冻也点了，也该轮到主角登场了吧？"

等了半晌仍不见李思云露面，赵伯麟不禁有些错愕，"可为何过了这半天仍不见她露面？"

赵哲听到问话，心情不禁有些烦乱，刚要说话，忽见周必摆了摆手，劝解道：

"唐王莫要着急，思云姑娘虽说是江湖人，可毕竟是女儿家，姗姗来迟情有可原。况且又是在圣上面前，即便耍点小性也不打紧。咱们既来之则安之，等着便是。"

"周兄说得有理。"赵士程也在一旁笑道，"纵我不往，子宁不来？挑兮达兮，在城阙兮。一日不见，如三月兮！如今皇兄的心爱之人就在这里，总比饱尝相思之苦要好得多。"

赵哲看了一眼赵士程，心中忽然一动。虽说对方一直随和开朗，但看那日渐消瘦的面容，也晓得其心伤并未愈合。

他们正说得起劲，忽见门帘一动，小二拿着一个青瓷盘子走了进来。里面放着的不是别的，正是李思云的拿手好菜鱼皮冻。

"客官久等了。"小二在将盘子放到桌上后,满脸堆笑地说道,"我家老板有事,实在走不开,特意吩咐厨下做了这道菜,客官请慢用。"

赵伯麟见李思云不肯来,立刻板起脸来,呵斥道:

"小二,你可晓得我们与你家老板的关系?这般怠慢,是何道理?"

"小人不敢。"小二见赵伯麟一脸怒色,登时惊慌不已,连忙解释道,"四位公子是我们老板的故交,就是再给小人一百个胆子,小人也不敢造次。只是我家老板的确有事,我……"

"算了。"没等小二说完,赵哲忽然从中打断了其的话头,"这是我们之间的事情,与旁人无关。小二……"

说到这里,他从袖筒中取出一锭银子,递到对方的面前,笑着说道:

"劳烦你取纸笔。"

"纸笔?"小二边眉开眼笑地接过银子,边说道,"客官莫非是想留下诗文墨宝?我们天香阁舞台四周回廊里的木板上都可以写。"

"不。"赵哲摆了摆手,"我是想给你们老板写信,你也晓得我们是旧识,虽说此刻她有事无法抽身前来,但至少也该留下字条加以问候才对。"

"客官当真有心。"小二感叹道,"客官在此稍候,小人这便去取纸笔。"

他边说边退出了暖阁,不多时,便再次回来,手中多了纸笔。在将宣纸铺到桌上后,又笑着说道:

"客官,请用。"

赵哲点了点头,在众人的注视下,他沉吟片刻,随后对着桌上的宣纸笔走龙蛇地写起字来。不多时,一封半页纸的书信便已写好。赵哲将毛笔放到笔洗中后,又用双手拿着信纸细细读了一遍,这才细心叠好,对小二说道:

"有劳小哥,请务必将信转交给老板。告诉她,我们这几日在悦来客栈暂住,若她有空可到此一叙。"

"客官放心,小人定会按您的吩咐来做。"

小二边说边将信放到袖筒中,随后退出暖阁。

二楼雅间,李思云正心情烦乱地想着心事。忽听楼梯响动,不多时,小二便已出现在了她的面前。

"李兴,那边情形如何?"李思云一见小二,立刻问道,"他们说了什么没有?"

穿宋之宝玉传

"念姐。"小二边说边从袖筒中拿出信来,"这几个贵公子虽说家世显赫,但为人还算随和。尤其是那位坐在首席穿白色锦衣的公子更是如此。对了,这是他给你的信。"

"信?"

李思云伸手接过信,但见上面正是她熟悉的字迹,字字句句都带着相思之意。她转身跑出雅间,用最快的速度来到一楼暖阁,然而此刻那里却早已人去楼空,再无魂牵梦萦的身影。

"念姐,那位公子说他们这几日住在悦来客栈。"

小二一直跟在李思云的身后,此刻见其一副怅然若失的模样,连忙说道:

"你若愿意,可随时去寻他。"

李思云沉默片刻,佯作平静地说道:"晓得了。李兴,我这边已经没事了,你先去忙吧。"

小二应了一声,转身离开,唯有李思云仍站在原地,一脸凝思。

是夜,光风霁月。悦来客栈上房,赵哲坐在桌前,借着昏黄的烛光聚精会神地翻看着手中的《武穆遗书》。

自李思云将这本书赠送给他,虽说他一直想要用心钻研,奈何杂务繁多,始终未能腾空心思,如今到越州来,倒正好能够了却心意完成此事。

"想不到岳武穆戎马一生却有这般深邃的思想和渊博的学识。"

少顷,在看完《天人阵法》的章节后,赵哲忍不住叹道:

"原以为这上面不过是些寻常的兵法战术,没想到居然和奇门遁甲息息相关,当真是一本难得的奇书。"

正说着,忽听从屋顶瓦上传来一阵窸窸窣窣的声响,似乎有人在上面追逐奔跑。赵哲连忙吹熄烛火,屋子瞬间陷入黑暗当中。随后,他悄悄推开窗子,悄无声息地跃到窗外。

来到院子正中,赵哲抬头观瞧,但见在皎洁的月光下,手持宝剑的李思云正在屋顶上追一个手握钢刀的黑衣人。见此情形,他的心登时悬了起来。

少顷,黑衣人被李思云逼到了墙角,见无路可退,忽然抡起钢刀用力地向下砍去。

"当心!"

随着一声轻呼,赵哲蓦地出现在了李思云的身边,以最快的速度将其护在身后。

　　钢刀呼啸而来,直直地砍在了赵哲的右臂上,登时鲜血顺着伤口流了下来。黑衣人举起刀正欲再次向二人砍去。赵哲见状连忙从腰间抽出平日防身用的软剑,与其战到一处。刀光剑影,杀气腾腾。

　　二人正打得难解难分,忽听黑暗处又传来一阵急促的脚步声,黑衣人犹豫片刻,施展轻功逃离了现场,身影倏忽消失在暗夜之中。

　　李思云正要去追,衣袖忽然被赵哲拽住。正疑惑,就见赵家兄弟和周必从远处匆匆赶来,一路小跑着来到卧房前面。见圣上受伤,众人全都吃了一惊。

　　"圣上,臣等护驾来迟,还请恕罪。"

　　赵哲摇了摇头,看向李思云,哀求道:"疯婆子,我晓得你不愿意在此处停留。可如今受伤了,还得劳烦你照顾。"

　　李思云犹豫片刻,伸手扶住了赵哲,提议道:"我扶你进屋包扎伤口。"

　　赵哲强打精神,笑着向李思云点了点头,说了声"好"。随后吩咐众人各自回屋休息,这才在对方的搀扶下走进卧房,轻轻地关上了门。

　　烛光盈盈,赵哲坐在床榻上,目不转睛地看着低头为自己包扎伤口的李思云,目光中满是温柔。

　　须臾,在包扎完伤口后,李思云抬头看向赵哲。只见她脸上红霞遍布,一脸娇羞,沉吟片刻,低声说道:

　　"夜已深了,圣上有伤,还应早些歇息才是,民女不便打扰,这便告退了。"

　　还没等走出多远,李思云的胳膊忽然又被身后之人拉住。由于对方力气极大,她的身子猝不及防地向后仰去,重重地摔倒在榻上。

　　"你……"

　　李思云满脸愠色地从榻上爬起来,边揉搓着胳膊边说道:

　　"自古男女授受不亲,就算是圣上,也该按礼制来。"

　　"礼制?"赵哲轻笑一声,"这礼制都是人定的,朕就是大宋的礼制。"

　　说着,他低头吹灭烛火,随后躺倒在床榻外侧,闭起眼睛佯作睡着了。

　　李思云心知赵哲这是在强留自己,既然对方今夜为救她而负伤,于情于理她不该离开。于是便轻叹一声,背对着赵哲躺了下来。

时间一分一秒地过去,不知过了多久,赵哲忽然睁开眼睛看向李思云。

"疯婆子,睡了吗?"

李思云仍旧闭着眼睛,在黑暗中轻哼一声。

赵哲叹了口气,将视线移向棚顶,自顾自地说道:

"世人都觉得君王好,地位、美眷、财富少不了。可又有谁晓得朕心中有多难过?自打登上皇位,时时刻刻如履薄冰。抗金军,斗奸臣,心累至极。如今大宋好不容易才有了新气象,这心里才稍稍安定了些。"

李思云睁开眼睛看了一眼赵哲,随后背对着他转过身去,低声说道:

"圣上,你是难得的好君主,大宋万民之福。思云愿赴汤蹈火,共保大宋平安。"

"赴汤蹈火?"赵哲的唇边泛起一丝笑容,侧头看向李思云,"说得好。"

赵哲见对方进了自己的圈套,心中登时得意,起身点燃烛火,郑重地说道:

"既是如此,过几日你便随朕回宫,受封号进后宫。"

说到这里,他见李思云一脸错愕,语气便又软了下来,"疯婆子,放心吧,朕之所以这样做,是想今生能与你长相厮守。就算前面有再多波折,此生也定不负你。"

李思云犹豫片刻。平心而论,作为女子,这世上没有什么比心上人的许诺更为重要的了。可作为弟子,她又怎能将师父的仇抛在一边,入宫拜仇人作父?纠结半响,她最终还是下定了决心,笑着说道:

"后宫佳丽三千,就算圣上属意思云,怕也过不了太上皇那一关。况且当今皇后徐芊涵是太傅徐爻的爱女,不仅其父对圣上有恩,她本人也颇具长孙皇后之风,有她在你身侧,寻常女子又怎能入圣上的眼?再说现在皇长子也已出生,圣上既已身为人父,这心性也总该要收敛些了。思云毕竟是江湖女子,又怎配得上服侍圣上?若是入宫后却又做不好,岂不是思云的罪过?"

赵哲震惊地看着李思云,他从没想到对方心中的积怨竟会这么深。是啊,在父皇赵构的眼中,自己一直是至诚至孝之人,从没忤逆过他。可在爱人的心中,他连最根本的保护都谈不上,又何谈"承诺"二字?只是就这样,他却不甘心。

想到这里,赵哲心中登时生出强烈的委屈。

"疯婆子,你当真误解朕了。你也晓得当时的情形,我……"

"就是因为我晓得当时的情形,所以更不能随圣上进宫。"李思云打断了赵哲的话,正色道,"圣上若是看在往日的情分上,就莫要强迫思云。"

赵哲见劝说不动李思云,心中不免沮丧。如今对方心意已决,一时半会儿属实难以改变,必须用些其他法子才行。想到这里,他便又笑道:

"也罢,就依你。疯婆子,你我好不容易才见面,如今身处一室,无人打扰,不如趁此机会说说心里话?"

李思云点了点头,随后继续背对着赵哲躺了下来。赵哲看了她一眼,低头吹熄蜡烛,再躺下来后,故意将自己的一只脚搭到了对方的身上。

李思云没有说话,只是将身子向外让了让。赵哲见状,便再次将脚压在她的身上。就这样反反复复数次,李思云终于到了床边,眼看着就要掉下去,赵哲忽然翻到了她身上,将她重重地压在了身下。

李思云只觉得心跳忽然加速,连带着呼吸也变得急促起来。二人就这样面对面地对视了半晌,终于,赵哲起身点燃蜡烛,笑着对一脸愕然的李思云说道:

"疯婆子,你以为我会乘人之危,欲行不轨?那你当真是小觑人了。好了,这张床榻全都让给你睡。"

"那你呢?"

"我……"赵哲耸了耸肩,用手指着书桌道,"我去那边坐着看书便是。"

李思云讶异地看着赵哲,她没想到对方竟会这样做。记得以前六哥曾说过,若有一日遇到一个满心满眼都是自己的人,能够得到对方全心全意的尊重与爱护。那么即使再难也别放手。

如今此话犹在耳边,那个从小到大最疼爱自己的人此生却再也无法相见。想到这里,李思云心中一阵酸楚。

正当李思云神思缥缈,赵哲已来到书桌前秉烛夜读。须臾,一阵夜风从窗子灌了进来,由于身上穿着单薄,他冷不防打了个哆嗦。

"那个……"李思云见此情形,犹豫地说道,"累了一整天,你不如早点安歇。这床榻和被子,咱们一人一半好了。"

赵哲看了一眼李思云,见对方正一脸真诚地看着自己,心中顿时一动,边将合上的书放到桌上边似笑非笑地说道:

"怎么？你不怕我？"

"怕……"

说出这个字，李思云忽然意识到不妥，便低下头不再说话。过了好半天，才又说道，

"不过我相信你的人品，不会做出格的事情。"

赵哲微微一笑，吹熄蜡烛，起身来到床榻前，与李思云并排躺在上面。

或许是由于心爱之人就在身旁，这一觉赵哲睡得极为安稳。等到再次醒来，已是天光大亮。睁开眼睛后，他侧头看向身旁，见李思云仍在熟睡，心中立刻被柔情包围，伸手想要抚摸对方的面颊，最终却将手收了回来。悄悄起身，蹑手蹑脚地推开门走出卧房。

此时，赵伯麟和赵士程已在门口等候。由于昨夜赵哲遇刺，担心有失的他们就一直守在那里，暗中保护。想不到不仅没看到刺客，反倒见到了一脸喜色的赵哲。

"皇兄，昨夜情形如何？"赵伯麟一脸坏笑地说道，"春宵一刻值千金，想来你和思云姑娘定然不会浪费这大好时光。"

怎料，赵哲非但没有附和，反倒一脸正色道：

"你千万不要乱说话，朕和她没什么。"

"没什么？"

赵伯麟刚想继续追问，忽被赵士程拉住衣袖，于是话头戛然而止。

"好了，我这里没事了，你们二人先去告知厨下准备早膳，等会儿思云醒了，我还有重要的事情要问她。"

赵士程与赵伯麟对视一下，疑问道："皇兄莫非是在追查昨夜那个杀手的身份？"

"不错，我昨夜与那黑衣人过招，无意中看到他右手手背上有一处狼头文身。若是没猜错，此人应是金人。只是当时那人刻意躲着我，过招之时，并未能看清长相。"

说到这里，赵哲的脸上露出一丝遗憾，"如今唯有从思云那里寻找线索，看能否尽快查明此人的身份。"

赵伯麟和赵士程双双点头，心中全都大为震惊，想不到金人居然有这般手段，敢在越州之地刺杀大宋皇上，当真令人细思极恐。为今之计，应尽早与寿王见面，请求他派兵增援。

"你们莫要害怕，虽说这金人功夫了得，但加以防备也无大碍。"

赵哲见二人异样的神情心知其心中所想,笑着安慰道:
"昨夜突遭此事,想来你们定是没有休息好,那就再歇息一下吧。"
说完,赵哲又看了二人一眼,推门进屋。

大约过了半个时辰,吩咐下人将剩下的早膳拿走后,赵哲在李思云疑惑的目光中将门关上。
"疯婆子,我有事问你,你可要如实回答,不得有半点隐瞒。"
李思云抿了抿嘴唇,没有说话,只是点了点头。

赵哲静静地凝视了她片刻,从笔架上取来毛笔,摊开一张宣纸后继续问道:
"我问你,你昨夜是如何发现那个黑衣人的?可还对他的相貌有印象?"

李思云听到问话,脸上登时泛起两抹红霞,她前一晚之所以会来悦来客栈,实是对赵哲的安危放心不下,故此才来暗中保护。谁知刚到院子附近,一眼就看到了那黑衣人像猫一样趴在屋顶上,又见其兵器锋利,这才施展轻功跃上房顶。黑衣人见有人来,登时吃了一惊,起身向前逃去,李思云来不及多想便在后面紧紧追赶,便有了先前赵哲看见的那一幕。

只是与其他女子不同,李思云尽管心中再爱赵哲,也绝不会将自己脆弱的一面显露出来,因此沉默半晌,才开口说道:
"没什么,我恰好经过此地。你也晓得,我是江湖女子,外出时为省时间穿房越脊也是有的。至于那人的容貌,他虽以黑纱遮面,但我也还是能够记住几分的。"

说着,李思云三言两语便将那人的容貌特征讲了出来。与此同时,赵哲边听她的话边在纸上勾勾抹抹地画着那人的肖像。

赵哲读小学的时候便在美术方面显露出天赋,画的画多次在学校比赛中获奖。读警校期间更是深得刑侦学老师真传,只要听到有关犯罪嫌疑人外貌的介绍,就可以在几分钟之内准确地描摹其形象。如今来了宋朝,这门绝技深藏不露,不轻易使用。

果不其然,李思云话音刚落,他便停下了笔,认真推敲了一遍,起身将画纸拿到对方面前:
"你再确认下,此人的容貌可是这般?"
李思云狐疑地看了一眼赵哲,伸手接过宣纸。不过看了一眼,她便像

是换了个人,眼睛里都是兴奋,啧啧赞道:

"登徒子,你这画功真了不得,竟与那吴公有一拼。"

赵哲晓得李思云所说的吴公是吴海潮,刚来宋朝时,他曾在运河船上与其见过面,晓得二人关系颇深。因此,听到对方这样说,便也笑着摆了摆手,自谦道:

"疯婆子,你当真谬赞了,我这点本事和人家相比,岂不是班门弄斧?我问你,你看这纸上的人是不是你昨夜看到的黑衣人?"

李思云又凝神思索片刻,这才肯定地点了点头,指着宣纸上的人像说道:

"不错,就是他。"

赵哲伸手拿过宣纸,卷成纸团放进袖筒,笑着说道:

"疯婆子,你当真帮了我大忙。放心吧,不消三日,那黑衣人自会向我请罪。"

李思云眨了眨眼睛,疑惑地说道:

"你莫不是想请寿王相助?"

"杀鸡焉用牛刀?"赵哲揶揄地笑了笑,"若是这点小事都要有劳伯衍,那我这圣上岂不是太没用了?放心吧,山人自有妙计。"

李思云虽心存疑虑,但见赵哲这么说,便也不再多问,只是点了点头。而后一道吃了些茶,这才前往天香阁。

天香阁门口,五人一道下了马。眼见李思云缓步向里面走去,赵哲心中登时生出强烈的不舍。来不及多想,他便在其他人的注视下,快步走到李思云身后,伸手将她揽入怀中。

李思云吃了一惊,她没想到赵哲竟会这般冒失,居然敢在光天化日之下做出这般外露的举动。

"登徒子,你……"

赵哲此刻也意识到自己的做法有些失礼,他先放开了李思云,而后将双手搭在对方的肩上,郑重地说道:

"疯婆子,我晓得你不愿意进入后宫。放心吧,不会再有人逼你。不过,这次回临安你仍要随行。至少要让朕看到你。"

李思云惊讶地看着赵哲,经过了昨夜的那番谈话,她原以为对方已经打消念头,却没料到对方只是采用了迂回战术。

李思云正想说话,赵哲的脸色忽然一变,凝重地说道:

"你先进去吧,我还有公务要忙,就不在此处停留了。"

李思云心中暗自苦笑,常言道,六月天孩子脸说变就变,想不到这男人的脸色居然变得也这般快,好似变色龙一般。也罢,既是如此,那就随他去吧。

"是,民女恭送圣上。"

李思云边说边道了个万福,转身一路小跑进楼内。待她身影完全消失在门口,赵伯麟才又凑到赵哲身旁,调侃道:

"皇兄,你还说你和她没事?这目不转睛的样子,又如何要我等信你?"

赵哲瞪了一眼赵伯麟,轻斥道:"就你话多,还不赶快随我去办正事。"

"正事?"赵伯麟和赵士程异口同声地说道。

周必静默片刻,忽然灵光一现,猜测道:"圣上莫非是想以围魏救赵之法破解此事?"

赵哲见对方说中了自己的心思,便微微一笑,赞许道:

"知朕心意者周兄也。朕以为这城中若是没有那黑衣人的照应,他断不会消失得那般迅速。今早听思云的话,那人昨夜之行确是专程为朕而来,想来他早已有所准备。"

赵伯麟和赵士程听到这里,也都明白了赵哲的意思。说到底,那黑衣人不过就是个工具,背后一定藏着更大的人物。

就这样,四人一道骑马前往越州府衙。

越州府衙门前一片安静,虽是白天,赵哲等人在外面站了许久,却仍见不到一个百姓前来告状,甚至连挑着担子沿街叫卖的小贩也没看到一个。

"皇兄,这越州城看来治安极好,这半天都不见有人来递状子。"赵伯麟讶异地说道,"竟比皇城还好上许多。"

"不尽然。"赵士程摇了摇头,"我倒觉得有些不对,说不定是这知府不作为,若是这样,此处的百姓就苦了。"

"伯衍来到越州后倒也是尽心尽力,每十天就会有奏折上呈。"赵哲双眼仍盯着府门,"只是这经再好,倘若被底下的和尚念歪了,也是白搭。走吧,咱们这就一道去会会那知府。"

说着,他便径直向前走去。赵伯麟三人对视一眼,也紧紧跟在后面。

来到门口,只见四名兵士正在守门,一见四人前来,登时露出不耐烦的表情。

赵哲虽揣测出了兵士的心思，却仍微微一笑，来到最右侧的那人面前，边将刚从腰间解下的金鱼袋递了过去，边笑着说道：

"劳烦几位大哥进去通禀一声，就说我等有事求见知府。"

兵士本不愿意跑腿，但见赵哲等人衣着考究，说话又极为得体，这才勉为其难，接过金鱼袋，黑着脸道：

"知府此刻就在后堂，你等在此稍候，他若愿意，我自会来叫。"

说完，那兵士又看了赵哲一眼，转身进门。

后堂，知府正支在桌上饶有兴致地盯着蛐蛐罐，里面的两只蛐蛐此刻斗得正欢。见其中一只狠狠咬住另一只的身子，他登时高兴得手舞足蹈，大声欢呼。

正如先前赵哲和赵士程猜测的那样，尽管赵伯衍一心想要治理好越州，奈何下属官员并不作为，不仅一心贪图私欲，更将公事视为儿戏，将百姓的生死全然不放在眼里。

"大人，门口来了四个年轻人，都是富家公子的模样，说有事求见。"

兵士静默半晌，待蛐蛐罐里恢复安静，这才满脸堆笑上前，一脸卑微地说道。

"要见本官？"知府冷笑一声，不屑地说道，"这些小子当真不懂礼数，他们也不照照镜子，瞧瞧自己是个什么身份？"

"就是就是。"那兵士使劲地点着头，献宝似的将金鱼袋递到知府的面前，"倒是那人的袋子好像很贵重，似乎能够换些钱。"

知府漫不经心地瞭了一眼那袋子，瞬间像是被人打了一记闷棍，呆立在原地。待意识恢复，边用手擦着冷汗边说道：

"此人在何处？快带本官去。"

兵士愕然地看着知府，他实在想不明白为什么一向高高在上、作威作福的大人此时会忽然怯懦如鼠。

很快，在兵士的引领下，知府出现在了赵哲等人的面前。刚一见面，他便露出诚惶诚恐的模样，双膝跪地，低着头高声说道：

"下官见过圣上，圣上万岁万岁万万岁。"

兵士由于此前没有见过赵哲，心中正在好奇。听知府这般言说，也全部跪倒在地上。

赵哲轻哼一声，伸手在那知府的肩上拍了拍，冷笑道：

"师大人起来吧,你身为越州的父母官,治理一方属实辛苦,朕今日特来慰问。"

"不敢不敢。"知府边说边起身退到一旁,满脸堆笑道,"圣上此番出巡,我等官员未接到通报,接驾来迟,还望恕罪。"

"接驾来迟?"赵哲笑了笑,话里有话地说道,"朕此次出行不过是领略一番风土人情,若不是途中遇到一些事情,原本不想在官府露面,所以也就没有提前告知礼部。"

知府登时瞪大眼睛,他以前曾听说这位新君对太上皇极为孝顺,言听计从。所以并未料到对方做事居然这般离经叛道,倒真让人意外。

赵哲见知府一动不动,只是看着自己,便又调侃道:"怎么?师大人莫非是觉得朕的品级不够,不配进这府衙?"

"不敢……不敢……"师大人听到这话如梦方醒,慌忙伸手指着府衙,笑着说道,"圣上和大人们请。"

赵哲看了一眼知府,随后快步向府衙走去,其余人等尾随其后。

少顷,在走入府衙后堂后,赵哲一眼便看到了放在桌上的蛐蛐罐,心中顿时了然。尽管如此,表面仍是一副云淡风轻的模样。

知府先请赵哲等人坐下,吩咐下人准备热茶后又来到圣上的面前,毕恭毕敬地垂手站立,小心翼翼地探问道:

"不知圣上此番来越州所为何事?"

"朕此番前来不为别的,只是听闻越州乃是鱼米之乡,想来当地官员定对百姓极为恩泽,故此前来探看。"赵哲面色平静地说道,"师大人的父母官当得不错。"

"多谢圣上的夸奖,这都是微臣该做的。"知府心虚地说道。

"嗯,该做的?"赵哲眨了眨眼睛,正色说道,"既是如此,师大人,你这衙门口冷冷清清,莫非也是为官之道?还是说以为山高皇帝远,所以不给百姓做主?"

这番话当真杀伤力十足,知府当场被吓得脸色煞白,扑通一声跪倒在地上,重重磕头,哀求道:

"圣上,微臣知错了,求您饶过这一回吧。"

赵哲用力一拍桌案,愤而起身,怒气冲冲地说道:

"朕平生最恨玩忽职守、欺上瞒下之人。来人,给朕将他关入牢中,等待发落。"

穿宋之宝鸣凌

知府听到这话哪里还敢抬头,只是重重磕头,一声响过一声,嘴里不断说着"圣上饶命"。

尽管如此,仍在气头上的赵哲却并没有就此罢休,而是继续命令兵士将知府打入监牢。眼见得此事闹得不可开交,赵伯麟和赵士程登时惶惑不已,唯有周必在那知府即将被拖出门去的瞬间起身说道:

"圣上,微臣有事启奏。"

赵哲原本只是想给知府些厉害,也好让其日后行事能够有所收敛。见周必求情,便点头说道:

"国师有话但说无妨。"

周必看了一眼知府,只见其正一脸哀求地看着自己,便又转身说道:

"圣上,臣以为师大人虽有不察之失,但罪不至此。看在他为官多年的情面上,还请宽恕他这一回。"

赵哲没有立刻表态,低头坐到了椅子上,沉默半响。等了好久,方才又说道:"既然国师求情,此番牢狱之灾便免了。不过死罪能免,活罪难逃。一百大板总还是要打的。来人,把他拖出去,重打一百大板!"

知府对周必很是感激,又哪里敢继续说话。在被兵士强拉到外面后,牙根紧咬狠命扛过了板子。等全部打完,早已皮开肉绽,昏死多次了。

须臾,等到兵士将知府拖进后堂,其已然披头散发,浑身是血,面目全非。待兵士停手,知府更是体力难支,直接瘫倒在了地上,眼看着只剩一分气力便要魂归太虚。

赵哲起身缓步来到知府面前,看着其这副模样,心中非但没有解气,反而更加愤懑。身为大宋之君,若是一味任由官场不正之风继续发展,迟早整个国家都会被毁掉,无论怎样也要刹住这样的风气。想到这里,他探问道:

"师大人,你可晓得朕为何非要责罚你?"

知府听到圣上问话,吃力地抬起头来,苦笑道:

"圣上是对下官恨铁不成钢,希望师某能够有所长进。"

赵哲点了点头:"你可知错?"

"臣知错。"

赵哲长长地舒了口气,俯下身来,双眼盯视着知府,缓言说道:"师大人,你确实极为聪明,一下就能洞察到朕的心思。跟你说,朕之所以这样对你,一来是希望你能够有所长进,二来也是希望其他官员能够以你为

戒,以儆效尤。若你当真能够悔改,也不枉朕的这番苦心。"

知府吃力地从地上爬起来,双手抱拳,感激道:"多谢圣上的这番苦心,师某如今既已知错,便绝不会再犯,还望圣上宽恕。"

赵哲点了点头,转身对赵士程吩咐道:"仪王谨记,其一,派人将师大人被责罚之事传令各地知府衙门,让百官以此为戒,莫要再轻视国法,渎职懈怠。其二,让府衙兵士在越州城内张贴告示,就说知府要以三日为限集中打理事务,凡有冤情者,无论男女老幼均可前来上诉,不得有误。"

"是,臣记下了。"

赵哲微微点头,又对知府道:"朕暂且记下这件事,希望你以后当真能够改过自新,莫要让朕失望。"

知府连忙跪倒在地,边重重地叩头,边说道:"多谢圣上恩典,臣定当为朝廷效力,唯圣上马首是瞻,万死不辞。"

赵哲命知府起身,随后从袖筒中拿出黑衣人的画像,递到对方面前。

"昨夜曾有黑衣人来到驿馆欲行刺朕,多亏底下人这才免于一难。这是那杀手的画像,你让兵士张贴出去,以便尽快捉拿刺客。"

知府听说圣上险些被刺,登时冷汗涔涔,伸手接过画像道:"大胆贼子竟敢在越州行凶,当真胆大包天。圣上放心,臣定当勉力捉拿,绝不姑息养奸。"

赵哲沉默地看着知府,尽管没有说话,但他目光中的威严仍让对方感到阵阵寒意。过了半晌,赵哲忽然抬起手来在其肩上拍了拍,这才带着众人走出后堂。

少顷,走出府衙后,赵哲突然停住脚步,转身看向府门。

"皇兄,我觉得此间存有蹊跷。"

赵哲转身看了一眼赵伯麟,见对方正凝眉思索,便笑着说道:

"此处不宜说话,咱们先找个喝茶的地方,等坐下再慢慢聊。"

说完,他快步来到门口的拴马石前,解开缰绳后翻身上马,随后猛地一夹马腹,向主街的方向奔去。

"周兄……"

赵伯麟思路被打乱,心中悻悻,便又想和周必分享想法,却见对方对他摆了摆手,脸上登时露出了尴尬的神色。

赵士程等周必骑马离开,便伸手拉住赵伯麟的衣袖,笑着安慰道:"伯麟,皇兄说得对,此处确是不宜说话。走吧,咱们这就去与他们会合。"

赵伯麟听到这话,心情顿时好了许多,便也笑着点了点头,说了声好。

府衙的位置虽相对僻静,却也离主街不远。在绕过几条巷子后,赵哲四人眼前忽然变得开阔,一条宽阔的街道蓦地出现在了他们面前。在赵哲的带领下,众人开始缓辔慢行。

"圣上,这家天水茶楼甚是有名,不如咱们进去坐坐?"

少顷,在行到一家茶楼前面时,周必忽然勒住马头道。

赵哲转身看了一眼周必,而后又看向茶楼。只见黑木制成的匾额上镶着"天水茶楼"四个发光金字,旁边写着"茶"字的红色旗子在风中飘动。

"好啊,就是这儿吧。"

赵哲欣然应道。在下马后,他先吩咐店小二将马牵到后面的马厩,随后与其他人一道走进茶馆。在一楼随便寻了个雅阁坐下,赵哲先是唤茶倌过来,点了一壶日铸茶和花生、瓜子、水果。等茶倌退下后,他对赵伯麟道:

"伯麟,你方才在府衙门前说有蹊跷,是何意?"

赵伯麟听到皇兄问话,犹豫半晌道:"皇兄,那师大人只是个六品官员,如此明目张胆地视律例为无物,想来其中必有蹊跷。我想是否因为其在朝中有位高权重者撑腰,故此才这般肆意妄为。"

赵哲沉吟须臾,刚要说话,就见小二正用一个木质托盘端着茶杯和茶点向这边走来,于是便给众人使了个眼色不再说话。片刻,待小二将东西放到桌上,他才用手指着其中一个放着点心的盘子,问道:

"茶倌,这点心是哪里来的?我并没有要。"

茶倌听到赵哲的问话,连忙笑着解释道:"这是我家店主特意吩咐小人送来的,请几位公子慢用。"

"你家店主?"赵哲讶异地眨了眨眼睛,"多谢他的厚意,不知可否请出一叙?"

"我家店主马上就要登台了。"茶倌为难地说道,"客官若想见,可否等他忙完?"

"登台?"

赵哲刚想继续追问,忽听一阵轻柔的古琴声传来。音乐声中,大幕缓慢拉开,一对年轻男女出现在了舞台中央,但见他们双双穿着碧绿色的纱衣,手里各拿着一只壶嘴长长、磨得锃亮的铜壶和一把剑柄上绑着穗子的长剑,乍看起来仿若刚从月宫来到凡间的翩然仙子。

"客官快看,那位便是我们店主。"茶倌用手指着舞台上持壶的男子,兴奋地说道,"他们接下来要表演长嘴壶技艺。几位客官慢用,有事随时吩咐小人。"

说完,他又看了舞台一眼,拿着木托盘退了出去。

长嘴壶?!赵哲的脸上现出好奇的神情,他以前就曾听过这种特殊的技艺,说是同时兼具武术、舞蹈、杂技等技艺之长,算得上集大成者。

赵哲正想着,舞台上的情形已与先前有所不同。随着音乐声响起,舞台上的男女翩翩起舞,辗转腾挪,游刃有余,一看便是身怀绝技的练家子。

说来奇怪,那茶壶似有灵性,无论如何转身跳跃,都始终牢牢地掌控在表演者的手中,一滴茶水都没有溅出去。

"莫说这人只是个舞者,就算放在当今武林,那也是一等一的剑术高手。"

赵哲正专注地看着舞台,赵伯麟忽然说道:

"即使那金主完颜亮,怕也不是他的对手。"

赵哲心头登时一动,却见赵士程在一旁接话道:

"我看此人剑术倒有几分岳家剑的神韵,只是当年岳家遭奸人陷害以致全府蒙冤,想来即便再神似,也应不是其府中人。"

赵哲忽然想起先前他在《武穆遗书》中看到过记载,说岳家人除了擅长使刀,在剑术方面也是一等一的高手,只是不像前者那般尽人皆知。不过此事倒恰好合了赵哲的心思,随之,计划出现在了他的脑海中。

"你说这剑法像是岳家人所有?"

赵士程并不晓得赵哲此时的心思,见对方发问,便也如实答了声"是"。

赵哲点了点头,没有继续说话,只是拿起茶杯喝茶。

"圣上莫非是想在此人身上做文章?"

周必思索片刻,小心翼翼地探问道。

赵哲微微一笑,刚要说话,就见茶倌快步从远处过来,来到雅阁门前笑着对众人说道:

"几位公子,我家店主请你们过去,现在在后院等候。"

赵哲向茶倌点了点头,起身道:"走吧,一块儿去见见这位朋友。"

说完,众人跟着茶倌一道向后院走去。

经过一番疾走慢走,不多时,众人终于从后门走出了茶馆。直到这时,他们才惊讶地发现,这是一座塞北风格的院落,红砖叠嶂,黑瓦为顶,很是高大气派。

在茶倌的带领下,众人又向前走了一会儿,随后在一座假山前停住脚步。茶倌抬头向上看了一眼,转身笑道:

"几位客官,到了。"

赵哲等人听到这话,登时抬头看向假山顶部。只见那里矗立着一个红柱黑顶的亭子,方才在舞台上的男子正坐在石凳上悠闲地喝酒。

"多谢小哥。"

赵哲向茶倌道了声谢,在众人的陪同下沿阶而上,走进亭子,在石桌前停下脚步。

"来了?"男子抬头看了一眼赵哲,伸手拿过酒坛,在面前的几只空碗里倒上酒,"既然来了,就坐下一起喝酒吧。"

这一番动作很是干净利落,就好像众人并非与他初见,而是许久未见的老友。

赵哲看了一眼周必,见对方向自己点头,便让众人坐了下来,而后对男子好奇地问道:

"你怎么知道我会来?"

男子微微一笑,随即露出一副早已洞察世事的模样。

"我既能以岳家剑引人注意,就自然晓得你定会来。"

赵哲瞪大眼睛,此前他总以为拥有现代人思维的自己算得上是南宋第一聪明人,只要动动脑筋就能看出别人的意图,想不到面前的这个人自己居然看不透。

吃惊之余,赵哲并没有停止追问。

"既然你已设局,是否也已晓得我的身份?"

男子揶揄地笑了笑,似乎对于回答这个问题有些不屑。

"你贵为大宋之君,身份如此显赫,又有何人会不知晓?"

"大胆!"

赵伯麟先前一直安静地听着二人的对话,此刻忽见男子揭穿赵哲的身份,连忙起身从腰间拔出软剑抵在了其脖颈上。

"你以为自己是谁,哪能随便说出圣上的身份?"

说来奇怪,尽管兵器近喉,那男子却并未露出惧色,反而放声大笑。

"都说大宋乃礼仪之邦、民风淳朴,百姓极为好客。今日一见,并非如此。"

赵哲见对方这般有胆气,心中倒也生出几分敬佩,于是给赵伯麟使了个眼色。待其坐回原位后又笑着说道:

"兄弟当真了不得,竟将我的底细摸得这般清楚。既是如此,你我不如坦诚相见,不知可是金人?"

男子又是一笑,坦诚地说道:"圣上不必费心猜测,我直说了便是,我乃大金王室成员,金主完颜亮的兄弟完颜雍。"

此话一出,莫说赵哲,就连平日行事一向沉稳的周必也被惊出一身冷汗。肩负护驾之责的赵伯麟和赵士程更是瞬即起身,以防赵哲突遭对方毒手。

虽然早已听说过金人为人行事向来彪悍,可就这样毫不遮掩地出现在他们的面前,无论是谁都觉得如临大敌。

男子见此情形顿觉好笑,轻叹一声道:"我将你等当朋友,却反遭怀疑,这就是你们宋人的交友之道?"

赵哲微微一笑,让赵伯麟和赵士程坐下,伸手拿过酒坛在他和完颜雍面前的酒碗里续上酒水。随后拿起酒碗道歉:

"完颜兄说得没错,伯琮权以此酒代为赔罪,还望兄台息怒。"

完颜雍也拿起酒碗,大笑道:"我早就听说赵伯琮为儒学之才,处人为事向来宽仁,今日一见果真不错。你们大宋有个词叫'温润如玉',想来就是形容你的。我完颜雍虽是金人,没有你那般文绉绉的,不过这个兄弟却也交定了。来,干!"

二人相对放声大笑,一口气将碗里的酒喝了个精光,随后再次大笑。边喝酒边天南地北地扯了一会儿闲话,赵哲这才又将话带回到正题。

"兄长,伯琮有一事不解,不知可否解答?"

完颜雍边喝酒边说道:

"兄弟,你说。"

"金国和大宋一直势不两立。你身为金国战神,骁勇无敌,立下无数战功,如今为何会以这般方式出现?并且一定要和我做兄弟?其中究竟是何缘由?"

完颜雍听到问话,脸上瞬间现出惆怅之色,在众人疑惑的目光中,他放下酒碗,起身来到亭栏旁,看着前方幽幽地说道:

"兄弟,你说得没错。这数十年来宋金两国始终敌对,战火从未停息。可若你以为只有宋朝一方受此折磨那就大错特错,金国同样是这场战乱的受害者。我此番与你见面不为旁的,只为能够让战争尽快平息,让两国百姓不再受苦。"

赵哲心中很是感动,双手抱拳向完颜雍躬身一拜:

"兄长虽身为战神,却有一颗菩萨心肠,我代大宋百姓多谢了。只是完颜亮为人刚愎自用,一旦打定主意极难回旋,兄长当真有把握将其说服?"

完颜雍转身看向赵哲,摆了摆手道:

"此事我自有主张,兄弟无须操心。倒是你,如今既已晓得我的心思,就更应以战止战,切莫退让。"

"以战止战?!"

"不错。唯有你主战我才有机会回旋,此事也方才能够有所转机。"

赵哲此刻虽心中有疑惑,但对方所说恰合了他的心思。于是便点头答应,继而转换话题道:

"兄长,我还有一事,昨夜那黑衣刺客可是金人?"

"兄弟,你猜错了,金、宋两国虽说交战已久,可那人却非金人。"

完颜雍回答得甚是干脆,脸上的表情也极为平静,并未因被怀疑而发怒。

赵哲见对方这般神情反倒疑惑起来,他先前一直以为那刺客是完颜亮派来的,为的就是趁自己不备实施刺杀。可没想到完颜雍却给出了否定的答案。可如果不是金人所为,刺客又会是谁?

"兄弟,看来你还是太不了解我们金人。不过此事也怪不得你,毕竟金、宋两国交战多年,怀疑也是应当的。"

完颜雍边说边坐回了石凳上,拿起酒碗喝了口酒后,继续说道:

"我们金人和你们宋人不同,常年生活在草原上,虽说性子彪悍了些,却也最讨厌那些背后阴人的损招,更不会派人搞暗杀,所以你大可不必怀疑我们。"

赵哲点了点头。

"兄长,既然你说那刺客不是金人,那又会是谁呢?"

完颜雍看了赵哲一眼，放下酒碗，将双臂交叉环抱在胸前，凝眉思索半响，最终摇头道：

"是谁？我现在也不知道。这样吧，你给我三日时间，我会想办法找到这个人，帮你揭开谜底。"

赵哲见完颜雍这般言说，便也不再犹疑，起身向其施了一礼，笑道："那就有劳兄长费心了，小弟静候佳音。"

完颜雍起身拉住赵哲，笑着回应道："你我兄弟无须多言，三日后你来茶楼寻我，到时为兄必会给你答案。"

赵哲感激一笑，道了声"辛苦"后，便带着众人离开茶楼，骑马返回客栈。

是夜，如盘的明月悬在客栈上空。上房院中，赵哲四人坐在树下的石桌旁边喝酒边聊着。

"皇兄，你当真认为那完颜雍是诚心与你结交？"

酒过三巡，菜过五味，赵伯麟的脸色泛红，舌头也不知不觉打起结来。

赵哲侧头看了一眼周必，见其向自己点头，便微微一笑道：

"是。"

赵伯麟的眼睛登时瞪大，蓦地站起身来，激动地说道："可他不但是金人，还是金国的战神，十八般武艺样样精通，尤其是那柄赤霄剑更是使得出神入化，无人能敌。当年，就是靠着这把剑，他独闯宋营，一连削去十三名战将的首级，然后火烧营帐连夜返回金营。若是王兄信任这个人，只怕大宋都要不保。"

赵士程担心赵哲生气，便伸手拉了拉赵伯麟的衣袖，待赵伯麟气咻咻地坐下后，才笑着打圆场道：

"皇兄，伯麟喝多了，你千万不要生气。不过他说的是对的，小心驶得万年船。皇兄如今是我大宋之主，凡事还应看得长远才好。"

周必刚想说出赵哲的真实想法，忽见其向自己摇了摇头，便也不再多说。与此同时，赵伯麟则因为喝了太多的酒，趴在桌上沉沉地睡了过去。

赵哲起身脱下长衣，覆在了赵伯麟的身上，随后继续说道：

"士程，你与伯麟是朕的手足，若朕不晓得你二人的好意，岂不糊涂。朕之所以答应与完颜雍交好，一来，是为了借助他的力量减少战争带给大宋的损失。二来，朕也是有心想赌上一把。"

"赌？"

"对。"

赵哲边说边起身走到院子角落的那棵高大的桦树前面，抬头看去，只见树枝被夜风吹得摇曳不定。

"方才伯麟说，完颜雍是金国战神，身上背负着我宋朝兵将数条人命，朕相信他说的是真的。然而一个人只有不断经历才会做出总结，就像是一只鸟到关闭的屋子后，只有撞开窗纸才能重新飞上天空。"

赵哲这样说绝非空穴来风，如今距离他登基尽管只有短短两年，可就是在这段时间里，他经历了太多的事情，心态也从原来的茫然无措变得成熟沉稳，就好像是那只被关到屋子里的鸟，经过不断撞击窗纸，终于展翅飞向高空。

常言道，好风凭借力，送我上青云。赵哲尽管努力，可这风究竟几时会来，他却只能听天由命。

"我相信完颜雍正是因为此前经历了太多的杀伐，所以才悟出了生命的可贵。"赵哲说着转身看向周必和赵士程，"既然他愿意放下魔性，选择成佛，那我又有什么理由拒绝？况且这样做，的确对大宋和金国百姓都有好处。"

周必看向赵士程，笑道："仪王，咱们的圣上可是忧国忧民的明君，他既然是这般决定，那便支持好了。"

"国师所言极是。"赵士程笑着道，"放心吧，等明日伯麟酒醒，我会从旁劝说。他向来聪明，相信对此事也不会执拗太久。"

赵哲点了点头，缓步走到石桌前，又与周必、赵士程闲聊起来。

越州的大街小巷已经到处张贴了黑衣人画像，每个告示栏前都有两三名兵士把守，一旦有百姓提供线索便会及时记录下来，以极快的速度上报给知府。

与此同时，在完颜雍的安排下，数十名武功最强的金国探子也先后被调至越州，秘密查访黑衣人的下落。

天水茶楼后院，赵哲等人在茶倌的引领下匆匆向前走着，接连穿过几进院落，最终在一进院门半开的院子前面停了下来。

"几位公子，我家将军此刻在屋中等候，小的不便进去，这就告退了。"

说着，茶倌双手抱拳向赵哲深施一礼，匆匆离去。

众人目送茶倌走远，又一道看向院门。

"皇兄，接下来该如何？"

赵哲微微一笑,用手指着院门道:"人家既然诚心邀约,倘若不去,岂不是不懂礼数?"

说着,他伸手将门推开,快步走进院子。其余三人互看一眼,也都跟了进去。

上房门此刻大敞着,刚走到近前,众人便一眼看到完颜雍正坐在桌案后面,用青色的软布不断擦拭着一把寒光四射的宝剑。

"赤霄剑。"赵伯麟在一旁小声提醒道,"皇兄,当心有诈。"

"无妨。"赵哲摆了摆手,笑着安慰道,"完颜雍是个英雄,朕相信他断不会使出卑鄙的手段。你等在门口候着,我先进去探探虚实。"

说着,赵哲便在众人担忧的目光中走进了屋子,门在他身后轻轻关上。

屋中,完颜雍听到响声,抬头看了一眼赵哲,继而低下头去继续擦拭剑身。尽管如此,赵哲心中却并无不快。在坐到对面的椅子上后,他主动开口道:

"此剑寒芒毕露,想来定是件了不得的兵器,必然有着万夫不当之勇。"

"怎么?贤弟怕了?"

完颜雍边说边将软布放到桌上,起身仔细端详剑身一会儿,手腕上下翻转挽了几个漂亮的剑花。

"怕?"赵哲摇了摇头,"没有,我只是好奇,兄长此前不是要将那黑衣人的身份告知于我?为何如今又要动用兵器,此二者又有何关联?"

完颜雍先是一怔,继而放声大笑,边说边从桌上拿起剑鞘,将剑收入鞘中。

"若论聪明,这世间确实没有人能抵得过贤弟。不过,回答问题之前,我还是想问你件事,那知府命人到处张贴画像,可有找到黑衣人的线索?"

"这……不曾。"

"哼,果然酒囊饭袋,不堪一用。"完颜雍冷哼一声,对赵哲凝色说道,"你不是想知晓那黑衣人的身份?我这便带你去。"

赵哲点了点头,跟着完颜雍来到外面。

周必等人正在焦急地等候,一见二人出来,立刻将他们团团围住。等听到赵哲要随完颜雍前去捉拿黑衣人时,赵伯麟当即狠狠地瞪了一眼完颜雍,大声说道:

"皇兄乃是一国之君,绝不可贸然行事。伯麟虽不才,可也愿意替兄长走上一趟,免得遭人算计。"

赵士程听赵伯麟这样说也当即表态,说自己愿意陪同前往。

"你等不必如此。"赵哲笑着宽慰道,"那不过是宵小鼠辈,完颜兄乃是英雄,有他陪同足够,你等在此处等候便是。"

完颜雍是个爽直性子,见赵伯麟这般说心中已然有些不快,又见赵哲这般真诚,便也走上前来,用手拍着前胸保证道:

"伯琮兄弟说得对,此事虽看似棘手,却也并非难事。二位将军放心,我定会护他周全。"

"你?"赵伯麟冷笑了一声,"你这金人的身份,要我等如何相信?"

完颜雍只觉得一桶冷水兜头浇下,满心炽热瞬间变得冰冷。继而静下心来想想,赵伯麟的顾忌也并非无理,这就好比一只愿意吃草的狼心心念念地想要和羊做朋友,无论如何表现,对方却仍有所怀疑,不为别的,只因为自己是狼,并且还曾是狼群里吃羊最多的那只。

赵哲看着完颜雍,心中不觉有些难过。实际上,这样的感受他也曾有过。读书时,他曾是篮球队的队长,由于球打得好、人又阳光,备受女孩子青睐。可也因为这样,整个人慢慢地飘了起来,比赛中经常会打手犯规,还曾对对方选手有过恶意冲撞,也正因为这样,常常被裁判黄牌警告,哪怕后来努力转变,却仍被人怀疑。

果真这世上的事情都是同出一辙,此刻的完颜雍和那时的自己又有何分别?

想到这里,赵哲看向赵伯麟,坚定地说道:"唐王,你若一意孤行,当心等回宫后朕治你的罪。"

赵伯麟一心护主,没想到皇兄非但不识好意,反倒这般说话,登时脸色煞白,僵在原地。直到赵哲与完颜雍一道离开,这才如梦方醒,欲追上去。

周必见状叹息一声,伸手拉住赵伯麟的衣袖,悉心劝说道:

"唐王,圣上既然这般言说,便已打定了主意。多说无益,在此等候便是。"

赵伯麟看了一眼周必和赵士程,犹豫半晌,最终只能无奈地点了点头。

离开天水茶楼,赵哲便随着完颜雍在喧嚣的城中穿梭,行了半个多时

辰,二人终于来到迎恩门。

越州是一座半城烟雨半城山的美景之城,迎恩门作为古城西北角的城门,更是将美景展现得淋漓尽致,这里既有日夜流淌的古运河,也有雕梁画栋的老街,烟柳画桥、风帘翠幕,参差十万人家。

只不过赵哲和完颜雍却没有游玩赏景的心思,过了桥又向前走了会儿,二人在一条偏僻巷子尽头的黑漆木门前停下脚步。透过厚厚的门板,隐约能够听到从里面传出的声音,尽管听不真切,可仍确定里面有人。

"兄弟,我的属下接连查了几天,确定黑衣人就藏在院里。"

完颜雍边抬头看着院墙边说道:

"墙头不高,咱们这便进去吧。"

说着,完颜雍向后退出数步,脚尖点地,欲施展轻功翻过墙头。谁料还没等他做下一个动作,就被赵哲从旁拦住。

"兄长,你可晓得这黑衣人的身份?"

完颜雍踌躇片刻,继而笑道:"晓不晓得又有什么打紧?此事简单,进去一问便知。"

说着,他身子一荡,瞬间掠过墙头,飘进院子。

赵哲见状亦来不及多想,施展轻功跟着来到院内。说来奇怪,二人刚到院内,那声音便消失了,好似刚刚不过是一场幻听。

完颜雍躬身小心翼翼地走在前面,察觉到赵哲在身后,便转身做个下压的手势,随后继续向前走。谁料,还没走出几步,脚下猛然踢到了一个圆滚滚的铁球,心中暗叫不好,还没等他将脚收回,便听到"砰"的一声巨响,地上的土块砂石迸了起来,而后又重重地落回地面。霎时,烟尘弥漫,雾气蒙蒙,将二人呛得一个劲儿地咳嗽。

"震天雷。"赵哲迅速用衣袖挡住口鼻,"想不到这些人居然为了自保使出这种下三滥的手段,可恶至极。"

完颜雍看着赵哲,还没等开口说话,便听到从前方传来"砰"的一声,似有重物撞击的声音。透过粉尘,他眯眼看到屋子的窗户已然掉落地上,从屋中钻出七八条身影,每个人都是黑衣覆体,最前面的正是画中之人。

"兄弟,你可害怕?"

完颜雍虽和赵哲说话,双眼却仍盯着黑衣人。

赵哲冷哼一声，见那群黑衣人离自己越来越近，便笑着说道：

"兄长，可否借你的肩膀一用？"

"这个自然。"完颜雍哈哈大笑，"兄弟只管靠着，为兄自会全力支撑。"

说罢，二人一道手持宝剑向那群黑衣人冲去，只听得一阵乒乒乓乓的撞击声，七八个黑衣人全部被砍翻在地。完颜雍和赵哲的衣服上也都沾满了鲜血，看上去好似杀神一般。

烟尘中，二人相对会心大笑，内心全都有着惺惺相惜之意。

就在这时，只听得木门又发出"砰"的一声响，赵伯麟和赵士程带着一队宋兵急匆匆地闯了进来。赵哲惊讶地看着他们，赵伯麟快步走了过来，抱拳道：

"圣上，臣等护驾来迟，还望恕罪。"

"朕不是让你们在天水茶楼里等消息？"赵哲好奇问道，"又怎会晓得朕在这里？"

"是……"

赵伯麟见赵士程语塞，便接过话头道："是思云姑娘跟我们说的。她说此前曾跟踪黑衣人到过树林，晓得他们欲行刺圣上，故此让我等尽快前往府衙调兵，恐迟则生变。"

赵哲登时恍然大悟，继而心中一暖。怪不得疯婆子那夜会在客栈里与黑衣人打斗，原来她一直在暗中保护自己。反观自己，却成了那个后知后觉之人，不仅被此等事情蒙在鼓里，还险些错把对方视为无情之人，当真太不应该了。

赵伯麟见赵哲低头不语，心中不禁疑惑，看了一眼赵士程，对宋兵吩咐道：

"带走！"

宋兵听到吩咐，立刻来到躺在地上的黑衣人面前。将人从地上拉起来，双臂反剪押解出去。

赵哲沉默地注视着那黑衣人被宋兵押着走出院子，但见其虽落于败局，眼中仍有寒芒闪过，料其定是位了不得的人物。若是此人能够被自己所用，倒也极好，故此让赵伯麟将其单独关押在越王府的后院，除了他，其他人都不可接近。

赵伯麟虽心中不解，却也只得按赵哲的吩咐行事，不过是背后发发牢骚。

待赵家兄弟和宋兵押解着黑衣人离开,赵哲才对完颜雍笑道:

"兄长,今日当真痛快,此情伯琮记下了。"

完颜雍摆了摆手,笑道:"伯琮言重了,你我兄弟无须客气。只是不知你要如何发落那些黑衣人?"

赵哲凝眉思索片刻道:"顺藤摸瓜。如今黑衣人均已被擒,要想知晓其幕后之人,还需继续击破。"

"继续击破?"完颜雍眨了眨眼睛,"此话怎讲?"

"此话……"赵哲说到此处忽然一顿,随即用手指着屋子道,"兄长,伯琮总觉得哪里不对,若是猜得没错,这屋中定是暗藏玄机,不知可否与我进去一瞧?"

"有何不可。"完颜雍一挑剑眉道。

说完,二人一道来到屋前面。但见屋门是用一层薄薄的木板制成的,由于年深日久,上面布满了蜘蛛网。

赵哲讶异地打量木门许久,随后将手向前一击,只听得"砰"的一声,木门猝然倒地,瞬间激起一层刺鼻的尘土。

"此处怎会一片狼藉?"

完颜雍用左手掩着口鼻,用右手用力地在前方挥着,努力地驱赶着烟尘。少顷,待视线渐渐清明,才说道。

与此同时,赵哲亦瞪大双眼,只见四周的墙上斑斑驳驳,到处布满了蜘蛛网。地上也因为潮湿,长了一层厚厚的青苔。

"想不到如此美景之下居然还有这样的地方。"完颜雍叹息道,"看样子,此屋定是为那群黑衣人所占,只是苦了原来的主人,如今身在何方尚未可知。"

完颜雍说着转身欲走,不想赵哲却仍站在原地一动不动。见此情形,他不觉疑惑。

"兄弟,你怎么了?"

赵哲听到问话,用手一指堆在屋角的那堆柴草堆:"兄长,若伯琮猜得没错,这下面应该有东西。"

"东西?"完颜雍惊讶地说道,"这不过是用来驱寒的柴草,伯琮又怎会觉得有东西?"

赵哲没有回答,径直来到柴草堆前用力将草堆推倒,随后蹲在地上认真地翻找了起来。完颜雍无奈地叹了口气,也跟着翻看着。

不多时，只听赵哲惊喜地说道："找到了。"

完颜雍循声看去，只见赵哲的手里拿着一个黑色的物件，非刀非剑，顶端刻着狼头图案，乃是用青铜制成，质地异常坚硬。

"狼吞令。"

完颜雍毕竟见多识广，一眼便瞧出了令牌的来历。赵哲狐疑地看了他一眼，继而低头看向令牌。

"兄弟是宋朝皇室，总该听说过狄青这个名字吧？"

狄青？

赵哲恍惚中想起，他在读大学时曾在图书馆里看过一本名叫《宋朝十大名将》的书，其中就有一个章节是专门用来记载狄青的，想不到今日竟在此处见到与其相关的物件。

狄青，北宋仁宗时期的传奇将军。出身寒门的他十多岁时因与人打架被抓进了监牢，脸上被刺字，随后被发到京师充军。

不过正所谓福祸相依，也正是这次阴差阳错的"充军发配"，让狄青的人生彻底改变。

初入军旅，狄青只是一个小小的骑兵。由于学习能力强，很快就因精通骑射被选为散直。

公元1038年，西夏太子李元昊叛乱，30岁的狄青被派往边疆作战。此前，宋军与李元昊交战，屡战屡败，屡败屡战。但自从狄青去了，宋军就开始接连打胜仗。在边境4年，他参加了25次战斗，戴着铜面具，身先士卒，所向披靡。

金汤城一战，狄青一举夺取宥州，俘虏5000多人，收缴帐篷2000多顶，焚烧了西夏早就储备好的数万石粮食。不仅如此，他更在敌人的要害之地兴建碉堡。

自此之后，西夏军但凡听到狄青的名字，都会望风而逃。也正因为这样，狄青彻底摆脱了草根阶层，摇身一变成了大宋战神。44岁时，他升为枢密副使，正式进入执政大臣的行列。

如果放到其他朝代，这或许算不得什么。可对于重文轻武的北宋来说，武将能够成为执政大臣，都是凤毛麟角。而只用了十多年就成为枢密副使的狄青，更是成为北宋无数文臣忌惮的对象。

一时间，无数明枪暗箭都射向了狄青，群臣上奏要求皇帝剥夺狄青的兵权，防止他拥兵自重。

幸好，仁宗信任狄青。不但对这些弹劾的奏章置若罔闻，还专门让狄青用药将脸上的刺字去除掉，避免影响其仕途。

不过，狄青对此却婉言谢绝了。他表示，脸上的刺字不会影响自己为国效力，反而让他更加感恩圣上的赏识，珍惜来之不易的机遇。同时也可以激励将士们，只要建立功勋，一切皆有可能。

果不其然，在接下来与侬智高的战争中，狄青再次大显神威，直接斩杀了2200余人，杀掉了对面非常多级别很高的将领，还生擒了500余人。

然而，自此功高震主的狄青却被谏官盯上了，他们开始用各种莫须有的罪名对其弹劾，仿佛狄青就是北宋朝廷最大的败笔。而也正是因为这连续不断的弹劾，狄青渐渐失去了仁宗的信任，最终被免去枢密使职位，驱逐出京师。

1057年，狄青因嘴生毒疮去世，享年49岁。

回想前尘，赵哲心中很是感慨。同时，也随之生出了深深的疑问。

"伯琮，你是不是在想那黑衣人与狄青有何关联？"

赵哲点了点头："不错，我听说当年狄青是因病去世的，可即使这样，和黑衣人又有什么关系？"

完颜雍玩味地看着赵哲手中的狼吞令，"我以前曾听人说过，这狄青有万夫不当之勇，是大宋的战神。他麾下的狼吞营更是所向披靡，无人能敌。按理说，这狼吞令是狄家独有的物件，为何会出现在这儿？"

赵哲点了点头，他心中同样好奇："兄长说得极是，我也有此疑虑。"

完颜雍沉吟片刻道："伯琮，解铃还须系铃人，要找到答案还应将黑衣人作为关键。兄长还是劝你好好地与那黑衣人谈上一番，或许还会有新的转机。"

"兄长所言极是。"赵哲赞同地说道，"如今天色不早，我还是先送你回茶楼歇息，其余的话等到他日再谈不迟。"

完颜雍点了点头，转身向院门走去。赵哲将狼吞令放到袖筒中，也疾步追赶而去。

赵哲回到越王府时已是掌灯时分，在听守门家丁通禀后，赵伯衍迅速带着赵伯麟、赵士程、周必三人带着全府上下百余人出来相迎，人数众多，齐刷刷地站满了整个院子。

"臣赵伯衍见过圣上，吾皇万岁，万岁，万万岁！"

一见赵哲下马,赵伯衍立刻双膝脆地,大声说道。

赵哲快步来到赵伯衍面前,弯下腰去笑着伸手将其扶起:"王兄这是做甚?你我兄弟,不必行此大礼。"

赵伯衍感激地看着赵哲,心中很是感慨。不过短短两年,面前这个青年就变得沉稳许多,人也显得越发消瘦。果然,国事催人老。想到这里,他恳切地说道:

"臣两年未见圣上,圣上又憔悴了许多,还应多多保重龙体才是。"

赵哲微微一笑,真诚道:"多谢王兄挂怀,朕会的。对了,朕听说王嫂有了王侄,宫中事务堆积如山,还未曾道喜,今日正巧一并探望。"

"劳圣上挂怀了。"赵伯衍感激道,随后他伸手指向前方,"请圣上移步。"

赵哲点了点头,与赵伯衍手拉手一道走进府中,向着正厅走去。

此刻,裴竹君早已怀抱婴儿在贴身侍女的陪同下在正厅里等候。少顷,一见赵哲在丈夫的陪同下来到门口,她连忙跪倒在地,口喊万岁。

赵哲见状忙来到裴竹君面前,伸手将其扶起。随后又接过襁褓中的婴儿,看着红扑扑的小脸,先前因黑衣人行刺的不快顿时消失无踪,笑着说道:

"这孩子天庭饱满,地阁方圆,将来定是我大宋的栋梁之材,不知起了名字没有?"

"尚未。"赵伯衍看了一眼裴竹君,笑道,"还请圣上赐名。"

赵哲低头沉吟片刻,继而抬头看向赵伯衍和裴竹君,郑重说道:

"为官之道贵在勤勉。此子生于王室,日后也必将成为朝廷堪用之人。依朕之见,不如就叫赵勉吧,也可时刻提醒他凡事勤勉,切不可有所差池。"

赵伯衍和裴竹君喜出望外,双双向赵哲道谢。

"朕此次出宫匆忙,也没有准备贺礼。"赵哲边说边从袖筒中摸出了一块玉牌,"这是先前朕冠礼时父皇的赠礼,一直为朕贴身之物,如今就送给勉儿吧。"

对于宋人来说,冠礼和笄礼是最重要的日子,这标志着在结束青涩的少年期后正式步入成年。与女子十五岁就要举行笄礼不同,男子的冠礼则显得迟了一些,要到二十岁才举行。也正因此,有了"弱冠之年"这个词的产生。

赵伯衍一听这赠礼的来处，连忙跪倒在地，恳切地说道：

"圣上，这礼物着实贵重，臣不敢收，还请收回成命。"

赵哲不以为意，笑道："王兄这是做什么？朕不过是以此物聊表心意罢了。地上凉，快起来。"

赵伯衍看了一眼身旁的裴竹君，起身说道："圣上，您也晓得太上皇疑心病重。倘若他发现问起您来，又该如何回答？"

赵哲将襁褓递给裴竹君，在细心地掖好被角后，笑着答道："如何回答？自然是照实说。王兄有所不知，自你离开临安，父皇的脾气也改了许多，如今最想要的就是含饴弄孙，朕此种做法不是反倒合了他的心思？"

赵伯衍先是一怔，继而像是悟到了什么，迅速低下头去，透过他的眼神可以看出深藏在其心底的歉意。

赵哲察言观色，心知对方所想，便也长叹一声，抬起手拍了拍赵伯衍的肩膀：

"父皇如今老了，王兄若有空，还应多带着家眷回京走动。"

此时，赵哲不再是平日里那个高居皇位、手握乾坤的九五之尊，而只是一个普通的弟弟，在对许久不曾见面的哥哥诉说着骨肉亲情。

见此一幕，莫说裴竹君泪湿眼底，就连赵伯衍也瞬间眼睛湿润，哽咽地说道：

"多谢圣上关怀，臣会的。"

赵哲见气氛如此凝重，便又笑着打趣道："王兄，咱们说了这好半天的话，朕的肚子早已饿得咕咕叫了。怎么？难不成是你府中缺粮，想省了今晚的饭菜？"

一句话瞬间打破了低沉的气氛，赵伯衍笑道："臣早已在后花园备好饭菜，为圣上接风，只是方才说话太过投入，故此未提，当真是臣失礼了。"

说着，赵伯衍便将赵哲让到上房："圣上，臣已先行命人退掉客栈的房间，并调拨了婢女和小厮。这几日您暂且住在臣的府上，也好有个照应。您先更衣，臣在屋外候着。"

赵哲看了一眼上房，透过半开着的门，他看到房间已经被人打扫，窗明几净，迎门的书桌上放着一个烛台，相邻的床上摆放着厚厚的被褥，心中顿感温暖。

"多谢王兄,这样安排极好。"赵哲感激道,"只是……"

"圣上是想问思云姑娘的住处?"赵伯衍会意地笑道,"她就住在旁边的院子,虽说不是每天回来,但要有心,终会等到。"

赵哲被赵伯衍戳穿了心事,顿觉有些尴尬,红着脸点了点头,随后快步走进屋子,关上了门。

后花园水榭,赵哲和赵伯衍、裴竹君夫妇相对而坐,开怀畅饮。觥筹交错间,不知不觉全都显出醉态来。

"圣上,竹君有件事想问您,不知可否?"

赵伯衍见妻子神情凝重,连忙说道:

"王妃,不可在圣上面前造次。别……"

"王兄,王嫂既然有话,就让她说吧。"赵哲宽容地笑道,"自家人又有什么关系?"

赵伯衍听赵哲这么说也不好再拦阻,于是又给裴竹君使了个眼色。裴竹君假装没有看到,直言问道:

"圣上与师妹情投意合,不知接下来有何打算?"

赵哲听到这话先是一怔,继而现出一丝惆怅,叹了口气,缓步走到湖边。赵伯衍见王妃戳中圣上心中的痛楚,连忙双手抱拳,抱歉道:

"圣上,王妃是'关心则乱',还望恕罪。"

赵哲转身看着赵伯衍夫妇,摇了摇头,笑着解释道:"朕并非与王嫂斗气,只是被戳中了心事,故此有些恍惚罢了。常言道旁观者清,你夫妇二人这段时日应已将我和思云之间看得清楚。虽说如今我娶了皇后,也有了太子,实则心里没有一日放下过她。奈何思云生性淡泊,不愿意入宫,朕也只能由她了。"

"即便如此,圣上还是可以将她留在身边。"

裴竹君的一句话登时给赵哲带来了希望,是啊,若是能够以其他的法子将思云带入宫去,倒也当真合了他的心意。

"不知王嫂对此有何高见?"

裴竹君自信一笑:"圣上,不知那猎甲营可还需要护卫?"

猎甲营又称王驾护卫营,成员是专门用来保护皇上安危的大内高手。虽然人数不过二十余名,却个个身怀绝技。

赵哲的眼前登时一亮,欣喜地说道:"王嫂的意思是……"

裴竹君没有说话,只是默默地点了点头。

"当真是个好主意。"赵哲抚掌大笑道,"朕回宫后会马上吩咐王继恩传令给猎甲营管事张枫,命其为思云登记造册,召其入营。"

"且慢。"赵伯衍见赵哲说得开心,心中却又有些不安,"圣上,思云虽说武艺高强,但毕竟是个女子。这猎甲营全是男丁,这身份……"

"此事好说。"赵哲微微一笑,目光中满是欣赏,"当初思云在朕大婚后便曾到军营投兵,因战功赫赫,还曾当过下层军官。如今不过是旧景重现,对于她来说绝非难事。"

"想不到思云姑娘居然这般有胆识,当真是巾帼不让须眉。"赵伯衍赞叹道,"虽是如此,臣还是要斗胆提醒圣上,最好能保留思云姑娘在江湖上行走的自由,只有这样才能留住她的心。"

"这是自然。"赵哲笑着说道,"猎甲营和皇城司一样,都是朝廷连接民间的重要通道,她愿意行走江湖,朕自然不会约束。"

裴竹君见赵哲愿意给李思云自由,真是又惊又喜,原本悬着的心也随之放了下来。在道了一记万福后,由衷地笑道:

"圣上这般礼待师妹,竹君就放心了,多谢圣上。"

"王嫂不必拘礼。"赵哲将裴竹君扶起,又看向赵伯麟,"倒是王兄……"

说到此处,赵哲的话忽然停下,脸上也随之露出一丝犹豫的神色。

"圣上有话但说无妨,臣领受训示便是。"

"训示不敢当。"赵哲微微一笑,"不过就是咱们兄弟之间推心置腹的一番话罢了。朕晓得王兄一心想将越州治理好,可常言道,佛经虽好僧念歪。如今大宋地方官员与朝廷大臣勾结,贪污腐败之象猖獗。你作为越州的主官,还应严管才是。另外,朕这几日也曾在越州城中四处转了转,发现此城是对外通商的要道。旁的不说,缫丝、造茶、锻剑这三样若是能够精细些做,必会名声大噪。到时辽人、西夏人,甚至金人都会来买,越州经济定会越来越好。"

赵伯衍目瞪口呆地看着赵哲,仿佛对方说的是评书。大宋向来与西辽、西夏和金国敌对,真的能够进行贸易往来?

"朕说的是实话。"赵哲看出了赵伯衍的心思,笑着说道,"王兄若当真能够通商成功,到时朝廷也会给予奖励,决不食言。"

赵伯衍的顾虑顿时被打消,双手抱拳笑着称是。

次日用过早饭,赵哲让人将黑衣人带到侧厅。赵伯麟和赵士程原本想跟着,却在门口被告知圣上只想单独审讯,因此也只得悻悻地等在外面。

侧厅,赵哲坐在桌案后面沉默地注视着此时正立在门口的黑衣人,见其眼神倔强,心中反生佩服。少顷,待侍女摆放完茶水和点心,退出门去,他起身来到那人面前,打量须臾,笑着说道:

"朕生平最佩服英雄,今日不妨品茗聊天如何?"

黑衣人原以为等待自己的是一场疾风骤雨,却没想到对方竟这般和颜悦色,一时间怔住。他见赵哲用手指了指凳子,便也坐了下来,仍是不发一言。

"朕晓得你那夜交手后并未离开。"赵哲拿起茶杯,喝了口茶笑道,"而是躲在暗处观察动静,伺机寻找动手的机会。"

黑衣人的脸上现出一丝讶异,依然没有说话。

赵哲见状,倒也不往心里去,仍笑着说道:

"别的不说,井里的麻骨散是你放的吧?"

黑衣人一惊,随即问道:"你怎么知道?"

赵哲哈哈大笑:"朕耳目众多。实话跟你说,你的麻骨散早已被解药解了,根本发挥不了一丁点的效力。"

黑衣人听到这话,恍然大悟。麻骨散乃是江湖第一奇药,遇水而溶,效力不减反增,只要一点点就可麻翻一头牛,人更是不在话下。难怪等待多时都不见变化,原来是这样。

见赵哲看着自己,黑衣人冷笑一声道:

"你虽是圣上,可说话也要有证据。"

"自然。"

赵哲边说边从袖筒中取出一根银质的细管,和筷子不同,细管的中间是空的。他将细管竖起,以便黑衣人能够看清楚。

"这是试管,专门用来查案化验。是朕特意让银匠打造的,上面的深灰色就是麻骨散留下的痕迹。"

黑衣人惊奇地看着试管,果然中空部分变成了深灰色。见此情形,他顿知事情败露,便也不再隐藏,冷哼道:

"你既已知晓真相,那我也不再隐瞒。没错,此事确是我做的,你现在可以告知官府拿人了。"

赵哲微微一笑道:"拿人?那你也太小瞧朕了。实话跟你说,朕非但不会告官,还要放你走。"

"放我走?!"

"是。"赵哲点了点头,"朕起初也曾怀疑你是朝中奸党派来加害朕的,然而再转念一想,你祖上碧血丹心,尽忠报国,你身为后世子孙又怎会使其蒙羞?"

黑衣人没料到赵哲已晓得自己的来历,眼见对方说得这般清楚,不禁又是一怔。少顷,待缓过神来,才又犹疑地问道:

"你全都知道了?"

赵哲叹了口气道:"你曾祖父狄青为人正直,对宋室更是忠心不二。奈何遭到奸人所害,不但自己英年早逝,还累及家门。说起来,确是我大宋的损失。"

黑衣人听到这一番话,再也按捺不住心中的激动。头无力地垂着,双眼泛红,双手微微颤抖。

"忠臣不该被轻待。"赵哲看了黑衣人一眼,语气沉重地说道,"等朕回到临安,自会挑选吉日将狄将军的灵位安放在太庙当中,受我赵家世代香火供奉。若你愿意进入仕途,朕也可安排官职。"

黑衣人用手擦了擦眼睛,继而双膝跪在赵哲面前,重重地磕了一个响头。直起身子,感激道:

"小人狄龙云多谢圣上,想来我曾祖父的在天之灵也可以安息了。只是这些年来小人一直身处江湖,早已习惯逍遥过活。倘若有朝一日圣上需要,自会从旁相助,至于这官场倒当真与我无缘,还请圣上海涵。"

"英雄请起。"

赵哲在用双手将狄龙云扶起后,上下打量须臾,赞叹道:

"你既有鸿鹄之志,朕又怎会勉强?"

说到这里,他从手上取下一枚玉扳指放到对方手中。

"此扳指乃是朕的随身之物,朝中三品以上官员都曾见过。你拿着,兴许今后有用。"

狄龙云看了一眼扳指,又看着赵哲。此前他便听闻当今圣上是位贤德明主,只是由于一心想要替曾祖父报仇,故此并未理会。如今看来确是如此,倒当真让他汗颜。

"小人多谢圣上。"狄龙云双手抱拳,诚挚谢道,"但凡圣上需要,小人赴汤蹈火,万死不辞。"

说完,狄龙云又深深地看了赵哲一眼,转身向门口走去。就在他伸手推门的瞬间,又犹豫了一下,转身说道:

"不知圣上是否晓得无殇门?"

赵哲一怔,脸上现出一丝疑惑。他此前便曾听猎甲营的护卫说过,如今江湖最大的武林门派便是无殇门。据说无殇门里公孙弘方武功极高,为人阴晴不定。无论所害之人好坏,只要给钱便可办事。也正因此,无殇门成了万人所唾弃的邪教。

只是赵哲不明白的是,为何狄龙云会忽然提及无殇门,莫非其与朝廷有何关联?

"草民听说无殇门之所以能够为祸武林,是因为有朝中大臣做靠山,就连此前血洗临安一事也是他们做的。"

血洗临安?!赵哲听到这里,冷不防打了个哆嗦,眼神也随之转为震惊。先前他从渔村回到王府时就听说了此事。当年因受岳飞牵连的副将并非只有王茂一家,而是数千人。其中,仅被砍头的就有七百余人,上到风烛残年的老者,下到襁褓中的婴孩。由于人数众多,从刑场出来的路上都被鲜血染红。

记得当时郑儿在说这件事时,眼睛数次泛红。而他更因此事非同小可,要府中上下务必三缄其口,谁都不准提及。

如今听狄龙云提起,赵哲心中顿时掀起波澜。

"狄英雄,此事断不可乱讲,你可有证据?"

狄龙云转身看了看,见门窗紧闭,便放下心来。他从腰间拔出一柄银质匕首,双手拿着呈到赵哲面前。赵哲疑惑地看了一眼狄龙云,伸手接过匕首。他惊讶地看到刀鞘上刻着的并不是图案,而是密密麻麻的字。

"这把刀是当年的一名幸存者给我的,刀鞘上刻着的是整件事情的经过。过程如何,圣上一看便知。"

赵哲微微一笑道:"你觉得朕会替那些人翻案?"

狄龙云点了点头:"你与先前的那些狗皇帝不同,我相信只要时机成熟,定会为死难者讨回公道。"

说完,他又深深地看了赵哲一眼,转身出屋。

赵伯麟和赵士程正等得着急,看到狄龙云安然无恙地出来,顿时心下

起疑。少顷，待赵哲出来，立刻来到其身边问道：

"皇兄，就这么轻易放这小子走了？"

"不然呢？"

"他差点杀了你。"赵伯麟瞪大了眼睛，"好歹也该交给官府治罪。"

赵哲摆了摆手道："无须这般，他虽说曾加害于我，可也是因为误会。如今话既已说开，自然也就放他走了。伯麟，你传令下去，咱们后日一早回宫。另外再去茶楼给完颜雍送个信，就说明日未时朕在笛亭等他，还请准时赴约。"

赵伯麟看了赵士程一眼，见其也是一脸疑惑，便双手抱拳说了声"是"，转身离开。

次日下午，笛亭。赵哲将狄龙云的事情告知完颜雍，听完此事，完颜雍亦是极为感慨。二人约定日后时常书信往来，尽各自所能平息宋金两国之争。

是夜，屋子里一片漆黑。赵哲躺在床上，辗转反侧，久久不能入眠。此次越州之行当真收获多多，似乎所有事情都在向好的方向转化。若是疯婆子能够答应随自己回宫，那就完满了。就在这时，他忽然听到从旁边院子里传来了一阵窸窸窣窣的声音，心中不免好奇，立刻披衣出屋探看。只见月光如水，李思云身着一袭白色纱衣，手中持剑翩翩起舞，辗转腾挪，仿若月宫仙子来到凡间。见此一幕，赵哲的眼中不禁现出热望。

少顷，随着剑尖在半空中潇洒地画了一个弧度，李思云站定。正当她微微喘息时，身后忽然传来一阵掌声。

李思云讶异地转过身去，见是赵哲，便又绷起脸来。

"登徒子，这么晚了还不睡？在这里鬼鬼祟祟地做什么？"

赵哲微微一笑，缓步来到李思云的院子，边向前走边说道："朕若是睡下了，又怎能看到这么美妙绝伦的画面？对了，越王妃可与你说过，朕明日一早就要回宫了？"

李思云没有说话，只是点了点头。

赵哲犹豫片刻，问道："你如何打算？"

"我……"李思云看着手中的剑，"既然如今猎甲营需要护卫，那思云也该为朝廷尽一份力。只是这宫中规矩繁多，我一个江湖女子只怕应付不来，若是出错还请圣上包涵。"

赵哲见李思云愿意随他回宫，顿时喜出望外，上前拉住对方的手，满脸热忱道：

"疯婆子放心吧，一切有朕。"

李思云看着赵哲，心中一动，随后脸上又现出一丝黯然。对方哪里晓得她的心思，她不过是为了找机会给师父报仇罢了。

就这样，李思云化名李岩，随赵哲一道进宫，被安排到了猎甲营效力。

在南宋，猎甲营与皇城司一样，都是宫中最为重要的秘密组织。只是和后者以搜集情报为己任不同，猎甲营主要负责圣上的安危，尽管只有数十人，却都是一等一的高手。

李思云的武功原本就极为精深，再加上又有赵哲偏袒，因此尽管宫中约束多，却也过得逍遥自在。不仅能够在宫中随意进出，还可以随时出宫前往任意地方。与此同时，随着二人见面机会增多，赵哲对李思云的感情也越加深厚。他时常会在夜深人静时与心爱之人一道坐在寝殿的屋檐上，边喝酒边远眺临安远景，或是用自创的剑术向对方表达爱意。

不久，赵哲的种种表现便被好事者传得沸沸扬扬，人尽皆知。同时，也令李岩的名声大噪。甚至就连久居深宫的皇后徐芊涵也从宫女那里得知此事，尽管李岩的性别有待考证，却仍让她觉得心痛。

不过徐芊涵毕竟是个大度的女子，深谙以退为进的道理。也正因此，她在得知此事后立刻告诉自己宫中的宫女、内侍不许外传此事，同时对赵哲呵护备至，相敬如宾。

然而，面对赵哲的一再示爱，李思云却始终表现冷漠。在她看来，虽说如今朝中政局稳定，可若是一日不将赵构除掉，隐患就依然存在。因此，李思云不仅从未主动回应，反而采用了逃避的做法。

两个月后，李思云终于等到了机会。

凤凰山麓，旌旗猎猎，马蹄翻飞。这日正是赵构五十八岁的生辰，为表示庆贺，赵哲提前一个月便吩咐内侍院安排狩猎，凡是十六岁以上的男性皇室成员及文武大臣均需参加。也正因此，山谷中人仰马嘶，热闹非常。就连赵构也不顾赵哲的劝说，翻身上马，加入了狩猎的行列。

赵哲担心父皇出现差池，只得命赵伯麟和赵士程一道跟在赵构身旁，以便随时保护。

"康履，将游子弓递给朕。"

少顷，在即将到达河边时，赵构看到一只全身黄褐、长满斑点的小鹿正低着头悠闲地喝着河水，顿时兴起，转头对正骑着马跟在自己身侧的康履昐咐道：

"这鹿儿甚是乖巧，朕这便将其射下，送到鹿苑。"

皇宫因地处凤凰山麓深处，加之赵构爱玩，因此除了各殿摆放着许多珍奇古玩，后花园里还豢养着一些动物。从骆驼、鸵鸟、马、牛到狐狸、豪猪、狗、猫，应有尽有。此刻听其这般言说，赵哲等人也纷纷勒住马头，饶有兴致地看着猎物。

在众人的注视下，赵构屏气凝神地搭弓射箭。随着他的手扣动弓弦，箭矢裹挟着风声向毫无察觉的小鹿飞去。然而不知为何，箭在中途忽然掉到了地上。

"不好！"赵哲发出一声惊慌的叫声。

说着，他用力地勒紧赵构的马缰。马儿受了惊吓，发出一声清脆的嘶鸣，带着惊慌失措的赵构向前方冲去。众人见状顿时吃了一惊。特别是赵伯麟，更是飞身下马狂奔来到赵构面前，随后伸手抓住马缰。

众人见此情形全都松了口气，忽见赵哲脸色惨白，身子在马上晃了一晃，重重地摔倒在地上，继而昏迷不醒。

"圣上！"

人们顿时又是一惊，齐齐围到了赵哲身边。但见其前胸插着一以飞镖。

"康履，宣太医！"赵构在将赵哲抱在怀中后，惊慌地说道："伯琮，父皇不允许你死！听到没有？无论如何都要坚持住，父皇不允许你死！"

周必因不善骑马，原本在围场的入口处等待。此刻听到消息，也匆忙赶来。

"太上皇，请让微臣为圣上诊治。"

说着，周必用手翻了一下赵哲的眼皮，脸上随之现出惊惧的神情。

"国师，怎么了？"赵构将周必的表情尽收眼底，心想不好，连忙问道，"莫非这镖上有毒？"

赵伯麟原本心中着急，见周必欲言又止，急忙催促道："国师，你有什么话就直说。人命关天，别藏着掖着的。"

"是啊，国师，你就说吧。"赵士程也在一旁催促道。

周必叹了口气："要想拔掉这镖倒也容易，只是这镖头上的毒属实不好清除。"

"毒？"赵构伸手拉着周必的袖筒，急急说道，"国师，你向来法力高深，眼下虽说棘手，但终归会有法子解决的，对不对？"

周必没有说话，只是转头看向身后不远处的林木，只见一袭白衣倏然掠过，心中顿时了然。

"太上皇放心，微臣定当全力医治圣上。咱们这就回宫，其他事情随后再议。"

赵构见周必说得恳切，心知其定是已经想出救治的法子，于是便吩咐众人起驾回宫。

寝殿内，此刻徐芊涵已提前得到消息，正带着宫女侍从焦急地在殿外等候。半晌，随着急促的脚步声，在赵伯麟等人的率领下，一顶绿色轿子赫然出现在了她的眼前。轿帘掀起，徐芊涵看到赵哲的头斜倚在座上，此刻还是昏迷不醒。她见赵伯麟将赵哲从轿子里抱了出来，连忙迎上前去。一颗心瞬间悬了起来。

"唐王，圣上他……"

赵伯麟看了徐芊涵一眼，随后匆匆地抱着赵哲向寝殿走去。

无奈，徐芊涵只能拉住紧随其后的周必，哀求道："国师，求求你，一定要医治好圣上。"

周必尽管心中为难，表面仍极为淡定，笑着安慰道：

"皇后放心，微臣定会尽全力。"

徐芊涵虽仍不放心，却也只能道谢，而后便退到一旁焦心等待。

寝殿内，周必安静地站在门边，待赵伯麟将赵哲放到床上后，先让其退了出去，而后缓步来到床旁。

"圣上，周某晓得你此刻定是极不好受，此毒乃是火蚁的毒液，稍有碰触就如同灼烧般难过，况且镖头上都涂满了毒液。微臣尚无解药，如今也只能暂且用雪莲转魂丹和针灸配合为圣上续命。"

说完，周必从袖筒中取出一颗褐色的丹丸塞入赵哲的口中，随后从腰间取出一个布包，打开后从里面取出长短各异的银针，分别刺入赵哲的百会、足三里和下脘三穴。

银针刺入，不一会儿，赵哲便发出了数声重重的咳嗽，过了一会儿，便缓缓睁开双眼。他见此刻正身处寝殿，脸上瞬间现出讶异的神情。

"周兄，朕这是怎么了？"

周必微微一笑道："没什么，圣上方才不过是魂游太虚罢了。如今既

已回来,便已安然无恙了。"

赵哲"嗯"了一声,仍然显得极为虚弱。

周必犹豫了一下,问道:"圣上可有看清那杀手的样貌?"

赵哲眨了眨眼睛,看得出来他在刻意隐瞒着什么。

"当时朕只是看到暗镖飞来,至于那杀手的相貌确实没有看清。周兄,朕有些倦了,想睡会儿。你也辛苦了这半天,还是早些回府歇着吧。"

周必见赵哲不肯说下去,心中更加笃定先前在林间看到的一幕。于是便又安慰了数句,这才退出了寝殿。

赵哲注视着周必将门关上,继而闭上了眼睛。不一会儿,只听从里面传来一阵窸窸窣窣的脚步声。声音越来越近,很快便到了床前。

赵哲用力抬头看去,只见李思云满脸是泪地看着自己,心中顿时一动。他挣扎着坐起身来,笑着安慰道:

"不过就是些小伤,用不着担心,静养几日就会好的。"

李思云沉默半晌,才开口疑惑地问道:

"你既然晓得那暗镖是我的,为何要刻意隐瞒?"

赵哲苦笑道:"不然呢?"

"不然……"李思云的神色变得黯淡,低下头说道,"刺杀大宋皇室按律当斩,何况受伤的是圣上,死罪无疑。"

屋子里瞬间寂静,赵哲看着李思云,但见她眼神中满是倔强,便知她已抱定赴死的决心。

"我晓得你并非胡来之人。若想这样做,必定有充分的理由。"

赵哲边说边伸手拉住李思云,温柔地说道:

"说说看,究竟是为了什么?"

李思云低头纠结半晌,这才抬头看向赵哲,决然地说道:"也罢,既然木已成舟,我也只能据实相告。赵构当年害死了我的师父,我之所以答应随你入宫,不为旁的,只是为了替师父报仇。如今你已知晓真相,可以将我交给大理寺了。"

赵哲先是一怔,继而脸色变得凝重。他原以为对方是放不下自己才进宫,却没想到其中竟另有隐情。眼见得心上人这般决然,赵哲顿时心痛不已。

"你走吧……"赵哲在将手收回后,叹息着说道。

李思云讶异地看着赵哲,她原以为等待自己的会是一场疾风骤雨,却没想到对方竟如此平静。

赵哲见李思云疑惑地看着自己,便苦笑道:"我晓得你报仇心切,可毕竟赵构是我的父亲。身为儿子,我绝不会看着他受伤而无动于衷。同样,身为爱人,我也不能看到任何人伤害你。所以,为今之计,只有你离开,这场风波才能平息。"

李思云的眼睛瞬间湿润,她知道赵哲说的是对的。正所谓进退两难,如今这正是对方内心的写照。尽管如此,李思云却仍有些不甘心。

"我走可以,可若日后寻得机会,还是要刺杀赵构。"李思云追问道,"若是那样,你又要如何待我?"

赵哲闭上眼睛,继而又睁了开来。此时他的表情与先前判若两人,神情冷漠威严。

"你晓得朕无路可退。"赵哲盯着李思云,一字一句地说道。

李思云惶惑地看着赵哲,随后从袖筒中摸出一个瓷瓶递到了对方的面前。在赵哲的注视下,她转身向侧门走去,屋子瞬间恢复了安静。

少顷,在确定李思云平安脱身后,赵哲拔掉了瓷瓶的塞子。将鼻子凑到瓶口后,他闭着眼睛闻着里面淡淡的药香,忽然两行清泪顺着脸颊流了下来。

赵哲受伤的消息很快就传遍了整个皇宫,由于皇城司和大理寺始终没能捉到凶手,故此引起文武大臣的诸多猜测。而一向老谋深算的秦桧不愿放过这个千载难逢的机会,不久便差人给远在塞外的金主完颜亮送去书信,希望对方能够尽快发兵前往临安。

完颜亮为人多疑,再加上此前数次兵败,心中难免有所忌惮。因此,在接到秦桧的书信后,他并未按照对方所说即刻出兵,而是给完颜雍写信,要其在越州进一步打听临安的消息。

完颜雍得知赵哲受伤,顿时心急如焚,按照先前与对方约定飞鸽传书后,他连夜骑马赶到了临安。先在闹市里随便寻了家客栈安顿下来,次日黄昏如约来到城山。

城山位于湘湖附近,传说是春秋时越王勾践所造,是临安看日落的最佳地点。

晚亭,赵哲和完颜雍在石桌旁相对而坐,边品茗边聊天。

"兄弟,虽说你伤势不重,但还需注意才是。"完颜雍提醒道,"如今这朝廷风急浪高,你这日子当真不好过。"

"不好过也得过。"赵哲感激地笑道,"多谢兄长提醒,我会注意的。"

完颜雍点了点头:"那秦太师绝非善类,他不久前曾派人给金主送信,要他趁你受伤之际发兵前往临安。金主担心其中有诈,这才未能成行。他如今把控朝政,还应多多提防才是。"

赵哲叹了口气,他知道完颜雍说的是实话,字字句句都在为自己着想。可如今秦桧在朝中根深蒂固,党羽众多,又岂是说除就能除去的?为今之计,唯有制衡。

"兄长说得对,不过强中更有强中手,未到最后胜负难料。"赵哲壮怀激烈地说道,"不瞒兄长,如今我只愿大宋能够尽快止兵,百姓得以休养生息。"

"兄弟说得不错。正所谓一念成佛,一念成魔。"完颜雍边说边拿起茶杯,"若想江山稳固,仅靠心慈面软可没用,关键还要有智谋和手腕。"

赵哲微微一笑,试探地问道:"这么说,兄长对掌管大金也有兴趣?"

"是又如何?"完颜雍一挑剑眉道,"这世上压根就没有天生的当权者。兄弟,若我有朝一日成为金主,必定与大宋和睦相处七十年,两国再无争战。"

"若当真那样,可就太好了。"赵哲从桌上拿起茶碗,笑道,"兄长,此茶算作你我之间的见证,但愿今日的话他日能够兑现。"

完颜雍微微一笑,两只茶碗轻轻磕碰在了一处。

在与完颜雍见面后,赵哲决定调整政治部署。他同时重用以张浚为首的主战派和以秦桧为中心的主和派,试图通过两派之间的矛盾进行制衡。同时,还颁布了一系列新的官员选聘和管理办法,经过一番整顿,政局很快便有了新的起色。

随后,赵哲又针对大宋百姓推出了一系列安民政策。兴修水渠、拓宽运河,采用木质农机进行耕地,在减免农业税的同时,还尝试通过提高种子质量来增加农民的经济收入。经过长达两年的调整,临安百姓彻底过上了富庶的生活。

夏日清晨,一艘艘小船顺着城墙沿江而上,将城郊最新鲜的蔬果肉类送进城中的各大酒肆,乌篷船头划船的船娘悠然地哼唱着小调,一幅清丽的画卷徐徐地在人们面前展开。

然而，赵哲却无心欣赏眼前的美景。自从李思云前次离开皇宫，便一直杳无音信，就连天香阁也连带着更换了老板。两年间，他尝试着用各种方法寻找，却始终无果，唯留憾事在心头。

数日后，一件震惊京城的事情再次发生。这日清晨，秦桧乘坐软轿从府邸出发去上朝。半路上，忽然冲出一个手持利刃的刺客，上前拦住了轿子。

秦桧为官多年早已习惯了宦海沉浮，尤其是与金人勾结后，为确保自身安全更是在府邸内外在下层层防控。可没想到竟有人这般不知死活，居然敢在光天化日之下当街行刺，此刻被吓得脸色惨白。

就在乱成一团之时，一名有作战经验的士兵勇敢地冲上前去和刺客展开激烈搏斗。随后，其余随从也一拥而上，终于将刺客手中的钢刀夺下，将其扭送到大理寺审讯。

御书房，赵哲背着手在屋中踱来踱去。少顷，门被人从外面推开。赵哲定睛一瞧，来人正是周必。

"大理寺那边可有消息？那刺客可曾招认？"

周必摇了摇头："此人很是倔强，任凭如何刑讯连吭都不吭一声，更别说招认了。不过周某已从皇城司那边得到消息，此人姓施名全，东平人士，是岳元帅生前的结义兄弟。"

"哦？"赵哲眨了眨眼睛，探问道，"周兄的意思是此人当街行凶刺杀太师，意欲为岳将军报仇？"

周必点了点头，看得出来，他的想法和赵哲如出一辙。

赵哲瞬间瞪大了双眼，倒吸了口冷气，说道："果真如此，这位施兄弟便当真是位英雄了。只是这当街行刺乃是大罪，即使朕有心相护，恐怕他也难以脱罪。"

"这倒也不尽然。"周必微微一笑。

"哦？"

"圣上可曾听过'狸猫换太子'？"周必提议道，"大理寺卿苏明杰为人向来耿直，加之又是岳将军副将王茂的结义兄弟，心中早对秦桧恨之入骨。如今虽说表面上动刑，想来心中一定偏袒施将军。依周某看，这秦太师经由此劫定是要将刺客绳之以法，不如我暗中前往大理寺卿府面见苏大人，想办法说服其用其他人犯冒名顶替施英雄，如何？"

赵哲看了周必一眼，缓步来到书桌后面坐下。沉默良久，方才叹息道：

"乱世浮沉,能有这样同生共死的兄弟亦是幸事。为了慰藉岳将军的在天之灵,此事还得劳烦周兄。"

周必双手抱拳称是,转身退出御书房。

事实证明,周必确是料事如神。就在施全入狱的第三日,秦桧便暗中派人前往大理寺,威逼利诱让苏明杰以意图谋害朝廷重臣的罪名判其死刑。

苏明杰原本就对秦桧存有敌意,如今眼看其又要加害忠良,岂肯就范。奈何秦桧党羽不断施压,甚至以其家人性命进行恐吓,最终只得无奈答应判其鸩毒之刑,半月后执行。

数日后,运河。月光朦胧,清风拂过,水波微皱。暗影深处,一艘乌篷船悄无声息地停靠在岸边。少顷,待船夫将船板搭好后,一个身穿黑色斗篷的男人缓步上船。随着船夫拨动船篙,小船驶离岸边。越走越远,直至与黑色苍穹融为一体。

船上的那名男子正是施全。那日离开御书房,周必便来到大理寺卿府与苏明杰会面,暗中定下了以另一位死刑犯代替施全的计策。然而由于先前秦桧在大理寺附近安插了许多眼线,这才迟迟未能得手。直到赵哲以视察为名前往大理寺,并命猎甲营的护卫捉拿了其中一名眼线,秦桧方才将属下全部调离。苏明杰秘密释放施全,让其前往越州投靠赵伯衍。

是夜,赵哲在焦急的心情中等到了施全顺利脱身的消息,悬着的心瞬间安定了下来。与此同时,他也加强了对秦桧等人的防备,以免其与金国勾结再生是非。

北国草原,碧草萋萋,接天连日,清澈见底的小溪旁边,数匹骏马正低着头悠闲地吃着青草。

营帐内,完颜亮坐在宽大的梨花木桌案后面,神情专注地看着手中的信件。

信是秦桧派人送来的,信中除了介绍如今南宋的局势,同时还希望完颜亮能够尽快派兵攻宋,顺带帮助自己登上皇位,实现多年心愿。

对于秦桧的邀约,完颜亮很是不以为意。事实上,这些年来,对方不过是他眼中的一枚棋子罢了,之所以表面与其周旋,不过是以其为宋朝内应,实现一统天下的梦想。等到有朝一日对方再无利用价值,自然一脚踢开。

不过完颜亮还是承认秦桧说的是对的,如果一再任由南宋发展壮大,只怕有朝一日等其羽翼丰满,就真的多了一个对手。如果是那样,想要实现一统天下的梦想只怕更加困难。

想到这里,完颜亮立刻派人前往黄龙府,让完颜雍来见。

黄龙府是金国军事重镇和经济政治中心,靖康之变后,徽、钦二帝便被囚禁于此。由于赵哲的关系,完颜雍原本在越州生活得好好的。只是后来兄长完颜亮生病无法主政,他才离开江南回到了塞北,并代其掌管金国要事。

在接到书信后,完颜雍自是不敢怠慢。在将朝政交给心腹打理后,他连夜骑马赶到伯都讷面见兄长。

金营,完颜雍得知完颜亮意欲率兵攻打临安,顿时吃惊不已。这些年来,他一直想尽办法说服兄长打消进军念头,为的就是能够让金军休养生息。却没想到人算不如天算,最终还是逃不过对敌的命运。

少顷,完颜亮在说完发兵的计划后,继续劝说道:

"雍,赵伯琮不同于赵构,虽说表面温和,内心却另有一番天地,是个既有政治远见又有手腕的对手。这样的一个人,倘若不趁此时机根除,只怕日后发展壮大就难了。就像海东青,不从雏鸟时驯,日后恐再难驯服。"

海东青是一种稀有的猛禽,素有"万鹰之神"的美称,传说十万只鹰中才能出现一只海东青。也正因为这样,海东青是金人心中至高无上的图腾。后来的康熙皇帝曾这样赞美这种鸟:"羽虫三百有六十,神俊最数海东青。性秉金灵含火德,异材上映瑶光星。"

此外,此鸟的性格也极为暴烈,极难驯服。故此,才有完颜亮此说。

完颜雍知道兄长说的是对的。虽说他与赵伯琮关系不错,但毕竟两国敌对日久,若是任由其发展,确有可能成为自己最强劲的敌手。但若是答应兄长再次挑起争端,两国百姓便会重新卷入战乱。作为一名刀尖舔血的武将,他此前经历了太多的杀伐,因此也更明白生命的可贵,如今又怎么愿意将这好不容易才稳定下来的局面打破,使两国无辜的百姓重坠痛苦的深渊?

"雍,我晓得你在想什么。"完颜亮凄然地笑道,"你也晓得我自从前次在采石大战中因战败急火攻心,外加沾染风寒得了肺痨。这些年来虽说请了不少医者却始终不能去根。近来痼疾加重,已有咳血,只怕时日无多。我死倒没什么,只是担心祖宗的基业毁在自己手中。所以有生之年

必须扫清障碍,想尽办法让大金山河稳固。"

完颜雍心中顿起波澜,在他的记忆中,兄长向来精明霸气,将政事全部操控在手中,却在亲情方面极为淡漠,对自己这样推心置腹更是从没有过。故此当听到这番话,完颜雍的心中先是一惊,转而便被强烈的感伤所包围。

"兄长为大金披肝沥胆,此心苍天可鉴。"完颜雍哽咽地说道,"只是出兵南下非同小可,兄长如今的身子怕是极难承受,还容雍细作考量。"

说罢,完颜雍站起身来,双手抱拳向完颜亮行了一礼,便要退出去。谁知刚要转身,便被对方拉住。他讶异地看向兄长,只见对方此刻正恳求地看着自己,心里不禁又是一震。

"兄长……"

"雍……"完颜亮刚要说话,忽然发出一阵揪心的咳嗽声。在完颜雍愕然的目光下,完颜亮喷出了一口猩红的血,随后从袖筒中取出手帕,若无其事地擦干净血渍。"我晓得你心底柔软,不愿再生杀戮。可此事毕竟关系着大金的未来,为兄还是希望你能够从大局出发,从长计议。"

完颜雍即便心中再不情愿,可在这样复杂的情势之下也只得违心答应。返回黄龙府后,他立刻派人给赵哲送信,将完颜亮的打算详细地告知了对方。

临安,赵哲在接到完颜雍的书信后自是不敢怠慢,立刻着手进行抗金部署。然而由于此刻张崇正率军镇守在雁门关,唐王赵伯麟又在掌管明州,故此一时间竟无法确定抗金主帅的人选。

御书房,赵哲正在为此事与周必商议。忽然,王继恩匆匆来报,说仪王赵士程独自前来,要面见圣上。

赵哲得知此事,心中一震。两年时间虽然短暂,但对赵士程来说却是天壤之别。早前他到寺庙进香巧遇唐琬并对其一见钟情,然而由于对方与表哥陆游成亲,故此未能表达爱意。谁知阴差阳错,唐琬被其婆母厌恶驱赶出家门,在走投无路之际竟当真嫁与赵士程为妻。原以为事情到了此便已成终局,可没想到的是,虽为王妃,唐琬心中却仍不舍陆游,直至在沈园写下了那首名垂千古的词作《钗头凤》后,含恨而终。

唐琬的离世对赵士程打击极大。从那时起,曾经天真潇洒的明朗少年消失不见,取而代之的则是一个形容枯槁、整日如同行尸走肉的落魄男人。他将自己封闭在幽闭的心门之中,就连赵哲亲自前往仪王府,也是大门紧锁,避而不见。

赵哲对赵士程的行为很是心疼,为此他一怒之下不仅免去了陆游的官职,还命王继恩在文武大臣的女儿中挑选出最秀美伶俐之人送到仪王府,盼望赵士程能够开始新的人生。

没想到的是,一向柔和的赵士程在此事上却表现出从未有过的倔强,他不仅第一时间将赵哲送到府中的女子退回,而且还义正辞严地写了封信托人送到宫中,在表明自己对唐琬的心意的同时,也表示不会再接纳任何女子。

赵哲看完信后既心疼又无奈,他明白此事并非自己强迫就能有所改变。故此也只能遂了赵士程的心意,由王继恩将这些女子分别送回家中,并从国库中额外调拨银两进行安抚。

因此,此刻听王继恩言说许久不曾露面的赵士程忽然前来,赵哲心中顿感异样,而一旁的周必亦感到意外。

"圣上,仪王许久不曾露面,忽然前来,事必有因,难不成是为了主帅一事?"

赵哲点了点头,犹豫了少许又摇了摇头:"士程虽说作战经验丰富,可依照目前的情形确实不宜出战,此事还需再行商议。"

周必点了点头,刚想继续说话,院子里传来一阵脚步声。工夫不大,赵士程匆匆地走了进来。与先前相比,如今的他脸色憔悴,胡子拉碴,早已失去了往日的神采。

"臣赵士程参见圣上。"

在来到赵哲面前后,赵士程双手抱拳道。

赵哲与周必对视一眼,笑道:"士程,这段时日不见,你可是心情大好了?皇兄可是一直惦念着你,若你好了,我便可以放心了。"

赵士程的脸上现出感激之色:"多谢皇兄挂怀,士程今日来是为抗金之事。"

"哦?"

赵士程见赵哲一脸疑惑,便用双手掀起袍底,跪在其面前,郑重地说道:"臣此番前来是想毛遂自荐,由我担任抗金主帅之职,带领宋兵前去应战。"

还真是怕什么来什么,赵哲心中暗暗叫苦,他最怕的就是赵士程提这件事,可对方还是提了,为今之计必须想个法子拒绝才好。

"仪王,此话从何说起?"赵哲故意装糊涂道,"什么抗金主帅?什么

前去应战？如今宋金两国停战日久，朕实在不知你在说什么。"

周必见赵哲看向自己，便也笑着说道："仪王能有抗金之心属实难得，防微杜渐亦是应当。圣上，臣以为若当真有朝一日金军来犯，确是可令仪王为帅开拔战场。"

赵哲见周必如此说，心下不免一阵纠结。平心而论，赵士程领兵总比无人可用要好，可战场生死难料，其又是眼下这般心境，若是有所差池又该当如何？凝眉思索半晌，终于做出决定，微微颔首道："国师说得对，此事就这么办。"

说完，他起身将赵士程扶起，上下打量片刻，拍了拍对方的肩膀，笑着说道：

"士程，朕知晓你心中所想，只是眼下大宋刚刚太平数年，确实不宜发兵，此事还应容后再议。你愿意为朝廷分忧极好，一旦有需要，朕会考虑以你为帅。"

赵士程正因被对方拒绝而神伤，因此一听到其愿意以自己为帅，顿时兴奋起来。

"仪王，圣上既已答应，就不会食言。"周必见赵士程愣怔，便笑着提醒道，"还不快谢主隆恩？"

赵士程忙双手抱拳，感激道："臣赵士程谢圣上恩典。"

赵哲点了点头："仪王，朕还有事要与国师说，你若没事就先回府歇着，明日准时早朝。人这一辈子总会遭受一些打击，可无论如何都莫要被打倒，朕盼着能够再次看到那个星目剑眉、谈笑洒脱的你。"

他的这句话既是说给赵士程的，也是说给自己的。尽管来到南宋只有几年，可这漫长得像一生。好在面对重重难关，自己始终没有放弃，这才磕磕绊绊走到了如今。

赵士程听到这发自肺腑的话语，顿时鼻子一酸，眼睛也随即湿润了起来。在笑着说了一声"是"后，迅速出门去。

赵哲缓步来到门口，目送着赵士程走远，随后又坐回椅子上。

周必察言观色，心中已然明白了对方的想法，却仍探问道："不知圣上对仪王之事有何打算？"

赵哲低头沉吟片刻，抬头说道："御营使一职从父皇在位之时便一直空缺，朕想或许仪王是目前最有资格担任此职之人。"

"所以圣上是想重新设置御营使之职？"周必讶异地说道，"可是太上皇当年明确表示要将这一职位连同御营军全部取缔。圣上这样做,不是明显与其对立？万一太上皇追究下来,只怕……"

赵哲摆了摆手："正所谓一朝天子一朝臣,如今既然我为天子,那这律法就该重新修订。实话跟你说,朕不仅要重新起用御营军,还要重修大宋律法。尤其是对那些强取豪夺、贪赃枉法之人更是法不容情。"

周必惊讶地看着赵哲,心中既对其想法有所赞同,又有着深深的担忧。如今身为太上皇的赵构虽说表面看似不理朝政,实则没有一天真正撒手。若是圣上这样大刀阔斧地进行革新,只怕终会给自己招来祸患。

只是周必也晓得赵哲既然这般言说,便已打定了主意,自己也不好再从中劝阻,于是便也只能遂对方的心意而行。

不知是否上苍有意考验赵哲,才再次设下障碍。就在他一心推行改革时,同年九月,中原和江南地区忽降暴雨,黄河决口,大量农田被淹。一时间朝廷人心惶惶,流言四起。

赵哲得知此事后一惊,随后便迅速采取行动,从国库紧急调拨八百万两白银用来赈灾,同时派赵士程、虞允文等官员亲赴黄河督办平息水患之事。经过一个多月日夜不休的抗洪,洪水终于退去。然而,就在这时,又一件诡异的事情接踵而至。

黄河河滩,赵士程和虞允文头戴草帽,身穿短衣,打着赤脚,站在陡峭的岩石上讨论着兴修河堤的方案。这段时间,他们先是被暴雨淋,然后被烈日烤,如今皮肤都变得黝黑,一眼看过去与当地船夫无异。

"仪王、虞大人……"

属下参军匆匆跑来,气喘吁吁地说道:

"方才孙德才派人来报,说他们那边挖出了一个稀罕物。"

"稀罕物？"虞允文看了赵士程一眼,好奇地问道,"什么稀罕物？"

参军犹豫半晌,这才又说道："据说是个棺椁,孙德才说他只是个普通的工头,怕是没有开棺的造化,故此还想请二位大人过去。"

赵士程和虞允文听到这里,心中顿生疑惑。他们之前虽曾听话本先生说过这黄河底藏着不少宝贝,可一直半信半疑,只当是传说,想不到今日真的遇到此等蹊跷事。

二人在参军的引领下来到近河处,此刻这里已经里三层外三层地围了许多看热闹的人。人们全都伸着脖子看着地上的东西,七嘴八舌地议论着。

"仪王和虞大人来了。"

随着属下一声喊,人群迅速向左右两侧退去,让出一条路来。随后孙德才小跑上前,向二人施了一礼。

"孙德才,我们方才听参军说你这里发现了个稀罕物,所以过来看看。"虞允文说道。

"两位大人,请随小人来。"说着,孙德才将二人带到棺椁前,用手指着不远处的一个年轻人道,"这口棺椁是他们从河腰那里挖出来的。"

赵士程和虞允文微微颔首,一道凝神看向棺椁,只见棺材通体透明,似玉非玉。棺内装了许多水,很多小鱼在尸体旁游来游去。尸身似有烟雾缭绕,看不清具体模样,只隐约觉得保存完好,身上还穿着寿衣。

"看这样子,这棺椁应有千百年了。"虞允文啧啧称奇道,"不过尸身为何会这般完好?这烟雾又是什么?"

"此事怕是只有国师才能说清楚了。"赵士程沉吟道,"虞兄,要我说,咱们不如派人将这棺椁送回临安,交给国师如何?"

虞允文稍稍思索,有些为难地说道:"好是好,可是此物绝非寻常之物,临安距离此地有千余里路程,一旦路上有所差池,总是不好保管。"

赵士程听虞允文这般言说,也不禁有些犯难。

"哎,不好!"

孙德才忽然大叫一声,与此同时,人群中的声音骤然大了许多。

虞允文和赵士程循声看去,只见一条银白色的蛇不知从何处钻了出来,吐着猩红的芯子围着棺椁转了两圈,在人们的注视下径直钻入棺椁。

"这……"

孙德才的脸色顿时大变,带着身后一众人跪了下来,匍匐在地上向棺椁磕起头来。

赵士程和虞允文对视一眼,弯下腰来欲扶起孙德才,怎知其竟说什么都不肯起来。

"仪王、虞大人,白蟒乃是常仙,灵验得很。"孙德才抬着头一脸虔诚地说道,"这八百里黄河四周本无人烟,忽然出现棺椁令人生疑,况且还有这常仙保佑,只怕是应了国运。"

"是啊。"旁边另一位年纪稍大的人接口道,"孙头说得不错,自打圣上推行改革,事情就变得越来越蹊跷,只怕是苍天不愿,故此才有此等暗示。"

穿宋之宝剑波

没等赵士程和虞允文开口,身旁的属下便已动怒。只见他从腰间用力抽出钢刀,用刀尖指着孙德才等人,满脸愠色地吼道:

"你等莫要妖言惑众,当心被打入大牢。"

修筑黄河河堤的农工们原本是一些血气方刚的年轻人,虽对此等灵异事件将信将疑,却也有着属于这个年龄的冲动。因此一听参军说要将自己打入监牢,立刻站起身来团团将其围住,个个虎视眈眈地盯着参军,目光中满是愤怒。

赵士程一看不妙,连忙叫孙德才加以阻止。谁知这边事端刚刚平息,那边便波澜再起,方才的棺椁竟神不知鬼不觉地消失了。

"这……"孙德才见此情形便再次跪倒,举着双手对着天空喊道,"老天爷,求求你保佑大宋百姓,莫要降罪!"

说着,他重重地磕起头来。身后众人见状连忙跪倒在地,学着他的样子磕起头来。

赵士程和虞允文见此情形顿感惊愕,全都目瞪口呆地看着先前停放棺椁的地方,一句话也说不出。

尽管这场闹剧最终平息,但消息仍是不胫而走。流言越传越广,很快,久居深宫的赵哲就听说了。

这夜,国师府,赵哲和周必相对而坐,把酒聊天。聊着聊着,都有了些许醉意。

"周兄,你可曾听说最近坊间流传的黄河鬼棺一事?"

赵哲拿起酒坛边续酒边说道。

周必微微一笑:"有所耳闻,只是不知圣上为何会突然提及此事?"

赵哲拿起碗喝了口酒:"虽说此事是仪王和虞大人亲眼所见,但朕坚信其与我大宋国运并无关系,只不过人言可畏,所以心中难免一时烦闷。"

周必看了一眼赵哲,将右手的食指和中指伸进酒碗,蘸着酒水在桌上画下了一道符。随着他嘴唇上下翕动,符咒竟发出点点金光。

赵哲甚是惊奇,用手指着符咒问道:

"周兄,此符莫非是通灵了不成?为何会发出金光?"

"此符名唤五仙应运符。"周必笑着说道,"此符咒看似画在桌面上,实则却是画在黄河河底。有它的加持,圣上便可高枕无忧。"

"哦?"赵哲眨了眨眼睛,笑着恭维道,"周兄果真道法高深,只是不

知那棺椁的主人为何人?"

"此人乃是唐武宗时期甘南的一位术士,"周必喝了口酒道,"名唤杜光庭。早年曾在天台山修行,后入朝做了国师。此人道法高深,故此深得圣上信任。"

"哦?"赵哲一挑眉头,饶有兴致地催促道,"周兄,说下去。"

"当时黄河河底有一白色妖龙,时常兴风作浪,不仅淹了附近大量农田,还潜入宫中搅得唐武宗神志不清,武宗遍请名医却不见好转。眼见得圣上的病越来越重,杜光庭便想出了个以命换命的法子。他通过道法将自己和白龙关在玉棺里,又让人用蜡封住棺盖并沉棺河底,这才有了这口神秘的黄河鬼棺。"

想不到这中间竟还有如此曲折的故事。赵哲此前也曾听说过唐武宗笃信术士,不仅大肆修建道观,还试图以炼丹的方式来实现长生不老的夙愿,虽说这种做法有些偏激,却也并不是所托非人。

"身为臣子虽有许多无可奈何……"周必轻叹道,"但只要能保住君王,即使搭上命亦是应该的。"

赵哲心中一震,脸上也露出感激的神色。

周必察言观色,知其心中所想,却也并不点破,继续说道:"周某不怕别的,只是担心此事会被那些别有用心之人利用。圣上宽仁,凡事还应多加小心才是。"

赵哲点了点头,赞同道:"周兄所说极是,那完颜亮原本就对大宋虎视眈眈,如若他此刻起兵,只怕会再生波折。"

周必摆了摆手:"此事倒也没什么打紧,若真是这样,就只能见招拆招了。"

"好一个见招拆招。"赵哲眼前一亮,笑着拿起酒碗,"周兄,为你的这句话,朕将这碗酒喝干。"

说完,他一仰脖子,如长溪过涧般将酒喝了个精光。周必微微一笑,也拿起酒碗道:

"周某虽不才,却也愿意协助圣上励精图治,共扶大宋。"

说罢,他也将酒水喝光了。随后,二人相视而笑。

正如赵哲和周必先前猜测的那样,一个月后,金主完颜亮果然率兵南下,向临安进发。

穿宋之宝玥波

流言四起，临安百姓再次陷入强烈的不安中。流言中传得最多的便是赵哲为白蟒所化，如今被关在了棺椁中，定会兵败。

对于这些荒谬的无稽之谈，赵哲自是既好气又好笑，同时还有着深深的无奈。现代人笃信科学。好在周必等亲信重臣并未将此话当真，这才让赵哲能够心安。

是年冬月，瓜洲渡。完颜亮率领二十万大军驻扎此处，与宋军形成隔江对峙之势。

瓜洲地处隋代大运河与长江交汇之处，由于连通漕运，南北船舶商贸往来，均需经过此地。也正因为这样，瓜洲便成为连接南北水路交通的重要交通枢纽，正如北宋时期的宰相王安石笔下的诗句"京口瓜洲一水间，钟山只隔数重山"所写的一样。

和先前采石大战不同，完颜亮此次由于被病疾所困，故此一心急于攻下南宋。在相继夺取江南众多重镇城池后，便又亲率二十万主力驻守瓜洲渡，此外还结合之前宋金之争的经验，派兵进攻南宋的上游防线川陕地区和中段防线荆湖地区，甚至还再次启用水师从海路攻取临安城。

面对完颜亮全面进攻，朝中主和派全都震惊不已，眼见得赵哲派出虞允文和赵士程担任主帅率领宋军开拔战场，竟个个如同惊弓之鸟般，争相到毓秀宫面见赵构，希望太上皇能够以大宋基业为重，务必要拦住圣上，切莫让其由着性子胡来。

赵构性子软弱，虽先前支持赵哲，内心仍对金人有所忌惮。如今见完颜亮强势进攻，朝中主和派又都这般言说，心中便不免有些慌乱。为此，他多次说服赵哲改变主意，放弃战争，选择议和，却遭到对方一再拒绝，甚至因政见不同而争吵。

瓜洲渡，完颜亮在北岸的长江边架设督战台，每天披挂黄金甲，带着五千能骑善射的紫绒军耀武扬威，讨敌骂阵。不仅如此，为了彻底激怒宋军，他还故意说要将皇后徐芊涵纳入后宫，并命属下为其准备新的营帐和干净被褥。

御书房，赵哲一脸愠色地将从前方送来的书信放到桌案上。由于心中气愤，他一连在屋中踱了几圈，这才停住脚步，怒气冲冲地说道：

"士可杀不可辱，这完颜亮当真嚣张，若是再不给他点颜色瞧瞧，他还真以为我大宋无人。"

说完,赵哲迅速来到桌案后面,提起笔,低头在宣纸上飞快地写起字来。

周必见此情形,连忙来到赵哲面前,伸手抢过毛笔:"圣上,您这是要做什么?"

"朕这便给虞允文写信,要其即刻开战。前次采石大捷已给金军重创,想来这次也不会输。"

周必摇了摇头,质疑道:"圣上,莫非你是在赌?"

赵哲一挑剑眉,不服气地说道:"是又如何?至少不用如此憋闷。"

周必明白圣上正在气头上,难免考虑不周,故此便不再说话。只是让赵哲坐在椅子上,随后从桌上拿起茶壶为其倒了杯茶。少顷,待赵哲情绪平复,他才继续点拨道:

"圣上做事向来稳妥,此事关系着大宋命运,即使面对再多阻力,也不该这般草率,以免因小失大。"

赵哲犹豫片刻,叹了口气,求教道:"不知先生与周兄对此事怎么看?"

周必看了一眼徐爻,对赵哲说道:"周某与太傅想法一致,此战必定要打。只是不能硬碰硬,还应声东击西。"

"声东击西?"赵哲皱了皱眉头。

"不错。"周必微微一笑,"圣上与完颜雍素有交情。周某听说他并不想参与此战,只是因为碍不过完颜亮的命令,故此才被迫就范,不知是否属实?"

赵哲点了点头:"确有此事,只是金军进攻的这一路,大宋已丢了太多的城池。如今庐州、滁州、扬州都已沦陷,若想险中取胜谈何容易?"

"那就更需有高人相助。"徐爻接口道,"圣上一方面可继续派仪王与虞大人率军进行水战,另一方面独自前去与完颜雍见面,将两国之战的弊端说与他听。完颜雍何等聪明,想来他会做出正确的选择。"

赵哲低头思索半晌,心中豁然开朗,赞同道:"先生与周兄所言极是,此事便这般定夺。"

商量好计策,赵哲一方面派人给赵士程捎去书信,让其继续与虞允文一道以半渡而击的方式在江中拦截金国水军,并使用霹雳炮齐射,对其发起猛攻,以便使强行登岸的金军和江面上的后续部队陷入乱局。将从前方溃散的宋军重新组织起来,让其在后方摇旗呐喊,使金军误以为宋军援军已到,降低其作战意志。

　　与此同时,赵哲自己则在猎甲营侍卫的保护下秘密出宫,前往应天府与完颜雍会面。

　　应天府金营,完颜雍借着烛光看着前方的奏报,这几日瓜洲渡兵败的消息相继传来,搅得他甚是心烦。

　　少顷,随从进来禀报说有贵客前来,要即刻见面。

　　完颜雍虽心下生疑,却仍让随从召门口之人进来。不多时,只见一人身着黑色连帽斗篷缓步走入,由于头与身子都被包得严严实实,故此看不清楚其相貌。

　　"你是……"

　　那人轻笑一声,用双手拿掉头上的帽子,露出一张清俊的面容,正是赵哲。

　　完颜雍没想到赵伯琮竟这般大胆,居然敢在重兵包围之下独自到金营来,于是立刻吩咐属下在外守着,勿让其他人进来。关上门后,他才压低声音道:

　　"兄弟,你怎么来了?此处这般危险,你难不成真的一丁点都不怕?"

　　赵哲微微一笑道:"再危险的地方也总要有人去,况且兄长在这儿,我又有什么可怕的?"

　　完颜雍的心中既佩服又感慨,佩服的是赵伯琮这般有勇有谋,日后定会成为一代明君;感慨的则是如今他们二人身处不同政治阵营,少不了会有一番血腥的交手。

　　"兄长,我此次前来不为旁的,只为专程请你帮忙。"

　　帮忙?完颜雍心中一颤,自古战场无兄弟,赵哲所说的帮忙又指的是什么?

　　赵哲见完颜雍不作声,便继续说道:"我想请你作为策应,尽快平息战端,以免两国百姓受苦。"

　　完颜雍心中又是一颤,兹事体大,关系着国运。作为将军,他自是不敢怠慢。为了平复心情,他起身在帐内来回踱起步来。

　　"我晓得兄长向来以金国百姓为重,不愿再行杀戮,可完颜亮却执意如此。"赵哲心知对方所想,继续说道,"他口口声声说是为金国好,希望金国疆土万里,国运昌盛。可事实上,哪次战争不是花费重金,多少家庭夫妻分离。若我说,这样的事情不做也罢。不然结局只有一个,那就是宋金两国玉石俱焚,西夏、西辽雄起。兄长为人聪慧,当真想看到这样的局面?"

完颜雍蓦地停住脚步,他不得不承认,赵哲确有四两拨千斤的能力,轻而易举便说到自己的心里。只是如果想要帮助对方,那就必然要与完颜亮为敌。如今兄长生病,自己当真能够狠心如此吗?

纠结半晌,完颜雍这才开口道:

"你我兄弟,说话无须拐弯抹角,直说便是。"

赵哲微微一笑:"兄长果真是性情中人,那我便直说了。完颜亮刚愎自用,想来在金国也有诸多非议。兄长有胆有谋,本就是人中龙凤,不该久居人下。依我看,不如趁此机会借我宋军之力夺得政权,成就一番伟业,如何?"

完颜雍大吃一惊,他虽手握兵权却从未有过谋权篡位的念头,况且完颜亮一向待自己不薄,一时间不免有些为难。

赵哲见对方面露难色,便继续说道:

"兄长也晓得我先前对金国的态度都是以战止战。这样吧,若你肯帮忙,我便退后一步,与金国和议。"

赵哲说到这里,不禁神色黯然,他明白这和议是何等屈辱。尽管没有亲历,但历史课上清朝签署的种种和约犹在眼前。记得当时历史老师曾经说过,如果不是因为这些丧权辱国的条约,中国就不会被拖入黑暗的深渊。也正因此,每当朝中的那些主和派提及和议,赵哲总是坚定地拒绝。可眼下,为了让金国撤兵,他也只能如此行事。

"你……"

完颜雍的眼睛瞬间瞪大,身为兄弟,他自然晓得赵哲内心的倔强与坚持。想不到如今对方竟主动以和议为条件,倒当真让他错愕不已。

"你说的是真的?"

赵哲艰难地点了点头:"当真,只要兄长肯帮忙。"

"好。"完颜雍点了点头,笑着说道,"既然兄弟这样说,此事兄长便答应了。"

"此话当真?!"

"绝无虚言。"

说着,完颜雍将右手伸到赵哲面前。赵哲顿时会意,笑着伸出手来与他的手用力地握在一起。

穿宋之宝明法

瓜洲战场，金军虽已露败势，完颜亮却仍在奋力向前冲杀。为了不让兵士后退，他不仅扬言"如不能过江，杀尽诸将"，还定出了逃跑五十步杖责一百，一百步格杀勿论的惩治律法。毫无疑问，这样不近人情的方式反而使军心动摇，让原本具有战斗力的兵士也寒了心。

半个月后，从金国传来消息，大将军完颜雍趁后方空虚悄悄折返辽阳，自立为帝，改年号为大定。随后又亲率大军进攻北京，途中发布新诏令，声讨完颜亮刚愎自用，为攻打宋国弃百姓于不顾。消息传来，金军顿时如洪水般退下战场，弃甲北归。

完颜亮原本便身患重病，听闻此事更觉五雷轰顶，病情加重。唯有靠攻占南宋的念头支撑，才没有倒下。为了阻挡金军北退，他下令焚毁淮河上的桥梁，以断绝兵士的退路。适得其反，引起了士兵哗变。

随着矛盾愈演愈烈，几日后，完颜元宜率兵冲进完颜亮的行营所在地龟山寺，用乱箭将其射杀，随后又将其尸首吊起，付之一炬。就这样，完颜亮惨死在行军途中，最终落得凄凉的下场。

消息传来，大宋百官顿时一片哗然。完颜亮作为强劲的对手，一直被他们所忌惮，任谁都没有想到对方竟会落得这样的下场。尤其是秦桧，原本一心想着依靠完颜亮的力量，达到登基称帝的目的，如今大厦倾倒，他不免乱了方寸。

然而，就在此时，大宋皇帝赵伯琮不顾旁人劝阻，不仅将自己的名字改为赵昚，还要与金国新主完颜雍进行会盟。消息一出，莫说是以徐爻、赵伯麟等为首的主战派不理解，就连秦桧等人亦是目瞪口呆，不明白为何圣上的态度忽然会有此转变。

这日早朝，赵哲听完大臣们的奏本，刚要宣布退朝，忽见太傅徐爻出列，高声说自己有本要奏。

"太傅有本要奏？"赵哲微微一笑，"但说无妨。"

徐爻侧头看了一眼周必，犹豫片刻，直言说道："圣上，微臣近日听闻您欲与新任金主完颜雍会盟，不知是真是假？"

此言一出，朝野顿时一片哗然。

赵哲环视四周，见文武百官都在议论此事，心知不好再继续隐瞒，便笑着说道：

"太傅先前一直在家养病，故此朕才未提及此事。既然今日过问，那朕便据实相告，确有此事。"

徐爻顿时大吃一惊,他做梦也没有想到,圣上有一天竟会改变态度,从主战转为主和,甚至连招呼都不打就擅作主张,急急作出了这么重要的决定。

"圣上,此事万万不可。"来不及多想,徐爻便道,"那完颜雍虽表面看似比完颜亮高义,实则他们是一丘之貉。圣上若是与其议和,必定会将大宋拖入绝境。臣冒死进谏,还望圣上收回成命,以战止战,莫要中了金人的奸计。"

徐爻这番话刚说完,主战派大臣便接连附议,争相表示以战止战的决心。而那些主和派的人也蠢蠢欲动,伺机在这堆刚烧起的火上再添一把柴。

"圣上,臣有本启奏。"

赵哲定睛看去,只见一个头戴乌纱帽,身着紫色官袍,腰系玉带的文官缓步出列,此人乃是枢密院院事,名唤汤思退。他素闻此人与秦桧一样是主和派,只是由于其性子内敛,平日很少当廷进谏,故此没有太深的印象。

"哦?"赵哲微微一笑道,"汤大人平时极少谏言,来,说说你的想法。"

汤思退看了一眼徐爻,继而说道:"启禀圣上,微臣与徐太傅的看法相左。"

随着这句话出口,朝堂的议论声骤然变大,徐爻的脸色顿时一沉。

"你……"徐爻在说完这个字后,又压低了声音,"汤大人,此事关系着大宋国运,可要三思而行。"

"太傅无须多虑。"汤思退不客气地回敬道,"汤某既然说了,就定会负责。"

赵哲见徐爻要继续说下去,便摆了摆手道:"朕明白太傅的心意,不过既然汤大人想说,还是要他说吧。"

徐爻见赵哲这般言说,只得悻悻地退到一旁,低着头不再说话。然而,从他的脸色依然能够看出他对对方选择主和的做法有异议。

"圣上,容臣直言,您虽励精图治、苦心革新,可如今大宋国力仍无法与金国抗衡,尤其是经济方面。若是再继续缩减财政与其作战,只怕久而久之会陷入内乱的危机,到那时想要改悔可就难了。"

说到此处,汤思退的话戛然而止,凝眉思索片刻,继续说道:

"故此,臣认为与金人和议方是正途。"

"汤思退!"

汤思退的话音刚一落下,忽见殿门被人从外面用力推开。文武百官全都吃了一惊,纷纷回头观看。只见一身铠甲的唐王赵伯麟大步流星地从外面进来,来到台阶前,方才停住脚步,双手抱拳,对赵哲高声说道:

"臣赵伯麟参见圣上,吾皇万岁,万岁,万万岁。"

赵哲微微一笑道:"唐王一路奔波,着实辛苦,来得正好,如今徐太傅与汤院事正在为和议之事争执,不知你有何高见?"

赵伯麟转身瞪了一眼汤思退道:"启禀圣上,臣与汤大人看法相悖。如今完颜亮刚死,正是攻打金国的时候。若是圣上当真与其议和,只怕会错过时机,日后想再战可就难了。因此,臣以为圣上还应继续以战止战。"

眼见矛盾升级,文武百官议论声更大,嗡嗡地让人很是心烦。赵哲为难地看着众臣,心中亦是纠结不已。

若说抗金,谁又比他更加迫切。可如今好不容易才通过改革使大宋国力日盛,正是巩固成果之时,若是战争再起,那之前的心血岂不功亏一篑?

赵哲没有逆天改命的能力,现下既已坐上帝位,凡事就该从全局出发,而不是单单遵从自己的意愿。

眼见着汤思退又要说话,他忙摆手道:

"三位爱卿都有道理,不过朕既然已经决定与金国和议,此事便不会更改。朕乏了,今日就到这儿吧。"

说完,赵哲不等群臣,便匆匆起身走出殿外,乘坐龙辇前往御书房。

赵哲态度的转变让主和派弹冠相庆,让徐爻、赵伯麟等人震惊不已。为了能够劝说其再次以战止战,一连数日他们都在退朝后前往御书房求见圣上,却总是被拒之门外。

不仅如此,为了不受外界干扰,赵哲甚至不再召见皇后徐芊涵。此种看似冷漠的做法,虽能坚定赵哲的信心,却也让徐爻、赵伯麟等人更加焦灼。为了达成所愿,他们只有奋力一搏。

雨夜,寝殿里烛光摇曳,赵哲坐在桌案后面,此刻他手中拿着一本书,目光却总是不经意地瞟向门口。这几日没有召见先生,却晓得对方一直等在门口,想要见自己一面,就连今夜也不例外。雨水这般寒凉,先生身子又是这般羸弱,怎能经得住?

想到这里,赵哲的心中顿时担忧起来。

就在这时,王继恩忽然推门进来,焦急地说道:

"圣上,太傅已经在外面跪了一个晚上,无论奴才怎样劝说都不肯起来。您看……"

话音未落,强劲的风忽然重重地拍打了一下门板,发出"啪"的一声。

赵哲连忙拿起椅背上的罩衣,疾步向门口走去。王继恩见状,也忙跟在了他身后。

果不其然,刚一出门,赵哲就看到徐爻跪在雨中。此刻,他浑身上下都已被雨淋透,单衣贴在身上,身子一刻不停地打着哆嗦。

赵哲大吃一惊,连忙来到徐爻面前。将罩衣披在先生的身上后,他伸出双手扶起先生。奈何徐爻却坚决不肯起身,只是固执地抬头看着他,眼神中满是倔强。

赵哲见状,只得无奈地说道:"先生,您这不是要折煞伯琮?赶快进屋躲雨吧。"

"圣上若不答应出兵,臣今日便不起来。"

赵哲见徐爻如此固执,只得双膝倒地,据实相告:"先生误解伯琮了,朕绝非想要停战,此事只是无奈之举。"

徐爻疑惑地看着赵哲,静静地听着他往下说。

"靖康耻犹未雪,臣子恨何时灭,驾长车踏破贺兰山缺。"赵哲激动地说道,"不瞒先生,岳将军的《满江红》每个字都刻在学生的心中。若说抗金,恐没人比伯琮更为迫切。可是靖康之变已掏空了国库,父皇在位期间也没有积攒下太多的银两。若是再战,即使倾尽我大宋所有,也未必能够支撑。眼下,唯有休养生息,恢复国力,方是正道。"

赵哲说到这里,为取得先生的支持,便又举起右手,郑重地说道:

"这绝非代表我不再出兵。伯琮发誓,无论前方的路有多艰难,也一定要成为一代明君,绝不让先生失望。若有朝一日,时机成熟,大宋必将再次发兵攻打金国,一雪前耻。"

徐爻见赵哲态度已决,无论说什么都不会再有改变。于是便长叹一声,起身拍了拍对方的肩膀。在赵哲的注视下转身缓步向前走去,每一步都是那般沉重。

王继恩见赵哲看向自己,连忙到殿内拿了把油纸伞,用双手举着递到了圣上的面前。赵哲站起身来,一路小跑着来到徐爻面前,用伞挡住了先生头上的雨水。

"太傅府离这里还有一段路程,伯琮还是命人用软轿将先生送回去。"

徐爻停住脚步,神情复杂地看着赵哲。沉默半晌,方才语气沉重地拒绝,而后拿着伞继续向前走。

赵哲呆立雨中,不知为何,心中忽然生出不祥之感,就好像此番是他们师生最后一次见面。眼见先生的背影如此寂寥,他的鼻子顿时一酸,眼泪也随之夺眶而出。

王继恩等了一会儿,见赵哲仍呆呆地看着前方,便上前劝说道:

"圣上,徐太傅已经走远了,咱们还是进去吧。"

赵哲看了一眼王继恩,犹豫片刻,问道:"王继恩,你说朕在先生心中到底是个什么样的人?算得上是好学生吗?"

王继恩心知赵哲此刻的心情定是因徐爻而烦乱,于是便笑着宽慰道:

"这是自然,圣上乃是权倾天下的九五之尊,徐太傅又怎会不为你骄傲?要奴才说,圣上今夜先好好安歇,等到明日早朝结束,再将太傅叫到御书房,有什么话当面说开也就是了。"

赵哲看了王继恩一眼,随后又看向徐爻离去的方向。只见前方一片漆黑,早已没有了先生的身影,他便颓然地叹了口气,在王继恩的陪同下,缓步回到寝殿歇息。

国师府大门紧锁,四周甚是安静,除了雨雾中那对蹲在门口的石狮子,周围再没有一个人影。

半个时辰后,徐爻跟跄地来到府门前。他抬头看了一眼门楣上悬挂着的乌黑匾额,稍稍犹豫,走上台阶,抬手拍打着门板。

过了一会儿,里面传来一阵窸窸窣窣的脚步声,管家将门打开。见是徐爻,顿时大吃一惊。

"徐太傅,这么晚了,天还下着雨,你怎么会来?"

徐爻没有回答,只是问道:"国师在府中吗?"

管家连忙答道:"在的,请随小人先到侧厅等候。"

说完,管家侧身请徐爻进来,关上了府门。

侧厅,徐爻坐在椅子上低头喝姜汤,外面忽然响起脚步声,不多时周

必身披长衣,撑着一把伞走进屋来,笑着说道:

"周某听管家禀报说太傅雨夜前来,即刻便来了。不知太傅为何此时前来?"

徐爻抬头看着周必,黯然地摇了摇头。周必见状,心中顿时会意,在吩咐管家守在门口后,转身关上门,而后来到徐爻对面的椅子前坐下。

"太傅莫非是在为圣上近来的表现难过?依周某看,其中必有隐情。太傅不妨将此事看淡一些,由着圣上决策,日后他必定会给你个满意的结果。"

徐爻沉默半响,方才说道:"徐某方才已经和圣上见过面了。"

"太傅见过圣上?"周必惊讶地说道,"他怎么说?"

徐爻摇了摇头,无奈地说道:"正如国师所说,圣上确有难言的苦衷。说起来,我又怎能不信他?他四岁随我在御书房开蒙,学习四书五经、诸子百家,声声唤我作亚父,可是比我亲生子还要亲的人。这些年来徐某为圣上倾注了太多的心血,他也是我此生最骄傲的门生。"

说到这里,他黯淡的目光忽然有了光泽,唇角也不自觉地向上勾起。

"太傅明了圣上心思就好。"周必笑着说道,"日后你我还要继续辅佐圣上,以匡宋室。"

徐爻被周必的这句话拉回到了现实,心情也随之落寞起来,苦笑道:"徐某如今年迈体衰,只怕有心却无力。如今朝中风云变幻,激流险滩,圣上即便圣明,可终归还是孤掌难鸣,日后还需国师多帮衬。"

周必疑惑地看着徐爻,在他的记忆中,对方虽是风烛之年,可精神矍铄,每当圣上遇到危机,总会立刻从旁相助。不仅如此,无论是保国还是改革,他也都是最忠实的拥护者和建议者。可以说,大宋能有现今的起色与太傅的努力密不可分。只是想不到,这样一个每天乐呵呵,从不说累的人竟有一天会这般疲乏。

"太傅莫非已有退隐的打算?"

徐爻艰难地点了点头:"不错,徐某身在官场多年,早已身心俱疲,确有归乡之意。我晓得圣上向来依赖我,若知晓此事,定是不肯答应。故此,明日早朝前还烦请国师到我府中来,徐某自会留下书信交与圣上,烦请国师代为转送。"

周必的脸上现出愕然的神色,看徐太师的表现,今夜宫中定是极不平静,少不了一场矛盾纠葛。

"如今大宋基业刚刚稳定,正是用人之时,太傅又是圣上最信任之人。依周某看,无论你与他之间有何过节,还应摒弃前嫌才是。有太傅在朝中支应,圣上做事也才会更有底气。"

徐爻摆了摆手,决然道:"徐某去意已决,国师就不必多说了。"

说完,他又深深地看了周必一眼,起身踉跄着走出侧厅,消失在了风雨中。

由于心中有事,周必一夜都没有合眼。躺在床上辗转反侧,直到迷迷糊糊地听到外面传来四更的梆子声,这才坐起身来,用最快的速度换上官服,匆匆乘轿前往太傅府。

少顷,周必来到太傅府。在管家的引领下,他径直来到书房。刚推开门,人便僵在了原地。只见徐爻已趴在桌上气绝多时,旁边还放着一只沾着黑色药渣的空碗。

朝堂上,赵哲稳坐在龙椅上,神情威仪地看着文武百官,见太傅徐爻不在班列,心中顿时生出强烈的不安。侧头正欲吩咐王继恩派人前去查看,忽见门被人从外面推开。紧接着,周必神色匆匆地走了进来。由于脚下速度太快,他的身子向前倾着,早已不是平日沉稳的样子。

"国师,怎么了?"

赵哲见周必失魂落魄,心中顿感不妙。周必来到阶下,颤声道:

"启禀圣上,徐太傅出事了。"

周必说出这句话后,赵哲的脸色瞬间大变,双手也随之颤抖起来。与此同时,朝堂上文武百官也全都交头接耳,议论纷纷。

少顷,赵哲定了定神,方才继续问道:"国师,究竟发生了何事?你细细讲来。"

官员们见圣上问话,便也停止了议论,一起看向了周必。

周必深深地呼了口气,才又缓言说道:"昨夜徐太傅曾到微臣府中来,说其年老体衰欲要辞官还乡,并约定今日早朝前,让臣去其府中取书信代交圣上。臣也曾劝说太傅继续留在朝中为官,却被其拒绝,无奈之下只得赴约。谁料竟看到太傅昏迷在书房里,身旁的桌上还放着……"

说到此处,周必的声音戛然而止。

"还什么?"赵哲的脸色更加惨白,在群臣的注视下,他起身来到周必面前,焦急地吩咐道,"说下去。"

"桌上还放着一只沾着黑色药渣的药碗,若是臣猜得没错,那药应该是天仙子。"

随着周必说出药名,赵哲冷不丁打了个寒战。与此同时,文武大臣也都不约而同瞪大了眼睛,露出惶惑的模样。

天仙子名字虽美,却是剧毒无疑。据说一旦身中此毒,人便会神志迷乱,昏昏欲仙,在痛苦与癫狂中死去。此毒尚无解药,故又被称作"断魂散"。

"国师,你这就随朕前往太傅府。"赵哲伸手抓住周必,着急地说道。

此刻的他就仿佛只身漂浮在茫茫海面上,唯有对方才是那个可以搭救性命的木板。

"是。"

周必应了一声,引着赵哲和王继恩快步来到殿外,殿内只剩下了茫然无措的官员。

由于心中着急,赵哲在离开大殿后便在周必的陪同下来到御花园的马厩中取马,而后一道赶往太傅府。

此刻的太傅府早已乱成一团,由于太傅徐爻忽然身亡,府中百余人顿觉手足无措。来不及更多的悲伤,便以最快的速度投入到了葬礼的筹备中。

少顷,待赵哲随着周必骑马来到太傅府门前,他见正门大开,门楣上悬挂着用白纸扎制的灯笼。原本摆放在门口台阶两侧的盆栽鲜花也全都消失了,原本拥挤的地方已然变得空空荡荡,不由得大吃一惊。连忙翻身下马,任凭周必在身后如何呼唤,话都不搭一句,只是连走带跑地进了府中。

此刻徐爻的长子徐策已经听到管家禀报,立刻带着全府上下出来相迎。见赵哲前来,连忙跪倒在地,齐声喊着万岁。

赵哲见徐策等人头戴孝帽,身着孝服,脸上还挂着没有擦干的泪痕,顿时鼻酸。在用双手将其扶起后,声音颤抖地问道:

"先生在何处?"

徐策神情悲愤地说道:"请圣上随小臣来。"

说完,他便将赵哲和周必引到了正厅。只见地上放置着一个金丝楠木制成的棺椁，棺盖上雕刻着各种奇珍异兽的图案。

赵哲的脸骤然失去血色，身子瘫软险些跌倒，幸亏被周必扶住，这才勉强撑住了身子。在众人的注视下，他缓步来到棺椁前，伸手掀起了棺盖。只见徐爻穿着紫色的衣袍，静静地躺在棺木中，双眼紧闭，早已没了呼吸。

"先生……"

赵哲见状再难支撑，他只觉得眼前阵阵发黑，面前的景物剧烈摇晃，直到彻底模糊，在众人惊慌的叫声中，他重重地摔倒在地上，随之陷入昏迷。

这一觉不知睡了多久，赵哲只觉得脑子昏昏沉沉，一片空白。蒙眬中，他看到徐爻从外面进来，缓步来到床前，仍是往日的模样。

"先生……"赵哲惊讶地坐起身来，伸手拉住了徐爻，孩童般地撒娇道，"伯琮求求先生，不要离开我。"

徐爻凝视着赵哲，过了好一会儿，才笑着说道："伯琮，你如今已是一国之君，凡事不可由着性子胡来，做事还应沉稳些才好。"

赵哲用力地点了点头："伯琮全都听先生的，只要先生能够一直陪在我的身边。"

徐爻轻轻地拍了拍赵哲的手，目光中满是温柔，笑着说道："竟说傻话。每个人都有自己的天定命数，此事又怎可强求？若是先生能够以性命换来大宋的政局安稳，一切便都是值得的。只是伯琮，你生性良善，如今是一国之君，主政时难免遇到各种问题，先生希望你能够近贤臣远小人。无论何时，都不要忘记为天下黎民求福祉的初心。"

"先生放心，伯琮定会遵照您的话去做。"赵哲郑重地承诺道，"只是先生，你我今后可否还能再见面，哪怕是梦中？"

"傻孩子，人鬼殊途，又怎可常常见面？"徐爻笑着宽慰道，"先生此生别无他求，只希望你能一切如愿，大宋可以繁华鼎盛，那也就足够了。"

说完，他便站起身来，转身向前走去。一阵烟雾弥漫，身影消失无踪。

"先生……"

随着一声惊叫，赵哲睁开了双眼。

"圣上，您已经昏迷了整整一天，总算醒了。"

赵哲循声看去，但见周必和徐策正坐在床旁，惊喜地看着自己。

赵哲没有说话，只是伸手掀起了被子，踉跄地起床向外面走去。

徐策见状来到赵哲身后，想要劝其继续歇息，不料却被周必制止。

赵哲转头看了一眼周必,随后径直出门,向正厅而去。

"国师,圣上方才苏醒,只怕经受不住这巨大的悲伤。"徐策担忧地说道,"万一……"

周必叹了口气,凝色说道:"徐公子,周某晓得你的意思,绝非我狠心,只是有些心结除了自身,其他人都无法解开。"

徐策看了一眼周必,又将视线落到门口,似懂非懂地点了点头。

次日午后,灵堂内。一身白色孝服的赵哲,神色悲戚地跪在棺椁前的火盆后面,低着头将手中的黄表纸一张接一张地放进火里。

按照大宋律例,身为一国之君的赵哲本不该为大臣守灵。可在他的坚持下,最终还是以学生和女婿的双重身份留了下来。在此期间,文武百官也曾陆续前来劝说,可圣上态度坚决,最终也只得无奈放弃。等到众人离开,赵哲便让王继恩守在灵堂外面,他则独自留在里面哀悼。

少顷,待赵哲烧完手中的黄表纸,抬头看向棺椁,刚一开口,两行清泪便瞬间流下。他用手擦了擦眼睛,懊悔地说道:

"那夜伯琼在雨中对先生说的话,字字句句发自内心。朕原以为先生会懂,却没想到竟是这样的结果。早知如此,不如当初便听从先生的话以战止战。想当年伯琼四岁随先生开蒙,幸得先生教诲,方才有今日的作为。这一路风高浪急,阻力重重,亦是先生为朕平山开路,遇水架桥,这才有了如今的局面……先生不仅在事业上帮扶朕,在生活中也一直关心着朕。记得六岁时出天花,一连数日高烧不止,太上皇害怕传染不敢前来。危急时刻,亦是先生陪在朕的身边,衣不解带地照顾,这才转危为安。在朕的心中,您何止是先生,更是第二个父亲。也正因为朕心中一直感激,故此才会在太上皇的逼迫下立芊涵为后,对其呵护有加,这样做也是为了报答先生。原以为大宋江山稳固,先生便可颐养天年,谁知却是这样的结局,又怎能让伯琼不心痛?"

赵哲说到这里,再也无法抑制内心的悲痛。眼睛一红,再次落下泪来。他正沉浸在巨大的悲伤里,忽听外面传来王继恩的声音。不一会儿,门便被人从外面推开了。

赵哲讶异地转头看去,见是周必,便又转过身去,继续烧起纸来。

周必关上门后,转身看了一眼赵哲,轻叹一声,缓步来到其身旁,伸手拿起放在地上的黄纸。

穿宋之宝明传

赵哲等了一会儿,见周必不说话,便问道:"国师前来,可是有事?"

周必犹豫了下,从袖筒中取出一叠宣纸递到赵哲面前:"这是徐策给臣的。臣晓得此事对于圣上意义重大,不敢怠慢,立刻送了来。"

赵哲看了一眼周必,伸手接过宣纸,只是一眼,脸上便露出了震惊的神色。双手和声音都颤抖了起来。

"这……这是先生的遗信?"

周必边烧纸边说道:"太傅在信中说,他之所以这样做,主要出于两点。一来,他作为主战派,此举也算是杀身成仁。二来,那夜圣上说的话,太傅也觉得有理。只是如若他改变立场,必定会授人以柄,不仅进退两难,还可能会引起朝廷动荡。他必须为你肃清障碍,故此才有此举。"

周必说完,便又静静地看着赵哲。过了许久,赵哲才长叹一声,神情悲哀地说道:

"先生这么做全都是为了朕,如今看来,朕才是该死的那个人。"

周必摆了摆手,劝说道:"圣上不必悲观,人死不能复生,活着的人终归还是要好好活着的。依周某看,大宋如今虽说比照先前繁荣许多,实则并不稳定。圣上若想彻底改变,便应卧薪尝胆,忍得住这天下人的非议,等到日后国力昌盛,才算回报了太傅的此番苦心。"

赵哲微微颔首,苦笑道:"周兄说得有理,朕此番与金国和议,莫说其他人,怕是连朕的亲弟弟都要恨死朕了。"

"不瞒圣上,方才臣已去过唐王府了。"

"哦?"

"唐王明日便要启程回明州,说是晚些会来太师府进香,到时候你们兄弟俩可以借机聊上一番。"周必建议道,"心结宜解不宜结,唐王向来聪慧,为人也极为正直,有什么话还应尽快说开才好。"

赵哲感激地看着周必:"多谢周兄。"

周必摇了摇头。在赵哲的注视下,他小心翼翼地从怀中取出了一个用布包着的宣纸本,递到对方的面前。

"这是太傅留下来的书,看样子已经写了很多年,里面全是治国理政的法子。徐策跟臣说,以前太傅曾对他提过好多次,说等有朝一日自己不在了,要将此书呈给圣上,如今也算是了结了太傅的心意。"

赵哲用双手接过布包,心中很是感慨。自打他一脚踏入深宫,便像

是一枚棋子。随着时间流逝和原主记忆的回归,入局者的心态也越发强烈,正如先前周必所说,究竟是庄周梦蝶,还是蝶化庄周,连他自己也说不清了。

黄昏时分,唐王赵伯麟前来上香。和平时亲近的表现不同,此刻他对待赵哲的态度像是冬日的寒冰,一副拒人于千里之外的模样。赵哲静静地看着赵伯麟将香插入香炉,便唤其与自己一道去后花园饮茶。怎料赵伯麟却只是冷漠地看了一眼,便头也不回地向外面走去。

"伯麟,咱们是兄弟,有什么话就不能直说吗?何苦憋在心里?"

赵伯麟蓦地停住脚步,转身看向赵哲,冷冷道:

"君让臣死臣不敢不死。既然圣上问微臣,那即便是杀头之罪臣也得以据实相告。只是,臣不愿随圣上前往后花园,只想在这儿当着徐太傅的面说。"

赵哲见赵伯麟这般执拗,便也只能叹口气,无奈地说道:"伯麟,我晓得你心中有气,既是如此,那就随了你的意吧。"

赵伯麟见皇兄并未生气,胆子不由得大了许多。快步来到对方面前,直截了当地说道:

"皇兄以前曾说过,你此生最大的心愿就是打败金国、光耀大宋。伯麟问你,这话还作不作数?"

"作数。"

赵伯麟冷冷地看着赵哲,原本以为二人从小一道长大,兄友弟恭,心意相通,一辈子都不会离心背德。可没想到,就在自己为目标不遗余力地奋斗时,对方却成了那个背叛者,甚至此刻还在说谎,这样的结果无论是谁都断然不能接受。

想到这里,赵伯麟的唇边泛起了一丝冷笑:

"真的?"

赵哲神情自若地点了点头,看得出来,他心中很是安然。然而,这样的举动却彻底激怒了赵伯麟。他边用手指着棺椁边说道:

"圣上莫非是将伯麟当成傻子愚弄?伯麟虽生性耿直,却并非愚蠢,此生绝不会被玩弄于股掌之中。"

赵哲的脸上现出震惊的神情,他目瞪口呆地看了对方好半天,方才说道:

"伯麟,此话何意?朕何时欺骗过你?"

"好,好,好!"

赵伯麟眼见赵哲装傻,心中更加气恼,咬牙切齿地接连说了三个"好"字后,继续质问道:

"圣上既然这样说,那伯麟便要斗胆问上一问。当初是谁一门心思爱着思云姑娘,为了和她在一起,不惜顶撞太上皇?又是谁一再坚持抗金,扬我大宋国威,让百姓过上好日子?皇兄,你的每句话都在我心中,如今却都成了笑话。要我说,之所以会成为今天这幅光景,就是因为你懦弱。于感情,你背叛了思云姑娘。于朝廷,你背叛了理想。于国家,你背叛了所有信任你的臣民。说到底,你就是个无情无义的胆小鬼,一个根本成不了气候的匹夫。不错,你是高高在上的天子,整个天下都是你的,想怎样就怎样。可说句心里话,此种做法,却仍让我赵伯麟发自内心地瞧不起你。"

赵伯麟的这番话可谓是振聋发聩,句句真心。赵哲听到这番数落,虽脸上发烫,心中却也很是欣慰。果然兄弟就是兄弟,即使发火亦是心意相通。

正厅门外,王继恩正贴在门上认真地听着从里面断断续续传出来的声音。忽然,他的肩膀被人从后面拍了一下。王继恩被吓得一哆嗦,转头看去,但见来人正是周必。

由于先前便已听徐策说赵伯麟来了,故此周必便来看看动静。若是情况有变,也可从旁策应。此刻见这般情形,便故意笑着问道:

"王公公,你方才可是在偷听圣上的谈话?"

王继恩见对方戳穿了自己,连忙竖起食指,做了个嘘声的手势。他将周必拉到附近的一棵树下,低声说道:

"国师有所不知,唐王此刻正在里面与圣上争吵。我担心圣上有危险,这才听的。"

"哦……"周必微笑道,"王公公,你护主心切,实属忠心,可也无须多此一举。唐王与圣上是亲兄弟,莫说争吵,就算打架也是家事,咱们身为外人不方便插手。依周某看,你不如就好好守在这里,莫让旁人打扰才是正经。"

说完,他又深深地看了王继恩一眼,转身离开,只留下王继恩茫然地站在原处。

正厅,赵伯麟气咻咻地看着赵哲,等待对方的回应。

"伯麟,说完了?"

少顷,赵哲待弟弟的情绪平稳了些,方才说道:

"你怪我、怨我,指责我是个没有担当的胆小鬼,成不了气候的匹夫,全都在情理之中。也对,确是我一再背叛理想,与心中的美好愿景背道而驰。不仅辜负了思云、先生,同时也伤害了你和朝中所有主战派官员,可你又何尝晓得我是怎样无能为力。"

"无能为力?"

"不错。"赵哲叹了口气,神色黯然地说道,"如今大宋表面看似繁华,实则却是痼疾深重,若想从根本上医治,就必须破釜沉舟。只有经过一番苦痛,才有可能拨云见日。朕不过是个凡人,也有着普通人的七情六欲,可面对眼前的形势,也只能以国事为重,其他暂放一边。"

"以国事为重?"赵伯麟一怔,冷哼了一声,"圣上所谓的以国事为重,莫不就是像太上皇那样与金人求和,畏首畏尾地做一辈子的儿皇帝?要我说,此事不做也罢。"

"不。"赵哲神色凝重地说道,"仗还是要打,我只是表面与金人求和,暗中寻找机会罢了。伯麟,希望你能够相信,此生朕定会带着大宋臣民过上长治久安的日子,绝不会再受到任何凌辱践踏。"

赵伯麟的心不禁一动,对方说得没错,尽管他心中有着诸多疑虑,可看到其眼中的热忱,内心又不得不软下来。

"我这一生终究是没有退路的。"赵哲见赵伯麟不说话,便又轻叹道,"为今之计,只能往前走,不能有更多的彷徨。"

这话是他的真心话,面对着风云莫测、复杂多变的时局,身为一国之君,只有不给自己留退路。纵使有了破釜沉舟的勇气,也要承受超乎常人的无奈与孤独。

赵伯麟定了定神,他不得不承认,皇兄是个极其高超的谈判高手,如此轻易地便将自己说服了。尽管如此,赵伯麟的态度却仍很冷淡。

"既然圣上这般说,那伯麟唯有听令,只是不知皇兄对抗金一事有何想法?伯麟全部照做。"

赵哲见弟弟被自己说动,心中很是高兴。他伸手握住赵伯麟的手,郑重地说道:

"抗金绝非小事,不仅需要机会,也要精兵强将。明州离海较近,位置相对偏僻,正是练兵养兵的好场所。你此番回去还应对属下兵士严加训练,随时等待消息。"

赵伯麟凝视着赵哲,见其眼神坚定,心中便也安定了下来。他刚要说话,忽听门口传来一阵脚步声。

赵哲向赵伯麟摆了摆手,二人一道屏气凝神地听着外面的动静。但听来人态度极其强硬,完全不顾王继恩的阻拦,仍坚持开门。

赵伯麟见皇兄向自己递了个眼色,便高声说道:

"赵伯琮,别以为你是圣上便可以任性而为,旁人忌惮你,我赵伯麟可不怕。你如今既然不肯与金人再战,那明日我便返回明州,咱们道不同不相为谋,从此再也不见。"

赵伯麟的话音刚落,门便被人从外面推开,只见汤思退站在门口,见赵哲和赵伯麟都是一脸愠色,汤思退瞬间怔住。

"圣上……"少顷,待汤思退缓过神来,连忙双手抱拳,躬身说道,"臣不晓得圣上与唐王在此处议事,冒犯之举还请见谅。"

赵伯麟故作气恼地瞪了赵哲一眼,快步走出正厅。

"圣上,唐王他……"

赵哲轻叹一声,打断了汤思退的话:"唐王正在为和议一事与朕闹脾气,虽是如此,可毕竟朕与他是手足,此事也就不计较了。倒是汤大人,为何会独自到此?"

汤思退见圣上发问,脸上瞬间面露悲哀,长叹一声道:"圣上,臣虽与徐太傅政见不同,可毕竟同朝为官多年,又是同乡,心中自然也有几分亲近。如今他突然辞世,臣内心亦是极不好过。可白日秦太师在太傅府周围秘密安插了许多眼线,臣若就这般堂而皇之地来,只怕会惹来大麻烦。故此只能趁着无人,独自前来吊唁。"

赵哲点了点头:"如此说来,也当真是难为你了。"

汤思退摇了摇头,苦笑道:"圣上,外界皆传臣是秦太师的跟班,对其忠心耿耿,实则并非如此。臣今生受朝廷俸禄,便要做个忠臣,以进良言献良策为己任,对圣上更无二心。只是如今朝廷局势复杂,臣不得不找个依托。"

赵哲见汤思退这般诚恳,心中的疑惑便也荡然无存。他拍了拍对方的肩膀,语重心长地说道:

"常言道,清者自清,浊者自浊,朕从不听流言,只看人心。爱卿,朕还有件事要让你帮忙。"

汤思退忙躬身说道:"微臣但凭圣上吩咐。"

"你明日早朝后便将朕与唐王之事说与秦太师。"

"这……"汤思退一怔,继而惶惑地说道,"臣不敢。"

"朕要你说你就说。"赵哲摆了摆手,"你无须说是亲眼见到的,只说是属下禀报的便可。你这样不仅不会引起秦太师的怀疑,反而会更加受器重。"

"可是……"汤思退疑惑地说道,"圣上为何这样做?"

赵哲微微一笑:"朕自有用意,爱卿不必多问。如今天色不早,你快点悼念完太傅,回府歇息才是要紧。"

说完,他便离开了正厅,只留汤思退一人。

正如赵哲所料的那样,汤思退是个能够委以重任之人。很快,他与赵伯麟争吵的事情便传遍了整个朝廷。然而,就在主和派为圣上的转变开心不已时,主战派的心中却很是愤愤不平,纷纷递出辞呈,欲辞官还乡,不再理会朝廷政事。好在赵伯衍、赵伯麟和赵士程三人暗中平息了事端,这才没有惹出更大的乱子。

不久,另一件震惊朝野的事情再次发生。太上皇赵构在寝殿院子里喝茶时,忽然头痛窒息。尽管太医匆匆赶来,却仍为时已晚。经过仵作的检查,发现茶碗里有一团黑乎乎的毒物,随后金吾卫也在附近的树上找到一条死去多时的怪虫,因此可以推论,这虫便是凶物。

虽然发现了物证,却仍无法断定就是他杀。皇宫处于凤凰山麓,气候相对温暖,毒虫是前所未见。因此,尽管金吾卫极力调查,却始终未有突破。最终只能在赵哲的要求下,对外言称赵构是重病身亡,尽管如此,临安城内的各位说书人仍添油加醋地将传闻编成了白话话本,并在市井茶馆中进行精彩的演绎。

这日午后,运河边,周必独自骑马从远处过来。临近河边,他放眼望去,但见烟波浩渺深处一只乌篷小船正缓缓随波而下。船头稳坐一人,正是前次在围场用暗镖误伤圣上后消失的李思云。

少顷,待小舟靠岸,李思云来到岸上。她俏皮地向周必双手抱拳,笑着说道:

"周神仙,好久不见。"

"思云姑娘,好久不见。"周必颔首笑道,"近来可好?"

"思云一切都好。"李思云说到这里,笑着用手一指乌篷船,"先生是否愿意与思云到船上一叙？"

周必看了一眼小船，欣然应道："周某一直被朝中政事所累，确是许久不曾出游散心。姑娘有心相邀，自然极好。"

说完，二人一前一后来到船上。

青山连绵，河水滔滔，小舟顺流而下。船头上，周必与李思云隔着茶桌相对而坐，观此美景，心情大好。

少顷，李思云将刚刚烧好的茶水分别倒入二人面前的碗中，笑着说道：

"先生，这是刚从龙井村采来的明前茶，你快尝尝。"

龙井村位于西湖附近，村民世代以种茶采茶为生，几乎家家户户都有制茶高手。只不过龙井茶品相虽好，产量却不高，故此茶价极高。除了皇室宗亲和高官大员，平常百姓是喝不到此茶的。

周必微微颔首，伸手从桌上拿起茶碗。他先闻了闻碗中茶叶的味道，继而呷了一口茶水，随即赞叹道：

"思云姑娘，此茶果真是龙井中的极品。"

"先生当真是懂茶之人。"李思云笑着说道，"只可惜这么好的茶，登徒子却不能亲口尝一尝，倒真的有些可惜了。"

说到这里，李思云的表情不禁有些黯然。

周必察言观色，心知对方所想，便又不动声色地问道：

"思云姑娘，可还想着圣上？"

"想又如何？"李思云毫不掩饰地说道，"如今我师父大仇得报，我与登徒子之间便再无可能。"

周必的心顿时颤了一下，目瞪口呆地问道："你是说太上皇……"

李思云倏然打断了周必的话头，冷笑道："当初他用此种阴狠的手段害死了我师父，如今也该血债血偿了。"

"可是……"周必疑惑地说道，"可周某并不晓得思云姑娘会驯虫？"

"这虫本就不是我的。"李思云笑道。

"哦？"

"我前次离开皇宫后，一直在寻找同道中人。"李思云笑着说道，"后来在庐州与狄青的孙儿狄龙云相识，当年狄青蒙冤惨死后，狄家满门受其连累惨遭不幸，女子被卖到青楼，男子则发配充军，狄龙云亦是九死一生，好不容易才回到江南。故此这些年来他边驯养怪虫边暗中寻找机会报

仇。也正因为这样,得知我的想法,他立刻同意,并乘人不备将怪虫放到了树上。说起来此事也只能怪赵构自己,谁让他偏爱冷凝香,那怪虫又爱此香?"

宋人爱香,不同阶层各有用香意趣。上层社会用香奢靡,不但追求奇香,而且注重身体享受。士大夫文人阶层则用香更爱香的品德与品性,常常以香抒情,以香言志。

正如李思云所言,赵构偏爱冷凝香的优雅气息,可无论如何,他都不会想到,有一日此香竟成了杀人的工具,害得自己命丧黄泉。

想到这里,周必叹了口气,又问道:

"思云姑娘,那狄龙云既与宋室为仇,为何不加害圣上?"

"狄义士说圣上乃是千载难逢的贤君明主,大宋子民能有这样的圣上,乃是福祉。"李思云凝重地说道,"他如今大仇得报,从此便可洒脱于江湖,不理凡尘俗事。"

周必微微颔首:"这狄龙云当真义士也。对了,不晓得思云姑娘接下来有何打算?"

李思云微微一笑:"不瞒先生,我如今已混入太师府中,接下来自会设法取得秦桧的信任,并搞到其谋权篡位、意图加害圣上的罪证,报给朝廷发落。在此期间思云会随时与先生见面,不过还请先生保密,莫要将这件事情说与旁人。"

"思云姑娘高义。"周必轻叹道,"说起来,你的侠义之风当真让我们这些须眉汗颜。"

李思云微微一笑,视线又落在岸边的青山上。

小船缓缓地漂在河上,耳畔唯有潺潺水声。

故人江海别,几度隔山川。乍见翻疑梦,相悲各问年。这日黄昏,岳州城外五里亭,一位头戴浅灰色幞头,身着同色翻领衣的中年男子坐在石桌旁自斟自饮,忽然从远处传来一阵清脆的马蹄声。男子拿起酒碗抬头看去,不多时就见一匹白马从远处而来,马上端坐那人乌发木簪,玉树临风,便笑着放下碗来,起身来到亭外,双手抱拳高声说道:

"兄弟,你怎么才来?倒让兄长等得好苦。"

男子用双手勒住马头,身姿轻盈地跳下马背,也笑着向中年男子双手抱拳道:

"路上有事耽搁了,伯琮便向兄长赔罪。"

男子闻言哈哈大笑:"我完颜雍千里迢迢来岳州,可不是让兄弟赔罪的。"

说着,完颜雍快步来到赵哲面前,伸手拉着其一道走进亭中。分宾主落座后,他从桌上拿起酒坛,在二人面前倒上酒水。

"兄弟,明日午时金宋两国便要在岳州城墙会盟。那时,人多眼杂,有些话即使想说也只能憋在心里,故此兄长今日才叫你独自前来,把事情说个清楚。"

赵哲微微一笑,双手拿起酒碗:"巧了,我也正有此意。"

二人将碗中的酒喝光,放下酒碗。完颜雍又郑重地说道:

"其一,先前宋朝是金国的臣下国,每年都要交纳岁贡。如今我既为金主,这样的做法就要改一改了。你我是兄弟,两国也该是兄弟。至于这岁贡也要相应取消,改为岁币,数额减少为每年银二十万两、绢二十万匹,你看如何?"

赵哲眼前顿时一亮,笑着说道:"兄长能有这样的想法,自然极好。"

完颜雍摆手道:"你若同意,等下我回去便命人起草文书,明日城头上签了便是。兄弟,还有一件事……"

"哦?"

完颜雍见赵哲疑惑地看着自己,便又从袖筒中取出了一个小小的银质算盘。低头拨弄了一会儿算珠后,说道:

"你前次在书信中说想要两国贸易往来,让我们金人到临安和越州做生意。"

"不错。"赵哲见对方提及此事,便将身子向前微倾,急切地说道,"若是此事能成,无论对大宋还是金国都是极好。"

完颜雍点了点头:"这件事我已想好了,就按照兄弟的想法来。到时候我会组织金国商团带来牛羊肉、皮子、银质刀具、美酒、乳酪等特产,不仅如此,每年还会额外调拨四十万两银子,全部用在与宋朝通商上,你看可好?"

赵哲瞬间瞪大了眼睛,想不到完颜雍竟会出手这般阔绰,这一来一回,大宋非但没有因为岁币之事亏本,反倒还能挣更多的钱,这简直就是天上掉馅饼的美事。

想到这里,他顿时激动起来,拿起酒碗兴奋地说道:

"伯琮多谢兄长。"

完颜雍摆了摆手,笑着说道:"咱们是兄弟,原本就是一家人,客气的话就不必说了。倒是你,眼下太上皇去世,朝臣人心莫测,还应重用贤臣,远离小人才对。兄长虽远在北国,可也希望你能事事如意,当真让大宋基业发扬光大。对了,不知秦太师近来可好?"

赵哲冰雪聪明,见完颜雍忽然提及秦桧,心中顿时明了其定是与金国关系非同一般,便也笑着说道:

"秦太师乃是朝中重臣,朕自然待他极好,兄长又怎会忽然提及此事?"

完颜雍先是一怔,犹豫片刻道:

"兄弟久居深宫,可曾听过江湖传言。"

"传闻?"赵哲蹙了蹙眉,好奇地探问道,"什么传闻?"

"江湖人说太师乃是宋太祖赵匡胤一脉,若果真如此,即使此人忠心于大宋,兄弟也总该防范才好。"完颜雍悉心地提醒道,"莫要无缘无故被人算计。"

赵哲思索片刻,微微颔首,感激地说道:"多谢兄长提醒,伯琮心中有数。"

二人又闲话半晌,这才各自返回歇息。

次日午时,岳州城墙上旌旗猎猎,鼓角齐鸣。在两国臣子的见证下,赵昚与金主完颜雍达成和议,就此金宋两国开始了长达七十年的停战,并开始了贸易往来。

从庐州回来,赵哲就好似变了一个人。和先前泾渭分明的做法不同,他采取了以和为贵的政策。一方面,他任命周必为宰相,同时重用秦桧和张浚二人,在朝中形成了主和派与主战派之间的制衡。另一方面,亲选出一批在法治、经济、农业、水利等方面极具想法的大臣及青年才俊,参与到各领域的发展当中。同时,对贪赃枉法的罪臣也给予严厉打击。经过一系列的改革,很快,大宋便风清气朗,经济有了前所未有的飞速发展。

十年后……

大宋一改高宗在位时的颓败模样,到处呈现出欣欣向荣的景象。对内,百姓生活富足,安居乐业;对外,不仅金人,就连西辽、西夏也带着特产前来买卖交易,每天临安的集市里都挤满了人,叫卖声此起彼伏,当真是"四海升平,八方来贺"。

面对这样的盛世光景,赵昚却仍是一如既往地勤勉,每日除了睡觉,其余时间全部用来处理朝政、批改奏折,正如他的名字"昚"那样,他谨言慎行,做起事来雷厉风行、手段强硬。

然而,赵昚的内心却孤独无比。尤其是在张浚告老还乡和赵士程战死沙场后,这样的感受越发强烈。为了排解对李思云的思念,赵昚在夜深人静时悄悄为两人画了一幅画像。画纸上的李思云身着贵妃华服,头戴凤冠,亲昵地坐在他的身旁,巧笑倩兮,美目盼兮,一副灵动的美人模样。然而在画完画像后,赵昚便将其放了箱子里,再没有勇气看上一眼。

德寿宫后花园回廊,身披白色狐毛大氅的赵昚仰望着天空。这日正值大雪时节,临安虽地处温润的江南,不似北国那般天寒地冻,但这日早起,仍纷纷扬扬下起了雪。常言道,瑞雪兆丰年,想必来年也一定会是大丰收。

赵昚想到这里,唇边泛起一丝开心的笑容。就在这时,忽听身后有人说道:

"臣赵伯麟、周必见过圣上。"

赵昚转身看向身后来人,笑着说道:

"朕说过,咱们自家人除了在朝堂上,无须拘泥礼数。今日大雪,朕早早便让王继恩告知御膳房准备了羊肉锅。对了,还有皇后亲自酿制的女儿红,咱们一道开怀畅饮一番。"

说着,赵昚用手指了指位于亭廊正中的石桌,随后缓步来到石凳前坐下。周必和赵伯麟相视一笑,也在他对面坐了下来。

赵伯麟低头看了一眼桌上咕嘟冒气的羊肉锅,稍有些伤感地说道:"可惜士程不在,不然肯定会更热闹。"

周必见赵昚目光黯淡,便也叹息道:

"是啊,这十年确实有着太多的变化。张浚将军告老还乡,病逝在回乡途中,张崇将军如今成为接续其位的重臣,主和派那边也是老的老、死的死,如今就剩下秦太师一人。唉,当真是人生如戏,戏如人生,起起落落不过一场空。"

赵昚暗自叹息着,是啊,别说别人,就连他也分不清自己到底是现代人还是古代人,究竟何为因、何为果了。

沉默半响,赵昚方才问道:"周兄,你可有她的消息?"

"圣上是说思云姑娘?"周必大笑道,"虽说自她前次出宫便再也没

有出现,实则这些年她从没离开过圣上的身边。"

"哦?"赵哲讶异地问道,"此话怎讲?"

"思云姑娘前次离开猎甲营便一直隐姓埋名,以男子身份藏在秦太师的府中,并设法取得了其信任。"周必钦佩地笑道,"这些年来臣呈给圣上的写有秦桧罪状的折子,实际上全都出自思云姑娘。不然就算臣再能掐会算,也不会那般清楚。"

赵哲这才恍然大悟,难怪这些年来周必隔三差五就会独自到御书房呈给他有关秦桧的罪状,之前还觉得疑惑,不知为何对方会了解得如此翔实,却原来出自自己日夜牵挂之人之手。一时间,赵哲不免心潮激荡。

周必屈起四指,掐算了一会儿道:

"圣上,如今平江府海潮大涨,洪水泛滥。平江府尹是秦太师的人,此人向来贪欲极强。不如圣上就借此机会,以渎职之罪削去秦大人的官职,让其回家养病。这样既可以堵住众臣之口,又能够彰显圣上的贤明。"

赵哲思索片刻,微微颔首:"此事就依周兄所说,交由你去办吧。"

周必说了声"是",而后三人又将话题转向别处,继续边吃边聊。

数日后,赵哲在朝堂上让太监总管王继恩传谕了由周必草拟的罢黜平江府尹的折子,同时以渎职之罪废除秦桧太师之职,让其赋闲回乡。随后,又专门拨款五百万两白银用以治理平江府水患。

"东风夜放花千树,更吹落,星如雨,宝马雕车香满路。凤箫声动,玉壶光转,一夜鱼龙舞。"

上元夜,临安街市人流如织,花灯如昼。在太监总管王继恩和几名随从的陪同下,身着便衣的赵哲缓步走在人群中,眼神中满是落寞。今日在御书房,周必告诉他,李思云会在此处等待。然而,寻遍了所有可能的地方却仍不见那个心心念念的身影。

赵哲正焦急地寻找着,忽然一股咸腥的味道从肺部涌起。他连忙从袖筒中拿出手帕,在王继恩等人担忧的目光中,将血吐了出来。

"圣上,您又吐血了,咱们还是赶快回宫歇着吧。"

赵哲摆了摆手,刚要说话,忽听从街角传来吆喝声。他来到卖面具的摊位前,拿起一个孙悟空的面具,细细打量,唇边泛起一丝微笑。毫无防备之时,忽然,手中的面具被人拿走。

赵哲讶然转身,只见李思云正笑靥如花地看着他。模样俏丽,恍如初见。

　　顾不得路人诧异的目光,饱受思念煎熬的赵哲快步走上前去紧紧拥抱住李思云。

　　李思云先是一怔,继而露出幸福的笑容,伸出手紧紧环住了赵哲的腰。

　　就在二人尽享甜蜜时,赵哲忽然身子一震,在众人惊愕的目光中,他的身子向后仰去,重重地摔倒在地上,陷入了昏迷。

　　这一觉不知睡了多久,待赵哲再次醒来,他迷迷糊糊地看到自己已回到寝殿,床榻前跪了满满一地的人。

　　赵哲无奈地暗笑一声,此前由于终日操劳,他患上了肺痨,时常会咳血。如今加上风寒,病情再次加重,看来大限已到。

　　终其一生,他虽做过一些错事,但能够看到大宋强大,便也可以告慰祖先了。

　　想到这里,赵哲挣扎着起身,欲传诏,立新君。然而由于身体太过虚弱,他再次跌倒。跪在床前的周必见此情形,连忙起身来到他的身旁,伸手将其扶住。

　　四目相对之时,往昔那些风雨同舟、并肩作战的日子再次萦绕心头,二人都不禁唏嘘。

　　"周兄……"赵哲的唇边泛起苦笑,由于体力不支,此刻他的话也变得断断续续,"周兄……仪王当年为抗击金国叛军战死沙场,如今看来朕也要追随他去了。太子尚且年幼,还不能独立掌政,日后还得辛苦你费心操劳。"

　　周必见赵哲托孤,连忙劝道:"圣上得的不过就是风寒,只要好好歇息,便会好的。"

　　赵哲轻叹一声道:"周兄莫要多说,朕心中有数。"

　　说到这里,他的声音忽然大了起来,"太子……太子在何处?"

　　随着人群一阵嘈杂,王继恩拉着十二岁的太子赵惇从外面走了进来。赵惇来到床前,跪在地上,毕恭毕敬地说道:

　　"儿臣给父皇请安。"

　　赵哲苍白的脸上泛起温柔的笑容,深情地凝视儿子半晌,他用手指着周必道:

　　"太子,给丞相磕头,叫亚父。"

　　周必闻言顿时大吃一惊,连忙说道:"圣上,此事万万使不得,太子乃

是千金贵体,怎可拜臣?"

"朕说可以。"赵哲坚决地说道,"朕四岁随太傅前往御书房开蒙,也是像太子这么大时拜其为亚父。日后太子还要仰仗周兄照拂,还望你不要拒绝。"

周必明白赵哲的用意,见其这般坚持,也只得答应。

赵哲顿时松了口气,此时他只觉得自己的灵魂一点点从体内抽离出来,瞬间变得缥缈。在看到儿子为周必磕头,唤作亚父后,身子顿时失去了控制,呼吸渐渐减弱。

周必大吃一惊,连声叫着"圣上",屋中人见此情形也顿时乱作一团。然而赵哲却再没有睁开眼睛,随着一滴泪从眼角落下,他的心跳彻底停止了。

"醒了……"

在一阵兴奋的话语声中,赵哲讶异地睁开了双眼。随着视线渐渐清晰,他看到此时自己正身处一间病房中,身旁除了两个穿着白大褂、戴着口罩的年轻医生,还有他日夜思念的母亲。一时间竟恍如梦中。

"妈……"赵哲泪眼蒙眬地伸出手来摸着母亲的脸道,"我不是在做梦吧?"

"傻孩子,这当然不是梦。"母亲笑着说道,"你昏迷了四个月,总算是醒了,还不快谢谢医生。"

赵哲将视线投向医生,这时他才看清楚,其中那个高个子的医生容貌竟有几分酷似周必,心中不禁一动。

"患者生命体征正常。"少顷,在为赵哲做完检查后,医生笑着说道,"恭喜你们,等体力再恢复些,就可以出院了。"

母亲连声向医生道谢,目送二人走出病房,随后便又回到原处坐下,絮絮叨叨地说着这段时间的经历。说来奇怪,以前赵哲虽然孝顺,但母亲唠叨久了,仍难免觉得心烦,经由此遭后再次回来,却觉得这些话语异常暖心。

只是直到出院时,有件事仍萦绕在赵哲的心头,像谜一般挥之不去。

这日是周末,赵哲独坐在酒吧里,边听着轻柔的音乐,边喝着咖啡。忽然,他看到一辆黑色轿车停在店门口,很快,那个熟悉的身影就来到他的面前。

"张亮医生,不好意思,休息天还麻烦你出来。"赵哲边说边笑着将菜单递到了对方面前,"你看看想喝点什么?"

"赵记者不必客气。"张亮笑着接过菜单,低头看了会儿,说道,"要一杯蜂蜜绿茶就好了。"

少顷,待服务生将绿茶放到桌上,张亮又问道:"你叫我出来,一定是有很重要的事情。没关系,有什么话,你就说吧。"

"张医生,你相信穿越吗?"

张亮微微一怔,笑着说道:"你说的是电影里的情节?"

赵哲点了点头,继而又摇了摇头。为了平复复杂的心情,他拿起咖啡壶在杯子里续上咖啡,边低头用勺子搅着边说道:

"虽然不是电影情节,但又不知道该怎么和你说。我昏迷的那段时间曾经去过宋朝,而且还成了宋孝宗,经历了他的整个人生,只是不晓得那究竟是真实发生的事还只是一场虚幻的梦。不仅如此,你的长相和举止也像是那段时间认识的一位故人,可以托付心事的好友。"

说到这里,他抬起头,只见张亮正似笑非笑地看着自己。心头一动,便不再说下去。

张亮立刻意识到自己无意中的举动引起了对方的误会,连忙解释道:"赵记者,你别误会,我并不是在嘲笑你,只是人与人之间本就是因缘际会。至于你的经历究竟是真实发生的还是说只是一场梦,就只能靠你自己去寻找答案了。"

赵哲点了点头,侧头看向窗外,只见街上车水马龙,繁华一如当年旧景,唯独不见梦中人……想到这里,他不禁再次黯然神伤。

德寿宫重华殿,赵哲缓步前行,看着旧景重现眼前,心中很是感慨。忽然,在一个角落里,他看到了一幅熟悉的古画。此画正是当年他亲手所绘,画卷仍在,爱人却已远在天边。仅此一幕,赵哲顿时心中了然,含泪而笑。

完

本书为历史背景下的虚构作品,人物、情节、对话均为艺术创作,并非真实历史记载。与史实不符之处,纯属文学加工。请勿当作正史参考。